失败的文学疗救

从『福建』到『延安』

江震龙 著

上海三联书店

目　录

第一编

福建籍作家作品研究

冰心 1920 年代文本世界中的外来因素对铸型白话文学的作用

冰心是中国文学转型期铸型白话文学的重要作家，她的生平经历、学历教育、文学创作中均拥有不少外来因素。本文考察冰心 1920 年代文本世界中最显著的外来影响对她的创作在铸型白话文学方面的作用，进而判断冰心是如何以不同的方式赋予这些外来因素中国化和冰心接受外来影响的价值立场。

一

外国的坚船利炮打破了中国的封闭国门与固有的意义结构，中国被迫纳入了世界一体化的现代化进程之中，从此客观世界与社会生活都明显地拥有了亦新亦旧的意义/价值结构，中国社会开始了艰难地转型。面对西方文化与传统文化的碰撞，“中学为体，西学为用”[1]成为

〔1〕 据学者考证，最早明确提出“中学为体，西学为用”的是南溪赘翁（沈毓桂）在 1895 年 4 月《万国公报》复刊第七十五期上发表的《救时策》中说：“夫中西学问，本自互有得失。为华人计，宜以中学为体，西学为用”。此后重提这一说法的还有：1896 年 1 月，《万国公报》复刊第八十四期上、署江苏按察使朱之榛的《上张香帅请设中西学堂》信中；1896 年 8 月，官书局大臣孙家鼐在答总理衙门咨照《议复开办京师大学堂折》中。1898 年戊戌变法期间，更多的人使用了这一说法：梁启超于代拟的京师大学堂章程中，康有为在《奏请经济岁举归并正科并各省岁科试即试策论折》中；1898 年 5 月 5 日，张之洞在上奏的《两湖经心书院改照学堂办法片》中。与此同时，张之洞又在《劝学篇》中说：“旧学为体，新学为用，不使偏废”。（张之洞著，李忠兴评注：《劝学篇》，中州古籍出版社 1998 年版，第 121 页）由于《劝学篇》所产生的巨大影响，使得梁启超在 1920 年撰写《清代学术概论》对这段历史作总结时，将张之洞当成了“中学为体，西学为用”说的代表人物：“而其流行语，则 （转下页）

当时人们比较能够接受的思想主张。冰心的家庭和她自己对于中西文化的冲击、汇流是敏感、进取的，被“五四运动的一声惊雷”“‘震’上了写作的道路”[1]的冰心，在她创作的文本世界内容之中，东西文化的交汇也有着清晰的投影：冰心既遵循了文学反映人生的文学创作，“家庭关系、妇女地位、婚姻恋爱、尊重知识、民主自由等等现实人生的一系列焦点和热点问题，一直是冰心创作的显要主题”[2]；又化用孔子的“己欲立而立人，己欲达而达人”[3]作为新的健全人格的指导原则，她认为“只有你那纯洁高尚的人格”[4]才能够拯救世界；“轻云淡月的影里，”/“你要在那时创造你的人格”[5]；“作家最要的是人格修养”[6]；“不信拿这些现时的文学界中人的人格，就足以支撑我们现在的文学界”[7]；和“从枯冷的环境中/创造你有生命的人格罢！”[8]等，都谈论到创造新人的人格与培养高尚的人格。

从冰心 1919—1925 年的文本虚构世界看，“白话文言化”和“中文

(接上页)有所谓‘中学为体，西学为用’者，张之洞最乐道之，而举国以为至言”。(梁启超著：《清代学术概论》，东方出版社 1996 年版，第 88 页)

〔1〕 冰心：《从“五四”到“四五”》，卓如编：《冰心全集·第五册·文学作品(1962—1979)》，海峡出版发行集团、海峡文艺出版社 2012 年版，第 479—480 页。

〔2〕 刘勇：《对现实人生与终极人生的双重关注——试论中国现代文学的一个重要特征》，《北京师范大学学报》1996 年第五期。

〔3〕 冰心：《“破坏与建设时代”的女学生》，卓如编：《冰心全集·第一册·文学作品(1919—1923)》，海峡出版发行集团、海峡文艺出版社 2012 年版，第 7 页。

〔4〕 冰心：《人格》，卓如编：《冰心全集·第一册·文学作品(1919—1923)》，海峡出版发行集团、海峡文艺出版社 2012 年版，第 219 页。

〔5〕 冰心：《繁星·六〇》，卓如编：《冰心全集·第一册·文学作品(1919—1923)》，海峡出版发行集团、海峡文艺出版社 2012 年版，第 252 页。

〔6〕 冰心：《蓄道德能文章》，卓如编：《冰心全集·第一册·文学作品(1919—1923)》，海峡出版发行集团、海峡文艺出版社 2012 年版，第 283 页。

〔7〕 冰心：《烦闷》，卓如编：《冰心全集·第一册·文学作品(1919—1923)》，海峡出版发行集团、海峡文艺出版社 2012 年版，第 336 页。

〔8〕 冰心：《春水·五三》，卓如编：《冰心全集·第一册·文学作品(1919—1923)》，海峡出版发行集团、海峡文艺出版社 2012 年版，第 366 页。

西文化”[1]尚未完全揉和一致,新文学的融会等待着进一步的打磨,意义的结构尚未完成,往往充满着困惑和烦恼。

(一) 冰心 1919—1925 年文本世界的选材特点。

易卜生式的社会问题作品,要求必须有对社会的洞察,有思想的穿透性介入现象和人生,必然带来对社会问题的指责和否定:旧家庭的专制,使得《斯人独憔悴》中的封建家长剥夺了两个儿子的求学希望,《秋风秋雨愁煞人》里学问绝特、志向远大的英云因为封建包办婚姻牺牲了服务社会的责任和希望,封建世俗思想让《庄鸿的姊姊》内的姊姊失学、抑郁而死,《是谁断送了你》里的怡萱是被封建礼教断送了生命,《最后的安息》中的顽固残忍婆婆虐待童养媳致死;旧官僚的腐败,使得《去国》里学成归国的有志之士消磨光阴、不得不再次到国外做点实事,无意义的军阀混战、造成《一个军官的笔记》内的堂兄弟都成为残废,《春水·八六》吐露“霎时间我了解了什么是‘旧国’了,/我的心灵从此凄动了!”[2]旧观念、旧思想使得《骰子》中的李老太太相信骰子能够占卜命运,致使《还乡》内的乡下族人恳请作了局长的以超还乡祭祖替族人荣宗耀祖、“增辉吐气”[3],造成《六一姊》里的乡下姑娘六一姊为了不“叫人家笑话”“自己把脚”“裹尖了”。[4] 纷乱的国家,黑暗的社会,萎靡的人心使得中学之体的高傲失去了理想的力量,从而导致东/西学之用的傲慢,这种失衡的结果,使得国人失去了信心,产生“去国”式的古典中国高傲的缺失:“算了罢! 谁配作新文化运动? 谁又配称做新文化运动

[1] 冰心:《遗书·十》,卓如编:《冰心全集·第一册·文学作品(1919—1923)》,海峡出版发行集团、海峡文艺出版社 2012 年版,第 435 页。

[2] 冰心:《春水·八六》,卓如编:《冰心全集·第一册·文学作品(1919—1923)》,海峡出版发行集团、海峡文艺出版社 2012 年版,第 375 页。

[3] 冰心:《还乡》,卓如编:《冰心全集·第一册·文学作品(1919—1923)》,海峡出版发行集团、海峡文艺出版社 2012 年版,第 98 页。

[4] 冰心:《六一姊》,卓如编:《冰心全集·第二册·文学作品(1923—1941)》,海峡出版发行集团、海峡文艺出版社 2012 年版,第 117、118 页。

的巨子？一般是投机事业，欺人伎俩罢了。”“所谓觉悟，就是堕落的别名”[1]。这其中所表现出的虚无和绝望是显著的，此外《繁星·五三、七三、一一二》、《烦闷》和《春水·一〇一》也流露了虚无、无聊、欺哄、悲哀和绝望等情绪。

冰心的柏拉图式的理念，并非来自柏拉图的著作，而是源于梁启超式的鼓吹。不谙世事的梦想，其实是对东/西洋社会的不了解或一知半解所致。在冰心的早期文本中，有对东/西洋一厢情愿的理想化和夸张化：“希望那无希望的事实”[2]，“造成了未来的黄金世界！”[3]“在幻想中，常有一本书，名字是《This is my field》，这是我的土地”[4]；“求真理——求绝对的真理”[5]，“非完全则宁无”[6]；“幸福的花枝，/在命运的神的手里，/寻觅着要付与完全的人”[7]；“人生原有些愿望！/只能永久的寄在幻想里！”[8]它们直接导致东/西学之用的傲慢的膨胀，中学之体与东/西学之用的平衡被打破了，确立了东/西学绝对高于中学的优势，其中回荡着微弱的保国、保种、保教的声音，西学救国成为这个时代的时髦口号。

（二）冰心 1919—1925 年文本世界的宗教意识。

---

〔1〕 冰心：《忏悔》，卓如编：《冰心全集·第一册·文学作品（1919—1923）》，海峡出版发行集团、海峡文艺出版社 2012 年版，第 142 页。

〔2〕 冰心：《繁星·一三〇》，卓如编：《冰心全集·第一册·文学作品（1919—1923）》，海峡出版发行集团、海峡文艺出版社 2012 年版，第 272 页。

〔3〕 冰心：《除夕的梦》，卓如编：《冰心全集·第一册·文学作品（1919—1923）》，海峡出版发行集团、海峡文艺出版社 2012 年版，第 165 页。

〔4〕 冰心：《五月一号》，卓如编：《冰心全集·第一册·文学作品（1919—1923）》，海峡出版发行集团、海峡文艺出版社 2012 年版，第 207 页。

〔5〕 冰心：《“是非”》，卓如编：《冰心全集·第一册·文学作品（1919—1923）》，海峡出版发行集团、海峡文艺出版社 2012 年版，第 209 页。

〔6〕 冰心：《非完全则宁无·一》，卓如编：《冰心全集·第一册·文学作品（1919—1923）》，海峡出版发行集团、海峡文艺出版社 2012 年版，第 230 页。

〔7〕 冰心：《繁星·二〇》，卓如编：《冰心全集·第一册·文学作品（1919—1923）》，海峡出版发行集团、海峡文艺出版社 2012 年版，第 242 页。

〔8〕 冰心：《春水·一三五》，卓如编：《冰心全集·第一册·文学作品（1919—1923）》，海峡出版发行集团、海峡文艺出版社 2012 年版，第 390 页。

马利安·高利克翔实而客观地研究揭示了冰心宗教意识和思想观念上的复杂性：冰心“生长在一个道教的环境中”，道教“魔幻般的甚至是神秘的特性，缺乏富有组织能力的牧师”，“这使得冰心很容易地转向基督教和泰戈尔的泛神论”[1]。泰戈尔式的哲理诗，最终让冰心在求新而不新的悖论中获得行动的自由：《春水·四六》称：“不解放的行为，/造就了自由的思想！”[2]《春水·一〇二》说：“我的梦/却在黑暗里替我解明了！”[3]梁实秋的《〈繁星〉与〈春水〉》对冰心的批评标准是英国式的，他反对把哲理诗做成概念诗，由“概念诗是做不得的”推演出“《繁星》、《春水》这种体裁，在诗国里面，终归不能登大雅之堂的”[4]。事实上，冰心 1920 至 1922 年的作品大多染上了些哲理，并不拘限在诗歌文体里，例如《一个兵丁》、《鱼儿》、《超人》、《海上》、《山中杂感》、《图画》、《爱心实现》、《回忆》、《一个不重要的兵丁》等。求新而不新的悖论也造成了痛苦、无奈、烦闷与浮躁：求新的“思想被事实禁锢住，/便是一切苦痛的根源”[5]；她试图“希望那无希望的事实，/解答那难解答的问题”[6]；在心潮与时间逆向发展“交流的旋涡里”，产生了“青年的烦闷”[7]；浮躁时代“一知半解的写几篇文字发表出去，居然也博得一班

[1] [斯洛伐克]马利安·高利克，李玲译、倪辉莉校：《青年冰心(1919—1923)：冰心与〈圣经〉、冰心与泰戈尔的关系研究》，林德冠、章武、王炳根主编：《冰心论集》上集，海峡文艺出版社 2000 年版，第 224 页。

[2] 冰心：《春水·四六》，卓如编：《冰心全集·第一册·文学作品(1919—1923)》，海峡出版发行集团、海峡文艺出版社 2012 年版，第 364 页。

[3] 冰心：《春水·一〇二》，卓如编：《冰心全集·第一册·文学作品(1919—1923)》，海峡出版发行集团、海峡文艺出版社 2012 年版，第 380 页。

[4] 梁实秋：《〈繁星〉与〈春水〉》，《创造周报》半年汇刊第一集第十二号，1923 年 7 月。林德冠、章武、王炳根主编：《冰心论集》上集，海峡文艺出版社 2000 年版，第 340 页。

[5] 冰心：《繁星·四二》，卓如编：《冰心全集·第一册·文学作品(1919—1923)》，海峡出版发行集团、海峡文艺出版社 2012 年版，第 248 页。

[6] 冰心：《繁星·一三〇》，卓如编：《冰心全集·第一册·文学作品(1919—1923)》，海峡出版发行集团、海峡文艺出版社 2012 年版，第 272 页。

[7] 冰心：《繁星·一四三》，卓如编：《冰心全集·第一册·文学作品(1919—1923)》，海峡出版发行集团、海峡文艺出版社 2012 年版，第 276 页。

人的喝彩”[1]。由此可见，在根本上东/西学之用是缺失的、虚拟的，无法支撑新的行为哲学结构。

中国、东/西洋的行为哲学结构显著的失衡与短暂的不在场，造成冰心文本产生许多意象、修辞、观念与结构的悖论。诗歌《假如我是个作家》中，每节的上半部分是：“我只愿我的作品/入到他人脑中的时候，/平常的，不在意的，没有一句话说”；“被一切友伴和同时有学问的人/轻藐——讥笑”；“在世界中无有声息，/没有人批评，/更没有人注意”；“在人间不露光芒，/没个人听闻，/没个人念诵”。而每节的下半部分则与上半部分构成了悖论式的表达：“痛苦，或快乐临到时，/他便模糊的想起/好像这光景曾在谁的文字里描写过”；“然而在孩子，农夫，和愚拙的妇人，/他们听过之后，/慢慢的低头，/深深的思索”；“只有我自己”“低声念诵时，/能以再现几幅不模糊的图画”；“只有我自己忧愁，快乐，/或是独对无限的自然，/能以自由抒写”[2]。这种由否定走向肯定，由虚无走向实在的前后对立的表达，对立的否定方面源于行为哲学逻辑上双重的失衡与悖论。《两个家庭》中的对立，主要是亚茜和陈太太的相反行为，陈太太的旧式女性的行为遭受了责难。《“破坏与建设时代”的女学生》中，第一、二时期的女学生遭到了责难，因为她们有着“无资格无价值”[3]的欧美式的言论行为，这些言论行为被认定是放纵浮嚣、好高骛远、不适国情和扰乱思想的。冰心的系统思想、人生哲学和世界观尚未完成个体的内化，正在探寻着成熟之路，《病的诗人（一，二，三）》、《谢“思想”》、《除夕》、《人间的弱者》、《不忍》等都记录了自由的思想与行为的怯弱。在行为哲学上，泰戈尔式的“宇宙和个人的灵中

[1] 冰心：《忏悔》，卓如编：《冰心全集·第一册·文学作品（1919—1923）》，海峡出版发行集团、海峡文艺出版社2012年版，第142页。

[2] 冰心：《假如我是个作家》，卓如编：《冰心全集·第一册·文学作品（1919—1923）》，海峡出版发行集团、海峡文艺出版社2012年版，第339—340页。

[3] 冰心：《“破坏与建设时代”的女学生》，卓如编：《冰心全集·第一册·文学作品（1919—1923）》，海峡出版发行集团、海峡文艺出版社2012年版，第5页。

间有一大调和"，"天然的美感"、"快美的诗情"、"超卓的哲理"[1]等因素，极大地充实了虚构的东/西学之用的傲慢。

冰心的文本中极少出现尼采的名字，然而却具有许多尼采式的超人形象与厌世形象：《两个家庭》中的陈华民，《去国》中的英士，《忏悔》中的企俊，《超人》中的何彬，《石像》中的石像，《冰神》中的女神，《繁星·二六、一六一》中的"冰冷的心"[2]、"孤傲的心"[3]，《最后的使者》中的诗人，《"将来"的女神》中的女神，《春水·一六、一九、二〇、二二、四四、七一、九〇、一五二、一五八、一七七》中的"心"[4]、"诗人"[5]、"山头"[6]、"先驱者"[7]、"我"[8]、"聪明人"[9]，《人间的弱者》中的"弱者"[10]等等。对于这些时代新人，潘垂统认为："著者苦心用意，全在援

〔1〕 冰心：《遥寄印度哲人泰戈尔》，卓如编：《冰心全集·第一册·文学作品（1919—1923）》，海峡出版发行集团、海峡文艺出版社 2012 年版，第 120 页。

〔2〕 冰心：《繁星·二六》，卓如编：《冰心全集·第一册·文学作品（1919—1923）》，海峡出版发行集团、海峡文艺出版社 2012 年版，第 243 页。

〔3〕 冰心：《繁星·一六一》，卓如编：《冰心全集·第一册·文学作品（1919—1923）》，海峡出版发行集团、海峡文艺出版社 2012 年版，第 281 页。

〔4〕 冰心：《春水·一六》，卓如编：《冰心全集·第一册·文学作品（1919—1923）》，海峡出版发行集团、海峡文艺出版社 2012 年版，第 356 页。

〔5〕 冰心：《春水·一九》，卓如编：《冰心全集·第一册·文学作品（1919—1923）》，海峡出版发行集团、海峡文艺出版社 2012 年版，第 357 页。

〔6〕 冰心：《春水·二〇》，卓如编：《冰心全集·第一册·文学作品（1919—1923）》，海峡出版发行集团、海峡文艺出版社 2012 年版，第 357 页。

〔7〕 冰心：《春水·二二、四四、一五二、一五八》，卓如编：《冰心全集·第一册·文学作品（1919—1923）》，海峡出版发行集团、海峡文艺出版社 2012 年版，第 358、363、395、397 页。

〔8〕 冰心：《春水·七一、一七七》，卓如编：《冰心全集·第一册·文学作品（1919—1923）》，海峡出版发行集团、海峡文艺出版社 2012 年版，第 371、404 页。

〔9〕 冰心：《春水·九〇》，卓如编：《冰心全集·第一册·文学作品（1919—1923）》，海峡出版发行集团、海峡文艺出版社 2012 年版，第 376 页。

〔10〕 冰心：《人间的弱者》，卓如编：《冰心全集·第一册·文学作品（1919—1923）》，海峡出版发行集团、海峡文艺出版社 2012 年版，第 443 页。

救一般颓丧的青年”;“《超人》是救我们青年的上帝啊!”[1]佩蘅深刻而有力地指出:冰心的“《超人》是假的”,只微微地接近尼采的形象,同时“微微地讥讽那班自命的假超人”[2]。在行为哲学上,何彬是中国式的精英、孟子式的英才、韩愈式的千里马和周敦颐式的莲花精神,然而冰心立意创造的人物是新人,正是由于尼采观念的投射,使得何彬与古典中国式的精英形象产生了分别,显然,分裂后的新的中国行为哲学在树立意义时依赖着东/西洋影响的投射,满足这种投射关系的价值才具有新的意义和色彩。

冰心的家庭和她所上的教会学校给予她宗教的熏染,冰心的《画——诗》中,提到1919年冬季到安女士书房补考《圣经》课,看到安女士在《圣经》中书写的永远的诗情以及炉台上牧羊图永远的画意。事实上,冰心文本中的极多因素采自《圣经》。《两个家庭》中,对亚茜家夕阳西下的院子描写与《圣诗·傍晚》极相似。《世界上有的是快乐……光明》中的凌瑜眼里的泪珠,两个十岁左右孩子的“雏发覆额,眉目如画”,笑嘻嘻的捧沙堆小城和采野花,皎白的衣裳、柔善的笑脸、金赤的头光,使凌瑜“几乎要合掌膜拜”[3],明显地是《圣诗·孩子》的故事演绎。《最后的安息》的最后一个自然段中,拂晓景色和翠儿最后安息的神态[4]与《圣诗·清晨》有着近似的诗情画意。《“无限之生”的界线》的最后四个自然段中宛因的话和“我”的所见所感[5]以及《繁星·八》

---

〔1〕 潘垂统:《对于超人命命鸟低能儿的批评》,《小说月报》第十二卷第十一号,1921年11月10日。林德冠、章武、王炳根主编:《冰心论集》上集,海峡文艺出版社2000年版,第257页。

〔2〕 佩蘅:《评冰心女士底三篇小说》,《小说月报》第十三卷第八号,1922年8月10日。林德冠、章武、王炳根主编:《冰心论集》上集,海峡文艺出版社2000年版,第258、259页。

〔3〕 冰心:《世界上有的是快乐……光明》,卓如编:《冰心全集·第一册·文学作品(1919—1923)》,海峡出版发行集团、海峡文艺出版社2012年版,第71、72页。

〔4〕 冰心:《最后的安息》,卓如编:《冰心全集·第一册·文学作品(1919—1923)》,海峡出版发行集团、海峡文艺出版社2012年版,第87—88页。

〔5〕 冰心:《“无限之生”的界线》,卓如编:《冰心全集·第一册·文学作品(1919—1923)》,海峡出版发行集团、海峡文艺出版社2012年版,第96—97页。

对生命短暂的感悟与《圣诗·生命》是极其相似的说教。《一个奇异的梦》中的梦境与《我》中对“两个我”的思辨，明显地带有基督教的色彩。《笑》集中了月光、奥妙、神圣、庄严，揉和了花儿、安琪儿、孩子、老妇人、微微的笑、微妙的神情，共同“融化在爱的调和里”〔1〕。《繁星·一、七六》与《圣诗·夜半》极为相似，《繁星·一一、六五》、《寄小读者·通讯二十九》中对异国两次傍晚“云影天光”〔2〕的描写和《圣诗·黄昏》极其近似。《寄小读者·通讯十二》与《圣诗·使者》都以圣保罗的“我为这福音的奥秘，做了带锁链的使者”〔3〕作为文本的核心。《向往》是杂糅了歌德、先驱者、诗人等观念的圣诗。在年轻冰心的心目中，基督教作为西洋高价值区的符码，不在乎它的新潮与宗教信仰的神圣，而在乎它负上了行为哲学的虚拟意义。冰心抒写的《圣诗》，摘取了“神圣、庄严、光明、奥妙的意象”〔4〕。

《笑》作为新文学美文诞生的标志，显然是源生于基督教的意象，我们不必夸大救赎的作用，因为冰心在根本上并不是为了弘教，她仅仅是在打造新人的“爱的哲学”，重新树立中国新的行为哲学。冰心在《解放以后责任就来了》中呼吁：“我们只管挣扎，只管呼号，要图谋解放，要脱去种种的束缚”，“我们一面要求解放，一面要自己负责任”〔5〕。基督教的意象可以更新旧的文学，冰心似乎并不准备盲目服从信仰，她怀疑主义和学说的能力：《人格》称“主义救不了世界，/学说救不了世界”〔6〕；

---

〔1〕 冰心：《笑》，卓如编：《冰心全集·第一册·文学作品(1919—1923)》，海峡出版发行集团、海峡文艺出版社2012年版，第164页。

〔2〕 冰心：《寄小读者·通讯二十九》，卓如编：《冰心全集·第二册·文学作品(1923—1941)》，海峡出版发行集团、海峡文艺出版社2012年版，第94页。

〔3〕 冰心：《寄小读者·通讯十二》，卓如编：《冰心全集·第三册·文学作品(1942—1957)》，海峡出版发行集团、海峡文艺出版社2012年版，第39页。

〔4〕 冰心：《圣诗》，卓如编：《冰心全集·第一册·文学作品(1919—1923)》，海峡出版发行集团、海峡文艺出版社2012年版，第167页。

〔5〕 冰心：《解放以后责任就来了》，卓如编：《冰心全集·第一册·文学作品(1919—1923)》，海峡出版发行集团、海峡文艺出版社2012年版，第131页。

〔6〕 冰心：《人格》，卓如编：《冰心全集·第一册·文学作品(1919—1923)》，海峡出版发行集团、海峡文艺出版社2012年版，第219页。

《春水·六七》说“信仰将青年人/扶上‘服从’的高塔以后,/便把‘思想’的梯儿撤去了”[1]。萩野脩二精确地统计出:“‘上苍’这个词只在《通讯九》里面出现过,一共有两次”;“在《寄小读者》中,谢冰心的用字法里面有这些词汇”:“造化(二次)　造物(三次)　造物者(十次)　天帝(一次)　上帝(七次)　上天(三次)　有知(二次)”[2]。显然冰心是谨慎的,映照了新的行为哲学,基督教和西洋色彩的标示符号(造物,造物者,上帝)共二十次,中国古典符号(上苍,造化,天帝,上天,有知)共十一次,实现了价值体系上的大致平衡,或者说以中国化的倾向融会了基督教和西洋色彩的标示符号,从而促进了新文化运动。不仅《圣诗》中有些佛教的词汇:“无量数”[3]、“安定”[4]、“羽衣”与“散花”[5]、“昙花”与“刹那”[6]、“水晶”与“碧玉”[7]等等,而且在冰心的文本中,极多谈及佛教,由此可知,基督教是循着佛教而内化和树立的,这是一种新旧的依存与对照。

冰心所致力的是建设白话中国文学的伟业,她在《除夕的梦》中称:“同伴呵!我和你,准备着:/创造——奋斗——牺牲!”[8]《我+基督=?》中说:只有“笼盖在真光之下”,“渗在基督的爱里”,才能“发扬他

---

〔1〕 冰心:《春水·六七》,卓如编:《冰心全集·第一册·文学作品(1919—1923)》,海峡出版发行集团、海峡文艺出版社2012年版,第369页。

〔2〕 [日]萩野脩二:《谢婉莹在威尔斯利大学》,林德冠、章武、王炳根主编:《冰心论集》下集,海峡文艺出版社2000年版,第202页。

〔3〕 冰心:《圣诗·黄昏》,卓如编:《冰心全集·第一册·文学作品(1919—1923)》,海峡出版发行集团、海峡文艺出版社2012年版,第168页。

〔4〕 冰心:《圣诗·黎明》,卓如编:《冰心全集·第一册·文学作品(1919—1923)》,海峡出版发行集团、海峡文艺出版社2012年版,第169页。

〔5〕 冰心:《圣诗·使者》,卓如编:《冰心全集·第一册·文学作品(1919—1923)》,海峡出版发行集团、海峡文艺出版社2012年版,第172页。

〔6〕 冰心:《圣诗·生命》,卓如编:《冰心全集·第一册·文学作品(1919—1923)》,海峡出版发行集团、海峡文艺出版社2012年版,第173页。

〔7〕 冰心:《圣诗·孩子》,卓如编:《冰心全集·第一册·文学作品(1919—1923)》,海峡出版发行集团、海峡文艺出版社2012年版,第174页。

〔8〕 冰心:《除夕的梦》,卓如编:《冰心全集·第一册·文学作品(1919—1923)》,海峡出版发行集团、海峡文艺出版社2012年版,第166页。

特具的天才，贡献人类以伟大的效果”[1]。《春水·二六》云：“我只是一个弱者！/光明的十字架/容我背上罢，/我要抛弃了性天里/暗淡的星辰！”[2]显然，基督教为一代新人提供了有益的行为参照，并参与建构新的行为哲学：弱者的创造，勇毅的牺牲。在冰心的文本中有极多基督教式的谦卑，它们消除了超人式的张狂和无谓的颓废。冰心引入基督教的爱，极大地扩张了中国古典式的爱。这不是为了宗教，冰心式的“爱的哲学”积极建造了新的中国行为哲学。《繁星·七五》[3]、《繁星·八五》[4]、《繁星·一一三》[5]中体现的父女之间的天伦之爱与《春水·四〇》[6]、《春水·一二〇》[7]中体现的兄弟姊妹之间的天伦之爱，明显属于儒家式的爱；《春水·一三九》[8]、《春水·一

---

〔1〕 冰心：《我＋基督＝？》，卓如编：《冰心全集·第一册·文学作品（1919—1923）》，海峡出版发行集团、海峡文艺出版社 2012 年版，第 176 页。

〔2〕 冰心：《春水·二六》，卓如编：《冰心全集·第一册·文学作品（1919—1923）》，海峡出版发行集团、海峡文艺出版社 2012 年版，第 359 页。

〔3〕 “父亲呵！/出来坐在月明里，/我要听你说你的海”。冰心：《繁星·七五》，卓如编：《冰心全集·第一册·文学作品（1919—1923）》，海峡出版发行集团、海峡文艺出版社 2012 年版，第 256 页。

〔4〕 “父亲呵！/我愿意我的心，/像你的佩刀，/这般的寒生秋水！”冰心：《繁星·八五》，卓如编：《冰心全集·第一册·文学作品（1919—1923）》，海峡出版发行集团、海峡文艺出版社 2012 年版，第 259 页。

〔5〕 “父亲呵！/我怎样的爱你，/也怎样爱你的海”。冰心：《繁星·一一三》，卓如编：《冰心全集·第一册·文学作品（1919—1923）》，海峡出版发行集团、海峡文艺出版社 2012 年版，第 267 页。

〔6〕 “槐花下的狂风，/藤萝上的密雨，/可能容我暂止你？/病的弟弟/刚刚睡浓了呵！”冰心：《春水·四〇》，卓如编：《冰心全集·第一册·文学作品（1919—1923）》，海峡出版发行集团、海峡文艺出版社 2012 年版，第 362—363 页。

〔7〕 “祖父千秋，/同祝一杯酒！”冰心：《春水·一二〇》，卓如编：《冰心全集·第一册·文学作品（1919—1923）》，海峡出版发行集团、海峡文艺出版社 2012 年版，第 385 页。

〔8〕 “这奔涌的心潮/只索倩《楞严》来壅塞了。/无力的人呵！/究竟会悟到‘空不空’么？”冰心：《春水·一三九》，卓如编：《冰心全集·第一册·文学作品（1919—1923）》，海峡出版发行集团、海峡文艺出版社 2012 年版，第 391 页。

七〇》[1],则是中国佛教式的爱;《春水·一四五》[2]表现的对自然的爱,则是一种没有向性的爱。《自由——真理——服务》显著地表明,冰心所接受的基督教教育,即燕京大学的校训:“以真理得自由而服务”(Freedom Through Thuth for Service);冰心论述的“自由”,调和了古典中国儒家的观念“从心所欲不逾矩”与基督教的人人彼此相爱观念;把基督教的“真理”简化为一个“爱”字;把“服务”转化为基督式的“服事人”[3]。以上的表述中,冰心明显地放弃了救赎的观念。冰心倾向于采取天使的形象,尤其是微笑的意象,以此来消除中国古典式的感伤主义和满纸秋声的悲凉色彩。

茅盾的《冰心论》深刻地指出:“论冰心思想的人都说她很受了基督教教义和泰戈尔哲学的影响,这种说法,我们只可认为道着一半”[4]。茅盾还指出冰心没有受过多少风靡“五四”时期的实验主义、科学方法的影响,而是倾向于神秘主义那一条路。在此我们并不想繁冗地谈论这类发生在冰心身上的内化问题,只想指出;在中学与西学的新的行为建构上,向科学敞开的期待视域是极其薄弱的,并且作为女性作家的冰心更多地是从面对着女性境遇和女性问题来切入社会问题的,例如《“破坏与建设时代”的女学生》、《两个家庭》、《秋雨秋风愁煞人》、《庄鸿的姊姊》、《一篇小说的结局》、《最后的安息》、《骰子》、《“无限之生”的界线》、《一个奇异的梦》、《是谁断送了你》、《除夕的梦》、《遗书》、《六一姊》、《关于女人》等,因此冰心作品中的女性人物极多,她的读者群也更

---

〔1〕 “严静的夜里,/凄然的将捉在手里的灯蛾/放到窗外去了”。冰心:《春水·一七〇》,卓如编:《冰心全集·第一册·文学作品(1919—1923)》,海峡出版发行集团、海峡文艺出版社 2012 年版,第 402 页。

〔2〕 “当我默默的/敞着楼窗,/对着大海,/自然无声的谢我说:/‘我承认我们是被爱的了’”。冰心:《春水·一四五》,卓如编:《冰心全集·第一册·文学作品(1919—1923)》,海峡出版发行集团、海峡文艺出版社 2012 年版,第 393 页。

〔3〕 冰心:《自由——真理——服务》,卓如编:《冰心全集·第一册·文学作品(1919—1923)》,海峡出版发行集团、海峡文艺出版社 2012 年版,第 203、204 页。

〔4〕 茅盾:《冰心论》,《文学》第三卷第二号,1934 年 8 月。林德冠、章武、王炳根主编:《冰心论集》上集,海峡文艺出版社 2000 年版,第 50—51 页。

多的是女性和"'少年老成'的小孩子或者'犹有童心'的'大孩子'"[1]。而那个时代，科学、革命是男性（阳性）的词汇，冰心完全有理由放弃它们。在新的行为哲学中，性别的区分开始变得明显和重要。

冰心的同时代人大多认为她的文本是女性化的：蒋光赤说过"冰心女士真是个小姐的代表！""她的人生观是小姐的人生观"[2]；陈西滢认为"《超人》里大部分的小说，一望而知是一个没有出过学校门的聪明女子的作品"[3]；张天翼指出"作品中显示了作者的女性，使你咀嚼到了温柔、细腻、暖和、平淡、爱"[4]；黄英写道：谢婉莹"是新文艺运动中的一位最初的，最有力的，最典型的女性的诗人、作者"[5]；茅盾以为"在所有'五四'时期的作家中，只有冰心女士最最属于她自己"[6]；郁达夫说明"我以为读了冰心女士的作品，就能够了解中国一切历史上的才女的心情"[7]。而这一切，都是为了建造新的中国行为哲学的女性哲学。

二

冰心自称："我在中学和大学以及留学时期都学过外文。不会没有一点'洋'的影响，但是我没有偏爱过那一位外国作家"，"我自己喜欢的

---

〔1〕 茅盾：《冰心论》，《文学》第三卷第二号，1934 年 8 月。林德冠、章武、王炳根主编：《冰心论集》上集，海峡文艺出版社 2000 年版，第 56 页。

〔2〕 蒋光赤：《现代中国社会与革命文学》，《民国日报·觉悟》1925 年元旦。林德冠、章武、王炳根主编：《冰心论集》上集，海峡文艺出版社 2000 年版，第 3 页。

〔3〕 陈西滢：《冰心女士》，《西滢闲话·新文学运动以来的十部著作》，新月书店 1928 年版。林德冠、章武、王炳根主编：《冰心论集》上集，海峡文艺出版社 2000 年版，第 4 页。

〔4〕 克川（张天翼）：《冰心》，《文艺月刊·十年来中国的文坛》1932 年。林德冠、章武、王炳根主编：《冰心论集》上集，海峡文艺出版社 2000 年版，第 5 页。

〔5〕 黄英（阿英）：《谢冰心》，《现代中国女作家》，北新书局 1931 年版。林德冠、章武、王炳根主编：《冰心论集》上集，海峡文艺出版社 2000 年版，第 8 页。

〔6〕 茅盾：《冰心论》，《文学》第三卷第二号，1934 年 8 月。林德冠、章武、王炳根主编：《冰心论集》上集，海峡文艺出版社 2000 年版，第 57—58 页。

〔7〕 郁达夫：《中国新文学大系·第七集·散文二集·导言》，赵家璧主编：《中国新文学大系·第七集·散文二集》，上海良友图书公司 1935 年 8 月初版，上海文艺出版社 1981 年版，第 16 页。

还是古典文学，中国的古典文学”[1]。冰心通过家庭、教会学校和报刊杂志接受外来文化是不争的事实，“五四”时代的新思想在冰心的文本中或隐或显地印现着，冰心在《繁星·三〇》[2]、《繁星·四〇》[3]、《繁星·一〇九》[4]与《繁星·一六三》[5]中流露了自己对时代的思想和思潮的感慨。虽然冰心提出：“文字是空洞的，/言语是虚伪的；/你要引导你的朋友，/只在你/自然流露的行为上！”[6]但是，我们依然愿意从冰心文本的词语、意象、形象、思想、结构等分散和隐约的外来因素方面，分析它们对于构造新的中国行为哲学的意义及其内在的平衡机能。

（一）冰心 1919—1925 年文本世界词语、思想的外来因素

《二十一日听审的感想》中的可以旁听有律师辩护的法庭公判和调侃不遵守“不准吸烟吐痰”禁令的警察与“怜悯那几个‘心死的青年’”、“良心被私欲支配的”“四位原告”[7]，这些显然是受外来影响的新因素，冰心将它们置于新的中国行为哲学之中。警察吐痰、原告学生们明显地被置于中国旧的行为哲学，而被告学生、刘律师和张妈（舆论或公

---

[1] 冰心：《致曾华鹏》（1984 年 8 月 27 日），卓如编：《冰心全集·第八册·书信（1928—1997）》，海峡出版发行集团、海峡文艺出版社 2012 年版，第 249 页。

[2] “除却缥缈的思想之外，/一事无成！”冰心：《繁星·三〇》，卓如编：《冰心全集·第一册·文学作品（1919—1923）》，海峡出版发行集团、海峡文艺出版社 2012 年版，第 244 页。

[3] “我只是受思潮驱使的弱者呵！”冰心：《繁星·四〇》，卓如编：《冰心全集·第一册·文学作品（1919—1923）》，海峡出版发行集团、海峡文艺出版社 2012 年版，第 247 页。

[4] “漫天的思想，/收合了来罢！”冰心：《繁星·一〇九》，卓如编：《冰心全集·第一册·文学作品（1919—1923）》，海峡出版发行集团、海峡文艺出版社 2012 年版，第 266 页。

[5] “片片的云影，/也似零碎的思想么？”冰心：《繁星·一六三》，卓如编：《冰心全集·第一册·文学作品（1919—1923）》，海峡出版发行集团、海峡文艺出版社 2012 年版，第 282 页。

[6] 冰心：《繁星·一六〇》，卓如编：《冰心全集·第一册·文学作品（1919—1923）》，海峡出版发行集团、海峡文艺出版社 2012 年版，第 281 页。

[7] 冰心：《二十一日听审的感想》，卓如编：《冰心全集·第一册·文学作品（1919—1923）》，海峡出版发行集团、海峡文艺出版社 2012 年版，第 3、4 页。

道)则被置于中国新的行为哲学,舆论和不在公众场所吐痰显然来自东/西洋新行为哲学的投射。《"破坏与建设时代"的女学生》里称:"'女学生'这三个字,是近数十年来发生的新名词","'自由'、'平等'、'革命'等等的名词思想,弥漫于一般青年的心里。同时这'女学生'、'女子参政'、'男女开放'等名词也随着入到中国";新的中国女性行为哲学,把"竭力的图谋'参政选举'、'男女开放',推翻中国妇女的旧道德,抉破中国礼法的藩篱"[1],置于中国负面的行为哲学;《两个家庭》中亚茜式的旧道德,则置于正面的行为哲学;《最后的安息》、《六一姊》里的中国妇女封建旧道德的行为,如虐待童养媳、旧家庭专制的婆母、妇女缠脚、顺从等,处于妇女行为哲学的负面的行为哲学。外来的妇女行为思想主要是作为改良妇女的办法,开导那些没有知识的妇女的实用利器,服务于社会妇女的指导。批评界一直不恰当地把这些外来因素只看作是新思想,而忽略了这些言语形式的行为哲学层面的意义。冰心在《李易安女士词的翻译和编辑》里的"词人小传"中指出:"对一位诗人,特别对一位女诗人来说,中国是一个困难的地方。""东方的文学家们十分厌恶赞美一位妇女文学家!他们即使赞扬,也要带着一种宽容和讥讽的语言"[2]。诗歌《我劝你》写道:"只有女人知道女人的心,/虽然我晓得/只有女人的话,你不爱听"[3]。温柔的女作家以其心灵探索人生,写下了幼稚的欢乐和天真的眼泪。创作于1940年代的《关于女人》中的许多篇章,仍然包含了对于女性的社会行为和存在价值的思考,指示着行为哲学方面的实践意义。《我的母亲》里的叙述者"我"最后说明:"关于妇女运动的各种标语,我都同

---

[1] 冰心:《"破坏与建设时代"的女学生》,卓如编:《冰心全集·第一册·文学作品(1919—1923)》,海峡出版发行集团、海峡文艺出版社2012年版,第5页。

[2] 冰心:《李易安女士词的翻译和编辑》,卓如编:《冰心全集·第二册·文学作品(1923—1941)》,海峡出版发行集团、海峡文艺出版社2012年版,第190页。

[3] 冰心:《我劝你》,卓如编:《冰心全集·第二册·文学作品(1923—1941)》,海峡出版发行集团、海峡文艺出版社2012年版,第304页。

意，只是看到或听到‘打倒贤妻良母’的口号时，我总觉得有点逆耳刺眼”[1]。肯定贤妻良母，并不是对反动和守旧的赞美，而是源于对女性的由衷赞美：“女人永远是我的最高超圣洁的‘灵感’！”[2]

冰心从未陷入极端的革新，她有着相当明智的自知力和自制力。《最后的使者》融汇了西方观念与中国文学理念，神和诗神显然都接受了中国化。《介绍一位艺术家》则借西洋名优菲尔波士的故事，重谈艺术家的幻秘冷静的态度和神秘的生活，并且在《中西戏剧之比较》中，希望中国的雏形艺术家把西洋戏剧的悲剧精神中国化为“国民性的自觉”[3]。《我曾》里的“我曾梦游天国，/醒来一片片河山破碎”[4]，梦与天国显然与班扬《天路历程》式的观念亦同亦异。翻译纪伯伦的《先知》时，在“哲理的散文诗就更难译了”[5]的理由下，拒绝了特出的异域文化特征。《寄小读者·通讯二十一》写道：“到自由(Freedom)又五六日了，高处于白岭(The White Mountains)之上，华盛顿(Mount Washington)，戚叩落亚(Chocorua)诸岭都在几席之间。这回真是入山深了！”在填入西洋名物的中国句法中引出了西洋地理学式的描述：“此地高出海面一千尺，在北纬四十四度，与吉林同其方位”[6]。

以上的事实表明：冰心式的白话文学中国化的方向，排斥不能接受中国化的外来因素。《“破坏与建设时代”的女学生》中，将不中不西的

---

[1] 冰心：《我的母亲》，卓如编：《冰心全集·第二册·文学作品(1923—1941)》，海峡出版发行集团、海峡文艺出版社2012年版，第517页。

[2] 冰心：《〈关于女人〉再版自序》，卓如编：《冰心全集·第二册·文学作品(1923—1941)》，海峡出版发行集团、海峡文艺出版社2012年版，第504页。

[3] 冰心：《中西戏剧之比较——在学术讲演会的讲演》，卓如编：《冰心全集·第二册·文学作品(1923—1941)》，海峡出版发行集团、海峡文艺出版社2012年版，第230页。

[4] 冰心：《我曾》，卓如编：《冰心全集·第二册·文学作品(1923—1941)》，海峡出版发行集团、海峡文艺出版社2012年版，第243页。

[5] 冰心：《先知·序》，卓如编：《冰心全集·第九册·译文(1931—1961)》，海峡出版发行集团、海峡文艺出版社2012年版，第4页。

[6] 冰心：《寄小读者·通讯二十一》，卓如编：《冰心全集·第二册·文学作品(1923—1941)》，海峡出版发行集团、海峡文艺出版社2012年版，第75页。

服饰、好高骛远与不适国情的言论、剧场和游艺园置于负面的地位；简单的服饰、稳健的言论、有价值的新闻与杂志、学术演讲会、音乐会、恳亲会、团体和个人交际置于正面的地位，“闭居小村的威廉帝，放流荒岛的拿破仑”[1]便是作为新人的标志符号。《悟》中的制度、阶级、高等动物、科学等，亦被置于负面的地位。

（二）冰心 1919—1925 年文本世界意象、形象的外来因素

中国古典的行为哲学是接受外来因素的“适宜的土壤”，而外来因素是播种中国新的行为哲学的种子和建设的因素，但不是中国新的行为哲学本身，新的中国行为哲学是东/西洋行为哲学和中国古典行为哲学的融化交流的结晶，正是这些外来因素被视为有助于提高现代人的趣味和教养，或者作为新人的标志符号。亚茜家的洋式椅桌、钢琴、照片、西文书籍以及英文翻译，小峻唱歌，电灯，教老妈子识字等等，无论是写实或者是虚拟，都是中国新式的“模范表式”，陈太太与亚茜的对比，这种二元对立的结构，在冰心的文本中频繁出现。在《山中杂记——遥寄小朋友·（七）说几句爱海的孩气的话》中，通过“海”与“山”的对比品评达到了极致。《斯人独憔悴》中颖铭家的“书房里虽然也垒着满满的书，却都是制艺、策论和古文、唐诗等等。所看的报纸，也只有《公言报》一种”[2]。这些冰心式的对旧家庭标志符号的否定，表明外来因素和新文化（如有价值的报刊、书籍）是重要的和必需的，而唐诗、古文不恰当地被置于中国新行为哲学的负面的地位。然而，冰心毕竟热爱中国古典文学，所以她笔下的新人往往又与古典文学有着关连，而旧诗词却赋予了新的行为哲学的色彩。

冰心似乎并不致力于研究外国和了解外国因素的真实（真理），她吸收外国文化与求知外国文化的愿望和行为均并不强烈，往往有视而无

[1] 冰心：《“破坏与建设时代”的女学生》，卓如编：《冰心全集·第一册·文学作品（1919—1923）》，海峡出版发行集团、海峡文艺出版社 2012 年版，第 10 页。

[2] 冰心：《斯人独憔悴》，卓如编：《冰心全集·第一册·文学作品（1919—1923）》，海峡出版发行集团、海峡文艺出版社 2012 年版，第 26 页。

睹，或者有睹而如故之嫌。《中西戏剧之比较》中，似乎不该有如此多的学术阙误。从《赴敌》的翻译看，冰心女性化和儿语化的策略，具有太多的主观抒情化。

总之，冰心对外来因素的态度具有极其浓重的自我/主观化色彩，外来因素往往被同化，扭曲其本来的客观性貌。中外因素的差异在根本上消除了对立和冲突的力量，许多被驯化的外来因素一成不变地成为中国新的行为哲学的标志符号和行为符号。一些外来因素感召了新文化相互激励的力量，如尼采的超人、基督教的谦卑者和泰戈尔的静观者，基督教微笑的天使、泰戈尔快美的原则和歌德式的享乐的感受。梦的意义被扩张了：基督教的幻景，黄金世界，希望（dream）等等。玫瑰在冰心的作品中被极频繁地应用着，成为意义极为丰富的意象。泰戈尔的孩子形象、《圣经》中的儿童形象与冰心的回忆、古典中国的传统融会在一起。这些外来因素开拓了无限广远的野域边界，启发中国人走出古典行为哲学。如果说坚船利炮有侵略性，是侵犯的力量，那么在冰心的作品里，外来因素是和平、驯服与融合的。在文言/白话、西文/白话，方言/白话的转换上，冰心是获益的！

本文与彭建华博士合作，原载陈济谋、杨少衡主编：《福建现当代文学评论集》，海风出版社2004年版

冰心对建设白话文学的贡献

众多的专家学者对于怎样评价冰心在现代白话文学或新文学建设中的贡献问题，表达过极其精彩而深刻的见解，然而绝少有从语言学、文体学方面进行描述和分析。本文试图以语言学、文体学的方法，从文学风格与语言风格两个层面和"文言化"、"西文化"与"融会"三个角度，描述分析冰心的文本所建构的"冰心体"在现代文学转型过程中，对建设白话文学文体方面所做出的贡献。

冰心的创作谈中有许多谈到了文学与翻译，我们不想称之为冰心的"元文学"(元小说/元诗)，它们是对白话文学建设的探索和思考，足见冰心是一个自觉的白话文学的文体作家。《遗书·十》借助好友宛因之口称："文体方面我主张'白话文言化'，'中文西文化'，这'化'字大有奥妙，不能道出的，只看作者如何运用罢了！我想如现在的作家能无形中融会古文和西文，拿来应用于新文学，必能为今日中国的文学界，放一异彩"[1]。我们认为冰心的新文学文体，即是一种融会古文和西文的白话文学文体，我们虽然不想在此仔细分辨所谓的古文/文言/国文/白话文之间的联系与差别，但是认为：对于冰心文本所建构的"冰心体"中的"文言化"、"西文化"与"融会"状况是需要作出具体的描述和分析的。

---

〔1〕 冰心：《遗书·十》，卓如编：《冰心全集·第一册·文学作品(1919—1923)》，海峡出版发行集团、海峡文艺出版社 2012 年版，第 435 页。

二

冰心在《文学家的造就》中认为:“文学家要多读古今中外属于文学的作品。这就是造成文学家的第一步了,他既有了偏于文学的嗜好,也必须多读属于文学的作品。读的愈多,机局愈精熟,材料愈方便,思想愈活泼。久而久之,必能独辟蹊径,自成一家”[1]。冰心曾读过许多文言作品,她在《我的文学生活》中写道:“那时我才七岁”,“一口气看完《三国志》,又拿起《水浒传》,和《聊斋志异》”;“十岁的时候”,“又添了《论语》、《左传》,和《唐诗》。(还有种种新旧的散文,旧的如《班昭女诫》,新的如《饮冰室自由书》)”;“我学对对子,看诗韵”;“到了十一岁,我已看完了”“《西游记》,《水浒传》,《天雨花》,《再生缘》,《儿女英雄传》,《说岳》,《东周列国志》等等”;“中学四年之中”,“我爱看笔记小说,以及短篇的旧小说,如《虞初志》之类”[2]。

冰心的许多散文或小说很像诗,冰心的作品中引用古代诗文是极多的。我们不怀疑《图画》是诗意的写实:“寻幽访胜”,“树影无际”,石桥流水,峰回路转,“断瓦颓垣”,“故家陵阙”,王谢燕子,“玲珑剔透”,“晚霞鲜红”,“平原村树”,“深蓝浓紫”,“玉宇琼楼”,“瑶宫贝阙”,俨如古典诗句“四月江南无矮树,人家都在绿荫中”[3]所描状的图画;这些浓浓的诗意,鲜活活的,有着文言的底子。《繁星・八》中“残花缀在繁

---

〔1〕 冰心:《文学家的造就》,卓如编:《冰心全集・第一册・文学作品(1919—1923)》,海峡出版发行集团、海峡文艺出版社 2012 年版,第 154—155 页。

〔2〕 冰心:《我的文学生活》,卓如编:《冰心全集・第二册・文学作品(1923—1941)》,海峡出版发行集团、海峡文艺出版社 2012 年版,第 321、322—323、324 页。可参见冰心:《我与古典文学》:“我从 5 岁会认字读书起,就非常地喜爱中国古典文学。从《诗经》到以后见的《古文观止》、《唐诗三百首》、《古今诗词精选》等,我拿到后就高兴得不能释手。尤其对唐诗和宋词更为钟爱,以后又用元曲作我的大学毕业论文题目”。卓如编:《冰心全集・第七册・文学作品(1987—1997)》,海峡出版发行集团、海峡文艺出版社 2012 年版,第 371 页。

〔3〕 冰心:《图画》,卓如编:《冰心全集・第一册・文学作品(1919—1923)》,海峡出版发行集团、海峡文艺出版社 2012 年版,第 222 页。

枝上；/鸟儿飞去了，/撒得落红满地——/生命也是这般的一瞥么?”[1]这里的残花落红，飞鸟逝去，生命短暂易逝，回响着文言诗文的主题，“有含蓄不尽的意思”，婉转的声调，“聚精凝神的说”[2]出的语句之精致，同样显现着文言诗文的技法和情绪。文言作品往往为作者提示了精熟的机局，方便的材料和活泼的思想，有时也带来陈腐的套语：秋风秋雨、梧桐芭蕉、窗帘灯光、桂花清香、故人秋雁，“如今窗以内也是‘秋雨秋风愁煞人’的了”[3]。这种文言的色彩，在冰心留学(1923—1926)前创作的作品中是极显著的，这仅仅是一种年少的探索，学习的痕迹生硬而负重。

冰心在《问答词》中表达了烦闷与烦恼：“你的感情起落无恒，你的思想没有系统。你没有你的人生哲学，没有你的世界观。只是任着思潮奔放，随着思潮说话”[4]，希望着，创造着。

在写于1992年1月3日的《我与古典文学》中，冰心自称：“我的初期写作，完全得力于古典文学，如二三十年代的《寄小读者》、《往事》等，内容是抒情多于叙事，句子也多半是文言”[5]。《寄小读者》中还引用不少古典诗词，因为“他们常在一定的环境中，说出你心中要说的话!”[6]过泰安府下火车稍稍散步，远望泰山，就反复默诵《诗经》里的“高山仰止，景行行止，虽不能至，心向往之”四句诗；火车近江南时，又

---

〔1〕 冰心：《繁星·八》，卓如编：《冰心全集·第一册·文学作品(1919—1923)》，海峡出版发行集团、海峡文艺出版社2012年版，第238—239页。

〔2〕 冰心：《遗书·十二》，卓如编：《冰心全集·第一册·文学作品(1919—1923)》，海峡出版发行集团、海峡文艺出版社2012年版，第437页。

〔3〕 冰心：《秋雨秋风愁煞人》，卓如编：《冰心全集·第一册·文学作品(1919—1923)》，海峡出版发行集团、海峡文艺出版社2012年版，第40页。

〔4〕 冰心：《问答词》，卓如编：《冰心全集·第一册·文学作品(1919—1923)》，海峡出版发行集团、海峡文艺出版社2012年版，第229页。

〔5〕 冰心：《我与古典文学》，卓如编：《冰心全集·第七册·文学作品(1987—1997)》，海峡出版发行集团、海峡文艺出版社2012年版，第371页。

〔6〕 冰心：《寄小读者·通讯十四》，卓如编：《冰心全集·第二册·文学作品(1923—1941)》，海峡出版发行集团、海峡文艺出版社2012年版，第49页。

忆起龚自珍的词“都道西湖清怨极，谁分这般浓福？”[1]到了美国，用《诗经》中的“巧笑倩兮，美目盼兮，彼美人兮”[2]，戏拟在晚餐桌上花枝招展的美国女孩子；《通讯九》中引用多句古典诗词，表现自己病中的景象、气氛和惆怅心境[3]。《通讯十一》在沙穰疗养院头两夜卧听檐上夜雨，想起惆怅的诗句[4]。《通讯十四》漫游沙穰深谷，不禁忆起杜甫的诗句等等[5]。

写于1934年7月7日至1935年1月29日的《平绥沿线旅行纪》，在记载沿途的经历、印象和感想时，多了明朗而实在的纪实，掩藏了娇柔的文言诗情，在《赴百灵庙途中》受到尊崇，然而文言的底子依然如初的清新：无边的绿海，如镜的平地，如矢的直道，《敕勒歌》的妙绝，草中的野鼠，地居的小鸟，绚烂的野花，四散的黄羊，阵雨的苍穹，这景象仅仅是跨越时空的契合，文言诗并未拘束新观察与新思想。而作于1942年的《生命》似乎又回到了1920年代的文言底色：秋叶/风凉，春星/新

---

〔1〕 冰心：《寄小读者·通讯三》，卓如编：《冰心全集·第二册·文学作品（1923—1941）》，海峡出版发行集团、海峡文艺出版社2012年版，第10页。

〔2〕 冰心：《寄小读者·通讯八》，卓如编：《冰心全集·第二册·文学作品（1923—1941）》，海峡出版发行集团、海峡文艺出版社2012年版，第20页。

〔3〕 “臣门如市，臣心如水”。“消受白莲花世界，风来四面卧中央”。“水调歌从邻院度，雷声车是梦中过”。“到死未消兰气息，他生宜护玉精神”！“马蹄隐隐声隆隆，入门下马气如虹”。“我今垂翅负天鸿，他日不羞蛇作龙”！“众里寻他千百度——/蓦然回首，/那人却在/灯火阑珊处”。冰心：《寄小读者·通讯九》，卓如编：《冰心全集·第二册·文学作品（1923—1941）》，海峡出版发行集团、海峡文艺出版社2012年版，第23、24、25、25、26、26、27页。

〔4〕 “第一是难听夜雨！天涯倦旅，此时心事良苦”。“洒空阶更阑未休……似楚江暝宿，风灯零乱，少年羁旅”。“可惜流年，忧愁风雨，树犹如此”。“细雨梦回鸡塞远，小楼吹彻玉笙寒”。冰心：《寄小读者·通讯十一》，卓如编：《冰心全集·第二册·文学作品（1923—1941）》，海峡出版发行集团、海峡文艺出版社2012年版，第34页。

〔5〕 “绝代有佳人，幽居在空谷；自云良家子，零落依草木……摘花不插花，采柏动盈掬——天寒翠袖薄，日暮倚修竹”。“前不见古人，后不见来者，念天地之悠悠，独怆然而涕下”。“云无心以出岫，鸟倦飞而知还。景翳翳以将入，抚孤松而盘桓”。冰心：《寄小读者·通讯十四》，卓如编：《冰心全集·第二册·文学作品（1923—1941）》，海峡出版发行集团、海峡文艺出版社2012年版，第48—49页。

月，灯彩/桔色，“海样的深愁”[1]。

我们认为，冰心的白话中浸透了无限的文言精神，这不仅仅是保守的继承，冰心在她的初始白话试验中，就对新文学运动所包含的喧嚣，种种可怜可笑的事实与无资格、无价值的东西，表示出应由孔子的“己欲立而立人，己欲达而达人”[2]来解围。冰心主张积极地做去，清楚地意识到在这个过渡的时期，“我们一面要求解放，一面要自己负责任；否则只有破坏，没有建设，解放运动的进行，要受累不浅了”[3]。继承是建设的起点，文言是新文学的源泉，胡适的白话文学史所树立的旗帜，即建造另一种国语文学的方向。《忏悔》中主人公企俊关于新文化运动中存在着“投机事业，欺人伎俩”[4]的思考与忏悔，是既严肃又无奈的，其他不少作品中也存在着这种状况，闪烁着怀疑、批判的精神：《繁星·一一二》写道“古人呵！/你已经欺哄了我，/不要引导我再欺哄后人”[5]；《远道·一一》称说“经过了离别，/我凄然的承认了/许多诗词/在文学上的价值”[6]。

1923年之前，冰心明显地以新文学为旗帜，积极地追随之，以新道德、新人格为口号。当时胡适、周作人、俞平伯等作家的白话诗，也大多以白话重叙文言诗境或者接近文言诗境，仍未脱尽旧诗词音节形式，胡适的受旧词影响很深的诗多作词调。在这个打铸新文学的时期，新的诗文中留有文言的底子，原本就是自然和必需

---

〔1〕 冰心：《生命》，卓如编：《冰心全集·第三册·文学作品（1942—1957）》，海峡出版发行集团、海峡文艺出版社2012年版，第8页。

〔2〕 冰心：《“破坏与建设时代”的女学生》，卓如编：《冰心全集·第一册·文学作品（1919—1923）》，海峡出版发行集团、海峡文艺出版社2012年版，第7页。

〔3〕 冰心：《解放以后责任就来了》，卓如编：《冰心全集·第一册·文学作品（1919—1923）》，海峡出版发行集团、海峡文艺出版社2012年版，第131页。

〔4〕 冰心：《忏悔》，卓如编：《冰心全集·第一册·文学作品（1919—1923）》，海峡出版发行集团、海峡文艺出版社2012年版，第142页。

〔5〕 冰心：《繁星·一一二》，卓如编：《冰心全集·第一册·文学作品（1919—1923）》，海峡出版发行集团、海峡文艺出版社2012年版，第267页。

〔6〕 冰心：《远道·一一》，卓如编：《冰心全集·第一册·文学作品（1919—1923）》，海峡出版发行集团、海峡文艺出版社2012年版，第592页。

的。吴宓争辩："吾国古今之学术、德教、文艺、典章，皆当研究之，保存之，昌明之，发挥而光大之"[1]。可以说是中肯地言及了要害。评论界曾以文言化为冰心诗文成功的奥妙，事实上，冰心由文言诗文契合，学会了悲天怜人的忧郁，对"精神渐渐趋到消极方面去"[2]的担忧是合理的，而大多数旧家庭出生的女子是容易趋于悲观的，这许多真情实事与文言作品的描写是极相近似的。旧诗便利地提供了观察视角和思考方向，或者取消了直接而真实的观察和思考。

二

我们大抵把冰心的"西文化"分为两个阶段：留学前的《圣经》影响，泰戈尔影响，以及数量众多的翻译文学的影响；留学后直接的西文文学在文意、词汇、景象等方面的影响，尤其是对叙述性因素的增长和成熟的影响。

美文《笑》里，墙上画中的安琪儿、道旁的孩子和茅屋里的老妇人显然是微妙而神圣的，揭示着基督教的光和爱的哲学意义，主观抒情下潜伏的叙事，圣诗一般的清新和美妙。《繁星・一一》述说着类似于《笑》的神秘。

《圣诗》与《圣经》一样，"词句里，不断的含有超绝的美"，"充满了神圣、庄严、光明、奥妙的意象"[3]。《傍晚》极大地增衍了乐园的黄昏之美："光明璀璨"/"花儿开着"/"鸟儿唱着"/"泉水潺潺"/"太阳""余辉"/

---

〔1〕 吴宓：《论新文化运动》，徐葆耕编：《会通派如是说——吴宓集》，上海文艺出版社1998年版，第15页。

〔2〕 冰心：《我做小说，何曾悲观呢？》，卓如编：《冰心全集・第一册・文学作品(1919—1923)》，海峡出版发行集团、海峡文艺出版社2012年版，第43页。

〔3〕 冰心：《圣诗》，卓如编：《冰心全集・第一册・文学作品(1919—1923)》，海峡出版发行集团、海峡文艺出版社2012年版，第167页。

“微微”“凉风”/“歌颂”“赞美”[1]。《黎明》表达了黎明之美:“严静”/“灿烂”/“安定”/“讴歌”/“琴瑟”/“颂美”[2]。《清晨》传达了清晨之美:“晓光”/“光明”/“小鸟”/“天边”/“海极”/“无穷”/“慈爱”[3],其中小鸟具体化了飞的意象。《使者》增衍了天使形象,《他是谁》在原隐喻的语句上作出矛盾对位式的增衍,《客西马尼花园》、《骷髅地》、《沉寂》则完全把原叙语言转变成描写语言,形象极度地显现出来,对话成为描写中最活泼的成份。《生命》具体化了生命的短暂,反复而婉转,独白语言增强了形象描写的力量。《孩子》中的城充满着上帝的荣光,“水晶的城壁,/碧玉的门墙”[4],美的比喻转化成实写的景象,取消比喻的虚拟/幻象,丰富了孩子的具象,从奥妙指向生活情境本身。《何忍》、《天婴》最充分地表现了冰心叙述描写的物象,情节微弱地构成了一个行为,潜伏着叙事抒情成分强烈而神圣、庄严,整个作品尤其突现出主观抒情和奥妙的沉思。《我+基督=?》列出了一个意义的方程,并吁请:“时时要推求这方程的答案”[5]。冰心作品往往有方程式的简洁,基督教往往把叙述或描写延伸到无限,向超越性敞开。

冰心在《文学家的造就》中写道:“文学家要常和自然界接近。自然的美,是普遍的,是永久的,在文学的材料上,要占极重要的位置的。文学家要迎合它,联络它,利用它,请它临格在自己的思想中,溶化在自己的文字里。若只花花绿绿的堆字叠句,便变成呆板笨滞,无神采,无生

---

〔1〕 冰心:《圣诗·傍晚》,卓如编:《冰心全集·第一册·文学作品(1919—1923)》,海峡出版发行集团、海峡文艺出版社2012年版,第167—168页。

〔2〕 冰心:《圣诗·黎明》,卓如编:《冰心全集·第一册·文学作品(1919—1923)》,海峡出版发行集团、海峡文艺出版社2012年版,第169页。

〔3〕 冰心:《圣诗·清晨》,卓如编:《冰心全集·第一册·文学作品(1919—1923)》,海峡出版发行集团、海峡文艺出版社2012年版,第170页。

〔4〕 冰心:《圣诗·孩子》,卓如编:《冰心全集·第一册·文学作品(1919—1923)》,海峡出版发行集团、海峡文艺出版社2012年版,第174页。

〔5〕 冰心:《圣诗·我+基督=?》,卓如编:《冰心全集·第一册·文学作品(1919—1923)》,海峡出版发行集团、海峡文艺出版社2012年版,第176页。

气的文字"[1]。冰心认为大自然可以补救我们四周干燥的空气，提倡文学家要到大自然中去。《山中杂感》面对快乐光明的自然，而又祈祷于造物者的安置。《繁星·一二三》的梦魂则直接张扬着神性，一种洋溢着爱、平等的神性，红红的玫瑰阐发了冰心式的"光"[2]的基督教哲学；《繁星·一三六》写风雨后，《繁星·一五〇》描独坐黄昏，这些对自然与心境的描摹，或庄严或奥妙。冰心在众多的作品里演译了基督教爱的哲学，如《世界上有的是快乐……光明》、《一个军官的笔记》、《画——诗》、《笑》、《圣诗》、《国旗》、《超人》、《宇宙的爱》、《爱的实现》等等，其中童心之爱尤其显著。作为教会女校的学生，冰心多次地借助基督教作为新道德、新人格的模型和典范：散文《我》通过对自我的质疑，展示基督教关于"这两个我，永远不能分析"[3]的理论；《自由——真理——服务》中摘引《约翰福音》第十四章第六节的耶稣基督说："我就是道路，真理，生命"[4]；《春水·二六》宣称："我只是一个弱者！/光明的十字架/容我背上罢"[5]。许多作品中反复出现的白衣飘举的(人物)形象或是天使，或者天使化了，这一母题式的形象表明冰心"西文化"的倾向。

冰心许多作品中的意象乃至奇想显然有"西文化"的痕迹：《"无限之生"的界线》，阐释了一种追求"万全的爱"、"完全结合"[6]的宗教精神；《鱼儿》里的"月儿是受了这血水的洗礼，被这血水浸透了，他带着血红的光，停在天上"，鱼儿"它吃了那兵丁的手臂，它饮了从那兵丁伤处

---

〔1〕 冰心：《文学家的造就》，卓如编：《冰心全集·第一册·文学作品(1919—1923)》，海峡出版发行集团、海峡文艺出版社2012年版，第155页。

〔2〕 冰心：《圣诗·我＋基督＝？》，卓如编：《冰心全集·第一册·文学作品(1919—1923)》，海峡出版发行集团、海峡文艺出版社2012年版，第175—176页。

〔3〕 冰心：《我》，卓如编：《冰心全集·第一册·文学作品(1919—1923)》，海峡出版发行集团、海峡文艺出版社2012年版，第146页。

〔4〕 冰心：《自由——真理——服务》，卓如编：《冰心全集·第一册·文学作品(1919—1923)》，海峡出版发行集团、海峡文艺出版社2012年版，第204页。

〔5〕 冰心：《春水·二六》，卓如编：《冰心全集·第一册·文学作品(1919—1923)》，海峡出版发行集团、海峡文艺出版社2012年版，第359页。

〔6〕 冰心：《"无限之生"的界线》，卓如编：《冰心全集·第一册·文学作品(1919—1923)》，海峡出版发行集团、海峡文艺出版社2012年版，第97页。

流下来的血，它在血水里养大了的”[1]；《向往——为德诗人歌德逝世九十周年纪念作》中的“在‘真理’和‘自然’里，/挽着‘艺术’的婴儿，/活泼自由的走光明的道路”，“时代之栏的内外，/都是‘自然’的宠儿呵！”[2]把抽象的观念人格化，在冰心的作品里是存在着的：《繁星·一五一》里，“向前迎住”的“智慧的女儿”[3]；《谢“思想”》内，“无边微妙，/无限神奇”[4]的思想；《烦闷》中，“母亲的温柔的爱，和孩子天真极乐的睡眠”[5]；《“将来”的女神》间，“只是向前飞，/不肯一回顾”[6]的女神。

《繁星·三七》中“和世人”“隔着一重光明之雾”的“艺术家”[7]观念，《繁星·六五》“谁能追踪”的“造物者”“的笔意”[8]，《繁星·一二〇》泰戈尔式的“母亲”“的心怀”[9]；《最后的使者》里能赐给诗人“无限的智慧”，“泄尽了宇宙的神秘，写尽了人类的深思”的“众神之王”[10]观

---

〔1〕 冰心：《鱼儿》，卓如编：《冰心全集·第一册·文学作品(1919—1923)》，海峡出版发行集团、海峡文艺出版社2012年版，第159页。

〔2〕 冰心：《向往——为德诗人歌德逝世九十周年纪念作》，卓如编：《冰心全集·第一册·文学作品(1919—1923)》，海峡出版发行集团、海峡文艺出版社2012年版，第346、347页。

〔3〕 冰心：《繁星·一五一》，卓如编：《冰心全集·第一册·文学作品(1919—1923)》，海峡出版发行集团、海峡文艺出版社2012年版，第278页。

〔4〕 冰心：《谢“思想”》，卓如编：《冰心全集·第一册·文学作品(1919—1923)》，海峡出版发行集团、海峡文艺出版社2012年版，第323页。

〔5〕 冰心：《烦闷》，卓如编：《冰心全集·第一册·文学作品(1919—1923)》，海峡出版发行集团、海峡文艺出版社2012年版，第338页。

〔6〕 冰心：《“将来”的女神》，卓如编：《冰心全集·第一册·文学作品(1919—1923)》，海峡出版发行集团、海峡文艺出版社2012年版，第344页。

〔7〕 冰心：《繁星·三七》，卓如编：《冰心全集·第一册·文学作品(1919—1923)》，海峡出版发行集团、海峡文艺出版社2012年版，第246页。

〔8〕 冰心：《繁星·六五》，卓如编：《冰心全集·第一册·文学作品(1919—1923)》，海峡出版发行集团、海峡文艺出版社2012年版，第254页。

〔9〕 冰心：《繁星·一二〇》，卓如编：《冰心全集·第一册·文学作品(1919—1923)》，海峡出版发行集团、海峡文艺出版社2012年版，第269页。

〔10〕 冰心：《最后的使者》，卓如编：《冰心全集·第一册·文学作品(1919—1923)》，海峡出版发行集团、海峡文艺出版社2012年版，第292—293页。

念;《诗的女神》内"满蕴着温柔,/微带着忧愁,/欲语又停留"[1]的诗的女神观念、天才观念(虽然冰心倾向于部分否定此观念),这些都标记了冰心"西方化"的痕迹。如果说泰戈尔在对冰心的诗和散文诗方面的影响是极显著的话,那么易卜生在对冰心的散文和小说方面,尤其是关注社会问题方面的影响是极显著的。《繁星·七三》说"无聊的文字,/抛在炉里,/也化作无聊的火光"[2];《繁星·一六〇》称"你要引导你的朋友,/只在你/自然流露的行为上!"[3]事实上,冰心关注着破坏与建设时代的种种新与旧的行为,她创作的目的是想让读者痛恨"旧社会旧家庭的不良现状","激动他们去改良"[4],从而促进新时代的健康成长,"西文化"是冰心努力改良旧社会、旧家庭的依靠手段和价值尺度。《春水·一九》呼唤"诗人!/笔下珍重罢!/众生的烦闷/要你来慰安呢"[5];《春水·一五二》希望"先驱者!/绝顶的危峰上""也应念着山下/劳苦的众生!"[6]

冰心在留学的前后,无疑接触到大量的西方作家/作品:歌德、泰戈尔、尼采、易卜生、莎士比亚、杜威、叔本华、陀斯妥耶夫斯基、屠格涅夫、尼司壁、克鲁泡特金、柏拉图、微纳特、彭尼士、哈代、库明斯、赫胥黎、萧伯纳、梅德林克、威斯特、勃朗伦、华兹华斯、《学生灵感手册》、安特米尔《白岭》等。除了在她的以上作品中直接论及的作家/作品之外,还有教会学校的老师,尤其是外籍教师的传授,另外还有类似于亚茜、英士等

---

〔1〕 冰心:《诗的女神》,卓如编:《冰心全集·第一册·文学作品(1919—1923)》,海峡出版发行集团、海峡文艺出版社2012年版,第315页。

〔2〕 冰心:《繁星·七三》,卓如编:《冰心全集·第一册·文学作品(1919—1923)》,海峡出版发行集团、海峡文艺出版社2012年版,第256页。

〔3〕 冰心:《繁星·一六〇》,卓如编:《冰心全集·第一册·文学作品(1919—1923)》,海峡出版发行集团、海峡文艺出版社2012年版,第281页。

〔4〕 冰心:《我做小说,何曾悲观呢?》,卓如编:《冰心全集·第一册·文学作品(1919—1923)》,海峡出版发行集团、海峡文艺出版社2012年版,第42页。

〔5〕 冰心:《春水·一九》,卓如编:《冰心全集·第一册·文学作品(1919—1923)》,海峡出版发行集团、海峡文艺出版社2012年版,第357页。

〔6〕 冰心:《春水·一五二》,卓如编:《冰心全集·第一册·文学作品(1919—1923)》,海峡出版发行集团、海峡文艺出版社2012年版,第395页。

人的翻译与《译书之我见》中所谈论到的种种翻译，冰心的周围似乎存在不少的留学青年，类似于小说《去国》、《两个家庭》中的人物等等。低估“西文化”的作用，是不利于理解与评价冰心的作品的。

在留学的之前和之后，冰心的“西文化”是有差别的。留学以后的冰心作品，自 1924 年 1 月 2 日创作的诗歌《倦旅》而后，冰心诗歌的抒情成份减少了，叙事成份增加了，描写的形象客观因素增加，而主观因素减少。《赴敌》明显采用了叠句副歌的形制，这些篇幅转长的诗作，极少智慧格言式的语言，极少纤妙的并列、对比与对照，这些自由体诗多了几分散文的摇曳和任意。《我劝你》的最后一节诗的游戏性的结语，表明神圣和庄严的诗意大大地减少了。《一句话》明显地体现出诗歌，向严整的格律诗化的努力。《鸽子》诗中的戏剧与《生命》诗中的独白技巧，接近勃朗宁的叙事诗艺。事实上，共和国成立前冰心的诗作在各方面的新探索，在共和国成立之后很少坚持下去。

从冰心 1923 年以后创作的小说看，我们不难发现：与《烦闷》对比，《悟》在叙事方面变得简洁明了；《剧后》生动地叙述了爱情故事的片断，叙事技巧的多样化和成熟是明显的；自称戏作的《姑姑》的叙述视角和戏剧化比《超人》更加精致，没有了《超人》中的矫作的观念化和主观抒情所造成的情节迟滞，它的人物行为更加连贯紧凑，熟练地应用了悬念的叙事手法，人物成为叙事中极重要的目标；《冬儿姑娘》的主人公形象，成功地从人物述说的事件中显现出来，然而幽默漫画式的手法取代了写实原则下的虚构，人物形象多歧义。在大多数的情形中，冰心的小说缺乏鲜明的人物形象，而且有情景化、平面化或写意化的模糊人物。这些平面人物如《第一次宴会》中的瑛、《我们太太的客厅》中的“我们的太太”、《相片》中的施女士与淑贞等等，承载着太多、太重的风俗化的意义。大抵 1923 年以后的小说，在情节上逐渐接近英语写实小说，尤其高潮化的处理诉诸叙事本身，然而冰心的小说从未成为写实主义小说，诗意化和主观抒情阻止了连续的客观叙事，而且细节场景的独立和缺乏连贯与平衡，往往破坏了情节的整一品质，近似于散文的叙事。

散文集《关于女人》是冰心最杰出的作品，这些散文中成功地表现了冰心式的叙事艺术(除极少数作品外),虚拟的叙述人物增添了许多醒目的趣味,曹雪芹式的小说笔法时有再现,更多是呈现现代女性生活的各种场景。同《往事(一)》比较,《我的母亲》有着极优越的行文练达,主观的抒情剪除了芜杂和感伤,幽默而不失优雅,敏锐而准确的观察掩藏了刻意的哲学思考,趋向于平常的生活细节描写,自然而不平淡,运用适度的较长篇幅展示了描写叙述的深度和广度,而且语言风格减少了许多少年语言的稚气,叙述的语言成份如此得宜、简明,支配了这篇散文的风格和色彩。《关于女人》的大多数散文都有相近似的风格,叙述成份的增加,实在难能可贵。

三

"融会"的观念在冰心的创作中是重要而有实践价值的,冰心把她生活的时代称为既破坏又建设的时代,并且自觉地作了既破坏又建设的女学生,《"破坏与建设时代"的女学生》中的十项对新女生的建议,就包括着融会的精神。《两个家庭》、《小家庭制度下的牺牲》、《忏悔》、《烦闷》等作品,均高举了融会的旗帜。《繁星·一二五》称颂:"蜜蜂,/是能融化的作家;/从百花里吸出不同的香汁来,/酿成它独创的甜蜜"[1]。在高唱"创造的,个性的,自然的","发挥个性,表现自己"的"'真'的文学"[2]的时代,冰心并不动摇融会的观念,她认为:文学家的造就"要多读古今中外属于文学的作品","要常和自然界接近","要多研究哲学社会学","看遍天下的美景,交遍天下的名人,观察遍天下的民情风俗;他的文学的资料,便日新月异,取之无尽,用之不竭。而且于他的思想,学问,经验,也更有极大的裨益的"[3]。冰心反对虚伪、矫揉、抄袭的文

---

〔1〕 冰心:《繁星·一二五》,卓如编:《冰心全集·第一册·文学作品(1919—1923)》,海峡出版发行集团、海峡文艺出版社2012年版,第270—271页。

〔2〕 冰心:《文艺丛谈》,卓如编:《冰心全集·第一册·文学作品(1919—1923)》,海峡出版发行集团、海峡文艺出版社2012年版,第196页。

〔3〕 冰心:《文学家的造就》,卓如编:《冰心全集·第一册·文学作品(1919—1923)》,海峡出版发行集团、海峡文艺出版社2012年版,第154、155、156页。

字、偏颇的理论和学说,《遗书·十》借助宛因之口言说:融化就是“无论什么主义,什么派别的成见,都不可存在胸中的”,融会不是主动地迎合批评,如果是“批评家和读者出意思,派作者来创作”,那么又“与科举时作场屋的文章何异?”[1]融会的一面包括着创新,《往事——生命历史中的几页图画(一)》里则通过涵之口说出:“中国的诗里,咏海的真是不多:可惜这么一个古国,上下数千年,竟没有一个‘海化’的诗人!”[2]《遗书·十》内又借助宛因的信写道:“在新文学还很幼稚的时代,我们应当等候它慢慢的淘汰进化”[3];《烦闷》中还利用“他”的回信指出:“文坛上真寂寞呵!我不信拿这些现时的文学界中人的人格,就足以支撑我们现代的文学界,然而他们的确已这样的支撑了,真是——我也知止了,忏悔了。然而古往今来,其实也都是如此,古文学家或者还不如今,不过我们看不见,便只有盲从赞叹”[4]。而冰心自己“发挥个性,表现自己”[5]的融会的真文学,许多是“只管赞美‘自然’,讴歌着孩子,鼓吹着宇宙的爱,称世界是绵绵无尽”,“世界上有的是快乐光明”[6]。《遥寄印度哲人泰戈尔》则是最显著的例子:“你的极端信仰——你的‘宇宙和个人的灵中间有一大调和’的信仰:你的存蓄‘天然的美感’,发挥‘天然的美感’的诗词,都渗入我的脑海中,和我原来的‘不能言说’的思想,一缕缕的合成琴弦,奏出缥缈神奇无调无声的音乐”,“你以快美

---

〔1〕 冰心:《遗书·十》,卓如编:《冰心全集·第一册·文学作品(1919—1923)》,海峡出版发行集团、海峡文艺出版社 2012 年版,第 434、435 页。

〔2〕 冰心:《往事——生命历史中的几页图画(一)》,卓如编:《冰心全集·第一册·文学作品(1919—1923)》,海峡出版发行集团、海峡文艺出版社 2012 年版,第 470 页。

〔3〕 冰心:《遗书·十》,卓如编:《冰心全集·第一册·文学作品(1919—1923)》,海峡出版发行集团、海峡文艺出版社 2012 年版,第 434 页。

〔4〕 冰心:《烦闷》,卓如编:《冰心全集·第一册·文学作品(1919—1923)》,海峡出版发行集团、海峡文艺出版社 2012 年版,第 336 页。

〔5〕 冰心:《文艺丛谈》,卓如编:《冰心全集·第一册·文学作品(1919—1923)》,海峡出版发行集团、海峡文艺出版社 2012 年版,第 196 页。

〔6〕 冰心:《问答词》,卓如编:《冰心全集·第一册·文学作品(1919—1923)》,海峡出版发行集团、海峡文艺出版社 2012 年版,第 228 页。

的诗情，救治我天赋的悲感”[1]。《一只小鸟》、《秋》、《笑》、《宇宙的爱》、《青年的烦闷》、《冰神》等，融化了古今中外的文学的思想。《笑》的成功是显著的，独创的文学不会从虚妄中产生。冰心式的《圣诗》则是另外一种融化，它们都是极美的。《我的母亲》中第六自然段里写我的二弟妇一节，有狄更斯式的幽默，英语式的复句，亦可作为融会的范例。

事实上，无论“文言化”、“西文化”与“融会”，都是在丰富而且发展着的观念，它们在慢慢地进化，在模仿中、在美的瑕疵中，成熟和稳健地丰富与发展着。在“文言化”方面，冰心一方面反对使用学者的语言，主张用启蒙孩子、农夫和愚拙的妇人的语言，另一方面又探索文言词语意象的应用，偶尔还生硬勉强地采用了它们。“西文化”，其实也包括着多元文化的丰富性：《文艺丛谈》里认为，法国微纳特(Venet)关于文学的界说，“比别人所定的，都精确，都周到”[2]；《我们太太的客厅》通过“我们的太太”之口说：“莎士比亚，这个旧人，谁耐烦看那些个！”[3]而她喜欢的是哈代全集、E. E. Cummings(库明斯)的诗、Aldous Huxley(赫胥黎)的小说，并且以萧伯纳来反对叔本华。融会不是强制的归一，我们曾经忽略了融会的多义性。冰心《春水·一四》、《春水·三一》与《春水·八九》可以寻出发展的痕迹，《春水·一九》与《春水·一四四》也可以寻出发展的痕迹。其实，自然的观念是多义的：《春水·一四》与《春水·三一》的华兹华斯式安慰人类枯燥心怀与命令诗人静心听唤的自然，《春水·四二》的中国古文式的自然，《春水·四九》的冰心式的微笑的自然，《春水·七九》的歌德的浮士德式的“你真美呀，请你暂停”的自然，《春水·一二二》的圣诗式的庄严奥妙的自然。其实，我们在《超人》、《石像》、《冰神》、《人间的弱者》与《往事——生命历史中的几页图

---

[1] 冰心：《遥寄印度哲人泰戈尔》，卓如编：《冰心全集·第一册·文学作品(1919—1923)》，海峡出版发行集团、海峡文艺出版社2012年版，第120页。

[2] 冰心：《文艺丛谈》，卓如编：《冰心全集·第一册·文学作品(1919—1923)》，海峡出版发行集团、海峡文艺出版社2012年版，第195页。

[3] 冰心：《我们太太的客厅》，卓如编：《冰心全集·第二册·文学作品(1923—1941)》，海峡出版发行集团、海峡文艺出版社2012年版，第338页。

画(一)》中的"我们不配做女神,也不要'艳如桃李,冷若冰霜'的"[1]等等之间寻觅到某种相似性,这恰好可以解开融会的联结。

四

上文我们从风格的深层次,探讨了冰心诗文文本中的白话文学风格的各方面,下面,我们将主要选取《去国》、《笑》、《超人》、《繁星》、《春水》、《遗书》、《山中杂记》、《我的母亲》、《使我心疼头痛的弟妇》、《张嫂》等作品,考察冰心诗文文本中的语言风格方面的特征。它们大致覆盖了 1919 年到 1943 年的冰心诗文文本创作活动成功的各方面。

《去国》连载于 1919 年 11 月 22 日至 26 日的北京《晨报》,《笑》刊载于 1921 年 1 月的《小说月报》,《超人》发表于 1921 年 4 月的《小说月报》,《〈繁星〉自序》称《繁星》主要创作于 1919 年冬至 1920 年夏之间。考察冰心作品风格的进化,从《去国》、《笑》经《超人》到《繁星》的系列中,可以发现冰心文体完成融会的痕迹。

《去国》的语言往往缺乏一些融会,行文亦不够平衡和流畅:"英士独自一人凭在船头阑干上,正在神思飞越的时候。一轮明月,照着太平洋浩浩无边的水,一片晶莹朗澈"。这是一个混杂的句型,有方言化的表达、文言化的词句和显著而生硬的"西文化"结构。而且《去国》有着浓重的对当时梁启超式的时文模仿的痕迹:"我何幸是一个少年,又何幸生在少年的中国,亲爱的父母姊妹!亲爱的祖国!我英士离着你们一天一天的近了"[2]。第六自然段描写英士的脑中幻象,由于太注重逻辑联系,语法上的失衡便显得明显了。《去国》的风格显露出后来的成熟的种种情形,张扬着冰心式的个性。我们可以发现,冰心打造白话的努力:"我便入了当时所叫做'同盟会'的";"乡里戚党,都把我看作败

---

〔1〕 冰心:《往事——生命历史中的几页图画(一)》,卓如编:《冰心全集·第一册·文学作品(1919—1923)》,海峡出版发行集团、海峡文艺出版社 2012 年版,第 469 页。

〔2〕 冰心:《去国》,卓如编:《冰心全集·第一册·文学作品(1919—1923)》,海峡出版发行集团、海峡文艺出版社 2012 年版,第 44、45 页。

子狂徒”，“整年整月的，只在刀俎网罗里转来转去，有好几回都是已濒于危”，“我结束好了，端起酒杯来”，“少年时候的热血，又在他心中怒沸了”；“当时那样蹈汤火，冒白刃，今日海角，明日天涯”；“看了一会子的报，心中觉得不很痛快”；“哪里是什么事业，不过都是‘饭碗主义’罢了”，“把我这封信带去，或者就可以得个位置”，“他自己新发明了一件机器，已经画出图样来，还没有从事制造”；“第二天上午，就去部里到差”；“这时钟正八点”；“请他立刻首途等等”；“在国内株守，太没有意思了”；“朱衡点一点首说”。上述这些文字表达，尚未脱去学生气和幼稚色，文言的雅致与方言的俚俗，文言的陈旧与新词的“西文化”太过，在文体和语气上龃龉悬殊，不恰宜地交混在一起。英士的往事回忆和朱衡的往事回忆，作为叙事插述、长时间阻断了情节的进展，这种史诗式的插述对于短篇小说是无益的，而且众多事件往往从情节中游离出来，造成整体叙事的分散；并且在风格上的拼贴是明显的：梁启超式的激昂，女学生的谈话风格，中国文言（诗文）悲天怜人的沉郁风格。然而持续不改的简洁，也标志出文体的美：“舱面上还有许多的旅客，三三两两的坐立谈话，或是唱歌”〔1〕。

如果把《笑》同《去国》第六、七自然段中英士回忆往事的幻象进行比较，我们不难发现：英士的幻象是用叙述和议论的手法表现出来的，议论成份支配了文体风格，即用女学生的谈话风格表现出来的；而《笑》则用叙述和描写的手法来表现，更重要的是形象意义有明显而一致的指向性，加强了行文的进展节律，摒弃了分散的可能性，其中形象的整体诗意化是重要的；《笑》的第一自然段和《去国》的第八自然段，同样接近中国文言（诗文）化用的情景。《笑》的风格与《超人》相近似，融化调和着“文言化”与“西文化”。

在《超人》中，“--的”结构的形容词应用得极多：除表指示代词“--的”结构，如“我的”、“先生的”三十一项；正字法要求写作“--地”（事实

---

〔1〕 冰心：《去国》，卓如编：《冰心全集・第一册・文学作品（1919—1923）》，海峡出版发行集团、海峡文艺出版社 2012 年版，第 47、48、49、50、51、52、53—54、44 页。

上写作“--的”)结构,三十八项;正字法要求写作“--得”结构,二项;“--的时候”结构,六项;“--似的”结构,五项;“--的缘故”结构,一项;“--的样子”结构,一项;品质描述形容词结构,如“慈爱的母亲”,“金黄色的花儿”,三十一项;作述词成分的形容词结构,如“(世界)是虚空的”,十一项;“名词1+的+名词2”结构,其中名词1包括动词名词化成份,如“同居的人”,“捆好了的书籍”,“悔罪的泪光”,“隐藏起来的爱的神情”,“母亲的朋友的儿子的东西”,“悔罪的人呼吁的言词”,五十七项。上述这些句式,显然表现“西文化”的特征出现了;而“你送给我那一篮花之先”,则显示同时伴随着“文言化”的特征。相同的词语结构多重复应用:“慈祥的母亲”的词语结构,五次;以呻吟为联系的词语结构,如“呻吟的声音”、“深夜的呻吟”,七次。另外还有包含“--的”字的方音表达:“这里有的是……”,“我想先生一定是不要的”词语和小句。甚至复句极多是平衡的,或相近的并列,或矛盾对位法式的对比,或行为的顺联:“他除了每天在局里办事,和同事们说几句公事上的话;以及房东程姥姥替他端饭的时候,也说几句照例的应酬话,此外就不开口了”;这种翻译的复句是很少见的句型/不多见的句型;局里、办事、同事们、公事,是一些流行的新词。冰心特别注意名词的单数、复数的形式,而且复句中多用连接词:“然而究竟留他不得,便连忙和他道喜”〔1〕。诸多事实,恰恰合于西方文法:“他从局里低头独步的回来,关上门,摘下帽子,便坐在书桌旁边,随手拿起一本书来,无意识的看着,偶然觉得疲倦了,也站起来在屋里走了几转,或是拉开帘幕望了一望,但不多一会儿,便又闭上了”;这句叙事中有几个行为动词运用得简洁流畅,然而“不多一会儿”是方言表达结构,这种句式略微有些学生腔,却又显得语气婉转;“帘幕”似乎是“文言化”的词语。事实上,小说中有不少化用了中国文言的词语、句型和意象:“凡带一点生气的东西,他都不爱”;“月光如水,从窗纱外泻将进来”;“他不言不动,只静静的卧着,一会儿也便渺无声

〔1〕 冰心:《超人》,卓如编:《冰心全集·第一册·文学作品(1919—1923)》,海峡出版发行集团、海峡文艺出版社2012年版,第188、190页。

息”[1]。

《超人》显然具有极强的诗意化特征，它的叙事是极克制的。而《繁星》的探索是有益的，而且是重要的。《繁星》在融会“文言化”和“西文化”的过程中，建立了新的词语、形态、新的表达方式和新的主题思想，《超人》包括了《繁星》中众多的诗歌主题和表达技巧。对上述文本中涉及到的月亮进行比较，是颇有兴味的：《去国》[2]与《笑》[3]中，都三次写到月；《超人》里面，五次写到月[4]；《繁星》中有十三首诗写到月：其中《繁星·二一、七一、七五、一三四、一四九、一五七》[5]所描写的月与《去国》所描写的月相似，是从中国文言诗词演化而成的；而《繁星·三、二二、五一、六〇、七六、八六、一一九》[6]所描写

---

〔1〕 冰心：《超人》，卓如编：《冰心全集·第一册·文学作品(1919—1923)》，海峡出版发行集团、海峡文艺出版社2012年版，第188、189、190页。

〔2〕 “一轮明月，照着太平洋浩浩无边的水，一片晶莹朗澈”；“明月走到天中，舱面上玩月的旅客，都散尽了”；“天上明明的月，还是和去年一样”。冰心：《去国》，卓如编：《冰心全集·第一册·文学作品(1919—1923)》，海峡出版发行集团、海峡文艺出版社2012年版，第44、45、54页。

〔3〕 “月儿”“萤光”“闪闪烁烁”；“弓儿似的新月，挂在树梢”；“月儿从海面上来了”。冰心：《笑》，卓如编：《冰心全集·第一册·文学作品(1919—1923)》，海峡出版发行集团、海峡文艺出版社2012年版，第163、164页。

〔4〕 “月光如水，从窗纱外泻将进来”；“月儿也渐渐的缺了”；“窗内窗外，互相辉映的，只有月光，星光，泪光”；“半弦的月光”；“用一缕柔丝，将泪珠儿穿起，系在弦月的两端，摘下满天的星儿来盛在弦月的圆凹里”。冰心：《超人》，卓如编：《冰心全集·第一册·文学作品(1919—1923)》，海峡出版发行集团、海峡文艺出版社2012年版，第189、190、192、193页。

〔5〕 “我的心呵！”/“是无限的月明”；“这永不漫灭的回忆；/月明的园中”；“父亲呵！/出来坐在月明里”；“夏之夜，/明月下”；“无月的中秋夜，/是怎样的耐人寻味呢！”“因着世人的临照，”/“却不能增加月儿的光亮”。冰心：《繁星》，卓如编：《冰心全集·第一册·文学作品(1919—1923)》，海峡出版发行集团、海峡文艺出版社2012年版，第242、255、256、273、278、280页。

〔6〕 “深黑的岛边，/月儿上来了”；“生离——/是朦胧的月日”；“好像一群瞎子，/在云外推测着月明”；“轻云淡月的影里，/风吹树梢——”；“月明之夜的梦呵！/远呢？近呢？”“月儿越近，/影儿越浓”；“月明人静中，/为我颂赞了自然”。冰心：《繁星》，卓如编：《冰心全集·第一册·文学作品(1919—1923)》，海峡出版发行集团、海峡文艺出版社2012年版，第237、242、250、252、256、259、269页。

的月与《超人》所描写的月相近，接近冰心式的《圣诗》，隐微地看得出中国文言诗词的痕迹。

1922 年 3 月 21 日至 6 月 30 日发表于《晨报副镌》的《春水》，既继承了《繁星》的主题和技巧，又出现了一些新的因素：《春水・五、一〇八、一六三》的篇制超出了一般小诗，增多了对往日观念的反思和怀疑；《春水・五九、六一、七七、八六、一二〇、一五七》则于平常生活中发掘寻常情景，近于华兹华斯式的诗歌；《春水》诗作中极少叙事，没有叙事诗。

《遗书》发表于 1922 年 6 月的《小说月报》，在风格上较《笑》和《超人》更纯熟了些，融化的工夫很少看得出"文言"或"西文"的痕迹，品质描写的形容词使用得极少："教员杨女士，学问很好，人极和蔼而且恬淡"〔1〕。这种白话句式，显得分外练达；连接词的使用频率高了许多：《遗书・六》应用了"因此"、"然而"一次，"所以"、"但"二次，"因为"三次，"就"七次，"也"九次等。语句和意义的连贯，在方式上有摇曳多姿的美。幽默和机智的因素发扬得自然而得宜，表达方面偶尔的也有些缠绕："教员无意中的一句话，就可在他们脑中留下极深的印象。一粒种子种下去，要年年继续着结着果子；这无数的果子的好和不好，于社会是极有关系的"〔2〕。这种玄学派式的比喻，在冰心的作品中并不多见。在《遗书・十三》中虽然说："我承认旧诗词，自有它的美，万不容抹杀"，但是其中的海滨踏雪是淡淡地描叙出来的，不再有矫情的诗意，多了些说理和议论；复句趋向简单、明了，比喻和寓意极少："'学然后知不足'，愈看得多，心里愈无把握，这便是看书后心思恍惚的惆怅"〔3〕。《遗书・十五》中的第一、二自然段两次景物的描写，微微露出中国文言

〔1〕 冰心：《遗书・六》，卓如编：《冰心全集・第一册・文学作品（1919—1923）》，海峡出版发行集团、海峡文艺出版社 2012 年版，第 428 页。

〔2〕 冰心：《遗书・六》，卓如编：《冰心全集・第一册・文学作品（1919—1923）》，海峡出版发行集团、海峡文艺出版社 2012 年版，第 429 页。

〔3〕 冰心：《遗书・十三》，卓如编：《冰心全集・第一册・文学作品（1919—1923）》，海峡出版发行集团、海峡文艺出版社 2012 年版，第 439 页。

的底色，大抵趋向写真；第三自然段关于睡衣的叙写，语气平常而真切：“姑母从市上买了……。”“姑母既买了，……”“便换上和姑母们坐在火边谈笑。……”“姑母看见了，……”[1]。语意的连贯，超出了连接词本身。《遗书》的句式多平衡而简短，这种平易的散文风格标志了冰心的文学个性。

由上述可知，冰心的小说、散文和诗歌，在她赴美留学之前，就初步形成了个性的风格——“冰心体”。“冰心体”最主要的特征是融会的平易风格，平衡而流畅，句式简短，连接和连贯摇曳多姿，这种白话文学追求婉转和抒发个性。

1924 年 6 月在美国沙穰创作（连载于 1924 年 8 月 8—10 日《晨报副镌》）的《山中杂记》，是一组遥寄给小读者的散文，前记和前六章篇制稍小，第七至十章篇制较大，我们可以从中寻绎出“冰心体”的发展轨迹。《山中杂记》虽然记述的是“许多在童心中可惊可笑的事”[2]，其中有许多发现童心的乐趣，偶尔有些诗意，但似乎并不特别地在意诗意了，而此时的童心已经不再是《圣诗》中的童心了，在美国似乎不需要宗教式的矫作，反而显得平淡一些。机智和幽默是《山中杂记——遥寄小朋友（三）古国的音乐》、《山中杂记——遥寄小朋友（四）雨雪时候的星辰》和《山中杂记——遥寄小朋友（六）Eskimo》的风格特征，平常生活的发现，文化对比的好奇，题材和新发现明显地具有文体意义，叙述和议论支配了文体的色调。《山中杂记——遥寄小朋友（六）Eskimo》的议论，似乎开启了冰心散文中美的议论散文，这些散文中出现许多新词。《山中杂记——遥寄小朋友（七）说几句爱海的孩气的话》、《山中杂记——遥寄小朋友（九）机器与人类幸福》和《山中杂记——遥寄小朋友（十）鸟兽不可与同群》，倒像是美国学生的作文习题，有分析说理的

---

〔1〕 冰心：《遗书·十五》，卓如编：《冰心全集·第一册·文学作品（1919—1923）》，海峡出版发行集团、海峡文艺出版社 2012 年版，第 440 页。

〔2〕 冰心：《山中杂记——遥寄小朋友》，卓如编：《冰心全集·第二册·文学作品（1923—1941）》，海峡出版发行集团、海峡文艺出版社 2012 年版，第 140 页。

明晰，然而冰心式的入题，则又表明它们依然是精致的、智慧的散文，不仅具有引典、对比、对照、平衡和并列，叙述的生动，孩儿般的语气，活泼的口语音调，优雅的用词，而且更为重要的是，这些散文往往从分析、说理中游离出来，而这些游离的要素树立了叙述的构造，承载着主观抒情和冰心式的童心哲学。描写和叙述的交织往往变成说理分析的阻碍，议论也会不明确地指向主题。出现了原先在冰心作品中并不常见的包括了复式词语、急促的节律，共存的多义品质句式："而光景何等臃肿，崎岖，僵冷，读了不使人生快感"；"海上没有红白紫黄的野花，没有蓝雀红襟等等美丽的小鸟"；"海上的朝霞晚霞，天上水里反映到不止红白紫黄这几个颜色"[1]。《山中杂记——遥寄小朋友（十）鸟兽不可与同群》中极致的人格化修辞法，四字的词语结构应用得比较多。冰心式的议论散文对形象的偏见，情境具有可感受的相当长度，成了标志性的风格特征。

1941 年 1 月至 1943 年 9 月发表的《关于女人》，最终完成了"冰心体"散文的文体风格，是冰心共和国以前的散文创作最为成功的作品。《我最尊敬体贴她们》与《我的择偶条件》是机智幽默的作品，比《山中杂记——遥寄小朋友（三、四、五、六）》显得更加纯熟，冰心式的分析议论增进了作品的深度和广度，叙述、议论和极少的描写使作品显得客观准确，冰心式的哲学思考融化于文字之下，少了一些主观的说教，从而纯净了文体；放弃了《山中杂记——遥寄小朋友（八、九、十）》的议论文体形态，解放了冰心式的叙述，从而使叙述成了冰心文体风格中最有创造性的因素。从《我的母亲》到《我的朋友的母亲》，包括了机智和幽默，谐趣的叙述和议论，结合着分析议论，平易的谈话风格，融会了哲学和冰心式的抒情，间或的描写也是精致的。《我的母亲》具有比《山中杂记——遥寄小朋友（七）说几句爱海的孩气的话》更为纯熟的分析，叙述

---

〔1〕 冰心：《山中杂记——遥寄小朋友（七）说几句爱海的孩气的话》，卓如编：《冰心全集・第二册・文学作品（1923—1941）》，海峡出版发行集团、海峡文艺出版社 2012 年版，第 146 页。

更加细腻自然；长句和短句的缠结，例如第九自然段，长句的应用增多了；四字的词语结构并不少，品质描写的形容词已经极少了；分散的叙述似乎显得必要和可喜，如“母亲死去整整十年了。去年父亲又已逝世。我在各地漂泊，依然是个孤身汉子”[1]；冰心自觉的文体意识，如旧词、新词的使用，是具有积极性的。《使我心疼头痛的弟妇》是近乎小说的叙事散文，叙事的成熟可以遥远地追朔到《去国》，中间经过了《六一姊》、《姑姑》、《相片》。字数经济的句式增多了：“四弟是我们四个兄弟中最神经质的一个，善怀、多感、急躁、好动”[2]。复句和长句是极多的，长句与短句的纠结使用得有效、成功，如第十自然段。议论往往是极精彩的，显得机智而合宜，具有冰心最自然的幽默。连接和分析之间，有了很好的融化。平衡的种种手法往往显现出来，如第十二自然段。其中所具有的抒情，则一贯都是冰心文体的标志。《张嫂》在叙事上的悬念设制是成功的，对于《山中杂记——遥寄小朋友（九）机器与人类幸福》式的对比和说理也有了很大的进化，这种成功的对比，或直接、或间接，支配了文体的风格。叙述视角的转换显得规则而可喜，如第五自然段。时间在冰心的叙述中极少支配情节，《张嫂》本来缺少故事情节，往往依赖时间成为联接的手段，情景和形象一贯在冰心的散文中是最重要的。

综上所述，四字的词语结构的增多，长句短句的交织应用，长句复句的增多，表明冰心在 1940 年代初最终完成了白话（白话文）/白话文学（新文学）的建设。语言技能的纯熟，机智幽默以及各种文体的融合，尤其是分析性的叙述出现，标志着“冰心体”的完全树立，冰心在现代文学史上长期的探索过程即将结束，交谈式的风格、平易、准确、抒情化、

[1] 冰心：《关于女人·我的母亲》，卓如编：《冰心全集·第二册·文学作品（1923—1941）》，海峡出版发行集团、海峡文艺出版社 2012 年版，第 514 页。

[2] 冰心：《关于女人·使我心疼头痛的弟妇》，卓如编：《冰心全集·第二册·文学作品（1923—1941）》，海峡出版发行集团、海峡文艺出版社 2012 年版，第 529 页。

形象化、潜伏的冰心式哲学，主宰了冰心创作的前共和国阶段。

本文与彭建华博士合作，原载王炳根主编：《冰心论集》（三），海峡文艺出版社 2004 年版

冰心散文中的中日关系

冰心曾在日本旅居五年，并且先后去过日本九次[1]，跟日本结下了剪不断、理还乱的复杂关系。作为二十世纪散文大师之一的冰心，以

[1] 冰心曾自称："我去过日本十次"。（冰心：《一衣带水寄东邻》，卓如编：《冰心全集·第六册·文学作品（1980—1986）》，海峡出版发行集团、海峡文艺出版社2012年版，第38页。）我们经过综合考察，认为应该是：冰心曾经先后去过日本九次。具体情况是：第一次，1923年8月20日，"约克逊号邮船抵日本神户，冰心同许多人上岸"。8月21日，"抵日本横滨后，乘电车到东京"。（卓如：《冰心年谱》，海峡文艺出版社1999年版，第51页。）第二次，1936年8月27日，冰心和吴文藻"乘海轮到日本，在东京会见了汉学家乌居龙藏先生，继到横滨参加一个学术会议"。（卓如：《冰心年谱》，海峡文艺出版社1999年版，第86页。）第三次，1946年11月13日，"冰心携九岁的吴宗黎作为中国驻日代表团的眷属，由上海乘飞机前往东京"。1947年5月20日，"国民参政会第四届第三次会议在南京举行。冰心从日本回国"。（卓如：《冰心年谱》，海峡文艺出版社1999年版，第112、117页。）第四次，1947年8月中旬返日，8月15日，"在日本轻井泽撰写小说《无题》"。1951年8月，冰心一家"离开了日本"，路经香港、"到达深圳"海关回国。（卓如：《冰心年谱》，海峡文艺出版社1999年版，第118、127页。）第五次，1955年8月9日至27日，"参加中国代表团（团长刘宁一）到日本出席禁止原子弹和氢弹世界大会"。（卓如：《冰心年谱》，海峡文艺出版社1999年版，第137页。）第六次，1961年3月24日至4月22日，"参加中国作家代表团，出席在日本召开的亚非作家会议常设委员会紧急会议"。（卓如：《冰心年谱》，海峡文艺出版社1999年版，第171页。）第七次，1963年11月5日至12月3日，"参加以巴金为团长的中国作家代表团赴日本访问"。（卓如：《冰心年谱》，海峡文艺出版社1999年版，第183页。）第八次，1973年4月16日至5月18日，"参加廖承志同志率领的'中日友好协会'访日代表团访问日本"。（卓如：《冰心年谱》，海峡文艺出版社1999年版，第200页。）第九次，1980年4月1日至17日，"任中国作家代表团副团长赴日本访问"。（卓如：《冰心年谱》，海峡文艺出版社1999年版，第227页。）

其本真、个性、自我、博爱的艺术特色，区别于其他任何一位散文家。我们只要做个简单的统计就能发现：在海峡文艺出版社 2012 年第三版出版的十册《冰心全集》中，共收入冰心的散文八百八十多篇，其中或者作为背景、或者间接涉及、或者直接写到日本和中日关系题材的散文有一百四十多篇，这类散文不仅占居冰心全部散文创作总数的六分之一，不乏像《寄小读者·通讯七》、《默庐试笔》、《力构小窗随笔》、《广岛——控诉的城市》、《樱花赞》、《一只木屐》、《尼罗河上的春天》、《火树银花里的回忆》、《关于男人（之五）我的老伴——吴文藻》等脍炙人口的名篇，而且，从全集中的第一篇杂文《二十一日听审的感想》[1]到 1994 年 4 月临近封笔时写的书序《〈雷洁琼文集〉序》[2]止，创作时间的跨度达到七十五年。这就足以证明：如果我们将这些散文集中起来，做一番综合的、历史的考察和研究，那么不仅十分富于趣味，而且对于推进冰心研究有着不可或缺的意义和价值。

我们的考察和研究将由还原心灵历史和创作历程两个层面展开，当我们把这些散文按冰心生平历史的先后顺序重新排列组合之后，在我们的脑海里便浮现出冰心生活中不可或缺的重要内容，折射出中日两国几千年来的友谊和冲突，勾画出国际形势变幻和国内历史变迁带来作家生平遭遇和思想观念的变化；当我们把这些散文按创作历程进行考察和研究之后，我们将从某一侧面窥视出冰心散文创作的历史特征和艺术风格的形成与演变……

一

（一）冰心的童年、学生时代。冰心由于家庭教育和亲眼目睹日本军国主义者对中国人的残暴行为，便恨透了日本的一切，积极地投身于

---

〔1〕 冰心因参加阻止北洋军阀政府和日本帝国主义签订出卖青岛条约的“五四”运动后，为了抗议当局逮捕无辜学生，于 1919 年 8 月旁听法院审讯而写。

〔2〕 回忆“七七”事变、北京被占领后，自己跟雷洁琼失去了联系，直到从日本回国，才又见到了雷洁琼。

反对日本军国主义和封建军阀政府的学生爱国运动之中。

冰心从呱呱坠地起，就生活在英、俄、日等八国联军把中国大地蹂躏得伤痕累累的历史环境中。八、九岁刚懂事时，父亲就十分辛酸和愤怒地对她说：除了烟台外，我国北方美丽的港湾都被日本等八国联军所占领；父亲参加中日甲午海战时，“站在他身旁的战友就被敌人的炮弹打穿了腹部，把肠子都打溅在”战舰的“烟囱上！”〔1〕从此，冰心注意到：海滩上，每天看到“挂着形形色色外国旗的军舰和商轮进进出出”；烟台市，竟有“许多日本人的酒馆、商店和妓院”〔2〕，时常可见日本人对中国人的残暴行为……。加上看过几部描写日本军人个个死心塌地、心甘情愿地充当炮灰和侵略工具的日本小说，以及因家里几亩地和杂货铺被日本人强占，丈夫被气死的奶娘的现身说教。使得八、九岁的冰心恨透了“日本的一切，日本旗、日本人、日本货……”〔3〕，她不仅不肯买日本的玩具和接受日货礼物，而且用小刀刺穿图画上的日本旗帜，甚至惦记着长大后一定要去“跨海征东”〔4〕，替奶娘一家报仇雪恨。

在贝满中学读一年级时，日本军国主义政府向袁世凯提出二十一条，冰心跟同学们列队到中央公园去参加抗议活动；回到家里，冰心和父亲在书房刚贴上的写着“5月7日之事”的白纸下，紧紧握手、忍住悲愤的眼泪，“互相勉励永远不忘这个国耻纪念日！”〔5〕“五四”运动爆发的黄昏，冰心听说“北京的大学生们为了阻止北洋军阀政府签订出卖青

〔1〕冰心：《童年杂忆》，卓如编：《冰心全集·第六册·文学作品（1980—1986）》，海峡出版发行集团、海峡文艺出版社2012年版，第58页。

〔2〕冰心：《国庆三十五周年感言》，卓如编：《冰心全集·第六册·文学作品（1980—1986）》，海峡出版发行集团、海峡文艺出版社2012年版，第259页。

〔3〕冰心：《花的云海 友谊的轻舟——我为什么写〈樱花赞〉》，卓如编：《冰心全集·第六册·文学作品（1980—1986）》，海峡出版发行集团、海峡文艺出版社2012年版，第162页。

〔4〕冰心：《关于女人·我的奶娘》，卓如编：《冰心全集·第二册·文学作品（1923—1941）》，海峡出版发行集团、海峡文艺出版社2012年版，第536页。

〔5〕冰心：《我入了贝满中斋》，卓如编：《冰心全集·第六册·文学作品（1980—1986）》，海峡出版发行集团、海峡文艺出版社2012年版，第238页。

岛的条约"，聚集天安门游行、呼口号、撒传单、火烧卖国贼的住所，她"听了又是兴奋又是愤慨"[1]，一夜合不上眼；第二天回到学校就参加了联合会的宣传股，鼓动罢课、罢市，对市民演讲；为了抵制日货，她和同学们沿门沿户地劝说商店不要贩卖日货，还制造些日用品出卖；她们对人民宣讲反对日本帝国主义侵略压迫，反对军阀政府卖国行为的大道理，还在长安街和天安门前请求大家捐助些铜子，援救、慰问被捕的爱国同学，并且大队大队地涌向北京法庭，参加对被捕学生的审讯；冰心还"写了一篇《听审记》送到《晨报》发表"[2]，从此开始用白话文写作反帝、反封建散文，接着便一发不可收地在各种报刊杂志上发表各种反帝、反封建的文章，走上了漫长的创作之旅……。

（二）冰心去美国留学到抗日战争前。冰心改变恨透了日本一切的观念，天真新奇地向小读者们叙写途经日本时，自己的所见、所闻、所思、所感，在"喜爱日本人"[3]的同时，保留着对欺压人类事件的愤恨。她向大、小朋友们述说了留学美国时，跟日本的同学结下的深厚友谊；介绍了一本美国人写的笔记，抒发了对中国国民性和现状的深深忧虑。留学回国后到抗战前的冰心，愤怒于日本军国主义者对中国人民的压迫和欺凌；在出国的游历中，更加强烈地体会到被错认为日本人的难言滋味。

1923 年 8 月 19 日黄昏，邻近神户，冰心看见两岸沿途点缀的青山，多半像是"馒头山"[4]；夜里抵达神户，冰心在船的最高层上赏看天上的月光、星光和岸上的灯光、火车周行的光明，在异国寂静的舟中，她

---

〔1〕冰心：《回忆"五四"》，卓如编：《冰心全集 · 第四册 · 文学作品（1958—1961）》，海峡出版发行集团、海峡文艺出版社 2012 年版，第 169 页。

〔2〕冰心：《七十年前的"五四"》，卓如编：《冰心全集 · 第七册 · 文学作品（1987—1997）》，海峡出版发行集团、海峡文艺出版社 2012 年版，第 189 页。

〔3〕冰心：《寄小读者 · 通讯十八》，卓如编：《冰心全集 · 第二册 · 文学作品（1923—1941）》，海峡出版发行集团、海峡文艺出版社 2012 年版，第 61 页。

〔4〕冰心：《寄小读者 · 通讯七》，卓如编：《冰心全集 · 第二册 · 文学作品（1923—1941）》，海峡出版发行集团、海峡文艺出版社 2012 年版，第 16 页。

忽然思念起遥远的母亲和北京来。翌日早晨，冰心离船上岸，远望半山上青草栽成的好看大锚，近观街市两旁的矮小店铺和窗户间陈列着的儿童玩具、儿童书籍，注目日本小孩的服装和可爱的脸蛋，欣赏几幢幽雅的山下人家，嬉笑地引述两国语言习惯的趣闻。临近横滨时，冰心将几张祝福日本鱼人的小纸张，用几个锡筒装了投下海去。到达东京后，冰心进日本饭店吃饭，最不习惯于脱鞋进门，也不习惯于很硬的饭菜；雨中弛车，匆匆游览日比谷公园、靖国神社、博物馆等处，记得真切的只有二重桥皇宫和游就馆两处；环视游就馆中的中日战胜纪念品和壁上的战争图画，冰心虽然是个没有主义的人，更不是国家主义者，并且心中对一般的日本人不存着什么屈辱与仇视，但是为着“正义”，冰心对于人类欺压人类的事情却不能忍受，她心中的军人之血如泉怒沸，不由自主地坐在地上。

在美国留学时，冰心结识了几位日本的同学，因为大家都是东方人，提起毛笔写汉字，拿起筷子吃米饭，一下子就“相视而笑，莫逆于心”[1]，所以跟日本女学生更容易亲近。其中住在同楼的濑尾澄江，灵敏而好学、沉静而温柔，冰心下课后常和她在一起。慰冰湖畔的月下，两人由童年趣事、东西方女孩谈起，继而讨论哲学、朋友话题，进而爽畅地谈到将来的世界，终于因涉及中日间的国际问题，使得话题沉重、言语吞吐、感情惆怅、陷入沉默，同时，也因共同愿意承担“理想的和爱的天国”[2]的责任，使得互相都感到有“他乡遇故知”般的亲切；两人都坚信中日两国家应该而且必须永远和平友好下去，来维持东亚和世界的和平、繁荣与进步，对中日两国家未来的和平友好充满信心。吃西餐吃腻了，她俩就从附近的村里买点大米、肉末和青菜，在电炉上做中国饭菜吃，一般总是冰心烹调，濑尾澄江洗碗，两人都吃得十分地高兴。冰

---

〔1〕 冰心：《火树银花里的回忆》，卓如编：《冰心全集·第六册·文学作品（1980—1986）》，海峡出版发行集团、海峡文艺出版社 2012 年版，第 223 页。

〔2〕 冰心：《好梦——为〈晨报〉周年纪念作》，卓如编：《冰心全集·第一册·文学作品（1919—1923）》，海峡出版发行集团、海峡文艺出版社 2012 年版，第 587 页。

心不幸旧病复发住进医院，濑尾澄江无法进病房探视，便写下了一封洋溢着哲理、寄托着深情的短信，冰心从中不仅体会到深厚的友情，而且窥视出有趣的国民性。

病愈的冰心偶然读到一本美国人游历北京写的笔记《北京的尘沙》，其中写到一个到过日本的英国人说他不喜欢日本人，因为“日本人是以常人待我们，中国人却以超人待我们”[1]。冰心不仅不嫉妒作者对日本的赞扬，而且承认日本人的进步真是飞速，只是面对以最古的文化混了五千年的中国，却连日本都不如的事实而无话可说，她殷切地希望大学生和留学生们为改变现状而维持本位、尽职尽责。

留学回国后的冰心，在大连看见烈日下，许多码头工人在日本工头的监督下，喘息流汗、川流不息地在跳板上搬运货物；船上的茶房悄悄地告诉冰心，日本鬼子动不动就给大连的工人灌煤油，她不禁感到怒发冲冠；她还了解到，在日本军国主义者统治的时代，第一等的居民是日本侵略者，最后才是被践踏在最低层的旅大本地的人民，他们只能以橡子面充饥；那些年，中国人民受到日本军国主义的压迫和欺凌，真是说也说不完……。“九一八”之后，冰心深感“四海皆秋气，一室难为春”，曾给自家的书房起名为“难为春室”[2]。回国执教十年之后，冰心又出国游历，当她坐在头等船舱或头等车厢里，常常被陌生的欧美人或日本人错认为是日本人时，心里感到很不是滋味：“为什么中国人就不能坐头等船舱或头等车厢呢？”[3]

（三）冰心从抗日战争到旅居日本时期。冰心在抗日战争中，目睹北京国土陷落、日军横冲直撞的悲惨现实，亲历旅途困顿苦楚、心绪恶劣疲惫的辗转迁徙，痛恨摧残文化艺术、夺去亲友生命的侵略战争；抗

---

〔1〕冰心：《介绍一本书——〈北京的尘沙〉》，卓如编：《冰心全集·第二册·文学作品(1923—1941)》，海峡出版发行集团、海峡文艺出版社 2012 年版，第 156 页。

〔2〕冰心：《力构小窗随笔·力构小窗》，卓如编：《冰心全集·第三册·文学作品(1942—1957)》，海峡出版发行集团、海峡文艺出版社 2012 年版，第 37 页。

〔3〕冰心：《国庆三十五周年感言》，卓如编：《冰心全集·第六册·文学作品(1980—1986)》，海峡出版发行集团、海峡文艺出版社 2012 年版，第 261 页。

战胜利后，提倡以母亲的爱为起点的人类的爱，宣讲建设和平友爱互助、进步高尚安乐的理想世界；到日本，四处看到炮火轰炸的伤痕、衣衫褴褛的妇女、形容枯槁的人群，广泛地了解了日本人民的善良本质，深入地体会了美帝国主义的侵略本性，领悟到战争同时给中日人民带来了巨大的灾难和莫大的痛苦，只有依靠同情和互助，才能建造繁荣安乐、共存共荣的美景，因而积极地投身于从事中日文化交流的事业之中。

北平在日本飞机的轰炸下，"在不挣扎不抵抗之后，断续呻吟了几声，便恹然死去了！"〔1〕冰心感到羞耻和愤恨，决心要到抗战的大后方去。她将日记、通信、书籍、相片、字画等装起，寄存在燕京大学课堂的楼上。一家人困顿曲折、心绪恶劣地辗转到了云南昆明。冰心看到，从北平来的穷教授，"对于抗战有信念，对于战后的回到北平也有相当的把握"〔2〕；他们穷苦而不悲观、落难而却自乐、愤激而不颓丧，月余吃不到整斤的肉，却自慰地说："肉食者鄙"〔3〕。这是一群抗战期间最结实、最沉默、最幽默、最中坚的分子。

不久为躲避日本飞机的轰炸，冰心带着孩子们迁居到郊外的呈贡。虽然呈贡的默庐清静、优美，但在冰心的潜意识里却苦恋着原先的北平，她并不留恋在日军统治下图有美丽尊严的皮囊和躯壳的北平。"1939 年(或 1940 年春)"，华北的广播中曾播出冰心故去了的新闻，"据说日本报纸也登载了这样的消息"；此后三、四个月，吴文藻收到了冰心的一位在华北打游击学生辗转寄来、破旧不堪的慰问信，这封慰问信使冰心热泪盈眶，更令她难以释怀的是，因为抗日战争，寄慰问信的

〔1〕 冰心：《默庐试笔·八》，卓如编：《冰心全集·第二册·文学作品(1923—1941)》，海峡出版发行集团、海峡文艺出版社 2012 年版，第 487—488 页。

〔2〕 冰心：《从昆明到重庆》，卓如编：《冰心全集·第二册·文学作品(1923—1941)》，海峡出版发行集团、海峡文艺出版社 2012 年版，第 499 页。

〔3〕 冰心：《乱离中的音讯——论抗战、生活及其他》，卓如编：《冰心全集·第二册·文学作品(1923—1941)》，海峡出版发行集团、海峡文艺出版社 2012 年版，第 491 页。

"这个学生在华北战场上壮烈地牺牲了"[1]。

冰心看到重庆的"朋友们都瘦了，都老了，然而他们是瘦老而不是颓倦"[2]；奔忙、拥挤而却快乐、兴奋，疲乏、痛苦却不颓丧、悲哀，大家都沉静地肩负起抗战的时代使命，坚定地向着和平的希望迈进。重庆的台阶和日机的轰炸，使原本常做快乐光明的梦的冰心，梦见了"忽然天崩地陷的一声巨响"、"烟火弥漫"的恶梦[3]。她也看到：战争使得朋友的母亲一家分离、女儿去世、儿子憔悴，儿子对媳妇感情淡漠，移情别恋F小姐却无法结合，F小姐只能以从军来解脱自己的寂寞和忧伤；抗战造成了多少悲欢离合的事情和甜酸苦辣的情感，也把人们从"蒙昧"的青年，推到了"了解"的中年。她还看到：在歌乐山抗战轰炸五年的日子里，妇女和孩子躲进阴冷的防空洞中吓得发抖、脸色发青，人们"惦念着自己的亲人是否安全"[4]。在抗战寂寞困苦的环境中，人们只能以打纸牌来松懈紧张的心情。

战争不仅"摧残了文化，毁灭了艺术作品"[5]，夺去了冰心和专家学者们研究写作的时间，使她中断了跟日本同学濑尾澄江之间长期保持的通信，而且使得冰心倍受小孩累赘、贫病交加和无法给深爱的父亲送终奔丧的痛苦煎熬；战争使她那聪明尽责的大弟弟，高尚慈祥的富奶奶，助夫、教子、事业成功的小麦专家沈骊英，趣有余、才非浅而情尤深的同学良友王世瑛……相继死去。过多的悲痛，使得冰心听到日本帝

---

〔1〕 冰心：《从破旧的信说起——在东京大学讲台上》，卓如编：《冰心全集·第三册·文学作品(1942—1957)》，海峡出版发行集团、海峡文艺出版社2012年版，第195页。

〔2〕 冰心：《从昆明到重庆》，卓如编：《冰心全集·第二册·文学作品(1923—1941)》，海峡出版发行集团、海峡文艺出版社2012年版，第500页。

〔3〕 冰心：《力构小窗随笔·做梦》，卓如编：《冰心全集·第三册·文学作品(1942—1957)》，海峡出版发行集团、海峡文艺出版社2012年版，第44页。

〔4〕 冰心：《从重庆到箱根》，卓如编：《冰心全集·第三册·文学作品(1942—1957)》，海峡出版发行集团、海峡文艺出版社2012年版，第76页。

〔5〕 冰心：《丢不掉的珍宝》，卓如编：《冰心全集·第三册·文学作品(1942—1957)》，海峡出版发行集团、海峡文艺出版社2012年版，第83页。

国主义无条件投降的消息时，面对甥女、表侄女们高兴得热泪纵横和几个男客人疯狂地围着她要酒喝，她却“一个人”“一直沉默着”[1]想得很多很多……。

抗战夺去了、毁灭了冰心的许多珍宝，但也增加了她对人类的信心。抗战胜利后的第一个圣诞节，冰心在重庆歌乐山礼拜堂演讲，指出中国人民最知道和平的可贵可爱，最知道和平建设的困难，“我们所憎恨的是一个暴力的集团，一个强权的主义，我们所喜爱的是一般驯良和善心人民”[2]，我们要“以德报怨”、仁爱柔和地携带着全世界的弟兄们，走上和平建设的大道。

吴文藻担任中国驻日代表团政治组长，趁机去日本了解、考察、研究。冰心在将到日本之前，心中生出一种因远行而隐隐寂寞的感觉。临行前的冰心，在西湖苏堤悟出：人类是世界上最大的威力，“爱的起点，是母亲的爱”；她慈蔼、温柔、容忍、宽大而又最严正、强烈、抵御、正义；“战争是不道德的，仇恨是无终止的”，民族间、国家间，“只有爱，只有互助，才能达到永久的安乐与和平”[3]。

冰心到日本后，看到原先繁华的大路已经几乎被炸成了一片废墟，到处是“无边的瓦砾、衣衫褴褛的妇女、形容枯槁的人群”[4]、表情阴暗的人们。冰心会见了留美时的日本同学，结交了一些日本作家、评论家，认识了一些工农朋友和妇女界人士，结识了一批东京大学的学生。当她接触和看到了一般的日本人民痛苦的生活，广泛地了解了日本人民的善良本质后，便对东京所遭受的轰炸，感到有种说不出的痛苦，更

---

[1] 冰心：《给日本的女性》，卓如编：《冰心全集・第三册・文学作品（1942—1957）》，海峡出版发行集团、海峡文艺出版社 2012 年版，第 78 页。

[2] 冰心：《从去年到今年的圣诞节》，卓如编：《冰心全集・第三册・文学作品（1942—1957）》，海峡出版发行集团、海峡文艺出版社 2012 年版，第 86—87 页。

[3] 冰心：《给日本的女性》，卓如编：《冰心全集・第三册・文学作品（1942—1957）》，海峡出版发行集团、海峡文艺出版社 2012 年版，第 79、80 页。

[4] 冰心：《从重庆到箱根》，卓如编：《冰心全集・第三册・文学作品（1942—1957）》，海峡出版发行集团、海峡文艺出版社 2012 年版，第 75 页。

加深入地体会了帝国主义的侵略本性，把深爱的目光投向面无人色的妓女和被讥笑鄙视的混血儿。她终于透彻地领悟到：战争既给中国人民带来了巨大的灾难，也给日本人民带来了莫大的痛苦；繁荣和安乐不能在侵略中得到，共存共荣的美景只有依靠同情和互助来建造。

冰心积极地从事中日文化的交流活动，向日本人民汇报中国新文学的特征和抗战八年间文艺界的状况，指出诗人的生活和作品不可能超越政治的范围，并从“中国国民性的特色”[1]入手指导日本学生欣赏中国文学。她反复地申说中日两国本是唇齿之邦，在文化历史上更是十分密切，希望中日妇女和青年人更多地互相了解和共同合作，“希望大家为中日的永久和平同中国青年并肩奋斗”[2]。冰心最喜欢日本的海边与红叶林，她“最喜欢的是伊东的海岸”，最喜欢“在去中禅寺湖的途中，红叶美不胜收”[3]；非常乐意欣赏京都的井然有序、安静协和，最喜欢奈良的春日神社的石灯笼和铜灯笼及其庄严、美丽的富士山。冰心一方面觉得日本的房屋优美、清洁、魅力无穷，另一方面又“对日本式房屋的构造感到不便”[4]。她深入地了解日本的种种社会问题，痛苦地思索苦难朋友的希望和出路；她不仅被日本的歌舞伎演出深深地吸引，而且细心地比较日本歌舞伎和中国京剧的异同。

冰心秘密地研读了许多毛泽东的著作，偷偷地收听解放区的广播，欣闻中华人民共和国的成立。冰心终于金蝉脱壳地登上了返回新中国的轮船，看到横滨码头水上漂浮着的一只木屐，不由得引起她对日本苦难朋友的思念，“回忆起那几年居留日本的一段生活，引起我许多复杂

---

〔1〕 冰心：《怎样欣赏中国文学》，卓如编：《冰心全集·第三册·文学作品（1942—1957）》，海峡出版发行集团、海峡文艺出版社 2012 年版，第 155 页。

〔2〕 冰心：《为了中日的永久和平——临别寄东京大学学生》，卓如编：《冰心全集·第三册·文学作品（1942—1957）》，海峡出版发行集团、海峡文艺出版社 2012 年版，第 218 页。

〔3〕 冰心：《日本的风景》，卓如编：《冰心全集·第三册·文学作品（1942—1957）》，海峡出版发行集团、海峡文艺出版社 2012 年版，第 131、132 页。

〔4〕 冰心：《日本的房屋》，卓如编：《冰心全集·第三册·文学作品（1942—1957）》，海峡出版发行集团、海峡文艺出版社 2012 年版，第 145 页。

的情感”[1],对即将离别愁绪的忧伤和对未来光明与希望的企盼。她关心中日两国文化和文化人员的迅速交流,深信在中日两国人民的心中早已不存在敌对状态,对讲和会议上没给中国席位而深感遗憾,并预祝中日两国的全面联合与永久和平。

(四) 冰心从日本回国后到1980年4月赴日访问。冰心多次出访日本和出席国际会议,广泛接触日本各界人士。她暴露和控诉美帝国主义与殖民主义者对战后日本人民犯下的罪恶行径,同情和慰问过着苦难生活的日本劳动人民,在新旧对比中欣喜和讴歌新中国人民和儿童生活的幸福,积极参加支持日本和世界各国人民反帝反殖、争取和平独立革命斗争的活动,热情赞美中日人民在反帝反殖、争取和平斗争中结下的战斗友谊。以和平友好、反对战争、反帝反殖、文化交流作为中日两国人民的共同语言。

冰心回到祖国、回到最熟悉热爱的首都,她发现:北京已从“颜色憔悴、形容枯槁”[2],变成精神抖擞、容光焕发;劳动人民在辛勤地劳动、快乐地游赏、热情地学习,新中国的儿童们发出一阵阵清朗活泼的笑声。她既真诚而又不无勉强地对自己过去的创作进行了反思和批判,决心要跟全国的文艺工作者团结在一起,为祖国的社会主义现实主义文学的成长壮大而努力奋斗!

冰心观看日本电影《混血儿》之后,更加深切地体会到帝国主义和日本统治阶级发动的侵略战争,“带给美国青年和日本人民生活、思想和心灵上的堕落”[3],对战后的日本人民产生无限的同情和关怀,呼吁世界上的母亲们和爱好自由、民主、和平的广大人民联合起来,控诉帝

〔1〕 冰心:《一只木屐》,卓如编:《冰心全集·第五册·文学作品(1962—1979)》,海峡出版发行集团、海峡文艺出版社2012年版,第35页。

〔2〕 冰心:《归来以后》,卓如编:《冰心全集·第三册·文学作品(1942—1957)》,海峡出版发行集团、海峡文艺出版社2012年版,第221页。

〔3〕 冰心:《我控诉——看了日本电影〈混血儿〉以后》,卓如编:《冰心全集·第三册·文学作品(1942—1957)》,海峡出版发行集团、海峡文艺出版社2012年版,第289页。

国殖民主义的暴行和罪恶。

1955年8月,冰心参加了中国代表团到日本出席禁止原子弹和氢弹世界大会,她到广岛和长崎了解日本人民在原子弹灾害中和战后十年的悲惨、痛苦生活,热情诚恳地慰问原子弹的受害者们和生活处境痛苦的日本人民,切齿仇恨原子弹给日本人民"造成了这一场空前的惨剧"[1]。冰心同情和支持日本人民不屈不挠地为建立独立、和平、民主的新日本而进行的艰苦斗争,坚信"为和平和独立而斗争的日本人民是一定会胜利的!"[2]冰心还深切地感受到自己沉浸在日本人民热烈欢迎的友情里,真实地领悟到日本人民对中国人民的支持和援助感到极大的安慰和鼓舞,他们无比"珍视中国人民的友谊"[3],具体地感觉到日本人民迫切地要求和世界各国、特别是他们的紧邻中国和苏联恢复正常的关系,欣喜地了解到日本的青年和妇女已经成为发起和推动和平、独立运动的两支强大的生力军。回国后,冰心还认真地阅读苏联作家金罗曼写的小说《广岛姑娘》,进一步了解日本广岛无辜的人民在原子弹祸害中的生活遭遇和战后的斗争情况,更加深刻地认识到日本人民反对美帝国主义和争取和平独立的斗争,"是保卫世界和平斗争的一部分"[4]。

冰心向人们介绍在日本盛销一时,而且被拍成电影的反战小说《二十四颗眼珠》,从中更加深入地认识到日本人民在中日战争期间的悲惨遭遇,"对于战后还在过着不独立,不自由,不民主生活的日本人民,起

---

〔1〕 冰心:《广岛——控诉的城市》,卓如编:《冰心全集·第三册·文学作品(1942—1957)》,海峡出版发行集团、海峡文艺出版社2012年版,第313页。

〔2〕 冰心:《访日观感》,卓如编:《冰心全集·第三册·文学作品(1942—1957)》,海峡出版发行集团、海峡文艺出版社2012年版,第312页。

〔3〕 冰心:《日本纪行》,卓如编:《冰心全集·第三册·文学作品(1942—1957)》,海峡出版发行集团、海峡文艺出版社2012年版,第327页。

〔4〕 冰心:《广岛姑娘》,卓如编:《冰心全集·第三册·文学作品(1942—1957)》,海峡出版发行集团、海峡文艺出版社2012年版,第341页。

了无限的同情与关怀”[1]。

冰心衷心地欢迎日本歌舞伎剧团到北京演出，深信两国戏剧艺术上的互相访问、观摩，不仅有益于“促进我们两国的文化艺术的交流”，而且“能够增加两国人民间的更深的同情与了解”[2]。

冰心兴奋地回忆起自己在“五四”运动中，参加抵制日货，宣传反对日本帝国主义和封建军阀政府，请求援救慰问被捕爱国学生，“开始用白话文写着各种形式的反帝反封建的文章，在各种报刊上发表”[3]的情形。在六一儿童节时，冰心向小朋友们讲述，抗日战争中的1938年，由于日军从华北步步进逼，蒋介石政府竟以扒开黄河大堤来“防止日军前进”，“造成了空前的使人怒发冲冠的惨剧！”[4]要求儿童们珍惜来之不易的幸福生活。冰心还告诉人们，日本山区的小学生们，为筹划学费书费而“辛苦奔波地做着家务”，日本有钱人家的孩子“所接触的一切，都把他们引向堕落的道路！”[5]从而感谢中国共产党和政府对儿童无微不至的爱护、培养和关怀。

冰心提醒人们不要忘记，在亚洲各地只有建国十周年的新中国大陆上看不到日、美帝国主义的痕迹；参加庆祝中国建国十周年的日本汉学家称赞：“人民公社”“真正做到了中国古圣先贤的伟大理想——老者安之，少者怀之”[6]。

---

[1] 冰心：《一个渔村女教师——介绍日本小说〈二十四颗眼珠〉》，卓如编：《冰心全集·第三册·文学作品（1942—1957）》，海峡出版发行集团、海峡文艺出版社2012年版，第476页。

[2] 冰心：《欢迎日本歌舞伎剧团》，卓如编：《冰心全集·第四册·文学作品（1958—1961）》，海峡出版发行集团、海峡文艺出版社2012年版，第109页。

[3] 冰心：《回忆“五四”》，卓如编：《冰心全集·第四册·文学作品（1958—1961）》，海峡出版发行集团、海峡文艺出版社2012年版，第170页。

[4] 冰心：《再寄小读者·通讯十一》，卓如编：《冰心全集·第四册·文学作品（1958—1961）》，海峡出版发行集团、海峡文艺出版社2012年版，第39页。

[5] 冰心：《“党就是我们的亲娘”》，卓如编：《冰心全集·第四册·文学作品（1958—1961）》，海峡出版发行集团、海峡文艺出版社2012年版，第375页。

[6] 冰心：《“老者安之，少者怀之”》，卓如编：《冰心全集·第四册·文学作品（1958—1961）》，海峡出版发行集团、海峡文艺出版社2012年版，第257页。

当日本人民发动反抗签订日美新的“安全条约”斗争时，冰心“每日早起，急不能待地打开收音机和展开报纸”，关注着日本人民反抗签订“安全条约”斗争的进程，似乎每次都跟他们在一起游行和喊口号，向参加“伟大斗争的日本朋友们，致以无限的同情和敬意！”[1]深信日本人民的斗争虽然是长期而艰巨的，但是“最后胜利一定属于日本人民！”[2]冰心参加北京人民“支持日本人民反美爱国斗争”的集会，预言岸信介政府、岸信介自己和美帝国主义者必然走向“毁灭的道路！”[3]冰心向“在日本人民反美反岸的爱国斗争中，英勇牺牲”的大学生桦美智子默哀致敬，并高兴地得知“所有东京大学学生”把“毛主席的著作”“当作教科书一般来精读研究”[4]。

冰心观看了日本悲剧《佐仓宗五郎》，她对“人剥削人、人压迫人的现象”感到“愤激与震动！”[5]决不容许这种现象在世界上长久存留。冰心衷心感谢日本话剧团到中国访问演出，把日本人民“争取独立自由的伟大的斗争”[6]展现给中国人民，从而加深和巩固中日两国人民共同反对美帝国主义的战斗友谊。

1961 年 3 月，冰心到日本东京参加亚非作家紧急会议，重见了许多所熟悉、所知道的参加反对日美“安全条约”斗争的日本女作家们，她衷心地敬佩日本女作家们“坚强地参加日本人民反美爱国的斗争”，日本女作家们则无限地感谢“中国人民和作家对于日本人民斗争的同情

〔1〕 冰心：《致继续前进中的日本朋友》，卓如编：《冰心全集・第四册・文学作品（1958—1961）》，海峡出版发行集团、海峡文艺出版社 2012 年版，第 358 页。

〔2〕 冰心：《第九个浪头》，卓如编：《冰心全集・第四册・文学作品（1958—1961）》，海峡出版发行集团、海峡文艺出版社 2012 年版，第 277 页。

〔3〕 冰心：《“空前的信心和勇气”》，卓如编：《冰心全集・第四册・文学作品（1958—1961）》，海峡出版发行集团、海峡文艺出版社 2012 年版，第 356、357 页。

〔4〕 冰心：《桦美智子和东京大学学生》，卓如编：《冰心全集・第四册・文学作品（1958—1961）》，海峡出版发行集团、海峡文艺出版社 2012 年版，第 395、396 页。

〔5〕 冰心：《〈佐仓宗五郎〉观后》，卓如编：《冰心全集・第四册・文学作品（1958—1961）》，海峡出版发行集团、海峡文艺出版社 2012 年版，第 323 页。

〔6〕 冰心：《喜看日本话剧团在京演出》，卓如编：《冰心全集・第四册・文学作品（1958—1961）》，海峡出版发行集团、海峡文艺出版社 2012 年版，第 408 页。

和支持”[1]。冰心几十次观赏日本的樱花，把金泽的樱花当作“日本劳动人民对于中国人民的深厚友谊”[2]的美好象征来礼赞，当作给斗争中的日本人民报春的信使来讴歌。冰心在日本旅行时，她还发现了聪明机智、舍己救人、有趣动人的一寸法师的故事，“相信日本人民是可以从”一寸法师的“故事里得到加强反美爱国的斗争信心”[3]。1961 年春天，冰心第一次参观浅草公园，就忧虑“美国文化”、“美国生活方式”“已经深深而普遍地盘踞在日本全国的娱乐场所”，并真诚地告诉日本人民：“只要同中国人民在一起，同全世界反帝反侵略的人民在一起”，全力推翻“美帝国主义者和国内的反动统治”[4]，就能建立真正美丽、光明的国家。

冰心回国之后，想象在旅居日本时看到过的那几个混血儿，相信他们一定“也会最坚决地”[5]参加日本人民“反对日美安全条约”的斗争；希望中日少年儿童们把“反对日美安全条约”斗争的责任承担起来。冰心“总感到，和日本朋友交谈”，“有特别便利之处”，即使没有翻译，也能够借助笔谈来痛快地相互了解、心心相印；更高兴的是通过反对共同的敌人，中日两国人民之间发展起牢不可破的战斗友情，她希望中日两国人民都为“关系着两国和亚洲的美好将来的友谊，作出不断不懈的努力”[6]。冰心跟中国人民和世界人民一道，向十多年前制造松川事件的美日反动派提出强烈的抗议，坚信“广大人民的正义的愿望是任何反

---

〔1〕 冰心：《忆日本的女作家们》，卓如编：《冰心全集·第四册·文学作品（1958—1961）》，海峡出版发行集团、海峡文艺出版社 2012 年版，第 455 页。

〔2〕 冰心：《樱花赞》，卓如编：《冰心全集·第四册·文学作品（1958—1961）》，海峡出版发行集团、海峡文艺出版社 2012 年版，第 461 页。

〔3〕 冰心：《一寸法师》，卓如编：《冰心全集·第四册·文学作品（1958—1961）》，海峡出版发行集团、海峡文艺出版社 2012 年版，第 467 页。

〔4〕 冰心：《日本的浅草公园》，卓如编：《冰心全集·第四册·文学作品（1958—1961）》，海峡出版发行集团、海峡文艺出版社 2012 年版，第 511—512、513 页。

〔5〕 冰心：《中野绿子和小慧》，卓如编：《冰心全集·第四册·文学作品（1958—1961）》，海峡出版发行集团、海峡文艺出版社 2012 年版，第 469 页。

〔6〕 冰心：《共同的文字和语言》，卓如编：《冰心全集·第四册·文学作品（1958—1961）》，海峡出版发行集团、海峡文艺出版社 2012 年版，第 478、479 页。

动力量所不能违抗的”[1]；只要中日人民团结起来、坚持斗争，必将迎来胜利。每逢国庆佳节，冰心想念着海外的亲人，她的心思“飘到日本的镰仓”，思念回忆跟几个华侨青年围着大火盆，热烈、真挚地“谈着祖国建设，谈着世界和平，谈着中日友好……”[2]。冰心愤怒、辛酸地回忆起 1929 年夏天目睹大连“许多码头工人，在烈日下，喘息流汗，由日本工头监督着，川流不息地在跳板上搬运货物”[3]；欣喜地比较着大连从日本侵略者的魔掌回到人民手中所产生的巨大变化。

1962 年 2 月，冰心到开罗出席第二届亚非作家会议，遇到了两位日本作家，她热情地邀请她们来旅馆洗热水澡，关切地询问东京的作家们的情况，高兴地发现日本作家认识到“知识分子应该和人民站在一起”[4]。

冰心常常想起十多年前“日本横滨码头旁边水上的那只木屐”，逐渐清楚地意识到“它象征着日本劳动人民”[5]；引发回忆起当年在东京的苦闷不眠的夜晚，因听到清空而又坚实的木屐声所产生的想象和联想；木屐是她旅居日本生活和许多复杂感情的见证与象征，因此，冰心回国后又两次去日本时，总是收集和带回一些玩具木屐。1962 年 9 月 18 日，冰心因读到郁达夫 1937 年写的《满江红》词，欣慰于二十五年后，中国人民在中国共产党的领导下，不仅“打倒日本军国主义者”，收复了祖国河山，“进行社会主义建设，而且还和日本人民携起手来，同为

---

〔1〕 冰心：《我们的抗议》，卓如编：《冰心全集・第四册・文学作品（1958—1961）》，海峡出版发行集团、海峡文艺出版社 2012 年版，第 485 页。

〔2〕 冰心：《每逢佳节》，卓如编：《冰心全集・第四册・文学作品（1958—1961）》，海峡出版发行集团、海峡文艺出版社 2012 年版，第 501 页。

〔3〕 冰心：《人民坐在“罗圈椅”上》，卓如编：《冰心全集・第四册・文学作品（1958—1961）》，海峡出版发行集团、海峡文艺出版社 2012 年版，第 504 页。

〔4〕 冰心：《尼罗河上的春天》，卓如编：《冰心全集・第五册・文学作品（1962—1979）》，海峡出版发行集团、海峡文艺出版社 2012 年版，第 9 页。

〔5〕 冰心：《一只木屐》，卓如编：《冰心全集・第五册・文学作品（1962—1979）》，海峡出版发行集团、海峡文艺出版社 2012 年版，第 35 页。

打倒我们共同的敌人美帝国主义而努力”[1]。冰心遥祝六十大庆的日本朋友中岛健藏先生健康长寿，高度地评价他积极从事“中日人民友好合作，文化交流的事业”，“积极地促进日中邦交的正常化”[2]。冰心参加纪念鉴真和尚逝世一千二百周年活动，“感谢鉴真和尚和他的日本僧人朋友们”，“为我们搭起了一座文化交流的虹桥”[3]，希望大家以鉴真和尚及其他的弟子、朋友们的雄心和宏愿为榜样，为促进中日两国邦交的正常化和防止战争、保卫世界和平尽上自己最大的力量。冰心陪同日本作家朋友三宅艳子到上海参观访问，高兴地看到当年的“冒险家”的乐园，“现在成了”中国人民“和来自世界各国的朋友们的友谊中心”[4]与娱乐场所。

1963 年 11 月，冰心参加中国作家代表团赴日本访问，她称颂中日人民之间几千年来不寻常的友谊和密切的文化交流，赞誉中日两国的作家在各种国际会议上，“在‘反对帝国主义，保卫世界和平’的种种问题上，我们的意见不谋而合”；深切地感受到：“中日朋友之间”，“每一次的离别，都加深了我们的相互关怀，每一次的重逢，又加深了我们的互相了解”[5]。冰心在东京跟日本儿童一起看老舍的儿童剧《宝船》演出，她关心日本儿童的健康成长，默默地向参加打倒美帝国主义，争取民族独立斗争的日本母亲、教师和儿童们致敬；演出结束后，冰心请日本小朋友相信：“在建设将来美好的生活上，在争取世界和平人类进步

---

〔1〕 冰心：《郁达夫〈满江红〉词读后》，卓如编：《冰心全集 · 第五册 · 文学作品（1962—1979）》，海峡出版发行集团、海峡文艺出版社 2012 年版，第 61—62 页。

〔2〕 冰心：《遥祝中岛健藏先生六十大庆》，卓如编：《冰心全集 · 第五册 · 文学作品（1962—1979）》，海峡出版发行集团、海峡文艺出版社 2012 年版，第 89 页。

〔3〕 冰心：《以忘我的精神和积极的行动来纪念鉴真和尚》，卓如编：《冰心全集 · 第五册 · 文学作品（1962—1979）》，海峡出版发行集团、海峡文艺出版社 2012 年版，第 100 页。

〔4〕 冰心：《南行日记摘抄》，卓如编：《冰心全集 · 第五册 · 文学作品（1962—1979）》，海峡出版发行集团、海峡文艺出版社 2012 年版，第 147 页。

〔5〕 冰心：《别离——重逢的开始——访日归来》，卓如编：《冰心全集 · 第五册 · 文学作品（1962—1979）》，海峡出版发行集团、海峡文艺出版社 2012 年版，第 171、172 页。

的努力上”[1]，中国的儿童将永远跟他们紧密地站在一起！

冰心回国后，惊喜地听到1964年1月26日“几十万日本人民举行反美爱国大示威”游行的消息，她怀着激动敬佩的心情寄语日本的战友们：虽然“斗争是艰苦的，也会是曲折的和长期的”，但是有全世界人民的团结一致，日本人民一定会“取得最后的胜利”[2]。冰心在观赏日本松山芭蕾舞团的精彩表演时，热烈地希望他们能早日展现“日本人民波澜壮阔、如火如荼的反美爱国斗争的现实”[3]。冰心衷心地感谢再度访华的日本话剧团带来的四个剧目，“把日本人民争取独立、民主和和平幸福的决心和愿望，鲜明生动地传达给中国人民，使得我们对他们更加同情，更加敬佩，更加了解”[4]。冰心钦佩日本女作家伊藤惠子在母亲犯病、经济拮据的情况下，依然咬牙坚持从事反美日条约的工作，并欣慰于惠子的女儿也成为参加反美斗争的战友；在分别时，冰心对欢送自己的惠子的女儿“忍不住走过去紧紧地握住她的手”[5]。冰心热情地礼赞中日两国人民友好象征的樱花，欢喜兴奋于中日邦交后“两千株山樱的苗本”，“将在中国土地上生根开花”[6]，决心让它们和我们坚持中日友好的接班人一同茁壮地成长。

---

〔1〕 冰心：《和日本儿童一起看〈宝船〉演出》，卓如编：《冰心全集·第五册·文学作品(1962—1979)》，海峡出版发行集团、海峡文艺出版社2012年版，第236页。

〔2〕 冰心：《春天在招手——寄亲爱的日本战友们》，卓如编：《冰心全集·第五册·文学作品(1962—1979)》，海峡出版发行集团、海峡文艺出版社2012年版，第205、206页。

〔3〕 冰心：《中日人民友谊的火花——日本芭蕾舞〈祇园祭〉观后》，卓如编：《冰心全集·第五册·文学作品(1962—1979)》，海峡出版发行集团、海峡文艺出版社2012年版，第239页。

〔4〕 冰心：《惊雷正在日本响起——评日本话剧团访华演出》，卓如编：《冰心全集·第五册·文学作品(1962—1979)》，海峡出版发行集团、海峡文艺出版社2012年版，第247页。

〔5〕 冰心：《战友》，卓如编：《冰心全集·第五册·文学作品(1962—1979)》，海峡出版发行集团、海峡文艺出版社2012年版，第256页。

〔6〕 冰心：《樱花和友谊》，卓如编：《冰心全集·第五册·文学作品(1962—1979)》，海峡出版发行集团、海峡文艺出版社2012年版，第285页。

中日邦交正常化后，冰心又参加第一个到日本的大型友好访问团访问了日本，沉浸在日本人民的友好热情中：她品尝日本友人赠送的樱饼，参加盛大的民间舞蹈，观看了特为欢迎而演出的龙舞，观赏了古装歌舞牛郎织女，重晤了不少日本朋友们，跟日本朋友们自然流畅地从传统的文学之交，说到当前的血肉相连的战斗友谊，瞻望和平友好的未来，深切体会到中日两国的友好源远流长。“决心以我有生之年，和我们的青年人一起，为增进中日两国人民的友谊做出自己应有的积极的贡献”[1]。

冰心回忆自己的生平历史，同时也展示了其间的中日两国关系：冰心的父亲在她“刚会记事的年纪，就常常愤慨地对”她说过大连被日本侵略者占领了；1915 年 5 月，冰心到中央公园参加抗议日本二十一条要求、交爱国捐活动；“五四”运动中，冰心积极从事“文字宣传，鼓动罢课罢市，或对市民演讲。为了抵制日货”，“还制造些日用品”，“或绣些手绢去卖”[2]；抗战爆发后，冰心流亡到“云南的昆明，和四川的重庆”；“抗战胜利后的 1946 年初冬”，冰心又“到日本去了”[3]。冰心回忆自己 1960 年代初期，两次“陪日本女作家松岗洋子和三宅艳子”参观上海[4]。

1980 年 4 月，冰心最后一次参加中国作家代表团赴日访问，她向日本朋友谈起自己“是怎样成为儿童文学作家的”，同时提出作家的责任就是要帮助世界儿童“互相了解、互相学习、互相鼓励”[5]，为世界和

---

〔1〕 冰心：《中日友谊源远流长》，卓如编：《冰心全集·第五册·文学作品（1962—1979）》，海峡出版发行集团、海峡文艺出版社 2012 年版，第 293 页。

〔2〕 冰心：《回忆“五四”》，卓如编：《冰心全集·第五册·文学作品（1962—1979）》，海峡出版发行集团、海峡文艺出版社 2012 年版，第 463—464 页。

〔3〕 冰心：《从“五四”到“四五”》，卓如编：《冰心全集·第五册·文学作品（1962—1979）》，海峡出版发行集团、海峡文艺出版社 2012 年版，第 477 页。

〔4〕 冰心：《上海——南下北上的中心》，卓如编：《冰心全集·第五册·文学作品（1962—1979）》，海峡出版发行集团、海峡文艺出版社 2012 年版，第 529 页。

〔5〕 冰心：《我和小读者》，卓如编：《冰心全集·第六册·文学作品（1980—1986）》，海峡出版发行集团、海峡文艺出版社 2012 年版，第 30、33 页。

平与进步作出贡献，希望中日两国携起手来，为实现目标努力、为未来服务。冰心参谒鉴真和尚的骨塔，感激赞叹鉴真和尚向日本传播中国文化，“使得中日两国人民在文化上有了共同的语言，有了互相了解，互相学习的基础”；称赞“他是横跨中日两国国土上的一座最光辉灿烂的虹桥”[1]。

冰心返回上海，顿然感到中日“两个友好国家是多么‘亲’又是多么‘近’”，虽然回国已经一个多月，她的耳边依然不时回响着中日友好的声音；她深切地怀念鉴真和尚，深情回忆中日人民对周总理的崇敬心情，高度评价周总理用“我们和日本是二千年的历史，半个世纪的对立，二十多年的工作。”[2]简短的三句话，就把整个中日关系的历史作了极好的概括；感激日本朋友关心中国实现“四化”的事业和热心提出许多具体建议，希望两国人民世代友好下去。

（五）冰心在 1981 年到 1994 年。冰心回忆抗战时期、旅居日本、访日期间的生活和跟中日友人结下的友谊，悼念为中日交流鞠躬尽瘁的领导和友人，比较中日两国生活方式、科技发展和教师待遇的不同，追忆写作访日题材散文的动因和主题，介绍自己日常生活中与日本的关系。

冰心回忆童年时，父亲愤激地倾吐心中郁积的话：中日甲午海战“这仇不报是不行的！”“大连是日本人的”[3]。冰心年轻时，痛苦地度过无数个日本军国主义者造成的国耻纪念日：“‘五七’、‘二十一条’、‘济南惨案’、‘九一八’、‘七七事变’、‘八一三’……”；1920 年代，留美期间接触了几个日本同学后，冰心“才深深地体会到日本人民是善良的，是爱好和平的”；抗日战争、旅居日本直到回国，一直处在战时不稳

---

〔1〕 冰心：《光辉灿烂的虹桥》，卓如编：《冰心全集・第六册・文学作品（1980—1986）》，海峡出版发行集团、海峡文艺出版社 2012 年版，第 36、37 页。

〔2〕 冰心：《一衣带水寄东邻》，卓如编：《冰心全集・第六册・文学作品（1980—1986）》，海峡出版发行集团、海峡文艺出版社 2012 年版，第 38、40 页。

〔3〕 冰心：《童年杂忆》，卓如编：《冰心全集・第六册・文学作品（1980—1986）》，海峡出版发行集团、海峡文艺出版社 2012 年版，第 57、58 页。

定状态中的生活,“知道日本人民也和中国人民一样,被日本军国主义者伤害得家破人亡!”冰心回国后,参加了中日友好工作,坚持中日人民世代友好的勇气和信心,震怒于日本文部省在审定历史教科书中篡改历史事实,决不允许日本文部省“污染日本子孙万代的心灵!”[1]冰心纪念在抗战中同甘共苦、结下真情的老朋友:老舍常到冰心“居住的歌乐山上来”[2],他和冰心的“孩子交上朋友”[3],“他来了,就和孩子打闹,同文藻喝酒”[4];梁实秋在冰心与丈夫 1940 年初到重庆时,“首先来把我们接到北碚去欢聚”[5],“他住在北碚,虽然也有往来,但不常在一起”[6],“我们都喜欢老友的欢聚”[7]。冰心纪念从 1929 年 6 月就到她家当保姆、在抗战中随同冰心一家迁徙到昆明与重庆、“葬在歌乐山的墓地里”[8]的高尚的富奶奶。冰心追忆燕京大学的吴雷川校长,在抗战爆发、燕大封闭,汉奸王克敏等强请他出任伪职之时,赞颂“吴老杜门谢客,概不应酬,”“以书遣怀,终至愤而绝粒,仙逝于故都”[9]的民族气节。冰心在除夕之夜,苦忆万里外的日本女作家三宅艳子、吉佐和

---

〔1〕 冰心:《不要污染日本子孙万代的心灵》,卓如编:《冰心全集·第六册·文学作品(1980—1986)》,海峡出版发行集团、海峡文艺出版社 2012 年版,第 137、139 页。

〔2〕 冰心:《纪念老舍八十五岁诞辰》,卓如编:《冰心全集·第六册·文学作品(1980—1986)》,海峡出版发行集团、海峡文艺出版社 2012 年版,第 226 页。

〔3〕 冰心:《老舍的散文》,卓如编:《冰心全集·第六册·文学作品(1980—1986)》,海峡出版发行集团、海峡文艺出版社 2012 年版,第 166 页。

〔4〕 冰心:《又想起了老舍先生》,卓如编:《冰心全集·第七册·文学作品(1987—1997)》,海峡出版发行集团、海峡文艺出版社 2012 年版,第 116 页。

〔5〕 冰心:《悼念梁实秋先生》,卓如编:《冰心全集·第七册·文学作品(1987—1997)》,海峡出版发行集团、海峡文艺出版社 2012 年版,第 83 页。

〔6〕 冰心:《梁实秋〈忆故知〉序》,卓如编:《冰心全集·第六册·文学作品(1980—1986)》,海峡出版发行集团、海峡文艺出版社 2012 年版,第 403 页。

〔7〕 冰心:《读〈雅舍小品〉》,卓如编:《冰心全集·第七册·文学作品(1987—1997)》,海峡出版发行集团、海峡文艺出版社 2012 年版,第 35 页。

〔8〕 冰心:《记富奶奶——一个高尚的人》,卓如编:《冰心全集·第七册·文学作品(1987—1997)》,海峡出版发行集团、海峡文艺出版社 2012 年版,第 60 页。

〔9〕 冰心:《关于男人·九　追忆吴雷川校长》,卓如编:《冰心全集·第六册·文学作品(1980—1986)》,海峡出版发行集团、海峡文艺出版社 2012 年版,第 329 页。

子、濑户内晴美，祝愿“日本朋友们”“健康长寿”，并“将永远和他们一起为中日友好和世界和平努力到底！”[1]

冰心注意到：日本在“战后的四十年中”，飞快地进步，“建设成为一个经济大国！”在相同的四十年中，中国却因为“十年浩劫”和其他各种原因，造成“在科学技术上我们和日本还有不小的距离”[2]。冰心惊异于许多朋友来看她、合影时，他们用的照相机百分之九十八都是日本的，官员们乘坐的也大都是日本“皇冠”汽车，她心疼“我们的人民币有多少流到日本去！”[3]冰心引述蔡元培先生说到“中国觉醒的人不及日本多，觉醒人的力量，也还不及日本人的强”，呼唤蔡元培先生所说的“我们决不用悲观”，“何时才能实现?!”[4]针对日本重视中小学教育，重视教师和人才，她写了为中小学教师请命的文章，呼吁提高中小学教师的待遇，她欣喜于教师节的设立和教师地位的提高。冰心追忆触发自己写作《樱花赞》的动因，揭示文章的最后几句话“便是这篇文章的重点”[5]。冰心热心为友人的《访日散记》、《井上靖西域小说选》作序。

冰心介绍自己病后，依靠“日本朋友有吉佐和子送给的”[6]小收音

---

〔1〕 冰心：《火树银花里的回忆》，卓如编：《冰心全集·第六册·文学作品（1980—1986）》，海峡出版发行集团、海峡文艺出版社 2012 年版，第 225 页。

〔2〕 冰心：《回忆“七七”》，卓如编：《冰心全集·第七册·文学作品（1987—1997）》，海峡出版发行集团、海峡文艺出版社 2012 年版，第 34 页。

〔3〕 冰心：《新春寄语——愿〈民主〉同人有话就说》，卓如编：《冰心全集·第七册·文学作品（1987—1997）》，海峡出版发行集团、海峡文艺出版社 2012 年版，第 307 页。

〔4〕 冰心：《读〈蔡元培语言及文学论著〉后》，卓如编：《冰心全集·第七册·文学作品（1987—1997）》，海峡出版发行集团、海峡文艺出版社 2012 年版，第 179、180 页。

〔5〕 冰心：《花的云海　友谊的轻舟——我为什么写〈樱花赞〉》，卓如编：《冰心全集·第六册·文学作品（1980—1986）》，海峡出版发行集团、海峡文艺出版社 2012 年版，第 163 页。

〔6〕 冰心：《我的一天》，卓如编：《冰心全集·第六册·文学作品（1980—1986）》，海峡出版发行集团、海峡文艺出版社 2012 年版，第 8 页。

机来知晓天下事;晚饭后看电视,她“爱看日本的《阿信》”[1]。冰心梦见在日本的“福田家”小餐馆里,与日本朋友们“一边饮着清淡的白酒,一边吃着我特别欣赏的辛辣的生鱼片”[2];冰心也会“在梦中出现”“云南的默庐,四川的潜庐,日本东京麻布区”等“住过的地方”[3]。

二

如果还原到冰心散文的创作历程中考察,我们可以将她或者作为背景、或者间接涉及、或者直接写到日本和中日关系题材的散文创作历程划分为五个时期:①序幕期(1919 年 8 月),写作处女作《二十一日听审的感想》;②开端期(1923 年 8 月至 1924 年 10 月),冰心在约克逊号邮船途经日本神户时写的《寄小读者·通讯七》,开始正面叙写有关日本的文字;③发展期(1939 年 3 月至 1951 年秋),在抗战和旅日时期,冰心集中书写了有关中日关系的散文;④丰硕和高潮期(1955 年 5 月至 1980 年 6 月),创作了与中日关系有关的散文近六十篇,其中有《广岛——控诉的城市》、《樱花赞》、《一只木屐》、《尼罗河上的春天》、《回忆“五四”》、《一衣带水寄东邻》等等一大批散文名作;⑤拓展和深化期(1980 年 6 月至 1994 年 4 月),创作了与中日关系有关的散文六十多篇,而且出现了《不要污染日本子孙万代的心灵》、《一衣带水两千年》、《火树银花里的回忆》、《霞》、《关于男人(之五) 我的老伴——吴文藻》、《记富奶奶——一个高尚的人》、《我请求》等等各种体式的散文名作。

在序幕期写作的处女作《二十一日听审的感想》,虽然是为宣传学生反对日本军国主义和封建军阀的爱国运动而创作的,但是却并没有

---

[1] 冰心:《电视伴我》,卓如编:《冰心全集·第七册·文学作品(1987—1997)》,海峡出版发行集团、海峡文艺出版社 2012 年版,第 4 页。

[2] 冰心:《说梦》,卓如编:《冰心全集·第六册·文学作品(1980—1986)》,海峡出版发行集团、海峡文艺出版社 2012 年版,第 485—486 页。

[3] 冰心:《我的家在哪里?》,卓如编:《冰心全集·第七册·文学作品(1987—1997)》,海峡出版发行集团、海峡文艺出版社 2012 年版,第 358 页。

出现正面或侧面表现反对日本军国主义的文字。

在开端期，冰心共写了六篇与日本有关的散文：《寄小读者·通讯七》、《好梦——为〈晨报〉周年纪念作》、《寄小读者·通讯九》、《寄小读者·通讯十八》、《寄小读者·通讯二十》和《介绍一本书——〈北京的尘沙〉》。此时冰心的注意力集中在写通讯《寄小读者》[1]，以国内的儿童和学生为阅读对象。冰心本着对小读者许下的保守天真、观察新奇、不以成人烦杂之心来写通讯的承诺，自由洒脱、行云流水、零碎有趣、饱含童真地向他们倾诉日本异域的风光，儿童的可爱，习惯的不同，述写了对日本人欺压中国人的气愤，集中地表现了母女之爱、童心之爱、自然之爱和祖国之爱。冰心向青年学生诉说了中日同学间的友情和共同理想，抒发了对中国国民性和国家现状的深深忧虑。

冰心这些散文的视点由外到内、从异到同，以儿童和青年学生为核心。以白描的手法、自由的形式，明白简捷、真实恰切地叙事与述写，以清新典雅、流畅秀丽的"白话文言化"文字，流露出真挚温爱、童真甜蜜的感情，在袒露胸襟中追求情感的着实，在简约的叙述中抒发含蓄而浓郁的感情。显示出诗情画意、柔美细腻、缠绵忧愁、虚实结合的艺术风格。

在发展期，冰心为友人和小姑娘表现战争生活的作品写序，书写鼓舞抗战情绪和表现自我思绪的随笔，创作佯装男性并且关切抗战的特写，叙写回顾友情、痛失女友的悼念文章，书写从中国到日本的见闻和生活的记事散文，为传播中国文化、提出日本妇女与青年问题和提倡中日永久和平而发表演讲，给日本大学生们写寄寓着殷切期望的公开信。

如果说抗战时期，冰心这类散文的视点是侧重于展示北平和沦陷后的北平、昆明、重庆生活的不同，并且在回忆童年生活中出现了仇恨

〔1〕《晨报》是引发冰心写作和发表《寄小读者》的报纸，《好梦——为〈晨报〉周年纪念作》可以说是《寄小读者》的姊妹篇，而发表在《燕大周刊》上的《介绍一本书——〈北京的尘沙〉》，则是向燕大同学推荐介绍《北京的尘沙》并诉说自己的感想，在某种意义上完全可以将它们都视为是通讯。

日本的一切的新视角。那么旅日时期，冰心这类散文的视点则是侧重于比较重庆与箱根、中日学生、战争灾害、人民愿望的相同和希望日本女性应该与中国女性社会地位、思想自由相同，并且出现了要以德报怨、同情敌国儿童和女性的新视角。这时期冰心的这类散文作品拓宽了取材面，增强了现实感，并且记事为主与抒情为主、柔细含蓄与粗壮现实、温婉柔丽与坚韧雄强、简洁典雅与平易冲淡两种艺术特征和风格交替出现、持续发展。

在丰硕和高潮期，冰心的这类题材散文，以人民友好、反对战争、新旧对比和中日邦交为核心内容，以讴歌中国人民在支持日本妇女、混血儿、青年、作家们禁止核武器、反对日美"安全条约"、促进文艺交流与中日邦交正常化的斗争与活动中结下的深厚友谊，回忆、控诉日本军国主义者与美帝国主义原子狂人、殖民主义者发动战争、预谋新的战争给中日人民带来深重灾难的罪恶为核心视点。出现了回顾自己与日本有关的童年往事和向古代历史探索中日人民友好交流源流的新视角，同时出现了像《我的故乡》那样的系列性散文、《樱花和友谊》那样的镶嵌旧作和《回忆"五四"》那样的一题多写的散文创作新笔路，使得表现冰心童年和学生时代中日关系的往事，在系列性和一题多写中逐渐达到全面、立体、细致和精确。随着冰心的知识分子要和工农大众相结合意识的确立与认识的提高，她的散文的语言越来越趋向通俗化和大众化，华丽典雅的字眼少了，通俗平易的字眼多了。她的视野更加开阔，留心阶级友爱、和平友好，触及民族斗争、国际斗争，文笔温柔隽丽而又开朗健美、明快洒脱而又激越深沉。

在拓展和深化期，冰心的这类题材散文，以回忆往事、书写日常、悼念亲友、表达忧患为核心内容，既有系列性"我的自传"、"关于男人"的散文小品，又有随意性地想到就写、叙事议论的杂感随笔，还有悼念文章、评论、序跋、书信等等多种体式。沿着回忆思念、参与现实两极展开，在两千年的历史时空中，踌躇满志地回顾中日两国人民建立起的友好情谊，哀悼离开人间的中日友人，抒写老一辈人对年青一代的殷切期望。冰心这一时期散文的篇幅大都比较短小，题材开阔而有序，思想深刻而高尚，语言或平淡而隽永、或犀利而幽默，感情或凝重深沉、或宁静恬淡、或乐观开朗、或凛然无畏，文风简练而质朴、舒展而自然，笔势深沉而动情、流畅而冲壮，达到了纯净明澈、自然本色、刚柔相济、炉火纯青的极高境地。

三

纵观冰心创作中日关系散文的七十五年历程，我们可以发现：冰心的亲身经历中几次重要的与日本有关的事件，基本上都在散文中得到真实而又具体的表现，只有几次路过日本和 1936 年至 1937 年赴日本及欧美等国考察，深感不满、失望而归的个别例外没有得到表现和记述。冰心是以发表杂文闯上文坛，并且最终以大量创作杂文为归宿的，她常常总是以自己独特的眼光和个性来观察、体验、记叙、白描、抒情和议论，通过书写真实难忘的自我生活，来抒发由此而引发的具体真挚的思想感情。在描述中或者注意进行横向的中日对照，或者注意进行纵向的历史对比，或者在纵向的历史对比和横向的中日对照两结合中回顾、观照、展望中日两国的文化交流、战争隔绝、世代友好。在冰心的笔下，反复出现的生活细节和核心意象是：在山东烟台时父亲的一席愤激话语，“五四”学生的爱国运动，抗战中的敌机轰炸、北平陷落，战后日本四处无边的瓦砾、衣衫褴褛的妇女、形容枯槁的人群、表情阴暗的人们和海边危岩上阅读《论人民民主专政》，遭受核武器祸害的妇女，象征日本和中日人民友谊的樱花，团结反抗美帝的中日人民，促进和平友好的中日作家等等。

冰心散文中的这一切，从一个侧面表现和总结了中日两国人民，在两千多年来结下的友好往来、文化交流、战争对立、睦邻友好的关系史；勾勒和呈现出冰心散文创作由参与社会运动、侧重个人体验、关注中日战争走向参与中日文化交流、投身促进中日邦交和睦邻友好关系的形成和发展，从展示现实、抒发感情过渡到回顾历史、展望未来，由普遍的爱、正义的爱、民族的爱上升到阶级的爱、战斗的爱、和平的爱、人类的爱的演变轨迹；同时也真切形象地涌现出一位真善美统一，温柔而刚强、典雅又平易、博爱而严正、慈蔼又庄肃、高尚而平凡、圣洁又亲切、洞彻而豁达、犀利又幽默的爱儿童、爱妇女、爱祖国、爱人民、爱人类的大姐、姑姑、母亲和祖母的冰心形象。

原载林德冠、章武、王炳根主编:《冰心论集》下集,海峡文艺出版社2000年版

冰心重庆时期的创作

相对于整个冰心创作研究来说，抗日战争年代冰心的创作研究是个相对薄弱的环节。在这一时段的冰心创作研究中，引起研究者普遍关注并且进行专题研究的主要是冰心的小说化散文集[1]《关于女人》[2]，此外在进行冰心创作研究时论及的作品还有诗歌《鸽子》[3]、

---

〔1〕 参见江震龙、徐立钱：《论冰心〈关于女人〉的文体特征和文体意义》，《漳州师范学院学报》2004年第四期。

〔2〕 主要有：郑飞中：《〈关于女人〉是什么文体》，《阅读与写作》2005年第二期；郑飞中：《"杂语"中的性别逃逸——冰心的〈关于女人〉解读》，《理论月刊》2005年第九期；朱晓芳：《〈关于女人〉：女性意识的又一次独特展现》，《山西师大学报》2007年增刊；程懿：《〈关于女人〉：一个独特的女性主义前文本》，《宜春学院学报》2008年第一期；廖浩月：《冰心〈关于女人〉在女性主义视域下的解读》，重庆师范大学2009届硕士学位论文等等。论及《关于女人》的重要论文与著作主要有：范伯群、曾华鹏：《论冰心的创作》，《文学评论》1964年第一期；杨义：《冰心：早期问题小说的代表性作家》，杨义：《中国现代小说史》第一卷，人民文学出版社1986年版；刘思谦：《冰心：迷离的东方女性之真》，刘思谦：《"娜拉"言说——中国现代女作家心路纪程》，上海文艺出版社1993年版；汪文顶：《冰心散文的审美价值》，《文学评论》1997年第五期；盛英：《冰心作品的女性意识和艺术特色》，林德冠、章武、王炳根主编：《冰心论集》下集，海峡文艺出版社2000年版等。

〔3〕 论及诗歌《鸽子》的论文主要有：王炳根：《冰心"爱的哲学"书写与演变——兼及冰心与人道主义》，林德冠、章武、王炳根主编：《冰心论集》下集，海峡文艺出版社2000年版；卓如：《论冰心的文学创作》，林德冠、章武、王炳根主编：《冰心论集》下集，海峡文艺出版社2000年版等。

随笔《力构小窗随笔》、散文《请客》[1]等。因此,有必要呼吁研究者对其进行系统、深入的研究。我想就抗日战争年代冰心在重庆时期的创作做一番梳理和阐释,目的在于就教于方家,试图引发进一步系统、深入的研究。

一

细读冰心抗战年代的创作,从昆明时期到重庆时期,冰心的创作在取材方面鲜明地体现出描写妇女、儿童内容日益增加的特征。如果说标志着从昆明时期到重庆时期创作地域转变的散文《从昆明到重庆》[2]中,"我"的女性色彩尚未得到凸显、"童子军"也只是作为一个符号出现。那么诗歌《鸽子》[3]就凸现了"娘"把怀里的小娃娃交给丈夫,冒着日机轰炸的危险、在家中舍身保护生病的"两个孩子",及其"娘"因无枪杀敌而产生了巨大的悲愤。

小说化散文集《关于女人》则开启了系列表现妇女的创作工程,从《抄书代序》到《后记》十八篇,篇篇不离妇女,不仅详细地叙写了母亲、T 女士、二弟妇、三弟妇、四弟妇、奶娘、L 大姐、C 女士、L 太太、S 女士、

---

〔1〕 论及随笔《力构小窗随笔》、散文《请客》的论文主要有:解志熙:《人与文的成熟——冰心四十年代佚文校读札记》,《鲁迅研究月刊》2010 年第一期;程小强:《从"蒙昧的青春"到"了解的中年"——1943—1948 年间冰心的洞见与执迷》,王炳根主编:《冰心论集》(五),海峡出版发行集团、海峡文艺出版社 2011 年版等。

〔2〕 《妇女新运通讯》第三卷第一、二期合刊,1941 年 1 月。重庆师范大学文学院熊飞宇博士把他收集到的《从昆明到重庆》(《妇女新运通讯》第三卷第一、二期合刊,1941 年 1 月)、《谈生命》(《京沪周刊》1947 年第一卷第二十七期)与《怎样指导特殊儿童》(《国民教育指导月刊》1944 年第三卷第八期)复印件惠赐给我,在此特别提出致谢!

〔3〕 重庆师范大学文学院熊飞宇博士发来电子邮件告知:"《鸽子》一诗,出处不详,查《妇女新运》与《妇女新运通讯》均无;估计是《妇女新运》周刊第八十七期,不过《妇女新运》周刊重庆图书馆无藏,目前暂无文献印证"。熊飞宇在《试论冰心与新运妇指会的关系》一文的注释[37]中注明:"《鸽子》一诗,又载《满地红》1941 年第三卷第三期,第 30 页"。王炳根主编:《冰心论集》(2012),上海交通大学出版社 2013 年版,第 527 页。

R 小姐、M 太太、张嫂、K 老太太等十四个女性，而且简略地谈论了表姐、T 太太、R 小姐的母亲、小德利莎、M 老太太、李老太太、F 小姐、K 的太太、侄女萱等九个女性；既展现了女人更为重视的母子之情、师生之情、夫妻之情、同学之情、朋友之情、邻里之情，又呈露了女人从儿童到老年一生所面临的学校学习、社交活动、爱情婚姻、家务劳动、工作事业、待人接物、地位命运等方面问题，其间也浓淡不同地涉及到了对儿童的叙写〔1〕。

悼念文章《悼沈骊英女士》悼念威尔斯利大学的中国校友、农业科学家沈骊英女士，赞同她“助夫之事业成功为第一，教养子女成人为第二，自己事业之成功为第三”〔2〕的人生信念。《我的良友——悼王世瑛女士》悼念童年时的校友、大学时的密友、中年时的良友王世瑛女士，称赞她“在家是个好女儿，好姐姐，在校是个好学生，好教师，好朋友，出嫁是个好妻子，好母亲”〔3〕的美好人格。杂感《关于自传》中既有作者自己隐含的女性性别，又有英国“女作家乌福女士（吴尔夫 Virginia Woolf）”〔4〕对于写自传的看法和建议。杂感《对于妇女参政的意见》提出女参政员“对于妇女儿童的福利”“尤其应当切实注意”〔5〕。随笔《力构小窗随笔》中的《力构小窗》写到女主人“自己悄悄的忙”〔6〕着提笔构思，写信、记账，淘米、洗菜，缝衣、补袜；《请客》中拟出幻想要请的客人

〔1〕 小说化散文集《关于女人》中除了《抄书代序》之外的十七篇，每篇均详略不一地涉及到了儿童。

〔2〕 冰心：《悼沈骊英女士》，卓如编：《冰心全集·第二册·文学作品（1923—1941）》，海峡出版发行集团、海峡文艺出版社 2012 年版，第 605 页。

〔3〕 冰心：《我的良友——悼王世瑛女士》，卓如编：《冰心全集·第三册·文学作品（1942—1957）》，海峡出版发行集团、海峡文艺出版社 2012 年版，第 63 页。

〔4〕 冰心：《关于自传》，卓如编：《冰心全集·第三册·文学作品（1942—1957）》，海峡出版发行集团、海峡文艺出版社 2012 年版，第 10 页。“Virginia Woolf”，现通译弗吉尼亚·伍尔芙。

〔5〕 冰心：《对于妇女参政的意见》，卓如编：《冰心全集·第三册·文学作品（1942—1957）》，海峡出版发行集团、海峡文艺出版社 2012 年版，第 25 页。

〔6〕 冰心：《力构小窗随笔·力构小窗》，卓如编：《冰心全集·第三册·文学作品（1942—1957）》，海峡出版发行集团、海峡文艺出版社 2012 年版，第 38 页。

名单及其请客情景的是女主人，所拟定四对夫妇名单中的前三对都是先列夫人姓名，乔夫人虽然是列于丈夫周瑜之后，但是突出她的国色影响："只要她把酒含笑，已够四座春生的了"[1]；《做梦》言说女主人常常梦见最美妙的山水、楼阁、月光与最爽适的房子、书房，然而敌人的轰炸使她做了"烟火弥漫"[2]、惊慌失措的乱梦。

诗歌《献词》歌颂新运妇女指导委员会成立三周年来"为妇女解除沉重的锁链"，"激荡了具伟大潜力的妇女群"，"我们的汗血洒在儿童的脸上"，"培养民族的幼芽——未来的干部"，"把妇女工作者联系在一起"[3]做出了巨大的贡献。《送迎曲》[4]中的"我"与《生命》[5]中的"你"虽然没有明指属于妇女，但是从整首诗歌的意象构成来看不难推测出"我"与"你"均属于妇女。词《洞仙歌·题石屏李石侯尊堂〈机灯课子图〉》[6]是属于表彰李石侯母亲的题词，诗《题〈悲鹭春懋图〉》[7]则为对画家张悲鹭所作纪念其表姐、恋人罗清鹭女士反抗父亲逼嫁愤然投江自尽八周年的牡丹孔雀图的题诗。

小说《空屋》中的"虹"是整篇作品的核心与灵魂人物，不仅她的出现与存在使得空无一物的屋子变成美丽无比、"我"拮据沉重的生活变得快乐无比，而且她的离去不仅使得"我"的灵魂已随她而去，而且"把

---

[1] 冰心：《力构小窗随笔·请客》，卓如编：《冰心全集·第三册·文学作品（1942—1957）》，海峡出版发行集团、海峡文艺出版社 2012 年版，第 43 页。

[2] 冰心：《力构小窗随笔·做梦》，卓如编：《冰心全集·第三册·文学作品（1942—1957）》，海峡出版发行集团、海峡文艺出版社 2012 年版，第 44 页。

[3] 冰心：《献词》，卓如编：《冰心全集·第二册·文学作品（1923—1941）》，海峡出版发行集团、海峡文艺出版社 2012 年版，第 594—595 页。

[4] 冰心：《别一九四一年》、《迎一九四二年》，原载《中央日报》1942 年 1 月 1 日，后又发表于《妇女新运》第四卷第一期，1942 年 1 月。

[5] 冰心：《生命》，卓如编：《冰心全集·第三册·文学作品（1942—1957）》，海峡出版发行集团、海峡文艺出版社 2012 年版，第 8—9 页。

[6] 昆明《建国学术》1942 年第三期，1942 年 10 月 10 日。

[7] 冰心：《题〈悲鹭春懋图〉》，卓如编：《冰心全集·第三册·文学作品（1942—1957）》，海峡出版发行集团、海峡文艺出版社 2012 年版，第 27 页。

我引到无底的深渊里去”。[1]

回忆录《我的童年》回忆童年自由快乐生活的印象、事实，及其养成“恬淡，‘返乎自然’”[2]的性格与习惯。通讯《再寄小读者・通讯一》将她的“开朗欢悦的心情，带给每个小读者”！使得“抗战后的第六个新年”“更加快乐，更见光明！”[3]《再寄小读者・通讯二》告诉小读者要珍惜朋友友谊的宝贵、宽广、作用，及其“交友是一种艺术”[4]。《再寄小读者・通讯三》提醒小读者忆念母亲的恩慈、美华及其养成“有修养，能包容的伟大的人格”[5]。《再寄小读者・通讯四》喻示小读者生命神奇、轮回及其“在快乐中我们要感谢生命，在痛苦中我们也要感谢生命！”[6]

上面繁琐列举、大致梳理的作品，涉及到了目前已知的冰心重庆时期创作、发表的百分之九十多的作品。如果额外加上考察冰心为四篇研究特殊儿童的报告拟写的按语《怎样指导特殊儿童》[7]，及其冰心重

---

〔1〕冰心：《空屋》，卓如编：《冰心全集・第三册・文学作品(1942—1957)》，海峡出版发行集团、海峡文艺出版社 2012 年版，第 56 页。

〔2〕冰心：《我的童年》，卓如编：《冰心全集・第三册・文学作品(1942—1957)》，海峡出版发行集团、海峡文艺出版社 2012 年版，第 6 页。

〔3〕冰心：《再寄小读者・通讯一》，卓如编：《冰心全集・第三册・文学作品(1942—1957)》，海峡出版发行集团、海峡文艺出版社 2012 年版，第 15 页。

〔4〕冰心：《再寄小读者・通讯二》，卓如编：《冰心全集・第三册・文学作品(1942—1957)》，海峡出版发行集团、海峡文艺出版社 2012 年版，第 16 页。

〔5〕冰心：《再寄小读者・通讯三》，卓如编：《冰心全集・第三册・文学作品(1942—1957)》，海峡出版发行集团、海峡文艺出版社 2012 年版，第 19 页。

〔6〕冰心：《再寄小读者・通讯四》，卓如编：《冰心全集・第三册・文学作品(1942—1957)》，海峡出版发行集团、海峡文艺出版社 2012 年版，第 22 页。据熊飞宇考证：此文最初以《寄小读者(通讯四)》为题，在重庆《大公报》1944 年 12 月 25 日发表；接着以《谈生命》为题，在《新评论》第十一卷第一号，1945 年 1 月 30 日发表；再次又以《谈生命》为题，在《京沪周刊》第一卷第二十七期，1947 年 7 月 30 日发表；最后又以《再寄小读者・通讯四》为题，收入《冰心全集》第三卷；四个版本的文字均有不同。熊飞宇：《冰心〈谈生命〉的文本流变》，《重庆广播电视大学学报》2013 年第五期。

〔7〕冰心：《怎样指导特殊儿童》，《国民教育指导月刊》第三卷第八期，1944 年 9 月。

庆时期寄给友人的书信，也是写给女性的大大超过男性朋友[1]，即使是写给男性的《致巴金》(1940 年除夕)中也提到弟妇李文玲女士[2]，《致梁实秋》(1944 年 3 月 25 日)中也提到白薇、赵清阁[3]。那么冰心重庆时期的创作，在取材方面鲜明地体现出描写妇女、儿童内容日益增加的特征就会更加明显。对于这种明显的取材特征，研究者们固然可以借助女性主义、女性文学的理论给予阐释解读，也可以从冰心女性形象、儿童文学的演变给予深入挖掘等等。我觉得凡此种种的理论与视角，都应当建立在当时冰心在重庆的生存语境与创作追求这块基石之上，否则难免造成研究的南辕北辙、缘木求鱼。

二

上述现象的产生，与冰心赴重庆担任"新生活运动促进总会妇女指导委员会"(简称"新运妇指会")文化事业组组长的角色要求有关。

抗日战争全面爆发之后的 1938 年 5 月 20 日至 25 日，宋美龄为了动员全国的妇女参加抗战，邀请各党派团体妇女领袖和社会知名人士，在江西庐山召开了战时妇女工作座谈会。将"新生活运动促进总会妇女指导委员会"扩大改组为动员领导全国妇女参加抗日救国工作的总机关，通过《动员妇女参加抗战建国工作大纲》作为全国妇女共同遵循的工作纲领。"新运妇指会"根据妇女的特点与优势，把领导妇女参加抗战救国的工作重点放在抢救和教育战地难童、训练和培养妇女干部、宣传和教育妇女抗战、动员和负责慰劳伤兵、发动和开展捐款活动、提倡和鼓励后方生产等方面。

---

〔1〕 收入卓如编的《冰心全集·第八册·书信(1928—1997)》(海峡出版发行集团、海峡文艺出版社 2012 年版)中，冰心重庆时期寄给女友赵清阁的书信就有二十封，而冰心重庆时期寄给男性朋友梁实秋、巴金、刘英士的书信总共只有五封。

〔2〕 冰心:《致巴金(除夕)》，卓如编:《冰心全集·第八册·书信(1928—1997)》，海峡出版发行集团、海峡文艺出版社 2012 年版，第 14 页。

〔3〕 冰心:《致梁实秋(3 月 25 日)》，卓如编:《冰心全集·第八册·书信(1928—1997)》，海峡出版发行集团、海峡文艺出版社 2012 年版，第 17 页。

"新运妇指会"下属的文化事业组的使命，是积极从事妇女问题的研究和宣传，从而提高妇女文化水准、强化国家民族意识。工作的侧重点在于编辑刊物、编印丛书和从事宣传：编辑定期刊物五种（①《妇女新运》月刊或季刊，②《妇女新运通讯》半月刊，③《妇女新运》周刊，④《妇女新运》双周刊，⑤《妇女文化》月刊），编印妇女新运丛书五种（①《妇女新运丛书之一——战时纺织女工》，②《妇女新运丛书之二——妇女乡村服务》，③《妇女新运丛书之三——荣誉军人服务工作纪实》，④《妇女新运丛书6之四——宪政实施与妇女》，⑤《妇女新运丛书之五——妇婴卫生讲座》）并出版《蒋夫人最近言论集》，编印宣传资料和提供宣传物品（①编印壁报资料、宣传大纲和时事研究资料，寄给各队及其他从事民众工作团体；②为各种纪念节日及妇女大事的特别宣传提供宣传品，发宣言、标语及各种通电）。

根据重庆师范大学文学院熊飞宇博士考证：冰心从1940年冬[1]开始担任新运妇女指导会文化事业组组长，"冰心担任文化事业组组长，当有半年之久"；"自1941年夏天，即未参与新运妇指会的具体工作，不过仍挂衔'文化事业组组长'"；"自1941年秋，至少至1942年3月，冰心仍挂名文化事业组组长，而实际主持工作者为李曼瑰"[2]。事实上，冰心即使卸去了"文化事业组组长"的职务，她也依然是国民参政会妇女参政员，依旧会关心着战争年代妇女与儿童的切身利益与现实问题。

冰心担任文化事业组组长的角色，要求她必须对文化事业组编辑出版的各种刊物向各种作者征稿。沈骊英来看她时，冰心"便向她要文章"，并说："我只要你报告你自己的工作，你自身的问题，就是妇女问题

---

〔1〕 康清莲、赵洪梅、程永伟认为："1940年12月，冰心正式接替赴新加坡从事抗日救国宣传工作的沈兹九，出任妇女指导委员会文化事业组组长一职"。康清莲、赵洪梅、程永伟：《山路上的繁星——冰心在重庆》，重庆大学出版社2010年版，第32页。

〔2〕 熊飞宇：《试论冰心与新运妇指会的关系》，王炳根主编：《冰心论集》(2012)，上海交通大学出版社2013年版，第515页。

了”。此后沈骊英果然陆续地寄给冰心几篇文章，分别发表在《妇女新运》季刊和周刊上，其中的“《十年改良小麦之一得》一文里，最能表现骊英工作的精神，她相信我们妇女的地位，不是能用空空的抗议去争来，而是要用工作成绩来获取的”。沈骊英和冰心谈到种种妇女问题时常常表示的“妇女问题，已过了宣传时期，而进入工作时期”及其主张“女界同志一本自强不息精神，抓住社会埋头苦干”与“自问已劳尽力为国家服务，而不必斤斤于收获之多少”[1]。这些合理的看法和主张，被冰心吸收到杂感《对于妇女参政的意见》之中：“我们只要切实的做法，已经是要用最大的努力。我们要‘做’！因为妇女参政，已是超过了宣传的阶级，而进入‘实行’的阶段了”[2]。冰心自己也克服体弱多病的困难，在文化事业组编辑的刊物上发表了九篇作品、文章：《从昆明到重庆》、《鸽子》、《由评阅蒋夫人文学奖金应征文卷谈到写作的练习》、《评阅述感》、《悼沈骊英女士》、《迎送曲》、《我的童年》、《生命》、《写作经验》。冰心还拉来丈夫吴文藻的文章《抗战时期与恋爱问题》，在 1941 年 12 月的《妇女新运》季刊第三卷第四期上发表。

冰心担任文化事业组组长、女参政员的角色，使得她清醒地意识到：女参政员不仅要感到妇女参政的光荣，而且更应该感到责任的重大；因为“女参政员和男参政员一样是政府的辅助者，她们以在野之身，随时随地的观察报告一班人民的需要和意见，以及政治设施上应当改进之点，慎重考虑，详细提出，以供政府的参考”；同时，女参政员区别于男参政员之处主要在于“因为环境的关系，她们所接触最多的，是妇女与儿童。因此对于妇女儿童的福利，女参政员尤其应当切实注意。妇女的情感强烈，思想缜密，同情心丰富，所以女参政员对于民间疾苦的感觉，应当加倍尖锐，对于提案，应当加倍切实，务求平易可行，不作好

---

〔1〕 冰心：《悼沈骊英女士》，卓如编：《冰心全集・第二册・文学作品(1923—1941)》，海峡出版发行集团、海峡文艺出版社 2012 年版，第 604—605 页。

〔2〕 冰心：《对于妇女参政的意见》，卓如编：《冰心全集・第三册・文学作品(1942—1957)》，海峡出版发行集团、海峡文艺出版社 2012 年版，第 26 页。

高骛远”；女参政员还“应该努力于女参政员的大量产生；我们要促进女子教育的普及，女子教育水准的提高，使能产生出大量思想正确，眼光远大，情感均衡的女子，来作参政员的候选人。使得参政会里面，能多得女界方面的意见”[1]。因此，冰心的工作一方面要观察展示战时后方妇女的生活疾苦、面临问题和现实需要，另一方面要教育培养战时后方妇女的思想正确、眼光远大和情感均衡。冰心这两方面的工作内容，直接影响了她重庆时期创作的选材取向。

战争造成众多家庭的迁徙离散，要观察展示战时后方妇女的生活疾苦、面临问题和现实需要，及其要教育培养战时后方妇女的思想正确、眼光远大和情感均衡，必然要侧重于关注女性的恋爱情感、婚姻家庭与社会事业生活。小说化散文集《关于女人》中侧重于对战时大后方妇女的生活观察体味、联想展示，思考了战争年代女人在恋爱、婚姻、事业中的现实状况与面临问题。

冰心认为：是否能够产生恋爱情感的首要条件是有没有遇到合适的人选，其次是男女容貌、性情条件相当。

《我的教师》中的代数和历史老师 T 女士，螓首蛾眉、齿如编贝，皮肤白嫩、身材窈窕，是女教师中最美丽和平、循循善诱的一位。她的态度严肃而又和蔼，讲述简单而又清晰，譬喻有趣而又难忘。她爱护学生、孝顺父亲，从校长到学生，都认为世界上根本没有一个男子能够配作她的丈夫。T 女士对于十几个不满意的追求者，态度很是庄重大方、不感兴趣。T 女士因为没有遇到合适的人选，所以选择独身、至死未婚，她做着很好、很大的事业，因此“追悼哀殓她的，有几万人”[2]。《我的同班》里的 L 大姐皮肤很黑、从不打扮、衣服黯淡，她没有女同学的羞怯隐藏，却有着和男人一样的思路。L 大姐作为班长，说话作事、敏

---

〔1〕 冰心：《对于妇女参政的意见》，卓如编：《冰心全集·第三册·文学作品（1942—1957）》，海峡出版发行集团、海峡文艺出版社 2012 年版，第 25 页。

〔2〕 冰心：《我的教师》，卓如编：《冰心全集·第二册·文学作品（1923—1941）》，海峡出版发行集团、海峡文艺出版社 2012 年版，第 521 页。

捷了当，疏通调停、态度坦白，排难解纷、判断公允，集会娱乐、大家响应，成为全班男女同学所最敬爱的人。L大姐或者是由于没有遇到合适的人选，或者是因为容貌性情过于男性化，虽然是个很有名的产科医生却没有结婚。L大姐希望下辈子做一个漂亮女人、交际明星，做男人们恋慕的对象，但是抗战全面爆发之后，她悄然地到西南的一个城市里，换上军装、剪短头发，用敏捷矫健的双手接下成百累千的中华民族的孩童出世，“还指导他们的父母”“造就无数的将来的民族斗士”[1]。

《我的同学》内的C女士是一看就美、越看越美的美女，不仅身段夭矫、美丽潇洒，风度稳静、谈话简洁，亲密和气、谦逊大方，而且多才多艺、灵魂高洁，她负责歌咏队伍、编辑刊物，饰演主角、募捐赈灾。在校期间，C女士虽然不曾答复许多男同学的情书，但是与他们之间不存芥蒂。毕业之后，C女士与很好的医生L结婚，儿女也像她一样聪明美丽。美满的家庭生活，使她即使岁月流逝依然还像从前一样年轻好看。在抗战的散离流亡时代，“我”依然坚信：人格和容貌美丽的C女士，“她的周围随处都可以变成光明的天国。愿她享受她自己光明中之一切，愿她的丈夫永远是个好丈夫，她的儿女永远是些好的儿女”[2]。C女士是整个《关于女人》集子之中，唯一一个集外表美、心灵美、友情美、家庭美于一身的女人。

冰心指出：婚姻家庭的稳固与和谐，首先依靠的是男女婚前联络感情、相互了解，其次依赖男女经济实力、家务能力，最后需要母亲相夫教

---

[1] 冰心：《我的同班》，卓如编：《冰心全集·第二册·文学作品（1923—1941）》，海峡出版发行集团、海峡文艺出版社2012年版，第541—542页。

[2] 冰心：《我的同学》，卓如编：《冰心全集·第二册·文学作品（1923—1941）》，海峡出版发行集团、海峡文艺出版社2012年版，第545页。《我的同学》中将女人的美分为三种：第一种是乍看是美、越看越不美（身段窈窕、皮肤洁白，但是画眉太细、涂唇太红，声音粗糙、态度轻浮，言语无味、面目可憎）；第二种是乍看不美、越看越觉出美来（装束素朴、面目平凡，态度大方、办事稳健，衣饰雅淡、品味高洁，不施铅华、微笑柔静）；第三种是一看就美、越看越美（鸡群仙鹤、绿丛红光，人海之中、浮跃出来，修短合度、秾纤适中，芳泽无加、铅华弗御，灵魂高洁、流丽端庄，言笑举动、流露神韵，白莲出水、玉立亭亭）。

子、无私奉献。

二弟妇与二弟虽然因为父母之命、早有婚约,但是他俩也属青梅竹马、两小无猜,上学时期通过相互通信来"多多交换意见、联络感情",达到"互相体贴,互相勉励"[1];因此婚后新娘子就事无巨细、全盘接收,小主妇孝敬婆婆、招待兄长,家庭生活、自然合适。三弟妇和三弟自由恋爱、水到渠成,婚后夫妻稳静纯洁、喜谈理想、谈论宗教、信真善美;即使辛苦流离、也能稳定满足、乐观诙谐,原先是娇弱的三弟妇,竟能够在"炎暑的天气中"、"在斗室里煮饭洗衣服",哪怕"汗流如雨,嘴里还能唱歌"[2],笑说多出一点力气就可以少出一点汗。四弟妇极其高尚、极为要强,婚前与四弟常常通信、鼓励四弟,两人虽然有过吵架误会,但是每次都是事后就忘;结婚以后,他们把家庭打理得小巧精致、温柔有趣,白天工作、各做各事,晚上点烛、聆听音乐。"在我冷静严肃的生活之中,是个很温柔的变换"[3]。

《我的学生》中的S聪明伶俐、活泼淘气,学习认真、进步神速,兴趣广泛、活动频繁,开朗活泼、严肃认真,成绩优异、光荣毕业。S还善于择偶,和学地质土壤的用功读书、性情沉静的P结婚;S婚后是地道的欧美主妇,忙里偷闲、花枝招展。抗战期间,S在云南一个偏僻的县治,不停劳作、建筑茅屋、制造家具,洗衣做饭、养鸡种菜,忙个不停、应付得开,以真好玩的人生态度快乐有趣地打理家庭生活,而且还到附近的小学里上课,获得全镇男女老幼的爱戴。她处处求全、事事好胜,一个人做着六、七个人的事,却从不肯承认自己软弱。最终因为献血而"失血

---

[1] 冰心:《叫我老头子的弟妇》,卓如编:《冰心全集·第二册·文学作品(1923—1941)》,海峡出版发行集团、海峡文艺出版社2012年版,第523页。

[2] 冰心:《请我自己想法子的弟妇》,卓如编:《冰心全集·第二册·文学作品(1923—1941)》,海峡出版发行集团、海峡文艺出版社2012年版,第528页。

[3] 冰心:《使我心疼头痛的弟妇》,卓如编:《冰心全集·第二册·文学作品(1923—1941)》,海峡出版发行集团、海峡文艺出版社2012年版,第533页。

太多，操劳过度，营养不足”[1]，年仅三十二岁就不幸病逝。

相对于许多从前曾经在沿海口岸、摩登城市、养尊处优，抗战期间迁徙流亡到内地，能够荆钗布裾、栉风沐雨地工作，把家庭里或办公室都能弄得井井有条的妇女们来说，《我的邻居》里的M太太则是维护婚姻家庭稳固与和谐的失败者。M太太还是小姑娘时，身材瘦小、面色苍白，说话腼腆、笑得很甜，写的短诗、词句清新，虽然大学时代思想缜密、描写细腻，文学创作、渐露头角，但是父母娇惯、不学家务，读书写字、弄坏身体。因此结婚之后、抗战翌年，M太太成了四个孩子的母亲，变成更加苍白、瘦得显老，孩子营养不足、常常哭闹，婆婆叨叨唠唠、时常抱怨，丈夫骂孩怪妻、愤时忧世，只顾自己、限制妻子。M太太的生活没有鼓励、没有希望，辞去工作、放弃特长，做着家务、心里空洞，虽然M太太“不求安逸”，也不怕做家务，“只要心里能得到一点慰安，温暖”[2]，只能掩脸大哭、发泄掩抑。M太太的失败，既有战乱环境造成家庭经济困难的原因，又有妻子不善家务、丈夫不愿家务的因素，还有丈夫自私、夫妻感情不融洽的缘故。与M太太形成鲜明对比的是《张嫂》内的张嫂，张嫂伶俐能干、力气也大，虽然头发稀疏焦黄、脸面乌黑皲裂，个子不高、身材也瘦，但是却有短小精悍之气，衣服被单洗得很洁白、叠得平整，收拾屋子、非常干净，日出而作、日入而息，挑水砍柴、洗衣扫地、下田种地、匆忙进出，背上肩上、手里腰里、总不空着，刚生小孩、又织渔网。她不仅勤劳坚韧、踏实乐观地承当了家庭的一切劳作，而且“高兴勤恳的，鞠躬尽瘁”地“做着最实在，最艰巨的后方生产的工作”[3]。所以不但丈夫老张说她事情做得好而自己不中用，而且“我”也因为跟她比较而常常感到惭愧。

---

〔1〕 冰心：《我的学生》，卓如编：《冰心全集·第二册·文学作品（1923—1941）》，海峡出版发行集团、海峡文艺出版社2012年版，第560页。

〔2〕 冰心：《我的邻居》，卓如编：《冰心全集·第二册·文学作品（1923—1941）》，海峡出版发行集团、海峡文艺出版社2012年版，第575页。

〔3〕 冰心：《张嫂》，卓如编：《冰心全集·第二册·文学作品（1923—1941）》，海峡出版发行集团、海峡文艺出版社2012年版，第580页。

《我的母亲》中的母亲，虽然已经死去十年了，但乃然是世界上最好的母亲中的最好一个，因为“她是一个典型的贤妻良母”，“是丈夫和子女的匡护者”[1]。她认为美好的家庭，是一切幸福和力量的根源。她不但是孩子的母亲，而且是孩子的知友；有现代头脑、接受变化，热烈爱家、整天治家，不是做活、就是看书；总是高高兴兴地接待丈夫、孩子的客人，全心全意地教养兄弟姊妹的子女；以孱弱的身体来应付忙乱的家务，而且始终总是嘴角带着微笑；有知人性格之明，帮助丈夫和孩子选择朋友；有极高的鉴赏力，调动陈设和颜色做到新异不俗；关心政治、支持革命，变卖首饰、捐款劳军，读书看报、跟上时代；理解自由恋爱，注重爱情专一。在《再寄小读者·通讯三》里还进一步补充：母亲在出嫁之前是家中娇生惯养的独女，而出嫁之后在三、四十口人的大家庭中，她能够敬上怜下，得到每人敬爱；在家庭布置上，她喜欢整齐精美而又并不显出骄奢；在家人衣着上，她喜欢素淡质朴而又并不显出寒酸；她对子女婢仆，从没有过疾言厉色而又全家人都敬重她的言词；“她一生在我们中间”，具备“有修养，能包容的伟大的人格”[2]。《我的朋友的太太》里的L太太布置家庭、美观妥贴，装束雅淡、凝重和蔼，握手寒暄、态度自然，口齿流利、善于应对；“她常常赞美那些太太死后绝不再娶的男人，认为那是爱情最贞坚的表现”[3]；可是为了维护家庭的完整，她最后改变观念，促成T太太的妹妹嫁给T教授。《我的朋友的母亲》内的K老太太，不仅劝导因为失恋不想娶妻的儿子K结婚生子，而且劝说由于婚外情而想离婚的儿子回心转意，劝慰“F小姐决定从军去

[1] 冰心：《我的母亲》，卓如编：《冰心全集·第二册·文学作品(1923—1941)》，海峡出版发行集团、海峡文艺出版社2012年版，第517页。

[2] 冰心：《再寄小读者·通讯三》，卓如编：《冰心全集·第三册·文学作品(1942—1957)》，海峡出版发行集团、海峡文艺出版社2012年版，第18—19页。

[3] 冰心：《我的朋友的太太》，卓如编：《冰心全集·第二册·文学作品(1923—1941)》，海峡出版发行集团、海峡文艺出版社2012年版，第548页。

了”[1]。既维护了原有家庭的安定与团圆，又体现了对F小姐的尊重和负责。

冰心也清醒地意识到：有许多职业妇女，倘若她被恋爱征服，同时又不忍放弃事业，那么在结婚之前，总要百转千回地考虑会不会被这两股绳索绞死？

如果说T女士是因为身边没有合适的人选，所以至死没有结婚，而且她做着很好、很大的教书育人事业，因此受到几万人的爱戴和哀悼。如果说L大姐或许是容貌性情过于男性化，也许是由于过于投入到产科医生的工作之中，因而也没有能够结婚，但是她迎接了成百上千的将来的抗战斗士出世，成为中华民族女性学习的榜样。那么《我的房东》里的法国R小姐虽然是贵族遗裔、温柔雅澹，绝等漂亮、绝等聪明，但是由于她不结婚是因为不愿意牺牲自己的事业和健康，不愿意以结婚的理想与人生的大义来支持困乏的身心，不愿意相信活着是为事业或职业的男人；为了能够写十几本小说、七八本诗和旅行许多地方、认识许多朋友，她年过六旬仍然坚持独身。对于R小姐过于珍惜施展女性自身的才华和实现自身的价值，因而完全舍弃婚姻家庭的责任和义务的做法，冰心的评价是：“可惜她是太美丽，太聪明了！”[2]冰心甚至更为赞赏R小姐的侄女小德利莎，她以恋爱为事业、以结婚为职业，整天都是高高兴兴、永远没有矛盾冲突。

小说《空屋》中的虹和颖试图把一生的欢乐和希望，寄托在把空屋幻想成为自己美丽舒适的家，在经历相识相知、相忆陶醉之后，各自家庭的经济重压，使得美丽聪明、能够用幻想把空屋布置成最美丽住宅的虹，终于迫于父母的意见、为感激表兄而嫁给他为妻，从而牺牲了自己的爱情。是比泰山还重的现实，压垮了虹比浮云还轻的幻想！

---

〔1〕 冰心：《我的朋友的母亲》，卓如编：《冰心全集·第二册·文学作品（1923—1941）》，海峡出版发行集团、海峡文艺出版社2012年版，第588页。

〔2〕 冰心：《我的房东》，卓如编：《冰心全集·第二册·文学作品（1923—1941）》，海峡出版发行集团、海峡文艺出版社2012年版，第569页。

抗战时期，产生了许多失去亲人、无家可归的难童[1]。如何救护和教育难童，成为抗战时期“一份伟大的工作”[2]。

面对儿童，冰心更加关注培养他们开朗欢悦、安静光明的心情，珍惜友谊、克服困难的艺术，忆念母亲、养成健全的人格，认识生命、相生相成的神奇。《再寄小读者·通讯一》营造山头、嘉陵江、山城的一切，都显出安静、光明和欢喜；并且要将“我”的开朗欢悦的心情，带给每个小读者！祝愿因为小读者而使抗战后的第六个新年更加快乐、更见光明！《再寄小读者·通讯二》告诉小读者可以运用友谊来解除人生路上的孤身启程、克服世路的险峻崎岖、忘却了长行的疲乏劳顿，愿与小读者相互之间成为永远的好朋友。《再寄小读者·通讯三》提醒小读者，母亲的恩慈能使人得到莫大的安慰与温暖，没有母亲的小朋友要以母亲的美华来养成健全的人格。《再寄小读者·通讯四》喻示小读者正确认识生命神奇、自己使命，活动生长、进化运行，快乐痛苦、相生相成，在历经磨难之后迎来成功后快乐的美丽生命。

与此同时，存在着众多身心机能、品性特殊的儿童。怎样教学和训导特殊的儿童，也成为一般学校教育发生困难的问题。

冰心在为教育部国民教育辅导研究委员会审核、由各省市各级国民教育研究会送交“怎样教育特殊儿童”研究成果的四篇代表作写的按语《怎样指导特殊儿童》中，指出特殊儿童分为四种：“(1)凡是品性操行有着特劣的儿童叫做问题儿童；(2)智慧特高的儿童，叫做天才儿童；(3)智慧特低的儿童，叫做低能儿童；(4)具有音乐、绘画或劳作技能的某种特长技能的儿童，或身心机能有某种缺陷的儿童，叫做具有某种特殊才能或缺陷的儿童”；强调“教员对他们若没有适当的了解和发现，不但教学上发生困难，而且训导上也要发生问题。所以小学教师对于各

---

[1] 全面抗战时期，国统区得到救济教养的难童有二十万名左右。许雪莲：《全面抗战时期国统区难童救济教养工作述评》，东北师范大学2003届硕士论文，第37页。

[2] 《蒋夫人亲临致辞》，《新华日报》1938年3月11日。

种特殊儿童的教育，实有研究的必要”[1]。表现出冰心对于各种特殊儿童的关心，对于怎样教育特殊儿童方法的关注。

三

如果说冰心担任文化事业组组长、女参政员的角色意识，影响了她重庆时期创作的选材取向，那么冰心参与评阅“蒋夫人文学奖金征文”、总结创作经验，则影响了冰心重庆时期创作的言说方式。

“新运妇指会”曾于 1940 年 3 月至 8 月底举办“蒋夫人文学奖金征文”报名和投稿活动[2]，“目的在借此鼓励女界青年热心于写作”[3]。文化事业组具体承担接受报名和收集来稿的工作，预定的评奖揭晓时间是 1940 年“双十节”。冰心担任文化事业组组长，与郭沫若、杨振声、朱光潜、苏雪林一道评阅了文艺卷征文。恰逢“新运妇指会”的总干事张蔼真邀请冰心给女青年们讲话，冰心便给女文学青年们做了一次关于《由评阅蒋夫人文学奖金应征文卷谈到写作的练习》[4]的演讲。

冰心的演讲，首先概述了文学征文稿件存在的两个优点与三大缺点：优点是“第一作者写她们自己亲切的生活环境。第二作者描写其本地风光”；缺点是“一、不会运用标点符号”，“二、别字太多”，“三、技术之劣”（“A 英雄主义”，“在心理的过程上没有矛盾没有冲突”；“B 作者只描写大时代中的大事”，“冒险描写非本身经验以内的事，完全凭一种想像”；“C 缺少剪裁”，“以致事实杂乱，人物太多，轻重倒置，无法收场”）。

其次提出了写作者必须具备多看多写的条件：关于多看，不仅“中

---

[1] 冰心：《怎样指导特殊儿童》，《国民教育指导月刊》1944 年第三卷第八期。

[2] 《蒋夫人文学奖金简则》，《妇女新运》第二卷第二期，1940 年 2 月。

[3] 宋美龄：《告参与新运妇女指导委员会文艺竞赛诸君》，《妇女新运》1941 年第三卷第三期。

[4] 谢冰心讲、宋雯记：《由评阅蒋夫人文学奖金应征文卷谈到写作的练习》，《妇女新运》第二卷第九、十期合刊，1941 年 2 月。下文未注释的引文均出自此。参阅解志熙辑校：《补遗与复原：冰心四十年代佚文辑校录》，《鲁迅研究月刊》2009 年第十二期。

外书籍都应当看”(目的在于“扩充情感上的经验”、“学习用字”的“纯熟”、“学习用一些譬喻”),而且应当“一、多接近前辈作家,多和他们谈话”(学习“富于热情的人”“谈话有力”、“富于想像力的人谈话很美”、“头脑清楚的人”“谈话有条理”这三种“写作三个最重要的条件”);“二、多认识不同性不同行的人”,“听他们述说经验以内的事”;“三、多旅行多看山水风物,城市乡村的一切,便可多见事物的背景,多搜集写作的丰富材料”。说到多写,“一、兴到就写不拘体裁——当你有什么感触的时候,马上就把她写下来”;“二、不要写经验以外的东西——一定要写你经验以内的事实”;“三、细心观察——凡是一个写作对象的一举,一动,一言,一语,都要仔细去观察,分析”,“尤其要注意话后的背景和引起的反应”;“四、练习观感”(视觉“要注意形式颜色等”,听觉“要注意音调和字句”,嗅觉“香,臭,辛,辣”“要会描写出来”,味觉“要辨别各种食物的滋味”,肤觉“冷热,松,紧,粗细,干湿等”“要会描写出来”)。

再次指出写作者本身的修养风格培养问题:“一个作家要养成他的风格,必须先养成冷静的头脑,严肃的生活和清高的人格”。

最后依据自己的创作观念提出三条建议:“一、作家应当呈示问题,而不应当解决问题。也就是说作家应当站在客观立场上来透视社会,解剖社会,社会黑暗给暴露出来”;“二、不要先有主义后写文章,因为先有主义便会左右你的一切,最好先根据发生的现象,然后再写文章”;“三、不要受主观热情的驱使,而写宣传式的标语口号的文艺作品。使人看到感觉滥调和八股”。

对于冰心的这次演讲,《妇女新运》的编者极为重视,在《编后拾零》之四里给予强调:“谢冰心先生的《由评阅蒋夫人文学奖金应征文卷谈到写作的练习》一文,不但详尽论到这次应征稿件的品质,并且发挥了许多文学理论珍贵的意见,是值得仔细阅读的”[1]。

我们不难发现,受此影响,冰心在重庆时期的创作呈现出如下三大特色:

---

〔1〕《编后拾零》,《妇女新运》第二卷第九、十期合刊,1941年2月。

第一、体现出兴到就写、不拘体裁，把自己的感触马上写下来的特征。

这不仅体现在大量选择表现个性、真实、自由的散文文类来进行创作，既有叙事散文、小说化散文、悼念文章、杂感、回忆录、通讯、随笔等多种散文变体创作，又偶有诗歌、题词、小说创作；而且表现在吐露出“自己悄悄的忙，有时写信，有时记帐，有时淘米，洗菜，缝衣裳，补袜子……却难得写写文章！”“当编辑的朋友，苦苦索稿的时候，自己一赌气拉过椅子坐下，提笔构思”，“忙病相连，忙中病中所偶得的一点文思，都在过眼云烟中消逝，人生几何？还是靠逼迫来乱写吧”[1]的没有兴味不写的实情与无奈。

第二、言说方式均属细心观察、善于剪裁地言说在当时或者曾经的生活环境与本地风光中自身经验以内的事实。

这不仅表现在所写人物中的母亲、三个弟妇、奶娘、刘英士、沈骊英是真人真事，连那些使用代号出现的女主人公如 T 女士、L 大姐、C 女士、L 太太等等也有真人的原型为依据。而且体现在将作者自己调动五觉观感[2]、细心观察的童年至中年的生活精心剪裁地展现给读者。据说《关于女人》“实际上”还“是一个长篇的准备”[3]，它以“男士”来言说女士，以“我”对最为熟悉女性的尊敬体贴这根线索，串联起十四个主要女人的故事，然而“我”“并非作品中的故事性人物，而是介绍故事和剪裁生活片断的结构性人物”[4]。《我的母亲》以“母亲”为中心，精心选择一些生活细节来展示“母亲”的几个侧影，从而刻画了一个血肉丰满的形象，用一支饱含着怀念之情的笔，塑造了一位温柔贤惠、慈爱聪慧、可敬可爱、与时俱进的贤妻良母的形象。《我的朋友的母亲》中，基

---

〔1〕 冰心：《力构小窗随笔 · 力构小窗》，卓如编：《冰心全集 · 第三册 · 文学作品(1942—1957)》，海峡出版发行集团、海峡文艺出版社 2012 年版，第 38—39 页。

〔2〕 即视觉、听觉、嗅觉、味觉、肤觉。

〔3〕 路囚：《关于〈关于女人〉的作者谢冰心》，《现实文摘》1948 年第三卷第二期。

〔4〕 杨义：《中国现代小说史》第一卷，人民文学出版社 1986 年版，第 247 页。

本以叙述语言来编织故事、描写人物，人物的对话也比较多；并且通过K老太太长途跋涉、一路奔波到达重庆探望儿子，有意识地拓展时间、空间的限制来叙述事件，展示社会生活环境，侧面反映炮火纷飞、血雨腥风的战争年代给女人和儿童带来的妻离子散、痛苦艰辛。作者对于不同的人物采用不同的刻画手法：有以细节刻画人物形象，如《我的母亲》里，通过母亲把几十本革命书刊《天讨》一卷卷装在肉松筒里寄出去，表现母亲的思想进步、机智勇敢；还从心理表现人物形象，《我的朋友的母亲》在叙述过程中，五次点到一块手绢，把K老太太的干净利落和情绪波动烘托得十分活脱、成功；也用肖像描写人物形象，《张嫂》内，张嫂稀疏焦黄的头发，黝黑的面色，布满裂纹的颜面，又大又薄的嘴唇，锐利的眼光，瘦小的身材，笑嘻嘻的表情，具体典型地写出了当时山村贫穷农妇的形象，同时把张嫂放在李老先生、李老太太、"我"等人的多种关系中来描述，在不同事件、不同观感中把这农妇塑造得具有立体感。这些手法扩大了散文的表现空间，对于琐碎繁复的散文抒情，也起了制约规范的作用。《关于女人》在具体篇章、具体人事的安排上，明显接受物理时间的限制，使得文章脉络清晰、层次分明；作品以叙事记人为主，虽然在直白的说明、叙事性语言中仍然穿插了议论和抒情，但增加了小说精细客观的刻画，感情抒发直接受到创作理性的制约，不再是前期散文的无定性流动、无节制宣泄，体现出作家对散文写作驾御能力的提高。

小说《空屋》的开首写道："虹和我把我们一生的欢乐和希望，寄托在这一所空房子上面——但是，为什么不可以呢？"[1]与结尾倒数第二自然段虹所说："幻想，为什么不可以呢，让我们还拿幻想来结束这别离……颖，你不是进城上班去么？别忘了你还有个美丽舒适的家，你好好上班，周末回来，我在窗口点上一支红烛，来照耀你的归途。我在壁炉边矮几上，给你准备下一顿精美的晚餐，你在这小路上唤我，我就跑

〔1〕 冰心：《空屋》，卓如编：《冰心全集·第三册·文学作品（1942—1957）》，海峡出版发行集团、海峡文艺出版社2012年版，第50页。

下层阶来接你！去罢，我的颖，星期六晚上见！”[1]既构成前后的呼应，又形成复调与张力。夏天相识相知，秋冬相忆陶醉，春天重压忧郁，暑期天各一方，初秋劳燕分飞；把时间的绵延、感情的变化和对空屋憧憬、想象的落空等交织在一起，形成了事件、人物、场景、氛围、意境、象征之间的回环往复。这一切，不能不说是作者努力建构、精心剪裁的结果使然。

第三、言说风格呈现出多样化、复杂化的态势。

解志熙敏锐地发现：冰心从1940年发表《默庐试笔》“这篇作品开始，冰心的创作终于告别了为少男少女写作的天真与单纯，而具有了中年人的深沉与复杂。并且，《默庐试笔》在修辞上也不像冰心早期的作品那样一味温柔的优美”，“作品的语言修辞就有了回环往复的曲折与跌荡顿挫的力度”，“集优美的诗意和复杂的情怀、细腻的笔墨和和奔放的笔触于一体”；此后的冰心陆续推出了系列散文《关于女人》、《力构小窗随笔》等散文佳作，“一个真正成熟的散文家则于焉现身。这是人与文的双重成熟”[2]。这种作家与作品的双重成熟，也表现在作品的言说风格的多样化与复杂化。

既有《关于女人》、《悼沈骊英女士》、《我的良友——悼王世瑛女士》等的以粗犷豪迈、苍劲朴茂为主的言说风格。《关于女人》的话语则显得颇有节制，小说化的精细刻画形象、景色描写，将自己的情感投入到写作对象之中。运用平实、风趣、简练的语言，摆脱前期由于情绪随意舒展而使散文显得松散拖沓的缺陷。但是，《关于女人》的言说风格也并不是以完全摒弃冰心细腻、清新、柔美的言说风格，而是在大气中有温婉，豪放中具情感细节观照。在话语方式上，用客观但不乏幽默达观的介绍式语气，使读者和作者处于平等对话地位，形成较为轻松的阅读

〔1〕 冰心：《空屋》，卓如编：《冰心全集·第三册·文学作品（1942—1957）》，海峡出版发行集团、海峡文艺出版社2012年版，第56页。

〔2〕 解志熙：《人与文的成熟——冰心四十年代佚文校读札记》，《鲁迅研究月刊》2010年第一期。

氛围。

又有《再寄小读者》等的以浅吟低唱、清丽优美为主的言说风格，还有《鸽子》、《献词》等的以激昂明快、情绪激昂为主的言说风格，更有《力构小窗随笔》等的以缜密细致、坚韧宽厚为主的言说风格，其中的《请客》完美地实现了有力、很美和有条理这三个写作的重要条件，“别出心裁地发挥想象力”，“与此相得益彰的则是精练优雅和富于韵味的语言”〔1〕。

原载王炳根主编：《冰心论集》(2012)，上海交通大学出版社 2013 年版

---

〔1〕 解志熙：《人与文的成熟——冰心四十年代佚文校读札记》，《鲁迅研究月刊》2010 年第一期。

冰心《关于女人》的文体特征与文体意义

相对于冰心前期散文文体特征及其意义的研究而言，评论界对冰心 1940 年代影响较大的散文集《关于女人》的具体研究显得较为薄弱，尤其是对于《关于女人》的文体属性存在很大争议。本文认为从文体特征上看《关于女人》属于小说化散文，它和冰心早期写人的散文化小说在题材选择、人物塑造、叙述方式、话语特点等方面均有本质不同。本文同时通过分析《关于女人》文本特有的"性别错位言说"的叙述方式，以及吸收小说化的优点，指出其文体在现代散文文体自觉化进程中的重要意义。

鲁迅曾说过一段意味深长的话："一切事物，在转变中，是总有多少中间物的。动植之间，无脊椎和脊椎动物之间，都有中间物；或者简直可以说，在进化的链子上，一切都是中间物。当开首改革文章的时候，有几个不三不四的作者，是当然的，只能这样，也需要这样"[1]。以生物进化都有"中间物"的事实，推出文学发展必定有"中间物"，也需要"中间物"的结论，意在指出一个无可置疑的规律。可见，"中间物"本身也有存在的审美价值。现当代文学的跨文体现象普遍，如小说散文化、散文小说化的存在合理性问题引起众人的争议。有人鼓励提倡，有人提出反对。人们对这两种文体的界定也产生分歧，比如，几十年来，评论者对于冰心 1940 年代的散文集《关于女人》的文体多有争议：有人认

〔1〕 鲁迅：《写在〈坟〉后面》，鲁迅：《鲁迅全集》第一卷，人民文学出版社 2005 年版，第 301—302 页。

为《关于女人》是小说、散文化的小说，和前期写人小说的文体一致；也有人认为《关于女人》是写人散文、特写；还有人认为《关于女人》是小说散文集[1]。我们则认为：《关于女人》属于小说化散文，它与冰心早期写人的散文化小说有着本质的区别，但二者都具有“中间物”的审美意义。通过两者对比，可以看到冰心《关于女人》的散文文体小说化的新质，是对前期的女性散文文体写作的突破，反映出冰心散文创作的多元化，也体现了作家散文文体意识的自觉，对新时期的小说化散文创作也有启发。

一 《关于女人》的文体特征

我们知道：“小说是一种侧重刻画人物形象、叙述故事情节的文学样式”，是重“再现”的叙事性作品；它的主要特征是：“深入细致的人物刻画，完整复杂的情节叙述，具体充分的环境描写”。而散文的主要特征是：“题材广泛多样，结构自由灵活，抒写真实感受”[2]。它不必像小说那样要求形象丰富完整，个性刻画鲜明突出、故事情节有头有尾，它可以围绕一个中心，把散乱的人物和事件组织为一个整体，表达作者某种特定的思想感情。同为写人文学，两者在写作的选材、构思、叙述方式、人物塑造、话语方式上均有不同，呈现了不同的文体特征。

冰心早期小说创作时处“五四”高潮，冰心自己说：“五四运动的一

---

〔1〕 参见林非：《冰心》，林非：《现代六十家散文札记》，百花文艺出版社 1980 年版，第 18 页；杨义：《中国现代小说史》第一卷，人民文学出版社 1986 年版，第 242 页；俞元桂：《谢冰心：“世事沧桑心事定，胸中海岳梦中飞”》，俞元桂、姚春树、汪文顶：《中国现代散文十六家综论》，华东师范大学出版社 1989 年版，第 86 页；卓如：《冰心全集·附录·〈全集篇目分类索引〉》，卓如编：《冰心全集》第八卷，海峡文艺出版社 1994 年版，第 42 页；卓如：《冰心全集·附录·〈第一版编后记〉》，卓如编：《冰心全集·第十册·译文（1962—1980）》，海峡出版发行集团、海峡文艺出版社 2012 年版，第 421 页；吴宏聪、范伯群主编：《中国现代文学史》，武汉大学出版社 1999 年版，第 411 页等。

〔2〕 童庆炳主编：《文学理论教程》（修订二版），高等教育出版社 2004 年版，第 199、202 页。

声惊雷把我‘震’上了写作的道路”[1]。此时冰心小说总以深刻的自我主体省察和直露的表现欲望为参照系，在小说创作中呈现“杂异”的散文化现象。在小说中注重诗的艺术渗透，融化古代诗歌、散文传统写意方法，无论叙事写人都在表现客观现象时融入主观情感。作者主体介入，用第一人称叙事，运用日记书信体，使其小说吸收了散文的技巧而成散文化小说，但是和《关于女人》的小说化散文还是有根本的区别。

首先，让我们来看看冰心本人对《关于女人》的文体界定。冰心在人民文学出版社 1954 年 9 月出版的《冰心小说散文选集》中，将《关于女人》里的文章跟小说放在一起，而在冰心自订的《文学创作简目》[2]中称之为特写集。冰心在《关于散文》里，对散文的范围做过描述：“散文的范围包括得很宽，比如说通讯，特写，游记，杂文，小品文等等”[3]。冰心把特写也归入散文，可见她后来还是将《关于女人》的文体界定为是散文。

其次，在选材上，《关于女人》的题材基本是真实的。冰心在《〈关于女人〉后记》的开篇写道：“写了十四个女人的事，连带着也呈露了我的一生，我这一生只是一片淡薄的云，烘托着这一天的晶莹的月！”[4]这句话说明：《关于女人》带有自叙的色彩，折射了作者自己的经历。不仅母亲、奶娘、弟妇等是真人真事，就连那些只以代号出现的主人公 T 女士、L 同学、C 女士、L 太太等等也有真人的影子。比如《我的同学》里写 C 女士，是个美丽的女子，曾在“我”翻译、编导的“梅德林克的《青鸟》中”“担任‘光明之神’”主角[5]。在卓如著的《冰心传》里可以看到

[1] 冰心：《从“五四”到“四五”》，卓如编：《冰心全集・第五册・文学作品（1962—1979）》，海峡出版发行集团、海峡文艺出版社 2012 年版，第 479—480 页。

[2] 冰心：《文学创作简目》，《花城》1984 年第四期。

[3] 冰心：《关于散文》，卓如编：《冰心全集・第四册・文学作品（1958—1961）》，海峡出版发行集团、海峡文艺出版社 2012 年版，第 184 页。

[4] 冰心：《〈关于女人〉后记》，卓如编：《冰心全集・第二册・文学作品（1923—1941）》，海峡出版发行集团、海峡文艺出版社 2012 年版，第 590 页。

[5] 冰心：《关于女人・我的同学》，卓如编：《冰心全集・第二册・文学作品（1923—1941）》，海峡出版发行集团、海峡文艺出版社 2012 年版，第 544 页。

1920年10月，冰心曾经在燕大女校演剧救灾活动中把比利时剧作家莫里斯·梅特林克的代表作六幕梦幻剧《青鸟》译成汉文并参加演出，“她请陈克俊演主角”[1]“光明之神”，其中对陈克俊在演出中的描写和《我的同学》中对C女士的描写十分接近。贯穿《关于女人》始终的“我”虽是“男士”，但经历和作家相似，而抒发的感情更是真情了，依然延续着冰心“爱的哲学”的主张。冰心早期的写人小说的选材总体上是虚构的，是对“五四”时代人物的典型化、概括化。虽然一些小说是根据真人故事而创作的，早期多篇小说中的“我”有冰心的影子，但多数人物，如《斯人独憔悴》中的颖石、颖铭，《去国》中的英士，《超人》中的何彬、禄儿都是虚构的人物。这些人物形象是“五四”时代充满个性，热爱祖国，努力求知却报国无门，深受压抑的青年人的典型化。

再次，由于散文、小说文体特征的不同，而使冰心《关于女人》散文和早期小说在人物塑造方式和塑造人物的目的上也不同。写人散文主要通过写人叙事来抒发某种情感，而写人小说则是通过塑造典型人物形象来反映社会现象。写人散文中的人物一般是真有其人的，主要运用以一个原型为主的方法，而写人小说中的人物一般是虚构的，它用广采博取、合成一个的方法，即鲁迅所说的“杂取种种人，合成一个”[2]的方法。《关于女人》中虽然也有刻画人物，描写事物，但是这类作品中，忆往述怀的情绪串起了散碎的材料碎断，事件本身并不具有发展的连续性，或是必然的因果联系，事件的组织取舍也不以人物性格刻画需要为尺度，而把它当作自己抒写情意的依据，服从于对女性的赞美：女人“比男人多些颜色，也多些声音”；女人比男人“更温柔，也更勇敢；更活泼，也更深沉”；因此，“世界若没有女人，真不知这世界要变成怎么样子！我所能想象得到的是：世界上若没有女人，这世界至少要失去十分

[1] 卓如：《冰心传》，海峡文艺出版社1998年版，第71页。

[2] 鲁迅：《〈出关〉的“关”》，鲁迅：《鲁迅全集》第六卷，人民文学出版社2005年版，第538页。

之五的'真'、十分之六的'善'、十分之七的'美'"[1]。《关于女人》虽然抄录了《红楼梦》的开卷之词用以代序，却没采用曹雪芹似的"实录写真"的方法，而把散碎的材料串成璀璨明珠，使人物在很大程度上融进冰心的思想情感里而"我性化"了，这符合写散文通过写人抒发某种情感的特征。比如《我的母亲》中用一支饱含着怀念之情的笔，塑造了一个可敬可爱的贤妻良母的形象，她温柔、贤惠、慈爱、聪慧。全文以"我的母亲"为中心，围绕"中心"精选一些生活细节展示"母亲"的几个侧影，从而刻画了一个血肉丰满的形象。它并不注重对人物音容笑貌、举手投足的精细描写，只把母亲的一些生活事件和故事细节当作自己抒发爱母情感的依据。

而冰心前期散文化小说虽有主观抒情、氛围营造，但是依然在刻画人物性格、塑造人物形象的基础上提出社会问题，这符合小说通过塑造人物来反映社会现象的特征。冰心说她写小说的目的："是要想感化社会，所以极力描写那旧社会旧家庭的不良现状，好叫人看了有所警觉，方能想去改良"；是要"借着'消极的文字'，去做那'积极的事业'了"[2]。所以，她在小说中通过人物形象的遭遇提出一个又一个的问题，反映社会现状，这是小说特有的特征。《两个家庭》通过比较由于两个家庭的家庭主妇教养不同，而导致两个家庭的巨大差距，在当时普遍关注两性问题的社会背景下，较早提出女子受教育的问题。《斯人独憔悴》围绕着国难问题，展开父与子两代的矛盾冲突，暴露封建家庭的专制和腐朽，反映青年不能自由参加爱国运动的苦恼。《去国》提示爱国知识青年同腐败政府的矛盾，主人公英士学成归国，却空怀报国之心，无处施展才干，不得不再度出国。当时读者的评论文章惊叹："对于这篇《去国》，我绝不敢当它是一篇小说，我以为它简直是研究人才问题的

---

〔1〕 冰心：《〈关于女人〉后记》，卓如编：《冰心全集·第二册·文学作品(1923—1941)》，海峡出版发行集团、海峡文艺出版社 2012 年版，第 590 页。

〔2〕 冰心：《我做小说，何曾悲观呢？》，卓如编：《冰心全集·第一册·文学作品(1919—1923)》，海峡出版发行集团、海峡文艺出版社 2012 年版，第 42、43 页。

一个引子”[1]。这些人物形象李先生、颖石、颖铭、英士的悲剧，既是环境对人物的逼迫与吞噬，也是由于自身性格弱点导致的，真实地反映了当时社会青年的时代特性。

这些人物塑造采用了虚构的、综合的方法，对当时的人事进行典型化、概括化。冰心的小说不管是最早的问题小说、还是稍后的性格小说，小说形象塑造固有逻辑起主导作用。作者对社会的见解，化作人物的经验——行为经验或心理经验呈现在读者眼前。如《超人》何彬的行为转换，寄托冰心“爱的哲学”，创作主体情感通过“儿童”、“母爱”、“青年”的刻画，如盐溶于水中那样溶化在性格、情节和人物关系之中，即使是那些缺乏事件叙述的心理小说《疯人笔记》等，作者的经验也是化为人物心理经验展示于读者眼前。这和散文重“表现”直白的方式不同。

二 《关于女人》的文体特质

《关于女人》中的作品与冰心 1920 年代的记叙抒情散文和 1930 年代旅行通讯有较大的区别，它不是单纯的散文，它的文体具有复杂性的形态特征。它在反串的言说方式形成的错位幽默中，又融入小说的某些因素，如基本用叙述语言，较注重刻画人物，反映社会环境等，使写人散文既具有写人小说的某些特性，又具有冰心所特有的风格。

（一）“言说角色”个性化

我们认为《关于女人》的最大特质，是采用“男士”这种和冰心本人女性性别相反的言说方式，我们将之称为“性别错位言说模式”。它吸收小说叙述者“虚构”的特色，叙述者和隐含作者分离，同时又赋予新质——性别错位的虚构的言说者。散文的言说角色，是作家进行散文创作的第一步，也是首要的一步。散文的“言说者”如同“叙事文学”中的叙述者一样，选择怎样一个“言说者”来表白作者的情感是十分重要的。“‘言说角色’被作者所赋予的身份，才学胆识的深度和特性经历，

---

〔1〕 鹃魂：《读冰心女士的〈去国〉的感言》，《晨报》1919 年 10 月 4 日。林德冠、章武、王炳根主编：《冰心论集》上集，海峡文艺出版社 2000 年版，第 252 页。

关系着散文的切入角度、叙述口吻、语词选择和句式搭配等等一系列直接产生文学风格的因素”[1]。《关于女人》的言说者是“男士”，身份是四十岁未婚的中年男士。而其实作者冰心是一个“女士”，而且是个四十岁左右已婚的女士。这个言说角色对《关于女人》的风格产生重大的影响。

小说家常用第三人称刻画与作家性别相反的角色，但鲜有用第一人称描述与自己性别相反的角色，更何况要追求情感真实的散文。这种性别错位，因以匿名的方式发表，就像冰心本人所说：“这几篇东西不是用‘冰心’的笔名来写，我可以‘不负责任’，开点玩笑时也可以自由一些”[2]。最初读者并不知“男士”是冰心，但后来得知了就会发出会心的微笑。正如叔本华的“不一致”幽默理论所说：当我们发现所持的观念与现实不一致时就笑起来了。而作家自身在一开始的创作设定角色时，是了解自己这种反串角色的，这种行为本身就是一种幽默，它能够通过影响作家创作心理来影响作品的言说模式。冰心的第一篇小说《两个家庭》发表时，编辑先生就为她冠以“女士”的称号，从此她的笔名与女士两字结下不解之缘。现在，她又像童年时淘气的女孩那样女扮男装，这种“反串”手法使文本增添了许多戏谑和情趣，呈现“戏说”的风格。冰心在文本中虽不显露女性身份，但却又时时运用妙语双关，言此意彼现真形。在《我的择偶条件》之十九里说：“因为我自觉是个‘每逢大事有静气’的汉子(看见或摸着个把臭虫时除外，但此不是大事)”；在篇末又说：“天哪，假如我真是个女人，恐怕早已结婚，而且是已有了两三个孩子了！”[3]这里说自己是个怕臭虫的“汉子”已显女儿之性情，这就在假设中吐露了“真情”，当时冰心的膝下，不是早已有了一男二女吗？在《我的母亲》里写道：“我现在除了‘尚未娶妻’之外，并没有失却

---

〔1〕 席扬：《散文的“言说”》，《中华散文》1996年第五期。

〔2〕 冰心：《〈关于女人〉三版自序》，卓如编：《冰心全集·第二册·文学作品(1923—1941)》，海峡出版发行集团、海峡文艺出版社2012年版，第505页。

〔3〕 冰心：《关于女人·我的择偶条件》，卓如编：《冰心全集·第二册·文学作品(1923—1941)》，海峡出版发行集团、海峡文艺出版社2012年版，第512—513页。

了'家'之一切!"[1]更藏双关妙语:冰心无法娶妻,却结婚生子,的确正在享受着"家"的温馨。这些双关隽语,既含蓄婉转又风趣幽默。

同时,作者在选择"男士"这个言说角色时,也会影响到散文的文风,作品一反纤细温柔式女性角色的言说风格,而呈现出刚劲、朴实的风格。翰先评论:"冰心女士的作风改变了,她已经舍弃她的柔细清丽,转向着苍劲朴茂"[2]。多数论者论及《关于女人》时,都引用叶圣陶的这一评论来说明冰心风格的转变,并且将转变的原因归结为冰心较前更为复杂、丰富的经历和抗战的时代背景。我们并不完全认同这一看法,因为首先,我们想指出冰心《关于女人》的风格不同于以往散文的风格,但并不意味着其"改变风格"。《关于女人》写于1941年和1943年,而在1942年到1943年间冰心还写了《再寄小读者》(通讯一至三),依然秉承着她前期散文清丽优美的风格,因而我们只能说,此时冰心散文的风格呈现出多样化的态势,既有婉约含蓄的一面,又有"苍劲朴茂"的一面。其次,我们并不否认抗战大背景及其作家经历对其文本的影响作用,但是也必须看到,相对于1940年代主流作品中引人注目的抗战主题的普遍性与持久性来说,冰心在《关于女人》里依然延续着"爱的哲学"——写"关于女人"的故事,冰心的文本只是具有现实主潮的投影。我们不可否认抗战的背景、处境对她散文风格的影响,但也应该看到,选择"男士"的言说角色——言说者和作者本人性别错位,对其散文风格的影响,它使得散文带上虚构的色彩,也拥有了更大的表现空间。再次,《关于女人》以"男士"言说女士,以"我"对女性的爱这根线索,串联起十四个女人的故事,然而"我""并非作品中的故事性人物,而是介绍故事和剪裁生活片断的结构性人物"[3]。一般散文言说者"我"处于抒

---

[1] 冰心:《关于女人·我的母亲》,卓如编:《冰心全集·第二册·文学作品(1923—1941)》,海峡出版发行集团、海峡文艺出版社2012年版,第515页。

[2] 翰先(叶圣陶):《男士的〈我的同班〉》,桂林《国文杂志》月刊第一卷第四、五期合刊,1943年3月10日。林德冠、章武、王炳根主编:《冰心论集》上集,海峡文艺出版社2000年版,第419页。

[3] 杨义:《中国现代小说史》第一卷,人民文学出版社1986年版,第247页。

情中心,这里的言说者“我”却只充当旁观者、介绍者的角色,这是借鉴小说叙述者的功能。可以看到《关于女人》的言说模式,受到中国古典小说的影响,这种写法使得散文小说化,也使得本来容易拖沓琐碎的言说显得更为精炼。

(二)通过“小说化”优化散文

《关于女人》是写人的散文,冰心在文本中改变了散文的某些因素,减少抒情语言,基本采用叙述语言,编织故事,描写人物,人物对话也比较多。使它挣脱时间、空间的限制来叙述事件,展示社会生活环境,侧面反映血雨腥风年代给人民带来的痛苦和艰辛。《我的朋友的母亲》中,以K老太太在抗战爆发的三、四年,与独子天隔一方;由于战争,探望儿子几经周折:由北平到香港,再“从韶关,桂林,贵阳,一路跋涉”[1]才到达重庆;既有意识地拓展时间、空间的限制来叙述事件,又将炮火纷飞、妻离子散的社会环境,自然而然地呈现在读者的眼前。冰心在《关于女人》中引进塑造人物的小说因素。她在《〈关于女人〉后记》中写道:“这本书里只写了十四个女人,其实我所认识的女性,往少里说,也有一千个以上:我的姑姨妗婶,姊妹甥侄,我的女同学,我的女朋友,我的女同事,我的女学生,我的邻居,我的旅伴;……这其中还有不少的惊才绝艳,丰功伟烈,我真要写起来,一辈子也写不完”[2]。《关于女人》中的女性形象,是冰心从同类许多事实中提炼出来的代表形象。人物尽管经历身份不同、性格修养各殊,但都有中华民族妇女的传统美德:善良、勤劳、淑贤、聪颖,大多是真、善、美的化身。作者对于不同的人物采用不同的刻画手法:有以细节描写来刻画人物形象,如《我的母亲》里,精心选择一些生活细节来展示母亲的几个侧影,塑造了温柔贤惠、慈爱聪慧、可敬可爱、与时俱进的贤妻良母形象,如通过母亲“把几十本

---

〔1〕 冰心:《关于女人·我的朋友的母亲》,卓如编:《冰心全集·第二册·文学作品(1923—1941)》,海峡出版发行集团、海峡文艺出版社2012年版,第583页。

〔2〕 冰心:《〈关于女人〉后记》,卓如编:《冰心全集·第二册·文学作品(1923—1941)》,海峡出版发行集团、海峡文艺出版社2012年版,第591页。

《天讨》，一卷一卷的装在肉松筒里，又用红纸条将筒口封了起来，寄了出去”[1]，表现母亲的思想进步、机智勇敢；还有从小饰物透露个性心理来表现人物形象，《我的朋友的母亲》在叙述过程中，开头点到她“打开一个手绢包儿”取出一碟子丝糕片儿，把K老太太的干净利落的个性活脱地展现出来，接着又四次巧妙写到这块手绢，时而“平铺在膝上，不住的摩抚着”，时而“折起那块手绢”在眼边轻按，或者“咽住了，又从袖口里掏手绢”，或者“咳嗽了一声，用手绢擦一擦嘴”[2]，把K老太太的情绪波动烘托得十分成功；也有用肖像描写塑造人物形象，《张嫂》内，通过描写张嫂“稀疏焦黄的头发”，黝黑的面色，布满裂纹的颜面，“嘴唇又大又薄，眼光很锐利”，瘦小的身材，“短小精悍之气”[3]，笑嘻嘻的表情，具体典型地写出了当时山村贫穷农妇的形象。这些手法扩大了散文的表现空间，对于琐碎繁复的散文抒情，也起了制约规范的作用。

三 《关于女人》的文体意义

冰心早期的散文，以其独特的个性，清丽柔美的品格，灵敏细腻的艺术感觉，得到有众多评论者的关注和研究。阿英曾这样评价冰心的创作：“她的诗似的散文的文字，从旧式的文字方面所引申出来的中国式（并不是固定的名词，只有说明她的句法不完全是欧化的）的句法，也引起广大的青年的共鸣与模仿，而隐隐的产生了一种‘冰心体’的文字”[4]。阿英用“冰心体”对冰心的概括，主要着眼于冰心典雅的中西

---

[1] 冰心：《关于女人・我的母亲》，卓如编：《冰心全集・第二册・文学作品（1923—1941）》，海峡出版发行集团、海峡文艺出版社2012年版，第516页。

[2] 冰心：《关于女人・我的朋友的母亲》，卓如编：《冰心全集・第二册・文学作品（1923—1941）》，海峡出版发行集团、海峡文艺出版社2012年版，第580、581、583、585、585页。

[3] 冰心：《关于女人・张嫂》，卓如编：《冰心全集・第二册・文学作品（1923—1941）》，海峡出版发行集团、海峡文艺出版社2012年版，第577页。

[4] 黄英（阿英）：《谢冰心》，《现代中国女作家》，北新书局1931年版。林德冠、章武、王炳根主编：《冰心论集》上集，海峡文艺出版社2000年版，第24页。

合璧的语言，后来评论者则对“冰心体”的内涵作了进一步的发挥和扩展，认为其散文具有文体典范的意义。我们认为：“五四”时代的女性散文文体意识尚不自觉，而冰心的《关于女人》的文体不管是对于冰心自身散文文体的发展，还是对“五四”现代女作家的散文文体超越都有创新意义，是冰心散文文体创造的自觉化。

“五四”时期觉醒的女性意识和黑暗现实之间的巨大差距，使女作家承受着梦醒了却无路可走的极度痛苦，尤其是女性还要忍受男权的压抑，使这些女作家积蓄了强烈的言说欲望，她们选择最为开放、自由，最易贴近生活本真的散文文体，来反映自己的生存状态和精神世界。庐隐《曼丽》集中的散文，石评梅的《涛语》等，冰心的《寄小读者》等，无一不是作家真实心灵的写照，但她们侧重于以情感为支点，注重“自我表现”的思索和宣泄，笔随心动，情尽笔止，并不太关注散文的审美特征和社会功能，这种近于直觉的文体选择，是女性意识觉醒后向男性主导的世界争取话语权力的表现，而非一种成熟的、有意识的艺术创作。“五四”时期的女性散文多以情感的流程连缀起生活片断，在结构的安排上常有不确定性、缺少统一构思。在冰心赴美时写下的《寄小读者》里面，描写沿途所见所闻，展现校园生活，抒发对祖国和亲人的思念，表达对生命的热爱。这里的种种见闻和感触，受制于作家的亲身经历，生活变化。创作随灵感而发，篇章结构松散，对散文文体的特性把握存在不足。而《关于女人》，则呈现出冰心散文风格的多样化态势，改变重抒情、重审美的文风，向重写实的写人记事散文转移。忧郁困顿逐渐为明确的生活信念和从容的生活态度所代替，女作家能够以“男士”作为“言说角色”去言说“女性”，而不参与女性权力话语的争夺，这恰恰证明女作家从追求平等而与生活对峙的姿态，逐渐被更加自信、更幽默、更达观的自我所代替。《关于女人》充分挖掘和利用散文的社会写实功能，借用小说手法塑造了一批抗战背景下大后方深烙时代印迹的伟大女性，呈现了广大妇女的精神状态和生活实际。在结构上，《关于女人》有系统的构思框架，开篇引用《红楼梦》关于女人评价，然后通过自己的情感组织材料、构思统一，形成了思想的一致性，即“爱的哲学”和“女人伟大”。《关于女人》虽然以对女人的热爱为文本的贯串线索，但在具体篇章、具体人事的安排上，明显受到物理时间的限制。文章脉络清晰、层次分明，作品以叙事记人为主，虽然在直白的说明、叙事性语言中仍然穿插了议论和抒情，但增加了小说精细客观的刻画，感情抒发直接受到创作理性的制约，不再是前期散文的无定性流动、无节制宣泄，体现出作家对散文写作驾御能力的提高。

在话语和言说方式上，“五四”时代作家、尤其是女作家常常感时伤世而倾诉衷肠，创作中较易于受到环境干扰，需要有情感倾诉的对象。正如有的学者指出：“读这一时期的女子美文，确如走进作者的心灵，倾听其畅诉衷肠。她们似乎不是在写文章，而是在向知己谈心：谈自己的遭遇与忧乐”；“冰心的文体，常常将读者引进一个如冰雪般澄澈的境界，聆听她温柔的低诉”[1]。冰心曾说：“我觉得用通讯体裁来写文字，有个对象，情感比较容易着实”[2]。所以在《寄小读者》中需要对“儿童”倾诉，用“你”的第二人来让感情有所附丽，反映当时作家渴望独立又需要依靠的心理。但是，作家并不善于处理主客体的关系，倾诉对象随作家心理的需要或被拉近或变推远，与作者距离是多变的。如《寄小读者・通讯十一》，当冰心陷入深沉的幽远遐思或激动抒情时，将倾诉对象“小朋友”搁置在一边，而以大段描写景色来抒发情感。可见散文言说倾向于单向的“倾诉”，不注重双向的“交流”。倾诉对象在表层结构上起作用，但在深层结构上无法达到作家的内心深处，而呈现出“失语”、“缺席”的状态，反映出此时期的作家还不善于自觉地把握个人情绪的特点。而《关于女人》的话语则显得颇有节制，小说化的精细刻画形象、景色描写，将自己的情感投入到写作对象之中。运用平实、风趣、简练的语言，摆脱前期由于情绪随意舒展而使散文显得松散拖沓的缺陷。但是，《关于女人》的语言风格也并不是以完全摒弃冰心细腻、清

---

〔1〕 佘树森：《中国现当代散文研究》，北京大学出版社 1993 年版，第 37—38、267 页。

〔2〕 冰心：《我的文学生活》，卓如编：《冰心全集・第二册・文学作品（1923—1941）》，海峡出版发行集团、海峡文艺出版社 2012 年版，第 327 页。

新、柔美的语言风格，而是在大气中有温婉，豪放中具情感细节观照。在话语方式上，用客观但不乏幽默达观的介绍式语气，使读者和作者处于平等对话地位，形成较为轻松的阅读氛围。所以，《关于女人》对前期冰心散文直抒胸意、直觉言说在写作视野、言说方式、构造技巧上都有突破。虽然在探索中不乏局限、粗浅之处，但却是散文文体自觉的一个重要实践。

新时期文学界对小说、散文的跨文体现象多有争议，有的评论者提出“净化散文”[1]的观点，反对散文的小说化。其实，跨文体现象是古已有之，古代小说、散文原本合体，笔记文学即是一种随意抒写、杂谈琐语性质的散文，它情节结构简单，简幅短小，但由于搜神志怪、记人轶事，含有一定的故事性，因此也属于古代短篇小说。许多时期的散文也早出现小说化的倾向，先秦历史散文已刻画不少具有朴素的性格特征的人物形象，初具历史小说的基本特色。汉代司马迁的《史记》也创造了一系列性格鲜明、饱满的历史人物形象，结构严密、情节曲折，语言极富表现力和雕塑感，更接近于小说。唐代柳宗元的《捕蛇者说》、《童区寄传》、《段太尉逸事状》继承和发展了司马迁史传文学的优秀传统，刻画人物栩栩如生，带有明显的倾向性，被称为“小说体”散文。而且文学史上凡对文学的发展有开创之功的大师，往往都是率先打破文体的清规戒律，进行大胆的文体改革创新。唐代韩愈，以文为诗；宋代苏轼，以诗为词，使词从婉约向豪放迈进。当代散文家杨朔拿散文当诗写，孙犁小说更以“诗体小说”著称，余秋雨融小说戏剧特点于散文。他们的创新探索，虽有缺失却开一代之先。当然我们提倡自由创新，还要把握基本的“度”，当代一些散文家提出“零度抒情”，让“虚构”和“想象”成为散文构思的主体，散文也无需具备基本形态的真实和真诚，和小说几乎没

---

〔1〕 参见刘锡庆：《当代散文：发展轨迹、分“体”考察和作家特色——兼评“当代文学史”有关散文的表述》，《文学评论》1992 年第六期；《当代散文：更新观念，净化文体——为〈散文百家〉作》，《散文百家》1993 年第十一期；《世纪之交：对“散文”发展的回顾与思考》，《文学评论》1997 年第二期等。

有差别，这样必然使得散文的文体特征模糊虚化，可能会使散文走向式微，还可能使作家在小说与散文间笔法、格调互鉴时，造成某些人物、素材互用，这些现象值得我们关注。

冰心散文的风格是多元的，这与她开放的散文观息息相关。冰心曾说："散文却可以写得铿锵得像诗，雄壮得像军歌，生动曲折得像小说，活泼尖利得像戏剧的对话"[1]。她的《关于女人》吸收小说特长，在日常生活细节中发现戏剧性，并通过营造戏剧性氛围来表现情节的生动性和人物的丰满性，使散文具有很强的可读性，因此也就更为贴近了读者，所以《关于女人》成了畅销书，深受读者的喜爱。但冰心的小说化散文注意控制"度"：自我感情真诚，事件基本属实，人物为情感服务，依然保持着散文的基本特征，同时吸收小说特征，博学众长、自成一家。冰心正确处理小说因素在散文中的位置，当代涉猎于散文的小说家完全可以从中受到有益的启示。

本文与徐立钱博士合作，原载《漳州师范学院学报》(哲学社会科学版)2004 年第四期

---

[1] 冰心：《关于散文》，卓如编：《冰心全集·第四册·文学作品(1958—1961)》，海峡出版发行集团、海峡文艺出版社，2012 年版，第 185 页。

师友之间

——冰心与郑振铎

长乐县志乃至福建现代文学史，都会隆重提到冰心与郑振铎这两位著名的文学家。将祖籍长乐的这两位二十世纪著名的文学家、教育家和社会活动家联系在一起检视与谈论，会是一件颇有意思的事情。

冰心(1900.10.5—1999.2.28)比郑振铎(1898.12.19—1958.10.17)小一岁九个月又十七天，两人都不出生于长乐：冰心的祖籍是长乐县横岭村，出生地是福州府侯官县隆普营；郑振铎的祖籍是长乐县首占乡首占村，出生地则是在温州。他们的祖父均为读书人，并且父母亲的婚姻又都是从小就由祖父与外祖父说定的。冰心是家中的长女与唯一女儿，"五行缺火"；郑振铎是家里的长男与唯一男儿，"五行缺木"。两人均聪颖早慧、好学不倦、长于写作、弃理从文。冰心一生中只有1911年冬〔1〕与1955年冬〔2〕两次回过福州并到过厦门、晋江、建阳等地，在福州等地的生活时间总共不超出两年，她从未回到过祖籍地长乐〔3〕；郑振

〔1〕 1911年冬，冰心"回到福建福州。住在城内南后街杨桥巷口万兴桶石店后"。1913年初秋，"谢婉莹随母亲和三个弟弟由舅舅护送到北京"。卓如：《冰心年谱》，海峡文艺出版社1999年版，第13、16页。

〔2〕 1955年12月，冰心"作为全国人民代表大会的代表回福建视察"，"12月21日，由福州到厦门，曾到晋江"；"12月22日，参观厦门大学、鲁迅纪念堂"；"12月24日，访问战斗英雄"；"12月25日，从厦门到福州"；"12月27日，从福州到建阳"；"12月28日，从建阳到上饶"。卓如：《冰心年谱》，海峡文艺出版社1999年版，第140页。

〔3〕 在校对本书稿的排版样稿时，读到冰心文学馆网站2015年4月15日发布的《冰心女儿吴青一家访问横岭村》报道，特摘录如下信息供读者参考："2015年4 (转下页)

铎一生中只有 1921 年秋[1]与 1954 年春[2]两次回过福州并到过厦门、泉州等地，在福州等地的生活时间总共不超过三个多月，他也从未回到过祖籍地长乐。

冰心与郑振铎从初次相识到终其一生，都保持着师友之间美好感人的友情！

从初次相识到成为好友

1919 年 12 月 7 日，郑振铎参与发起了“旅京福建学生联合会”，抗议日本帝国主义者在福州开枪逞凶与派军舰威胁，他经常在福建会馆开会发言。当时在北京协和女子大学预科一年级读书的冰心，就是在“旅京福建学生联合会”里结识郑振铎的，几十年后的冰心还记忆犹新地记得他慷慨激昂地发言的情景：“他纵情地谈到国事，谈到哲学、文学、艺术等，都是大字纵横、热情洋溢”[3]。虽然冰心当时没有跟他直接谈过话，但是对于他的诚恳、刚正、率真的性格却留下了很好的印象。

1920 年 10 月，燕京大学女校为募款赈灾，选演梅德林克的剧本《青鸟》，冰心将剧本从英文译成中文，同时参加了 11 月 27 日晚在米市青年会的演出。郑振铎前往观看演出，并于当晚 12 时赶写了文章《评

(接上页)月 12 日，冰心女儿吴青携丈夫陈恕、儿子陈钢赴母亲冰心祖籍地长乐横岭村，考察祖居、祖厅、祖墓并看望族亲。”“乡亲们特别口述了村里上辈人相传在 1903 年清明节时，谢銮恩携儿子谢葆章和女儿谢婉莹回来祭祖的事情。”“关于小冰心曾随爷爷和父亲回横岭祭祖一事，如得到印证，将改写冰心从未回到长乐横岭的历史”。岑帆：《冰心女儿吴青一家访问横岭村》，http://www.bxwxg.org/newscontent.asp? id=715。

[1] 1921 年大约 9 月底，“回福州家乡葬祖，去一个多月，约 11 月初回上海”。陈福康：《郑振铎年谱》，书目文献出版社 1988 年版，第 57 页。

[2] 1954 年 2 月下旬至 4 月上旬，“参加董必武副总理为总团长的‘全国人民慰问人民解放军代表团’，至福建各地慰问子弟兵”；“在福建泉州时，曾特地去看望一位普通教师、宗教石刻收藏家吴文良”。陈福康：《郑振铎年谱》，书目文献出版社 1988 年版，第 502 页。

[3] 冰心：《追念振铎》，卓如编：《冰心全集·第五册·文学作品(1962—1979)》，海峡出版发行集团、海峡文艺出版社 2012 年版，第 430 页。

燕大女校的新剧〈青鸟〉》，热情地支持这一举措。

1931年秋季，郑振铎到北京燕京大学任教以后，住在燕南园六十六号的冰心与住在校园内天和厂一号的郑振铎开始真正地熟悉起来了，他们之间的来往日渐增多。郑振铎的交游十分广泛，因此经常给冰心介绍结识一些新的朋友，比如老舍先生、刘淑度先生等。由于郑振铎当面称说白石老人的得意门生刘淑度很会刻印，过几天刘淑度就送给冰心一方刀工秀劲的篆字“冰心”图章，冰心十分珍爱并且经常用它。

1932年，冰心的身体不好，常常卧病在床。藏书极多的郑振铎就借书给冰心看，她在病榻上看了从未看过的他所收集的百十来部的章回小说，如《醒世姻缘》、《野叟曝言》、《绿野仙踪》等。在中国旧小说的阅读方面，郑振铎是冰心的一位良师益友，令她永远不会忘怀。谈吐很有幽默感的郑振铎在燕京大学的教学，极受进步学生们的欢迎，到冰心家探病的同学们，都十分兴奋地跟她讲述起郑先生引人入胜的讲学和诲人不倦的谈话。

1933年，郑振铎收集北京的名笺，并于1934年和鲁迅先生共同编印《十竹斋笺谱》，他把收集来的笺纸，都分给冰心一份，笺谱印成之后，郑振铎还签名送给冰心一部，并且对她说：“这笺谱的第一部是鲁迅先生的，第二部我自己留下了，第三部就送给你了”〔1〕。非常可惜的是，这一部可贵的笺谱和那些零散的名贵的北京信笺，都在抗战期间丢失了！

1934年的暑假期间，冰心夫妇应留学美国时的老同学沈昌、时任平绥铁路局局长之邀，组织了一个“平绥沿线旅行团”，请郑振铎等六位文化界朋友到平绥沿线(从北京出发，经宣化、张家口、大同，到呼和浩特和包头为止)免费旅行，同时约他们写一些游记、报道及英文导游手册等，用来作宣传以扩大影响从而吸引游客。在商议分工中，分配由冰心负责记载途中印象，郑振铎注意古迹故事。在大同时，有一位接待的

---

〔1〕 冰心：《追念振铎》，卓如编：《冰心全集·第五册·文学作品(1962—1979)》，海峡出版发行集团、海峡文艺出版社2012年版，第430页。

人员名叫“屈龙伸”，郑振铎笑着说：“这名字很有意思”，“这个名字对张凤举”[1]（当时的北大教授）。在场的人都大笑起来，纷纷地把自己的名字跟时人或古人的名字对了起来：郑振铎对李鸣钟（当时西北军的一个军官），陈其田对张之洞，雷洁琼对左良玉等。当时的这一路旅行，因为有了风趣幽默的郑振铎，大家都感到非常愉快。

1936年夏，冰心随同吴文藻赴美访问游学，从上海上船。郑振铎在他的家里举行饯行宴会，冰心夫妇初次尝到郑老太太亲手烹调的极好的福建菜，就在这次的宴会席上，冰心见到了所尊重而未见过面的茅盾与胡愈之先生等人。冰心在太平洋舟中，还给郑振铎写了一封信说：“感谢你给我们的‘盛大’的饯行，使我们得以会见到许多闻名而未见面的朋友……更请你多多替我们谢谢老太太，她的手艺真是高明！那夜我们谈话时多，对着满桌的佳肴，竟没有吃好。面对这两星期在船上的顿顿无味的西餐，我总在后悔，为什么那天晚上不低下头去尽量地饱餐一顿”[2]。

抗战胜利后，冰心从重庆先回到上海，又到郑振铎的家去拜访，看见他的书架上仍是堆着满满的书，桌子上，窗台上都摆着满满的大大小小的陶俑。她便笑着说：“我们几经迁徙，都是‘身无余物’了，你还在保存收集这许多东西，真是使人羡慕”。他笑了笑回答说：“这是我的脾气，一辈子也改不了！”[3]

1951年11月，冰心从日本回国到北京后，郑振铎又是第一批来看她的朋友中之一。几年未见面，冰心觉得新中国的成立，使得他的精力更为充沛了，勇气更加大了，想象力也更丰富了。他还手舞足蹈地说他正在毛主席和共产党的领导下，为他解放前多年来所想做而不能做的促进中国文学艺术的发展，贡献出他的全部力量。

---

〔1〕 冰心：《追念振铎》，卓如编：《冰心全集·第五册·文学作品（1962—1979）》，海峡出版发行集团、海峡文艺出版社2012年版，第431页。

〔2〕 同上。

〔3〕 同上。

1954年9月15日至28日，冰心与郑振铎均被选为全国人民代表大会代表，参加中华人民共和国第一届全国人民代表大会第一次会议；1957年6月25日至7月15日，冰心与郑振铎均参加第一届全国人民代表大会第四次会议。

在1958年的国庆节观礼台上，冰心和郑振铎还一起站在天安门上，扶着栏杆，兴高采烈地一面观看着雄壮整齐的游行队伍，一面谈着心里话。郑振铎说，他要带一个文化代表团到尼泊尔去。冰心说，她也要参加一个代表团到苏联去。他笑着对冰心说："你不是喜欢我母亲做的福建菜吗？等我们都从外国回来时，我一定约你们到我家去饱餐一顿"。当时，冰心怎么也想不到：这就是郑振铎对她最后一次说的，充满了热情与诙谐的话语！10月下旬的一个晚上，在莫斯科欢迎亚非作家的一个群众大会的来宾台上，坐在冰心旁边的巴金，忽然低下头来轻轻地对她说："告诉你一个不幸的消息，你不要难过！振铎同志的飞机出事，十八号在喀山遇难了"[1]。冰心在突然来临的又惊又痛之中，一时难过得说不出话来。她不仅难过自己失去了一位良师益友，而且难过中国文艺界少了一个勇敢直前的战士！

文学因缘及其似中之异

冰心是在郑振铎的引发下，对泰戈尔的生平和创作发生了极大的兴趣。1920年春的一个晚上，许地山送给郑振铎一本日本人选印的泰戈尔英文诗集。此后，他入迷地搜读泰戈尔的所有英文诗集与英译诗集，虽然没有怎么受到泰戈尔神秘的快乐主义的影响，却以泰戈尔超脱与飘逸的诗意境界来慰藉自己心灵莫可名状的忧郁与烦闷。在许地山的激励下，本年的6月他开始翻译泰戈尔的诗集《偈檀伽利》，在8月5日出版的《人道》月刊第一期上发表了他选译的《偈檀伽利》。1921年1月，他与许地山等人在文学研究会内组织"太戈尔研究会"，同时在《小

---

〔1〕 冰心：《追念振铎》，卓如编：《冰心全集・第五册・文学作品(1962—1979)》，海峡出版发行集团、海峡文艺出版社2012年版，第429页。

说月报》第十二卷第一号、第四号上发表他的《杂译太戈尔诗》;6 月,在《曙光》第二卷第三期上发表翻译泰戈尔的《新月集》诗五首,在《小说月报》第十二卷第六号上发表他的《译太戈尔诗》;同年 8 月,他翻译泰戈尔《飞鸟集》中的诗一首,在《时事新报·学灯》上发表;1922 年 1、2 月,在《小说月报》上发表《杂译太戈尔诗》、《太戈尔传》和《太戈尔的艺术观》。他不仅喜欢泰戈尔的歌颂自然、儿童、生命、静谧与优美的诗歌,而且也喜欢俄苏的感情真挚、切近人生、描写悲痛、厚重雄迈的文学。

郑振铎对泰戈尔的上述译介,对于冰心的整个创作人生和即将形成的"爱的哲学",都产生了不可低估的重要影响。冰心在 1919 年的冬夜,和大弟弟冰仲围炉读郑振铎刚刚翻译的泰戈尔的《迷途之鸟》,立即就被它的诗韵、乐感和对大自然深情的赞美所深深吸引,冰仲提示她可以将平时零碎的思想像《迷途之鸟》这样的收集起来,她从此便陆续将自己零碎的思想记在一个小本里或者笔记本的眉批上。后来,冰心偶然在杂志上,看到郑振铎译的泰戈尔《飞鸟集》连载,《飞鸟集》中很短的充满了诗情画意和哲理的三言两语,使得冰心的心里为之一动,觉得她自己平时写下的那些三言两语,也可以整理一下,挑选那些更有诗意、更含蓄一些的放在一起抄写出来,名之为《繁星集》,于 1922 年 1 月陆续发表在《晨报副镌》上。

1920 年夏,冰心写作并发表了散文《遥寄印度哲人泰戈尔》,述说几个月前自己读完泰戈尔的传略和诗文,心灵深感澄澈、凄美与震撼,表示对泰戈尔的感谢、赞叹与敬意。她对泰戈尔的迷恋、钟情程度比起郑振铎来,简直可以说是有过之而无不及和更为不可思议。因为与此同时,郑振铎正十分迷恋、钟情于俄国文学,他为耿济之、沈颖等人翻译的《俄罗斯名家短篇小说集》作序,认为:俄国文学"得见世界的近代的文学的真价",可以作为建设中国新文学的基础;体现了"'真'的精神","是感情的直觉的表现","是国民性格,社会情况的写真",可以改掉中国旧文学虚假的毛病;"是人的文学,是切于人生关系的文学,是人类的个性表现的文学",可以除掉中国的"非人的、不切于人生关系的、不能表现个性的文学";"是平民的文学",可以治疗中国旧文学与平民无关的病体；是“悲剧的文学”，“独长于悲痛的描写，多凄苦的声音”，可以打破中国旧文学的“团圆主义”[1]。他还发表了《俄罗斯文学底特质与其略史》、《写实主义时代之俄罗斯文学》、《俄国文学发达的原因与影响》、《俄国文学中的翻译家》、《俄国文学的启源时代》等等一系列关于俄国文学的长篇论文。

俄国文学的深刻影响，使得郑振铎在1921年6、7月发表了《文学的使命》、《血和泪的文学》、《光明运动的开始》、《文学与革命》等文章。指出：“文学的真使命就是”：“扩大或深邃人们的同情与慰藉，并提高人们的精神”[2]。认为：“我们现在需要血的文学和泪的文学”[3]。提出：“在现在的丑恶，黑暗的环境中，艺术是应该负一部分制造光明的责任的。”“所以我们的责任有两重，一重是改造戏剧，一重是改造社会”[4]。确信：“只有文学，才能担任”“引起一般青年的憎厌旧秽的感情的任务”，“所以文学与革命是有非常大的关系的”，“把现在中国青年的革命之火燃着，正是现在的中国文学家最重要最伟大的责任”[5]。在写于1922年1月13日的《〈雪朝〉短序》中，他提倡文学创作的“真率”与“质朴”和“各个人的人格或个性的反映”，反对“雕斫与粉饰”[6]。

不应该漠视的是，冰心与郑振铎在此前后的观念与写作之间具有众多的相类似之处：

---

[1] 郑振铎：《〈俄罗斯名家短篇小说集〉序》，耿济之、沈颖等译：《俄罗斯名家短篇小说集》，北京新中国杂志社1920年版。转引自严家炎编：《二十世纪中国小说理论资料·(第二卷)1917—1927》，北京大学出版社1997年版，第93、94页。

[2] 郑振铎：《文学的使命》，郑振铎：《郑振铎全集》第三卷，花山文艺出版社1998年版，第402页。

[3] 郑振铎：《血和泪的文学》，郑振铎：《郑振铎全集》第三卷，花山文艺出版社1998年版，第490页。

[4] 郑振铎：《光明运动的开始》，郑振铎：《郑振铎全集》第三卷，花山文艺出版社1998年版，第411、412页。

[5] 郑振铎：《文学与革命》，郑振铎：《郑振铎全集》第三卷，花山文艺出版社1998年版，第420、421、422页。

[6] 郑振铎：《〈雪朝〉短序》，郑振铎：《郑振铎全集》第二卷，花山文艺出版社1998年版，第3、4页。

冰心虽然没有提出推崇俄国文学、“血和泪的文学”和“文学与革命”这样激进的文学观念，但是，她也强调文学的社会改良功能与个性真实表现。在写于1919年11月5日的《我做小说，何曾悲观呢？》中说明：“我做小说的目的，是要想感化社会，所以极力描写那旧社会旧家庭的不良现状，好叫人看了有所警觉，方能想去改良，若不说得沉痛悲惨，就难引起阅者的注意，若不能引起阅者的注意，就难激动他们去改良。何况旧社会旧家庭里，许多真情实事，还有比我所说的悲惨到十倍的呢。”“‘痛恨’和‘努力改良’，便是我做小说所要得的结果了。这样便是借着‘消极的文字’，去做那‘积极的事业’了”[1]。在发表于1921年4月的《文艺丛谈》里，她称赞“‘真’的文学”，即“发挥个性，表现自己”[2]。发表于1922年6月10日《小说月报》第十三卷第六号上的《遗书》内，她阐述：“至于创作一方面，我以为应当是个人方面绝对的自由挥写。无论什么主义，什么派别的成见，都不可存在胸中的。也更不必预想到读者对于这作品的批评和论调。写完了，事情就完了，这样才能有些‘真’的意味”[3]。关于文学的定义问题，冰心与郑振铎都是通过分析、排除“非文学”，从而总结认定什么是文学。所不同的是，冰心更为强调“创造”、“个性”与“自然”，更易于神秘地称赞诗神；而郑振铎则更为强调个人的思想、情绪与时代环境、精神的统一，明显倾向于反对文学上的种种神秘主义。在很大程度上，当时的郑振铎对冰心的影响，在于激发青年热情，关心社会和改造社会。

1919年9月4日，冰心在《晨报》上发表《“破坏与建设时代”的女学生》，认为建设时代的女学生，既要从服饰、言论、游艺、交际、阅读、消遣、事业等十个方面完善“自己修养的工夫”，又“要开始和社会厌恶‘女

---

〔1〕 冰心：《我做小说，何曾悲观呢？》，卓如编：《冰心全集·第一册·文学作品（1919—1923）》，海峡出版发行集团、海峡文艺出版社2012年版，第42—43页。

〔2〕 冰心：《文艺丛谈》，卓如编：《冰心全集·第一册·文学作品（1919—1923）》，海峡出版发行集团、海峡文艺出版社2012年版，第196页。

〔3〕 冰心：《遗书·十》，卓如编：《冰心全集·第一册·文学作品（1919—1923）》，海峡出版发行集团、海峡文艺出版社2012年版，第434—435页。

学生'的心理奋斗!"[1]郑振铎在同年的10月21日写了长篇论文《中国妇女解放问题》,从道德、社会心理、教育、职业与政治等方面,探讨了妇女解放的必要和方法;11月1日在《新社会》创刊号的"社会实况"栏上,他发表了调查报告《北京的女佣》,调查了北京女佣的来源、劳动状况与待遇等问题。虽然两人都关注妇女问题,但是作为女性作家,冰心更多地是从女性所面临的生存境遇与自身问题来切入社会问题的,例如《"破坏与建设时代"的女学生》、《两个家庭》、《秋雨秋风愁煞人》、《庄鸿的姊姊》、《一篇小说的结局》、《最后的安息》、《骰子》、《"无限之生"的界线》、《一个奇异的梦》、《是谁断送了你》、《除夕的梦》、《遗书》、《六一姊》、《关于女人》等,因此冰心作品中女性人物极多,她的读者群也更多的是女性和"'少年老成'的小孩子或者'犹有童心'的'大孩子'"[2];而郑振铎则是从社会学的角度,尖锐提出与试图解决妇女解放的问题。

1919年11月,郑振铎发表了《〈新社会〉发刊词》,提出社会改造的目的,是创造"自由平等,没有一切阶级一切战争的和平幸福的新社会";社会改造的方法,是"以普及教育",提高"大多数中下级的平民""的道德观念",把他们"的生活、思想、习俗改造起来";社会改造的态度,是"根据社会科学的原理,参考世界的改造经验;是彻底的——切实的述写批评旧社会的坏处","是慎重的——实地调查一切社会上情况","是诚恳的——以博爱的精神,恳切的言论为感化工具"[3]。他接着又发表《我们今后的社会改造运动》,针对当时的社会改造运动存在的"不能满意的地方":一、"仍旧是""知识阶级的",二、"不向切实的方面做去",三、"运动的范围,过于广漠";提出"今后社会改造的运动,要:(一)着眼于社会的全体,(二)实地去做改造的工作,(三)从小区域做

---

〔1〕 冰心:《"破坏与建设时代"的女学生》,卓如编:《冰心全集·第一册·文学作品(1919—1923)》,海峡出版发行集团、海峡文艺出版社2012年版,第6、10页。

〔2〕 茅盾:《冰心论》,《文学》第三卷第二号,1934年8月。林德冠、章武、王炳根主编:《冰心论集》上集,海峡文艺出版社2000年版,第56页。

〔3〕 郑振铎:《〈新社会〉发刊词》,《新社会》第一期,1919年11月1日。

起”[1]。郑振铎甚至认为：“我们是要为全社会的人而牺牲的，我们是要为无穷的将来而牺牲的！”因而“我们现在只有实行纯洁的独身主义，决不可轻惹情丝！”[2]1921年6月，冰心发表《自由——真理——服务》，与同时期郑振铎的思想具有并列、平行的表达，她将对燕京大学校训中“服务”的解释，简化为《马太福音》第二十章第二十八节的“是要服事人”[3]。

1921年7月10日，郑振铎在《文学旬刊》第七期上开展“语体文欧化的讨论”，转载《小说月报》第十二卷第六号上沈雁冰、郑振铎各自的《语体文欧化之我观》，《曙光》第二卷第三期上王统照的《语体文欧化的商榷》，《京报》6月30日傅东莼的《语体文欧化》，同时发表郑振铎的《语体文欧化问题与东华先生讨论》和沈雁冰的《“语体文欧化”答东莼君》，引发了对当时文坛很有影响的一场讨论。郑振铎在《语体文欧化之我观(二)》中提出：“极赞成语体文的欧化”，“不过语体文的欧化却有一个程序，就是：‘他虽不象中国人向来所写的语体文，却也非中国人所看不懂的’”[4]。冰心发表于1922年6月10日的《遗书》，借助好友宛因之口称：“文体方面我主张‘白话文言化’，‘中文西文化’，这‘化’字大有奥妙，不能道出的，只看作者如何运用罢了！我想如现在的作家能无形中融会古文和西文，拿来应用于新文学，必能为今日中国的文学界，放一异彩”[5]。显然，冰心回应了郑振铎的关于语体文欧化问题的议论。

1922年10月，郑振铎发表《整理中国文学的提议》，在新文学史上

---

[1] 郑振铎：《我们今后的社会改造运动》，《新社会》第三期，1919年11月21日。

[2] 郑振铎：《反对“自由恋爱”！》，《奋斗》1920年3月10日。转引自陈福康：《郑振铎传》，北京十月文艺出版社1994年版，第70页。

[3] 冰心：《自由——真理——服务》，卓如编：《冰心全集·第一册·文学作品(1919—1923)》，海峡出版发行集团、海峡文艺出版社2012年版，第204页。

[4] 郑振铎：《语体文欧化之我观》，郑振铎：《郑振铎全集》第三卷，花山文艺出版社1998年版，第413页。

[5] 冰心：《遗书·十》，卓如编：《冰心全集·第一册·文学作品(1919—1923)》，海峡出版发行集团、海峡文艺出版社2012年版，第435页。

最早提倡用新观点、新途径整理与研究文学遗产。1923 年 1 月，郑振铎在接任《小说月报》主编的第十四卷第一号上，新辟了“整理国故与新文学运动”的讨论专栏，他发表了《发端》、《新文学之建设与国故之新研究》。郑振铎的《新文学之建设与国故之新研究》认为：既“要指出旧的文学的真面目与弊病之所在，把他们所崇信的传统的信条，都一个个的打翻了”；又“要重新估定或发现中国文学的价值，把金石从瓦砾堆中搜找出来，把传统的灰尘，从光润的镜子上拂拭下去”。冰心写于 1923 年 1 月 20 日的《中国新诗的将来》，则提倡：“多看多读，中外和古今的好的诗歌，都带有最浓厚的时代的精神，和特具的国民性，能予作者以极大的观感。多看能比较了许多意境，多读更能熟练了许多修辞。对于本国的特长要保守，对于外国特长要采取”；“旧诗词里有些词句，是可减却许多介字，而并不难索解的。‘中国的新诗’，在这一点上，不可不注意”[1]。写于 1923 年 2 月 1 日的《论文学复古》，又提出：“时代流水似的向前走了，民族思想决不能石子似的停在中流。”“新思想一日不能灭，新文学一日不销沉！”“新旧文学的最大的分别，决不在于形式上的语体和文言，乃在于文字中所包含的思想，某一时代特具的精神”[2]。显然，冰心应和了郑振铎所发起的关于“整理国故与新文学运动”的讨论。

1923 年 8 月，冰心与许地山、梁实秋等人乘美国约克逊号邮船赴美留学，在船上办壁报《海啸》，选了十四篇（其中有冰心的诗歌《乡愁——示 H. H. 女士》、《惆怅》、《纸船——寄母亲》）先送《小说月报》第十四卷第十一号上发表，1925 年 3 月又编入文学研究会出版的“小说月报丛刊”第二十七种，商务印书馆初版。1927 年 5 月 21 日下午两点半，郑振铎与陈学昭、魏兆淇、徐元度（徐霞村）、袁中道一起搭法国“阿

---

〔1〕冰心：《中国新诗的将来》，卓如编：《冰心全集·第一册·文学作品（1919—1923）》，海峡出版发行集团、海峡文艺出版社 2012 年版，第 525、526 页。

〔2〕冰心：《论文学复古》，卓如编：《冰心全集·第一册·文学作品（1919—1923）》，海峡出版发行集团、海峡文艺出版社 2012 年版，第 527 页。

托士(Athos)第二”邮船由上海出发出国，于6月25日中午抵马赛，他们模仿四年前冰心等人办壁报的方式，把沿途创作的三十一篇作品、四篇小说翻译和两幅绘画编成“阿托士专号”六期(其中有郑振铎的散文《我们在Athos号上——一篇小小的序文》(离开上海后的第三天)、《离别》(5月23日下午在Athos船上)、《“A LA MER!”》(6,4,记)、《大佛寺》(16年6月13日在Athos上)、《阿剌伯人》(6月18日在“阿托士”上作)、《同舟者》(6,24,下午在Athos船上)，小说《海燕》)，寄到上海的《文学周报》上发表[1]。

上述这些众多的相似之处，固然有的存在两人之间的因缘关系，但是更多的则是由于时代的原因所形成的共有观念所致。

冰心是在郑振铎与《小说月报》的提携与打造下成为一个严肃的文学创作者和以文学研究人生的新文学作家。1920年底，冰心应郑振铎之邀，为改版后的《小说月报》投稿，散文《笑》被编入《小说月报》第十二卷第一号创作栏的头条，显示了新文学美文创作的实绩，同时成为《小说月报》公布的十五或十七位“基本撰稿人”之一。冰心成为郑振铎发起与筹备成立的文学研究会的会员，是燕大的师兄许地山和瞿世英自作主张地替她签上名的，文学研究会在中央公园来今雨轩开会时，因为其中的叶圣陶、周作人先生等都是长辈，她实在没有胆子去参加会议。在文学研究会的会员中，她跟许地山、瞿世英和郑振铎因有同学和同乡的关系而有来往。1921年5月，郑振铎主编的《文学旬刊》正式出版，他也进入商务印书馆编译所并以主要精力编辑“文学研究会丛书”，既是主编与编译者代表，又是责任编辑，他同时积极从事《小说月报》的组稿工作，实际上一直是该刊的不挂名副主编。《小说月报》第十二卷第五号举行“小说月报第一次特别征文”，题目(一)就是“对于本刊创作

---

[1] 分别发表在:《文学周报》，第二七一期，1927年6月12日;《文学周报》，第二七三期，1927年6月26日;《文学周报》，第二七四期，1927年7月3日;《文学周报》，第二八〇期，1927年9月4日;《文学周报》，第二八一期，1927年9月11日;《文学周报》，第二八二期，1927年9月18日。

《超人》(本刊第 4 号)”等“的批评”。它的直接产物便是《小说月报》第十三卷第八号上“创作批评”栏发表对冰心一个人作品的三篇评论文章:佩蘅的《评冰心女士底三篇小说》、直民的《读冰心底作品志感》与张友仁的《读了冰心女士的〈离家的一年〉以后》。就在郑振铎参加《小说月报》编辑工作期间的 1922 年 2 月 9 日,他在给周作人的信中提到将出版冰心的《繁星》之事。冰心当时虽然没有直接与郑振铎通过信,但是她不断地为《小说月报》写稿,从 1921 到 1926 年,冰心在《小说月报》上发表了如下作品:《笑》、《超人》、《文艺丛谈》、《爱的实现》、《最后的使者》、《离家的一年》、《烦闷》、《疯人笔记》、《遗书》、《寂寞》、《往事(一)》、《梦》、《惆怅》、《悟》、《六一姊》、《往事(二)》、《别后》、《剧后》。同时“文学研究会丛书”中的第一部诗集就是冰心的《繁星》,第一本小说集又是冰心的《超人》。

冰心发表于 1924 年 7 月 10 日《小说月报》第十五卷第七号上的《往事(二)》,在篇末有作者的“附注:每篇末的日月,是那段‘往事’发生的时期与地点,和写作的时地,是不相干的”。它的第二节创作于北京(1923,7,23),第九节创作于北京(1923,8,3),第五节创作于太平洋舟中(1923,8,20),第八节创作于太平洋舟中(1923,8,28),第六节创作于闭壁楼(1923,9,26),第四节创作于圣卜生疗养院(1923,11,26),第七节创作于沙穰(1924,2,20),第三节创作于沙穰(1924,2,30),第一节创作于青山(1924,3,7),第十节创作于青山(1924,5,19),显然这是一个用心为《小说月报》定作的小说,如果对比《去国》和《往事(二)》,这个创作历时近一年的作品,强调了叙事中的情节,突出了离别情绪,宗教式的哲理,把平常的情境前景化与诗化了,而这些努力在潜隐处正好投合了郑振铎 1923 年 12 月 25 日发表在《晨报副镌》的《明年的〈小说月报〉》中“尤其希望能多刊实质与描写方法二者俱美的文字”的文学主导观念。与《晨报》不同的是,冰心在《小说月报》上登载的小说是一次性刊发的,篇制上是稍长的,作为严肃的文学刊物,《小说月报》对文学性的要求显然是高的,主张以文学研究社会,改造社会,同仁的竞赛和激励是显著的。冰心与《小说月报》的持续而良好的关系,使得她保持了创作的自由，或者说，大抵除了支持和鼓励，没有遇到贬评和指责，它提高了冰心的创作水准、营造了“冰心体”与扩大了她的知名度。

冰心与郑振铎之间的文学因缘与相互支持是终生的。

1933 年 10 月，郑振铎与章靳以筹备创办《文学季刊》，郑振铎在什刹海的会贤堂宴请了冰心、周作人、朱自清等人，请大家帮忙办好刊物。他还和靳以排了一份包括冰心等一百零八人的特约撰稿人名单，“当这份名单后来在创刊号上刊出时，人们惊喜地说：‘这真有点像《水浒》上的一百零八将啊！’”[1]11 月，冰心应郑振铎之聘担任《文学季刊》的编委，并为它写作小说《冬儿姑娘》，发表在 1934 年 1 月的《文学季刊》创刊号上。

1934 年暑假的平绥沿线旅行，冰心每天记载途中印象，从 1934 年 7 月 7 日至 1935 年 1 月 29 日写完《平绥沿线旅行记》，2 月由平绥铁路管理局出版，3 月又更改为《冰心游记》由北新书局出版；而郑振铎则沿途给他的夫人高君箴写了十四封信详述见闻，9 月添写“题记”，删去一些“私话”，11 月又写了“跋”并编为《西行书简》，于 1937 年 6 月由商务印书馆作为“文学研究会创作丛书第二种”出版。《平绥沿线旅行纪》比起冰心过去的作品来，在记载沿途的经历、印象和感想时，多了明朗而实在的纪实，掩藏了矫揉的文言诗情；《西行书简》的重点是写文物、古籍、故事，自然流露作者对文物如痴如醉的酷爱，及其对社会现状情不自禁的忧虑。对读《平绥沿线旅行记》与《西行书简》这两本脍炙人口的散文集中的某些同中之异，可以看出两人在个性、教养、兴趣、文风等方面的异同。

到青龙桥站时，在停车、倒车头的几分钟之内，他们下车散步。冰心“仰首回顾正在关山重叠之中，长城奇观，悉在眼前！雄伟高厚的城墙，飞龙一般的越岭蜿蜒，每三十六丈便有座墩台，想象着当年城头拒

[1] 陈福康：《郑振铎传》，北京十月文艺出版社 1994 年版，第 268 页。

胡，烽火烛天，戍卒无声的满山攀走之状，使人热血潮沸！”[1]郑振铎则“回顾八达岭一带，则山皆壁立，峻削不可攀援。长城蜿蜒卧于山顶，雉堞相望。山下则堡垒形的烽火台联绵不断。昔日的国防，是这样的设备得周密，今已一无所用了。长城一线已不能阻限敌人们铁骑的蹂躏了！”[2]面对一样的长城奇景，两人产生联想的价值指向有所不同，冰心遥想当年戍卒拒胡的壮怀激烈令她热血沸腾，郑振铎则考察昔日周密国防的今无所用使他感慨万千。

一起都写到宣化北门的镇虏台，冰心突出了镇虏台的“高四丈，穿洞而上，四顾苍茫。台上有匾，书‘眺远’二字，此台为明嘉靖甲寅年（一五五四年）所建，有明代碑记”，由台名“镇虏”，推出“可见明代的胡人已逼近宣化了”[3]；郑振铎则摄取了镇虏台旁看到一个患肺痨病已“骨瘦如柴”、“与鬼为邻”的老太婆及其台下山旁两个仅“可容人坐立”[4]的穷人“穴居”山洞，感到心里难受极了。

同样是写到大同下华严寺的佛像，冰心只是简略记叙“佛像数十尊，亦极美，可惜佛前坐着关圣塑像，当系军人所祀，艺术上大相悬殊，殊觉不伦不类”[5]。而郑振铎却是极力渲染、不一而足：“这里的佛像，特别倚立着的几尊菩萨像，却是那样的美丽。那脸部，那眼睛，那耳朵，那双唇，那手指，那赤裸的双足，那婀娜的细腰，几乎无一处不是最美的制造品，最漂亮的范型。那倚立着的姿态，娇媚无比啊，不是和洛夫博物院的 Venus de Melo 有些相同么？那衣服的褶痕、线条，那一处不是

---

〔1〕 冰心：《平绥沿线旅行纪》，卓如编：《冰心全集·第二册·文学作品（1923—1941）》，海峡出版发行集团、海峡文艺出版社 2012 年版，第 394 页。

〔2〕 郑振铎：《西行书简》，郑振铎：《郑振铎全集》第二卷，花山文艺出版社 1998 年版，第 301 页。

〔3〕 冰心：《平绥沿线旅行纪》，卓如编：《冰心全集·第二册·文学作品（1923—1941）》，海峡出版发行集团、海峡文艺出版社 2012 年版，第 396 页。

〔4〕 郑振铎：《西行书简》，郑振铎：《郑振铎全集》第二卷，花山文艺出版社 1998 年版，第 303 页。

〔5〕 冰心：《平绥沿线旅行纪》，卓如编：《冰心全集·第二册·文学作品（1923—1941）》，海峡出版发行集团、海峡文艺出版社 2012 年版，第 401 页。

柔和若最柔软的丝布的，不象是泥塑的，是翩翩欲活的美人。”“我看了又看，相了又相，爬上了供桌，在佛像菩萨像之间，走着，相着，赞叹着。在殿前殿后转了好几个弯。要是我一个人在这里的话，便住在这里一天两天三天都还不能看得饱足的。可惜天已正午，不能不走。走出这拥挤的宝殿时，还返顾了好几次”[1]。既精雕细镂了佛像的无比美丽、娇媚鲜活，又极力描状了自我的流连忘返、不忍离去，他对文物的痴迷酷爱、情有独钟也就不言而喻了。

同时写到参观口泉镇煤矿，两人均写了：工人分日夜三班、每班八小时工作，工头与工人的每天工资数额差距；大家在年青工头的带领下穿好套衣、套鞋，戴上柳条帽，拿着镁光灯，拄着棍子，从吊车中降到沉黑、潮湿的矿井里去，稍一抬头便要碰着矿井顶壁；掘煤器械临时修理处，空气更为高热、窒闷；终于到了采煤的地方，有许多工人在着力地用铁锄掘煤；回到地面后，心中说不出的感慨。有所区别的是：郑振铎更为细致地具体介绍了工人三班工作的时间分配，大工头每天可以拿到一元多，而在矿下推煤车、搬东西的童工只能拿到一角，工人为生活所迫常有每天做两班的；记叙中处处突出对煤矿危险的担忧，实录下矿井之前关于是否有危险的对话，降到四百呎下的矿井里担心升降机万一出了毛病，对冰心一到井底就叫着：“气闷！ 气闷！”的担忧，掘煤时遇到坚硬处需放入火药去炸落的工作万分危险；他还向工人借了把鹤嘴锹亲身体验挖煤时煤屑飞溅在脸上、嘴中和眼睛里的疼痛与难受，放下锹向那工人谢谢，浑身墨黑只有两只眼白是白色的工人朝他友善地笑笑，他却觉得非常的难过。对于带路的工头微笑说道：“我们连肚里都是煤屑呢！”[2]冰心因悲恻和惭愧而感到默然。郑振铎则因难过和愤慨，而发出感叹：“假如这矿里过的生活是人的生活，那末，我们过的实在不是

---

[1] 郑振铎：《西行书简》，郑振铎：《郑振铎全集》第二卷，花山文艺出版社 1998 年版，第 313—314 页。

[2] 冰心：《平绥沿线旅行纪》，卓如编：《冰心全集 · 第二册 · 文学作品（1923—1941）》，海峡出版发行集团、海峡文艺出版社 2012 年版，第 407 页。

人的生活……”[1]。

郑振铎在1935年10月21日写就的《〈中国新文学大系·文学论争集〉导言》中，称赞：“冰心女士”“的创作”，对于“《新潮》上所刊登的初期的短篇小说”，“远远的迈进而去”[2]。

1936年6月，冰心参加了中国文艺家协会，而郑振铎则为该协会的成立出了大力，并被当选为九位理事之一；同年10月，在美国访问游学的冰心同国内的郑振铎、鲁迅、郭沫若、茅盾等二十一人，联名发表了由郑振铎与茅盾起草的《文艺界同人为团结御侮与言论自由宣言》。

1953年9月23至10月6日，中国文学艺术工作者第二次代表大会在北京召开，冰心与郑振铎均出席了大会。冰心在会上作了发言，并被选为中国文学艺术界第二届全国委员会委员；郑振铎则被选为中国文学艺术界第二届全国委员会主席团委员，中国作家协会理事会理事。

冰心在郑振铎不幸遇难二十周年的忌日，满怀深情地回忆了两人从初次相识到成为好友的难忘历程，表达了对良师益友刻骨铭心的真诚追念，写下了《追念振铎》的感人篇章！

冰心与郑振铎，这两位祖籍长乐的二十世纪著名文学家、教育家和社会活动家之间的文学友情及其对祖国的巨大贡献，都是值得我们后人好好学习和深入研究的！

原载陈国勇主编：《冰心与长乐》，海峡文艺出版社2004年版

---

〔1〕郑振铎：《西行书简》，郑振铎：《郑振铎全集》第二卷，花山文艺出版社1998年版，第337页。

〔2〕郑振铎：《〈中国新文学大系·文学论争集〉导言》，郑振铎：《郑振铎全集》第三卷，花山文艺出版社1998年版，第536页。

林语堂 1920 年代幽默理论及在散文中的实践

1924 年，在北京大学英文系讲授《文学批评》和《语音学》的林语堂，接连在 5 月 23 日和 6 月 9 日的《晨报副刊》上发表了两篇谈论幽默的文章：《征译散文并提倡"幽默"》、《幽默杂话》。第一篇文章虽然揭开了中国现代幽默和"中国现代幽默文学的第一页"[1]，但它从篇名到内容，都鲜明地体现出"提倡"的意味。

林语堂在《征译散文并提倡"幽默"》一文中，并没有正面对幽默的概念作出阐释，只是从文学界缺乏幽默文学、幽默的效用和中国笑话与西洋幽默的不同等方面来提倡幽默："素来中国人虽富于'幽默'，而于文学上不知道来运用他及欣赏他"，造成"中国文学史上及今日文学界的一个最大缺憾"，"从前陈独秀大肆其锐利之笔锋痛诋几位老先生们，从一方面看起来，我也以为是他欠'幽默'"，"我们应该提倡，在高谈学理的书中或是大主笔的社论中，不妨夹些不关紧要的玩意儿的话，以免生活太干燥无聊"，并且"可以借作一种最高尚的精神消遣"[2]。

林语堂的第二篇文章《幽默杂话》依然没有正面对"幽默"的概念作出阐释，不过它提出要想研究幽默理论，可以去阅读法国哲学家柏格森、英国文学家梅瑞狄斯、德国心理学家里普斯和奥地利心理分析学家弗洛伊德的有关书目，并进而从内容、形式、效果和作用等方面，通过回

---

〔1〕 施建伟：《幽默：林语堂和鲁迅的比较》，《鲁迅研究动态》1989 年 10 月号。施建伟：《林语堂在大陆》，北京十月文艺出版社 1991 年版，第 104 页。

〔2〕 林语堂：《征译散文并提倡"幽默"》，《晨报副刊》1924 年 5 月 23 日。

答七个问题来阐述幽默、幽默文学的内涵、分类、引发的效果和产生的作用：幽默“既不能译为‘笑话’，又不尽同‘诙谐’、‘滑稽’；若必译其意，或可作‘风趣’、‘谐趣’、‘诙谐风格’”；幽默可分类为幽雅、幽俗、幽隽和显露等；“幽默固可使人自然而笑，失声呵呵大笑，甚至于‘喷饭’‘捧腹’而笑，而文学——最堪欣赏的幽默，却只能够使人家嘴旁儿轻轻的一弯儿的微笑”；幽默可以帮助人类同情可怜、“同舟共济”，还可以使假冒的封建礼教和人类弊病“敌不过幽默之哈哈一笑”。林语堂还站在人生观的高度，从作者和读者两个纬度揭示幽默感、幽默文学和“幽默的人生观”、“板面孔的人生观”的关系，阐述“幽默的人生观”的内涵，“是真实的、宽容的、同情的人生观”。他还认为幽默和讽刺在态度上是有区别的：幽默在态度上不像讽刺那样“专门挑剔人家，专门说俏皮、奚落，挖苦、刻薄人家的话”，而是富于“宽容的、同情的”在“可笑”中包含着“可怜”和“可爱”〔1〕。

由上述可见，林语堂1920年代对幽默和幽默文学的研究虽然尚未构成严密的理论体系，但已经在借鉴和发挥前人研究成果的基础上，突出强调作家和读者主体幽默感和幽默人生观的建设，并具体落实在语言和风格方面，而且把幽默和幽默文学当作增添新文学阵营反传统道学和封建载道文学的思想武器来提倡，他热心提倡幽默，但也不完全排斥讽刺。回顾二十世纪中国文学的发展进程，不难发现：林语堂在半个月时间之内，接连发表两篇提倡幽默和幽默文学的文章，是他内心对幽默问题有所感悟和对当时现代文坛欠缺幽默文学的忧虑，是对当时现实生活“干燥无聊”苦闷空气的反抗和文坛主流思潮对幽默鄙视的反叛。

袁世凯称帝复辟后，连年战乱、信任危机，不少才子名士们厌恶专制政治，思想苦闷、纵情玩世、牟求营利，形成游戏消遣、耽趣趋利的文学观念，极力迎合城市达官富贾茶余酒后消闲解闷和一般市民劳作工余消遣娱乐的阅读需求和审美趣味，出现了一个在“五四”前夕达到鼎

〔1〕 林语堂：《幽默杂话》，《晨报副刊》1924年6月9日。

盛的文学流派——鸳鸯蝴蝶派。由于鸳鸯蝴蝶派宣扬了某些封建糟粕和低级趣味，抹杀了文学的社会意义和审美价值，因而受到以肩负时代使命的《新青年》为主的新文化阵营主将李大钊、胡适和鲁迅的强烈抨击和批判。1921 年 1 月，第一个新文学团体文学研究会成立，鸳鸯蝴蝶派的刊物《小说月报》改革为文学研究会的机关刊物，并以批判鸳鸯蝴蝶派的游戏消遣文学观念为其宗旨。但新文化阵营在抨击和批判鸳鸯蝴蝶派时，采取全盘否定的态度，不加分析地将鸳鸯蝴蝶派文学中追求文学娱乐功能所包含的合理因素也一笔抹杀。1921 年 6 月，另一个新文学团体创造社成立，1924 年创造社主要成员的文艺观念从认为文艺是个人天才的创造转变为强调文艺作为社会革命宣传的工具，幽默自然被他们所鄙视。“五四”退潮期的 1924 年，“苦闷彷徨的空气支配了整个文坛”[1]。“现在中国的生活太是枯燥，思想界太是沉闷”；林语堂提倡幽默和幽默文学，不仅可以满足《语丝》同仁所希望的“聊以消遣”，而且可以“冲破一点中国的生活和思想界的昏浊停滞的空气”，“提倡自由思想，独立判断，和美的生活”[2]。共同的志趣，使林语堂没有参加现代评论派而参加语丝派。在语丝派中，鲁迅和周作人两员主将以他们各具特色的散文进行社会批评、思想批评和文明批评，奠定和发展了中国现代散文中的杂文和小品文两种文体。作为语丝派急先锋的林语堂，在思想观念、批评对象和散文文体等方面，都创造性地借鉴了周氏兄弟。

作为中国现代幽默和幽默文学的倡导者，林语堂虽然自称：“只是有一样我须声明的，就是我是绝对不会做幽默文的人”[3]。但是他却在发表《幽默杂话》之后的第四天，创作了一篇散文小品《论泰戈尔的政治思想》，迫不及待地实践了自己提倡的幽默理论。《论泰戈尔的政治

---

〔1〕 茅盾：《〈中国新文学大系·小说一集〉导言》，赵家璧主编：《中国新文学大系·第三集·小说一集》（影印本），上海文艺出版社 1981 年版，第 12 页。

〔2〕 《语丝〈发刊词〉》，《语丝》第一期，1924 年 11 月 17 日。

〔3〕 林语堂：《幽默杂话》，《晨报副刊》1924 年 6 月 9 日。

思想》这一文章的题目，使人感到是一篇高谈学理、引经据典的论文或社论。展读之后，也颇感其材料翔实、分析精到、逻辑严密、论证严谨，但它又不以理论思辨、逻辑推演取胜，而以记事举例、随意任情见长。文章以亡国的诗人泰戈尔，却受到亡其国者的热烈欢迎这一矛盾冲突、非常有趣的现象作为观察点，以人类的精神生活与生存环境必生一种反应的理论和身处亡国之境必定使人精神不舒服而思考恢复国光道理的人之常情为依据，分析泰戈尔在人家谈论如何使印度成为独立强国时，不讲武力抵抗，却讲慰藉精神，认为泰戈尔用这种方法救国，“那么只好真真的闭目祷告‘我的天父，其使我国警醒起来入于那个自由的天国’，为惟一的救印度法子了”[1]。在文章中，林语堂否定了泰戈尔的政治思想、文学价值、人格国格，但却没有“专门挑剔人家，专门说俏皮、奚落、挖苦、刻薄人家的话”，而只是在文章中“夹些不关紧要的玩意儿的话”[2]。

在《论土气与思想界之关系》、《论性急为中国人所恶——纪念孙中山先生》、《给玄同先生的信》等杂文、小品中，谈论的都是关于国民劣根性及其对策问题，要抨击的是中国民族根性、中庸哲学对西方先进思想和留学学生的腐蚀、同化，造成理想幻灭、政象混乱、改革困难、民族危险的种种恶果，这些本来容易变成富于攻击性的讽刺话题和本应属于高谈学理、引经据典的论辩文章，经过林语堂“幽默的人生观”的观照后，或者在叙事、抒情、说理中夹杂雅致的笑话，或者以书信的体式、探讨的口气、戏谑的心态、玩笑的口吻来冲淡严肃的观点，或者描状矛盾、突出乖谬，偷换概念、无理而妙，或者在结尾一语双关、机智逗乐，正话反说、寓庄于谐，或者在文题和内容之间有意造成名实反差、庄谐错位。

林语堂受到克罗齐——斯平加恩表现派理论的影响，形成摈弃纪律标准，强调随兴抒写的文学观念，必然不可能在创作实践中固守理

---

〔1〕 林语堂：《论泰戈尔的政治思想》，梅中泉主编：《林语堂名著全集》第十三卷，东北师范大学出版社 1994 年版，第 112 页。

〔2〕 林语堂：《征译散文并提倡“幽默”》，《晨报副刊》1924 年 5 月 23 日。

论、作茧自缚。林语堂在“五卅”之后到离开北京之前创作的杂文、小品文，在跟正人君子、遗老遗少、军阀政容、文妖走狗的揭谬说理、抨击谩骂中和跟语丝社同人畅谈“语丝文本”，讨论“费厄泼赖”时，由于对象不同、时空变迁、战术变化、情绪转换，使得幽默风格色彩富于变化，而且幽默讽刺交织使用，嘲讽笑骂随兴变换。对于“学生读书要紧”、“抵制外货我们自己吃亏”的谬论，林语堂有时奚落挖苦这些高调不仅都是“迎合官僚与军阀的‘高调’”，“并未有丝毫特见”，而且“尚未明国民真正目的”[1]；有时刻薄冷嘲“救国须先求学”，“罢课是自杀”这些谬论源于新名流不爱国的“‘自觉逊色’的‘症结’”，“为着名流自己精神上的慰安”，陷入了既“诱导青年们”又“恭维学生几句话”[2]的可笑境地；有时机智诙谐地挑剔遗老遗少“不谈政治”标准的难以确定，并且容易跟“民国宪法上‘国民’二字之法律上解释相矛盾”的荒谬绝伦，或者描绘官僚胡作非为的种种怪象，讽喻揶揄“勿谈政治是中华官国应有的政治学”，“闭门读书，是吾人政治消极的护符而已”[3]。在《插论〈语丝〉的文体》中，林语堂在“诚意”与“稳健”，“偏论”与“公论”，“骂人之重要及难能可贵”与“费厄泼赖”“此种健全的作战精神”[4]的矛盾对举中，或生造词语、产生风趣，或敏锐洞见、深刻阐发庄重公允的滑稽可笑和偏论骂语中的精辟睿智而产生理趣。针对军阀官僚、文妖走狗的见风转舵和落井下石，林语堂呼吁建立公正公平的赞厄泼赖作战法则，这既是幽默地跟交战对手开玩笑，又是在专制统治下进行斗争的机智策略。林语堂是要求交战对手讲究费厄泼赖，而并没有愚蠢忠厚到只是自己执行费

[1] 林语堂:《丁在君的高调》,梅中泉主编:《林语堂名著全集》第十三卷,东北师范大学出版社 1994 年版,第 18、19、20 页。

[2] 林语堂:《回京杂感(四则)》,梅中泉主编:《林语堂名著全集》第十三卷,东北师范大学出版社 1994 年版,第 24 页。

[3] 林语堂:《“读书救国”谬论一束》,梅中泉主编:《林语堂名著全集》第十三卷,东北师范大学出版社 1994 年版,第 29、30 页。

[4] 林语堂:《插论〈语丝〉的文体——稳健、骂人及费厄泼赖》,梅中泉主编:《林语堂名著全集》第十七卷,东北师范大学出版社 1994 年版,第 10、13、14 页。

厄泼赖。对失节文人的自我吹嘘，林语堂以戏谑调侃的语言、片面谎谬的逻辑来营造幽默滑稽氛围：由林肯和徐树铮均是被杀而死，推演出“徐树铮即林肯”；“等我跑到讲堂上，看见我的学生这边是杜甫，那边是李白，那位不及格的是罗素，那位麻子是约翰生，……我的休息室听差是项羽，倒便壶的是苏子瞻，这样一来可就真正糟尽天下之大糕”〔1〕。对失节文人的维持公理、造谣告密，林语堂则或反语讥讽，“你要请他们公然捧章，他们又不肯公然捧章，他们说章士钊人格也是卑鄙，那么请你们做篇宣言文章演说好好的反对他，攻击他，你们又不肯。你们说与青年是表同情，但是你们又要时带挖苦青年的口气；那么请你们爽爽快快与青年丢开手明白站于与青年相反地位”，“你们又不肯。”〔2〕；或冷嘲怒骂，“畜生而发见于今日的大学教授中，这真使我料想不到”〔3〕；“未知人间有羞耻事之文妖”〔4〕等。

林语堂 1920 年代未创作的杂文、小品，继续谈政治、斥文妖、抨击国民根性、否定传统文化。由于其中大量运用影射、曲笔、讽喻、双关，因而显得讽刺隐曲、嘲笑温和、含泪微笑，幽默在依然具有批判功能的同时，开始具有了自我保护的意味，如《塚国絮语解题》、《译尼采〈走过去〉——送鲁迅先生离厦门大学》等。到了 1930 年代，林语堂“创办的《论语》这个中国第一个提倡幽默的半月刊”〔5〕，发表幽默小品和一系列幽默理论文章，引起文坛大小幽默刊物纷纷出台，“轰的一声，天下无

---

〔1〕 林语堂：《写在〈刘博士订正中国现代文坛冤狱表〉后》，梅中泉主编：《林语堂名著全集》第十三卷，东北师范大学出版社 1994 年版，第 36、37 页。

〔2〕 林语堂：《〈“公理”的把戏〉后记》，梅中泉主编：《林语堂名著全集》第十三卷，东北师范大学出版社 1994 年版，第 45—46 页。

〔3〕 林语堂：《闲话与谣言》，梅中泉主编：《林语堂名著全集》第十三卷，东北师范大学出版社 1994 年版，第 59 页。

〔4〕 林语堂：《“发微”与“告密”》，梅中泉主编：《林语堂名著全集》第十三卷，东北师范大学出版社 1994 年版，第 78 页。

〔5〕 林语堂英文原著，张振玉汉译：《八十自叙》，梅中泉主编：《林语堂名著全集》第十卷，东北师范大学出版社 1994 年版，第 295 页。

不幽默和小品"[1],因而 1933 年也被称为"幽默年",林语堂也获得了褒贬兼具的"幽默大师"的称号。这将是另文论述的内容了,在此暂时不表。

原载《福建论坛》(文史哲版)1997 年增刊

[1] 鲁迅:《一思而行》,鲁迅:《鲁迅全集》第五卷,人民文学出版社 2005 年版,第 499 页。

林语堂的“性灵说”

本文揭示林语堂“性灵说”的基本内涵，并将它放到中国古代“性灵说”理论发展史和林语堂所接受与改造的浪漫主义、表现派理论坐标中进行综合考量，揭示林语堂以自己的个性爱好和对东西方文化的独特理解，对中国传统的“性灵说”理论作出创造性的综合与改造。并且试图从文体论的层面，对林语堂的“性灵说”理论给出实事求是的评价。

每当人们谈论起林语堂的时候，总会不由自主地联想到“幽默大师”这个称号。这自然是由于他“发明了幽默这个词儿”，“在我们这个假道学充斥而幽默则极为缺乏的国度里”，“是第一个招呼大家注意幽默的重要的人”[1]，而且还由于他几十年反复不倦地构筑和申说幽默理论。在林语堂的散文理论体系中，虽然以幽默理论最为出名，但是更为本质和核心的却是“性灵说”。如果客观全面地揭示林语堂“性灵说”的基本内涵，并将它放到中国古代“性灵说”理论发展史和林语堂所接受与改造的浪漫主义、表现派理论坐标中进行综合考察，揭示林语堂以自己的个性爱好和对东西方文化的独特理解，对传统的“性灵说”理论所作出的创造性的综合与改造；并从文体论的层面，对林语堂的“性灵说”理论作出符合实际的评价，这将是一件有意义的工作。

---

〔1〕 林语堂英文原著，张振玉汉译：《八十自叙》，梅中泉主编：《林语堂名著全集》第十卷，东北师范大学出版社 1994 年版，第 295 页。

一

林语堂在《小品文之遗绪》一文中说："现代人总喜欢在名词上推敲，而不知所言为何物，甚不足取"；"中国人向来总是这样不求甚解糊里糊涂了事"[1]。因此我们必须对他的性灵说进行较为全面的审视，从而界定其内涵和外延。

性灵的复杂多变，使得林语堂在解释其内涵时，随着场合的不同而有所变化。有时指"个人主义"："性灵派以个人性灵为立场，也如一切近代文学之个人主义"；有时指"自我"："性灵就是自我"[2]。有时指"个人之观感"："性灵二字，与现代文学之注重个人之观感相同"[3]。有时指"个性"："在文学上主张发挥个性，向来称之为性灵，性灵即个性也"；有时指个性的自由自在地表达："一人有一人之个性，以此个性 Personality 无拘无碍自由自在表之文学，便叫性灵"[4]。有时指创作心理与技巧问题："提倡性灵，纯然是文学创作心理上及技巧上问题"[5]。有时指"笔调"："性灵是整个的，其发为文章，名为笔调"[6]。有时指"文章生气"："文章生气，全看性灵解放至何程度"[7]。有时又

〔1〕 林语堂：《小品文之遗绪》，梅中泉主编：《林语堂名著全集》第十八卷，东北师范大学出版社 1994 年版，第 92—93 页。

〔2〕 林语堂：《论文》（上篇），梅中泉主编：《林语堂名著全集》第十四卷，东北师范大学出版社 1994 年版，第 146、147 页。

〔3〕 林语堂：《新旧文学》，梅中泉主编：《林语堂名著全集》第十四卷，东北师范大学出版社 1994 年版，第 181 页。

〔4〕 林语堂：《论性灵》，梅中泉主编：《林语堂名著全集》第十八卷，东北师范大学出版社 1994 年版，第 238 页。

〔5〕 林语堂：《临别赠言》，梅中泉主编：《林语堂名著全集》第十八卷，东北师范大学出版社 1994 年版，第 271 页。

〔6〕 林语堂：《说文德》，梅中泉主编：《林语堂名著全集》第十四卷，东北师范大学出版社 1994 年版，第 186 页。

〔7〕 林语堂：《语录体举例》，梅中泉主编：《林语堂名著全集》第十四卷，东北师范大学出版社 1994 年版，第 201 页。

指"个人的'性情'"和"个人的'心灵'"[1]等等。其基本意思是:个人、个性、风格[2]。

林语堂不仅提示了性灵的个体内省性及其原因,而且指出性灵对于文学的重要性:"性灵之为物,惟我知之,生我之父母不知,同床之吾妻亦不知"[3];"人谓性灵是什么?我曰不知";似乎有不可知论的意味,但是林语堂以心理学的理论分析了原因:"若谓性灵玄奥,则心理学之所谓'个性',本来玄奥。而个性之确有,固不容疑惑也。凡所谓个性,包括一人之体格、神经、理智、情感、学问、见解、经验、阅历、好恶、癖嗜,极其错综复杂"[4]。

林语堂还从文章写作的整个过程指出:"文章之孕育取材及写作确不能逃出性灵论范围也";"性灵二字,不仅为近代散文之命脉,抑且足矫目前文人空疏浮泛雷同木陋之弊","性灵之启发,乃文人根器所在,关系至巨"[5]。

文章的孕育首先需要性灵:"学文必先自解脱性灵参悟道理始";"文章有卓大坚实者","必经长期孕育","性灵未加培养","斯流为萎靡纤弱";"文人作文,如妇人育子","多读有骨气文章有独见议论,是受精也";"出吾性灵以授之","使此儿之面目,为吾之面目";"多阅书籍,沉思好学,是胎教";"倘有许多话,必欲迸发而后快,是创造之时期到矣"。文章的取材,性灵至关重要。摧残性灵,文章之源就会枯干:"塾师教作

---

[1] 林语堂:《生活的艺术》,梅中泉主编:《林语堂名著全集》第二十一卷,东北师范大学出版社1994年版,第363页。

[2] 林语堂把布封的名言:"风格即人"。翻译为:"笔调即性灵"。林语堂:《说文德》,梅中泉主编:《林语堂名著全集》第十四卷,东北师范大学出版社1994年版,第186页。

[3] 林语堂:《论文》(上篇),梅中泉主编:《林语堂名著全集》第十四卷,东北师范大学出版社1994年版,第148页。

[4] 林语堂:《论性灵》,梅中泉主编:《林语堂名著全集》第十八卷,东北师范大学出版社1994年版,第236、238页。

[5] 林语堂:《论文》(下篇),梅中泉主编:《林语堂名著全集》第十四卷,东北师范大学出版社1994年版,第152页。

文”,“只教说得体的话,是摧残性灵之第一步”,等到“朝野以应酬文章相欺相诓,是摧残性灵之第二步”;“第因世人失性灵之旨,凡有写作”,“由衷之言甚少,此文学界之所以空疏也”。发抒性灵,则文章的素材无涯:“发抒性灵,斯得其真,得其真,斯如源泉滚滚,不舍昼夜,莫能遏之”[1]。

文章写作时没有性灵,则一切方法都徒劳无益:“凡人不在思想性灵上下功夫,要来学起承转伏作文人,必是徒劳无补”[2]。写作时有了性灵,则写作不仅容易而且多姿多彩、充满活力:“由于性灵之培养,乃有豪放之议论,独特之见解,流利之文笔,绮丽之文思”[3];“苟能人人各抒性灵,复出以闲散自在之笔,则行文甚易,而文章之奇变正无穷”[4]。如果“有了性灵,你的文章就有生命力、就有清新的,有活力的文学”[5]。因为“写作不过是发挥一己的性情,或表演一己的心灵”[6];“古人作文本无笔法,本无体裁,亦尽其性”[7];“世上无所谓写作的技巧”,所以,“凡是期望成为作家的初学者,都应该叫他们先把写作的技巧完全撇开,暂时不必顾及这些小节,专在心灵上用功夫,发展出一种真实的文学个性,去做他的写作基础”[8]。

---

[1] 林语堂:《论文》(下篇),梅中泉主编:《林语堂名著全集》第十四卷,东北师范大学出版社 1994 年版,第 152、155、153、154 页。

[2] 林语堂:《文章无法》,梅中泉主编:《林语堂名著全集》第十四卷,东北师范大学出版社 1994 年版,第 184 页。

[3] 林语堂:《新旧文学》,梅中泉主编:《林语堂名著全集》第十四卷,东北师范大学出版社 1994 年版,第 181 页。

[4] 林语堂:《再谈小品文之遗绪》,梅中泉主编:《林语堂名著全集》第十八卷,东北师范大学出版社 1994 年版,第 106 页。

[5] 林语堂:《性灵文学》,转引自林太乙著:《林语堂传》,梅中泉主编:《林语堂名著全集》第二十九卷,东北师范大学出版社 1994 年版,第 73 页。

[6] 林语堂:《生活的艺术》,梅中泉主编:《林语堂名著全集》第二十一卷,东北师范大学出版社 1994 年版,第 363 页。

[7] 林语堂:《〈作文六诀〉序》,梅中泉主编:《林语堂名著全集》第十四卷,东北师范大学出版社 1994 年版,第 62 页。

[8] 林语堂:《生活的艺术》,梅中泉主编:《林语堂名著全集》第二十一卷,东北师范大学出版社 1994 年版,第 358、357 页。

林语堂还揭示了性灵的本质、派别、风格，以及性灵与神感(灵感)、抒情、精神、幽默、闲适等的关系。他指出："性灵派文学，主'真'字"[1]。他认为："真有性灵的文学，人人最深之吟咏诗文，都是归返自然，属于幽默派，超脱派，道家派的"[2]；性灵"散文已是'言志的''抒情的'"[3]。他指出文章的风格："或平淡，或奇峭，或清新，或放傲，各依性灵天赋，不必勉强"[4]。他说明："神感问题既解决，性灵问题亦自迎刃而解。神感乃一时之境地，而性灵赖素时之培养"[5]；"文学之抒情的素性，使吾人得以把文学当作人类性灵的反照，而把一国的文学，当作一国的精神的反映"[6]。他不仅发现性灵派的幽默，而且揭示性灵对幽默的制约关系："在性灵派文人的著作中，不时可发见很幽默的议论文"[7]；"幽默之种类繁多"，"这尖利，或宽洪，或浑朴，或机敏，是出于个人性灵"[8]；"故提倡幽默，必先提倡解脱性灵，盖欲由性灵之解脱，由道理之渗透，而求得幽默也"[9]。他阐述了性灵与闲适的关系："闲适笔调"，"真情易于吐露"；提倡闲适，目的"在取较闲适之笔调，语

---

〔1〕 林语堂：《论文》(下篇)，梅中泉主编：《林语堂名著全集》第十四卷，东北师范大学出版社1994年版，第154页。

〔2〕 林语堂：《论幽默》，梅中泉主编：《林语堂名著全集》第十四卷，东北师范大学出版社1994年版，第6页。

〔3〕 林语堂：《新旧文学》，梅中泉主编：《林语堂名著全集》第十四卷，东北师范大学出版社1994年版，第181页。

〔4〕 林语堂：《论小品文笔调》，梅中泉主编：《林语堂名著全集》第十八卷，东北师范大学出版社1994年版，第23页。

〔5〕 林语堂：《论性灵》，梅中泉主编：《林语堂名著全集》第十八卷，东北师范大学出版社1994年版，第237—238页。

〔6〕 林语堂英文原著，黄嘉德汉译：《吾国与吾民》，梅中泉主编：《林语堂名著全集》第二十卷，东北师范大学出版社1994年版，第207页。

〔7〕 林语堂：《论幽默》，梅中泉主编：《林语堂名著全集》第十四卷，东北师范大学出版社1994年版，第8页。

〔8〕 林语堂：《会心的微笑》，梅中泉主编：《林语堂名著全集》第十四卷，东北师范大学出版社1994年版，第159页。

〔9〕 林语堂：《论文》(下篇)，梅中泉主编：《林语堂名著全集》第十四卷，东北师范大学出版社1994年版，第155页。

出性灵”[1]。他申说了性灵跟格套的关系:“言性灵之文人,亦必排斥格套”[2];“是故言性灵必先打倒格套”[3]。

二

稽考中国古代美学思想史和文学批评史,可以知道:“性灵”一词早在南北朝和唐代,就已经广泛地出现在文学批评中。刘勰《文心雕龙》中的《原道》、《综经》和《序志》里就有如下几句:“惟人参之,性灵所钟,是谓三才”;“洞性灵之奥区,极文章之骨髓者也”;“性灵溶匠,文章奥府”;“岁月飘忽,性灵不居”[4]。此外,颜之推的《颜氏家训·文章》,庾信的《赵国公集序》,房玄龄的《晋史·乐志》,李延寿的《南史·文学传序》,姚思廉的《梁书·文学传论》,杜甫的《解闷十二首》等,都有“性灵”一词。然而,这些“性灵”只是表述情感或性情内涵的普通概念,并非属于真正意义上的“性灵说”。

“性灵”一词演变为性灵说,成为一种特殊的文学批评观、创作观和美学观,是在明代中期以后。王世懋、屠隆、李维桢是性灵说的先声。王世懋的性灵,指与世不合的抑郁不平之气和不得不宣泄的灵心。屠隆明确地把性灵作为文学的根本,指的是内心之真、文章之实和超然物外的情性。李维桢的性灵,指特定场景中自然产生并流露的情感和见解,要求自然流露作家的才性和所处的时代特点。王世懋、屠隆、李维桢的性灵说,主要内涵是清灵自然的情趣,因此只能算是性灵说的萌芽。

---

[1] 林语堂:《论小品文笔调》,梅中泉主编:《林语堂名著全集》第十八卷,东北师范大学出版社 1994 年版,第 20—21、23 页。

[2] 林语堂:《论文》(上篇),梅中泉主编:《林语堂名著全集》第十四卷,东北师范大学出版社 1994 年版,第 148 页。

[3] 林语堂:《论性灵》,梅中泉主编:《林语堂名著全集》第十八卷,东北师范大学出版社 1994 年版,第 238 页。

[4] (梁)刘勰著,陆侃如、牟世金译注:《文心雕龙》,齐鲁书社 1995 年版,第 96、110、117、602 页。

汤显祖不用“性灵”，而用“灵性”、“心灵”，侧重对“灵”的阐发。指出“灵性”、“心灵”是生命的本质、文章生气所在和不受束缚的特点，为性灵一词增添了新鲜色彩。汤显祖不仅揭示了艺术创造中自由飞动、富于生气的特点，而且强调“真情”是艺术创造的本质和原动力，并以“真情”作为反对封建“理”和“法”的旗帜，奠定了公安派性灵说的基本内涵。

公安派的性灵说，以万历二十七年为界分为前、后期。前期性灵说以真为本质和核心，提倡以自我为中心和自然本色、自由淋漓地抒发表现真情感的创作态度；在创作方法上强调以心之所感来摄取题材，以腕能运心作为表达手段，形成露（充分表达个人的感情和显露个人的本色）、俗（或以土音俗语入诗文，或以民歌体作诗，或者表白世俗的人情物欲）、趣（无拘无束之趣和世俗生活之趣）的特点。因此，前期公安派的性灵说把创作的根源归之于主观的心灵，在强调真情感的同时，把“真”和“趣”联系起来，并跟“闻见知识”对立起来，卑古贵今、要求独创、反对模拟、打破格套、取法自然、率性行诚，包含着对现实政治的厌倦和对世俗生活的追求。后期公安派的性灵说，则以陶渊明式的“淡”作为真性灵的最高境界，原先的露、俗、趣等特点逐渐消退。

竟陵派的性灵说，针对公安派浅率刻露之弊，主张以自己的真性灵去求古人之真性灵，从而实现浑朴蕴藉的境界，要求超越趣而进入真学问的更高层次；在创作方法和艺术风格上，以深幽孤峭为追求目标，而且强调作家应有自己的独特风格，并且不断地自我突破；在创作内容上，主要表现士大夫的落漠孤独、孤芳自赏的心境；在艺术功能上，强调了认识功能。

如果说公安派、竟陵派是性灵说的两座高峰，那么，袁枚则是站立在这两座高峰上的集大成者。袁枚的性灵说，融会了公安派和竟陵派等性灵说的精华，建立起较为完整和较为辩证的性灵说体系。在表现内容上，既有真自我和真情感，又重视表现男女的“情欲”，强调学古的重要，重视学与识的统一；在表现方法上，既要求“任情而发”，又强调磨练功力，既反对“全无蕴藉，矢口而道，自夸真率”[1]，又强调摆脱束缚、坚持独创；在艺术风格上，既追求自然、淡朴，又提倡风趣、灵机；在真实问题上，既强调真情实感，又要求从自然本性出发；在艺术功能上，既不否认艺术的功用性，又反对处处以功利实用为准则。

在古典文学研究界，不少专家、学者对性灵说的研究、评价已经达到了如下共识：性灵说强调真情实感和艺术独创，既把握了艺术的本质奥秘，又宏扬了创造主体的主观能动性；它不仅丰富了中国文艺美学理论，而且一直是反封建、反复古、反摹拟、反虚假的思想基础和旗帜；虽然它在形成发展中情况复杂、或有主观唯心主义倾向，但总体上说在历史上是功劳远胜于过失的[2]。

仅从以上对古代性灵说的发展，择其要者、简单巡视中，就已经不难感觉到它的丰富与复杂。要对之有所超越，不仅需要勇气，而且更需要才识。

三

林语堂凭借着他深湛的东西方文化素养，对西方表现派理论和西方近代文学本质的把握，对中国古代“浪漫派或准浪漫派文评家”[3]的了然于心，并以自己的性格志趣和道家的生活艺术，对传统的性灵说理论进行了创造性的综合，建立起了前无古人、尚无来者的性灵说理论体系。

林语堂的性灵说具有新时代的新特点，矫正了古典性灵说中的某

---

〔1〕(清)袁枚:《随园诗话》(选录)，郭绍虞主编:《中国历代文论选》下册，木铎出版社1981年版，第170页。

〔2〕参见张国光、黄清泉主编:《晚明文学革新派公安三袁研究》，华中师范大学出版社1987年版；张国光、李心馀、欧阳勋主编:《竟陵派文学研究论集》，中国社会科学出版社1990年版；袁震宇、刘明今:《明代文学批评史》，上海古籍出版社1991年版；敏泽:《中国美学思想史》第二、三卷，齐鲁书社1989年版等。

〔3〕林语堂辑译:《〈新的文评〉序言》，梅中泉主编:《林语堂名著全集》第二十七卷，东北师范大学出版社1994年版，第192页。

些缺陷。他的“自我”、“个人”是人类的一员，与人类的思想、感情有沟通，类于周作人的“自我”和“个人”。他把性灵说作为小品创作理论，并且强调了幽默和闲适两种特点，可以说是既把握了小品的重要特征，又适合于他的性格志趣和生活态度的自然抒发，并且也是特定高压政治下的一种策略，或者不得已之所为。

我行我素、无拘无束、亲近自然的个性，浓厚的浪漫主义气质和西方自由主义思想的影响，使得林语堂跟西方近代浪漫主义文学和克罗齐—斯平加恩的表现派理论产生了强烈的共鸣。林语堂以浪漫主义推崇个性情感，主张情感的自然流露，提倡艺术无目的论，追求自然生长的人性等原则，来接受和改造西方表现派理论：接受了表现派理论中对于个性情感的崇拜、对自由审美精神的强调和对非艺术的功利主张的反对，抛弃了表现派理论中对抒情（表现）的理性和形式的强调，把“艺术即表现”改造成“表现即艺术”。通过强化浪漫主义和表现派理论的某些相同点，淡化、抹杀表现派的某些观念和命题，形成了林语堂所理解的表现派理论观：摧崇个性情感和内心世界，捍卫人的纯朴自然天性，主张个性情感的自然、自由流露，摈弃艺术形式、法则的标准纪律，强调艺术独立自主的观念，认为情感和心境的表现都是艺术等等。

林语堂以这种对表现派理论的独特理解，并揉和了蒙田的“我描绘的是我自己”[1]、王尔德的“艺术家是各种美的东西的创造者”[2]等观念，以表现主义的直觉与道家的禅宗的某种契合，来寻找他所理解的“新的文评”在中国的同道，终于找到了一批受道家思想影响的中国古代“浪漫派或准浪漫派文评家”[3]，对他们的性灵说理论进行了创造性的综合改造，形成了既具有西方文化色彩，又具有自己特点的性灵说

〔1〕 [法]蒙田：《致读者》，[法]蒙田（Montaigne）著，潘丽珍等译：《蒙田随笔全集》上卷，译林出版社 1996 年版，第 31 页。

〔2〕 [爱尔兰]王尔德：《〈道连·格雷的画像〉序》，[爱尔兰]奥斯卡·王尔德著，黄源深等译：《王尔德作品集》，人民文学出版社 2000 年版，第 3 页。

〔3〕 林语堂辑译：《〈新的文评〉序言》，梅中泉主编：《林语堂名著全集》第二十七卷，东北师范大学出版社 1994 年版，第 192 页。

理论。

林语堂的性灵说，综合吸收了古典性灵说理论强调真情实感和追求艺术独创、宏扬创造主体的自然人性与主观能动性、推崇坦率表露真情实感、个性心灵与自然朴素的艺术表现手段等内容。既有公安派的“真”、“趣”联合，又使“趣”染上西方幽默的色彩；不仅不把“真”、“趣”跟“闻见知识”完全对立，而且把“露”、“韵”、“俗”、“淡”、“真”、“趣”统一起来。既有竟陵派的求古人之真性灵和真学问，又不以学问作为衡量艺术的标准尺度；既表现落漠孤独、孤芳自赏的心境，更表现闲适幽默、赏玩人生的态度；在强调艺术认识功能和娱乐功能的同时，又愤激地抹杀了艺术的宣传功能和教育功能。既跟袁枚的性灵说有诸多的类似，又漠视了袁枚对艺术才能的强调，同时反其道而行之地实践了“温柔敦厚”的审美要求。

对于林语堂的性灵说，可以从文艺源流、文艺创作、文艺体裁等层面进行综合考察、作出评价。实事求是地说，林语堂的性灵说是创见与偏颇交织、积极与消极并存的。有必要对它进行具体全面、辩证公允的分析和评价。由于不少论者对林语堂的性灵说，已经从文艺源流和文艺创作等层面进行了考察和评价。而相比较而言，从文艺体裁的层面进行考察和评价的成果较为少见，并且，林语堂所倡导的性灵文学跟“幽默”和“闲适”相结合后，所形成的“以自我为中心，以闲适为格调”[1]的创作理论，在文艺体裁层面是具体落实在小品文文体上的。因此，以下主要从小品文文体理论的角度来考察、评价林语堂的性灵说。

四

目前散文理论界普遍认为，“小品”一词最早来自南北朝时期的佛

---

〔1〕 林语堂：《发刊〈人间世〉意见书》，梅中泉主编：《林语堂名著全集》第十七卷，东北师范大学出版社1994年版，第180页。

学，原指佛经的简本缩写本[1]。晚明后期，"小品"一词被借用于散文中，作为某种类型散文的概念。小品概念的形成跟性灵说有密切的关系，袁宏道提出"独抒性灵"[2]的创作主张，为小品概念的确立，奠定了思想基础。加上晚明时期，短小精悍、发挥己意的八股文中的小题文字的盛行，终于促进了小品文的兴盛。从小品文的产生，可以看出这种文体的重要特征是：短小精悍、独抒性灵、发挥己意、自由不拘。

民国初期最早在现代汉语中使用"小品文"，用它来界定篇幅较短的抒情散文。中国现代小品文是传统小品文和西欧小品文结合、创新的产物，因此，它体现了中外小品文文体在发展过程中积淀下来的文体特征。

现代作家伯韩在《由雅人小品到俗人小品》一文中，虽然不赞成小品文的闲适观，但也指出："因为小品文过去原是有闲阶级的玩弄品，所以至今还形成一种对于小品文的闲适观。有人说：与小品文相当的英国字是 Familiar Essay，其中的 Familiar 就应当翻译作'闲适'"；"其实，中外文人同样是有这种观点的"，"比方西欧小品文的发展，从法国开始，那时是在法国大革命后，新的有闲阶级的小康之家，大大地繁荣起来，他们需要这种消遣的文字。而作家们要创作一种给人家消遣的文字，顶好是从一种比较优闲的生活中，也用消遣的态度写出来"，"这种外国的闲适小品传到中国来，恰好投合了中国的需要，所以诱发了现代中国小品文的大批制作，并且形成了对于小品文的闲适观"[3]。由此可见，闲适是中外小品文体发展历史的积淀物，是某一阶层作家、读者

---

〔1〕 刘义庆的《世说新语・文学》中第四十三篇、第四十五篇和第五十篇均涉及到《小品》。(南朝・宋)刘义庆：《世说新语》，华夏出版社 2000 年版，第 121—122 页。梁朝时刘孝标注释道："《释氏辩空经》，有详者焉，有略者焉，详者为《大品》，略者为《小品》"。

〔2〕 (清)袁宏道：《叙小修诗》，(明)袁宏道著，钱伯城笺校：《袁宏道集笺校》(上)，上海古籍出版社 1981 年版，第 187 页。

〔3〕 伯韩：《由雅人小品到俗人小品》，陈望道编：《小品文和漫画》，上海书店 1981 年影印，第 3—4 页。

文化心态、审美趣味或某一时期审美需要共同作用的产物。

中国现代小品文，深受英国 Essay 的影响。林语堂就把 Familiar Essay 翻译成“小品文”[1]。郁达夫揭示了现代散文中幽默的兴盛，受到了“在英国散文里是极普遍的幽默味”[2]的影响。鲁迅在《小品文的危机》中，也承认“五四”以来散文小品“因为常常取法于英国的随笔(Essay)，所以也带一点幽默和雍容”[3]。因此，林语堂提倡幽默小品创作，也抓住了小品文的内在特征之一。而且，闲适和幽默，作为小品文理论，在中国 1920、1930 年代的散文理论界，曾有不少人译介和总结小品文的艺术特质。典型代表是鲁迅译介的厨川白村的《出了象牙之塔》和鹤见佑辅的《说幽默》，若斯节译小泉八云的《论小品文》，林疑今译介史密斯的《小品文作法论》等；此外周作人的《美文》、王统照的《散文的分类》、胡梦华的《絮语散文》、梁遇春的《〈小品文选〉序》、李素伯编著的《小品文研究》等文章，都或多或少地涉及到小品文所具有的主观个性、真情实感、自由不拘、闲适幽默等艺术特质。林语堂是在前人的理论基础上，加以拓展、发挥从而达到更高的层次。

对小品文艺术特质的深刻把握，再加上林语堂自己无拘无束、坦诚幽默的个性，推崇道家以艺术的眼光，幽默、闲适地享受人生的生活态度和不走文学大道而喜欢文学小径的文学观念，使林语堂跟小品文的特质产生了某种契合，分不清到底是小品文选择了林语堂，还是林语堂选择了小品文。个性与文体的这种浑然一体，不仅使得林语堂的小品文理论和鲁迅的杂文理论一样在现代文学批评史上独树一帜，而且也使他个人的小品文创作和幽默、闲适小品文创作潮流达到令人注目的高度。连跟林语堂绝交的鲁迅，在 1936 年 5 月回答斯诺提问也

---

[1] 林语堂:《论小品文笔调》，梅中泉主编:《林语堂名著全集》第十八卷，东北师范大学出版社 1994 年版，第 20 页。

[2] 郁达夫:《〈中国新文学大系・第七集・散文二集〉导言》，赵家璧主编:《中国新文学大系・第七集・散文二集》(影印本)，上海文艺出版社 1981 年版，第 11 页。

[3] 鲁迅:《小品文的危机》，鲁迅:《鲁迅全集》第四卷，人民文学出版社 2005 年版，第 592 页。

说："最优秀的杂文作家：周作人、林语堂、周树人（鲁迅）、陈独秀、梁启超"[1]。

五

我们在揭示林语堂性灵说理论对小品文艺术本质奥秘的深刻把握，以及对他小品文创作实践产生积极影响的同时，也应该正视林语堂性灵说理论对小品文艺术特质的把握和小品文创作实践的指导中存在着的片面性。

林语堂在强调自我个性、真情实感对小品文的制约作用的同时，又简单地取消了真、善、美之间的界线，片面地认为凡能表现自我个性和真情实感的就是好小品文，进而在小品文中不恰当地赞许了辜鸿铭、康有为保皇和张宗昌专制的真率。在偏重小品文抒写内心体验、玩味个人情趣和提倡写自己熟悉的身边琐事的同时，又片面地把社会和阶级意识的觉醒、社会责任的强调和提倡写时代风云等指责为方巾气；造成跟他自己所提出的小品文"宇宙之大，苍蝇之微，皆可取材"[2]相矛盾，而且使他的小品文创作常有身边琐事、苍蝇之微，而却少有时代风云、宇宙之大。在推崇与倡导小品文的幽默、闲适笔调和审美、娱乐功能时，又片面地否定了小品文的讽刺、辛辣笔调和宣传、教育功能。在提倡小品文创作的自然天成时，又片面地否定了小品文创作的章法技巧。

这些片面性，跟左翼文坛提倡散文跟时代政治风云的密切结合，发挥对敌作战的武器作用，倡导散文的讽刺、辛辣风格，重视散文的宣传、教育功能，形成了两种对立冲突的散文观念，终于引发了 1933 年前后的一场小品文的论争。

林语堂的性灵说受到左翼文坛的批评，除了政治立场、思想观念的分歧外，我认为还有对文体理解和文学功能理解之间的误差。左翼文坛

---

[1] 斯诺整理、安危译：《鲁迅同斯诺谈话整理稿》，《新文学史料》1987 年第三期。

[2] 林语堂：《发刊〈人间世〉意见书》，梅中泉主编：《林语堂名著全集》第十七卷，东北师范大学出版社 1994 年版，第 180 页。

强调散文的讽刺战斗功能，用对杂文文体的理解和要求来规范和批评小品文文体，而林语堂则强调散文的幽默休闲功能，用对小品文文体的理解和要求来反批评。由于各执一端、情有独钟，难免感情用事、矛盾激化。

从散文文体的特点来考察，这两种对立冲突的散文观念都深刻而又片面地把握了散文文体的某些特质，不仅从对立的两极深化了对散文文体的本质特征的认识，而且契合了现代散文中的小品文和杂文两种体裁的特质，进而推进和促成了小品文和杂文的繁荣发展。本来杂文的观念和小品文的观念是完全可以融合互补的，正如 1940 年代的一些论者发现这场论争中各自的创见和偏见，从而更为客观、辩证地揭示了散文文体的特质。葛琴的《略谈散文》，就辩证地调和了杂文的挣扎和战斗性与小品文的闲适和幽默性特征；李广田的《论身边琐事与血雨腥风》，揭示了小品文创作跟身边琐事和血雨腥风的辩证关系；叶圣陶在《关于散文写作——答〈文艺知识〉编者问八题》中，也深刻地揭示了小品文和杂文的不同特质及其可以融合互补性。

林语堂的好友郁达夫从高压政治的角度，深刻地指出林语堂“近来的耽溺风雅，提倡性灵，亦是时势使然，或可视为消极的反抗，有意的孤行”[1]。足见林语堂提倡幽默、闲适小品文，多少有其难言之隐。林语堂后来从文体和政治的角度揭示了个中缘故：“那严格的取缔，逼令我另辟蹊径以发表思想。我势不能不发展文笔技巧和权衡事情的轻重”；“饶有含蓄，使不致于身受牢狱之灾”[2]。从发展散文品类、繁荣小品风格等方面看，提倡幽默、闲适小品文在理论和实践上都有价值和意义。但是，在当时特殊的政治历史条件下提倡，又多少令人感到不合时宜；如果以幽默、闲适小品为独尊，那不仅近于痴人说梦，而且不利于小品文的发展和创新，也容易麻痹人们的斗志。在那外敌入侵、军阀混

---

〔1〕 郁达夫：《〈中国新文学大系·第七集·散文二集〉导言》，赵家璧主编：《中国新文学大系·第七集·散文二集》（影印本），上海文艺出版社 1981 年版，第 16 页。

〔2〕 林语堂：《林语堂自传》，梅中泉主编：《林语堂名著全集》第十卷，东北师范大学出版社 1994 年版，第 30 页。

战、政治高压、民不聊生的1930年代，每个具有民族责任感的中国人都不得不承认："对于中国，现在也还是战斗的作品更为紧要"[1]。综观林语堂的小品文创作，不难发现：不仅辛辣讽刺多于闲适幽默，而且不能完全超脱时代风云。林语堂不仅在小品文创作实践上对性灵说理论的某些偏颇有所突破和修正，而且在后来的某些场合，对自己性灵说中的某些偏颇也做了修正。林语堂不仅写了不少谈论小品文章法技巧的文章，而且说："每当一个人可以开心见诚讲真话之时，说话和著作便不能成为艺术了"[2]；"要做作家，必须能够整个人对时代起反应"[3]。

林语堂对自已"提倡幽默"，"提倡性灵"的理论价值是充满信心的，他在1936年8月14日写于横滨舟次的《临别赠言》中说："性灵也好，幽默也好"，"今日提倡之难，三十年后人见之，当引为奇谈。但是我仍相信此为中国散文演化必经之路"[4]。可是三十年后历史进入了更加排斥性灵说的文化大革命时期，使林语堂的预言落空了，散文小品的创作也荒芜萧条。但是，当历史进入1980年代后，越来越多的散文家和散文理论家，高举起真诚、抒情、自由、个性、散谈、幽默的旗帜，散文小品的创作也从1980年代后期进入一个众家崛起、各呈雄长的兴盛期。

文学史已经一再显示出"性灵说"理论对散文小品创作的深刻影响，也一再显示出它自身的生命力。该是对林语堂的"性灵说"理论作出正确公允、实事求是评价的时候了！

原载《福建师范大学学报》(哲学社会科学版)1996年第三期

---

[1] 鲁迅：《答国际文学社问》，鲁迅：《鲁迅全集》第六卷，人民文学出版社2005年版，第20页。

[2] 林语堂：《林语堂自传》，梅中泉主编：《林语堂名著全集》第十卷，东北师范大学出版社1994年版，第30页。

[3] 林语堂：《五四以来的中国文学》，《中国一周》第八百四十六期，1966年7月。

[4] 林语堂：《临别赠言》，梅中泉主编：《林语堂名著全集》第十八卷，东北师范大学出版社1994年版，第272页。

梁遇春随笔:独异的体悟

在梁遇春随笔的艺术个性中,有一个突出的特点是:不盲从于权威的言论和时髦的观念,不人云亦云,不随声附和,而以抒写自己对人生的思考和体悟见长。当讲演之风盛行之时,他偏偏说:“真要得智识,求点学问,不只那东鳞西爪吉光片羽的讲演不济事,就是上堂听讲也无大意思”,“真真要读书只好在床上,炉旁,烟雾中,酒瓶边,这才能领略出味道来”[1]。对文学,他不赞成勃特勒和斯蒂文森主张“应当布袋里放一本小簿子,心里一涌出什么巧妙的念头,就把它抓住记下,免得将来逃个无影无踪”的办法,认为:“文章是‘妙手偶得之’的事情,不可刻意雕出”,“既然记忆力那么坏”,“那么一定也会忘记带那本子了,或者带了本子,没有带笔,结果还是一个忘却”[2]。胡适说:“做文章是要用力气的”,他却说:“一瞧就知道是篇用力气做的文章,是坏的文章,没有去学的必要,真真值得读的文章却反是那些好像不用气力做的”[3]。文学概论和批评原理书“开章明义常说文学是一面反映人生最好的镜子,由文学我们可以更明白地认识人生”,他却认为“文学同人生中间永久有一层不可穿破的隔膜”,“文学不是人生的镜子,我们不容易由文学里

---

〔1〕 梁遇春:《讲演》,吴福辉编:《梁遇春散文全编》,浙江文艺出版社 1992 年版,第 8—9 页。

〔2〕 梁遇春:《勿忘草·一》,吴福辉编:《梁遇春散文全编》,浙江文艺出版社 1992 年版,第 183 页。

〔3〕 梁遇春:《醉中梦话(一)·二、做文章同用力气》,吴福辉编:《梁遇春散文全编》,浙江文艺出版社 1992 年版,第 19、21 页

看清人生”[1]。当许多人都“提倡血泪文学,写实文学,唯美派”,“主张幽默”[2],或者写短篇小说以“叙一两段情史,用几十个风花雪月字眼”[3]为时髦时,他则“提倡无害的笑”[4],“希望新文豪少顾些结构,多注意点性格”[5]。

对人生,他常以异于别人的观察点,来对人生作逆向观察、思考和体验,从而对人生和人类的情感产生了新鲜的理解。他不认同“根据皮肤颜色和人类系统来分类”“世界上的人们”,不满意沙比尔所说:“天下人可以分做两种——有钱的人们和没有钱的人民”和兰姆所说:“人类是两种人构成的,‘向人借钱的人们’同‘借钱给人的人们”;不满足于“唯我独尊的分类法”:“基督教徒认为世人只可以分做基督教徒和异教徒;道学家觉得人们最大的区别是名教中人和名教罪人;爱国主义者相信天下人可以黑白分明地归于爱国者和卖国贼这两类;‘钟情自在我辈’的名士心里只把人们斫成两部分,一面是餐风饮露的名士,一面是令人作呕的俗物”;他认为:“当我们还无法来结实地把人们分类时候,就将世人分做知道黑暗的和不知道黑暗的,也未始不是个好办法吧!”[6]梁遇春觉得艾迪生“拿桥来比人生”和勃兰德斯“拿梯子来比人生”,不如他拿各种各样的架子来比人生的“架子之说

---

[1] 梁遇春:《文学与人生》,吴福辉编:《梁遇春散文全编》,浙江文艺出版社 1992 年版,第 58、64、66 页。

[2] 梁遇春:《醉中梦话(一)·笑》,吴福辉编:《梁遇春散文全编》,浙江文艺出版社 1992 年版,第 18 页。

[3] 梁遇春:《“还我头来”及其它》,吴福辉编:《梁遇春散文全编》,浙江文艺出版社 1992 年版,第 30 页。

[4] 梁遇春:《醉中梦话(一)·笑》,吴福辉编:《梁遇春散文全编》,浙江文艺出版社 1992 年版,第 18 页。

[5] 梁遇春:《“还我头来”及其它》,吴福辉编:《梁遇春散文全编》,浙江文艺出版社 1992 年版,第 30—31 页。

[6] 梁遇春:《黑暗》,吴福辉编:《梁遇春散文全编》,浙江文艺出版社 1992 年版,第 186—187、191 页。

那么周到”[1]。他讽刺说，霍布斯的“笑全是由我们的骄傲来的”[2]，是傻子的傻话，并指出有几种笑是“我们承认失败了的表现”[3]。人们常称睡懒觉、迟起床的人是懒惰汉，他却辩解说：“迟起本身好似是很懒惰的，但是它能够给我们最大的活气，使我们的生活跳动生姿；世上最懒惰不过的人们是那般黎明即起，老早把事做好，坐着呆呆地打呵欠的人们”[4]。古话说：“读万卷书，行万里路”，他则认为：“一条的路你来往走了几万遍，凑成了万里这个数目，只要你真用了你的眼睛，你就可以算是懂得人生的人了”；“万卷书可以搁开不念，万里路非放步走去不可”[5]。世人“常以为只有什么经验也没有的小孩子才会天真，他那位饱历沧桑的爸爸是得到经验，而失掉天真了”；他却发现：这是“把无知误解做天真，不晓得从经验里突围而出的天真才是可贵的”[6]。大家都羡慕成功的人而可怜失败者，他却以为：“值得我们可怜的绝不是一败涂地的，却是事事马到功成的所谓幸运人们”，“成功的人们劳碌一生最后的收获是一个空虚”[7]。俗话说：“水火无情”，而他则喜欢使“万紫千红，都付诸流水”[8]的春雨和“我们生活内一切值得宝贵的东西又都可以用火来打比”[9]。失恋者无不认为自己“是天下最不幸的人”，

---

[1] 梁遇春：《一个“心力克”的微笑》，吴福辉编：《梁遇春散文全编》，浙江文艺出版社1992年版，第195页。

[2] 梁遇春：《醉中梦话(一)·一、笑》，吴福辉编：《梁遇春散文全编》，浙江文艺出版社1992年版，第16页。

[3] 梁遇春：《泪与笑》，吴福辉编：《梁遇春散文全编》，浙江文艺出版社1992年版，第122页。

[4] 梁遇春：《“春朝”一刻值千金》，吴福辉编：《梁遇春散文全编》，浙江文艺出版社1992年版，第110页。

[5] 梁遇春：《途中》，吴福辉编：《梁遇春散文全编》，浙江文艺出版社1992年版，第133—134页。

[6] 梁遇春：《天真与经验》，吴福辉编：《梁遇春散文全编》，浙江文艺出版社1992年版，第125、128页。

[7] 梁遇春：《破晓》，吴福辉编：《梁遇春散文全编》，浙江文艺出版社1992年版，第152、154页。

[8] 梁遇春：《春雨》，吴福辉编：《梁遇春散文全编》，浙江文艺出版社1992年版，第208页。

[9] 梁遇春：《观火》，吴福辉编：《梁遇春散文全编》，浙江文艺出版社1992年版，第147页。

而他却说:自己对于自己的失恋,“是更难过的苦痛”;“夫妇中间失恋”,“这种精神的死亡才是天地间惟一的惨剧”[1]。

梁遇春之所以经常跟权威们的言论和时髦的观念唱反调,是因为各种权威常常好为人师,“喜欢摆出我是什么都懂得的神气,对着别人说出十三分肯定的话”[2],这种以学问压迫人的姿态,是梁遇春所深恶痛绝的;而时髦的观念又常使得人们“满口只会说别人懂(?)自己不懂的话”,“为维持面子的缘故,渐渐造成虚伪的习惯”[3]。虚伪和麻木也是梁遇春所深恶痛绝的中国人精神状态的恶习。

梁遇春的随笔中,大量地引用和列举了别人的著作和说法,但他始终是以自己的思想方法来吸收和处理列举的材料。在他的随笔中,引用和列举材料所起的作用是:或引起话题,或借用作靶子,或作为论据,或用作比喻,或用来对比。他极少以引文作自己随笔的观点,偶有为之,也都将引文进行了改造或引申。

梁遇春终生心仪兰姆的随笔,并且从其中的某些标题或思想断片中借鉴了观察点。但是借鉴归借鉴,绝无摹仿的痕迹。他常常反用其意而推陈出新,或者牵强附会却又能自圆其说,或者改头换面使其花样翻新,总之都变成了自己的观察点。梁遇春常常是以矛盾对立的观察点来构思随笔的,不仅单篇的随笔的构思是这样,就是在整个的随笔集中,单篇本身或单篇与单篇之间在题目上常存在这种矛盾对立的现象。梁遇春的随笔借鉴了兰姆的叙述模式:絮语体、独语体、传记体、书信体,又探索了新的叙述模式:对话体、札记体、人物小品。

原载《文学评论丛刊》1995年第二期

---

[1] 梁遇春:《寄给一个失恋人的信(一)》,吴福辉编:《梁遇春散文全编》,浙江文艺出版社1992年版,第14—15页。

[2] 梁遇春:《论知识贩卖所的伙计》,吴福辉编:《梁遇春散文全编》,浙江文艺出版社1992年版,第143页。

[3] 梁遇春:《“还我头来”及其他》,吴福辉编:《梁遇春散文全编》,浙江文艺出版社1992年版,第25、29页。

兰姆、梁遇春散文随笔比较研究

本文试图从比较兰姆和梁遇春的性格特征与散文随笔观察点这两个角度，展开对兰姆和梁遇春散文随笔相似中之不同的分析与论述，从而具体、翔实地论证梁遇春的散文随笔既深受兰姆散文随笔的影响，又具有自己的独创性和中华民族传统的印记。

闽籍天才作家梁遇春在1930年代前期被人们与兰姆并提，“有人称之为中国的爱利亚”[1]。这不仅表明：兰姆及其所写的《伊利亚随笔》和《伊利亚随笔续集》对梁遇春的影响，大大超过了其他任何散文随笔作家的影响。而且说明：梁遇春及其散文随笔《春醪集》和《泪与笑》，既有他自身的独特之处，又有中华民族传统的印记。

梁遇春在他的一些散文随笔、著译序文和注释之中，对散文随笔的体裁和题材发表了种种不乏卓见的观点。其中最为突出的是两点：一、认为散文随笔的“漫话絮语很能够分明地将作者的性格烘托出来”[2]，“使思想带上作者性格的色彩”，“这样子才能沁人心脾，才能有永久存在的理由”[3]；二、散文随笔作家“最要紧的是观察点（the point of

---

〔1〕 郁达夫：《〈中国新文学大系·第七集·散文二集〉导言》，赵家璧主编：《中国新文学大系·第七集·散文二集》（影印本），上海文艺出版社1981年版，第11页。爱利亚，今译伊利亚。

〔2〕 梁遇春：《〈小品文选〉序》，吴福辉编：《梁遇春散文全编》，浙江文艺出版社1992年版，第435页。

〔3〕 梁遇春：《〈小品文续选〉序》，吴福辉编：《梁遇春散文全编》，浙江文艺出版社1992年版，第555页。

view)，无论什么事情，只要从个新观察点看去，一定可以发见许多新的意思，除去不少从前的偏见，找到无数看了足以发噱的地方”[1]。梁遇春的这些话，无疑抓住了散文随笔的神髓。因此，我们比较兰姆和梁遇春的散文随笔，也就可以从比较兰姆和梁遇春的性格特征和散文随笔观察点这两个角度展开。

一

兰姆和梁遇春都绝顶聪明，既有惊人的想象能力，又有过人的思索才能。这使得他俩的散文随笔都能看出世界的真象和世俗的谬见。然而，兰姆的聪明中有傻气，他看遍人生的全圆后，却有意装傻。梁遇春称赞说这是“高明超达的生活术”[2]，而对于兰姆自己来说，则有难言的苦衷。梁遇春的聪明中有火气，他尚未看遍人生的全圆，却四处迸射智慧的火花；时有新颖深刻之处，更有青年的喜巧和稚气。

兰姆聪明中的傻气，使他散文随笔中的伊利亚在聪明中也颇具几分傻气。伊利亚坦率直爽、老实痴情，而又能看透世象，多有发现。伊利亚自称“不会算帐”[3]，却“发明过某种记帐法”[4]。他直言不讳地说：“讲到学问，我比起别人来整整少知道一部百科全书”[5]。又能看出人称“非常聪明”的索尔特“学问有限”[6]。失恋后，他“甘心情愿”地

---

〔1〕 [英]哥尔德斯密斯(Oliver Goldsmith)，梁遇春译：《黑衣人》，吴福辉编：《梁遇春散文全编》，浙江文艺出版社 1992 年版，第 363 页脚注①。

〔2〕 梁遇春：《查理斯·兰姆评传》，吴福辉编：《梁遇春散文全编》，浙江文艺出版社 1992 年版，第 52 页。

〔3〕 [英]查尔斯·兰姆：《南海公司回忆》，[英]查尔斯·兰姆著，刘炳善译：《伊利亚随笔选》，生活·读书·新知三联书店 1987 年版，第 4 页。

〔4〕 [英]查尔斯·兰姆：《故伊利亚君行述》，[英]查尔斯·兰姆著，刘炳善译：《伊利亚随笔选》，生活·读书·新知三联书店 1987 年版，第 269 页。

〔5〕 [英]查尔斯·兰姆：《往年的和如今的教书先生》，[英]查尔斯·兰姆著，刘炳善译：《伊利亚随笔选》，生活·读书·新知三联书店 1987 年版，第 106 页。

〔6〕 [英]查尔斯·兰姆：《记往年内殿法学院的主管律师们》，[英]查尔斯·兰姆著，刘炳善译：《伊利亚随笔选》，生活·读书·新知三联书店 1987 年版，第 146 页。

在相思憔悴中度过七年的黄金岁月"[1],还自我辩解说:"一个一点儿傻气都没有的人,心里必定存有一大堆比傻气坏得多的东西。……我们人类当中那些最善良的大好人,莫不是傻得可爱"[2]。他令人信服地指出:"在吃粗茶淡饭之前,先来祷告一番,是再恰当不过的了。……当美味的汤菜摆上桌面,香气扑鼻,客人们馋涎欲滴,简直不知该吃什么才好,还要举行祷告,真叫人觉得不合时宜"[3]。他还独具慧眼地发现,已婚女士扫未婚男性面子的种种方法:"带着大惊小怪的神气笑你"的"瞪眼法","总是对你大捧特捧,捧得特别过分"的"夸张法","常常做出天真烂漫、傻乎乎的样子,故意曲解她们丈夫对你有好感的根本原因"的"声东击西法"[4]。这种聪明中的几分傻气,傻气中的诸多聪明,使伊利亚显得平易近人、惹人喜爱,使他的散文随笔具有了自我解嘲的幽默味,并且"盖住了好多惊人的意见"[5]。

梁遇着聪明中的火气,使他散文随笔中的"我"常爱跟权威的言论和时髦的观念唱反调。这个"我"喜欢直来直去,不给任何人物留面子,常用游戏、调侃、讽刺的口吻说自己的一套道理。胡适之先生说:"我总想对国内有志作好文章的少年们说两句忠告的话,第一,做文章是要用力气的……"这个"我"就说:"一瞧就知道是篇用力气做的文章,是坏的文章,没有去学的必要,真真值得读的文章却反是那些好像不用气力

---

[1] [英]查尔斯·兰姆:《除夕随想》,[英]查尔斯·兰姆著,刘炳善译:《伊利亚随笔选》,生活·读书·新知三联书店 1987 年版,第 73 页。

[2] [英]查尔斯·兰姆:《愚人节》,[英]查尔斯·兰姆著,刘炳善译:《伊利亚随笔选》,生活·读书·新知三联书店 1987 年版,第 103 页。

[3] [英]查尔斯·兰姆:《饭前的祷告》,[英]查尔斯·兰姆著,刘炳善译:《伊利亚随笔选》,生活·读书·新知三联书店 1987 年版,第 165 页。

[4] [英]查尔斯·兰姆:《一个单身汉对于已婚男女言行无状之哀诉》,[英]查尔斯·兰姆著,刘炳善译:《伊利亚随笔选》,生活·读书·新知三联书店 1987 年版,第 258—260 页。

[5] 梁遇春:《查理斯·兰姆评传》,吴福辉编:《梁遇春散文全编》,浙江文艺出版社 1992 年版,第 53 页。

做的"[1]。思想界的权威"梁启超先生开个书单,就说没有念过他所开的书的人不是中国人",对此"我"愤激地说:"那种办法完全是青天白日当街杀人刽子手的行为了"[2]。当"前二三年有许多学者热烈地讨论人生观这个问题"[3]和"前几年北平有许多人讨论 Gentleman 这个字应该要怎样子翻译才好"[4]之后,"我"却大谈起"人死观"和"流浪汉"(Vagabond)来,认为"人生观这把戏,我们玩得可厌了,换个花头吧,大家来建设个好好的人死观"[5];"流浪汉确是个可爱的人儿","在这个麻木不仁的中国,流浪汉精神是一服极好的兴奋剂,最需要的强心针"[6]。这种常唱反调,使得梁遇春在人们的眼里成为一个"发着傲慢的眼光,睥视着一切,讽嘲着一切"[7]的人。其实,根据最为器重梁遇春的叶崇智教授说:"他是很可爱的人物。他对家庭很好,对朋友也很好"[8]。之所以常跟权威的言论唱反调,是因为各种权威们常好为人师,"喜欢摆出我是什么都懂得的神气,对着别人说出十三分肯定的话。……觉得普天之下只有一条道理,那又是在他掌握之中的"[9]。这种以学问压迫人的姿态,是梁遇春所深恶痛绝的,他曾对老师叶崇智

〔1〕 梁遇春:《醉中梦话(一)·二、做文章同用力气》,吴福辉编:《梁遇春散文全编》,浙江文艺出版社 1992 年版,第 19、21 页。

〔2〕 梁遇春:《"还我头来"及其他》,吴福辉编:《梁遇春散文全编》,浙江文艺出版社 1992 年版,第 26 页。

〔3〕 梁遇春:《人死观》,吴福辉编:《梁遇春散文全编》,浙江文艺出版社 1992 年版,第 32 页。

〔4〕 梁遇春:《谈"流浪汉"》,吴福辉编:《梁遇春散文全编》,浙江文艺出版社 1992 年版,第 89 页。

〔5〕 梁遇春:《人死观》,吴福辉编:《梁遇春散文全编》,浙江文艺出版社 1992 年版,第 38 页。

〔6〕 梁遇春:《谈"流浪汉"》,吴福辉编:《梁遇春散文全编》,浙江文艺出版社 1992 年版,第 102、105 页。

〔7〕 侍桁:《最近逝世的梁遇春》,《现代》第二卷第三期,1933 年 1 月。

〔8〕 叶崇智:《凄风苦雨吊文豪》,《北平晨报》1932 年 7 月 10 日。

〔9〕 梁遇春:《论知识贩卖所的伙计》,吴福辉编:《梁遇春散文全编》,浙江文艺出版社 1992 年版,第 143 页。

说过:“以武力金钱压迫人,固然可鄙,但以学问压迫人,也是一样的可鄙!”[1]也只有在这个意义上,我们才可以解释:为什么他一方面既讽刺胡适对少年作家的忠告,另一方面又跟胡适私交不浅。胡适是梁遇春文学引导者之一,梁遇春对胡适毫无个人之间的怨恨,只是不满于胡适摆出一付“真理化身”的架势。之所以常跟时髦的观念唱反调,是因为时髦的观念常使人们“满口只会说别人懂(?)自己不懂的话”,“为维持面子的缘故,渐渐造成虚伪的习惯”[2]。麻木和虚伪是梁遇春一再批评的中国人精神状态的弱点,那么造成中国人麻木和虚伪的重要原因之一:盲目崇拜时髦的观念,就必然时时遭到梁遇春的批判。这种聪明中的火气,使“我”显得年轻气盛、颇有自信,使他的散文随笔具有了嬉笑怒骂的讽刺味,并且激情澎湃,见解尖新。

兰姆和梁遇春的绝顶聪明,使他们常常怀疑一切既成的观念和权威的言论,这就极容易和“怀疑一切”的怀疑论者产生共鸣。我们不能武断地把兰姆和梁遇春称为怀疑论者,但是可以肯定地说,他们都受过怀疑论者思想的影响。兰姆至少受过蒙田怀疑论思想的影响,梁遇春还受到笛卡尔、休谟和康德的怀疑论思想的影响。怀疑论思想虽然“怀疑一切”,但却唯一不怀疑自身的思想,因而在认识自我时,只能运用内省的方法,而内省往往又必然伴随着自传式的回溯,使得兰姆和梁遇春的散文随笔形成了内省自述、留恋过去的特征。

中老年人性格中总有忆旧的成份,再加上兰姆屡遭不幸、贫穷潦倒,使得他“有一种怪脾气——怕面向未来”[3]。因此,兰姆的散文随笔谈论的内容,都是他自己在伦敦的种种生活回忆:回顾和评议童年时代的学校生活,回忆第一次看戏时的印象,重现在故家所见的人们和景物;回忆青壮年时期的公司职员生活,报界撰稿生涯,亲朋好友间的交

---

〔1〕 叶崇智:《凄风苦雨吊文豪》,《北平晨报》1932 年 7 月 10 日。

〔2〕 梁遇春:《“还我头来”及其他》,吴福辉编:《梁遇春散文全编》,浙江文艺出版社 1992 年版,第 25、29 页。

〔3〕 [英]查尔斯·兰姆:《除夕随想》,[英]查尔斯·兰姆著,刘炳善译:《伊利亚随笔选》,生活·读书·新知三联书店 1987 年版,第 72 页。

往，到大学或海滨度假，谈论自己喜欢和不喜欢读的书，在伦敦日常生活中的见闻和引起的感受等等。由于兰姆十四岁以后，就体会到工作的劳累与烦闷；二十岁遭到失恋的打击，几乎精神崩溃；紧接着又发生家庭惨剧，使他牺牲了爱情婚姻生活，独自承担起家庭的重担。在他屡遭不幸的一生中，只有十四岁以前的生活显得无忧无虑。所以在兰姆回忆自己过去生活和感受的随笔中，对童年时代种种生活和感受的回忆占据了很大的篇幅。

“极有文学兴趣与天才”[1]和不愿意谈论自己个人家世的性格特点，使梁遇春的散文随笔的内容，谈论的是他对文学和人生的思考和体悟。对于文学，他描述自己阅读作品的体验，自述对各种文学体裁、不同作家作品的好恶，对各种文学现象、文学的内部规律和文学与人生的关系所进行的苦思冥想，多有发现。对于人生，他自述了大学的生活，自己对某些自然现象、动物植物的好恶，对流行的观念和人类各种情感的反思和体味。多愁善感的个性和赞成哈兹里特所说的“人是惟一会笑会哭的动物”[2]，又自然地使得他在描写大学时代的生活时，对种种情感的体味占据了绝大部分的内容。

真挚诚恳、内向羞怯和看重友谊的性格，使兰姆的散文随笔在表达方式上，采用曲曲折折，真真假假、假托他人、扮演角色的间接方式。“当他好像在讲自己的时候，实际上（从历史事实来说）讲的常常是别人的事。”“将自身与他人的悲欢交织在一起，——将自身化为许多人，又将许多人融合在自身之中”[3]。兰姆运用伊利亚这个真假杂糅的人物形象来表达自己的内省自述和对过去生活的留恋。“从来不对事物进

---

〔1〕 胡适：《〈吉姆爷〉编者附记》，转引自吴福辉：《梁遇春散文全编・前言》，吴福辉编：《梁遇春散文全编》，浙江文艺出版社 1992 年版，第 4 页。

〔2〕 梁遇春：《醉中梦话（一）一、笑》，吴福辉编：《梁遇春散文全编》，浙江文艺出版社 1992 年版，第 18 页。

〔3〕 [英]沃尔特・佩斯：《故伊利亚君行述》，[英]查尔斯・兰姆著，刘炳善译：《伊利亚随笔选》，生活・读书・新知三联书店 1987 年版，第 264 页。

行系统的评价，只是牢牢抓住细节”[1]的性格特点，又使得兰姆的散文随笔，在具体的表达手法上，特别注重记事成份。虽然抒情、记事和议论互相穿插、交互使用，但在三者之中，记事成份远远多于抒情和议论的成份。温文忠厚、内向害羞、爱说笑话和双关语、爱用古词僻语的性格，又使得他的散文随笔在思路、笔法和语言上，突出地显示出迂回曲折、古雅俏皮和古色古香的特点。

以上的性格特点，也使得兰姆的散文随笔在表现程度上，表现出坦诚中显得沉稳，在倾吐和渲泄自己的忧郁苦痛时，常用各种手段冲淡、软化之，颇有“而今识尽愁滋味，欲说还休。欲说还休，却道‘天凉好个秋’”[2]的韵味。

年轻气盛、单纯坦荡的性格，使梁遇春的散文随笔在表达方式上，采用直抒胸臆、自我解剖、自我论辩的直接方式，具有强烈的自叙传色彩。这种直抒胸臆、自我解剖、自我论辩，有时又变幻成书信、对话和独白的方式。多愁善感、苦思冥想的性格特点又使他的散文随笔在具体的表达手段上，不重视记事和写景，而擅长于抒情和议论，在议论中胶合着抒情，在抒情时包含着议论。激情澎湃、奇思异想、情趣潇洒、崇尚散淡的性格，使得他的散文随笔，在思路、笔法和语言上，突出地显示出纵横开阔、洒脱风趣和清新隽秀的特点。

以上的性格特点，使梁遇春的散文随笔在表现程度上，表现出坦诚中显得单纯、痛快淋漓、无所顾忌，在倾吐自己的哀愁怨恨时，常用各种手段夸大、强化之，达到了“寻愁觅恨”[3]的程度，有“少年不识愁滋味，爱上层楼。爱上层楼，为赋新词强说愁”[4]的意味。兰姆和梁遇春都

---

〔1〕 [英]沃尔特·佩斯：《查尔斯·兰姆》，[英]查尔斯·兰姆著，刘炳善译：《伊利亚随笔选》，生活·读书·新知三联书店 1987 年版，第 431 页。

〔2〕 (宋)辛弃疾：《丑奴儿·书博山道中壁》，杨忠译注：《辛弃疾词选译》，巴蜀书社出版 1991 年版，第 94 页。

〔3〕 石民：《〈泪与笑〉序三》，梁遇春：《泪与笑》，开明书店 1934 年版，第 11 页。

〔4〕 (宋)辛弃疾：《丑奴儿·书博山道中壁》，杨忠译注：《辛弃疾词选译》，巴蜀书社出版 1991 年版，第 94 页。

博闻强记而又沉醉于独立思索，这使得他们在进行散文随笔创作时，既能随手引用和列举别人的著作和说法，又能始终以自己的思想方法来吸收、处理引用和列举的材料。

在兰姆和梁遇春的散文随笔中，引用和列举的材料所起的作用是：或者引起话题，或者用作靶子，或者作为论据，或者描述性质，或者用作比喻，或者用来对比。兰姆和梁遇春都极少用引文作为自己随笔的观点，偶有为之，那也都将这些引文进行了改造或引申。兰姆的《天才并非狂气论》和《“家虽不佳仍是家”辩》，就是把“有一种看法：大才子(用我们现代的说法，叫做天才)必然带有一定的狂气”[1]和引文“That Home is Home though it is never so Homely”[2]进行否定性的改造后，才拿来作为散文随笔的观点的。梁遇春的《“春朝”一刻值千金》则是改造了苏轼《春宵》诗中“春宵一刻值千金”[3]的诗句用来作为观点。而《“还我头来”及其它》，则是引用关云长被杀时的呼喊：“还我头来!”[4]并把它引申为还我一个独立思考的头脑后作为散文随笔的观点。《Kissing the fire(吻火)》引用徐志摩有天晚上说的话：“Kissing the fire”[5]并引申为对于人生的态度而作为散文随笔的观点。

虽然在兰姆和梁遇春的散文随笔中，引用和列举得最多的材料都是跟英国发生关系的，但细加考察，还是有其不同之处。

兰姆具有喜新厌旧、美妙乐天、心胸开阔、富于同情的性格，这使他很容易爱上多取材历史传说，“不单写出人间世一切的色相，而且画出

---

〔1〕[英]查尔斯・兰姆：《天才并非狂气论》，[英]查尔斯・兰姆著，刘炳善译：《伊利亚随笔选》，生活・读书・新知三联书店1987年版，第325页。

〔2〕[英]查尔斯・兰姆：《“家虽不佳仍是家”辩》，[英]查尔斯・兰姆著，刘炳善译：《伊利亚随笔选》，生活・读书・新知三联书店1987年版，第419页注释①。

〔3〕(宋)苏轼：《春宵》，(宋)苏轼著，(清)冯应榴辑注，黄任轲、朱怀春校点：《苏轼诗集合注》(下)，上海古籍出版社2001年版，第2412页。

〔4〕梁遇春：《“还我头来”及其它》，吴福辉编：《梁遇春散文全编》，浙江文艺出版社1992年版，第24页。

〔5〕梁遇春：《Kissing the fire(吻火)》，吴福辉编：《梁遇春散文全编》，浙江文艺出版社1992年版，第198页。

人们黄金的幻梦，……对于任何种的人都有同情和原谅"的莎士比亚的剧本；生性温和、从容恬静，又使他和弥尔顿诗歌的"没有伊利莎白时代诗人那种放肆同胡闹，……总是具有狮子搏兔那样的从容态度"[1]产生强烈的共鸣。富于幻想、陷于忧郁又使兰姆深深地爱上罗伯特·伯尔顿想入非非地剖析忧郁的散文随笔和布朗具有"诗散文"特点的散文随笔。因而，兰姆在散文随笔中引用和列举得最多的是莎士比亚的剧本、罗伯特·伯尔顿和布朗的随笔、弥尔顿的诗歌。

梁遇春在给友人的信中自称："近来对自己心理分析的结果，顿然发现自己是一个 sentimental 有余而 passionate 不足的人，……我喜欢读 essays 和维多利亚时代的诗歌也是因为我的感情始终在微温的(Lukewarm)状态里的缘故吧"[2]。在《〈英国小品文选〉译者序》中，梁遇春说："在大学时候，除诗歌外，我最喜欢念的是 Essay。对于小说，我看时自然也感到兴趣，可是翻过最后一页以后，我照例把它好好地放在书架后面那一排"[3]。他还列举了爱读的作家作品，其中属于英国的有康拉德的小说，丁尼斯、克里斯蒂娜·罗塞蒂和济慈的诗集，兰姆、哥尔德斯密斯的全集，斯梯尔、艾迪生、哈兹里特、亨特、布朗、德·昆西、史密士、萨克雷、斯蒂文森、吉辛、贝洛克、刘易斯、林德的随笔。梁遇春在《〈小品文选〉序》中介绍点评了二十位小品文作家，他说：哥尔德斯密斯的"《世界公民》The Citizen of the World 是一部我百读不厌的书"[4]。梁遇春还认为：哈兹里特"是个最深刻不过的作家，但是他又

---

〔1〕 梁遇春：《〈英国诗歌选〉序言》，吴福辉编：《梁遇春散文全编》，浙江文艺出版社 1992 年版，第 285、288 页。

〔2〕 沈海搜集摘抄：《秋心小札》，吴福辉编：《梁遇春散文全编》，浙江文艺出版社 1992 年版，第 790 页。

〔3〕 梁遇春：《〈英国小品文选〉译者序》，吴福辉编：《梁遇春散文全编》，浙江文艺出版社 1992 年版，第 347 页。

〔4〕 梁遇春：《〈小品文选〉序》，吴福辉编：《梁遇春散文全编》，浙江文艺出版社 1992 年版，第 437 页。

能那么平易地说出来”；兰姆“是英国最大的小品文家”[1]，“他是译者十年来朝夕聚首的唯一小品文家”[2]。除此之外，梁遇春还倾倒于“看透人生的大文豪”[3]莎士比亚，认为莎士比亚“对于人性有极深切的了解，他看出人性的丑恶同美善”[4]。具有书斋流浪汉气质，又使梁遇春深爱“书内大角色全是流浪汉”[5]的狄更斯的小说。然而，读书的博杂、趣味的驳杂，再加上梁遇春崇尚自然的文学观，使得梁遇春的散文随笔中的引文和列举显得数量既多，内容又杂，并不能简单地跟他自己说所爱读的作家作品在程度和数量之间划等号。不过引用和列举得最多的几位作家是兰姆、狄更斯、卡莱尔、哈兹里特和柯尔律治。

从以上的分析中我们可以看出：兰姆和梁遇春性格上的相似点和不同点造成了他们的散文随笔的某些相似和诸多不同。为了行文的方便，使得我们的比较很容易产生一个误解：似乎兰姆、梁遇春两人的散文随笔中的相似，只是由于两人性格中的某些相近之处带来的，他们之间不存在影响与被影响的关系。事实并非如此，我在本文的开始部分就肯定过兰姆及其所写的散文随笔对梁遇春的影响，大大超过了其他任何散文随笔作家的影响。不过，从以上两人的性格比较中可以发现：兰姆对梁遇春的影响之所以会超过其他任何散文随笔作家，其中很重要的原因是两人性格中有诸多相似之处。这使得梁遇春在读兰姆的散文随笔时，处处感到兰姆所写的每句话都是他心中所想要说，而又是他所说不出来的，再加上兰姆那高尚的人格和精妙的生活术，使梁遇春深

---

[1] 梁遇春：《〈小品文选〉序》，吴福辉编：《梁遇春散文全编》，浙江文艺出版社1992年版，第437页。

[2] 梁遇春：《〈小品文续选〉序》，吴福辉编：《梁遇春散文全编》，浙江文艺出版社1992年版，第557页。

[3] 梁遇春：《文学与人生》，吴福辉编：《梁遇春散文全编》，浙江文艺出版社1992年版，第64页。

[4] 梁遇春：《〈英国诗歌选〉序言》，吴福辉编：《梁遇春散文全编》，浙江文艺出版社1992年版，第285页。

[5] 梁遇春：《谈“流浪汉”》，吴福辉编：《梁遇春散文全编》，浙江文艺出版社1992年版，第104页。

深地感到"是值得赞美,值得一学的"[1]。梁遇春由跟兰姆的散文随笔产生诸多的共鸣,进而朝夕聚首,浸淫既久,自然也就深有所悟,化为自身的血肉之中。所以梁遇春接受兰姆的影响,绝无简单、皮相的摹仿之处,而是以自己的眼光、个性、学识和爱好,来吸收和融化兰姆散文随笔中的某些精髓。

二

唐弢把梁遇春"当作一个文体家"[2]。称一个作家为文体家,是对其独创性给予很高的评价。在散文随笔中对文体起着举足轻重作用的是"观察点"。吴福辉在《梁遇春散文全编·前言》中说:"所谓'观察点'是指散文展开笔意的一个立脚依据"[3]。就散文随笔内在的理路而言,这样的理解和阐释是精到的。不过我觉得在散文随笔创作的整个过程中,即观察、构思和叙述时,处处都离不开"观察点"。所以我就从这三个阶段来比较兰姆和梁遇春散文随笔的观察点。兰姆在观察体验人生时,把观察点集中在每天经历、体验平凡而又多难的日常生活之中。面对自己平淡、简单而又贫困、凄惨的生活,兰姆"练成了一种习惯不把外界事情看重",具体地说,也就是"把一切事都用宽大通达的眼光来细细咀嚼一番,好的自然赞美,缺陷里头也要去找出美点出来;或者用法子来解释,使这缺陷不令人讨厌"[4]。因此,在兰姆的眼中,乏味乃至痛苦的事情,也自有其有趣和美妙之处;甚至是大家厌恶的坏人,在其性格中也会有些可爱之处。三十多年烦闷而又繁重的工作生涯,固然使兰姆有时叫苦连天,但是一经他那宽大通达的眼光咀嚼一番后,

---

〔1〕 梁遇春:《查理斯·兰姆评传》,吴福辉编:《梁遇春散文全编》,浙江文艺出版社1992年版,第45页。

〔2〕 唐弢:《晦庵书话·两本散文》,生活·读书·新知三联书店1980年版,第53页。

〔3〕 吴福辉:《梁遇春散文全编·前言》,吴福辉编:《梁遇春散文全编》,浙江文艺出版社1992年版,第12页。

〔4〕 梁遇春:《查理斯·兰姆评传》,吴福辉编:《梁遇春散文全编》,浙江文艺出版社1992年版,第52、43页。

马上就变得有趣美妙万分了："当你下班回家，对于读书就产生了一种更加强烈的欲望……且不说在办公时间内你还可以往那些多余的表格、无用的大张包装纸上写下你那些十四行、讽刺小诗、甚至小品文的构思——这么一来，帐房里的边角下料便在某种意义上自然而然地成了培养作家的有益材料。我这支鹅毛笔整个上午陷在数字、号码堆里，像马儿在杂沓密集的车马群中艰难前进，一旦得到解放，在午夜挥笔成文，犹如马儿脱缰，在开满鲜花的草地上奔腾、撒欢儿"[1]。此外，像失恋、财产被骗、独身、生病等等令人不愉快的事情，兰姆都从中看到了令人感到有趣和美妙之处。如果兰姆仅仅只是从有缺陷的事物中看出美妙来，那么他观察和体验人生的观察点也就显得过于单调了。兰姆还从庄严的事件中看出了滑稽，从低贱的人物中看到高贵。他看出饭前祷告，在庄严形式的掩盖下"显得有点儿别扭、有点儿不合时宜"[2]；他看到一无所有的乞丐，"才是宇宙间独一无二的自由人"[3]。兰姆在观察体验人生时，总是选择最佳的观察点来面对事物，因而他无时不感到快乐，无处不感到有趣。

梁遇春在观察和体验人生时，深受兰姆的影响，也把观察点集中在自己每天经历、体验的日常生活之中，他由兰姆能从缺陷中找出美点来，再结合自己的独特观察，终于发现世界和人生无处不存在矛盾，进而从矛盾的对立两极中来观察人生。因此梁遇春对人生的观察和体验，总是从矛盾对立中入手，以异于常人的观察点来对人生作逆向观察和体验，从而对人生产生新鲜的理解。梁遇春常常能从人们诅咒的事物中发现价值，从人们赞颂的事情中看出荒诞。他发现：不少的笑是

---

[1] [英]查尔斯·兰姆：《牛津度假记》，[英]查尔斯·兰姆著，刘炳善译：《伊利亚随笔选》，生活·读书·新知三联书店 1987 年版，第 19 页。

[2] [英]查尔斯·兰姆：《饭前的祷告》，[英]查尔斯·兰姆著，刘炳善译：《伊利亚随笔选》，生活·读书·新知三联书店 1987 年版，第 169—170 页。

[3] [英]查尔斯·兰姆：《关于京城内乞丐减少一事之我见》，[英]查尔斯·兰姆著，刘炳善译：《伊利亚随笔选》，生活·读书·新知三联书店 1987 年版，第 226 页。

"我们承认失败了的表现",眼泪"却是肯定人生的表示"[1];"天下最贞洁高尚的女性是娼妓"[2],"成功的人们劳碌一生最后的收获是一个空虚"[3]。

兰姆在构思时,他的观察点总是投注在对过去和现在生活的回忆上。过去和现在之间固然是一对矛盾,但由于观察点在构思中往往处于由现在向过去回溯的回忆状态,因此这种对立并不明显。再加上对过去生活的回忆内容大大超过对现在生活的回忆内容,这也就巧妙地消解了新旧观察点之间的对立。兰姆还以伊利亚这个真假杂糅人物的观察点来剖示和统率自己或真实、或虚构的经历、所见、所闻、所思和所感,这就使散文随笔构思时的观察点有了多层次和多角度。

梁遇春在构思散文随笔时,也曾从兰姆的散文随笔的某些标题或思想断片中借鉴了观察点。如《论智识贩卖所的伙计》就借鉴了兰姆《往年的和如今的教书先生》对教师的独特观察点;《论麻雀及扑克》,则又借鉴了兰姆《拜特尔太太谈打牌》对游戏的独特观察点;《黑暗》则是借鉴了兰姆《两种人》中对人类进行分类的观察点等。但是,借鉴归借鉴,绝无摹仿的痕迹。梁遇春总是或者反其意而推陈出新,或者牵强附会又能自圆其说,或者改头换面使其花样翻新,总之,都变成自己的观察点。梁遇春常常是以矛盾对立的观察点来构思散文随笔的,不仅单篇的散文随笔的构思是这样,就是在整个的散文随笔集中,单篇本身或单篇与单篇之间在题目上常存在这种矛盾对立现象;散文随笔题目存在矛盾对立现象以《泪与笑》集为甚,除了本身就构成一对矛盾的题目外,其它题目之间也都能找到或对立或相对的关系。如最能代表梁遇

[1] 梁遇春:《泪与笑》,吴福辉编:《梁遇春散文全编》,浙江文艺出版社 1992 年版,第 122—123 页。

[2] 梁遇春:《黑暗》,吴福辉编:《梁遇春散文全编》,浙江文艺出版社 1992 年版,第 189 页。

[3] 梁遇春:《破晓》,吴福辉编:《梁遇春散文全编》,浙江文艺出版社 1992 年版,第 154 页。

春的散文随笔风格的名篇《救火夫》，就是以矛盾对立的观察点来构思全文的。它以回忆三年前某个夏天的晚上看到救火夫飞奔去救火的情景破题，接着说自己有想当个救火夫的宏愿，并赞颂救火夫的生命是多么有意义，反衬自己虚度了青春与壮年；进而认为整个世界都是火灾，人人本来都应该是救火夫，但却有不少失职的救火夫，甚至还有人干趁火打劫的勾当，因而觉得地球毁灭的时候真该到了。整篇散文随笔就是以救火夫和失职救火夫的矛盾对立的观察点来构思成文的。以这种对立或相对的观察点来构思散文随笔，会使得梁遇春在创作时，感到自己在现实人生中的观察和体验有所欠缺，所以他常以想象来弥补不足。例如他“生平谨愿，……自更谈不到失恋”〔1〕，却在想象中从各个观察点来体味各种失恋的滋味和心境（《寄给一个失恋人的信》（一）（二）、《她走了》、《苦笑》、《坟》、《无情的多情和多情的无情》）。他怀疑种种既有的价值观念，就虚构出一个大学预科时的好友青，来体味否定价值观念与怀疑价值观念的人们在情感上的不同：“有悲欢哀乐”与“失掉了快乐，也失掉了悲哀”〔2〕。

兰姆和梁遇春的散文随笔在叙述时的观察点，主要表现在叙述者和叙述模式两方面。兰姆散文随笔的叙述者主要是伊利亚，只有一篇《故伊利亚君行述》是假借伊利亚的友人作为叙述者的。不过伊利亚这个叙述者有时以儿童的形式出现，有时又以老人的面目出场。梁遇春散文随笔的叙述者始终都是“我”，只不过这个“我”有时是显的，有时是隐的，而且变化多端：有时是大学生，有的是失恋者的密友，有时是失恋者，有时是糊涂痴聋者、评论者、吃心者的好友，犬儒主义者等等，万变中的不变者是青年的形象。

兰姆的散文随笔的叙述模式有絮语体（《南海公司回忆》等）、独语

〔1〕 梁遇春：《致石民书六通·四》，吴福辉编：《梁遇春散文全编》，浙江文艺出版社1992年版，第787页。

〔2〕 梁遇春：《“失掉了悲哀”的悲哀》，吴福辉编：《梁遇春散文全编》，浙江文艺出版社1992年版，第114页。

体(《愚人节》等)、传记体(《记往年内殿法学院的主管律师们》等)、书信体(《海外寄语》等)、论辩体(《"家虽不佳仍是家"辩》等)、人物小品体(《巴巴拉·斯》等)。梁遇春的散文随笔借鉴了兰姆的叙述模式,而又有些新的实践:絮语体(《"还我头来"及其他》等)、独语体(《苦笑》等)、传记体(《查理斯·兰姆评传》等)、书信体(《寄给一个失恋人的信》等)、对话体(《讲演》等)、札记体(《文艺杂话》等)、人物小品(《吻火》等)。

由于叙述时观察点不同,也就形成了兰姆和梁遇春的散文随笔体裁的不同。姚春树先生曾对欧美近代散文随笔的体裁作了下述的概括:"有以议论和批评为主的,近于哲理散文和杂文,有记叙回忆为主的,近于记叙散文,有抒情述怀为主的,近于抒情散文,有以状物描写为主的,近于描写散文,也有兼容议论、记叙、抒情、描写于一炉的,有着兼容并包的性质"[1]。如果以此作为衡量的标准,在这五种之中,兰姆写得最多的散文随笔依次是:以记叙回忆为主的,兼容议论、记叙、抒情、描写于一炉的和以抒情述怀为主的散文随笔。而梁遇春写得最多的散文随笔依次是:以议论和批评为主的,以抒情述怀为主的和兼容议论、记叙、抒情、描写于一炉的散文随笔。

以上的比较已不难看出梁遇春的散文随笔既深受兰姆散文随笔的影响,又有自己的独创性。但是,我们必须牢记列宁说的"任何比较都不会十全十美,这一点大家早就知道了。任何比较只是拿所比较的事物或概念的一个方面或几个方面来相比,而暂时地和有条件地撇开其他方面"[2]。我们不仅撇开了和性格、观察点关系不大的其他方面,甚至也撇开了极其重要的"悲剧的幽默"这个方面,这是因为它不仅极其重要,而且又极其复杂,因此,只能留待以后再做具体

---

[1] 姚春树:《东西方几位美学家散文理论述评》,《中外杂文散文综论》,福建教育出版社 1997 年版,第 254 页。

[2] 列宁:《论政治同教育学的混淆》,《列宁全集》第八卷,人民出版社 1959 年版,第 423 页。

的研究论述。

原载中国散文理论研究会、福建师范大学中文系编:《中外散文比较与展望——'94中外散文国际研讨会论文集》,福建教育出版社1996年版

杨骚 1930 年代的诗歌创作

为了能够揭示诗人杨骚在诗歌创作上的意义与价值，本文主要以"转变"为线索，研讨杨骚在 1930 年代的诗歌创作。在具体分析其创作主题、风格、形式以及文论等五方面的基础上，我们期待以一种文学史的视域，丰富此起彼伏的杨骚研究。

相比较而言，诗人杨骚虽然不是 1930 年代中国诗坛最为响亮的名字，但无疑却是不可或缺的一位。自 1927 年秋末从日本归国，在上海开始写作生涯，之后又相继受到鲁迅的扶植，出版《受难者的短曲》等多部诗集与发表长篇叙事诗[1]，杨骚便登上文学史意义上的 1930 年代文坛。随着 1930 年加入左联，1932 年在上海成立中国诗歌会等一系列活动的展开，杨骚已经与"1930 年代文学"紧密地联系在一起。然而，由于种种历史原因，杨骚颇为丰富的文学创作活动在很长时间内一直并未引起文学史研究的关注[2]。但是历史又是公平的，杨骚的创作在 1990 年代重新获得了研究者的重视。随着一大批关于杨骚创作道

---

〔1〕 1928 年"11 月，诗集《受难者的短曲》由上海开明书店出版"；1929 年"6 月，诗剧《心曲》由上海北新书局出版"；1933 年"9 月，诗集《春的感伤》由上海开明书店出版"；1934 年"12 月 1 日，在《新诗歌》上发表长篇叙事诗《旱魃》(后改为《乡曲》)"；1936 年 6 月，"长篇叙事诗《乡曲》在《文学界》创刊号发表"。杨西北：《杨骚简谱》(初稿)，杨西北编：《杨骚选集》下卷，作家出版社 2006 年版，第 878、879、881、882 页。

〔2〕 张静容：《昨夜星辰昨夜风——浅析影响中国现代文学史关注杨骚的原因》，杨西北编：《杨骚的文学创作道路》(续编)，华夏出版社 2008 年版，第 181 页。

路、生平传记、研究论文的出版，杨骚研究已成为文学史研究视域不断拓宽趋势中的重要现象，而本文在结合大量资料的前提下，以“转变”为主线对杨骚 1930 年代诗歌创作进行研讨，只是期待丰富其中的一个侧面。

一、“历史”的转变

杨骚 1921 年尝试习作新诗歌，从 1920 年代诗歌创作的情况来看，杨骚的作品多“追梦”、“行者”、“旅人”一类抒情主人公，这充分反映了他在这一阶段受西洋文学影响的创作倾向。但在另一方面，杨骚的创作又从不乏反抗意识，《把梦拂开》、《夜的上海》、《黎明之前》等作品，遍布着诗人对新生的期待。事实上，杨骚在《我与文学》一文中两次提及的“文学是武器。所不同者，是谁用这武器，怎样用法，为谁用，用于谁罢了”〔1〕。这已预示了他日后创作历史发生转变的原因。

1930 年代的诗坛，由于社会形势的变化，诗歌的现实性追求逐渐成为当时创作的重要趋向。归国后的杨骚目睹中国社会的现实，在创作上自然产生相应的变化。早在归国的途中，杨骚便以“日记”的方式写道：“我还是向文艺战线这方向走罢。既不会太过白白的送死，又较近自己的性质”〔2〕。怀着对祖国和自己未来的憧憬，杨骚离开“热国”新加坡，并开始在上海过着写作生活。1928 年，杨骚与鲁迅相识，得到鲁迅的教诲、培养与资助。“正是在鲁迅的提携下杨骚迅速的步入了上海文坛，并日渐为人们瞩目。不仅如此，鲁迅在具体创作上对杨骚的帮助也使他获益匪浅”〔3〕。应当说，杨骚在人生旅途的关键时刻认识了鲁迅，在鲁迅的关怀和影响下，迅速走出了思想上的低谷，而与其思想转变相一致的是创作上逐步由感伤主义、悲观主义向现实主义的转变。

---

〔1〕 杨骚：《我与文学》，杨西北编：《杨骚选集》下卷，作家出版社 2006 年版，第 697 页。

〔2〕 杨骚：《十日糊记》，杨西北编：《杨骚选集》下卷，作家出版社 2006 年版，第 626 页。

〔3〕 李丹、赵鹏：《鲁迅与杨骚》，杨西北编：《杨骚的文学创作道路》(续编)，华夏出版社 2008 年版，第 150 页。

此后，他致力于揭露黑暗现实，反映革命斗争，歌颂光明的未来，一种“历史的转变”正在他身上“诞生”。

如果说1928年12月14日“旧稿改作”的《粉蝶与红蔷》还更多流露过去的创作风格，那么，从写于两年后的《临终》一诗结尾中，我们则看到：“我昨夜偷了你那秘藏的不屈的光锐的刀剑，/今天借了你那决绝的圣洁的刚强的心肝，/把我吸着失望的空气的口鼻割掉，/把我流着灰黑的毒血的血管切断。”“现在，我的血将流尽，我将死去，/悔恨凝成的这个暗淡的天地，/将散开换来一个光辉绮丽的。”“现在，我将死去，我没有话安慰你；/愿地下的黑泥埋没我的死尸，从此绝灭，/愿天上的阳光的辉煌照临你，新生一切！”“啊，现在，现在，现在我将死去，/如有来生，我愿生做一株坚固的大树，/做成你和大家的手中执着的血染的旗！”[1]

毫无疑问，这是属于一个悲伤主义者的死亡，但在字里行间，又有悲伤之余的反抗。上述诗的“结合”使《临终》在表达死亡状态的同时，又呈现出较为明确的新生渴望。这种状态应当是属于1930年代诗歌的写作状态，而事实上，历史的车轮也已经驶入了这个年代。

二、文学的“武器”

杨骚1930年的主要社会实践活动是加入“中国左翼作家联盟”，并与穆木天、森堡、蒲风、白曙、杜淡等组成“左联”诗歌组，成为诗歌组负责人之一。在“诗人如果是预言者，艺术家如果是人类的导师，他们不能不站在历史的前线，为人类社会的进化，清除愚昧顽固的保守势力，负起解放斗争的使命”[2]旗帜的指引下，杨骚积极参加贴标语、发传单、演讲、示威等活动，翻译苏联作家雅科列夫的《十月》。他在1930年5月2日的一封信中曾写道：“我要在群众之中找点热气，取点暧味”。1931年2月，在国民党反动派杀害了左联五烈士之后，杨骚仍坚持在

---

〔1〕 杨骚：《临终》，杨西北编：《杨骚选集》上卷，作家出版社2006年版，第156页。

〔2〕 记者：《中国左翼作家联盟的成立》，《拓荒者》第一卷第三期，1930年3月10日。

左联活动；4 月，到杭州治病和翻译期间，杨骚又在信中写道："时代已经不是浪漫好玩的时代，人心当然要受着影响，我相信这不是我的衰老，而是我更进一步地知解人生和创造人生的开始"。1932 年 1 月 17 日，杨骚作为发起人之一参加中国著作者协会；"一·二八"事变发生时，杨骚参加上海各界慰问团，亲自到宝山路一带慰问十九路军。即使在返回故乡漳州，穷困逼迫的 1932 年 4 月，杨骚仍自白地说："一无胆量做土匪抢钱，二无婢颜奴膝的本能做官，三无狡猾的本能做商人，当然是要穷的，再无祖宗遗下什么大财产。最后留给我们的一条路，便是实际革命去"[1]。这种认识如果联系 1932 年 9 月在上海与穆木天、任钧、蒲风等发起成立中国诗歌会的过程，足以表明杨骚已逐步转变为一位诗歌战士。

在 1932 年 11 月发表于《文学月报》第一卷第四期上的《小兄弟的歌》中，杨骚以"暴风骤雨"的方式，写出革命推翻旧社会时的巨大力量。诗人曾借助小兄弟之口，满怀激情地写道："我今晚怎样也睡不着，/我想见明早的天陷地落。/我喜欢那毁坏这个天地的狂暴，/因为这个天地是惨酷的，我憎恶。/来罢，哥哥，这碗红茶给你喝，/准备我们明天在暴风雨中唱歌"[2]。显然，作为左联诗歌阵营的一员，此时的杨骚已经认识到：惟有投身于革命实际工作，惟有通过诗歌反映现实，其诗作才会在读者中占有一席之地。在同年发表的《关于文艺创作不振的感想》一文中，杨骚曾指出：

> 新兴文艺的作用，要把新兴阶级的思想，意志，感情传达给大众；换句话说，是新兴阶级为着要完成它本身的历史底任务的一种攻击敌人的武器。

---

〔1〕 杨西北：《杨骚简谱》(初稿)，杨西北编：《杨骚选集》下卷，作家出版社 2006 年版，第 880 页。

〔2〕 杨骚：《小兄弟的歌》，杨西北编：《杨骚选集》上卷，作家出版社 2006 年版，第 158 页。

那么，当然的，这种武器，须得新兴阶级的人来运用它最为适当。须得新兴阶级的人自己出来，用自己的话，来表现他们自己的感情，欲求，理想，才能够建设真正的新兴文艺，和正确地完成新兴文艺的任务。

……

因此，对于中国新兴文艺负着过渡期的领导任务的前进的小资产阶级知识分子的文艺理论家，尤其是创作家，为着要救新兴文艺的不振，使它走上正常的轨道而发展下去，首先必须克服他们的所属的阶级特有的个性(感情意识)〔1〕。

杨骚的这段话，与其说是写给特定时代的诗歌与诗人的，还不如说是结合自己的"蜕变认识"而进行的创作经验总结更为确切。在革命的年代，包括诗歌在内的文学都是"武器"，但"武器"的内容和"使用者"的身份，无疑同样是需要甄别和过滤的。诗人一般出自小资产阶级知识分子，要成为杨骚笔下的"新兴阶级"，必须将自己的个性、感情、思想、意识转变，并且具体指向人民大众，这就必然决定了诗歌的大众性。因此，如何克服诗歌创作主体自身的情感意识，俨然成为这一传输过程中最为关键的一环。杨骚认同"一位优秀的作家，最少须具有第一，他们所生存的时代的代表底时代精神；第二，进步的世界观；第三，敏感性；第四，描写的能力"〔2〕。他对作家"敏感性"的要求，在某种意义上已经赋予了革命时代诗人的全部意义。

从杨骚 1936 年创作的著名诗作《福建三唱》第一部分可知："朋友，你问吗，我的故乡？"与"哦，我爱我的故乡！"的反复出现，是为了将视角首先"局限"在一个基调之上。通过故乡福建与东北(吉林、奉天、热河、

〔1〕 杨骚：《关于文艺创作不振的感想》，杨西北编：《杨骚选集》下卷，作家出版社 2006 年版，第 648、651 页。

〔2〕 杨骚：《略谈作家的敏感性》，杨西北编：《杨骚选集》下卷，作家出版社 2006 年版，第 698 页。

黑龙江等地)的比较,“我的爱”首先来自“此刻”美丽、宁静的故乡。但在另一个世界,在历史形势的陡然严峻之下,“哦,你泉漳的子弟,/你福建的盐,你,/你向哪儿逃避?!”这里,诗人的责任感、现实精神已经通过自己的诗意经营获得了升华,因而,在最后他以反问的方式唱道:“哦,你泉漳的子弟,/你福建的盐,你,/鼓起厦门湾中的怒潮罢,/淹没远东的帝国主义!”〔1〕

看来,文学的“武器”不仅在于题材的选择,也在于某种风格的呈现,而此时,杨骚的诗歌又可以从如下两个方面展示与时代的契合关系。

三、“我们”的介入

有关现代诗歌人称的使用,一直存在着某种历史认同的倾向。从某种意义上说,诗歌是一种言说。言说使诗歌主体身份认同得到了提高,随之而来的问题又包括如何言说与言说对象等系列问题。现代诗产生于“五四”文学革命时期,“我”在这一阶段的应运而生在很大程度上与“五四”启蒙意识、个性张扬密切相关。在充分显示“五四”时代诗歌创作实绩的郭沫若诗集《女神》中,其名篇《天狗》、《我是个偶像崇拜者》里,每一句都是以第一人称“我”字开头;“我”的不断出现与重复,不但强化了“我”的主观情怀,而且也在昂扬激越的吞没一切、崇拜一切的情感宣泄中,实现了“我”才是“我”的人格价值。这种“自我”在诗歌中的极度膨胀甚至狂妄恣意,正是“五四”个性精神最狂热、最浪漫的彰显与喷发。然而,在外来文化刺激和本土文化现实发展的共同诉求下,“五四”时期的个性思想启蒙只是以相互对峙的方式完成了现代意义的文化转型。在破除传统“群体意识”的盲目依赖和唤醒人格独立之后,现代社会意义的“个体意识”与传统文化意义上“群体意识”,正以新的形式走进了二十世纪的历史。殷夫在1929年完成的六首《我们的诗》

〔1〕 杨骚:《福建三唱》,杨西北编:《杨骚选集》上卷,作家出版社2006年版,第172—173、175、175—176页。

及其《我们》中，以“我们”的语词方式替代以往抒情诗中“我”的抒情主语，并不断进行激情洋溢式的群体性呼召，都说明了这一时期诗歌的抒情主人公与诗人的主体意识已不再是孤立的个体，而是无产阶级的战斗集体。

通过历史的回顾，我们不难想象：1930 年代诗歌中的创作主体在革命斗争形势日趋严峻、不断发生变化的背景下，将发生怎样的变化。在杨骚的《小兄弟的歌》的结尾：“但还有我，有无数和你们一样的，/勇敢耐劳的活着的兄弟！”[1]的诗句，其实已经体现了所谓“融入集体”的倾向。而在一首名为《第三人称的悲剧》中，杨骚更是写出了“他”这个独行者所遭遇的人生困惑：“他跃起，踢开睡惯的被窝，/但望那通红的火光，他迟疑。/看那海啸般的大众，战栗，/捏住自己的心，不敢用力，/啊，他终于不行，终于！”[2]可以确认的是：杨骚的这首诗其实突出了“自我”在社会斗争和大众群体面前孤立无援的精神状态。这一“反向书写”，在某种程度上预示杨骚诗作中可能呈现的正面刻绘。

抗战全面爆发后，杨骚的《保卫大上海》、《摇篮歌》、《我们》、《这是一首活的讽刺诗》、《二月四日》等作品中体现了以抒情主人公“我们”替代“我”的现象。《我们》一诗以直白的方式充分体现了抗战时代诗歌的主题风格：“我们有热的血，/铁的心！/我们有粗的臂膀，/大的拳头！/我们要替受难的同胞复仇！/我们要替儿孙找出一条路！/我们有决心——/要抗战到底！/我们肯牺牲——/为光明自由！/我们筑起坚固的堡垒/不能失掉一寸土地！/我们愿流尽最后的血/不让强盗有所进展！/我们不怕死！怕死的是狗！/我们不妥协！妥协的是贼！/我们用热的血——/消灭侵略者的狂焰！/我们用大豆拳头——/粉碎侵略者的幻梦！”[3]然而，我们更关注的是其人称的使用：“我们”的频繁出

〔1〕 杨骚：《小兄弟的歌》，杨西北编：《杨骚选集》上卷，作家出版社 2006 年版，第 160 页。

〔2〕 杨骚：《第三人称的悲剧》，杨西北编：《杨骚选集》上卷，作家出版社 2006 年版，第 165 页。

〔3〕 杨骚：《我们》，杨西北编：《杨骚选集》上卷，作家出版社 2006 年版，第 186 页。

现,生动地体现了当时斗争形势的变化,以及同仇敌忾的团结气势。相对于1920年代那位孤独的行吟诗人,杨骚1930年代诗歌抒情主人公"我"向"我们"的迁移,与1930年代诗歌大众化趋势紧密相关。作为中国诗歌会的重要诗人,杨骚的作品与《新诗歌》旬刊创刊号《发刊诗》中的"呼吁":"我们要使我们的诗歌成为大众歌调,/我们自己也成为大众中的一个"[1]。具有实践证明的关系。然而,如果一旦着眼于中国诗歌会提倡的"大众化"问题,杨骚的诗歌又获得了新的阐释内容。

四、形式的嬗变

历史地看,中国诗歌会同人的诗歌创作整体上具有"捉住现实",努力"歌唱新世纪的意识";"用俗言俚语"使诗歌成为"大众歌调";"重视以叙事诗来反映农村动乱的现实";"诗风刚健、朴实、明快"的风格、气质[2]。这种倾向对于杨骚而言,其题材、风格已在上面的论述中得到证明。然而,对于具体的诗歌形式呢? 或许,我们重新审视当时由同人等撰写的《关于写作新诗歌的一点意见》一文,可以更为明确、具体地了解当时对"形式"方面应有的共识:"关于新诗歌的形式,我们有如下的意见:(一)创造新格式""要紧的是要使人听得懂,最好能够歌唱";"(二)采用大众化的形式""我们有利用时调歌曲的必要";"(三)采用歌谣的形式——歌谣在大众方面的势力,和时调歌曲一样厉害";"(四)要创造新的形式,如大众合唱诗等"[3]。综合上述四点意见,其内容包含如下两个方面:①采用大众化的时调歌曲、歌谣形式;②创造使人听得懂、能够歌唱的大众合唱诗等新形式。

杨骚曾在《略谈诗歌音韵与大众化问题》一文中,结合"新诗歌并不是没有韵律调子的。新诗歌自有新诗歌的韵律调子,那是配合现

〔1〕 穆木天:《发刊诗》,《新诗歌》旬刊创刊号,1933年2月11日。
〔2〕 王训昭:《一代诗风——中国诗歌会作品及评论选〈前言〉》,王训昭编:《一代诗风——中国诗歌会作品及评论选》,华东师范大学出版社1996年版,第4—10页。
〔3〕 同人等:《关于写作新诗歌的一点意见》,《新诗歌》旬刊创刊号,1933年2月11日。

阶段的中国社会的要求，跟着刻刻在变化的客观现实走，因诗人的修养生活之不同而有异，取着极自由的形态的”的现实背景，展望未来：“新诗歌的前途是无限的！新诗歌将来一定能够大众化！”[1]杨骚的看法生动地体现了诗歌大众化主潮对其创作的影响及其他所特有的诗人身份。

由以上内容看待杨骚1930年代的诗歌创作，《小歌金陵》中便采用极为明显的歌谣形式：“明孝陵，/中山陵，/一样的伟大，/一样的惊人，/一样的成功，/一样的革命！”“古百姓，/今百姓，/一样的渺小，/一样的可怜，/一样的挖肉，/一样的抽筋！”[2]除了简单、通俗的词句之外，上下两节的对比、复沓手法，和长短句结合、形式相同，都是大众所喜闻乐见的，也足以成为其符合时代风格的重要特征。由此联想到1920年代杨骚的伤感、内敛的诗风，其形式的嬗变无疑是让人感到“惊讶”的！

这样的倾向还在《福建三唱》、《摇篮歌——为难童们作》等作品中得到典型地体现。《福建三唱》利用时调、歌谣、民谣常用的重迭、排比、白描、拟人等手法来抒发感情，第一章四节均以“朋友，你问吗，我的故乡？/唔，我的故乡”开始，以“哦，我爱我的故乡！”结束；第三章第一、二节以“哦，你泉漳的子弟，/你福建的盐，你，/你向哪儿逃避”结尾，第三、四节以“听吧，你泉漳的子弟，/你福建的盐，你”开头，第六、七节以“哦，你泉漳的子弟，/你福建的盐，你”[3]开篇；并且第一、二章主要押“ang”、“īang”、“an”、“ang”韵，第三章主要押“ī”韵，音节流畅、可歌可诵；同时运用对话方式、口语入诗，平易亲切、语言通俗。《摇篮歌》则利用儿歌的形式，仿佛一位慈祥而又自信的军人叔叔对躺在摇篮中失去家乡、死去父母的难童柔声哼唱，安慰他们不要哭泣、放心酣睡；全诗除了最后一句之外，主要押“a”韵（间以一句押“ua”韵与“īa”韵），不但容

---

[1] 杨骚：《略谈诗歌音韵与大众化问题》，杨西北编：《杨骚选集》下卷，作家出版社2006年版，第772—773页。

[2] 杨骚：《小歌金陵》，杨西北编：《杨骚选集》上卷，作家出版社2006年版，第161页。

[3] 杨骚：《福建三唱》，杨西北编：《杨骚选集》上卷，作家出版社2006年版，第172—173、174—176页。

易记忆，而且朗朗上口，唱得出来。

当然，对于1930年代杨骚创作整体实绩而言，长篇叙事诗《乡曲》无疑是一座无法逾越的高峰。鉴于1930年代一部分唯美派诗人，因追求形式完美而走上雕琢之路，“中国诗歌会诗人的诗，不仅从内容到形式与他们有根本的不同，就连诗体也相反了。唯美派诗人多写短小的抒情诗，中国诗歌会的诗人们，则重视长篇叙事诗。因此，从抒情到叙事，从短到长，是新诗领域的开拓”[1]，所以杨骚发表在1936年6月《文学界》创刊号上的长诗《乡曲》（曾以《旱魃》为题发表于《新诗歌》1934年12月1日）绝非偶然。《乡曲》长达五百余行、共分五章，在内容上真实地再现了1930年代农民的悲惨生活和农村的破败景象，从而揭示了旧中国农村的黑暗现实以及农民逐步觉醒的必然历程。在艺术形式上，长诗主要以两行一节的诗形为主（第二章为了表达悲愤、猛烈的心曲也偶用四行一节的诗形，第四章为了传达紧张、悲怆的心曲主要选用三行一节的诗形），并在开头的第一章与结尾的第五章辅之以书信体（形成人物的叙述视角与诗人的叙述视角相结合的言说方式）；吸收民歌民谣的长处，绝大部分诗节行行押韵，还采用重叠和反复，造成节奏鲜明、声调铿锵；诗歌语言使用俗言俗语、方言土语、民间歌谣入诗，生动形象、浅白质朴，使大众看得明白、听得入耳、念得顺口，现实“看”、“听”、“唱”统一的接受方式。除此之外，为了表现农民斗争雄伟壮阔的生活内容，诗人常常运用现实主义手法直接描摹，从而使时代活生生的画面呈现于读者面前。

上述创作形式嬗变的出现，对于1930年代的杨骚而言，既表明其完成了历史的转变，同时，也表明其作为爱国诗人、大众诗人的革命立场。杨骚1937年2月9日在日记中写道：“前进的作家，是革命的一种特殊群众，他们的力量在乎藉文字影响一般群众；因此，他们要始终忠

[1] 王训昭：《一代诗风——中国诗歌会作品及评论选〈前言〉》，王训昭编：《一代诗风——中国诗歌会作品及评论选》，华东师范大学出版社1996年版，第9页。

于革命的信仰，不能因革命政策的改变而稍有和向来的信仰违背的表现”[1]。大致可以印证其创作实践的本质及力量之源。

中国诗歌会虽在1935年被迫停止活动，“左联”也在1936年初为了适应抗日救亡运动的新形势而自行解散，但作为一种形势的适应，杨骚等诗人并未放弃“诗歌大众化”的实践，相反，从某种意义上说，“中国诗歌会”时期确立的理论主张在这里得到了延伸与强化。

五、理论的综合

一般来说，1930年代左翼诗歌以及“诗歌大众化”容易给人带来如下的印象：由于追求诗歌的功用意识和受众程度，所以诗质是透明的甚至口号式的，自然其艺术成就也就不高。或许正因为如此，我们在反复阅读杨骚的文论时，才会发现其可贵之处。按照潘颂德的划分方法，1930年代属于杨骚1949年前诗歌创作的第三阶段，而此前日本留学(1921至1927年)与归国至1930年春加入“左联”(1927至1930年)分属第一、二个阶段[2]。从这个阶段划分不难看出：杨骚是在“五四”新诗运动影响下走上诗歌道路的。1921年，杨骚在日本留学时开始尝试新诗创作，并寄回国内发表，这一异域氛围内的创作使其很容易产生中西合璧式的诗歌倾向。而事实上，无论从现代文学上很多作家接受西方现代派是通过“取道日本”的经历，还是弱国子民地位极易和某种现代派风格发生契合，都决定了杨骚早年的诗风。

从发表于1936年的《感情的泛滥——〈在故乡〉读后感及其他》一文中，“若是想到什么就写什么，感到什么就唱什么，表现的手段又毫不加以选择，结果便难免显出形态杂凑，感情泛滥的毛病，而不能抒写出来那应该让读者感到的鲜明的特征和形象，易流于一般化，概念化了。

---

〔1〕 杨骚：《节录二月九日的日记》，杨西北编：《杨骚选集》下卷，作家出版社2006年版，第799页。

〔2〕 潘颂德：《略论杨骚的诗歌创作道路》，杨西北编：《杨骚的文学创作道路》，厦门大学出版社1993年版，第25页。

一般化概念化，这不但是诗歌的大敌，也是诗歌以外的其他的文学样式的死对头，已经成为我们的常识”的论述可知：杨骚在诗歌大众化的年代，一直保持着较为清醒的诗歌认识，因此“诗是比较直接地反映生活感情的一种形式内容最被压缩的文学样式”[1]。就较为全面地反映了诗歌作为一种审美意识形态应有的品格，这一品格可以随着时代主题的变化凸显审美意识形态的功用意识，但这并不是以降低审美意识为代价的。杨骚1930年代的诗歌创作在总体上呈现的时而歌谣化、时而艺术上的多样性，以及难以排遣的自我意识，正是其诗歌创作道路影响其理论主张从而再次投射于创作的必然结果。

正如很多研究者已经注意到研究杨骚的文学观、文艺思想、文学思想等内容及其杨骚诗歌表现时代生活的独特性问题[2]。杨骚在写于1936年5月的《从诗的特殊性谈起》中曾指出：“因为诗的特殊性，根本就要因时代的不同而起变化。各时代有各时代的社会底要求（必要），这个社会底要求（必要）正是决定诗的特殊机能的因素，而诗的特殊样式便是决定于诗的特殊机能的”；但如何为“时代的要求”表现目前诗歌的特殊性呢？杨骚则指出：“诗人不但被要求破弃封建时代遗留下来的残壳去创造新的完美的容器，而且被要求采取新的酒来装满它（容器）。换一句话说，（一）把对于客观现实的认识和反应，在情绪的本质底波浪中表现出来的，（二）比小说及其他的文学样式适合于朗读或可能谱成歌的，（三）在诸文学样式中是内容和形式最被压缩的，（四）用新的完美的容器来装新的酒——客观现实及诗人生活感情的精华——的，这便是当为‘时代的要求’的目前的诗的特殊性了”；杨骚强调诗的表现情绪以及诗人对现实的认识及反应，并在具体实践过程中指出：“一，因为诗在表现情绪比小说直接很多，也可以说诗人对于现实的认识及反应，在

[1] 杨骚：《感情的泛滥——〈在故乡〉读后感及其他》，杨西北编：《杨骚选集》下卷，作家出版社2006年版，第736、747页。

[2] 林松荣《试论杨骚的文学观》，陈述《试论杨骚的文艺思想》，钦鸿《杨骚的文学思想》，陈天助《杨骚诗歌表现时代生活的独特性管见》。杨西北编：《杨骚的文学创作道路》，厦门大学出版社1993年版，第66—76、77—83、84—90、129—137页。

情绪的本质底波动中表现出的，便是诗，所以诗比小说更忌说理说教或大谈其政治常识与主张”；“二，不要把事实的细部描写得太烦”；“三，要强调音乐性”[1]。

结合其时代语境可以作为一种“理论的综合”，这种“理论的综合”在其他文章中可以表现为“反对口号标语的诗并不是反对口语标语。各时代要求各种的口号标语，诗人应该跟着时代所要求的口号标语前进”；“但一个时代的口号标语能够有几个，你若直直地把它们喊出来，问你能够写出几首诗？”[2]恰恰可以凸显杨骚诗歌认识及其实践的意义和价值。

综合以上五方面所述，我们大致可以了解杨骚1930年代诗歌创作的意义和价值。杨骚1921、1941年两次离开祖国，离开时代历史的中心，在很大程度上成为影响中国现代文学史关注其创作的重要原因[3]。然而，历史并未遗忘这位卓有成就与见识的诗人："除非你不谈起三十年代革命文艺运动则已，不然的话正如你不能不想到许许多多曾经为它的发生和发展贡献过自己一份力量的尚存或已故的作者们一样，你也不能不记起他，谈到他”[4]；“这自然是由于诗人生前曾经对我国现代文学领域有所建树，其作品在人民群众中起过较大的影响，因而对革命事业有过一定贡献之故”[5]。身兼杨骚的诗友与同事的诗人任钧，在不同时期回忆杨骚及其创作实绩时所做的评价，正是我们重新审

〔1〕 杨骚：《从诗的特殊性谈起》，杨西北编：《杨骚选集》下卷，作家出版社2006年版，第726、727、731—732页。

〔2〕 杨骚：《反对口号标语的诗》，杨西北编：《杨骚选集》下卷，作家出版社2006年版，第796页。

〔3〕 张静容：《昨夜星辰昨夜风——浅析影响中国现代文学史关注杨骚的原因》，杨西北编：《杨骚的文学创作道路（续编）》，华夏出版社2008年版，第181页。

〔4〕 任钧：《忆诗人杨骚——〈杨骚选集〉代序》，杨西北编：《杨骚选集》上卷，作家出版社2006年版，第3页。

〔5〕 任钧：《杨骚学术讨论会贺信》，杨西北编：《杨骚的文学创作道路》，厦门大学出版社1993年版，第236页。

视杨骚创作的重要原因与逻辑起点。

本文与张立群博士合作，原载《福建师范大学学报》(哲学社会科学版)2011 年第一期

第二编

延安解放区文学研究

延安解放区文学的生存环境

延安解放区文学[1]的生存环境，是与解放区的创建、巩固、发展和壮大休戚相关、异质同构的。在整个抗日战争与解放战争时期，摆在以毛泽东为代表的中国共产党人面前的首要任务，是通过政治斗争与武装斗争来进行民族民主革命和建立现代化的民族国家。由于中国特殊的历史条件，要建立现代化的民族国家只有、也只能通过军事武装斗争的形式来实现，“中国革命斗争的主要形式是武装斗争”[2]。早在1935年12月27日，毛泽东在陕北瓦窑堡党的活动分子会议上就明确提出：“党的基本的策略任务”，“就是建立广泛的民族革命统一战线”[3]。为了实现“建设一个全国范围的、广大群众性的、思想上政治上组织上完全巩固的布尔什维克化的中国共产党”[4]，领导一切可以联合的反对帝国主义和封建主义的革命力量，打败日本帝国主义、推翻封建主义统

---

〔1〕 在中国革命史上，中国共产党在各地建立的革命政权所控制的革命区域，在抗日战争时期，有的称为“边区”、“陕甘宁边区”，有的称为“抗日根据地”、“抗日民主根据地”、“敌后抗日根据地”、“抗日游击根据地”，有的称为“解放区”；到了解放战争时期，则一般都称为解放区，如陕甘宁解放区、晋察冀解放区、晋绥解放区、晋冀鲁豫解放区、华东解放区、东北解放区、新疆解放区等。上述区域的文学，在中国现代文学史上一般统称为“解放区文学”。

〔2〕 毛泽东：《〈共产党人〉发刊词》(1939年10月4日)，中共中央文献编辑委员会：《毛泽东选集》第二卷，人民出版社1991年版，第604页。

〔3〕 毛泽东：《论反对日本帝国主义的策略》(1935年12月27日)，中共中央文献编辑委员会：《毛泽东选集》第一卷，人民出版社1991年版，第152页。

〔4〕 毛泽东：《〈共产党人〉发刊词》(1939年10月4日)，中共中央文献编辑委员会：《毛泽东选集》第二卷，人民出版社1991年版，第603页。

治，创建一个“各革命阶级联合专政”、“民主集中制”的“新民主主义的共和国”[1]。中国共产党人逐渐清晰地意识到：“统一战线问题，武装斗争问题，党的建设问题，是我们党在中国革命中的三个基本问题。正确地理解了这三个问题及其相互关系，就等于正确地领导了全部中国革命”[2]。

延安解放区文学的社会管理环境

为了正确地领导中国革命，实现“解放区”的创建、巩固、发展和壮大，共产党人在“解放区”中逐渐建立起一整套行之有效的社会组织制度。以中共中央机关、红军（八路军）总部所在地的延安和陕甘宁边区为例，从1937年1月，中共中央机关随红军（同年8月改组为国民革命军第八路军）总部进驻延安，至1947年3月的十年间，虽然它东临黄河与阎锡山的部队相望，南有国民党的军事封锁，西北是戈壁荒漠，处在一个相对孤立、独立的环境中，但是经过几年的苦心经营，共产党在四十年代初已经在延安和陕甘宁边区建成了一个全民皆自卫军、兵营行伍编制和计划供给消费的高度组织化的社会。

1937年9月，陕甘宁边区政府正式成立，10月，边区政府和边区保安司令部就联合颁布了《陕甘宁边区自卫军组织条例》：“凡边区劳动人民，年满十八至四十岁，自愿执行自卫军的任务者，均可参加自卫军”[3]。成年男子和妇女组成“抗日自卫团”，青年们组成“少年先锋队”，儿童们组成“儿童团”。1941年11月7日颁布《中央革命军事委员会关于抗日根据地军事建设的指示》，规定：“在根据地内凡年在十六岁至五十五岁者，不分阶级、性别、种族、宗教、信仰，均应登记，编为一

---

〔1〕 毛泽东：《新民主主义的政治与新民主主义的文化》，《中国文化》创刊号，1940年2月15日。

〔2〕 毛泽东：《〈共产党人〉发刊词》（1939年10月4日），中共中央文献编辑委员会：《毛泽东选集》第二卷，人民出版社1991年版，第605—606页。

〔3〕 陕西省档案馆编：《陕甘宁边区政府大事记》，档案出版社1991年版，第3—4页。

般自卫队队员或妇女自卫队队员”[1]。1942年4月1日,公布《陕甘宁边区重新整理边区自卫军工作的决定》时又改为:“凡年龄在十九岁以上五十岁以下之边区公民,不分阶级、性别、籍贯、宗教、党派、职业、民族,一律参加自卫军(十五岁至十八岁参加少先队另有详细规定)”;同年4月22日,边区政府第十八次政务会议讨论通过了《陕甘宁边区抗日自卫军组织条例》,规定:“边区人民在抗日建国时期,在边区政府领导之下保卫家乡、保卫边区,组织抗日自卫军(半军事性)”,“凡边区军民年满十九岁以上,五十岁以下者,不分民族、阶级、性别、宗教、信仰、职业,一律参加抗日自卫军。就自卫军、少先队中选择一部分精壮勇健年在四十岁以下之男丁,组成为基干自卫军,其余均为普通自卫军”[2]。从边区政府到各机关单位,始终实行不脱离工作与生产又按照军事编制进行社会组织的自卫军制度。

一、“公家人”生活管理体制的形成。

所有来到延安的新知识分子,都先由延安交际处负责安排免费食宿,然后再根据各人的具体情况将他们分配到单位工作或者进学校学习。延安的各类学校都按照军事化、半军事化的模式来进行组织与管理。1936年创办的中国人民抗日军政大学,总校在延安,各根据地、解放区有十二所分校,作为一所军事政治学校,中国人民抗日军政大学的学员自然是完全按照军事化来组织的。当时延安其他干部学校如马列学院、中央党校、陕北公学、中国女子大学、“鲁艺”、泽东青年干部学校、中央组织部训练班、中央职工委员会训练班、西北公学、自然科学院、民族学院、军事学院等,也都仿效“抗大”的按照军事化来进行组织和管理的模式。“与当时延安其他干部学校同样,鲁艺”“各系学生在学习组织上,按系别成立大队”,“大队分若干区队”、“班组”,“生活军事化,政治

---

[1] 《中央革命军事委员会关于抗日根据地军事建设的指示》(1941年11月7日),中央档案馆编:《中共中央文件选集·第十三册(1941—1942)》,中共中央党校出版社1991年版,第216页。

[2] 陕西省档案馆、陕西省社科院合编:《陕甘宁边区政府文件选编》第六辑,档案出版社1988年版,第12、115页。

气氛浓厚，学习空气紧张”[1]。社会其他部门的“单位制”，也是军事化、半军事化组织的变更与延续。陕甘宁边区建立起了垂直的党政机构与群众团体，党的政令可以从中共中央、边区党委（西北局）、边区政府一直下达到市、区、乡、村的党组织、党支部。单位之间、单位里的“同志”之间均以级别、职位的高低，按一定规则共同执行着上级组织机构下达的命令并完成分配的工作和任务。

单位里的“公家人”，都按照一定的行政级别，在他们自己各自的机关、学校享受基本生活用品依赖于平均分配的供给制生活待遇。1940年后，在延安解放区的三万多“公家人”已完全依靠党在思想、行动和生活上的全面管理。以1940年后至文艺界整风前中华全国文艺界抗敌协会延安分会中三十多位作家的生活情形为例，他们“大家待遇都一样，每日无非一斤菜二钱油。每逢开饭时间，‘小鬼’用两个半截煤油桶作饭担挑上山来，一边是香喷喷的金黄色的小米干饭，一边是清水煮白菜，一吹哨子，大家各自从自己窑洞中出来去打饭”[2]。衣食无忧（固然清苦但却不用自己筹划）的作家们除了看书、学习马列书籍和听时事报告之外，就是安心地从事写作。这时延安与大后方的交通已经因为国、共两党关系的恶化而中断，除非经过组织上的派遣和遣散，延安的“公家人”已经不能返回国统区或者自行前往其他地区。“一个严密的健全的计划供给制生活，能保障人们的基本生存需要，也限制了个人生命的精神发展可能。资源的匮乏和供给的计划垄断，带来选择可能性的消失”[3]。在当时，个人离开了组织，也就意味着他失去了一切：1943年12月，住在中央组织部招待所的萧军，因给招待所的主任提意见、引起争吵而离开招待所，萧军去乡下刘庄自己种地当老百姓；几天后，“延安县政府的曹植县长来通知萧军，从今以后停止供给救

〔1〕 钟敬之：《延安鲁迅艺术学院概貌侧记》，《新文学史料》1982年第二期。

〔2〕 方纪：《新的起点——回顾延安文艺座谈会前后》，《新文学史料》1982年第二期。

〔3〕 朱鸿召：《延安兵法社会及文学》，《东方文化》2002年第四期。

济粮，原来大人孩子的供给全部停发了”，“成了经济上一无所有的人了”[1]。

在战争高于一切的上述历史文化语境下，在延安解放区的乡村化社会组织里，和在共产党领导的现代革命战争与社会政治运动中，知识分子、作家必然走向边缘，他们只能成为救亡主力（工农兵）的服务对象与被教育和被改造的对象。

二、作家从启蒙者蜕变为被改造对象和文艺工作者。

从延安解放区作家队伍的构成状况来看，他们大致来源于四个方面：（一）从中央苏区和南方各根据地随红军长征到达陕北的苏区作家和文艺人才，如成仿吾、李伯钊、危拱之、徐梦秋、洪水、陆定一、肖华、莫休等人，这部分人后来大都转行担任领导，创作成绩不显，但是他们在长期的苏区革命实践中所孕育的艺术理念，以各种方式对后来的延安解放区文学产生影响；（二）来自国统区和沦陷区的作家，如丁玲、周扬、艾思奇、李初梨、何其芳、萧军、王实味、周立波、徐懋庸、陈学昭等人，他们在进入延安解放区之前业已成名，是延安解放区作家的主体力量，并在一定意义上代表着延安解放区文学的艺术水准；（三）从苏联归来的作家，如萧三等人；（四）延安解放区“鲁迅艺术学院”[2]、“部队艺术学校”[3]等艺术院校培养的年轻作家以及在解放区里“土生土长”的作家及其民间艺人，如西虹、孙谦、西戎、孔厥、贺敬之、黄钢以及赵树理、孙犁及其李卜、韩起祥等人，他们作为延安解放区的新生力量和代表性“方向”，从一开始就受到体制的扶持与重视。这四个方面的文艺家们，

---

[1] 王德芬：《萧军在延安》，《新文学史料》1987年第四期。

[2] 鲁迅艺术学院（简称“鲁艺”），1938年4月10日下午在延安中央大礼堂举行开学典礼。1940年4月，改名“鲁迅艺术文学院”。1943年4月，“鲁艺”并入延安大学，称“鲁艺文艺学院”。1945年11月，党中央决定延安大学各学院迁离延安，去东北新解放区继续办学。

[3] 延安部队艺术学校（简称“部艺”），1941年4月10日成立于延安。属于八路军后方留守兵团政治部领导，莫文骅任校长。1942年11月18日，“部艺”改编为“部队艺术工作团”（简称“部艺工作团”）。1943年12月1日，“部艺工作团”与青年艺术剧院合并，建成“联政宣传队”，“部艺”结束了独立活动。

分别代表着不同类型的文化观念、文艺思潮。他们大致构成实用政治文化观念(文艺思潮)、知识分子文化观念(文艺思潮)和民间农民文化观念(文艺思潮)[1]。前三类作家的文学思潮渊源,大都与1930年代的"革命文学思潮"有着千丝万缕的联系。"革命文学思潮"所确立的以科学的艺术论(马克思主义文艺理论)为主导的文学观念,虽然突出强调了文学的阶级性、意识形态化和政治化,但"革命文学思潮"自身构成的复杂性,在以中国共产党为领导的、处于实用功利性的战争文化形态和以农民为接受主体对象的解放区社会中,依然面临着被"改造"和重新确认的命运。在解放区"土生土长"作家们身上,虽然他们的艺术意识从一开始就受到了解放区政治的文化观念的直接导引,但是他们与农村文化及其乡村艺术的天然亲近感,却在一定程度上影响着他们对于特定历史时期政治之于文学的要求作深入的理解。他们与来自于"国统区"、"沦陷区"的作家在审美观念上的冲突,也是必然的。延安解放区文学思潮,正是在对于各种"异质"因素的整合与熔铸中形成的,其中并不乏"激烈"的"斗争"方式。实用功利性的战争文化形态把上述三种文化观念(文艺思潮、文学创作)急速地扭合、冲撞、交融、质变、调适、整合,以实用政冶文化观念(文艺思潮、文学创作)为轴心吸纳与聚合知识分子文化观念(文艺思潮、文学创作)和民间农民文化观念(文艺思潮、文学创作)而生成新型的"工农兵"文化观念(文艺思潮、文学创作)。

1942年延安文艺界整风之前,延安解放区的作家们虽然也在社会实践中意识到,要争取抗战的胜利,就必须向工农兵学习,必须走民族化、大众化的道路,但是他们基本上依然以新启蒙者自居。丁玲在1938年夏时就认为:"我们现在要群众化,不是把我们变成与老百姓一样,不是要我们跟着他们走,是要使群众在我们的影响和领导之下",我们是"他们的师长,他们所依赖的人",而不能"做了群众的尾巴,只是取

[1] 席扬、段登捷:《文化整合中的传统创化——试论"山药蛋审美"在解放区及中国当代文学中的意义》,《延安文艺研究》1992年第五期。

媚群众"[1]。当时延安解放区实行了"三三制"、民主选举等民主措施，张闻天任院长的延安马列学院，以"培养敢作敢为、敢独立思想的干部"[2]为宗旨，提倡党的干部应该"敢说话敢做事"、"肯负责，不怕负责"[3]。倡导"在学校生活中应该充分的发挥民主。在学习中应提倡敢于怀疑、敢于提出问题、敢于发表意见与同志的辩论问题的作风"[4]。在教学上也充分地发扬民主："一方面在学习方法上，坚持在教员指导下以自学为主的原则；同时，在学习和讨论时，提倡独立思考，大胆提出问题、发表意见和进行辩论的作风。学员可以在课堂上向教员提出问题，要求解答"[5]；"我们那时的学习极其开放，结合实际，不怕开架让同学们阅读反共书刊，而且公开举行辩论，相信大家有识别力"，"这种别开生面的辩论会，在中央党校大礼堂公开举行。以抗大为一方的共产党代表和以马列学院为一方的国民党代表进行辩论。台下，坐满了黑压压的听众，大家都极有兴趣地赶来参加"，"当公开辩论时，因为我们准备充分，并且先声夺人，振振有词，因此对方未能有力地把我们驳倒"[6]。

与此同时，1939 年 5 月 20 日，毛泽东《在延安在职干部教育动员

---

〔1〕 丁玲：《适合群众与取媚群众》，张炯主编：《丁玲全集》第七卷，河北人民出版社 2001 年版，第 22、23 页。

〔2〕 转引自宋平：《张闻天同志对于干部理论教育的贡献——重读〈中央关于办理党校的指示〉》，吴介民主编：《延安马列学院回忆录》，中国社会科学出版社 1991 年版，第 38 页。

〔3〕 洛甫(张闻天)：《关于抗日民族统一战线的与党的组织问题》(1938 年 10 月 15 日在六中全会上的报告)，中央档案馆编：《中共中央文件选集・第十一册(1936—1938)》，中共中央党校出版社 1991 年版，第 707 页。

〔4〕 中央书记处：《中央关于办理党校的指示》(1940 年 2 月 15 日)，中央档案馆编：《中共中央文件选集・第十二册(1939—1940)》，中共中央党校出版社 1991 年版，第 303 页。

〔5〕 臧剑秋：《回忆在延安马列学院的学习》，吴介民主编：《延安马列学院回忆录》，中国社会科学出版社 1991 年版，第 117 页。

〔6〕 文白：《金色年华——马列学院的八小时以外》，吴介民主编：《延安马列学院回忆录》，中国社会科学出版社 1991 年版，第 191 页。

大会上的讲话》中说："从古以来真正有学问的人，不是从学堂里学来的。""所以进学校是可以进，但是这只是进一个门而已，要求得更进一步的学问，一定要在学校外边学习，要长期地研究"[1]。毛泽东在1939年12月1日为中共中央起草《大量吸收知识分子》的决定中就一方面认为："一切战区的党和一切党的军队，应该大量吸收知识分子加入我们的军队，加入我们的学校，加入政府工作"，"没有知识分子的参加，革命的胜利是不可能的"；但另一方面又强调指出，对"愿意抗日的比较忠实的比较能吃苦耐劳的知识分子，都应该多方吸收，加以教育，使他们在战争中在工作中去磨练，使他们为军队、为政府、为群众服务"；"对于一切多少有用的比较忠实的知识分子，应该分配适当的工作，应该好好地教育他们，带领他们，在长期斗争中逐渐克服他们的弱点，使他们革命化和群众化，使他们同老党员老干部融洽起来，使他们同工农党员融洽起来"；"使工农干部的知识分子化和知识分子的工农群众化，同时实现起来"[2]。五天后的12月6日，中央军委也发表了《军委关于军队吸收知识分子及教育工农干部的指示》，要求各部队及各政治机关一方面"澈底纠正一切排斥与拒绝知识分子参加我们军队的倾向"，"就地尽一切努力吸收知识分子及半知识分子参加我们的军队"，"对知识分子的新干部，应当适时加以提拔"；另一方面对刚参加军队的他们"最好先参加教导队受一短时期训练"，"对已经参加我军的知识分子，要好好的给以教育和率领，善意的纠正其弱点，使知识分子无产阶级化"。同时指示"抗大及各军政学校，应尽力就地吸收知识分子及半知识分子加入为学生，深入政治教育，并应多多总结教育知识分子的经验，贡献给各

[1] 毛泽东：《在延安在职干部教育动员大会上的讲话》(1939年5月20日)，中共中央文献研究室编：《毛泽东文集·第二卷(1937年8月—1942年12月)》，人民出版社1993年版，第183、184页。

[2] 毛泽东：《大量吸收知识分子》(1939年12月1日)，中共中央文献编辑委员会：《毛泽东选集》第二卷，人民出版社1991年版，第618、619—620页。

个部队"[1]。

1940年1月6、7日，中央书记处书记、中宣部部长张闻天在陕甘宁边区文化协会第一次代表大会上，作"文化政策报告"[2]《抗战以来中华民族的新文化运动与今后任务》。张闻天的报告提倡："大胆的创作、写作、著述、介绍、翻译，来打破各种限制，打破各种陈旧的观点与标准，建立新观点、新标准，以发展学术，提高学术"；"提倡自由研究、自由思想、自由辩论的生动、活泼、民主的作风"；"组织新文化运动大师鲁迅先生的研究会或研究院等"。在文艺主体方面，张闻天细致准确、一分为二地概括了文艺家的特点：是"精神生产品的生产者"，"对某种理想与精神生活有强烈的要求，能为之牺牲奋斗"，"要求个人自由、思想自由、创作自由，反对各种各样的压迫与干涉"，有"很强的个人自尊心与自傲心"和"发表自己作品的强烈要求"；同时"他们中间的一部分人容易产生""唯心的、超阶级的、反政治的观点"，"容易流于空想、叫喊、感情冲动，而不实际、不真切、不能坚持、缺乏韧性"，"易于不愿过集体生活，发展个人主义，成为孤僻、同群众隔膜、看不到与看不起群众的力量"，"夸大自己的地位与作用，看不起别人"，"容易流于好出风头、当空头文学家"[3]。针对文艺家的这一特点，制定了党对文艺家的正确指示："应该重视文化人"，"应该用一切方法在精神上、物质上保障文化人写作的必要条件，使他们的才力能够充分的使用，使他们写作的积极性能够最大的发挥"；"党的领导机关，除一般的给予他们写作上的任务与方向外，力求避免对于他们写作上人工的限制与干涉。我们应该在实

[1] 《军委关于军队吸收知识分子及教育工农干部的指示》(1939年12月6日)，中央档案馆编：《中共中央文件选集·第十二册(1939—1940)》，中共中央党校出版社1991年版，第213、214页。

[2] 《文协举行第一次代表大会》，《新中华报》1940年1月20日。

[3] 洛甫(张闻天)：《抗战以来中华民族的新文化运动与今后任务——1940年1月5日在陕甘宁边区文化协会第一次代表大会上的报告大纲》，《中国文化》第一卷第二期，1940年4月15日。张闻天选集编辑组编：《张闻天文集》第三卷，中共党史出版社1994年版，第56、58页。

际上保证他们写作的充分自由。给文艺作家规定具体题目，规定政治内容，限时、限刻交卷的办法，是完全要不得的”；“对于文化人的作品，应采取严正的、批判的、但又是宽大的立场，力戒以政治口号与褊狭的公式去非难作者，尤其不应出以讥笑怒骂的态度”[1]。

1941年6月7日，《解放日报》发表社论《奖励自由研究》；6月10日，发表《欢迎科学艺术人才》；6月12日，又发表《提倡自然科学》；8月3日，再发表《努力开展文艺运动》。一再申明：“人类历史上的前进运动常常和思想自由的开展是分不开的”，“中国共产党对于思想言论之自由发展是非常重视的”[2]，并将“奖励自由研究，尊重知识分子，提倡科学知识与文艺运动，欢迎科学艺术人才”[3]写入中共陕甘宁边区中央局5月1日颁布的《陕甘宁边区施政纲领》里；强调“共产党相信马克思主义是‘放之四海而皆准’的普遍真理”，“但同时也不否认，各派的学者和理论家，只要他们能认真进行自己的研究，本着学术的良心来正视现实的问题，他们就能够对于真理的发现有所贡献”[4]。共产党承诺充分保障思想言论、科学设计和艺术活动的自由：“在抗日的共同原则下，思想的创造的自由获得了充分保障。艺术的想象，与乎科学的设计都在这里发见了一个可在其中任意驰骋的世界”；“我们并不把科学艺术活动局限在启蒙与应用的范围，我们同样重视，或者毋宁说更重视在科学艺术本身上的建树，普及和提高两个工作，在我们总是联结着的”；甚至号召“对于边区的缺点（即是任何新社会亦所不免的），也正需要从

[1] 《中央宣传部、中央文化工作委员会关于各抗日根据地文化人与文化人团体的指示》，《共产党人》第十二期，1940年12月1日。这份指示是当时中宣部部长张闻天起草的，收入《张闻天选集》时，编者拟题为《正确处理文化人与文化人团体的问题》。张闻天选集编写组：《张闻天选集》，人民出版社1985年版，第290—291页。

[2] 社论：《奖励自由研究》，《解放日报》1941年6月7日。

[3] 《陕甘宁边区施政纲领——1941年5月1日中央局提出，中共政治局批准》，中共中央书记处编：《六大以来——党内秘密文件》（上），人民出版社1981年版，第1170页。

[4] 社论：《奖励自由研究》，《解放日报》1941年6月7日。

艺术方面得到反映和指摘。我们看中‘自我批评’，尤其珍视真正的‘艺术家的勇气’”[1]。这一系列激动人心的文化、文艺工作政策，特别强调重视文化、文艺工作与文化人自身的特点，提倡自由辩论与讨论的民主风气，促进了延安解放区文艺的纷繁多元与繁荣发展。

在这样的民主开放的环境里，延安文艺界对各种文艺理论问题的研究与论争纷繁冲突而又活泼健康，文艺家们勇敢地以文艺作品为武器，针对延安解放区内部存在的突出问题和工农兵身上留存的落后意识进行暴露与批评。

在1941年9月中共中央政治局扩大会议上，毛泽东发动了旨在批判以王明为代表的“左倾”机会主义路线的党内高级领导整风运动。1942年2月1日，毛泽东作动员全党整风的《整顿学风党风文风》报告，拉开全党整风的序幕，目的在于清算党内以王明为首的教条主义和宗派主义错误路线。延安文人中间，也同样存在着教条主义和宗派主义错误思想；由于中央研究院的整风运动“受阻”，这一现象暴露了自延安根据地建立以来区域政治的文化观念与知识分子文化观念的分歧，及其这一分歧所带来的严重后果，促使整风运动转向了对延安解放区知识分子的思想改造，并迅速展开了文艺界整风。其目的在于以区域政治的意识形态观念重新“整合”延安解放区文化，并对延安解放区知识分子的个性主义、自由主义进行“革命”实用化、功利化的改造。延安解放区整风时期，毛泽东在谈及小资产阶级思想改造的时候，往往把它与知识分子并列甚至等同，乃至把知识分子与农民进行对比，在整风动员报告《整顿学风党风文风》中，毛泽东就指出：“我们尊重知识分子是完全应该的，没有革命知识分子，革命就不能胜利。但是我们晓得，有很多知识分子，他们自以为很有知识，大摆其知识架子，而不知道这种架子是不好的，是有害的，是阻碍他们前进的。他们应该知道一个真理，就是许多所谓知识分子，其实是比较最无知识的，工农分子的知识

---

[1] 社论：《欢迎科学艺术人才》，《解放日报》1941年6月10日。

有时倒比他们多一点”[1]。2月21日，康生在八路军大礼堂向延安两千二百多个干部传达毛泽东《整顿学风党风文风》演说精神的大型报告会上作《关于反对主观主义，宗派主义的报告》，3月7日，康生又在八路军大礼堂向延安三千多个干部传达毛泽东《反对党八股》演讲精神的大型报告会上作《痛斥党八股的报告》，一再地发挥了毛泽东对知识分子的评价说：“目前所谓知识分子，实际上最无知识，工农分子反而有一点知识”[2]。一时间，“知识分子实际上最无知识”的观念迅速地在延安传播、蔓延。毛泽东对知识分子的阶级定位，就决定了延安解放区知识分子的被教育、被改造的历史命运。

延安文艺界整风就是以无产阶级化和与工农兵相结合为目的，来改造延安知识分子及其延安知识分子所具有的小资产阶级意识。1943年3月11日，中央文委和中央组织部在延安召开党员文艺工作者会议，宣传部长凯丰作了《关于文艺工作者下乡的问题》，指出：“这次下去，就要打破做客的观念，真正去参加工作，当作当地一个工作人员而出现”；“要抱长期工作态度下去”；“应当放下文化人的资格，以那种工作者的资格出现，到军队就是军人，到政府就是职员，到地方党就是党的工作者等等”[3]。同时组织部长陈云作了《关于党的文艺工作者的两个倾向问题》的报告，批评“做文艺工作的同志们中的两个倾向，或者说两个缺点”：“一个是特殊，一个是自大”；对于“文化人是以什么资格做党员的”问题，明确指出：“党是要求”“基本上是党员，文化工作只是党内的分工”，反对“基本上是文化人，附带是党员”；“分工并不能作为

---

[1] 毛泽东：《整顿学风党风文风——二月一日在党校开学典礼的演说》，《解放日报》1942年4月27日。在当时会场的人们发笑后，毛泽东又将自己所称的“真理”置换成“我讲的多少有点道理”。

[2] 康生：《痛斥党八股的报告》，《解放日报》1942年2月22日。

[3] 凯丰：《关于文艺工作者下乡的问题（在党的文艺工作者会议上的讲话，1943年3月10日）》，《解放日报》1943年3月28日。《中国新文学大系1937—1949》编辑委员会编：《中国新文学大系1937—1949·第一集·文学理论卷一》，上海文艺出版社1990年版，第35、36、37页。

特殊化的根据”，因此党的文艺工作者“在遵守纪律的问题上”“要特别注意真心的遵守和具体的遵守”，“即使上级的人比你弱，你也一定要服从”；“文艺工作的内容，无非是群众的生活和斗争”，“要是旁人不做，作家也就没有什么可表现”，“文艺家就是能把”“使全人类翻一个身的”革命“这件大事完全表现出来，对于人类历史的作用也还是不能和革命本身相提并论”，因此党的文艺工作者“不要自大”[1]。

1943 年 4 月 24 日，中共北岳区党委召开边区党的文艺工作会议；5 月 6 日，边区文联召开第二次代表大会。“在这两个会议上都着重的指出：在边区文艺工作者中间相当普遍、相当严重地存在着艺术至上主义的倾向，也就是艺术工作者的自由主义，个人主义与一切三风不正的具体表现；同时提出号召文艺工作者‘下乡’与‘入伍’，真正深入到群众中到实际中，以改造文艺工作，改造文艺工作者”[2]。

伴随着文艺界整风、批判王实味、学习二十二个整风文件、挖出“五人反党集团”与“李国华、吴奚如特务案”、审查干部运动和“抢救失足者运动”的浪潮一浪高过一浪，延安的文艺界人士（除高长虹外）都被集中到中央党校三部、一部中，陷入了交待历史、接受审查、反省错误、转变思想、改造自新的人人自危、脱胎换骨的境地。整风、审干和抢救运动之后，确立了工农兵的绝对地位，作家（知识分子）成为工农兵的异己。作家们屈服于权力话语，真诚地向工农兵学习、进行脱胎换骨的自我改造，成为被启蒙、被改造的对象。丁玲学习《在延安文艺座谈会上的讲话》之后，明确表态：“文艺应该服从于政治，文艺是政治的一个环节”；“共产党员作家，马克思主义者作家，只有无产阶级的立场，党的立场，中央的立场”；“投身在无产阶级、工农大众生活中去”，“是把这一种人

---

[1] 陈云：《关于党的文艺工作者的两个倾向问题（在党的文艺工作者会议上的讲话，1943 年 3 月 10 日）》，《解放日报》1943 年 3 月 29 日。《中国新文学大系 1937—1949》编辑委员会编：《中国新文学大系 1937—1949 · 第一集 · 文学理论卷一》，上海文艺出版社 1990 年版，第 43、44、45、46、47 页。

[2] 沙可夫：《晋察冀新文艺运动发展的道路（点滴经验教训的介绍）》，《解放日报》1944 年 7 月 24 日。

格改造成那一种人格中的种种磨炼"，"是缴纳一切武装的问题"，是"从那一个阶级投降到这一个阶级来"[1]。周立波后悔自己"还拖着小资产阶级的尾巴，不愿意割掉"，保留着"十足的旧的知识分子的坏脾气"，决心"住到群众中间去，脱胎换骨，'成为群众一分子'"[2]。何其芳谴责自己是个"旧我未死，心多杂念"的人，"自己原来像那种外国神话里的半人半马的怪物，虽说参加了无产阶级的队伍，还有一半或一多半是小资产阶级"；"是很可羞耻的事情"[3]。他们真诚地改造自我、抛弃自我，站在集团或阶级的立场上成为时代的吹鼓手和记录员。

延安解放区文学的生产传播环境

延安解放区文学的生产与传播环境，在性质上与国统区、沦陷区的文学生产与传播环境存在着根本性的差异。

一、共产党直接领导创办的解放区报刊与成立的文艺组织、文学社团。

抗日战争全面爆发后，中共中央在陕甘宁边区和各敌后抗日民主根据地迅速地创办了一批宣传抗战的报刊。"据不完全统计，从1937年到1939年，华北四大抗日根据地的报刊就有三百三十种之多"（"晋察冀边区约有一百种"，"晋冀鲁豫边区共有报刊一百多种"，"晋绥边区有报刊五十多种"，"山东抗日根据地有报刊近八十种"）；据1938年8月25日《抗敌报》统计，1938年初边区出版的报刊达到五十余种；此外，"华中抗日根据地有报刊约三百余种"，"山西吕梁山抗日根据地也创办了近五十种报刊"，"华南抗日根据地我党组织、政

[1] 丁玲：《关于立场问题我见》，《谷雨》第一卷第五期，1942年6月15日。张炯主编：《丁玲全集》第七卷，河北人民出版社2001年版，第65、68、69页。

[2] 立波：《后悔与前瞻》，《解放日报》1943年4月3日。

[3] 何其芳：《改造自己，改造艺术》，《解放日报》1943年4月3日。蓝棣之主编：《何其芳全集》第二卷，河北人民出版社2000年版，第350页。

府及群众团体，也创办了五十余种报刊”[1]等等。它们基本上都属于中国共产党的党、政、军机关报刊与中国共产党领导下的文艺机构报刊，得到了中国共产党党、政、军的领导同志的热情关怀和经常指导。例如，1937 年之后，共产党在延安创办了一批报刊，计有《新中华报》[2]、《解放》周刊[3]、《八路军军政杂志》[4]、《中国青年》[5]、《中国妇女》[6]、《共产党人》[7]、《中国工人》[8]、《解放日报》[9]等。延安最大的出版单位“解放社”，还出版了《马恩丛书》等各种理论和政治读物。1938 年至 1941 年，共产党在延安创办与扶持了许多文学、学术刊物出版，主要有《文艺突击》[10]、《山脉诗歌》[11]、《戏剧工

---

〔1〕 倪延年、吴强：《中国现代报刊发展史》，南京大学出版社 1993 年版，第 414—415 页。

〔2〕 1937 年 1 月 29 日，原《红色中华》改名《新中华报》在延安出版，初为中华苏维埃中央政府机关报，后成为陕甘宁边区政府机关报，毛泽东题写报名。1939 年 2 月 7 日，改组为中国共产党中央委员会机关报，兼陕甘宁边区政府机关报。1941 年 5 月 15 日停刊，改组为《解放日报》(延安)。

〔3〕 1937 年 4 月 24 日，中共中央机关刊物《解放》周刊在延安创刊。张闻天主编。1941 年 8 月 31 日终刊，共出版一百三十四期。

〔4〕 1939 年 1 月 15 日，八路军的军事、政治综合性刊物《八路军军政杂志》在延安创刊。八路军政治部出版。萧向荣主编。1942 年 4 月终刊，共出版三十九期。

〔5〕 1939 年 4 月 16 日，全国青年联合会延安办事处宣传部出版的《中国青年》在延安创刊。毛泽东题写刊名。胡乔木主编。1941 年 3 月 5 日，出至第三卷第五期终刊，共出版二十七期。

〔6〕 1939 年 6 月 1 日，中共中央妇女运动委员会主办的《中国妇女》在延安创刊。毛泽东题写刊名。吴平、张亚苏、沙平、周俊先后任主编。1941 年 3 月 8 日终刊，共出版二十二期。

〔7〕 1939 年 10 月 4 日，中共中央宣传部编辑出版的《共产党人》在延安创刊。它是中共中央的机关刊物。张闻天主编。1941 年 8 月终刊，共出版十九期。

〔8〕 1940 年 2 月 7 日，中共中央职工运动委员会编辑出版的《中国工人》在延安创刊。毛泽东题写刊名。1941 年 3 月 3 日终刊，共出版十三期。

〔9〕 1941 年 5 月 16 日，《解放日报》在延安创办。是抗日民主根据地出版的第一个大型日报，毛泽东题写报名。1947 年 3 月 27 日，《解放日报》停刊。

〔10〕 1938 年 9 月 20 日，陕甘宁边区文化界救亡协会机关刊物《文艺突击》在延安创刊。毛泽东题写刊名。刘白羽主编。1939 年 6 月 25 日终刊，共出版八期。

〔11〕 1938 年 10 月，山脉诗歌社编辑的《山脉诗歌》在延安创刊，毛泽东题写“山脉”二字。先后由奚定怀、徐明等负责。1939 年 6 月终刊，共出版约十期。

作》[1]、《文艺战线》[2]、《中国文化》[3]、《大众文艺》[4]、《大众习作》[5]、《新诗歌》(延安版)[6]、《文艺月报》[7]、《中国文艺》[8]、《新诗歌》(绥德版)[9]、《草叶》[10]、《谷雨》[11]、《诗刊》[12]、《部队文艺》[13]等。上述在延安解放区创办的报纸、文艺刊物中的三分之一刊报名是请毛泽东挥毫题名的。毛泽东还亲自担任《八路军军政杂志》的编委。1941年5月15日,毛泽东向全党发出《中央关于出版〈解放日报〉等问题的

---

〔1〕 1939年1月1日,鲁迅艺术学院编审委员会编的《戏剧工作》在延安创刊。1939年2月1日终刊,共出版二期。

〔2〕 1939年2月16日,延安文艺抗战联合会、文艺战线社编辑的《文艺战线》在延安创刊。周扬主编。1940年2月16日终刊,共出版六期。

〔3〕 1940年2月15日,陕甘宁边区文化协会机关刊物《中国文化》在延安创刊。艾思奇主编。1941年8月20日终刊,共出版十五期。

〔4〕 1940年4月15日,《文艺突击》改为延安大众文艺社编的《大众文艺》在延安创刊。中华全国文艺界抗敌协会延安分会出版,毛泽东题写刊名。萧三主编。1940年12月25日终刊,共出版九期。

〔5〕 1940年8月1日,陕甘宁边区大众读物社编的《大众习作》在延安创刊,毛泽东题写刊名。胡采主编。1941年9月15日终刊,共出版六期。

〔6〕 1940年9月1日,陕甘宁边区文化界救亡协会编的《新诗歌》(延安版)在延安创刊。萧三主编。1941年5月21日终刊,共出版六期。

〔7〕 1941年1月1日,延安文艺月会机关刊物《文艺月报》在延安创刊。由延安文艺月会萧军、舒群等轮流编辑。1942年9月1日终刊,共出版十七期。

〔8〕 1941年2月25日,《大众文艺》改为中国文艺社编的《中国文艺》在延安创刊。中华全国文艺界抗敌协会延安分会出版,毛泽东题写刊名。周扬主编。仅出版一期。

〔9〕 1941年6月,延安新诗歌会绥德分会主编的《新诗歌》(绥德版)在绥德创刊。毛泽东题写刊名。高敏夫主编。1942年1月25日终刊,共出版六期。

〔10〕 1941年11月1日,延安鲁迅艺术文学院草叶社编的《草叶》在延安创刊。周立波、何其芳、陈荒煤、严文井等组成编委会。1942年9月15日终刊,共出版六期。

〔11〕 1941年11月15日,中华全国文艺界抗敌协会延安分会、文抗机关刊物《谷雨》在延安创刊。舒群、丁玲、艾青、萧军、何其芳组成编委会,轮流主持。1942年8月15日终刊,共出版六期。

〔12〕 1941年11月,诗刊社编的《诗刊》在延安创刊。艾青主编。1942年5月5日终刊,共出版六期。

〔13〕 1941年12月,中央军委直属队政治部文艺室机关刊物《部队文艺》在延安创刊。公木主编。1942年4月终刊,共出版三期。

通知》[1]，并且亲自撰写了《延安〈解放日报〉发刊词》[2]。

由于延安解放区的报刊基本上属于共产党领导下的党、政、军的机关报刊与文艺机构报刊，因此党中央及其各级党、政、军领导能够轻而易举地行使对报刊的领导与监督职权，既可以指示在延安解放区创办某类报刊，又可以对延安解放区出现问题的某些报刊进行改造或令其停刊。中央书记处在1939年5月17日发出《中央关于宣传教育工作的指示》，要求："从中央局起一直到省委区党委，以至比较带有独立性的地委中心县委止，均应出版地方报纸。党委与宣传部均应以编辑、出版、发行地方报纸成为自己的中心任务。各中央局、中央分局、区党委、省委，应用各种方法建立自己的印刷所（区党委与省委力求设立铅字机）以出版地方报纸，翻印中央党报及书籍小册子"[3]。各根据地党组织按照这一指示精神，对原有报刊进行了整顿。1940年9月10日，中共中央发出《中央关于发展文化运动的指示》，要求："各地党部与军队政治部应对全部宣传事业，教育事业与出版事业作有组织的计划与推行"，"每一较大的根据地上应开办一个完全的印刷厂，已有印厂的要力求完善与扩充。要把一个印厂的建设看得比建设一万几万军队还重要"[4]。1941年3月26日，中共中央作出《中央关于调整刊物问题的决定》，指出："由于目前技术条件的限制，与某些书籍小册子的急于出刊，决定《中国青年》，《中国妇女》，《中国工人》，自四月起暂时停刊，以

---

〔1〕《中央关于出版〈解放日报〉等问题的通知》（1941年5月15日），中央档案馆编：《中共中央文件选集·第十三册（1941—1942）》，中共中央党校出版社1991年版，第110页。

〔2〕毛泽东：《延安〈解放日报〉发刊词》，《解放日报》1941年5月16日。

〔3〕中央书记处：《中央关于宣传教育工作的指示》（1939年5月17日），中央档案馆编：《中共中央文件选集·第十二册（1939—1940）》，中共中央党校出版社1991年版，第70页。

〔4〕《中央关于发展文化运动的指示》（1940年9月10日），中央档案馆编：《中共中央文件选集·第十二册（1939—1940）》，中共中央党校出版社1991年版，第487页。

四个月为期”，“中国文艺亦停刊四个月”[1]。1941年6月20日，中共中央宣传部在《中央宣传部关于党的宣传鼓动工作提纲》中指出：“报纸、刊物、书籍是党的宣传鼓动工作最锐利的武器”，因此“办报，办刊物，出书籍应当成为党的宣传鼓动工作中的最重要的任务”[2]。同年7月4日，中共中央宣传部又发出《中央宣传部关于各抗日根据地报纸杂志的指示》，指出：“近年来，各抗日根据地尤其是华北，报纸、杂志在种类上和数量上有很大的发展”，“但大多数报纸杂志，显示出分工不明，彼此重复，数量多而质量差，形式铺张而内容贫乏的严重弱点”；要求“中央局、中央分局和地域上有独立性的区党委（如晋西北），可办一种政治报纸（三日刊、隔日刊或日刊），作为党及党所领导的军、政、民的共同言论机关”，“可办一种政治杂志（月刊）”，“可出版一种党内刊物（月刊）”，“可出版一种在党指导下的综合的文化文艺性质的杂志”，“各边区可出版一种作为社会教育工具的通俗报纸（如晋西北的大众报及陕甘宁的群众报）”；规定在内容上必须注意：“掌握党中央的政策与党的原则”；“反映现实，反映当地社会情况与工作情况，反映大众呼声”；“善于使用批评的武器，表扬各种工作中的成绩，揭发其错误”；“充实，具有多方面性”；确定：“报纸杂志的领导，应统一于党的宣传部。宣传部应经常的检查和讨论该项工作。下级的报纸杂志应送上级宣传部审查。党的委员会及主要负责人应定期的直接检查宣传部此项工作并加强其领导”；同时对于“在抗日民主的原则下应允许其他党派或非党人士出版报纸杂志。党应经过当地政府给以监督并经过自己的党员给以良好的影响”[3]。

---

[1] 《中央关于调整刊物问题的决定》（1941年3月26日），中国社会科学院新闻研究所编：《中国共产党新闻工作文件汇编》（上），新华出版社1980年版，第96页。

[2] 中央宣传部：《中央宣传部关于党的宣传鼓动工作提纲》（1941年6月20日），中央档案馆编：《中共中央文件选集·第十三册（1941—1942）》，中共中央党校出版社1991年版，第136页。

[3] 《中央宣传部关于各抗日根据地报纸杂志的指示》（1941年7月4日），中央档案馆编：《中共中央文件选集·第十三册（1941—1942）》，中共中央党校出版社1991年版，第148、149、150、151、152页。

1941年4月至9月，延安解放区进入了报刊调整、停刊时期：4月，将胡乔木负责的《中国青年》与王明、博古、邓发负责的《中国妇女》、《中国工人》和周扬主编的《中国文艺》等一并停刊；5月，《新中华报》和《今日新闻》合并、改创办《解放日报》，《新诗歌》（延安版）终刊；6月，《解放》周刊终刊；8月，《共产党人》停刊，《中国文化》终刊；9月，《大众习作》终刊。1942年3月16日，中宣部发出《中共中央宣传部为改造党报的通知》，要求各地党组织要"根据毛泽东同志整顿三风的号召，来检查和改造报纸"；"报纸的主要任务就是要宣传党的政策，贯澈党的政策，反映党的工作，反映群众生活"；"要使各地的党报成为真正的党报"，"党报要成为战斗性的党报"[1]。同年3月31日，毛泽东亲自主持《解放日报》改版座谈会，与会的七十多人对《解放日报》提了批评意见；4月1日，《解放日报》发表了《致读者》，提出了增强"党性、群众性、战斗性和组织性"[2]的办报方向；9月5日，在《解放日报》编委会上陆定一传达了毛泽东对报纸的意见："《解放日报》有很大进步，但尚未成为真正的党中央的机关报"，"报纸尚未与中央息息相关，虽然总路线是对的。以后凡是新的重要的问题，小至消息，大至社论，须与中央商量"；"中央与西北局要极力注意管理报纸。报纸不能有独立性"；"应当在统一领导下进行，不能有一字一句的独立性"[3]。各解放区在整风之后，所有的报刊都实现了"党性、群众性、战斗性和组织性"[4]的办报方向，并且与党中央保持高度的一致性。1942年2月，延安全党整风开始之时，延安还存有五种文学刊物，这五种文学刊物都于当年全部陆续终刊：1942年4月，《部队文艺》终刊；5月5日，《诗刊》终刊；8月15日，《谷雨》终刊；9月1日，《文艺月报》终刊；9月15日，《草叶》终刊。1943年"延安

[1] 中宣部：《中共中央宣传部为改造党报的通知》（1942年3月16日），中央档案馆编：《中共中央文件选集·第十三册（1941—1942）》，中共中央党校出版社1991年版，第358、359页。

[2] 《致读者》，《解放日报》1942年4月1日。

[3] 转引自王敬主编：《延安〈解放日报〉史》，新华出版社1998年版，第40页。

[4] 《致读者》，《解放日报》1942年4月1日。

审干”、“抢救运动”之后，延安的其他报刊均停办了，延安所有发表的文艺理论文章、小说、诗歌、散文、戏剧作品，都刊登在党中央的机关报《解放日报》上。1946 年 6 月至 1947 年 3 月的解放战争初期，被国民党占领的原解放区中的报刊大多均因战争环境影响而被迫停刊。解放军进入战略反攻之后，军队报刊得到迅速的发展，“据 1949 年 1 月统计，当时全军共有大小报刊五十种”[1]。另外，至 1948 年 5 月止，“《东北日报》公布东北解放区的报纸已近三十种”[2]等等。

延安解放区的文艺组织与文学社团，都得到张闻天、毛泽东等党、政、军领导人的热心支持，他们或者出席成立大会、发表演讲，或者在经济上给予资助、政治上进行引导，或者直接参与其中、从事领导。例如 1936 年 11 月 22 日，成立“中国文艺协会”[3]；1937 年 8 月 12 日，成立

---

〔1〕 倪延年、吴强：《中国现代报刊发展史》，南京大学出版社 1993 年版，第 555 — 556 页。

〔2〕 “计有哈尔滨：《东北日报》、《哈尔滨日报》、《民主日报》（朝鲜文）、《生活报》、《文化报》、《哈尔滨公报》、《大华日报》、《午报》、《工商日报》、《大众日报》”。“齐齐哈尔：《嫩江新报》、《嫩江农民》、《齐齐新闻》”。“佳木斯：《合江日报》、《庄稼人》”。“牡丹江：《牡丹江日报》”。“北安：《新黑龙江日报》”。“瓦房店：《辽南日报》”。“通化：《辽东日报》”。“黑河：《新黑河报》”。“延吉：《延边日报》（朝鲜文）”。“白城：《胜利报》”。“冀察热辽：《大连日报》、《关东日报》、《实话报》”。“乌兰浩特：《内蒙古日报》”。张毓茂主编：《东北现代文学大系（1919—1949）·第十四集·资料索引卷》，沈阳出版社 1996 年版，第 126 页。

〔3〕 1936 年 11 月 22 日上午，中国文艺协会在陕北保安成立。由毛泽东命名，在保安的中国共产党中央全体负责同志出席成立大会。推定丁玲为文艺协会主任，下设组织部、联络部、研究部等。在《红色中华》出版不定期的《红中副刊》，1937 年 1 月 29 日《红色中华》改名《新中华报》后，出版不定期的《新中华副刊》。1936 年 12 月 24 日，发起《苏区的一日》征文活动，“决定在 1937 年 2 月 1 日”作为写作《苏区的一日》征文的时间，“全面表现苏区的生活和斗争”的内容。（中国文艺协会启：《〈苏区的一日〉征文启事》，《红色中华·红中副刊》第 3 期，1936 年 12 月 28 日）文艺协会的戏剧组既组织和领导戏剧活动，又编写和演出戏剧。1937 年 11 月，中国文艺协会结束活动。

西北战地服务团[1];1937 年 11 月 14 日,成立"陕甘宁特区文化界救亡协会"[2];1937 年 12 月底,成立战歌社[3];1938 年 4 月 10 日,成立

---

[1] 1937 年 7 月 7 日,抗日战争全面爆发后,住在延安抗日军政大学的丁玲与吴奚如提议组织一个战地记者团,计划到抗日前线进行战地采访报道。抗大的学生们纷纷要求加入战地记者团,中央军委委托中央宣传部组织西北战地服务团(简称"西战团")。8 月 12 日召开"西战团"成立大会,朱光代表中宣部讲了"西战团"的任务、筹备经过与组织机构,同时宣布任命丁玲为"西战团"主任,吴奚如为副主任。8 月 15 日晚,毛泽东在延安各界欢送"西战团"的晚会上首先致词。"西战团"临行前,毛泽东还向前来请示的丁玲做出重要指示。9 月 22 日,西北战地服务团四十多人徒步从延安出发,东渡黄河,进入山西。一路上,他们运用群众喜闻乐见的文艺形式发动群众、宣传抗日。1938 年 7 月,"西战团"奉调返回延安。同年 11 月 20 日,周巍峙带队"西战团"第二次离开延安、奔赴抗日前线晋察冀边区。"西战团"活动期间,丁玲主编了一套"战地丛书";坚持出版《战地》、诗刊《诗建设》;除了诗歌创作、朗诵活动之外,还创作演出了 100 多部戏剧和几百首歌曲。1945 年 6 月,中宣部决定撤销西北战地服务团的建制。

[2] 1937 年 11 月 14 日,陕甘宁特区文化界救亡协会(简称"特区文协")在延安陕北公学大礼堂召开成立大会,选举艾思奇和柯仲平为正副主任。洛甫做了《十年来文化运动的检讨及目前文化运动的任务》报告。12 月 11 日,改名为"陕甘宁边区文化界救亡协会"。1940 年 1 月 4 日,陕甘宁边区文协第一次代表大会召开,正式定名为"陕甘宁边区文化协会"(简称"文协"),王明作了《文化统一战线》报告,张闻天作《抗战以来中华民族的新文化运动与今后任务》报告,毛泽东作《新民主主义的政治与新民主主义的文化》报告,推动了 1940—1941 年延安文学团体、文化活动的繁盛。1941 年 7 月 1 日以后,文艺作家大多归属到中华全国文艺界抗敌协会延安分会(简称"文抗"延安分会,或"文抗")的组织名号之下进行文学活动,"文协"与"文抗"分家。"文协"主要进行了发起"五月在延安"征文活动,组织抗战文艺工作团,举行高尔基逝世二周年纪念大会,组织"街头诗运动日",主持召开鲁迅逝世二周年纪念大会,讨论"抗战文艺动向"问题,改造民间文化等文化活动。1945 年抗日战争结束后,边区文协组织文艺工作团,陆续离开延安。

[3] 1937 年 12 月底,战歌社在延安成立。属陕甘宁边区文化界协会领导,成员包括延安抗日军政大学、陕北公学及其一些机关团体的诗歌作者。推举刘御为社长。后由柯仲平任社长。发起诗歌朗诵运动,在近两个月的时间内举办了二十多次诗歌朗诵会;1938 年 1 月 26 日晚,战歌社举行"诗歌、民歌演唱晚会",虽然因为朗诵效果不好使得听众走掉一半,但是毛泽东却坚持一直听完。1938 年 8 月 7 日,战歌社与西北战地服务团战地社联合发表《街头诗歌运动宣言》,发起街头诗运动;在《新中华报》刊登《街头诗选》。战歌社研究部常常在文协举行诗歌理论研究座谈会。1940 年 12 月间,战歌社被新成立的"延安新诗歌会"所代替。

鲁迅艺术学院[1];1938 年 5 月中旬,成立抗战文艺工作团[2];1938 年 9 月 11 日,成立陕甘宁边区文艺界抗战联合会[3];1938 年,产生的文艺小组[4];1939 年 2 月 10 日,成立中华戏剧界抗敌协会边区分

---

〔1〕 1938 年 4 月 10 日下午,鲁迅艺术学院(简称"鲁艺")在延安的中央大礼堂举行开学典礼。是中国共产党为培养抗战文艺干部与文艺工作者而创办的综合性文学艺术学校,首届设立戏剧系、音乐系、美术系。沙可夫任副院长兼教务主任。第二届起增设文学系,周扬兼任系主任。1939 年底,"鲁艺"开始实行"专门提高"的办学方针。1940 年 4 月,改名"鲁迅艺术文学院"。1940 年 7 月,在周扬主持下,"鲁艺"新制定了趋向于正规化、专门化的教学计划和实施方案。1943 年 4 月,"鲁艺"并入延安大学,称"鲁艺文艺学院"。在延安办学的七年半时间里,"鲁艺"培养了一大批文学家、艺术家;创作了《黄河大合唱》(1939 年)、《南泥湾》(1943 年)、《白毛女》(1945 年)等大批极具影响力的文艺作品。1945 年 11 月,党中央决定延安大学各学院迁离延安,去东北新解放区继续办学。

〔2〕 1938 年 5 月中旬,抗战文艺工作团在延安成立。属陕甘宁边区文化界救亡协会和八路军总政治部领导,毛泽东命名团体名称。先后派出六组工作团,到前线搜集战地资料、表现前线生活,建立文艺组织、推进文艺运动,举行文艺座谈会、交流意见和经验,宣传抗战形势、普及革命文艺。

〔3〕 1938 年 9 月 11 日下午,陕甘宁边区文艺界抗战联合会(简称"边区文联")在延安"边区文协"成立。成立大会结束之后,中央宣传部宴请晚餐。它是"边区文协"的分支机构,是文学家和文学爱好者的专业协会。第一届执委会成员有丁玲、林山、田间、成仿吾、任白戈、沙汀、周扬、柯仲平、雪苇、刘白羽等。"边区文联"成立之后,指导业余文艺小组、帮助建立文艺小组,组织作家参加实际生产活动、创作表现农村生产作品,创办文艺月刊《文艺战线》,组织作家到晋察冀、晋东南前线工作。1939 年 5 月 14 日,更名为"中华全国文艺界抗敌协会延安分会"。推举周扬、萧三、沙可夫为常务理事。1941 年 7 月以后,"文协"基本上被"文抗"取代。

〔4〕 1938 年,最早由延安解放社印刷厂四、五个工人自发成立的文艺小组,后来遍及延安的工厂、机关、学校、兵营,1939 年至 1941 年各文艺小组的活动最为活跃,开展多种文艺活动。1940 年 1 月,陕甘宁边区文协第一次代表大会后,由"文抗"负责帮助领导文艺小组。1940 年,已有约四十五个单位建立了文艺小组八十五个,成员达六百六十多人(也有说文艺小组的单位是五十四个,还有说文艺小组的单位是四十至五十个;也有说组员六百六十八人,还有说组员六百六十七人)。1941 年,中央文委发出通知,要求"各机关学校的俱乐部应把文艺小组的组织工作作为自己工作的一部分","文抗"专门成立"文艺小组工作委员会",对文艺小组的性质、任务、活动以及组织原则、区会组织、总会组织,做了系统而具体的规定。"文抗"文艺小组工作委员会先后举行过十二次巡回座谈会,围绕着"写什么和怎样写? 读什么和怎样读?"的总题目,组织文艺家们到各文艺小组与组员和爱好文学的广大群众直接交流讨论。

会[1]；1940 年 3 月 12 日，成立大众读物社[2]；1940 年 3 月底，建立延安文化俱乐部[3]；1940 年 10 月 19 日，成立文艺月会[4]；1941 年 6 月 1 日，正式创办星期文艺学园[5]；1941 年 8 月，成立中央研究院文艺研究室[6]；1941 年 10 月 18 日，成立中华全国文艺界抗敌协会延安分会

---

〔1〕 1939 年 2 月 10 日晚，中华戏剧界抗敌协会边区分会（简称“边区剧协”）在延安陕北公学大礼堂成立。选出潘汉年为理事长，沙可夫为副理事长。召开多次研讨戏剧问题的座谈会，组织延安戏剧界联合公演与延安戏剧节联合公演，领导成立工余剧人协会、旧剧研究会、剧作小组等戏剧团体。1943 年后，“边区剧协”的活动基本结束。

〔2〕 1940 年 3 月 12 日，大众读物社在延安成立。开始属于陕甘宁边区中央局领导，1941 年后改属于西北中央局领导。周文任社长。先后主办《边区群众报》，编辑出版《大众习作》、《大众画库》、《大众文库》、革命岁月丛书与民间画等。1942 年 3 月 5 日，大众读物社发布结束启事。

〔3〕 1940 年 3 月底，延安文化俱乐部在延安青年文化沟建立。萧三任主任，属边区文协领导。延安文化俱乐部举办了各种展览与纪念活动，为延安的各种文化团体提供活动场所，成为延安文化活动中心。发起组织了延安合唱团、延安业余剧团，创办了延安星期音乐学校，成立了延安诗会，组织了延安街头歌咏与街头教歌活动。在重大节日与纪念日，举办群众性文化娱乐活动、纪念会与报告会。约在 1942 年 10 月后，延安文化俱乐部结束了活动。

〔4〕 1940 年 10 月 19 日下午，文艺月会在延安杨家岭文化协会俱乐部成立，同时纪念鲁迅逝世四周年。由“文抗”作家丁玲、舒群、萧军等发起，活动方式是经常召集座谈讨论会、例会。出版会刊《文艺月报》。先后召开过多次座谈会（《文艺月报》记录了九次座谈会的时间、地点、主席与议题），展开文艺问题的讨论。1942 年 9 月，结束文艺月会的活动。

〔5〕 1941 年 6 月 1 日，星期文艺学园在延安文化俱乐部正式创办。是文艺月会举办的文学青年业余文艺补习班，艾青任校长。每星期日上课一次，第一学期在文化俱乐部上课，第二学期在蓝家坪作家俱乐部上课，原计划学习期限两年。课程有中国新文学运动史、世界文学史、诗学、文艺理论。经过一年的业余学习，学员们上交给看稿委员会的习作有一百八十七篇，其中较优秀的作品在《解放日报》、《文艺月报》上发表。1942 年 6 月 21 日，因形势紧张、人手缺乏，召开星期文艺学园结束座谈会。

〔6〕 1941 年 8 月，中央研究院文艺研究室在延安成立。中央研究院直属中央宣传部，是培养党的理论干部的高级研究机关。张闻天兼任院长，范文澜任副院长。全院共成立九个研究室，其中之一是文艺研究室。文艺研究室以研究中国文艺的实际问题为中心，调查研究文艺各方面的历史与现状，总结文艺理论，指导文艺实践。欧阳山、艾思奇先后任文艺研究室主任。文艺研究室内设五个小组：鲁迅研究、文艺评论、小说散文、戏剧和诗歌小组。1943 年 5 月 5 日，研究院改为中央党校第三部，中央研究院文艺研究室结束活动。

作家俱乐部[1]等等，都得到中共党、政、军各级领导人的支持、资助与引导。张闻天与毛泽东还为延安解放区文化界制定了文化政策大纲，张闻天在陕甘宁边区文化协会第一次代表大会上作了《抗战以来中华民族的新文化运动与今后任务》的长篇报告，毛泽东也在会上作了《新民主主义的政治与新民主主义的文化》的讲演；1942 年 5 月 2 日与 23 日，毛泽东还作了《在延安文艺座谈会上的讲话》，为延安解放区文艺制定了党的文艺政策。

1939 年 5 月 17 日，中央书记处发出《中央关于宣传教育工作的指示》，要求："各级宣传部必须经常注意对于文化运动的领导，积极参加各方面的文化运动，争取对于各种文化团体与机关的影响，特别对于各种文化工作团。在必要时，可吸收一部分文化工作的同志，在区党委、省委以上的宣传部下组织文化工作委员会"[2]。1941 年 9 月 30 日，中央文化工作委员会发出《中央文委关于组织文艺小组对延安各机关学校的通知》，指出："以前延安各机关学校的文艺小组活动，都是自发的组织，由文抗分会的文艺小组工作委员会领导，各机关学校行政当局不负领导责任。因此工作上发生一些困难：第一，有些文艺小组活动和本机关学校的工作冲突，不能适当调节；第二，机关学校太多，文抗分会来不及普遍领导。为着便利群众文艺活动更加发展起见，希望各机关行政当局更多注意文艺小组的工作，办法如下：一、各机关学校的俱乐部应把文艺小组的组织工作作为自己工作之一部分，负责将本机关学校

---

[1] 1941 年 10 月 18 日晚，中华全国文艺界抗敌协会延安分会作家俱乐部（简称"延安作家俱乐部"或"文抗作家俱乐部"）在延安蓝家坪成立。由萧军向边区政府募款建立，属延安文抗分会领导。毛泽东参加成立晚会。是文抗作家们的活动场所，也是延安著名的文化活动中心之一。延安文抗的作家们，在这里讨论文艺问题与分析文艺作品；附近单位的同志们，也会到这里举办周末晚会；星期文艺学园的学生们，第二学期在这里聆听文抗作家的授课。文艺整风运动开始之后，"延安作家俱乐部"成了文抗作家们学习整风文件、提高思想认识的活动中心。

[2] 中央书记处：《中央关于宣传教育工作的指示》（1939 年 5 月 17 日），中央档案馆编：《中共中央文件选集·第十二册（1939—1940）》，中共中央党校出版社 1991 年版，第 71 页。

对文艺有兴趣的人组织到小组中来。二、文抗分会文艺小组工作委员会只负教育上的责任。关于小组的写作和研究上的问题，由各俱乐部与文抗分会接洽，取得帮助。三、各俱乐部应经常注意检查小组的工作，并在这一方面经常与文抗分会文艺小组工作委员会取得联系”[1]。10月1日，文抗分会文艺小组工作委员会编订《文艺小组工作提纲及其组织条例》，指出：“文艺小组是根据大众对文艺普遍的爱好和要求，而在自由民主的边区所产生的一种群众的文艺运动。它提示大众对文艺的正确认识，提高大众的文化水平，并培养、教育写作人才，使之生动、真实地反映生活”；根据“自愿、活泼、民主”的组织原则，“三人即可组织之(学校、机关、部队、工厂皆适用)，推组长一人负责计划工作，推动工作”[2]。“文抗”文艺小组工作委员会先后举行过十二次巡回座谈会，围绕着“写什么和怎样写？读什么和怎样读?”的总题目，组织文艺家们到各文艺小组，与组员和爱好文学的广大群众直接交流讨论。

上述的所有的解放区报刊与文艺协会、社团都由共产党(党、政、军领导人)直接领导创办、出资赞助的，因此他们与解放区外的国民党办的报刊、日本侵略者办的报刊和其他自由文化人办的报刊、组织的文艺协会、社团在性质上存在着根本的差异。延安文艺界整风之前，各种文艺协会、团体纷纷建立，创办许多文艺、文化研究刊物，各种文化活动十分活跃。延安文艺界整风、“文学批判”方式、审查干部运动和“抢救失足者运动”之后，延安解放区的文学刊物陆续停刊，仅存的报刊日益显得格外谨慎，作家与编辑们都不敢轻易动笔与编发文章，出现了报刊和杂志稿件奇缺的现象。《解放日报》就曾分别在1942年7月12日、7月17日、8月16日、8月29日、10月3日、10月5日、11月11日、11月14日、12月28日和1943年1月7日多次登载了“征稿启事”或“欢

[1] 《中央文委关于组织文艺小组对延安各机关学校的通知》，《文艺月报》第十期，1941年10月1日。

[2] 延安文抗工作小组委员会编：《文艺小组工作提纲及其组织条例》，《文艺月报》第十二期，1941年12月1日。

迎投稿”。1942年8至9月份，延安最有影响的三个文学期刊《谷雨》、《文艺月报》、《草叶》陆续停刊。同年7月25日，在中共中央政治局会议上，当讨论到《解放日报》缺乏稿件时，“毛泽东提出一个变通办法：有排印时间的话，可印《鲁迅全集》、《海上述林》、小说”〔1〕。9月15日，毛泽东亲自与报社社长博古专门研究报纸的“稿荒”问题，并致信中宣部副部长何凯丰商讨征稿事宜〔2〕；9月20日，他又亲自为《解放日报》第四版拟定征稿办法，指定陈荒煤、江丰、张庚、柯仲平、王震之、周扬、吕骥等人，分别主要负责征集文学、美术、戏剧、文艺、批评、音乐等方面的稿件。他还以中央办公厅的名义，通知邀请上述文人到枣园赴宴、摊派任务。解放区的文艺协会、文艺社团也因为作家们参加整风检查、下乡学习或到前线工作而纷纷解散或名存实亡。

我们只有深入地认识和理解延安解放区文学生存环境的特殊性，才有可能客观地研究和阐释延安解放区文学生成流变的特异性。

原载江震龙著：《解放区散文研究》，上海三联书店2005年版

〔1〕 陈晋：《文人毛泽东》，上海人民出版社1997年版，第243页。

〔2〕 “今日与博古谈了半天，报馆工作有进步，可以希望由不完全的党报变成完全的党报”。“解放第四版缺乏稿件，且偏于文艺，我已替舒群约了十几个人帮助征稿，艾、范、孙雪苇及工、妇、青三委都在内。青委约的冯文彬，拟每月征六千——一万字的青运稿件，不知能办到否？”毛泽东：《致何凯丰》（1942年9月15日），《毛泽东书信选集》，人民出版社1983年版，第202页。

延安解放区文学思潮

延安根据地——解放区文学[1]的生发环境，既与解放区的创建、巩固、发展休戚相关，又与解放区所形成的延安文艺思想[2]的确立过程有关。

延安解放区文学思潮的发展，以1942年延安文艺界整风为界，可分为前后两个时期。

抗日战争全面爆发后，奔向延安解放区的知识分子、作家络绎不绝。延安领导者看重这批文化人，也重视文学对于政治、军事斗争的宣传鼓动功能。当时中共中央对于来自全国各地的文化人为主形成的延

---

〔1〕 中国现代文学史上一般统称为"解放区文学"。"解放区文学"在时空上有自己的独特性——1935年10月，工农红军长征到达陕北后，开始了根据地的文学建设，当时解放区被称之为"苏区"。抗日战争时期，解放区被称之为"抗日民主根据地"，以延安所在地——陕甘宁边区为中心，包括晋察冀边区、晋绥边区、晋冀鲁豫边区等各抗日民主根据地。抗日战争胜利后，上述民主抗日根据地改称"解放区"，包括陕甘宁解放区、晋察冀解放区、晋绥解放区、晋冀鲁豫解放区、华东解放区、东北解放区、新疆解放区等。现代文学史上把这一时期、这一区域的文学，统称为解放区文学。

〔2〕 具体可概括为：(1)文艺的完全意识形态化；(2)文艺对政治的服从服务化；(3)作家精神拥有的无产阶级化；(4)知识分子与工农之间的学习、被改造关系；(5)艺术格调的颂歌化；(6)审美倾向的乡村化；(7)人物主体的工农兵化；(8)创作方法的社会主义现实主义化等。席扬、吴文华：《20世纪中国文学思潮史论》，时代文艺出版社2001年版，第161页。

安文艺界实行宽松自由的政策[1]。延安文艺界热情高涨，在延安根据地及周边地区迅速成立了一批文学社团，创办了宣传抗战主张与表现抗日根据地生活的报刊。比如，早在 1936 年 11 月 22 日，初到陕北保安的丁玲，创办了根据地第一个文学团体——中国文艺协会，以《红色中华·红中副刊》为会刊；1937 年 11 月 14 日，成立了抗战全面爆发后根据地第一个以文学团体为骨干的抗日文化组织——陕甘宁特区文化救亡协会（又称边区文化救亡协会）[2]，简称"文协"，这是应到延安的左翼文化人的要求成立的一个统一的、范围更大的延安文艺界组织，先后出版《边区文艺》、《文艺突击》等刊物；1938 年到 1941 年底，文协发动群众开展文艺活动的组织——文艺小组，发展至八十五个、组员六百六十八人，分散于四、五十个单位之中[3]；1938 年 9 月 11 日，成立了根据地第一个文艺联合会性质的文艺团体——陕甘宁边区文艺界抗战联合会，简称"文抗"（亦称"文联"），1939 年 5 月 14 日，改名为"中华全国文艺界抗敌协会延安分会"（1941 年 8 月"文抗"第五次大会后，"文协"基本上被"文抗"取代），先后编辑出版《大众文艺》、《中国文艺》、《谷雨》等文艺刊物。此外还有，1939 年 2 月 15 日，成立晋察冀边区文化界抗日救国会（简称"文救会"）；1940 年 5 月，成立中华全国文艺界抗敌协会晋西分会，编辑文艺刊物《西北文艺》；1940 年 7 月，成立中华全国文艺界抗敌协会晋察冀边区分会，编辑文艺刊物《晋察冀文艺》；1941 年 5

---

[1] 例如由张闻天主持颁布的中共文件《关于各抗日根据地文化人与文化团体的指示》，原载《共产党人》第十二期，1940 年 12 月 1 日；后收入张闻天选集编写组：《张闻天选集》第一卷，人民出版社 1985 年版，第 291—293 页。

[2] 1937 年 12 月 11 日，改名为"陕甘宁边区文化界救亡协会"，简称"文协"；1940 年 1 月，正式定名为"陕甘宁边区文化协会"。设有诗歌总会、文艺突击社、戏剧救亡协会、文艺战线社等文艺团体和讲演文学研究会、大众读物社、文艺顾问委员会等组织。

[3] 《中华全国文艺界抗敌协会延安分会第五届会员大会纪录》，《中国文化》第三卷第二、三期合刊，1941 年 8 月。一说八十五个文艺小组，六百六十七个组员，包括五十四个单位，见叶澜：《文艺活动在延安》，《新华日报》1941 年 9 月 12 日。又说成立文艺小组的单位是四十五个，见雷加：《七次巡回座谈会底经过与检讨》，《文艺月报》第四期，1941 年 4 月 1 日。

月，创办星期文艺学园；1941 年 6 月 18 日，成立晋察冀边区文化界抗日救国联合会；1941 年 10 月 18 日，成立中华全国文艺界抗敌协会延安分会作家俱乐部，等等。1938 年 4 月 10 日，成立鲁迅艺术学院[1]，副院长周扬主持鲁艺日常工作，在其周围有何其芳、周立波、陈荒煤、沙可夫、沙汀、刘白羽、林默涵、贺敬之等一批文化人，编辑文艺刊物《草叶》。实际主持"文抗"工作的是丁玲、萧军、舒群、艾青、白朗、罗烽等。1940 年 10 月 19 日，丁玲、萧军、舒群等作家组织文艺月会，办有《文艺月报》，针对延安文艺现象，围绕各类议题展开激烈的讨论与争辩。周扬曾回忆说：1940 年代"当时延安有两派，一派是以'鲁艺'为代表，包括何其芳，当然是以我为首。一派是以'文抗'为代表，以丁玲为首"；"大体上是这样：我们'鲁艺'这一派的人主张歌颂光明"；"而'文抗'这一派主张要暴露黑暗"[2]。

从延安根据地作家队伍的构成状况来看，大致可分为四类：一、从中央苏区和南方各根据地随红军长征到达陕北的苏区作家和文艺人才，如成仿吾、李伯钊、危拱之、徐梦秋、洪水、陆定一、肖华、莫休等人，这部分人后来大都转行担任行政职务，创作成绩不显，但他们在长期的苏区革命实践中所孕育的革命艺术理念，以各种方式对后来的延安解放区文学发生着影响；二、来自国统区或沦陷区的作家，如丁玲、何其芳、周扬、艾思奇、李初梨、萧军、王实味、周立波、徐懋庸、陈学昭等一批人，他们在进入延安根据地之前业已成名，是延安解放区作家的主体力量，并在一定意义上代表着延安解放区文学的艺术水准；三、从苏联归来的作家，如萧三等人；四、延安根据地鲁艺等艺术院校培养的年轻作家，以及在解放区里土生土长的作家及其民间艺人，如赵树理、孙犁、西虹、孙谦、西戎、孔厥、贺敬之、黄钢以及李卜、韩起祥等人，他们作为解放区的新生力量和代表性方向，从一开始就受到扶持与重视。前三类

---

〔1〕 1940 年 5 月改名为"鲁迅艺术文学院"，1943 年 4 月并入延安大学作为一个院，又改名为"鲁迅文学院"。

〔2〕 赵浩生：《周扬笑谈历史功过》，《新文学史料》1979 年第二期。

作家的文学思想渊源，大都与1930年代的左翼文学有着联系。左翼文学思潮所确立的以苏联社会主义现实主义、马克思主义文艺理论为主导的文学观念，虽然突出强调了文学的阶级性、意识形态性和政治性，但自身有其构成的复杂性[1]；在中国共产党领导的、处于战争文化形态和以农民为接受主体对象的根据地，依然面临着被重新确认的命运。在根据地土生土长的作家们，虽然他们的艺术意识从一开始就受到了根据地的政治文化观念的直接导引，但是他们与农村文化及乡村艺术的天然亲近感，在一定程度上影响着他们对特定历史时期政治之于文学的要求做更深入的理解。他们与来自于国统区、沦陷区的作家在审美观念上有冲突，也是必然的。延安文学正是在对于各种异质因素的整合与熔铸中形成的，这些都体现出延安地区知识界思想的活跃性。

例如，在文学与生活的关系、文学的社会功能问题上，周扬认为由于在作家的精神与"写什么"方面存在许多问题，明确提出，要求作家上前线或去农村参加实际工作，甚至提出："不要让生活迁就我，让我来迁就生活"[2]。而有的知识分子则推崇文学的社会批判意识，主张在歌颂光明的同时也要暴露现实生活的黑暗。举办延安讽刺画展的华君武、张谔、蔡若虹等人，就提出艺术家必须指出与埋葬新社会的黑暗[3]。王实味则提出，揭破现实和人们灵魂中的肮脏与黑暗，"与歌颂

---

[1] 这种复杂性表现为，左翼文学思潮实际上是由多种有内在差异的观念成分所构成的：早期以成仿吾、郭沫若、李初梨为代表的全盘意识形态化和政治化的观念；以鲁迅、冯雪峰、胡风为代表的保留五四文学传统，注重文学与生活、时代关系，尊重艺术规律的观念；介于两者之间，以瞿秋白、茅盾、周扬为代表的革命文学观念等。

[2] 周扬：《文学与生活漫谈》，《解放日报》1941年7月17—19日。周扬：《周扬文集》第一卷，人民文学出版社1984年版，第331页。

[3] 参见华君武、张谔、蔡若虹：《延安讽刺画展的"作者自白"》，《解放日报》1942年2月15日。

光明同样重要，甚至更重要”[1]。艾青则强调要忠实于作家的主体意识与“创作的独立精神”，要求政治家了解和“尊重作家”并且给予作家“自由写作”[2]。

对于鲁迅精神的宣传、阐释、研究，是解放区文化、文艺政策的一个重要组成部分。毛泽东在题为《新民主主义的政治与新民主主义的文化》[3]的讲演中，突出了鲁迅在反击国民党文化“围剿”中，作为革命的主将、旗手、思想家、革命家、民族英雄、文化革命的伟人的政治功能。根据地大多数来自国统区的知识分子则更看重鲁迅作为社会批判者的身份，及其凝聚于鲁迅身上的现代文化精神。丁玲、罗烽、萧军等作家们，提倡学习鲁迅敢于说真话、揭露黑暗和坚守个人独立立场的精神[4]。

这种在 1942 年延安文艺界整风之前的异声共鸣状态，在文学创作上有鲜明的体现。

一方面，直接服务于政治和现实的作品大量产生。歌颂中国共产党领导的红军抗日、反映群众觉醒的题材，成为报告文学、诗歌和戏剧等文类创作的主旋律。在延安、晋察冀边区等解放区，先后兴起了通俗而又富于鼓动性的群众性诗朗诵活动与街头诗运动，用以宣传党的政策，鼓舞斗争意志，激发战斗情绪。各地农村剧团纷纷涌现。据统

---

〔1〕 实味：《政治家，艺术家》，《谷雨》第一卷第四期，1942 年 4 月 15 日。在学术界中，关于《政治家，艺术家》的写作时间有两种说法：1942 年 2 月 17 日，1942 年 3 月 17 日；发表时间有四种说法：1942 年 2 月 17 日（或 2 月份），1942 年 3 月 15 日，1942 年 3 月 17 日，1942 年 4 月 15 日。据江震龙和朱鸿召考证：写作时间应为 1942 年 2 月 17 日，发表时间应为 1942 年 4 月 15 日，并且《谷雨》第一卷第四期上标的 1 月 15 日是印错了。

〔2〕 参见艾青：《了解作家　尊重作家——为〈文艺〉百期纪念而写》，《解放日报》1942 年 3 月 11 日。艾青：《艾青全集》第五卷，花山文艺出版社 1991 年版，第 378、379 页。

〔3〕 毛泽东：《新民主主义的政治与新民主主义的文化》，《中国文化》创刊号，1940 年 2 月 15 日。

〔4〕 参见丁玲：《我们需要杂文》，《解放日报》1941 年 10 月 23 日；罗烽：《还是杂文的时代》，《解放日报》1942 年 3 月 12 日；萧军：《杂文还废不得说》，《谷雨》第一卷第五期，1942 年 6 月 15 日。

计，从1937年到1942年5月，仅在延安地区就有一百五十多个新剧目上演，其中大多是新作，起到了唤醒、教育和鼓舞群众的作用。此间，先后发起与组织了多次群众性的报告文学写作活动，"长征记"[1]、"十年来红军战史"[2]、"苏区的一日"[3]、"五月的延安"[4]、"晋察冀的

〔1〕 1936年8月5日，毛泽东与红军政治部主任杨尚昆为出版《长征记》的征稿发给各部队的电报和参加长征同志的信，希望各位首长参与并动员、组织师团干部们，就自己在长征中所经历的战斗情况、民情风俗、奇闻轶事等写成许多片断应征。到了10月底，收到二百多篇的征稿，约五十余万字。征稿者中三分之一是素来从事文化工作的人，其余均属于"赳赳武夫"或者学会写字、作文的战士们。"中国文艺协会"承担了编选征文任务，经过三个月的紧张工作，共选出了一百一十篇共三十八万字的征文作品。

〔2〕 1937年5月10日，中央军委主席毛泽东、总司令朱德签署颁发《军委关于征集红军历史材料的通知》："今年'八一'是中国红军诞生的十周年"，"为着纪念这个有特殊意义的红军诞辰，特决定大规模的编辑十年来全国的红军战史"。(《军委关于征集红军历史材料的通知》，《新中华报》1937年5月10日)这一运动的直接成果是徐梦秋主编的《二万五千里》，肖锋(肖忠渭)、童小朋、陈伯钧、任云南、张子意等人写的长征日记和当时发表在《新中华报》上的表现长征中各个重要战斗片断、历尽艰难困苦的红军故事、通讯报告。

〔3〕 1936年12月24日，中国文艺协会发出《〈苏区的一日〉征文启事》："为着全面表现苏区的生活和斗争，特决定""编辑《苏区的一日》，日子决定在一九三七年二月一日。希望各红军部队中，苏区各党政机关工作的同志们，把这天(二月一日)的战斗，群众生活，个人的见闻和感想，全地方的，一个机关的或个人的，……种种现实，用各种的方式写出来，寄给我们"。中国文艺协会：《〈苏区的一日〉征文启事》，《红色中华》1936年12月28日。1937年1月16日，中国文艺协会编辑部又发出《复D、C同志的信——关于〈苏区的一日〉问题》，指出："我们编辑《苏区的一日》的目的，即在于把苏区全面的模范生活和斗争，整个公布到全国全世界我们的朋友及我们的敌人中去，来扩大我们的斗争影响，——这是当前的一个重大战斗任务"。中国文艺协会编辑部：《复D、C同志的信——关于〈苏区的一日〉问题》，《红色中华》1937年1月21日。从苏区各处红军部队和各地工作部门寄来征文三、四十篇，由于其中有些稿件没有发表价值，不足以出版一本《苏区的一日》，因此中国文艺协会放弃了出版计划。征文中的有些稿件，曾陆续在《苏区文艺》和陕北各报刊上发表。

〔4〕 1938年5月10日，陕甘宁边区文化界救亡协会编辑委员会发出《关于〈五月在延安〉的集稿》启事："我们将以从来未有的兴奋情绪来迎接这抗战史上的第一个五月。""为了纪念这五月，现在我们发起一个集体创作：'五月的延安——最有意义的一天'。我们要求延安每一个角落里的群众都来参加这创作的工作"。(转下页)

一周”[1]、“冀中一日”[2]等都歌颂了解放区的英雄人物与建设事迹。文学作品趋于小型化、通俗化和大众化。

另一方面，一批体现五四精神、从现代知识分子视角出发、针对革命队伍内部存在的问题和工农兵身上的落后意识进行暴露、批评的文艺作品，也引起了人们的广泛关注。小说方面，主要有丁玲的《我在霞村的时候》[3]、《在医院中时》[4]，方纪的《意识以外》[5]、鸿迅的《厂长追猪去

(接上页)陕甘宁边区文化界救亡协会编辑委员会:《关于〈五月在延安〉的集稿》，《新中华报》1938年5月10日。延安的机关干部、大学教授、事务人员、工农兵、妇女、学生等纷纷应征，在两个月中就收到三百五十多篇征稿。编委会从征文中选出五十五篇、约十五万字编成《五月的延安——集体创作》，包括:“一　五月的纪念日”，“二　五月的中国抗日军政大学”，“三　五月的陕北公学”，“四　五月的鲁迅艺术学院”，“五　五月的鲁迅小学”，“六　五月的工人”，“七　五月的女自卫军”，“八　五月的人物素描”，“九　五月的一般动态”。1939年5月，由读书生活出版社出版。

〔1〕 1938年底，晋察冀边区的政府、部队和群众团体共同发起组织“晋察冀的一周”编辑委员会，该编辑委员会发出“征稿启事”:“晋察冀的一周”“的时间是定在”1939年“1月10日至17日”;“要边区各方面的人，各部门的工作同志，把他在这一周里最有意义的工作或生活的断片写出来，经过一番整理，合成一本书，使它能够最活泼地反映出全边区各方面的动态”。“晋察冀的一周”编辑委员会:《“晋察冀的一周”征稿启事》，《抗敌报》1939年1月1日。晋察冀边区上至党、政、军、民的各级领导，下至农民、妇女和儿童都送来应征的稿件，共有近十六万字。

〔2〕 1941年4月，晋察冀边区的冀中地区党政军负责人程子华、黄敬、吕正操等发起了“冀中一日”写作活动，要求以1941年5月27日这一天的生活和战斗为取材范围来进行写作。当地党、政、军、民各机关团体热烈拥护这一活动，通过部队、政府、团体的组织系统一直布置到基层。整个冀中军区八百万人参与，包括干部、士兵和农民的亲自动笔写稿者近十万人，既有上夜校识字班的妇女，又有写四六句文言的老秀才、老士绅，还有口述着找人替写的老太太。共征集到稿件五万多篇，从中选出二百三十三篇共三十五万余字，编成《冀中一日》共分为四集:《罪与仇》、《铁的子弟兵》、《独立自由幸福》、《斗争中的人民》，于1941年10月油印出版。百花文艺出版社1959、1963年出版铅印本《冀中一日》、《冀中一日》下集时，编定为四辑:《鬼蜮魍魉》、《铁的子弟兵》、《独立自由幸福》、《战斗的人民》。

〔3〕 丁玲:《我在霞村的时候》，《中国文化》第三卷第一期，1941年6月20日。

〔4〕 丁玲:《在医院中时》，《谷雨》创刊号，1941年11月15日。

〔5〕 方纪:《意识以外》，《文艺月报》第十四期，1942年4月15日。

了》[1]、雷加的《沙湄》[2]、《躺在睡椅里的人》[3]，陆地的《落伍者》[4]、马加的《距离》[5]、《间隔》[6]，严文井的《一个钉子》[7]等；讽刺画方面，主要有延安美协于 1942 年 2 月 15 至 17 日，在军人俱乐部展出的张谔、华君武、蔡若虹的六十多幅讽刺画，及墙报、壁报上的漫画等；戏剧方面，1942 年 3 月 21 日，青年艺术剧院在延安演出暴露延安日常生活中的缺陷与病象的短剧《延安生活素描》(包括《多情的诗人》、《友情》、《无主观先生》、《小广播》、《为了寂寞的缘故吗?》)等；杂文方面，主要有丁玲的《干部衣服》[8]、《我们需要杂文》[9]、《三八节有感》[10]，罗烽的《还是杂文的时代》[11]，萧军的《纪念鲁迅：要用真正的业绩》[12]、《论同志之"爱"与"耐"》[13]，艾青的《坪上散步》[14]、《了解作家　尊重作家》[15]，王实味的《野百合花》[16]、《政治家，艺术家》[17]等。从 1940 年元旦到 1942 年延安文艺座谈会召开之前，延安、晋察冀和晋冀鲁豫等解放区掀起了演大戏的浪潮：1940 年元旦，在毛泽东的亲自提倡下，工余剧人协会在延安公演曹禺的《日出》引起轰动，拉开了在解放区上演

---

[1] 鸿迅:《厂长追猪去了》,《解放日报》1941 年 10 月 13 日。

[2] 雷加:《沙湄》,《谷雨》第一卷第二、三期合刊,1942 年 1 月 15 日。

[3] 雷加:《躺在睡椅里的人》,《解放日报》1942 年 3 月 18—19 日。

[4] 陆地:《落伍者》,《谷雨》第一卷第四期,1942 年 4 月 15 日。

[5] 马加:《距离》,《解放日报》1941 年 10 月 14—16 日。

[6] 马加:《间隔》,《解放日报》1941 年 12 月 15—17 日。

[7] 严文井:《一个钉子》,《解放日报》1941 年 7 月 24—26 日。

[8] 丁玲:《干部衣服》,《文艺月报》第五期,1941 年 5 月 1 日。

[9] 丁玲:《我们需要杂文》,《解放日报》1941 年 10 月 23 日。

[10] 丁玲:《三八节有感》,《解放日报》1942 年 3 月 9 日。

[11] 罗烽:《还是杂文的时代》,《解放日报》1942 年 3 月 12 日。

[12] 萧军:《纪念鲁迅:要用真正的业绩》,《解放日报》1941 年 10 月 21 日。

[13] 萧军:《论同志之"爱"与"耐"》,《解放日报》1942 年 4 月 8 日。

[14] 艾青:《坪上散步——关于作者、作品及其他》,《解放日报》1942 年 2 月 12 日。

[15] 艾青:《了解作家　尊重作家——为〈文艺〉百期纪念而写》,《解放日报》1942 年 3 月 11 日。

[16] 实味:《野百合花》,《解放日报》1942 年 3 月 13、23 日。

[17] 实味:《政治家,艺术家》,《谷雨》第一卷第四期,1942 年 4 月 15 日。

中外名剧的帷幕，先后上演了《日出》、《婚事》、《雷雨》、《蜕变》、《钦差大臣》、《马门教授》、《伪君子》等八十多部中外名剧。演大戏对促进解放区戏剧事业的发展与提高，对提高文艺工作者剧本创作水平和表演水平，提高根据地知识分子与民众的艺术鉴赏力等方面都有意义。

1942年2月，毛泽东和中共中央在全党发动了整风运动，目的在于清算党内以王明为首的教条主义和宗派主义错误路线。当时认为，在延安文化人中间，也同样存在着教条主义、宗派主义思想，乃至有各种自由主义、个人主义造成的“混乱”现象。中央研究院的整风运动的“受阻”，暴露了自延安根据地建立以来，区域政治文化观念与知识分子文化观念的分歧，以及这一分歧所带来的严重后果。这促使整风运动转向了针对知识分子的思想改造，并迅速展开了文艺界整风，“利用整风运动来检查文化人的思想，检查我们对文化人的工作”[1]。发动延安文艺界整风运动，其目的在于以解放区政治意识形态重新整合解放区文化，由此催生了毛泽东文艺思想与更明确的文艺为工农兵服务的方向。

在延安文艺界整风运动过程中召开的延安文艺座谈会和毛泽东所作的《在延安文艺座谈会上的讲话》(简称《讲话》)，是解放区文学思潮发展过程中的两个重要事件。延安文艺座谈会分别于1942年5月2日、16日和23日开了三次会，毛泽东在5月2日首先作了讲话(即《讲话》的“引言”部分)；经过文艺家们畅所欲言、各抒己见、充分讨论、热烈争论之后，毛泽东又于23日作了总结(即《讲话》的“结论”部分)。在《讲话》中，毛泽东以政治家、军事家的视角与眼光，提出了解放区文学格局和未来发展的系统性的规范、要求与原则。它既是对抗战以来民族—大众化文艺思潮与创作实践的总结，同时在修正1930年代左翼文

---

〔1〕 参见《关于延安对文化人的工作的经验介绍》(一九四三年四月二十二日党务广播稿)，中央档案馆编：《陕甘宁边区抗日民主根据地·文献卷》(下)，中共党史资料出版社1990年版，第449页。收入《延安整风运动(资料选辑)》选编组：《中共党史资料丛书·延安整风运动(资料选辑)》，中共中央党校出版社1984年版。还收入《新文学史料》1991年第二期。

学方向的基础上，也进一步凸现了政治、阶级、人民大众等观念（关键词）在革命文艺活动中的重要性。《讲话》以文艺的革命宣传功能为核心，以革命立场问题为基点，以态度、对象、工作和学习问题为中介，以接受者的接受程度与接受需要为切入口，引申出一系列对立的范畴和关系——革命/文艺，军事/文化，政治/艺术，世界观/创作方法，现实/理想，客观/主观，工农兵大众/文艺工作者，光明/黑暗，歌颂/暴露，赞扬/批评，普及/提高，政治标准/艺术标准，等等，在二元对立的理论表述中，蕴涵着鲜明的倾向性。

《讲话》针对解放区文艺工作者与工农兵群众相结合的问题、文艺工作者如何适应解放区环境的问题，和解放区文艺工作中存在的各种糊涂观念与错误认识问题，作了分析：

第一，阐述文艺与政治的关系，“文艺服从于政治”。毛泽东提出：“在现在世界上，一切文化或文艺都是属于一定的阶级，一定的党，即一定的政治路线的。”“无产阶级的文学艺术是无产阶级整个革命事业的一部分，如同列宁所说，是‘整个机器中的螺丝钉’”；

第二，确认解放区文艺的服务对象首先是工农兵，“我们的文学艺术都是为人民大众的，首先为工农兵的，为工农兵而创作，为工农兵所利用的”[1]；

第三，指明解放区文艺为工农兵服务的根本途径，突出了在马克思主义的指导下，知识分子（文艺工作者）的思想改造，和普及与提高的途径，要求“文艺工作者自己的思想情绪应与工农兵大众的思想情绪打成一片”；指出文艺要“向工农兵普及”和“从工农兵提高”，在论述普及与提高二者的辩证关系时，重点倾向于普及。号召“中国的革命的文学家艺术家，有出息的文学家艺术家，必须到群众中去，必须长期地无条件地全身心地到工农兵群众中去，到火热的斗争中去，到唯一的最广大最

---

〔1〕 毛泽东：《在延安文艺座谈会上的讲话》，《解放日报》1943 年 10 月 19 日。《中国新文学大系 1937—1949》编辑委员会编：《中国新文学大系 1937—1949 · 第一集 · 文学理论卷一》，上海文艺出版社 1990 年版，第 22、20 页。

丰富的源泉中去，观察、体验、研究、分析一切人，一切阶级，一切群众，一切生动的生活形式和斗争形式，一切自然形态的文学和艺术，然后才有可能进入加工过程即创作过程”；

第四，批评了解放区文艺争论中的各种糊涂观念和错误认识。批判了“人性论”、“文艺的基本出发点是爱，是人类之爱”的观点，批评了“从来的文艺作品都是写光明与黑暗并重，一半对一半”、“从来文艺的任务就在于暴露”的说法，和“还是杂文时代，还要鲁迅笔法”、“我是不歌功颂德的，歌颂光明者其作品未必伟大，刻划黑暗者其作品未必渺小”等“糊涂”观念，批驳了“不是立场问题，立场是对的，心是好的，意思是懂得的，只是表现不好，结果反而起了坏作用”和“学习马列主义就是重复辩证唯物论的创作方法的错误，就要妨害创作情绪”的论点；

第五，在批评标准上确立了必须遵守“以政治标准放在第一位，以艺术标准放在第二位”，要求“革命的政治内容与尽可能高度的艺术形式的统一”[1]。确立了解放区文艺的创作规范：在表现内容上确立了主要写解放区的工农兵生活，主要写解放区生活的光明面，注重塑造和歌颂先进人物与英雄典型，表现对历史发展的乐观主义，对解放区内存在的矛盾缺陷、落后方面，要采取内部的、组织化的、善意的批评教育方式；不允许作家的“自我表现”。在风格形式上确立了需要“冷嘲热讽”、“尖锐地嘲笑法西斯主义，和中国的反动派”；而在解放区“可以大声疾呼”，必须通俗、明朗，反对“隐晦曲折，使人民大众不易看懂”；

此外，《讲话》还论述了党的文艺工作和党的整个工作的关系问题，党的文艺工作和非党的文艺工作的关系问题——文艺界统一战线问

---

[1] 毛泽东：《在延安文艺座谈会上的讲话》，《解放日报》1943 年 10 月 19 日。《中国新文学大系 1937—1949》编辑委员会编：《中国新文学大系 1937—1949 · 第一集 · 文学理论卷一》，上海文艺出版社 1990 年版，第 11、17、18、25、26、27、28、25 页。

题，指出延安“文艺界中还严重地存在着三风不正的东西”，“需要一个切实的严肃的整风运动”[1]。

《讲话》所确立的“服务政治”、“服务现实”、面向工农兵的革命文艺方向，是对处于战争时期、军事状态下、其服务对象主要是农民与士兵的解放区文学，提出了理论与要求。《讲话》在文艺与生活的关系、文艺与人民的关系、对中外文化遗产的批判继承等方面，都丰富和发展了马克思主义文艺理论，对解放区文学和新中国文学产生了巨大的影响。但《讲话》对文学与政治关系的简单化处理，强调文艺必须从属于政治并为政治服务，提出政治标准第一，艺术标准第二，回避文艺作品倾向性与艺术性、文艺家世界观和创作方法之间存在的有机辩证关系，不承认存在超越阶级、政治的具有独立品格的艺术等等方面，对解放区文学的发展以及新中国成立以后的中国当代文学的发展，都曾产生了负面影响。

通过《在延安文艺座谈会上的讲话》，毛泽东完成了将文艺整合为政治的工具、为无产阶级革命服务的理论建构。在这个过程中，延安解放区的知识分子、作家也最终被整合进工农兵话语体系当中，迎来了进行自我“脱胎换骨”，走上蜕变“革命新人”的工农兵化改造之路。1943年，根据中央“真正帮助文化人应当是分散他们，使之参加各种实际工作”[2]的意见，统一部署文化人下乡，几乎所有的文化人都背上行囊离开延安，被组织安排到农村、工厂，成为当地的实际工作者。

作为对《讲话》所确立的工农兵方向的积极回应，陕北根据地掀起了群众性的、轰轰烈烈的新秧歌剧运动。1943 年 2 月的春节期间，由一百多人组成的鲁艺秧歌队，在延安城乡广泛演出，深受欢迎。一时

---

[1] 毛泽东：《在延安文艺座谈会上的讲话》，《解放日报》1943 年 10 月 19 日。《中国新文学大系 1937—1949》编辑委员会编：《中国新文学大系 1937—1949 · 第一集 · 文学理论卷一》，上海文艺出版社 1990 年版，第 27、29 页。

[2] 《关于延安对文化人的工作的经验介绍》（一九四三年四月二十二日党务广播稿），中央档案馆编：《陕甘宁边区抗日民主根据地 · 文献卷》（下），中共党史资料出版社 1990 年版，第 449 页。

间，延安及各解放区迅速掀起了秧歌剧演出的热潮。仅延安地区从1943年春节到1944年上半年，就创作和演出了三百多个新秧歌剧，观众多达八万人次。这些新秧歌剧“它以军政民团结，对敌斗争；组织劳动力，改造二流子，增加生产；破除迷信，提倡卫生”[1]等鲜明的革命内容来置换旧秧歌中的封建迷信、低级趣味，并在形式上进行了创新：取消了旧秧歌的重要角色“丑角”，努力塑造一批工农兵形象；在采用民间秧歌、民间歌谣、地方小调、旧剧腔调、唢呐乐器的基础上，增加了道情调子、改创新调、方音土语、管弦乐器和打击乐器，并且吸纳话剧、歌剧的表现手法，使其具有鲜活的乡土气息、喜剧色彩与娱乐功能。绝大多数的新秧歌剧，充满着对新生活的歌颂与对旧社会的控诉，代表性作品有《兄妹开荒》（王大化、李波、路由）、《夫妻识字》（马可）、《牛永贵挂彩》（又名《牛永贵受伤》，周而复、苏一平）、《小放牛》（尚之光、王世俊）等，营造出“一种新的生活气氛”，“一种愉快、活泼、健康、新生的气氛”[2]。“秧歌这种带有原始娱乐和集体狂欢性质的民间艺术在被改造后，成为一种新意识形态的符号，被用来有效地传达革命情绪和政治内容”[3]。

新秧歌剧运动的热潮，孕育与催生了民族新歌剧《白毛女》（贺敬之、丁毅执笔）在1945年4月的诞生。《白毛女》的素材来源于1940年在河北西北部流传的白毛仙姑的民间传说，延安鲁艺的师生对这个既包含着顽强求生的传奇色彩，又体现了破除迷信的进步思想，还蕴藏着反剥削压迫和阶级仇恨的政治意义的生活素材进行了深入的挖掘，根据自己参加农村斗争的生活感受，提炼出“旧社会把人逼成‘鬼’，新社

---

[1] 艾青：《论秧歌剧的形式》，《解放日报》1944年6月28日。艾青：《艾青全集》第五卷，花山文艺出版社1991年版，第409页。

[2] 张庚：《解放区的戏剧》，中华全国文学艺术工作者代表大会宣传处编：《中华全国文学艺术工作者代表大会纪念文集》，新华书店1950年版，第195页。

[3] 赵卫东：《延安文学体制的生成与确立》，浙江大学2004届博士学位论文，第116页。

会把'鬼'变成人"[1]的革命化主题。这出戏成功地把阶级斗争、翻身解放的政治主题与善恶报应、爱情大团圆、性格脸谱化的民间艺术趣味和传奇色彩等熔铸在一起,在西洋歌剧的齐唱、重唱、合唱、伴唱等表演形式中,回荡着经过改造的河北梆子、河北花鼓、山西秧歌、山西梆子等地方戏曲曲调和北方民歌、小调的旋律。它极大地迎合了解放区农民的欣赏习惯,使政治宣传功能和审美功能达到了统一,在解放战争和新中国成立之初的民主改革中发挥了巨大的政治宣传作用。此后还出现了一批具有强烈时代精神和地道民间情调的新歌剧:《王秀鸾》(傅铎)、《刘胡兰》(魏风、刘莲池、朱丹执笔)、《赤叶河》(阮章竞)、《不要杀他》(刘佳执笔)等。

新秧歌剧运动的热潮,也推动与促进了传统戏曲的改革,新编了平剧(京剧)《逼上梁山》(杨绍萱、齐燕铭执笔)、《三打祝家庄》(李纶、任桂林、魏晨旭)等。马健翎(1907—1965)在秦腔、郿鄠戏等地方戏曲改革中做出了成绩,秦腔《血泪仇》(1943)影响最大,为其代表作。

话剧运动也获得了发展。1943 年上演的独幕剧《把眼光放远点》(胡丹沸执笔)、《粮食》(洛丁、张凡、朱星南)、三幕话剧《抓壮丁》(丁洪、陈戈、戴碧湘、吴雷,吴雪执笔),1944 年上演的四幕话剧《同志,你走错了路》(姚仲明、陈波儿)和以后出现的四幕剧《李国瑞》(杜烽)、独幕剧《反"翻把"斗争》(李之华)、五幕剧《九股山的英雄》(林扬、严寄洲、刘莲池)、《炮弹是怎样造成的》(陈其通)、四幕剧《战斗里成长》(胡可执笔)、《红旗歌》(鲁煤执笔)等,以其贴近现实生活、乡土气息浓郁、为战争政治服务、以工农兵为主、形式多样灵活、插入民歌小调、富于喜剧色彩、因地因时制宜等特点,使解放区话剧从剧场走向广场,受到广大群众的欢迎。

---

〔1〕 贺敬之:《〈白毛女〉的创作与演出》,《中国新文学大系 1937—1949》编辑委员会编:《中国新文学大系 1937—1949 · 第一集 · 文学理论卷一》,上海文艺出版社 1990 年版,第 694 页。

以李季的民歌体叙事长诗《王贵与李香香》[1]为代表的解放区"信天游诗派"，运用陕北民歌信天游的形式，将民间爱情故事与政治革命故事相糅合，使"革命翻身"借助于民间形式达到新的叙事效果。这首诗连缀短小民谣形式，构筑长篇叙事巨制，运用比兴手法，形式圆熟，自然健美，吸纳丰富的民间语汇，塑造了栩栩如生的形象，从而强化了艺术的宣传、鼓动和教育功能。阮章竞 1949 年 3 月创作的《漳河水》[2]把长篇民歌体叙事诗推向成熟。长诗将妇女解放的时代主题与太行山区的民谣形式完美地统一在一起，选取漳河地区流行的多种民歌、小曲如《开花》、《四大娘》、《割青菜》等，加以改造、打磨运用，流畅多变。全诗设置三条叙事线索交错叙述，塑造荷荷、苓苓、紫金英这三位性格、经历各不相同的女性形象，控诉了旧社会，歌颂了新生活。此外，张志民的《死不着》(1947)与《王九诉苦》(1947)、李冰的《赵巧儿》(1949)、田间的《戎冠秀》(1946)、艾青的《吴满有》(1945)等民歌体叙事长诗，都具有内容上的控诉与歌颂、形式上的歌谣化倾向等特点。

以赵树理为代表的解放区小说创作，为解放区文学独立性的成长，起到了奠基作用。尤其是像赵树理那样，当他把解放区农村的新人形象有意置于民主与封建的冲突范畴中加以独创性地描写时，便在无形之中托出了解放区文化整合的示范典型：政治革命所要求的功利性因问题的切实与答案的合情合理而得以最大限度的外化；民主与封建冲突的主题本身，顺接了"五四"以来现代知识分子的批判传统；地道的乡村风格，又使作品在与工农兵情感类型的对应中获得空前的轰动效应。解放区文学在建构自身的历史过程中所确认的"赵树理方向"[3]，从一定意义上说，标示了解放区革命文学的成熟。

---

〔1〕 李季：《王贵与李香香》，连载于 1946 年夏《三边报》，又连载于《解放日报》1946 年 9 月 22、23、24 日。

〔2〕 阮章竞：《漳河水》，《太行文艺》第一期，1949 年 5 月。修改稿发表在《人民文学》第二卷第二期，1950 年 6 月。

〔3〕 陈荒煤：《向赵树理的方向迈进》，《人民日报》1947 年 8 月 10 日。

延安解放区文学以对“五四”文学、1930 年代文学的超越而取得的成功，不仅显示了延安解放区文学的实绩，而且也使延安解放区文学思潮得以作为成熟的理念进入共和国时代，并对当代文学格局的形成继续发挥着主导作用。

本文与席扬教授合作，原载朱栋霖、朱晓进、龙泉明主编：《中国现代文学史 1917—2000》(上)，北京大学出版社 2007 年版

延安解放区散文家丁玲的艺术蝉蜕过程

本文试图借用社会心理学的角色概念与理论，分析、阐释延安解放区散文家丁玲的艺术蝉蜕过程。发现她的角色意识是从女作家、左翼作家，经过“昨天文小姐”、“今日武将军”与“鲁迅的学生”之间的“角色冲突”，最后转变成纯粹化作家。散文创作也从撰写宣传鼓舞士气、歌颂新的生活、总结革命工作的速写、通讯和杂文，经过提倡与实践鲁迅式的自我批判杂文，最终创作讴歌模范英雄、普通劳动者与边区生活的报告文学、揭露敌人罪恶的杂文和悼念烈士的散文；出现开拓与创新、停滞与退缩共生的复杂景观。

西方社会心理学家借用戏剧的专门用语“角色”，给出了“角色集合”〔1〕、“社会角色”〔2〕、“角色规范”〔3〕、“角色期待”〔4〕、“角色冲

〔1〕“角色集合”指“一个人所担当的多种社会角色的总合”。“每个人在社会中都占有不同的社会地位，要充当很多角色”。辞海编辑委员会：《辞海（1999年版普及本）》下，上海辞书出版社1999年版，第5602页。

〔2〕“社会角色”指“与人的社会地位相联系并按规范执行的行为模式”。他“指明社会中的人际关系”。辞海编辑委员会：《辞海（1999年版普及本）》下，上海辞书出版社1999年版，第4491—4492页。

〔3〕“角色规范”指“所期待的角色行为应遵守的标准”。“人们在角色互动中遵循公认的行为准则。不同角色各有其独特的规范，同时又有普遍适用的规范”。辞海编辑委员会：《辞海（1999年版普及本）》下，上海辞书出版社1999年版，第5602页。

〔4〕“角色期待”指“对处于一定社会地位的人所应有的角色行为的希望”。“这种角色行为是被社会规范化了的行为。包括对他人的角色行为的期待和个人对自己的角色行为的期待”。辞海编辑委员会：《辞海（1999年版普及本）》下，上海辞书出版社1999年版，第5602页。

突”[1]、“角色实现”[2]、“角色知觉”[3]、“角色适应”[4]、“角色差距”[5]等一系列的概念。我以为,借用这些社会心理学的角色概念与理论,对于分析、阐释延安解放区散文家丁玲的角色意识转换、散文创作艺术命运问题,具有重要的参考借鉴价值,将有可能拓展出新的思路。

1927年秋,丁玲“是因为寂寞,对社会不满,自己生活无出路,有许多话需要说出来,却找不到人听”[6],便提笔代言:倾吐内心寂寞、苦闷,控诉社会黑暗、丑恶,创作了《梦珂》、《莎菲女士的日记》、《暑假中》、《阿毛姑娘》等以女性生活为题材的小说,“充满了对社会的鄙视和个人孤独的灵魂的倔强挣扎”[7]。虽然丁玲得到连续四篇小说均在《小说月报》上“发了头条”的殊荣,朋友们羡慕她“是一出台就挂头牌了”[8],但是,左倾知识分子冯雪峰却不认同丁玲的自我“角色规范”与“角色期待”,他写信直率地告诉丁玲:“莎菲太消沉了,太虚无了,作为文学的倾向是不好的”[9]。

1931年2月,丈夫胡也频的牺牲使得丁玲从诗人的妻子、女小说家,变成了革命者的妻子、烈士的遗孀。她自觉地投身于左翼文艺事

---

[1] “角色冲突”指“个人担当的社会角色包含矛盾的角色期待时出现的问题”。它包含(1)“同一角色内部的冲突;(2)个人同时充当的多个角色间的冲突;(3)个人为自己规定的角色与他人要其充当的角色之间的冲突”。辞海编辑委员会:《辞海(1999年版普及本)》下,上海辞书出版社1999年版,第5602页。

[2] “角色实现”指个体在角色概念与角色期望的基础上,实现自己所扮演的社会角色对环境的适应过程的行为。

[3] “角色知觉”指个体对其社会角色的认知和判断。

[4] “角色适应”指个体改变旧的角色实现模式,适应并表现出新的角色实现。

[5] “角色差距”指“角色期望”与“角色实现”之间的距离。

[6] 丁玲:《我的创作生活》,张炯主编:《丁玲全集》第七卷,河北人民出版社2001年版,第15页。

[7] 丁玲:《一个真实人的一生——记胡也频》,张炯主编:《丁玲全集》第九卷,河北人民出版社2001年版,第67页。

[8] 冬晓:《走访丁玲》,(香港)《开卷》1979年第五期。

[9] 丁玲:《悼雪峰》,张炯主编:《丁玲全集》第六卷,河北人民出版社2001年版,第16页。

业，遵照中共中央宣传部的要求，出任左联机关刊物《北斗》的主编。她的小说《水》一经发表，立即满足了左翼文艺界对她的“角色期待”，受到以冯雪峰为代表的整个左翼文艺界的热诚欢迎：“丁玲所走过来的这条进步的路，就是，从离社会，向‘向社会’，从个人主义的虚无，向工农大众的革命的路”，“这是作者被新思想所振荡，就据这新思想来作用，觉悟了自己阶级的崩溃，就更毁坏着自己的阶级，感到了自己的倾向，就进一步的向它斗争的表现”[1]。丁玲新的“角色知觉”的觉醒与“角色适应”的成功，使她顺利地解决了新旧“角色冲突”所产生的“角色差距”，丁玲从一个“过去曾经不想入党，只要革命就可以了；后来认为，做一个左翼作家也就够了；现在感到，只作党的同路人是不行的。我愿意做革命、做党的一颗螺丝钉，党要把我放在哪里，我就在哪里；党需要我做什么，就做什么”[2]的中国共产党党员，使她“不要使自己脱离大众，不要把自己当一个作家。记着自己就是大众中的一个，是在替大众说话，替自己说话”[3]；必须“反映大众的意识，写大众的生活，写大众的需要，更接近大众，为大众所喜欢”[4]。这就必然带来丁玲“角色实现”后的创作，从原先善于表现冷淡政治运动、远离时代主潮的知识女性灰色生活和内心苦闷，到现在专注再现社会生活中正在发生发展的重大事件和政治主题。

然而一场意外而又必然的变故，造成丁玲在人们心目中的“角色规范”与“角色期待”之间产生了巨大的“角色差距”。1933 年 5 月 14 日，丁玲被国民党特务秘密绑架。6 月 25 日，天津的《大公报》上发表了一

---

〔1〕 何丹仁（冯雪峰）：《关于新的小说的诞生——评丁玲的〈水〉》，《北斗》第二卷第一期，1932 年 1 月 20 日。

〔2〕 丁玲：《我所认识的瞿秋白同志——回忆与随想》，张炯主编：《丁玲全集》第六卷，河北人民出版社 2001 年版，第 53 页。

〔3〕 丁玲：《创作不振之原因及其出路》（征文），《北斗》第二卷第一期，1932 年 1 月 20 日。收入《丁玲全集》第七卷时改为《对于创作上的几条具体意见》，张炯主编：《丁玲全集》第七卷，河北人民出版社 2001 年版，第 10 页。

〔4〕 丁玲：《〈北斗〉二卷三、四期合刊代邮》，《北斗》第二卷第三、四期合刊，1932 年 7 月 20 日。张炯主编：《丁玲全集》第九卷，河北人民出版社 2001 年版，第 20 页。

则上海通讯；6 月 27 日，《大美晚报》以《马绍武与丁同居　刺案发生丁涉嫌》为题转载了这则通讯："马绍武既于 5 月 14 日拘捕丁玲及潘梓年、丁玲忽表示愿自首、马绍武自以为劝导有功、可获上赏、乃携丁玲至某处、进以游词、丁亦首肯、丁马乃于五月十七日实行同居、……"。与此同时，《商报》上也发表了类似的新闻；国民党办的《社会社闻》上，还发表了叛徒丁默村对丁玲肆意造谣诬蔑的文章。可是，很快又盛传丁玲遇害的消息。事实真相是，丁玲既没有自首，又没有遇害，而是在魍魉世界中被软禁了三年。其间她曾写了"回家养母，不参加社会活动。""未经什么审讯"的"申明书"。"1984 年中央组织部在为"丁玲"彻底平反的文件中也说"："丁玲同志这个'申明书'，只是为了应付敌人，表示对革命消沉态度，没有诬蔑党、泄露党的秘密和向敌自首的言词"。1936 年秋，丁玲逃离南京后，虽然既可以接受中共中央在上海领导文化工作的冯雪峰根据潘汉年的意思、建议丁玲设法"以一个自由民主主义者的身份"公开到上海去"出版一个刊物"〔1〕做抗日统一战线工作；丁玲途经西安时，又可以接受从陕北保安来接她的潘汉年提出的"希望你能到法国去"，"红军需要钱，你去国外募捐"；但是，丁玲为了洗刷大量谣言造成她被动扮演"自首叛徒"的"社会角色"，"却只有一个心愿，我要到我最亲的人那里去"，"那就是党中央。只有党中央，才能慰藉我这颗受过严重摧残的心"〔2〕，因此，她固执地要求去了陕北中共中央驻地保安。

"今日武将军"

解放区时期的丁玲散文创作的艺术命运，一直处于"昨天文小姐"与"今日武将军"之间的"角色冲突"中。

---

〔1〕 丁玲：《魍魉世界——南京囚居回忆》，张炯主编：《丁玲全集》第十卷，河北人民出版社 2001 年版，第 39—40、94 页。

〔2〕 丁玲：《回忆潘汉年同志》，张炯主编：《丁玲全集》第六卷，河北人民出版社 2001 年版，第 209、210 页。

作为第一个从国统区奔赴陕北革命根据地的著名左翼作家，丁玲1936年11月10日到达保安便受到中共中央高规格的欢迎，当时在保安的中共首脑洛甫（张闻天）、毛泽东、博古（秦邦宪）等都前来参加中宣部牵头开的欢迎会。丁玲提议应该组织文艺工作者协会，党中央迅速促成此事，11月15日就举行了第一次筹备会，商议名为“中国文艺工作者协会”，目的是“为着联络各地的文艺团体、各方面的作家以及一切对文艺有兴趣者，在抗日民族统一战线目标下，共同推动新的文艺工作，结成统一战线中新的战斗力量”〔1〕。在11月22日的成立大会上，经毛泽东提议定名为“中国文艺协会”〔2〕，莅临大会的洛甫、毛泽东、博古、林伯渠等领导人发表了热情洋溢的讲话；毛泽东要求文艺家：“要从文的方面去说服那些不愿停止内战者，从文的方面去宣传教育全国民众团结抗日。如果文的方面说服不了那些不愿停止内战者，那我们就要用武的去迫他停止内战。你们文学家也要到前线上去鼓励战士，打败那些不愿停止内战者”〔3〕。这是作为中共杰出的政治家、军事家的毛泽东向革命根据地文艺家所提出的“角色规范”：将“中国文艺工作者协会”改称“中国文艺协会”，就把“文艺工作者”的个人组织变成了集体组织，而且参加的人员也就可以不限于“文艺工作者”，“干武的”也可以

〔1〕《文艺工作者协会缘起》，《红色中华》1936年11月23日。

〔2〕1936年11月22日上午，中国文艺协会在陕北保安成立。由毛泽东命名，在保安的中国共产党中央全体负责同志出席成立大会。推定丁玲为文艺协会主任，下设组织部、联络部、研究部等。在《红色中华》出版不定期的《红中副刊》，1937年1月29日《红色中华》改名《新中华报》后，出版不定期的《新中华副刊》。1936年12月24日，发起《苏区的一日》征文活动，“决定在1937年2月1日”作为写作《苏区的一日》征文的时间，“全面表现苏区的生活和斗争”的内容。（中国文艺协会启：《〈苏区的一日〉征文启事》，《红色中华》1936年12月28日）文艺协会的戏剧组既组织和领导戏剧活动，又编写和演出戏剧。1937年11月，中国文艺协会结束活动。

〔3〕《毛泽东主席讲演略词·我们要抗日，就要停止内战　要停止内战，就要文武都来》，《洛甫同志讲演略词·以文艺的方法具体的表现去影响　推动全国人民促成巩固的统一战线》，《博古同志讲演略词·使苏区的文艺协会成为民族革命战争中战斗力量》，《红色中华》1936年11月30日。

参加。丁玲被推举为“文协主任”、《红色中华·红中副刊》主编，此时的她事实上已被为推举为扮演陕北红色根据地文艺界领头人这一“社会角色”。“角色知觉”相当敏感的丁玲清醒地意识到：不仅自己要适应、实现领袖的“角色期待”与“角色规范”，而且要呼吁革命的健儿们适应、实现领袖的“角色期待”与“角色规范”。我们从丁玲这时期的第一篇杂文《刊尾随笔》中，可以鲜明地体会到这一点，她根据毛泽东的讲演主旨，经过自己的理解领会后充满激情地写道：“战斗的时候，要枪炮，要子弹”，“用这些工具去摧毁敌人；但我们还不应忘记使用另一样武器，那帮助着冲锋侧击和包抄的一枝笔！”“我们也可以说一枝笔是战斗的武器”；“我们要从各方面发动，使用笔，用各种形式，那些最被人欢迎的诗歌、图画、故事等等，打进全中国人民的心里，争取他们站在一条阵线上，一条争取民族解放抗日的统一战线上。革命的健儿们，拿起你的枪，也要拿起你那一枝笔！”〔1〕文章突出地强调了文艺发动群众、打击敌人的宣传、战斗功能，至于文艺的审美、娱乐功能则只字未提。

由于受到红军长征故事的深刻影响和心领神会了毛泽东讲演略词的精神实质，丁玲敏感地找到了自我的“角色差距”，及时地提出了“当红军”的要求。毛泽东高兴地满足了丁玲的要求，她立刻跟随前方总政治部北上，抵达定边并参加了广州暴动纪念大会。丁玲在庆阳收到毛泽东用军用电报发来的一首欢迎词《临江仙》，其中的“纤笔一支谁与似？/三千毛瑟精兵。/阵图开向陇山东。/昨天文小姐，/今日武将军”〔2〕。分明显示出毛泽东对丁玲“昨天文小姐”角色的否定，和对丁玲“今日武将军”角色的赞誉。丁玲后又随军南下，经过甘肃到达三原。1937 年春，回到延安的丁玲依然提出“还是当红军”的要求，毛泽东亲笔写信指定丁玲担任中央警卫团政治部副主任。然而一个月后，从事

---

〔1〕 丁玲：《刊尾随笔》，《红色中华》1936 年 11 月 30 日。张炯主编：《丁玲全集》第九卷，河北人民出版社 2001 年版，第 26 页。

〔2〕 毛泽东：《临江仙·给丁玲同志》，《新观察》1980 年第七期。

苏区文协工作的丁玲，却因为从国统区来延安抗大学习的知识青年很喜欢同她接近，受到毛泽东的调侃："丁玲，我看这些知识分子很喜欢同你接近，你这里有点像文化人的俱乐部。"丁玲懂得他是在批评她"不能坚持深入工农兵"；后来又有一次，毛泽东说丁玲"有名士气派"，丁玲"懂得这个批评更重了"[1]。抗日战争一爆发，她又立即组织和领导隶属八路军总政治部的西北战地服务团，准备奔赴前线宣传演出。1937年8月15日，美国著名作家、记者和社会运动家海伦·福斯特·斯诺采访了丁玲，丁玲说："我们的工作是通过搞宣传帮助战士，使战士和干部更加感到我们民族的自立自信和牺牲精神"；"我们的服务队将不同于一般的宣传队，它要为战争未来的胜利而斗争"；斯诺还指出，由于丁玲"在恋爱问题上的无政府主义历史"，"在延安有一点儿失宠，要利用这次机会，建立她巾帼英雄和群众领袖的形象"[2]。8月15日晚，毛泽东在延安各界举行的欢送"西战团"晚会上首先致词说："你们要用你们的笔，用你们的口与日本打仗"，"从文的方面武的方面夹攻日本帝国主义，使日寇在我们面前长此覆灭下去"[3]。丁玲致答谢词："我们誓死要打倒日寇，如不达到此目的，决不回来与各位见面"[4]。她带领西战团东渡黄河到山西、陕西等地，直到1938年8月，才回延安到延安马列学院学习了一年多。在1936年底至1938年8月的这两年时间里，丁玲实际上主要是以一名军队政工干部或宣传工作者的"角色规范"在军事化或半军事化的组织中渡过的，成为"现代中国最勇敢的女战士之一"[5]。

---

[1] 丁玲：《毛主席给我们的一封信》，《人民日报》1982年5月25日。张炯主编：《丁玲全集》第十卷，河北人民出版社2001年版，第284页。

[2] [美国]海伦·福斯特·斯诺：《延安采访录》，爱泼斯坦、高粱主编：《中国解放区文学书系·外国人士作品编二》，重庆出版社1992年版，第1053、1054、1055页。

[3] 张志清、孙立、白均堂：《延安整风前后》，江苏文艺出版社1994年版，第138页。

[4] 丁玲：《在延安各界欢送西北战地服务团出发前线晚会上的答谢词》，《新中华报》1937年8月19日。张炯主编：《丁玲全集》第九卷，河北人民出版社2001年版，第351页。

[5] 转引自邹午蓉：《丁玲创作论》，江苏教育出版社1994年版，第112页。

纵观这时期丁玲的散文写作，她撰写了四十多篇的速写、通讯和杂文，宣传鼓舞士气、歌颂新的生活、总结革命工作。《广暴纪念在定边》具体展现了定边人民纪念广州暴动的聚会、游行和演剧过程。为了增添真实性，一方面大量引录商人、剧社演员、商会副会长、群众的话语，选用了“莫做声”、“到哪达去”等定边方言，甚至用上“他娘的卵用！”[1]这样的粗话；另一方面则通过描写定边女人头戴钉着假珠宝的黑色丝绒帽和蒙古人戴着皮帽以显现风土人情。然而在某些叙述或抒情的话语中依然露出欧化句式的痕迹：“小旗子也在一些手上，一些粗糙的手上被裁开，被卷上”；“人们忘却了冷，这塞北的冬的夜！”《记左权同志话山城堡之战》则除了开头三个自然段叙述左权讲故事的前因和最后一个自然段按毛泽东《讲演略词》的精神小结自己听故事的感受外[2]，忠实地记录了左权讲故事的原话；突出了红军在地形不利、兵力悬殊的情况下，凭借着必胜信念、勇猛精神战胜了敌人，保卫了和平。《彭德怀速写》通过脸上“常常都有许多被寒风所摧裂的小口布满着”，“有两个黑的、活泼的眼睛转动”和“一张颇大的嘴”[3]。粗线条地勾勒了彭德怀粗犷顽强而又朴实随意、活泼灵敏而又天真顽皮的精神风貌。至于《到前线去》、《南下军中之一页日记》、《警卫团生活一斑》、《西北战地服务团成立之前》、《政治上的准备》、《工作的准备》、《河西途中》、《本团抵陕后的公演》、《“民先”在战地服务团——简记授奖大会》等篇章，只要看

---

[1] 丁玲：《广暴纪念在定边》，《红色中华》1936 年 12 月 28 日。《广暴纪念在定边》收入《丁玲全集》第五卷时，把“他娘的卵用！”改成“他娘的×用！”张炯主编：《丁玲全集》第五卷，河北人民出版社 2001 年版，第 27、28、29 页。

[2] 最后小结听故事的感受：“我们是在用口用笔都不能说服别人的时候，也就不(《丁玲全集》第五卷补上：得不)打一下了。我们是求和平的，但我们为着和平的实现，同时就要随时蓄养着精锐的武力”。《新中华报》1937 年 1 月 29 日。丁玲：《记左权同志话山城堡之战》，《新中华报》1937 年 1 月 29 日。张炯主编：《丁玲全集》第五卷，河北人民出版社 2001 年版，第 33 页。

[3] 丁玲：《彭德怀速写》，《新中华报》1937 年 2 月 3 日。张炯主编：《丁玲全集》第五卷，河北人民出版社 2001 年版，第 34 页。

看篇名就不难看出是革命工作的总结和“西北战地服务团”[1]成立、准备、出行、公演的实录等。

鲁迅的学生

马列学院学习结束后，丁玲被调到“边区文协”，重返文艺工作岗位。1940年1月6、7日，中央书记处书记、中宣部部长洛甫在陕甘宁边区文化协会第一次代表大会上，作“文化政策报告”[2]《抗战以来中华民族的新文化运动与今后任务》；1月9日，毛泽东作题为《新民主主义的政治与新民主主义的文化》的讲演。洛甫的报告提倡：“大胆的创作、写作、著述、介绍、翻译，来打破各种限制，打破各种陈旧的观点与标准，建立新观点、新标准，以发展学术，提高学术”；“提倡自由研究、自由思想、自由辩论的生动、活泼、民主的作风”；“组织新文化运动大师鲁迅先生的研究会或研究院等”[3]。毛泽东的讲演高度称赞了鲁迅的价值：“鲁迅是中国文化革命的主将，他不但是伟大的文学家，而且是伟大

〔1〕 1937年7月7日，抗日战争全面爆发后，住在延安抗日军政大学的丁玲与吴奚如提议组织一个战地记者团，计划到抗日前线进行战地采访报道。抗大的学生们纷纷要求加入战地记者团，中央军委委托中央宣传部组织西北战地服务团（简称“西战团”）。8月12日召开“西战团”成立大会，朱光代表中宣部讲了“西战团”的任务、筹备经过与组织机构，同时宣布任命丁玲为“西战团”主任，吴奚如为副主任。8月15日晚，毛泽东在延安各界欢送“西战团”的晚会上首先致词。“西战团”临行前，毛泽东还向前来请示的丁玲做出重要指示。9月22日，西北战地服务团四十多人徒步从延安出发，东渡黄河，进入山西。一路上，他们运用群众喜闻乐见的文艺形式发动群众、宣传抗日。1938年7月，“西战团”奉调返回延安。同年11月20日，周巍峙带队“西战团”第二次离开延安、奔赴抗日前线晋察冀边区。“西战团”活动期间，丁玲主编了一套“战地丛书”；坚持出版《战地》、诗刊《诗建设》；除了诗歌创作、朗诵活动之外，还创作演出了100多部戏剧和几百首歌曲。1945年6月，中宣部决定撤销西北战地服务团的建制。

〔2〕 《文协举行第一次代表大会》，《新中华报》1940年1月20日。

〔3〕 洛甫（张闻天）：《抗战以来中华民族的新文化运动与今后任务——1940年1月5日在陕甘宁边区文化协会第一次代表大会上的报告大纲》，《中国文化》第一卷第二期，1940年4月15日。张闻天选集辑组编：《张闻天文集》第三卷，中共党史出版社1994版，第56页。

的思想家与伟大的革命家。鲁迅的骨头是最硬的，他没有丝毫的奴颜与媚骨，这是殖民地半殖民地人民最可宝贵的性格。鲁迅是在文化战线上，代表全民族的大多数，向着敌人冲锋陷阵的最正确、最勇敢、最坚决、最忠实、最热忱的空前的民族英雄。鲁迅的方向，就是中华民族新文化的方向”[1]。

1941 年 6 月 7 日，《解放日报》发表社论《奖励自由研究》；6 月 10 日，发表《欢迎科学艺术人才》；6 月 12 日，又发表《提倡自然科学》；8 月 3 日，再发表《努力开展文艺运动》。明确申明“中共边区中央局 5 月 1 日的施政纲领里，特别明白规定‘奖励自由文艺’一项”；“中国共产党对于思想言论之自由发展是非常重视的”；“共产党相信马克思主义是‘放之四海而皆准’的普遍真理，是争取抗战胜利和建立新民主主义中国的指南；但同时也不否认，各派的学者和理论家，只要他们能认真进行自己的研究，本着学术的良心来证实显示的问题，他们就能够对于真理的发现有所贡献”[2]。甚至号召：“对于边区的缺点（即是任何新社会亦所不免的），也正需要从艺术方面得到反映和指摘。我们看中‘自我批评’，尤其珍视真正的‘艺术家的勇气’”[3]。周扬也提倡：“我们是依靠自我批评而进步的。所以不要因为哪个作家说了一两句延安不好的话（而且并不是说整个延安），就以为是他在反对着我们了”；“在延安，创作自由的口号应当变成一种实际”[4]。

在这样的“角色规范”、“角色期待”中，虽然中央社会部部长康生对丁玲在南京的经历颇为怀疑，中央组织部对于丁玲的政治身份和面貌进行了审查、确认。1940 年 10 月 4 日，中央组织部作出由陈云、李富春审定签名的《中央组织部审查丁玲同志被捕被禁经过的结论》：“因对

---

〔1〕 毛泽东：《新民主主义的政治与新民主主义的文化》，《中国文化》创刊号，1940 年 2 月 15 日。

〔2〕 社论：《奖励自由研究》，《解放日报》1941 年 6 月 7 日。

〔3〕 社论：《欢迎科学艺术人才》，《解放日报》1941 年 6 月 10 日。

〔4〕 周扬：《文学与生活漫谈》，《解放日报》1941 年 7 月 17—19 日。周扬：《周扬文集》第一卷，人民文学出版社 1984 年版，第 336、337 页。

丁玲同志自首传说并无证据，这种传说即不能成立，因此应该认为丁玲同志仍然是一个对党对革命忠实的共产党员”[1]。加上1940年代初，延安“文协”周围团结了一批进步作家，如萧军、艾青、舒群、罗烽等人，由文化人所组织的“文艺月会”[2]的定期座谈交流和“星期文艺学园”[3]活动也带来了活跃的文坛气氛，加上《文艺月报》[4]和《谷雨》[5]等文艺刊物相继创刊，创作的内外部环境都比前些年有了显著的改善，特别是当时延安解放区党的文艺政策比较宽松，文坛上盛行着自由讨论的风气，作家、艺术家也有着较大的创作自由度，这一切都为丁玲散文创作艺术个性的再度张扬营造了良好的客观条件。丁玲开始了新的探索，努力实践鲁迅的学生的“角色规范”与“角色期待”。

丁玲首先提倡实践鲁迅的现实主义品格。1940年4月，丁玲写了杂文《真》，针对创作中作者“注意找主题，找典型”，但却“脱离了现实”的现象，指出：“不是真的东西，不是人人心中所有的东西，是不会为博得人人所喜爱的。粉饰和欺骗只能令人反感”；“艺术本质之提高，不在

---

[1] 《1940年10月4日〈中央组织部审查丁玲同志被捕被禁经过的结论〉》，张炯主编：《丁玲全集》第十卷，河北人民出版社2001年版，第106页。

[2] 1940年10月19日下午，文艺月会在延安杨家岭文化协会俱乐部成立，同时纪念鲁迅逝世四周年。由“文抗”作家丁玲、舒群、萧军等发起，活动方式是经常召集座谈讨论会、例会，出版会刊《文艺月报》。先后召开过多次座谈会(《文艺月报》记录了九次座谈会的时间、地点、主席与议题)，展开文艺问题的讨论。1942年9月，结束文艺月会的活动。

[3] 1941年6月1日，星期文艺学园在延安文化俱乐部正式创办。是文艺月会举办的文学青年业余文艺补习班，艾青任校长。每星期日上课一次，第一学期在文化俱乐部上课，第二学期在蓝家坪作家俱乐部上课，原计划学习期限两年。课程有中国新文学运动史、世界文学史、诗学、文艺理论。经过一年的业余学习，学员们上交给看稿委员会的习作有一百八十七篇，其中较优秀的作品在《解放日报》、《文艺月报》上发表。1942年6月21日，因形势紧张、人手缺乏，召开星期文艺学园结束座谈会。

[4] 1941年1月1日，延安文艺月会机关刊物《文艺月报》在延安创刊。由延安文艺月会萧军、舒群等轮流编辑。1942年9月1日终刊，共出版十七期。

[5] 1941年11月15日，中华全国文艺界抗敌协会延安分会、文抗机关刊物《谷雨》在延安创刊。舒群、丁玲、艾青、萧军、何其芳组成编委会，轮流主持。1942年8月15日终刊，共出版六期。

形式，却正是看它是否正确反映了现实而决定的”[1]。她反对创作中“要求自己每篇文章都合乎新民主主义”，“斤斤追求其合乎理论的范围”的“意思好”，然而却是思想贫乏、陈词滥调的写作方法，要求“放胆地去想，放胆地去写”[2]。

丁玲其次倡导学习发扬鲁迅的品质。1940 年 8 月，丁玲写了杂文《开会之于鲁迅》，通过写鲁迅出席左翼文坛一些会议时“从不迟到”，“他总是很平和地，精神集中地听着”；他“从没有摆出一副指导者的架子，用教训的口吻来说话”的表现，既生动地展现了鲁迅感人的一个侧面，又暗中针砭了某些“比较有些文化、理论的人”，在“参加比他程度低、了解慢的群众的会”[3]时的某些不良倾向。

丁玲再次宣传弘扬鲁迅杂文的批判精神。她呼吁：“《文艺月报》要以一个崭新的面目出现，把握斗争的原则性，展开深刻的、泼辣的自我批评，毫不宽容地指斥应该克服、而还没有克服，或者借辞延迟克服的现象”[4]。她号召：“现在这一时代仍不脱离鲁迅先生的时代”，“即使在进步的地方，有了初步的民主，然而这里更需要督促，监视，中国的几千年来的根深蒂固的封建恶习，是不容易铲除的”；“为真理而敢说，不怕一切”；“我们这时代还需要杂文，我们不要放弃这一武器”[5]。她运用杂文批评革命队伍的某同志为了能够“被人看得起些，可以少受许多许多气”，而不惜欠帐缝制“干部衣服”，某些人为了“改变别人对自己的

---

〔1〕 丁玲：《真》，《大众文艺》第一卷第一期，1940 年 4 月 15 日。张炯主编：《丁玲全集》第七卷，河北人民出版社 2001 年版，第 41 页。

〔2〕 丁玲：《什么样的问题在文艺小组中》，《中国文艺》第一卷第一期，1941 年 2 月 25 日。张炯主编：《丁玲全集》第七卷，河北人民出版社 2001 年版，第 46、48 页。

〔3〕 丁玲：《开会之于鲁迅》，《大众文艺》第一卷第五期，1940 年 8 月 15 日。张炯主编：《丁玲全集》第五卷，河北人民出版社 2001 年版，第 132、133 页。

〔4〕 丁玲：《大度、宽容与〈文艺月报〉》，《文艺月报》第一期，1941 年 1 月 1 日。张炯主编：《丁玲全集》第七卷，河北人民出版社 2001 年版，第 49 页。

〔5〕 丁玲：《我们需要杂文》，《解放日报》1941 年 10 月 23 日。张炯主编：《丁玲全集》第七卷，河北人民出版社 2001 年版，第 59 页。

观感”[1]而巴望获得骑马代步和赚取马列学院的学历头衔等等不良风习与虚荣心态。她愤慨于延安解放区的“男子们，尤其是有地位的男子”在对待妇女结婚、离婚与孩子问题上留存着封建式的非议、责难的不平等现象，既希望妇女们自强自立，又要求男子们和妇女们都能够把“女人的过错看得与社会有联系些”[2]。

丁玲因为《三八节有感》在一次高级干部会议上受到了曹轶欧、贺龙等人的严厉批评，会后她的内心深处郁积着委屈、苦闷、矛盾、沉重、忧虑与不安，她一见到刘白羽就说：“白羽，今晚也许有一场暴风雨！”[3]接着，她听到了故友萧红病逝于香港的噩耗，便结合自己当时特有心境写就《风雨中忆萧红》。这篇散文借自然界的风雨、阴霾与浪潮都更显出百物的生长和凋谢、美丽或丑陋来抒写自己的心境，然后感慨：“世界上什么是最可怕的呢，决不是艰难险阻，决不是洪水猛兽，也决不是荒凉寂寞。而难于忍耐的却是阴沉和絮聒”；“人的伟大”“是能在阴霾的气压下，打开局面，指示光明”；她还充满真挚情感地回忆起忘我工作、无睹名利的冯雪峰与瞿秋白，想起 1938 年春初在山西认识萧红，萧红说话的自然而率真使得丁玲“很奇怪作为一个作家的她，为什么会那样少于世故，大概女人都容易保有纯洁和幻想，或者也就同时显得有些稚嫩和软弱的缘故吧”；丁玲伤感现在“像这样的能无妨嫌、无拘束、不须警惕着谈话的对手是太少了啊！”“有才智、有气节而从事于写作的女友，是如此其寥寥啊！”[4]散文通篇充满着深情的忆念、淡淡的伤感与朦胧的期盼，真实地传达出丁玲深挚情感、特殊心境和诗意追求，它“是丁玲当时矛盾、苦闷心境的真实写照”，是丁玲延安解放区散

---

〔1〕 丁玲：《干部衣服》，《文艺月报》第五期，1941 年 5 月 1 日。张炯主编：《丁玲全集》第七卷，河北人民出版社 2001 年版，第 51、52 页。

〔2〕 丁玲：《三八节有感》，《解放日报》1942 年 3 月 9 日。张炯主编：《丁玲全集》第七卷，河北人民出版社 2001 年版，第 62 页。

〔3〕 周良沛：《丁玲传》，北京十月文艺出版社 1993 年版，第 438 页。

〔4〕 丁玲：《风雨中忆萧红》，《谷雨》第一卷第五期，1942 年 6 月 15 日。张炯主编：《丁玲全集》第五卷，河北人民出版社 2001 年版，第 134、135—136、137 页。

文创作的翘楚与“艺术丰收期创作探索终结的标志”[1]。

从 1940 到 1942 年春，丁玲之所以能产生散文、杂文创作的新变，关键因素是她在创作思想上向鲁迅文学传统的回归。她将思考的触角深入到延安解放区社会生活的深层，揭示即使在延安解放区也同样存在着各种消极、落后的思想意识，提出了新的时代条件下反封建思想革命的必要性与迫切性，表现出对妇女命运的强烈关注和对人的彻底解放的执着追求；在艺术追求上，她更加注重将自我独特的人生体验和艺术个性与延安解放区新的生活积累结合起来展示。

党性化作家

丁玲因为写《三八节有感》，在中央高级干部学习会上被贺龙等人批评后，她虚心登门找贺龙听取意见，终于获得谅解。刘白羽回忆：在延安文艺座谈会召开之前，“组织部长陈云同志找丁玲和我去，实际就是组织上，中央组织部长代表党跟我们两个人谈话，动员我们要站在党的立场上，要做一个正确的发言。我们两个人商议，由丁玲发言”[2]。“陈云从上海左翼文艺运动说到解放区文艺现状，提出共产党人应在意识形态领域斗争中起先锋作用。其中，陈云关于‘先是共产党员，然后才是作家’的论断对”[3]他们两个人触动最大。抱着对党的信仰和对领袖文学主张的信服，丁玲不仅在座谈会上的发言中特别强调要向工农兵学习，彻底改变自己的创作倾向，而且在听完毛泽东的《在延安文艺座谈会上的讲话》之后，“非常愉快地、诚恳地用《讲话》为武器，挖掘自己，以能洗去自己思想上从旧社会沾染的污垢为愉快”[4]。在找到自我与《讲话》精神所要求的“角色规范”、“角色期待”之间的“角色差

[1] 万国庆：《凝眸黄土地——延安文学史论》，湖北人民出版社 2003 年版，第 153 页。
[2] 刘白羽：《决定我一生的是深入火热的斗争》，王海平、张军锋主编：《回想延安·1942》，江苏文艺出版社 2002 年版，第 63 页。
[3] 牛运清：《刘白羽评传》，重庆出版社 1995 年版，第 86 页。
[4] 丁玲：《延安文艺座谈会的前前后后》，《新文学史料》1982 年第二期。张炯主编：《丁玲全集》第十卷，河北人民出版社 2001 年版，第 281 页。

距”之后，丁玲自觉地进行了新的“角色适应”。从《风雨中忆萧红》、《关于立场问题我见》、《文艺界对王实味应有的态度及反省》三篇文章，可以清楚地梳理出丁玲这一时期思想情绪波动与“角色知觉”转换的内在理路。6 月 11 日，她在中央研究院召开的批判王实味座谈会上，第一个作了发言，她不仅指出：王实味是反党的思想和反党的行为，文艺界要以明确而肯定的态度，去揭发他的托派思想和他的反党、反阶级的活动，“王实味不是文艺家”；而且反省了整个“文艺界”的失职，检讨自己的耻辱和罪恶，并宣布《三八节有感》是篇坏文章，表示了自己改正错误的勇气和恒心，“向着做一个名符其实的共产党员的目标走去”[1]。10 月 19 日下午，在“鲁迅逝世六周年纪念大会”上，丁玲等党内外七名作家与萧军展开激烈论战，六个小时也无法收场。大会主席吴玉章调解劝说道：萧军今天发这么大的火，一定是我们方式，方法上有些不对头，大家以团结为重，互相多做自我批评！萧军压下怒气说自己先检讨百分之九十九的错，要他们也考虑一下百分之一。丁玲情绪激昂地说：“我们一点也没错，你是百分之百的错！告诉你，萧军，我们共产党的朋友遍天下，丢掉你一个萧军，不过九牛一毛”[2]。

从 1942 年下半年至 1945 年的长达三年半时间里，丁玲几乎“专门”创作讴歌边区英雄、普通劳动者和歌颂边区生活的特写、报告文学。应朱德之约，丁玲到八路军司令部读了两天电报，写出了特写《十八个》，描绘担任掩护大部队撤退的十八个八路军战士，在被三、四百个敌人的包围下，“他们已经不再剩一颗子弹”，剩下的“八个人无声的拆毁机枪和步枪”，被日伪军逮捕后忍受着七天各种酷刑的虐待，四位战士被敌人烧死，四个战士逃出牢笼，最后孟昭格历尽千辛万苦回到了部队，原飞友也被抬回部队；“他们谈讲着这十来天的经历，这个磨难将锻

---

〔1〕 丁玲：《文艺界对王实味应有的态度及反省——6 月 11 日在中央研究院与王实味思想斗争的座谈会上的发言》，《解放日报》1942 年 6 月 16 日。张炯主编：《丁玲全集》第七卷，河北人民出版社 2001 年版，第 72、75 页。

〔2〕 张毓茂：《跋涉者——萧军》，辽宁人民出版社 2000 年版，第 295 页。

炼得他们更坚强，更有胆量”[1]。报告文学《二十把板斧》则表现游击队二十六位战士机智勇敢地袭击了日寇、伪军新建的据点，“他们只用了二十把板斧，却得了一门大炮，两挺机枪，三十八杆步枪，和一万七千多发子弹。杀了十五个鬼子”[2]。1944 年 6 月，丁玲发表了报告文学《田保霖》，介绍一个由过去“无土无地，欠粮欠帐”的“买卖”人田保霖，在新政权下“经过几年经营，他有了六七十垧地，有了牛、马、羊，开了个小油房”的富裕之人；他被选为县参议员后，带头办合作社、被选为主任，“有意识地要”“和共产党一道，热心为人民服务”，因为田保霖为人民谋福利，“被选为模范工作者，他出席劳动英雄大会”[3]。《田保霖》的发表获得毛泽东写信庆祝：“替中国人民庆祝，替你们两位的新写作作风庆祝”！[4] 毛泽东还曾在一次高干会上说：“丁玲现在到工农兵当中去了，《田保霖》写得很好；作家到群众中去就能写好文章”；面对毛泽东的庆祝和称赞，丁玲自己虽然也清醒地认识到“我以为我的《田保霖》写得没有什么好，我从来没有认为这是我的得意之作。我明白，这是毛主席在鼓励我，为我今后到工农兵中去开放绿灯。他这一句话可以帮助我，使我通行无阻，他是为我今后写文、作人，为文艺工作，给我们铺一条平坦宽广的路。这不只是为我一个人，而且是为许多许多的文艺工作者”[5]。但是，她还是自觉地沿着领袖指引的政治方向前进。同年 7 月，丁玲采访了八路军一二九师的领导人刘伯承、陈赓等，在刘伯

---

〔1〕 丁玲：《十八个》，《解放日报》1942 年 7 月 9 日。张炯主编：《丁玲全集》第五卷，河北人民出版社 2001 年版，第 139、140、143 页。

〔2〕 丁玲：《二十把板斧——这事情发生在冀中河间县》，《解放日报》1944 年 6 月 13 日。张炯主编：《丁玲全集》第五卷，河北人民出版社 2001 年版，第 149 页。

〔3〕 丁玲：《田保霖——靖边县新城区五乡民办合作社主任》，《解放日报》1944 年 6 月 30 日。张炯主编：《丁玲全集》第五卷，河北人民出版社 2001 年版，第 151、153、155 页。

〔4〕 毛泽东：《致丁玲、欧阳山》（1944 年 7 月 1 日），《毛泽东书信选集》，人民出版社 1983 年版，第 233 页。

〔5〕 丁玲：《毛主席给我们的一封信》，《人民日报》1982 年 5 月 25 日。张炯主编：《丁玲全集》第十卷，河北人民出版社 2001 年版，第 285 页。

承师长的明确指示和具体帮助下，丁玲阅读了大量的材料，终于写成长达三万言的报告文学《一二九师与晋冀鲁豫边区》。作品完整全面、气势宏大地再现了一二九师创建晋冀鲁豫边区抗日根据地的艰苦卓绝的全过程："火烧飞机场"的"初建奇功"，"以太行山为依托，开辟抗日基地，同时派兵出冀鲁豫大平原，开展游击战"，"创建太行与太岳山区抗日阵地"，"开展冀鲁豫游击战"、建立"晋冀鲁豫边区"，军民结合"打破敌人的'囚笼'政策"，"打破敌伪夹击局面"、巩固晋冀鲁豫根据地，百团大战"给了敌人沉重的打击"，"建立起抗日民主的堡垒"，"边区军政厉行精兵简政、生产节约"、军政民有力进行"对敌经济斗争"，"军民同命战胜三年的灾荒"，民兵成为"民族英雄、战斗英雄"、"劳动英雄"，晋冀鲁豫"已成为战无不胜、攻无不克的坚强堡垒"[1]。《一二九师与晋冀鲁豫边区》由于政策性过强、堆砌材料，而显得生动性不足、不够鲜活。《三日杂记》不仅写出陕北偏僻的麻塔村的美丽风光，而且鲜活、真切地描绘了"平和、公正、能吃苦"[2]的老村长和在纺织比赛中你追我赶、勇于争先的"娃娃们"，显示出丁玲对陕北农村生活观察的细致与深入。

面对人民群众存在的缺点与陋习，她更多地是按照领袖的教导："内部批评，一定要估计人家的长处，肯定优点，再谈缺点，人家就比较容易接受了"[3]。杂文《老婆疙瘩》针对延安难民纺织厂生产中，存在有的人因为不会和不耐烦而随意接上断线形成的大疙瘩问题，平心静气、循循善诱地指出："自己不愿麻烦，结果就必使许多人麻烦"；"这是很不应该的。这里包含着一个革命良心的问题"[4]；杂文纯熟地运用

---

〔1〕 丁玲：《一二九师与晋冀鲁豫边区》，《解放日报》1944 年 8 月 14—19 日。张炯主编：《丁玲全集》第五卷，河北人民出版社 2001 年版，第 172、175、176、180、183、190、198、199、202、204、216、218 页。

〔2〕 丁玲：《三日杂记》，《解放日报》1945 年 5 月 19 日。张炯主编：《丁玲全集》第五卷，河北人民出版社 2001 年版，第 162 页。

〔3〕 丁玲：《延安文艺座谈会的前前后后》，《新文学史料》1982 年第二期。张炯主编：《丁玲全集》第十卷，河北人民出版社 2001 年版，第 279 页。

〔4〕 丁玲：《老婆疙瘩》，《解放日报》1944 年 9 月 12 日。张炯主编：《丁玲全集》第七卷，河北人民出版社 2001 年版，第 78 页。

方言土语，而又像一篇生产说明书。报告文学《民间艺人李卜》既点到李卜"老早就抽上了大烟"的陋习，又更加充分地写出李卜不仅把"几十年的老烟瘾""竟一下子就戒绝了"，而且成了热爱艺术、勇于创新的"革命的群众艺术家"[1]；《袁广发》也提到袁广发"认识字不多"、原先技术也不好等缺点，然而强调的是袁广发不仅在战场上是个英雄，到地方工作"因为他一心为党，不怕艰苦，不断学习，始终如一"，所以他"再度当选为边区劳动英雄"[2]。

1945 年 12 月之后，丁玲写作了一批揭露敌人罪恶的杂文和悼念烈士的散文。《阎日合流种种》通过整理、披露被俘虏的"阎锡山过去的干部"的谈话，"看出阎锡山那里从下到上，从上到下，由秘密意会到公开下令，几年来亲日反共，投敌叛国的丑态"，坚信"我们一定要把这些出卖民族利益的血账算清楚的"[3]。《窃国者诛》以听说"法国卖国贼贝当被判死刑的时候"，哀叹自己不是中国人而遭到死刑命运的一则消息破题，以"晋察冀边区行政委员会""公审战犯于品卿，判处死刑"[4]和重庆国民党当局庇护战争首犯的事实，揭露鞭挞了国民党反动政府卖国求荣、反对人民的无耻罪行。《自掘坟墓》则抨击、讥刺了国民党的特务政策与纵容特务为非作歹，针对特务在军调处逞凶闹事，质问"北平的那些市政当局，是不是全在青天白日之下睡懒觉去了？"[5]《吊"四八"殉难诸同志》倾诉了自己从收音机中听到沉痛的消息后的无限悲痛和难以置信的复杂心情；想起烈士们"坚贞的历史"、"多年的奋斗"、"才

---

[1] 丁玲：《民间艺人李卜》，《解放日报》1944 年 10 月 30 日。张炯主编：《丁玲全集》第五卷，河北人民出版社 2001 年版，第 228、231、233 页。

[2] 丁玲：《袁广发——陕甘宁边区特等劳动英雄》，《解放日报》1945 年 1 月 12 日。张炯主编：《丁玲全集》第五卷，河北人民出版社 2001 年版，第 235、241 页。

[3] 丁玲：《阎日合流种种》，《晋察冀日报》1945 年 12 月 8 日。张炯主编：《丁玲全集》第五卷，河北人民出版社 2001 年版，第 245、251 页。

[4] 丁玲：《窃国者诛》，《晋察冀日报》1945 年 12 月 27 日。张炯主编：《丁玲全集》第卷，河北人民出版社 2001 年版，第 81 页。

[5] 丁玲：《自掘坟墓》，《北方文化》创刊号，1946 年 3 月 1 日。张炯主编：《丁玲全集》第七卷，河北人民出版社 2001 年版，第 90 页。

情”、“功绩”，立志要“学习你们的品质，继承你们的工作”[1]。《我们永远在一起》则在痛定思痛之后，回忆、描述自己曾经与博古同志一起共事时的深刻印象和彼此建立的深厚友谊，寄托了自己对烈士的深切思念和沉痛哀悼之情，最后向博古拭泪发誓：“将尽全力实现你的工作，实现党的决定，实现人民的要求”[2]。《纪念瞿秋白同志被难十一周年》重点回忆了瞿秋白在文艺大众化问题上的谆谆教诲与自己产生的感慨：“十年之后我才认识我那时并没有真正了解秋白同志的文章。我才明白我还需要‘挖心’。我很难受我‘脱胎换骨’之难，我曾经想过，假如秋白同志不死，我也许会羞于见他的啊！”[3]

纵观丁玲这一时期的散文创作，不难发现她以党的政策规约作为散文创作的准绳，造成了自我意识与作家身份的缺失。她以高度的政治理性自觉来深入把握延安解放区生活，依据党的政策规约对创作素材进行符合准绳的取舍和筛选，以党的文艺理论和政策来规范观察的角度与构思的方式。这一切都决定了这批散文是非知识分子式的写作。再加上丁玲与所反映的正在发展着的重大事件之间的距离过于切近，没有足够的时间去观照、思考和打磨，也由于她所皈依的政治意识形态对文学的宣传功利性要求的规约，使得丁玲在提炼思想主题和构建散文形式时，自觉不自觉地依据党的文艺理论和政策对生活加以取舍和阐释，导致了许多散文思想主题的概念化和艺术表现上的粗疏化。

---

〔1〕 丁玲：《吊“四八”殉难诸同志》，张炯主编的《丁玲全集》与袁良骏编的《丁玲研究资料》都认为该文发表于《晋察冀日报》1946 年 4 月 14 日。但是我认真细致、反复查阅了 1946 年 4 月 14 日的《晋察冀日报》，并没有发现有《吊“四八”殉难诸同志》一文，因此该文发表的报刊及其时间待查。张炯主编：《丁玲全集》第五卷，河北人民出版社 2001 年版，第 255、256 页。

〔2〕 丁玲：《我们永远在一起》，张炯主编的《丁玲全集》与袁良骏编的《丁玲研究资料》都认为该文发表于《晋察冀日报》1946 年 4 月 15 日。但是我细致认真、反复查阅了 1946 年 4 月 15 日的《晋察冀日报》，都没有发现《我们永远在一起》一文，因此该文发表的报刊及其时间待查。张炯主编：《丁玲全集》第五卷，河北人民出版社 2001 年版，第 261 页。

〔3〕 丁玲：《纪念瞿秋白同志被难十一周年》，《晋察冀日报》1946 年 6 月 18 日。张炯主编：《丁玲全集》第五卷，河北人民出版社 2001 年版，第 267 页。

丁玲创作生涯中，延安解放区时期的散文艺术蝉蜕过程，是一个本来应该深入研究而又没有得到充分重视的问题。这一时期的丁玲散文创作，既有可贵的探索、开拓与创新，又有令人惋惜的徘徊、停滞与退缩。在政治功利目的与个性艺术追求的矛盾和悖论之中，在“鲁迅的学生”与“今日武将军”的角色规范与角色知觉的冲突和重塑之间，她始终在左右徘徊，最终扮演了纯粹党性化的作家角色。当时党的文艺政策的某些失误带来的负面影响，造成丁玲的散文创作在思想提炼和艺术追求方面的矛盾性与不平衡性，给延安解放区散文史留下了遗憾惋惜与深刻启示！

原载《福建师范大学学报》(哲学社会科学版)2004 年增刊

延安解放区散文家何其芳的角色转换与艺术命运

本文试图借用社会心理学的角色概念与理论，分析、阐释延安解放区散文家何其芳的角色意识转换与散文创作的艺术命运，发现他的角色意识是从美文的创造者、抒写自我者，经过展示苦难者与评判现实者，最后转变成讴歌光明、赞颂将领，嘲讽敌人、自我贬损的文艺工作者，角色意识的转变造成他以创作杂文、报告文学为主，自我抒情散文逐渐萎缩，注重抒发对客观事物的实感，放弃了先前的审美精致与意境营造。

谈起何其芳的艺术命运问题，我们无法回避“何其芳现象”。关于“何其芳现象”，学术界主要存在三种界定：一是指1942年6至7月间，围绕何其芳发表的《叹息三章》〔1〕与《诗三首》〔2〕，吴时韵、金灿然与贾芝展开了批评和论争〔3〕，其直接结果造成“在这样一个诗的时代，在解放区自由的天地里，诗人却丢下了诗的武器。这一‘何其芳现象’”〔4〕；二是指何其芳在文学评论中表现的矛盾现象，“一方面他是一个宣传、批判的理论家”，“另一方面，他又是探索的理论家”，“表现出作为宣传、

---

〔1〕 何其芳：《叹息三章》，《解放日报》1942年2月17日。

〔2〕 何其芳：《诗三首》，《解放日报》1942年4月3日。

〔3〕 吴时韵：《〈叹息三章〉与〈诗三首〉读后》，《解放日报》1942年6月19日。金灿然：《间隔——何诗与吴评》，《解放日报》1942年7月2日。贾芝：《略谈何其芳同志的六首诗——由吴时韵同志的批评谈起》，《解放日报》1942年7月18日。

〔4〕 刘增杰主编：《中国解放区文学史》，河南大学出版社1988年版，第99页。

批判的理论家所没有的创造性”；表现为“理论具有一种二元性”的立场〔1〕；三是指何其芳到延安前，虽然思想上较为落后，但是作品在艺术上是成功的，到延安后，“生活和思想逐步深入和进步的时候，写作的艺术会有‘退步’现象”〔2〕；有人甚至进一步推论出：“‘思想进步、创作退步’的‘何其芳现象’是发生在跨现、当两代文学史的老作家身上的一个普遍现象，这是‘文艺为政治服务’在三十年文学史上的失败性结果”〔3〕。上述的第三种界定，是我们论题中无法绕过的问题。

何其芳本人曾经承认：“当我的生活或我的思想发生了大的变化，而且是一种向前迈进的变化的时候，我写的所谓散文或杂文却好象在艺术上并没有什么进步，而且有时甚至还有些退步的样子”；并且对产生这种现象的原因作过分析与阐释：当作家“的生活或他的思想发生了大的变化的时候，他所写的东西的内容和形式往往不是他很熟悉的，就自然会反而显得幼稚和粗糙”；“由于否定了过去的风格而新的风格又还没有形成，由于否定了过去的艺术见解而新的艺术见解又还比较简单，只是强调为当前的需要服务，只是强调内容正确和写得朴素，容易理解，而且由于没有从容写作的时间，常常写得太快，太容易，这也是一些原因”〔4〕。“还有一个原因，就是由于更多地写了一些议论文章和做了一些别的工作，我的头脑就习惯于逻辑的思考，形象的感觉逐渐衰退了”〔5〕。

也有论者认为：“从总的方面看，他的前期诗歌、散文在艺术风格上是朦胧、精致、华美、典雅，后期的诗歌、散文是明朗、朴素、平实：在

〔1〕 应雄：《二元理论、双重遗产：何其芳现象》，《文学评论》1988年第六期。

〔2〕 周速：《关于写作的通信·来信》，蓝棣之主编：《何其芳全集》第五卷，河北人民出版社2000年版，第221页。

〔3〕 应雄：《二元理论、双重遗产：何其芳现象》，《文学评论》1988年第六期。

〔4〕 何其芳：《〈何其芳散文选集〉序》，蓝棣之主编：《何其芳全集》第七卷，河北人民出版社2000年版，第30页。

〔5〕 何其芳：《关于写作的通信·回信》，蓝棣之主编：《何其芳全集》第五卷，河北人民出版社2000年版，第224页。

表达方式上，前期多为‘独语’，是一种内敛性的自我对话，后期则是一种面向社会的大对话。这种变化并不能证明‘思想进步、创作退步’。因为每一种艺术风格都有它的长处与局限，它们是不能相互取代的”；“我们不应该为肯定何其芳的前期作品而否定他的后期作品，也不应该为他后期思想上的变化而否定他前期作品的价值”[1]。这些分析与阐释都既给我们以启示，又促使我们作进一步的分析与思考。

一、初期创作：回避现实、创造美文的角色规范

何其芳的学生时代，由于极度不满身边所见到的小地主的儿子们“躺在家里抽着鸦片，吃着遗产，和老鼠一样生着孩子”；中学时的同学们“多半在精疲力竭地窥伺着，争夺着或者保持着一个小位置”；“在大学里所碰到的那些有志之士，多半喜欢做着过舒服的生活的梦”；因此“感到异常孤独，异常凄凉”[2]。他只能以书籍作为自己的亲密朋友，“惊讶，玩味，而且沉迷于文字的彩色，图案，典故的组织，含义的幽深与丰富”；何其芳“坠入了文字魔障”，“喜欢那种锤炼，那种彩色的配合，那种镜花水月”[3]。成为一个对艺术极其虔诚，颇有几分唯美意味的鉴赏口味极高的人。何其芳自己回忆：“那时我很讲求艺术的完美，读到一些我觉得不好的作品就不愿读下去了。我曾经在一篇短文里这样记下过我当时的感觉：‘不但对于我们同时代的伴侣，就是翻开那些经过了长长的时间的啮损还是盛名未替的古人的著作，我们也会悲哀地喊

〔1〕 何锐、吕进、翟大炳：《画梦与释梦——何其芳创作的心路历程》，贵州人民出版社1995年版，第155—156、161页。

〔2〕 何其芳：《一个平常的故事(答中国青年社的问题，“你怎样会来到延安的?”)》，《中国青年》第二卷第十期，1940年8月5日。蓝棣之主编：《何其芳全集》第二卷，河北人民出版社2000年版，第73页。

〔3〕 何其芳：《梦中道路》，1936年6月19日为《大公报诗刊》第一期作。蓝棣之主编：《何其芳全集》第一卷，河北人民出版社2000年版，第188、191页。

道：他们写了多少坏诗！’”[1]何其芳持有这样的鉴赏态度，是与他当时的逃避现实、在艺术里求得安慰的人生态度紧密相联的。当时的何其芳相信："政治都是肮脏的"[2]和现实是丑恶的。他将艺术当作自己人生的避难所："在我参加革命以前，有很长一个时期我的生活里存在着两个世界。一个是出现在文学书籍里和我的幻想里的世界。那个世界是闪耀光亮的，是充满着纯真的欢乐、高尚的行为和善良可爱的心灵的。另外一个是环绕在我周围的现实的世界。这个世界却是灰色的，却是缺乏同情、理想、而且到处伸张着堕落的道路的。我总是依恋和留连于前一个世界而忽视和逃避后一个世界。我几乎没有想到文学的世界正是从现实的世界来的，而且好像愚昧到以为环绕在我周围的那个异常狭小的世界就等于整个现实的世界"[3]。

创作《画梦录》时期的何其芳，创作态度极其认真、严肃，他给自我设定的"角色规范"是美文的创造者："我的工作是在为抒情的散文找出一个新的方向。我企图以很少的文字制造出一种情调：有时叙述着一个可以引起许多想象的小故事，有时是一阵伴着深思的情感的波动。正如以前我写诗一样入迷，我追求着纯粹的柔和，纯粹的美丽。一篇两三千字的文章的完成往往耗费两三天的苦心经营，几乎其中每个字都经过我的精神的手指的抚摸"[4]。

这时的何其芳回避现实、创造美文，是一个文学上的趣味主义者，创作对于他来说是一种对现实人生的逃避："我仅仅希望制作一些娱悦自己的玩具，那时，我读着晚唐五代时期的那些精致的冶艳的诗词，蛊

---

〔1〕 何其芳：《写诗的经过》，蓝棣之主编：《何其芳全集》第四卷，河北人民出版社2000年版，第323页。

〔2〕 何其芳：《谈读书》，蓝棣之主编：《何其芳全集》第二卷，河北人民出版社2000年版，第165页。

〔3〕 何其芳：《写诗的经过》，蓝棣之主编：《何其芳全集》第四卷，河北人民出版社2000年版，第325—326页。

〔4〕 何其芳：《我和散文（代序）》，《大公报·文艺》1937年7月11日。蓝棣之主编：《何其芳全集》第一卷，河北人民出版社2000年版，第241页。

惑于那种憔悴的红颜上的妖媚，又在几位班纳斯派以后的法兰西诗人的篇什里找到了一种同样的迷醉”[1]。因此，我们看到了《画梦录》中的美文都是运用精致华美、空灵蕴藉的笔调，“制造了一个美丽的，安静的，充满着寂寞的欢欣的小天地”[2]；作家热心于“倾听着一些飘忽的心灵的语言”，“捕捉着一些在刹那间闪出金光的意象”，“最大的快乐或酸辛在于一个崭新的文字建筑的完成或失败”；“不是从一个概念的闪动去寻找它的形体，浮现在我心灵里的原本就是一些颜色，一些图案”，而是“从陈旧的诗文里选择着一些可以重新燃烧的字。使用着一些可以引起新的联想的典故”[3]。这时期的何其芳钻在象牙之塔里，对现实人间不闻不问，充分体现了“美，思索，为了爱的牺牲”[4]。

作为美文的创造者，当时何其芳秉持的创作理论是：“文艺什么也不为，只为了抒写自己，抒写自己的幻想、感觉、情感”[5]。他以《画梦录》“那本小书”作为“一个寂寞的孩子为他自己制造的一些玩具”[6]。《画梦录》是何其芳美文创造的理论见解与创作实践完美契合的成功实践。

---

〔1〕 何其芳：《梦中道路》，1936 年 6 月 19 日为《大公报诗刊》第一期作。蓝棣之主编：《何其芳全集》第一卷，河北人民出版社 2000 年版，第 189—190 页。

〔2〕 何其芳：《一个平常的故事（答中国青年社的问题，“你怎样会来到延安的？”）》，《中国青年》第二卷第十期，1940 年 8 月 5 日。蓝棣之主编：《何其芳全集》第二卷，河北人民出版社 2000 年版，第 75 页。

〔3〕 何其芳：《梦中道路》，1936 年 6 月 19 日为《大公报诗刊》第一期作。蓝棣之主编：《何其芳全集》第一卷，河北人民出版社 2000 年版，第 181、191—192 页。

〔4〕 何其芳：《一个平常的故事（答中国青年社的问题，“你怎样会来到延安的？”）》，《中国青年》第二卷第十期，1940 年 8 月 5 日。蓝棣之主编：《何其芳全集》第二卷，河北人民出版社 2000 年版，第 75 页。

〔5〕 何其芳：《〈夜歌〉（初版）后记》，蓝棣之主编：《何其芳全集》第一卷，河北人民出版社 2000 年版，第 517 页。

〔6〕 何其芳：《一个平常的故事（答中国青年社的问题，“你怎样会来到延安的？”）》，《中国青年》第二卷第十期，1940 年 8 月 5 日。蓝棣之主编：《何其芳全集》第二卷，河北人民出版社 2000 年版，第 72 页。

二、跨进社会:展示苦难、评判现实的角色期待

离开校园,跨进社会,何其芳在莱阳教书期间,每天目睹着大量的人间苦难,良知促使他反省自己的人生态度和文学观念。新的“角色知觉”与旧的设定的“角色规范”之间产生了“角色冲突”,他开始否定自己的远离尘嚣和精致华美,并且有了这样的认识:文学的“根株必须深深的植在人间,植在这充满了不幸的黑压压的大地上。把它从这丰饶的土地里拔出来一定要枯死的”[1]。这也可以代表着他对自己散文《画梦录》中显现幻想家、逃避现实者所制作娱悦自己的玩具的人生态度与创作态度,进行了严肃认真的清理和批判。

这时期,何其芳对自我“社会角色”的认定与自我“角色期待”,是要做一个展示苦难、评判现实的反抗者,他终于找到了自己“精神上的新大陆”[2]。他创作了一些展示现实苦难的散文,就是后来结集出版的《还乡杂记》。写作《还乡杂记》时,何其芳逐渐放弃“孤独和冷漠”,“充满了信心和希望”,“我的情感粗了起来”[3]。这就造成了他的散文风格开始变化。

然而,新的“角色知觉”与“角色期待”的理性确认,并不意味着何其芳新的“角色适应”与“角色实现”是可以一蹴而就、立竿见影的。《还乡杂记》用写作散文的艺术方式来展示苦难、评判现实,这种最初的艺术实践似乎使得何其芳多少感到有些力不从心。

何其芳对现实的苦难刚刚开始认真关注,再加上他在本质上是个主观型的诗人,他擅长于艺术地感受和表现自我心灵深处的微妙感触,

---

〔1〕 何其芳:《刻意集·初版序》,《文丛》第一卷第四期,1937 年 6 月 15 日。何其芳:《刻意集·序》,蓝棣之主编:《何其芳全集》第一卷,河北人民出版社 2000 年版,第 147 页。

〔2〕 何其芳:《我和散文(代序)》,《大公报·文艺》1937 年 7 月 11 日。蓝棣之主编:《何其芳全集》第一卷,河北人民出版社 2000 年版,第 243 页。

〔3〕 何其芳:《一个平常的故事(答中国青年社的问题,“你怎样会来到延安的?”)》,《中国青年》第二卷第十期,1940 年 8 月 5 日。蓝棣之主编:《何其芳全集》第二卷,河北人民出版社 2000 年版,第 79、80 页。

并不能深切观察、艺术感受和广泛表现客观现实的苦难，因此，使得《还乡杂记》中的散文，对苦难的表现极其浮光掠影，在艺术上比起《画梦录》来也就谈不上有多么大的创新了。并且这时期他原计划写一部深刻描写现实苦难的长篇小说，也因为同样的原因而未能如愿以偿。

三、抗战开始：选用杂文、以实现新的角色规范

抗战开始后，新的自我“角色知觉”与“角色规范”的果断确立，及其新的“角色期待”与“角色实现”之间产生的巨大“角色差距”，使得何其芳在为了能够更好地展示苦难、评判现实，自觉地放弃了原先用写作散文的艺术方式来展示苦难、评判现实的尝试，他干脆另起炉灶地选用杂文这种便利于展示苦难、评判现实的艺术形式来实现写作《还乡杂记》时确立的自我“角色规范”。更有甚者，他为了彻底地实现这种“角色规范”，甚至宣称愿意放弃写作：“我们知识分子应该和那些勇敢的士兵一同背负起”国家的苦难，“应该极力的做着直接或间接对于抗战有利的工作”；“假若我们有机会有能力去做更切实，更有效，更有利于抗战的事情，放弃文学工作并不是可惋惜的”，“脱离了人生，脱离了时代，脱离了为这民族的自由而战斗，而死伤，而受着苦难的群众，无论任何形式的文学作品都不会伟大起来”。但事实上，生活在国统区的何其芳如果一旦真的放弃文学工作，也就难以有机会、有能力找到更切实、有效和有利于抗战的事情来做，因此，他又同时表现出自我尴尬处境的无奈选择：“我们的手里还没有另外的武器来代替之前，我们仍然不必放弃文学工作。我们应该更勤苦更热情地负起抗战中的文学工作的责任”。他进而区分了“在战争中，文学工作者有两种显明的不同的态度：热烈地关心着战争，关心着在战争中的人群，而且尽量地为时代尽他个人的力；或者仍然闭着眼睛，装着耳聋，继续从事他自以为是不朽的艺术的创作”[1]。

---

〔1〕 何其芳：《论工作》，《工作》创刊号，1938 年 3 月 16 日。蓝棣之主编：《何其芳全集》第二卷，河北人民出版社 2000 年版，第 5、7 页。

1938年，何其芳去延安之前，在几位朋友自费办的《工作》半月刊上，接连发表了《论工作》、《论本位文化》、《某县见闻》、《论救救孩子》、《论周作人事件》、《坐人力车有感》、《关于周作人事件的一封信》、《论家族主义》等一批过去从未写过的具有具体针对性和强烈战斗性的杂文，延续着写作《还乡杂记》时开启的展示苦难、评判现实的路数。针对某县师范学校对“组织战时后方服务团”和宣传“征兵保国”工作的大打折扣的情形表示不满，主张知识分子应该背负起国家的苦难，极力地做着“对于抗战有利的工作”[1]。针对“一方面诚实的知识分子已”“深切地感到个人主义者的短处，软弱无力，一方面不近人情地忽视着个人的儒家思想还是有力地存在着”的民族双重悲剧现状，及其国人“希望着失陷区域的民众起来反抗敌人和汉奸的统治”，“慨叹着民气的消沉”，一针见血地指出其根源是：“我国的文化有一个很大的缺点，就是缺乏‘人’的观念”；“一千多年来的专制政体之下的顺民训练，在自家人的训练下成了顺民，在敌人的统治下一定会仍然是顺民的”[2]。面对不少人非常惊异于周作人做了汉奸，他冷静而又雄辩地指出：周作人当汉奸的原因是“他的思想和生活环境所造成的结果”，“长久地脱离了时代和人群的生活使他胡涂，使他胡涂到想在失陷的北平继续过舒服的日子”[3]。他还进一步认为：对于周作人“近几年来那种胡涂的思想和生活态度是应该攻击的”；“‘宽厚’也应该看对什么人，对于我所憎恶的人物，我不能‘宽厚’”[4]。日本学者大沼正博指出：何其芳之所以会对周作人的文学观如此深恶痛绝，“那是因为周作人的文学观和他的文学观

[1] 何其芳：《论工作》，《工作》创刊号，1938年3月16日。蓝棣之主编：《何其芳全集》第二卷，河北人民出版社2000年版，第5页。

[2] 何其芳：《论本位文化》，《工作》第二期，1938年4月1日。蓝棣之主编：《何其芳全集》第二卷，河北人民出版社2000年版，第11—12页。

[3] 何其芳：《论周作人事件》，《工作》第五期，1938年5月16日。蓝棣之主编：《何其芳全集》第二卷，河北人民出版社2000年版，第20、22—23页。

[4] 何其芳：《关于周作人事件的一封信》，蓝棣之主编：《何其芳全集》第二卷，河北人民出版社2000年版，第25、27页。

有类似的方面。所以，为了使这种批判和过去的自己的诀别具有再肯定的意义，何其芳不得不拼命地批判周作人。只有这样，才能达到和过去的自己彻底诀别的目的”[1]。这些杂文抨击、批判社会现实的丑陋现象，揭露、忏悔知识分子的糊涂思想，在艺术上大都显出破立结合、逻辑严密、明快雄辩、犀利泼辣的特色，将他从《还乡杂记》开始逐渐变化的文风，推上一个新的台阶。

由于《论周作人事件》一文的言辞过于激烈，遭到许多人甚至于朋友们的非议，再加上何其芳无法在国统区找到更切实、有效和有利于抗战的事情来做，因此他决定到前线去，便与沙汀、卞之琳一起结伴远行，想经过延安到华北战场去搜集材料，用报告文学的艺术形式来直接为抗战服务。在去延安的路上和刚到延安时，何其芳还是依然保留并执行着展示苦难、评判现实的“角色意识”与“角色规范”。事后何其芳回忆：“当我坐着川陕公路上的汽车向这个年轻人的圣城进发，我竟想到了倍纳德·萧离开苏维埃联邦时的一句话：‘请你们容许我仍然保留批评的自由’”[2]。

四、初到延安：讴歌光明、审判旧我的角色适应

1938年8月底，何其芳与沙汀、卞之琳等人到达延安，何其芳首先向闻讯赶来看望他们的周扬提出要求：马上发给他们灰布军装。他脱掉旧长衫，仿佛抛弃了过去自我的一切，换上新军装，好像觉得自己立即成为了延安的新人。初入延安，何其芳就深受感动，耳闻目睹的一切都给他留下了新鲜而又深刻的印象。原先，他一直鄙视于幼年时的同伴、中学时的同学与大学时的有志之士们的固有生活方式，异常孤独与凄凉地想要走出一条新路，他总是在心里喊着一句话：“我一定要做一

[1] [日本]大沼正博：《何其芳的文艺观》，易明善、陆文璧、潘显一编：《中国当代文学研究资料丛书·何其芳研究专集》，四川文艺出版社1986年版，第425页。

[2] 何其芳：《一个平常的故事(答中国青年社的问题，“你怎样会来到延安的?”)》，《中国青年》第二卷第十期，1940年8月5日。蓝棣之主编：《何其芳全集》第二卷，河北人民出版社2000年版，第83页。

个榜样!”然而,他一直都又未能如愿;来到延安后,何其芳常常听到人们说着一句习惯用语:“起模范作用”。一天,何其芳恍然大悟,这不仅就等于是他在心里一直喊着的话,而且显得更为快活和积极。他终于找到了自己一直努力塑造的“社会角色”与追求的“角色规范”,同时也清楚地发现自我“角色知觉”、“角色实现”与解放区所要求的“社会角色”、“角色规范”、“角色期待”之间存在的“角色冲突”、“角色差距”,只有通过自我改造才能达到“角色适应”。这时的何其芳对自我“社会角色”的认定与自我“角色期待”,是要做一个解放区生活的歌唱者、辩护者和旧的自我的批判者、蜕变者。何其芳开始一方面讴歌光明(解放区),另一方面审判旧我(旧社会)。在“旧我”和解放区新生活的冲突中,何其芳意识到:“应该接受批评的是我自己而不是这个进行着艰苦的伟大的改革的地方”〔1〕。他不仅自愿地放弃了对解放区现实世界怀疑与批判的权力,而且他在延安生活了两个月之后,于1938年11月16日写下了真诚讴歌延安解放区的散文《我歌唱延安》,在当时产生了很大的影响。给何其芳留下最深刻印象的是:延安的开放包容、紧张快活、不断进步,领袖的朴素平易、幽默客气,风气的自由宽大,工作的紧张自觉,他辩护说生活的困难并不能算是缺点,存在的错误很快就被纠正,他甚至坦率地说出自己原先对延安的人们爱唱歌的错误理解。在这里,何其芳仿佛找到了自己理想中的精神家园:“仿佛我曾经常常想象着一个好的社会,好的地方,而现在我就像生活在我的那种想象里了”〔2〕。找到了理想的精神家园后的何其芳,“个人的问题和苦痛在开始消失,如同晨光中的露水,而过去的生活留给我们的阴影也在开始被

〔1〕 何其芳:《一个平常的故事(答中国青年社的问题,“你怎样会来到延安的?”)》,《中国青年》第二卷第十期,1940年8月5日。蓝棣之主编:《何其芳全集》第二卷,河北人民出版社2000年版,第73、83页。

〔2〕 何其芳:《我歌唱延安》,《文艺战线》创刊号,1939年2月16日。蓝棣之主编:《何其芳全集》第二卷,河北人民出版社2000年版,第43页。

忘记，如同昨夜的梦”[1]。

写出《我歌颂延安》的第二天，何其芳加入了中国共产党，第三天后，何其芳就和沙汀一起带着一批鲁艺的学生，跟随贺龙的部队奔赴晋西北和冀中抗日根据地去实习，同时实现原先到前方搜集写报告文学材料的愿望，“即使我不能拿起武器和士兵们站在一起射击敌人，我也应该去和他们生活在一起，而且把他们的故事写出来，这样可以减少一点我自己的惭愧”[2]。可是由于贺龙的部队并没有遇到什么战斗，何其芳在前方九个月及其回到延安后，写了《日本人的悲剧》、《一个太原的小学生》、《七一五团在大青山》、《老百姓和军队》等几篇报告文学，通过暴露敌人的无耻行径和歌颂解放区军民的感人事迹，真实记录了这段生活的经历。

《日本人的悲剧》从五个方面揭示了日本侵略者的悲剧所在：日本士兵想到而且说出了“疯狂的人或者喝血的兽”都不可能有的想法，做出了“疯狂的人或者荒淫的兽”都不会有的无耻行径；日本特务机关收买训练汉奸、召集群众大会的无耻下流、狡诈残暴；残杀日军内部的不同政见者与伤兵，然后照像证明中国人喜欢砍头；一个没有失掉人性的中年日本士兵自我怀疑，心情不安地通宵难眠；一个觉悟了的日本俘虏坦言，“日本侵略者是很感伤的”[3]。通过暴露日本士兵的惨无人道与刑法严酷造成了对自我的怀疑、感伤与懦弱，从而证明严酷的刑法、屠杀与欺骗，都不能挽救日本人的悲剧。《七一五团在大青山》通过叙述七一五团不畏艰难、发动群众，建立了大青山抗日根据地，使“荒凉的山

---

[1] 何其芳：《论快乐》，香港《大公报·文艺》1940 年 10 月 21 日。蓝棣之主编：《何其芳全集》第二卷，河北人民出版社 2000 年版，第 85—86 页。

[2] 何其芳：《一个平常的故事》(答中国青年社的问题，“你怎样会来到延安的?”)，《中国青年》第二卷第十期，1940 年 8 月 5 日。蓝棣之主编：《何其芳全集》第二卷，河北人民出版社 2000 年版，第 82—83 页。

[3] 何其芳：《日本人的悲剧》，《文艺战线》第一卷第二号，1939 年 3 月 16 日。何其芳：《日本侵略者的悲剧》，蓝棣之主编：《何其芳全集》第二卷，河北人民出版社 2000 年版，第 46、52 页。

群和散漫的落后人民怎样能结合成了一个坚硬的堡垒”[1]，赞美了人民军队强大的战斗力、严明的纪律和既是战斗队又是工作队的优良传统与作风。《老百姓和军队》则用五封信的形式，讴歌了晋察冀老百姓热情拥军支前的感人事迹：在战斗进行时，坚持把饭菜送到战壕；捐慰劳品中，过路人竟然捐出鞋子，穿着棉袜子回家；因为护送八路军，两任村长接连被日寇杀害了，第三任村长任然毫无畏惧地继续工作。何其芳写作的目的在于说明：“装备如此不完善的八路军为什么能够支持如此艰巨的华北抗战”和“为什么最后胜利一定属于我们”[2]。

何其芳自己对这些报告文学的创作并不满意，他根据自己上前方采访贺龙等英雄人物的体会，清楚地意识到：虽然“本应是要放声歌颂那些置生死于度外，为民族独立、人类解放事业而献身的英雄的。可惜，自己一贯所熟悉的无非是一些读书人，对出身于工农的英雄人物，却隔着一层纱幕，看不清摸不熟。战斗英雄虽然坐在面前对话，彼此到底未能一见如故，思想感情结合不到一块。即算为他们也写了诗，那只不过是理智上的颂歌，不可能令人感到亲切，受到感染”[3]。

回到延安后，何其芳读到的一篇苏联反概念化的文艺论文，立即否定了搜集材料的方法。他想重新返回自己所熟悉的创作领地，向鲁迅艺术学院[4]文学系学习写作的学生提出了：“写熟悉的题材，说心里的

---

[1] 何其芳：《七一五团在大青山》，《文艺战线》第一卷第六号，1940 年 2 月 16 日。蓝棣之主编：《何其芳全集》第六卷，河北人民出版社 2000 年版，第 467 页。

[2] 何其芳：《老百姓和军队》，香港《大公报 · 文艺》1940 年 3 月 13、15 日。蓝棣之主编：《何其芳全集》第二卷，河北人民出版社 2000 年版，第 64 页。

[3] 陆地：《瞬息年华——延安鲁艺生活片断》，《陆地作品选》，漓江出版社 1986 年版，第 427 页。

[4] 1938 年 4 月 10 日下午，鲁迅艺术学院（简称“鲁艺”）在延安的中央大礼堂举行开学典礼。是中国共产党为培养抗战文艺干部与文艺工作者而创办的综合性文学艺术学校，首届设立戏剧系、音乐系、美术系。沙可夫任副院长兼教务主任。第二届起增设文学系，周扬兼任系主任。1939 年底，鲁艺开始实行“专门提高”的办学方针。1940 年 4 月，改名“鲁迅艺术文学院”。1940 年 7 月，在周扬主持下，鲁艺新制定了趋向于正规化、专门化的教学计划和实施方案。1943 年 4 月， （转下页）

话”[1]的创作主张。他“认为每个人写出他所看到，他所感到的中国，尽管是一个角落，也就可以证明革命必然会到来，而对于新社会是有利的”[2]；“写我们知识分子的经历也可以写出中国，写出中国必然发展的道路与前途”[3]。何其芳还“认为知识分子的思想感情和工农战士之间是存在着距离的，硬要去写，吃力不讨好；认为‘五四’以来文学作品中够得上称为中国知识分子典型的，至今还没有。于是，他向”“鲁艺”文学系的“学员提出这样的课题：‘我们现在的文学创作，为什么不去补这一课呢？’”[4]

这种理论主张也许还隐藏着何其芳因为对于左翼作家同行和参加过“一二九”运动知识分子的羡慕，及其对于自己是带着阴暗的记忆来到延安的自卑情结和某种难以明说的超越。他一方面想充分地发挥自我固有的生活与艺术的特长，做一个成功的解放区生活的歌唱者与辩护者；另一方面又想彻底地抛弃旧我的阴暗记忆，“完全告别了”“过去的那种不健康，不快乐的思想，而且像一个小齿轮在一个巨大的机械里和其他无数的齿轮一样快活地规律地旋转着，旋转着”；“已经消失在它们里面”[5]。这就必然地使得何其芳陷入了“角色集合”之间所产生的

(接上页)鲁艺并入延安大学，称“鲁艺文艺学院”。在延安办学的七年半时间里，“鲁艺”培养了一大批文学家、艺术家；创作了《黄河大合唱》(1939年)、《南泥湾》(1943年)、《白毛女》(1945年)等大批极具影响力的文艺作品。1945年11月，党中央决定延安大学各学院迁离延安，去东北新解放区继续办学。

〔1〕 何其芳：《关于艺术群众化》，《群众》第九卷第十八期，1944年9月30日。何其芳：《关于艺术群众化问题》，蓝棣之主编：《何其芳全集》第二卷，河北人民出版社2000年版，第358页。

〔2〕 何其芳：《杂记三则》，《解放日报》1942年9月14日。蓝棣之主编：《何其芳全集》第二卷，河北人民出版社2000年版，第311页。

〔3〕 何其芳：《关于艺术群众化》，《群众》第九卷第十八期，1944年9月30日。何其芳：《关于艺术群众化问题》，蓝棣之主编：《何其芳全集》第二卷，河北人民出版社2000年版，第358页。

〔4〕 陆地：《七十回首话当年》，《新文学史料》1989年第四期。

〔5〕 何其芳：《一个平常的故事(答中国青年社的问题，“你怎样会来到延安的?”)》，蓝棣之主编：《何其芳全集》第二卷，河北人民出版社2000年版，第83页。

"角色冲突",进入了两难悖论的逻辑怪圈,为他日后日益增长的"原罪"意识埋下了祸根。何其芳提倡写知识分子经历的题材,这并不意味着他要以此来赞颂知识分子,写于 1940 年 10 月的《论"土地之盐"》中就曾写道:"现在我们说到知识分子,往往带着一种不好的意味";"中国的知识分子更明显地有一个不好的传统,我想称他为'爬'的传统";"特别与知识分子有关系的一点是个人主义";"儿童似的自我中心主义";"每个人都感到自己是精神上负着十字架的基督";"总以为自己想得很深沉,迷失于一个自己虚构的迷津"[1]。

何其芳对那些提倡"暴露黑暗"的王实味等人,表现出那样的义愤填膺,即使二十五年之后谈论起来,依然是情绪激昂:"出于爱护党,爱护党领导的延安的人民和事物的政治直感、政治热情,我那时对那些提倡'暴露黑暗'的谬论感到很大的愤慨和憎恶,好像它们给我心目中最崇高最珍贵的事物抹上了不可容忍的污秽的东西";"王实味的《野百合花》发表的那一天,我正在院子里给文学系第四期的同学们讲课。我看了一下当天的报纸,就很生气地对同学们说:'什么野百合花!是野草,杂草!'我当时连'毒草'这个词儿也没有能找到"[2]。

从 1938 年 8 月底奔赴延安到 1943 年底,是何其芳散文创作生涯的过渡与矛盾时期。这一时期,何其芳一方面继续否定先前的艺术主张与艺术实践,认为早期的散文作品卑微渺小、无法救世,想写出一些能直接为抗战服务的报告文学,以此来表示自己思想的觉悟与对延安解放区文学观念的认同,他甚至不惜删掉当时写的许多无法为抗战现实目的服务的好诗[3];另一方面先前秉有的艺术个性与成功的艺术实

[1] 何其芳:《论土地之盐》,《中国青年》第三卷第四期,1941 年 2 月 5 日。蓝棣之主编:《何其芳全集》第六卷,河北人民出版社 2000 年版,第 488、489、490 页。

[2] 何其芳:《毛泽东之歌》,蓝棣之主编:《何其芳全集》第七卷,河北人民出版社 2000 年版,第 395 页。

[3] 据冯牧回忆:何其芳"有相当一部分我认为是十分精彩的作品","只有一部分被收进了他后来出版的诗集《夜歌和白天的歌》",其他的"却被何其芳同志自己删除淘汰了。我特别感到惋惜的是,他删掉了当时曾经使我最受感动也最为欣(转下页)

践经验，又使他在下意识里反抗着新近形成的艺术主张及其艺术实践，他认为："报告文学没有什么艺术价值，不过是政治的需要"[1]，他停止了写作表现自己并不熟悉的题材并且又没有什么艺术性可言的报告文学。

五、文艺整风：脱胎换骨、改过自新的角色定位

在延安文艺座谈会召开之前，毛泽东约请何其芳等主张歌颂光明的"鲁艺"教师到他住处谈话，毛泽东等大家坐下、第一句话就问："你们是主张歌颂光明的吧？""听说你们有委屈情绪"，"一个人没有受过十年八年委屈，就是教育没有受够"；使得何其芳才知道"主张'歌颂光明'，也并不就是正确的"；在延安文艺座谈会上，毛泽东谈到自己参加革命以后，改变了资产阶级和小资产阶级的思想感情的一段话，感动了何其芳，他在发言中首先带头开始自我忏悔："小资产阶级知识分子的灵魂是不干净的。他们自私自利，怯懦，脆弱，动摇。听了毛主席的教诲，我感到自己迫切需要改造"[2]。

接着，何其芳开始运用毛泽东《在延安文艺座谈会上的讲话》的精神，发表了几篇彻底自我批评和自我清算的文章。在《杂记三则》中，何其芳自己承认："我是一个害欧化病很深的人"[3]。在《论文学教育》

(接上页)赏的一首诗《夜歌》(一)。现在收集在诗集之中的《夜歌》(一)，实际上是他当时写作的一系列题名为《工作者的夜歌》当中的第二篇。"而当时的《夜歌》(一)"那是一首八行一节的形式相当规整的有韵律的抒情诗。这首诗，以它充满了真情的如歌如诉的诗句，把诗人渴求真理、热爱生活、向往光明同时又力求克服隐藏在内心深处的思想矛盾的心境和情感，刻画得真挚而又深沉。""我感到，这首诗如同一只温柔的手，在轻轻地拨动和抚摩着我的心弦"。冯牧：《何其芳的为文和为人》，《文学评论》1988 年第二期。

[1] 荒煤：《忆何其芳》，中国社会科学院文学研究所编：《衷心感谢他》，上海文艺出版社 1987 年版，第 19 页。

[2] 何其芳：《毛泽东之歌》，蓝棣之主编：《何其芳全集》第七卷，河北人民出版社 2000 年版，第 408、409、422、436—437 页。

[3] 何其芳：《杂记三则》，《解放日报》1942 年 9 月 14 日。蓝棣之主编：《何其芳全集》第二卷，河北人民出版社 2000 年版，第 315 页。

内，他检讨了自己“在创作实践上主张写熟悉的题材，说心里的话”[1]的错误。在《改造自己，改造艺术》里，他谴责自己是个“旧我未死，心多杂念，不但今天在革命的队伍中步调不一致，甚至将来能否不掉队都很可担心”；“又因为是写文章的，自以为真有资格教育人了，而不知自己在许多方面还要从头学起，先受教育。在幻想中，自以为如何忠实于革命，热情得很，但碰到个人利益与集体利益有矛盾时，则不是公开抗拒革命的组织，也至少心里要不舒服很久。而且往往骄傲自大”，“甚至就在写文章上也是自信自负多于真正的成就”；“整风以后，才猛然惊醒，才知道自己原来像那种外国神话里的半人半马的怪物，虽说参加了无产阶级的队伍，还有一半或一多半是小资产阶级”；“是很可羞耻的事情。才知道自己急需改造”[2]。这里的自我忏悔简直就发展到了一种自我贬损、自轻自贱的程度。在 1942 年 5 月 21 日的《解放日报》上，何其芳发表了题为《研究文件的时候怎样作笔记》的文章，介绍了“鲁艺”学习中央文件时五种作笔记的方法，又针对做笔记的四种目的与四种性质，详细、认真地介绍了他自己是怎样“学习着做笔记的”和“一些感想和见解”[3]，足见他积极、热诚和认真地投身于改造思想的整风运动。因此，何其芳 1944 年 4 月与 1945 年 9 月，两次被中央派往重庆工作。不过 1945 年 1 月，何其芳从重庆回到延安向毛泽东汇报工作时，毛泽东还是说何其芳：“你这个同志就是柳树性多的同志吧”[4]。也就是说何其芳身上依然存在着所谓的小资产阶级知识分子的书生气。这样的精神压力，自然会使得何其芳“没有把毛泽东文艺思想作为自己继

〔1〕 何其芳：《论文学教育》，《解放日报》1942 年 10 月 16 日。蓝棣之主编：《何其芳全集》第二卷，河北人民出版社 2000 年版，第 320 页。

〔2〕 何其芳：《改造自己，改造艺术》，《解放日报》1943 年 4 月 3 日。蓝棣之主编：《何其芳全集》第二卷，河北人民出版社 2000 年版，第 350 页。

〔3〕 何其芳：《研究文件时怎样作笔记》，《解放日报》1942 年 5 月 21 日。何其芳：《研究文件的时候怎样作笔记》，蓝棣之主编：《何其芳全集》第六卷，河北人民出版社 2000 年版，第 519 页。

〔4〕 何其芳：《毛泽东之歌》，蓝棣之主编：《何其芳全集》第七卷，河北人民出版社 2000 年版，第 453 页。

续研究、思考文艺问题的基础，而用毛泽东文艺思想简单取代了自己的独立思考”[1]。

为了彻底地改过自新，何其芳自觉地把自己塑造成无产阶级的革命战士角色形象，不仅严厉地否定自己到解放区之前的一切，而且过“左”地解释与运用《讲话》的精神来否定自己到解放区后的思想、创作上的不够进步。1946年11月27日，何其芳写出了理论文章《报告文学纵横谈》，强调要写好报告文学就“需要全心全身到战争中去，到士兵中去，到老百姓中去”；“要深入一种新的生活，工农兵的生活，战斗的集体的生活”；报告文学“还是以内容胜”；“报告文学也需要中国化，大众化”；“报告文学者，记叙当前发生的事情之记事文也，于是乎我就很不赞成我抗战初期的那几篇报告”[2]。甚至连《我歌唱延安》这样成功的抒情散文，他也在《星火集·后记一》里作了全面的反省：“在《我歌唱延安》中我所感动的歌唱的乃不过是它的自由，宽大和快乐”，“没有着眼于那种翻天覆地的大变动：在那里曾经是奴隶的劳动人民已经作了主人”，“我的思想感情与劳动人民的思想感情还有很大的分歧”[3]。

何其芳开始创作一系列嘲讽和暴露国统区的政治腐败和社会问题与真诚讴歌革命将领的杂文、报告文学，并且在写作中自觉地放弃了创作《画梦录》时的审美精致与意象营造。

杂文《傻女婿的故事》，针对《中央日报》一篇社论对当时国民党军队在河南一败涂地而却大讲“失败为成功之母”，何其芳在文末辛辣地讽刺道：“傻女婿虽然可笑，却也可爱，因为他是真傻。然而世界上还有装傻者。还有装傻以骗人，以为旁人都是傻子者。还有明知装傻也骗

---

[1] 王富仁：《中国鲁迅研究的历史与现状》，海峡出版发行集团、福建教育出版社2010年版，第100页。

[2] 何其芳：《报告文学纵横谈》，蓝棣之主编：《何其芳全集》第二卷，河北人民出版社2000年版，第452、453、454、455页。

[3] 何其芳：《星火集·后记一》，《诗文学丛刊》第一辑，1945年2月。蓝棣之主编：《何其芳全集》第二卷，河北人民出版社2000年版，第99页。

不了旁人，但是别无他法，只有装傻者。呜呼”[1]。《“自由太多”屋丛话》中的《文学无用论》，借评论王国维与杜甫，揭露了当局者制治“文学无用论”的用心，并正面提出了自己的观点：“我们的文学有用论是主张文学为大多数被压迫者而用，为‘唤起民众’而用”[2]；《尽信书，不如无书》则暗示人们切莫听信国民党“那些说假话的书”的反动言论，否则会“使我们头脑糊涂，眼睛不亮，做了许多傻事，走了许多冤枉路也”[3]。《异想天开录》旨在抨击国民党的虚伪言论，其中的《解题·“父兄”论》，以邵力子为蒋介石不肯释放张学良进行辩护说：“因张学良从前愿以父礼待‘蒋主席’，‘蒋主席’亦愿以子礼待之，所以不能拿普通情形来讲，可看成家庭管束，或者可说父兄管得太严，而意思不差”；针对这种虚伪的言论，作者从古代的所谓的父母官说起，先挖出“自比于民之父母”的实质：“一切专横，虐待，以至杀戮，又可以在‘为儿女好’之掩盖下进行”；然后再联系现实，揭露了“父兄”论掩盖了蒋介石的“阴狠，毒辣”[4]；而《从“分赃”说起》，则采用“以子之矛攻子之盾”的方法，抓住国民党代表吴铁城说：“有人说政治协商会议不是代表老百姓，是分赃”；而且黄炎培说：“希望今后不准再用”，“赃者，盗窃得来之物也，怎么可以说国民政府的政权是赃呢？”[5]进而通过引述“蒋主席”在北平对高级干部人员的训诫，证明了国民党统治的反动、腐败本质。

《南行纪事》巧妙地利用为四首打油诗做注释的方式，记录了 1944 年 4 月因受国民党政府之邀请，随林老南下时见闻的印象和感触：汽车

---

[1] 何其芳：《傻女婿的故事》，《新华日报》1944 年 9 月 14 日。蓝棣之主编：《何其芳全集》第二卷，河北人民出版社 2000 年版，第 121 页。

[2] 何其芳：《“自由太多”屋丛话·文学无用论》，《新华日报》1944 年 10 月 2 日。蓝棣之主编：《何其芳全集》第二卷，河北人民出版社 2000 年版，第 113 页。

[3] 何其芳：《“自由太多”屋丛话·尽信书，不如无书》，《新华日报》1944 年 10 月 5 日。蓝棣之主编：《何其芳全集》第二卷，河北人民出版社 2000 年版，第 114 页。

[4] 何其芳：《异想天开录·解题·“父兄”论》，《新华日报》1946 年 1 月 19 日。蓝棣之主编：《何其芳全集》第二卷，河北人民出版社 2000 年版，第 126、127 页。

[5] 何其芳：《异想天开录·从“分赃”说起》，《新华日报》1946 年 1 月 20 日。蓝棣之主编：《何其芳全集》第二卷，河北人民出版社 2000 年版，第 127 页。

“至宜君境某小镇”，镇上驻军“一时甚为紧张”，哨兵大声喝走过路的老百姓，只见哨兵“棉衣下面烂去了半截；棉裤亦破了裤裆”，后来哨兵又突然被一个官长模样的人大声赶走了，“恐怕系棉军衣太破之故”[1]；火车驶进秦川平原，既看见“长得又青又高的麦地”，又遇到在车厢外伸碗接住发酸豆腐馅的老太婆，看到“沿途都有人在采集槐花”“去当饭吃”[2]；西安旧报纸的广告使人惊奇，“有一个，是用四字韵文推销一身两头的婴儿照片”，“还痛诋有人翻版假冒，模糊失真”；还有一个启事：某“保长申明他并没有五千块钱卖一张缓役证”，某些人“用这攻击他都是假的”[3]；西安报纸“有些不大重要的新闻却是有趣的”：“心理学教授萧孝嵘作讲演”，“劝学生对什么功课都作二十遍复习或练习”；“某监察专使巡视陕西各地后”，“他发见许多小学卫生讲得不好，小学生患砂眼者有百分之七八十以上”[4]。国统区的贫穷、愚昧、腐败和落后，尽在不言之中。暴露重庆存在问题的随笔杂文中的《重庆的市容》揭露某要人在重庆市为迎接美国前副总统华莱士来华之前而整顿市容时，将茅草屋的前面“敷之以白色石灰，改作洋房状”，“把重庆的叫化子捉起来赶到长江以南去”的弄虚作假[5]；《“真民主”的选举》曝光重庆市第一次市参议院选举的不自由与假民主：“所谓‘选民’者，应作特别选拔出来之民解，所谓‘候选人’者，应作早已选定，仅候公布之人解也”[6]；《衣冠问题》指明重庆市卫戍司令部拘捕服装不整老百姓的本质，是“今

〔1〕 何其芳：《南行纪事·一》，蓝棣之主编：《何其芳全集》第二卷，河北人民出版社2000年版，第130页。

〔2〕 何其芳：《南行纪事·二》，蓝棣之主编：《何其芳全集》第二卷，河北人民出版社2000年版，第131、132页。

〔3〕 何其芳：《南行纪事·三》，蓝棣之主编：《何其芳全集》第二卷，河北人民出版社2000年版，第132、133页。

〔4〕 何其芳：《南行纪事·四》，蓝棣之主编：《何其芳全集》第二卷，河北人民出版社2000年版，第133页。

〔5〕 何其芳：《重庆随笔·重庆的市容》，蓝棣之主编：《何其芳全集》第二卷，河北人民出版社2000年版，第135页。

〔6〕 何其芳：《“真民主”的选举》，蓝棣之主编：《何其芳全集》第二卷，河北人民出版社2000年版，第137—138页。

天老百姓倒数第一”[1];《下江人及其它》揭示“下江人和四川人的关系”“尖锐”“紧张”[2],原因是某些下江人剥削与糟蹋四川老百姓。它们都针对国统区腐败的政治现象和社会问题进行无情的暴露和嘲讽,并且戳穿隐藏在现象背后的丑恶实质。

在回忆延安解放区的作品中,《差别》写在重庆与延安边区往返过程中看到的两个差别:在延安边区,“牛,羊,猪,鸡,到处都有”,而在边区之外,这些“都被他们的军队吃光了”;边区之外的公路“两边都是荒山”,而延安边区的山,被开垦得“像装满奶汁的乳房”[3],从而真切地报道了两个社会,两种景象,两种军队,两个后果。《记王震将军》通过王震指挥部下把“血肉模糊地倒在路旁”友军的“伤兵都抬上车去”,非常关心战士的生活;热心研究部队生产和文化教育问题,关心“鲁艺”同学们的生产和创作问题;发现被“认为最落后的”“一个几次想退伍”回家“当个农民”“的老战士”,实际上“他是士兵们的代表。他是来替他们提出要求的”;坦诚地提醒“从有钱人家出身”的文艺工作者“对于工农,大家真是应该努力为他们做事情,将功折罪呵”[4]等描写,赞颂了王震思想敏锐、爱憎分明、实事求是、体贴下情、热情坦诚、果断细致的好品格。《记贺龙将军》,则以自己的亲身经历,记录了贺龙善于用诙谐有趣的小故事来说明问题,能把极其艰苦的长征说得妙趣横生;贺龙养病时宁愿住旧窑洞,而把漂亮的小房子让给害重病的同志;他直爽表示“他不满意鲁艺当时的关门提高”,他坚决反对“当时某些所谓暴露延安的‘黑暗’的作品”;作者热情赞扬了贺龙好客健谈、乐观诙谐的性格特征,

---

[1] 何其芳:《重庆随笔·衣冠问题》,《文联》第一卷第三期,1946年2月5日。蓝棣之主编:《何其芳全集》第二卷,河北人民出版社2000年版,第141页。

[2] 何其芳:《重庆随笔·下江人及其它》,蓝棣之主编:《何其芳全集》第二卷,河北人民出版社2000年版,第143页。

[3] 何其芳:《回忆延安·差别》,《新华日报》1945年11月20日。蓝棣之主编:《何其芳全集》第二卷,河北人民出版社2000年版,第196、197页。

[4] 何其芳:《回忆延安·记王震将军》,《新华日报》1945年12月19日。蓝棣之主编:《何其芳全集》第二卷,河北人民出版社2000年版,第203、206、207、208页。

不畏强敌的英雄气慨和先人后己的高尚品德，认为贺龙对文艺工作者的批评是“代表了无产阶级和它的军队来向我们文艺工作者提出要求，来对我们这些小资产阶级出身的知识分子提出抗议”[1]。《解放区琐谈》中的《延安的小孩子》，描写了作者跟邻居小孩逗着玩的一桩小事，称颂了延安生活中公家人“应该比老百姓吃得坏些，而小孩子却又应该比大人吃得好些”[2]的新的人际关系。《朱总司令在延安文艺座谈会上》，通过记录自己亲耳听到朱总司令在延安文艺座谈会上的简短讲话，“感到他的人格和思想的光辉”，“得到重要的启发”；“一下子打破了我自己那种可羞的，不必要的，知识分子的自尊心理，喜欢粉饰自己的心理”[3]，歌颂了朱总司令的全心全意为人民服务与政治远见和思想深刻。上述作品歌颂了延安的富饶景象、路不拾遗、民主作风、大家勤奋为革命工作和为大我而舍小我等新人新事。在艺术上由《画梦录》时期的追求纤巧与精致转变为清新、自然与平易，语言也追求明白晓畅。

综上所述，延安解放区时期散文家何其芳以创作杂文、报告文学为主，抒情散文逐渐萎缩，政治热情与思辨色彩增强。从先前的侧重于表现自我的感受，到赞叹延安空气的自由、宽大、快活，嘲讽和暴露国统区的政治腐败与社会问题，讴歌革命将领，在自我忏悔中真诚讴歌工农兵，放弃了先前的审美精致与意境营造。在何其芳忏悔之后的散文中，“注重于抒发对客观事物的实感，而极少抒发对自身经历的真情。他着

---

〔1〕 何其芳：《回忆延安·记贺龙将军》，《新华日报》1946 年 1 月 16 日。蓝棣之主编：《何其芳全集》第二卷，河北人民出版社 2000 年版，第 219 页。

〔2〕 何其芳：《解放区琐谈·延安的小孩子》，《新华日报》1946 年 11 月 17 日。蓝棣之主编：《何其芳全集》第二卷，河北人民出版社 2000 年版，第 201 页。

〔3〕 何其芳：《朱总司令在延安文艺座谈会上》，《新华日报》1946 年 11 月 30 日。何其芳：《朱总司令的话》，蓝棣之主编：《何其芳全集》第二卷，河北人民出版社 2000 年版，第 222、223 页。

重于写'他'、'他们'，而不敢大胆地写'我'"[1]。他破坏了自我旧的思想和风格，却未能创造出自我新的思想和风格。

原载《福建师范大学学报》（哲学社会科学版）2003年第六期；收入重庆三峡学院二十世纪中国现代文学研究所主办《何其芳研究》第二十期（2005年卷）

〔1〕 叶公觉：《试论何其芳散文风格的演变》，《红岩》1988年第二期。

王实味：注定的悲剧典型

王实味被平反之后，对王实味的研究一度成为热点问题。一些论文和著作探讨了造成王实味悲剧的原因〔1〕，其中温济泽作了较为全面的概括："一，对托派的错误看法"，"二，对敌情的过火估计"，"三，一个人说了算的主观武断的恶劣作风"，"四，群众运动的斗争方式"，"五，宁'左'毋右的不正常心态"，"六，不愿听不同意见的专横态度"〔2〕。我认为，只有将王实味放置在延安"鲁迅式"杂文运动的历史文化语境中，通过与其他被批评杂文家的异同比较中才能揭示出其产生悲剧的诸种原因。

王实味杂文的核心命题即政治家(工农干部、政治)与艺术家(知识分子、艺术)的诸种关系问题。由于政治家与艺术家的诸多不同特点与矛盾冲突，加上王实味的知名度地位、面对批评的态度、跟自我"错误"

---

〔1〕 代表性的成果有：刘增杰著的《文学的潮汐》，河南人民出版社 1992 年 8 月第 1 版；温济泽等著的《王实味冤案平反纪实》，群众出版社 1993 年 10 月第 1 版；胡乔木著的《胡乔木回忆毛泽东》，人民出版社 1994 年 9 月第 1 版；黎辛的《〈野百合花〉·延安整风·〈再批判〉——捎带说点〈王实味冤案平反纪实〉读后感》，《新文学史料》1995 年第四期；朱鸿召编选的《王实味文存》，上海三联书店 1998 年 12 月第 1 版；温济泽著的《第一个平反的"右派"：温济泽自述》，中国青年出版社 1999 年 6 月第 1 版；黄昌勇著的《王实味传》，河南人民出版社 2000 年 5 月第 1 版；高新民、张树军著的《延安整风实录》，浙江人民出版社 2000 年 7 月第 1 版；朱鸿召著的《延安文人》，广东人民出版社 2001 年 9 月第 1 版等。

〔2〕 温济泽：《第一个平反的"右派"：温济泽自述》，中国青年出版社 1999 年版，第 159、160、164、165、166、167 页。

斗争极其在整风中的所作所为与其他文艺家的不同，造成王实味注定成为悲剧的典型人物。

政治家与艺术家的冲突

王实味的杂文的核心命题简单地说就是政治家（工农干部、政治）与艺术家（知识分子、艺术）的诸种关系问题。

首先，它讽刺、暴露了某些工农干部（政治家）对青年知识分子缺乏爱护、理解及其在生活中搞特殊化，缺乏民主、平等意识。某些“大头子”、“小头子”“事事都只顾自己特殊化，对下面同志”，“差不多漠不关心”，“搭出首长架子来训人”，是“自私自利的家伙”；把青年知识分子对延安的缺点提意见，说成是“牢骚满腹，到处发泄”；当“一方面害病的同志喝不到一口面汤，青年学生一天只得到两餐稀粥”时，“另一方面有些颇为健康的‘大人物’，作非常不必要不合理的‘享受’”，建立“干部服小厨房”阶层；强调在革命的艰苦岁月，“一切应该依合理与必要的原则来解决”〔1〕。甚至愤激地指责罗迈在中央研究院“整风检工动员大会上”，“发言的内容和态度，还保留着过去党内家长制作风的残余，压抑了群众反三风不正的斗争热情和积极性”；“在群众情绪稍稍高涨时（要求检委民选）就来压抑，板起家长面孔，威势逼人”；“从墙报可以不记名投稿问题，他就联系到‘无政府状态’这样使人害怕的词类”〔2〕。

其次，它暴露了某些工农干部（政治家）的言行不一致及其文过饰非的错误。某些工农干部（政治家）动不动就说知识分子（艺术家）“小资产阶级平均主义；其实，他自己倒真有点特殊主义”；某些政治家面对批评，以“我们底阵营存在于黑暗的旧社会，因此其中也有黑暗，这是有必然性的”及其“天塌不下来”；“妈底个×，女同志好注意小事情，现在

---

〔1〕 实味：《野百合花》，《解放日报》1942 年 3 月 13、23 日。朱鸿召编选：《王实味文存》，上海三联书店 1998 年版，第 127、128、132 页。

〔2〕 王实味：《我对罗迈同志在整风检工动员大会上发言的批评》，延安中央研究院墙报《矢与的》创刊号，1942 年 3 月 23 日。朱鸿召编选：《王实味文存》，上海三联书店 1998 年版，第 137、138 页。

男同志也好注意小事情!”等言论来文过饰非。王实味指出:“如果让这‘必然性’‘必然’地发展下去,则天——革命事业的天——是‘必然’要塌下来的”[1]。

再次,它高扬了艺术家在对于政客及其阴暗面斗争中的伟大作用与勇气。以“在任何情形下都不至陷于疯狂”的自信,揭露某机关曾有某艺术家因写了《平均主义与等级制度》的文章“结果被该机关‘首长’批评打击,致陷于半狂状态”的事件,并且揭穿了某些政治家认为“我们延安并设有等级制度”的谎言,否定了某些政治家认为“我们有等级制度,但它是合理的”[2]三种理由。较为系统、辩证而又有所强调地从事业组成、个性特点、着眼点、优越性、局限性、艰苦性等几个方面,对比、探讨、评价了政治家与艺术家之间的异同关系,指出:“政治家底工作与艺术家底工作是相辅相依的”,“伟大的艺术家同时也是伟大的政治家”;并向艺术家同志们发出呼声:“更好地肩负起改造灵魂的伟大任务罢,首先针对着我们自己和我们底阵营进行工作;特别在中国,人底灵魂改造对社会制度改造有更大的反作用;它不仅决定革命成功底迟速,也关系革命事业底成败”[3]。它还号召艺术家(知识分子)们:“我们决不能让邪气更大的人得势。更积极起来呵,同志们,睁大眼睛来辨正邪。到处扶持正气,打击邪气”;“在这个斗争中我们还需要首先检查自

---

[1] 实味:《野百合花》,《解放日报》1942 年 3 月 13 日、23 日。朱鸿召编选:《王实味文存》,上海三联书店 1998 年版,第 127、130、131 页。

[2] 实味:《野百合花》,《解放日报》1942 年 3 月 23 日。朱鸿召编选:《王实味文存》,上海三联书店 1998 年版,第 131 页。

[3] 实味:《政治家,艺术家》,《谷雨》第一卷第四期,1942 年 4 月 15 日。朱鸿召编选:《王实味文存》,上海三联书店 1998 年版,第 133、136 页。在学术界中,关于《政治家,艺术家》的写作时间有两种说法:(一)1942 年 2 月 17 日,(二)1942 年 3 月 17 日;发表时间竟有四种说法:(一)1942 年 2 月 17 日(或 2 月份),(二)1942 年 3 月 15 日,(三)1942 年 3 月 17 日,(四)1942 年 4 月 15 日。据江震龙和朱鸿召考证:写作时间应为 1942 年 2 月 17 日,发表时间应为 1942 年 4 月 15 日,并且《谷雨》第一卷第四期上标的 1 月 15 日是印错了。

己的骨头”，“你是不是对‘大人物’（尤其是你的‘上司’）有话不敢说？”[1]

周扬的《王实味的文艺观与我们的文艺观》一文指出：“王实味提出的第一个问题是，艺术与政治之间的关系问题”[2]。这里虽然有把王实味讨论的政治家与艺术家的关系问题置换成政治与艺术的关系问题，因此有不完全符合《政治家·艺术家》内容的实际之处，但是它又确实是抓住了王实味杂文的核心命题之所在。

王实味杂文中的核心命题与毛泽东原先批评主观主义、宗派主义的指导思想是一致的，1941 年 9 月 10 日，毛泽东曾说过：“宗派主义现在也有。在延安，首长才吃得开，许多科学家、文学家都被人看不起。宗派主义是排挤非党干部的一种风气，即排外主义。同时也排内”[3]。1942 年 2 月 2 日，《解放日报》为了配合毛泽东前一天在中央党校所作《整顿学风党风文风》的演说发表了同名重要社论，在社论中再次批评了宗派主义“对于党内同志则轻视和疏远，少团结，少帮助。对于党外干部，则少了解，少关心。对三三制的实行，又是不坚决，不彻底”[4]的种种错误表现。

那么，王实味的杂文又为何会成为文艺界整风的批判对象呢？一种流行的说法是，它们的语言太尖刻了。如果引述几段毛泽东当时的演说和文章的语言，比较一下就不难看出王实味杂文的语言并不算太尖刻。1942 年 2 月 1 日，毛泽东在《整顿党风学风文风》的演说中说：

---

〔1〕 王实味：《零感两则》，延安中央研究院墙报《矢与的》创刊号，1942 年 3 月 23 日。朱鸿召编选：《王实味文存》，上海三联书店 1998 年版，第 139—140 页。

〔2〕 周扬：《王实味的文艺观与我们的文艺观》，《解放日报》，1942 年 7 月 28—29 日。周扬：《周扬文集》（第一卷），人民文学出版社 1984 年版，第 383 页。

〔3〕 毛泽东：《反对主观主义和宗派主义》（1941 年 9 月 10 日），中共中央文献研究室编：《毛泽东文集》第二卷（1937 年 8 月—1942 年 12 月），人民出版社 1993 年版，第 374 页。

〔4〕 社论：《整顿学风党风文风》，《解放日报》1942 年 2 月 2 日。

只要你识得三五千字，学会了翻字典，手中又有一本什么书，公家又给了你小米吃，你就可以摇头晃脑的读起来。书是不会走路的，也可以随便把它打开或者关起。这是世界上最容易办的事情，这比大司父煮饭容易得多，比他杀猪更容易。你要捉猪，猪会跑(笑声)，杀它，它会叫(笑声)，一本书摆在桌子上既不会跑，又不会叫(笑声)，随你怎样摆布都可以。

那些将马列主义当宗教教条看待的人，就是这种蒙昧无知的人。对于这种人，应该老实的对他说，你的教条没有什么用处，说句不客气的话，实在比屎还没有用。我们看，狗屎可以肥田，人屎可以喂狗。教条呢？既不能肥田，又不能喂狗，有什么用处呢？(笑声)[1]

毛泽东在《驳第三次“左”倾路线》一文中写道：

王明诸人不但没有起码的马克思主义知识，就连一个普通老百姓的知识也都没有，所以他们写起文章来，就特别显得幼稚可笑。

我常觉得，马克思主义这种东西，是少了不行，多了也不行的。中国自从有那么一批专门贩卖马克思的先生们出现以来，把个共产党闹得乌烟瘴气，白区的共产党为之闹光，苏区与红军为之闹掉百分之九十以上，……全都是吃了马克思主义太多的亏。这批人自封为“马克思主义理论家”，家里有成堆的马克思主义出卖，装潢美丽，自卖自夸，只此一家，并无分店，如有假冒，概不承认。……直到被人戳穿西洋镜，才发现其宝号里面尽是些假马克思，或死马克思，或臭马克思，连半个真马克思，活马克思，香马克思也没有，

〔1〕 毛泽东：《整顿党风学风文风》(2月1日在党校开学典礼的演说)，《解放日报》1942年4月27日。这段话在收入《毛泽东选集》第三卷时已被删去，题目也改为《整顿党的作风》(1942年2月1日)。

可是受骗的人已不知有几千几万，其亦可谓惨也已矣！……[1]

众所周知，促使对王实味杂文批评升级成为文艺界整风的整肃重点对象，是源于王震、贺龙、朱德等几位政治家的批评意见及其批评意见得到毛泽东的采纳和支持。

1942年3月下旬，“王震同志到中央研究院看了墙报上的王实味文章以后说：‘前方的同志为党为全国人民流血牺牲，你们在后方吃饱饭骂党！’”[2]他到《解放日报》社找博古提意见，并在3月31日中央办公厅召开的《解放日报》改版座谈会上，和贺龙一起批评了《野百合花》、《三八节有感》。

我认为将军、总司令对王实味等人的杂文如此发火的主要原因有：

一、军事家与杂文家对延安生活的思想感情、观照方式不同，军事家深感延安抗日民主根据地是众多革命将士用鲜血和生命建成与保护的，这里的一切都来得极为不易，哪怕存在某些缺点也是可以忽略不计的，容不得别人说三道四。贺龙直接对写过“暴露黑暗”作品的人说：“我们在晋西北，是这样对军队讲的：‘你们在这里，有很重要的任务：就是保卫毛主席，保卫党中央，保卫延安’。你们有些人却说延安有黑暗。如果真是这样，那么，我们就要‘班师回朝’了！”[3]在延安文艺座谈会第三次会议上，朱德的发言中也说：“有的同志觉得延安生活不好，太苦了。其实比起我们从前过雪山草地的时候，这已经是天堂啊。有的同志说，外面大都市里吃的住的穿的东西比延安好。但是那再好，是人家

---

〔1〕 转引自杨奎松：《毛泽东与莫斯科的恩恩怨怨》，江西人民出版社1999年版，第150页。

〔2〕 李言：《对中央研究院整风运动的几点体会》，温济泽、李言、金紫光、翟定一编：《延安中央研究院回忆录》，中国社会科学出版社、湖南人民出版社1984年版，第108页。

〔3〕 转引自何其芳：《毛泽东之歌》，蓝棣之主编：《何其芳全集》第七卷，河北人民出版社2000年版，第394页。

的啊。延安的东西再不好，是我们自己的啊”[1]。

二、军事家在长期的军旅生活中形成了独特的思维方式和行为方式，部队的极为严格、惟命是从的管理方式，使得军事家们难于理解杂文家所倡导的民主与自由的精神和“枪口对内”与“暴露黑暗”的方式。为了保证部队的革命战斗力，共产党在军队中实行了“三大纪律、八项注意”，其中第一条即是：“一切行动听指挥”。在部队中最为流行的话语便是：“服从命令是军人的天职”。1937 年 8 月 1 日中共中央军委总政治部颁布执行的《总政治部关于新阶段的部队政治工作的决定》中就强调指出：“对于党的民主集中制和民主运用的伸缩性，应有正确的解释，防止极端民主化的发生，防止把党内的民主用到军事上去，以致影响到指挥员的威信”[2]。因而“暴露黑暗”所体现出的民主意识与言说方式在部队中是明令禁止的。欧阳山尊亲眼目睹了贺龙的一次骂人：在 1941 年纪念“八一”的晚会上，在演出节目之前连队间互相点名“啦啦”唱歌时，一个文化教员带领一连战士“啦啦”到贺龙的头上：“欢迎贺司令员唱歌！”贺龙站起来说：“打仗我行，可是不会唱歌，请你们原谅！”可那个文化教员却发动了更多的战士“啦啦”贺龙唱，并鼓动说：“贺司令员不唱大家说行不行呀？”贺龙再次站起来说：“我真的不会唱歌，还是同志们唱吧。”没想到那个文化教员竟然说：“贺司令员唱不唱请群众决定，赞成司令员唱的举手！”有一部分战士附和地举起了手。贺龙勃然大怒，在桌上猛拍一掌说：“岂有此理！司令员干不干什么要用举手表决？这是部队！不能搞这套极端民主！”[3]贺龙的话把大家都镇住

---

〔1〕 转引自何其芳：《朱总司令在延安文艺座谈会上》，《新华日报》1946 年 11 月 30 日。何其芳：《朱总司令的话》，蓝棣之主编：《何其芳全集》第二卷，河北人民出版社 2000 年版，第 224 页。

〔2〕 总政治部：《总政治部关于新阶段的部队政治工作的决定》(1937 年 8 月 1 日)，中央档案馆编：《中共中央文件选集 · 第十一册(1936—1938)》，中共中央党校出版社 1991 年版，第 306 页。

〔3〕 欧阳山尊：《回忆和贺龙同志的接触以及调到战斗剧社的经过》，中国人民解放军文艺史料编辑部编：《中国人民解放军文艺史料选编 · 抗日战争时期》第一册，解放军出版社 1988 年版，第 315—316 页。

了，一时间全场寂然无声。

三、军事家从实用主义的观念出发，要求艺术家一切为战争服务，对于杂文家强调文艺的反功利主义深表不满。抗战初期，被派往前方部队实习的各批鲁艺学生在实习期满后，大多被挽留甚至被扣留在部队，不让他们回学校继续学习。1942 年贺龙回延安后，就公开地对周扬直爽地表示“他不满意鲁艺当时的关门提高”〔1〕与反功利主义的抗议，他到“文抗”去拜访作家们，其中的目的之一就是欢迎他们到部队中去。

在这场艺术家与政治家的矛盾冲突中，评判者自然是既分管文艺界整风，又集党权、军权于一身的毛泽东。毛泽东虽然在高级干部整风中曾说过：“在延安，首长才吃得开，许多科学家、文学家都被人看不起。”〔2〕等被认为是替知识分子、文学家讨公道的话。但是，毛泽东作为政治家中的杰出代表，在他所建构的新民主主义国家的宏大国家机器中，文艺家只能是国家机器中的齿轮和螺丝钉。在 1936 年 11 月 22 日中国文艺协会的成立大会上，毛泽东的讲话就充分地表现出“文”是从属于“武”〔3〕的。毛泽东在纪念“一二九”运动四周年的大会上又说：“如果知识分子跟八路军、新四军、游击队结合起来，就是说，笔杆子跟枪杆子结合起来，那末，事情就好办了。”“要是没有铁做的毛瑟枪，这个笔杆子也是无用的”〔4〕。毛泽东常常告诫大家：“有军则有权，战争解决一切”；“每个共产党员都应懂得这个真理：‘枪杆子里面出政权’。我

---

〔1〕 何其芳：《回忆延安·记贺龙将军》，《新华日报》1946 年 1 月 16 日。蓝棣之主编：《何其芳全集》第二卷，河北人民出版社 2000 年版，第 219 页。

〔2〕 毛泽东：《反对主观主义和宗派主义》（1941 年 9 月 10 日），中共中央文献研究室编：《毛泽东文集》第二卷（1937 年 8 月—1942 年 12 月），人民出版社 1993 年版，第 374 页。

〔3〕 《毛泽东主席讲演略词·我们要抗日，就要停止内战　要停止内战，就要文武都来》，《红色中华》1936 年 11 月 30 日。

〔4〕 毛泽东：《一二九运动的伟大意义》（1939 年 12 月 9 日），中共中央文献研究室编：《毛泽东文集》第二卷（1937 年 8 月—1942 年 12 月），人民出版社 1993 年版，第 257 页。

们的原则是党指挥枪，而决不允许枪指挥党。但是有了枪确实又可以造党，八路军在华北就造了一个大党。还可以造干部，造学校，造文化，造民众运动。延安的一切就是枪杆子造出来的。枪杆子里面出一切东西。从马克思主义关于国家学说的观点看来，军队是国家政权的主要成份。谁想夺取国家政权，并想保持它，谁就应有强大的军队”[1]。

在毛泽东的眼中，即使同样是写文章，政治家的文章也是比艺术家的文章显得更为重要的，因而政治家为了写更为重要的文章，是可以允许其享有一些特殊化的。在1942年2月间的一次会议上，毛泽东对陈伯达、丁玲、艾思奇等人说：“你们大多数晚上都点油灯，只有陈伯达、艾思奇这些高级知识分子晚上才点蜡烛。我晚上在窑洞办公要点两只蜡烛，如果你们来个平均主义，只许我点一只蜡烛，也不合理”[2]。4月13日，毛泽东在自己的窑洞里跟“鲁艺”的何其芳、周立波、陈荒煤等七人谈话中间，“谈到有的作家批评延安也有不平等现象的时候，毛主席突然指着”办公桌上的“一盏旧煤油灯”“说道：‘我毛泽东，也就是有这么点特殊照顾嘛。’他说，他听到有某某作家讲，延安也有不平等：为什么毛泽东点煤油灯，他就没有煤油灯？这要看谁写的东西更重要了……然后毛泽东笑了：‘我就说，我当然说我写的更重要，这盏灯就是不给你某某人用嘛！’”[3]对于毛泽东来说，“军事战争，政治革命，是他认识、处理、解决知识分子和文化工作的出发点、立脚点和归宿点”[4]。

所以，当读到《野百合花》三、四节后，毛泽东的反应异常强烈：“曾猛拍办公桌上的报纸，厉声问道：‘这是王实味挂帅，还是马克思挂帅？’

---

[1] 毛泽东：《战争和战略问题》(1938年11月6日)，《毛泽东选集》第二卷，人民出版社1991年版，第546、547页。

[2] 转引自陈晋：《文人毛泽东》，上海人民出版社1997年版，第217页。

[3] 转引自荒煤：《一盏小小的煤油灯……》，《当代》1992年第三期。

[4] 朱鸿召：《延安文人》，广东人民出版社2001年版，第124页。

他当即打电话，要求报社作出深刻检查”[1]。其中的原因之一或许是王实味的“必然性”“天塌不下来”与“小事情”[2]中的话语严重地刺激了毛泽东的神经，因为“从四十年代初开始，毛泽东就愈来愈喜欢讲‘天塌不下来’，在形势紧张，中共面临困境时，毛爱谈‘天塌不下来’；在闻知党内外有不满意见时，毛更爱说这句话：‘有意见，你让人家讲吗，天又不会塌下来！’‘有话就说，有屁就放，天塌不下来！’‘我劝同志们硬着头皮顶住，地球照转，天塌不下来’！”[3]当王震向毛泽东汇报了壁报的情况之后，毛泽东便在警卫员和中央研究院领导的陪同下，于 4 月初的“一天晚上，到中央研究院用马灯和火把照明看《矢与的》墙报。”“毛泽东看后说：思想斗争有了目标了，这也是有的放矢嘛！”[4]墙报上王实味的《零感两则》与《答李宇超、梅洛两同志》两文中的“我们底眼光不应只看到本院，更应该注意到全延安以至全党，因为有些邪气家伙正在那里打着反邪气的旗帜，企图打击中伤比他们正气得多的人，虽然，这些人本身也不是毫无邪气”；“同志，你的骨头有毛病没有？你是不是对‘大人物’（尤其是你的‘上司’）有话不敢说？反之，你是不是对‘小人物’很善于深文罗织？要了解，软骨病本身就是一种邪气，我们必须有至大至纲[刚]的硬骨头！”[5]“王实味充分自信，他的骨头从未软过，而且不比任何人软！”[6]等等话语，再一次使毛泽东感到证明了自己原先

---

〔1〕 胡乔木：《胡乔木回忆毛泽东》，人民出版社 1994 年版，第 449 页。

〔2〕 实味：《野百合花》，《解放日报》1942 年 3 月 23 日。朱鸿召编选：《王实味文存》，上海三联书店 1998 年版，第 130 页。

〔3〕 高华：《红太阳是怎样升起来的——延安整风运动的来龙去脉》，香港中文大学出版社 2000 年版，第 326 页。

〔4〕 中共中央文献研究室编：《毛泽东年谱(1893—1949)》中卷，中共中央文献出版社 1993 年版，第 373—374 页。

〔5〕 王实味：《零感两则》，延安中央研究院墙报《矢与的》创刊号，1942 年 3 月 23 日。朱鸿召编选：《王实味文存》，上海三联书店 1998 年版，第 139—140 页。

〔6〕 王实味：《答李宇超、梅洛两同志》，延安中央研究院墙报《矢与的》第三期，1942 年 3 月 28 日。朱鸿召编选：《王实味文存》，上海三联书店 1998 年版，第 142 页。

对《野百合花》的基本判定："《野百合花》这里边有文章"[1]。

事实上，毛泽东等政治家与王实味等杂文家对于民主和自由的理解是很不相同的，早在1938年11月6日闭幕的中国共产党扩大的六届六中全会上，根据毛泽东的报告通过了《中共扩大的六中全会政治决议案》，明确指出党的政治纪律是："认真实行党的民主集中制——个人服从组织，少数服从多数，下级服从上级，中央是全党最高的领导，用以严格党的纪律，使党及其各级领导机关达到在政治上和组织上团结得如象一个人一样的程度"[2]。毛泽东等政治家对于民主和自由的理解是有实用性前提的，而王实味等杂文家对于民主和自由的理解则更多地体现为"理想主义"或"应当如此"的文化性色彩。1942年4月20日，毛泽东在中央学习组会议上作报告，就从原先的愤激批判宗派主义、主观主义和党八股，转为猛烈地抨击起自由主义来。毛泽东这时意识到自由主义造成了"思想庞杂，思想不统一，行动不统一"；"将来的光明也就很难到来，即使到来，也掌握不了它"；他告诫大家"张家也要独立，王家也要独立，那就不得了。所以就是延安失掉了，反主观主义也要搞，作战也要搞"；"搞到哇哇叫也要搞，打得稀巴烂也要搞"[3]；一定要彻底肃清党内的自由主义。投了政治家(军事将领)赞成票的毛泽东，为了使他的这一举措能够得到其他人的同意和理解，曾对此进行了自圆其说的解释：不仅认为军事将领"不愧为一个政治战士。虽然我们的文化水平低，但是我们的政治嗅觉相当灵敏，什么风气不好，我们一嗅就嗅出来了"；认为王实味与其他偶犯错误的杂文家不一样，"至于某

[1] 沈漪：《怀念张如心同志》，温济泽、李言、金紫光、翟定一编：《延安中央研究院回忆录》，中国社会科学出版社、湖南人民出版社1984年版，第193页。

[2] 《中共扩大的六中全会政治决议案》(抗日民族自卫战争与抗日民族统一战线发展的新阶段，1938年11月6日中国共产党扩大的六中全会根据毛泽东同志报告通过的决议)，中央档案馆编：《中共中央文件选集·第十一册(1936—1938)》，中共中央党校出版社1991年版，第758页。

[3] 毛泽东：《关于整顿三风》(1942年4月20日)，中共中央文献研究室编：《毛泽东文集》第二卷(1937年8月—1942年12月)，人民出版社1993年版，第414、415—416页。

些时候，或者某次说话、写文章没有弄好，这是属于部分的性质，这样的问题好解决，都不是什么严重的问题。个别比较严重的就是王实味这个同志，他的思想是比较成系统的，似乎坏的东西比较更深一些”[1]。这样的政治定调，就必然地使得毛泽东与政治家（军事将领）把王实味跟其他的杂文家区别开来，并且逐渐地将王实味塑造成为最坏的典型。

多种因素铸成悲剧人物

据胡乔木回忆：在当时“王实味不代表整个文艺界。尽管《野百合花》引起很大争论，比丁玲的《三八节有感》争论得更尖锐，但《三八节有感》在文艺界有相当代表性”；胡乔木还说，在延安文艺座谈会后，“当时，主要是围绕两个人，头一个是萧军，然后是丁玲，还有其他一些人多少牵进去了。斗得相当厉害”[2]。而且，“从艺术力量上来看，王实味的两篇杂文在那次文学新潮中无人堪比。但是，若是从他所提供的思想、意识上的某些方面来分析，比起他的同道来，也的确找不出太多的新识卓见”[3]。那么，是什么原因使得王实味成了文艺界整风的悲剧人物？

如果从文人的知名度与地位、文人面对批评的态度和文人跟自我与他人的“错误”思想斗争的三个方面，把王实味与丁玲、萧军、艾青、罗烽等同样在文艺界整风中受到批评的杂文作者进行纵横比较、审视，就能够揭示王实味何以会成为悲剧人物的原因。

首先，从当时同样被批评的文人的知名度和地位方面来考察。虽然早在 1933 年 9 月出版的王哲甫著《中国新文学运动史》中，就开列了王实味的本名和笔名；王实味在赴延安前，创作发表了四篇短篇小说与

---

[1] 毛泽东：《文艺工作者要同工农兵相结合》（1942 年 5 月 28 日），中共中央文献研究室编：《毛泽东文集》第二卷（1937 年 8 月—1942 年 12 月），人民出版社 1993 年版，第 427 页。

[2] 胡乔木：《胡乔木回忆毛泽东》，人民出版社 1994 年版，第 55 页。

[3] 黄昌勇：《王实味传》，河南人民出版社 2000 年版，第 145 页。

一部中篇小说[1]，翻译出版了外国小说、戏剧一百多万字[2]。但是王实味1937年10月进入延安后，并没有引起人们的注意，作为堂堂的北大肄业生、知名的作家、翻译家的王实味，却只被分配到陕北公学的普通班去当学员。似乎只有洛甫注意到王实味的英译水平，因而点名调王实味到新成立的马列学院编译室工作。王实味虽有"文抗"会员的会籍，但在延安文艺界并没有多少知名度，连当时担任中央党报委员会主任、中央出版局局长、《解放日报》社社长和新华社社长的博古，都不知道王实味是何许人也，"《野百合花》发表以后，第一个向文艺栏提意见的是社长博古(秦邦宪)。见报的次日上午，博古来到编辑室，问陈企霞：'王实味是哪里的？'企霞说：'是中央研究院文艺研究室的特别研究员'"[3]。

丁玲曾以成名作《莎菲女士的日记》[4]等享誉文坛，担任过"左联"党组书记、左联机关刊物《北斗》杂志主编，是第一个从国统区奔赴延安解放区的著名左翼女作家，中共中央以中宣部的名义，高规格地举行了欢迎会。丁玲随红一军团上前线后，毛泽东曾用电报发给丁玲一首词：《临江仙·给丁玲同志》[5]。这是毛泽东一生中唯一的一首赠给作家

---

[1] 创作发表了短篇小说：《杨五奶奶》，《晨报副刊》第一四四五号，1926年2月27日；《毁灭的精神》，《现代评论》第六卷第一四八—一五二期，1927年10月8日至11月5日；《陈老四的故事》，《创造月刊》第二卷第六期，1929年1月10日；《小长儿与罐头荔枝》，《新月》第二卷第八期，1929年10月。中篇小说《休息》，中华书局1930年4月出版。此外，1937年，王实味还创作了剧本《要落的太阳》，可惜已经佚失。

[2] 1929年，王实味到上海后转而从事翻译文学作品：德国霍布门(霍普特曼)的小说《珊拿的邪教徒》，中华书局1930年4月版；法国都德的小说《萨芙》，商务印书馆1933年版；英国高尔斯华绥小说《资产家》，中华书局1936年版；美国奥尼尔的戏剧《奇异的插曲》，中华书局1936年版；英国哈第(哈代)的小说《还乡》，中华书局1937年版。

[3] 黎辛：《〈野百合花〉·延安整风·〈再批判〉——捎带说点〈王实味冤案平反纪实〉读后感》，《新文学史料》1995年第四期。

[4] 丁玲：《莎菲女士的日记》，《小说月报》第十九卷第二号，1928年2月10日。

[5] 毛泽东：《临江仙·给丁玲同志》，《新观察》1980年第七期。

的词作，词中高度赞誉了丁玲来到苏区的重大意义。1938年秋，丁玲离开西北战地服务团[1]，留在延安。先后任陕甘宁边区文艺界抗敌协会执委，陕甘宁边区文艺协会副主任，中华全国文艺界抗敌协会延安分会常务理事，《解放日报》文艺副刊主编，《长城》文艺杂志主编等职务。1930年代末，生活书店在向读者介绍丁玲主编的《西北战地服务团丛书》时称："丁玲女士是现代中国最勇敢的女战士之一。自全面抗战爆发以后，她组织了西北战地服务团，辗转在山西等前线，作艰苦的斗争"[2]。在延安整风之前，丁玲就已经成为延安文艺界跟周扬平分秋色的两位领导人和"高级干部"之一。如果将丁玲这位不仅是延安文艺界的台柱之一，而且在全国有如此重要影响的女作家，树为文艺整风的典型来批判，那无疑会产生很不好的政治影响，并且容易成为敌对政治势力攻击延安中共"迫害"著名作家的口实。因此，在一次毛泽东主持的中央高级干部学习会议上，毛泽东在总结发言时说："《'三八'节有感》虽然有批评，但还有建议。丁玲同王实味也不同，丁玲是同志，王实味是托派。"[3]毛泽东保了丁玲。

萧军因1935年8月出版由鲁迅亲自撰序推荐的表现东北人民革

---

[1] 1937年7月7日，抗日战争全面爆发后，住在延安抗日军政大学的丁玲与吴奚如提议组织一个战地记者团，计划到抗日前线进行战地采访报道。抗大的学生们纷纷要求加入战地记者团，中央军委委托中央宣传部组织西北战地服务团(简称"西战团")。8月12日召开"西战团"成立大会，朱光代表中宣部讲了"西战团"的任务、筹备经过与组织机构，同时宣布任命丁玲为"西战团"主任，吴奚如为副主任。8月15日晚，毛泽东在延安各界欢送"西战团"的晚会上首先致词。"西战团"临行前，毛泽东还向前来请示的丁玲做出重要指示。9月22日，西北战地服务团四十多人徒步从延安出发，东渡黄河，进入山西。一路上，他们运用群众喜闻乐见的文艺形式发动群众、宣传抗日。1938年7月，"西战团"奉调返回延安。同年11月20日，周巍峙带队"西战团"第二次离开延安、奔赴抗日前线晋察冀边区。"西战团"活动期间，丁玲主编了一套"战地丛书"；坚持出版《战地》、诗刊《诗建设》；除了诗歌创作、朗诵活动之外，还创作演出了一百多部戏剧和几百首歌曲。1945年6月，中宣部决定撤销西北战地服务团的建制。

[2] 转引自邹午蓉：《丁玲创作论》，江苏教育出版社1994年版，第112页。

[3] 丁玲：《延安文艺座谈会的前前后后》，《新文学史料》1982年第二期。张炯主编：《丁玲全集》第十卷，河北人民出版社2001年版，第280页。

命军抗日斗争的长篇小说《八月的乡村》[1]而赢得了"抗战作家"的荣誉。早在1937年延安陕北公学召开的纪念鲁迅逝世周年大会上,毛泽东作了他对鲁迅最早的和唯一的"专论"式讲演《论鲁迅》,其中共引了鲁迅的三篇文章,其中的一篇就是鲁迅1934年11月17日《致萧军、萧红》[2],由此可见萧军在毛泽东的心目中有着不一般的地位。萧军在延安不仅被选为中华全国文艺界抗敌协会延安分会的理事,担任了文艺月会的干事、《文艺月报》编辑,鲁迅研究会主任干事和《鲁迅研究丛刊》的主编等要职,而且与毛泽东深交为朋友,毛泽东不但多次给萧军写信,还多次挽留准备回重庆的萧军留在延安,这在延安解放区作家中是少见的。

艾青早在1934年5月,就以成名作《大堰河——我的保姆》[3]誉满全国诗坛。第一部诗集《大堰河》[4]的出版,奠定了艾青在中国新诗史上的重要地位。1930年代末,艾青成为中国诗坛继郭沫若、闻一多之后推动一代诗风的重要诗人。"皖南事变"后,艾青、罗烽等人是在周恩来的周密安排和经济资助下奔赴延安解放区的。到达延安后,不仅张闻天和凯丰设宴欢迎艾青等人,艾青还获得了以两个窑洞安家的特殊待遇,而且被选为《诗刊》主编[5],中华全国文艺界抗敌协会的候补理事、中华全国文艺界抗敌协会延安分会理事、边区文化工作委员会委员等。

---

〔1〕 萧军:《八月的乡村》,上海容光书局1935年8月出版。

〔2〕 毛泽东说:"正如鲁迅先生所说,最初大家都是'左'的,革命的,及到压迫来了,马上有人变节,并把同志拿出去献给敌人作为见面礼(我记得大意是如此)"。大汉(大漠)笔录:《毛泽东论鲁迅》,《七月》半月刊第十期,1938年3月1日。鲁迅原文:"所谓'文学家',左翼兴盛的时候,以为这是时髦,立刻左倾,待到压迫来了,他受不住,又即刻变化,甚而至于买朋友","作为倒过去的见面礼"。鲁迅:《致萧军、萧红》(1934年11月17日),鲁迅:《鲁迅全集》第十三卷,人民文学出版社2005年版,第260页。

〔3〕 艾青:《大堰河——我的保姆》,《春光》杂志第一卷第三期,1934年5月1日。

〔4〕 艾青:《大堰河》,1936年11月自印出版。

〔5〕 1941年11月,诗刊社编的《诗刊》在延安创刊。艾青主编。1942年5月5日终刊,共出版六期。

罗烽虽然在创作的知名度上不如丁玲、萧军、艾青等人，但他曾任哈尔滨东区宣传委员、中共满洲省委候补委员，负责北满的文艺运动，曾是以舒群、萧军、萧红等为核心的“夜哨”作家群政治上的“灵魂”。奔赴延安解放区之后，罗烽既是“文协”的专职作家，又是中共文化艺术工作的重要组织领导者之一。负责办起了“星期文艺学园”[1]，培养了一批文学青年，他还被选为独立后的中华全国文学艺术工作者抗敌协会延安分会的第一届主席，担任陕甘宁边区政府文化工作委员会常委兼秘书长。

毛泽东在文艺整风中“希望有两种典型，一是最好的，一是最坏的”[2]。那么，如果需要在上述五人中树立一个最坏的典型而又能使产生的负面影响最小，那么这个人就必定无疑的是王实味。

其次，从当时同样被批评的文人面对批评的态度方面来考察。丁玲在中央高级干部学习会上被批评后，第二天就特地主动登门去找贺龙认老乡，聆听意见。第三天，贺龙跑到“文抗”来回访、劝慰丁玲，丁玲再次向老乡说，自己昨天去找他，就是要让他用炮火来轰烧自己的毛病的。她盛情地留老乡吃饭，贺龙才惊异地发现作家们每天三餐吃的只是土豆丝、萝卜条[3]。延安文艺座谈会召开之前，中央组织部长陈云代表党专门找丁玲和刘白羽去谈话，动员他们“要站在党的立场上，要做一个正确的发言”[4]。丁玲听完毛泽东《在延安文艺座谈会上的讲

---

〔1〕 1941年6月1日，星期文艺学园在延安文化俱乐部正式创办。是文艺月会举办的文学青年业余文艺补习班，艾青任校长。每星期日上课一次，第一学期在文化俱乐部上课，第二学期在蓝家坪作家俱乐部上课，原计划学习期限两年。课程有中国新文学运动史、世界文学史、诗学、文艺理论。经过一年的业余学习，学员们上交给看稿委员会的习作有一百八十七篇，其中较优秀的作品在《解放日报》、《文艺月报》上发表。1942年6月21日，因形势紧张、人手缺乏，召开星期文艺学园结束座谈会。

〔2〕 毛泽东：《关于整顿三风》(1942年4月20日)，中共中央文献研究室编：《毛泽东文集》第二卷(1937年8月—1942年12月)，人民出版社1993年版，第420页。

〔3〕 参见周良沛：《丁玲传》，北京十月文艺出版社1993年版，第438—439页。

〔4〕 刘白羽：《决定我一生的是深入火热的斗争》，王海平、张军锋主编：《回想延安·1942》，江苏文艺出版社2002年版，第63页。

话》之后，“非常愉快地、诚恳地用《讲话》为武器，挖掘自己，以能洗去自己思想上从旧社会沾染的污垢为愉快”[1]。

1942年4月11日，毛泽东第一次约见艾青时曾委婉地批评说：“现在延安文艺界有很多问题，很多文章大家看了有意见。有的文章像是从日本飞机上撒下来的；有的文章应该登在国民党的《良心话》上的……你看怎么办？”艾青说：“开个会，你出来讲讲话吧。”毛泽东说：“我说话有人听吗？”艾青旗帜鲜明地回答说：“至少我是爱听的”[2]。毛泽东写信请艾青代为收集“反面的意见”。艾青便坦然地把自己的意见写成文章《我对于目前文艺上几个问题的意见》寄给了毛泽东，毛泽东读后，再次邀艾青去交换关于“歌颂与暴露”问题的意见，艾青态度恭敬地聆听意见并认真地做笔记，回去后根据毛泽东的意见将文章作了认真的修改，改变了自己文章中原先的某些观点，在《解放日报》上发表[3]。艾青的诚恳建议、谦虚态度和修正观点，必然会增强毛泽东召开文艺座谈会和制订文艺政策的信心，并且给毛泽东留下较为满意的印象。在延安文艺座谈会上，艾青听到朱德总司令说：“艾青同志说‘生不用封万户侯，但愿一识韩荆州’，我们的韩荆州是工农兵”[4]。座谈会之后，艾青便给毛泽东写信要求上前方去体验生活与写作，表现了自己但愿一识工农兵这一韩荆州的愿望。

罗烽在毛泽东1942年4月份找他汇报文艺界情况时，虚心向毛泽东请教：杂文可不可以写的问题？在延安文艺座谈会上，他们的杂文受到不点名的批评，开完座谈会之后，罗烽就把自己到延安后写的文章送交给毛泽东审阅，这一举动既表现了罗烽主动虚心请毛泽东批评指正

---

〔1〕 丁玲：《延安文艺座谈会的前前后后》，《新文学史料》1982年第二期。张炯主编：《丁玲全集》第十卷，河北人民出版社2001年版，第281页。

〔2〕 艾青：《漫忆四十年前的诗歌运动》，艾青：《艾青全集》第三卷，花山文艺出版社1991年版，第586页。

〔3〕 艾青：《我对于目前文艺上几个问题的意见》，《解放日报》1942年5月15日。

〔4〕 艾青：《漫忆四十年前的诗歌运动》，艾青：《艾青全集》第三卷，花山文艺出版社1991年版，第588页。

的态度，又同时隐含着相信毛泽东可以从中明鉴他文章中的立场与党是一致的愿望。毛泽东在6月12日《致罗烽》的信中写道："我觉得关于高尔基的一篇是好的，这篇使我读后得到很大的益处。但其余的文章，和这一篇的观点不大调和，我虽只看一遍，但觉有些是不明朗化，有些则论点似乎有毛病。我希望你用马克思主义的观点将自己的作品检查一番，对于你的前进是有益的"[1]。显然，只看过一遍的毛泽东委婉地否定了罗烽除《高尔基论艺术与思想》一文之外的其余文章。对此，罗烽当时并没有流露出丝毫的抵触和不满情绪。

最后，从当时同样被批评的文人跟自我与他人的"错误"思想斗争的方面来考察。上述文人面对批评时的态度极为谦虚、友好，他们跟自我与他人的"错误"思想的斗争也是积极、主动的，并且积极主动地投身于与工农兵相结合的运动中去。

6月9日，艾青在中央研究院召开的座谈会上发言时，不仅彻底地否定了王实味的文章，而且干脆取消了王实味的做人资格。6月16日，艾青又在文艺界批判王实味的座谈会上作了长篇发言《现实不容歪曲》[2]，全面深入地批判、揭露了王实味的种种罪恶，申明了文艺家对革命阵营应有的正确立场和态度。后来，艾青随同一个运盐队到"三边"去考察民间艺术；回来后写了万行叙事诗《吴满有》[3]歌颂农民劳模，参加秧歌队并写了《秧歌剧的形式》[4]的总结文章，受到毛泽东的好评，毛泽东写信向胡乔木推荐此文[5]。艾青还到三五九旅去慰劳战士，终于被评为陕甘宁边区的劳模。

在6月11日中央研究院召开批判王实味的座谈会上，丁玲第一个

---

[1] 毛泽东：《致罗烽》(1942年6月12日)，《毛泽东书信选集》，人民出版社1983年版，第195页。

[2] 艾青：《现实不容歪曲》，《解放日报》1942年6月24日。

[3] 艾青：《吴满有》，《解放日报》1943年3月9日。

[4] 艾青：《秧歌剧的形式》，《解放日报》1944年6月28日。

[5] 毛泽东：《致胡乔木》(1944年5月27日)，《毛泽东书信选集》，人民出版社1983年版，第232页。

作了题为《文艺界对王实味应有的态度及反省》的发言,她首先指出:王实味的问题是反党的思想和行为,已经是政治问题,因此文艺界要有明确而肯定的态度,应该揭发他的托派思想和他的反党、反阶级的活动,打击王实味,要打落水狗。同时说明王实味不是文艺家,他企图动员文艺家起来"干"完全是对文艺界莫大的污蔑。接着丁玲反省了整个"文艺界"在王实味的两篇文章考验下的失职,然后,检讨自己的耻辱和罪恶,并宣布自己的《三八节有感》是篇坏文章。最后表示了自己改正错误的勇气和恒心,"向着做一个名符其实的共产党员的目标走去"[1]。7月份,丁玲应朱德之约到八路军司令部读了两天电报,写出了特写《十八个》[2]。丁玲在《解放日报》1944年6月30日上发表了介绍合作社模范人物的报告文学《田保霖》[3],得到毛泽东的写信庆祝[4]。

与上述几位杂文家痛改前非、重新做人截然不同的是,王实味不仅面对克勉的《"轻骑队"及其他》[5]、齐肃的《读〈野百合花〉有感》[6]、里图的《大胆与硬骨头》[7]等批评均未予理睬,而且据范文澜说,胡乔木跟王实味谈过两次并写过两封信,信中说:"《野百合花》的错误,首先是批评的立场问题,其次是具体的意见,再次才是写作的技术。毛主席所希望你改正的,首先也就是这种错误的立场。那篇文章充满了对于领导者的敌意,并挑起一般同志鸣鼓而攻之的情绪,这无论是政治家艺术

〔1〕 丁玲:《文艺界对王实味应有的态度及反省——6月11日在中央研究院与王实味思想斗争的座谈会上的发言》,《解放日报》1942年6月16日。张炯主编:《丁玲全集》第七卷,河北人民出版社2001年版,第72、75页。

〔2〕 丁玲:《十八个》,《解放日报》1944年7月9日。

〔3〕 丁玲:《田保霖——靖边县新城区五乡民办合作社主任》,《解放日报》1944年6月30日。

〔4〕 毛泽东:《致丁玲、欧阳山》(1944年7月1日),《毛泽东书信选集》,人民出版社1983年版,第233页。

〔5〕 克勉:《"轻骑队"及其他》,《解放日报》,1942年4月6日。

〔6〕 齐肃:《读〈野百合花〉有感》,《解放日报》,1942年4月7日。

〔7〕 里图:《大胆与硬骨头》,《解放日报》,1942年4月17日。

家，只要是党员，都是绝对不容许的。这样的批评愈能团结一部分同志，则对党愈是危险，愈有加以抵制的必要”。范文澜还说：“两个多月以来，党委和他谈话，有八次之多。我也和他谈过两三次。他总是狡辩，毫不认错。昨天早晨他还对我说：‘你在报上发表的文章我读了，但是我还没有发现我的错误’。”“党委又曾委托了五个同志经常和他谈话，帮助他改正错误。他仍是不认错，并且辱骂和他谈话的同志。其他个别的同志自动去和他谈话的也很不少。他仍旧不反省。”“半个多月来，每次座谈会都希望他出席，他不肯。每次座谈后都有同志把会上同志的意见告诉他，希望他反省，他也不接受。座谈会又推派代表去和他谈话，谈了两个整整的半天，他仍旧一味狡辩”[1]。如果排除掉上述叙述中的某些情绪化用语和“半个多月来，每次座谈会都希望他出席，他不肯”[2]的史实错误，范文澜的叙述是基本可信的。更有甚者，6 月 2 日上午，“王实味向党委提出退党的要求，他说他‘个人与党的功利主义之间的矛盾是几乎无法解决的’，他要走他‘自己所要走的路’”[3]。这一举动，极容易使人产生王实味以此要胁党组织的不良印象。王实味后来虽然撤消了退党要求，但他依然毫不承认自己的错误并公开为托派理论辩解，激起了与会者的义愤和质问。

如果再联系考察王实味北大时期的求爱事件中与支部书记段纯争吵，上海时期同张天翼断交和跟编辑大吵，延安时期在本单位只除了跟张闻天、王学文两人没吵过而特别经常地跟陈伯达发生摩擦所体现的性格孤僻急躁、言词尖酸刻薄、喜欢惹事生非、容易得罪他人的状况，再加上他在延安整风期间的所作所为，就更容易断定悲剧典型非他莫属：

---

〔1〕 范文澜：《在中央研究院六月十一日座谈会上的发言》，《解放日报》，1942 年 6 月 29 日。

〔2〕 “半个多月来，每次座谈会都希望他出席，他不肯”与同文最后一个自然段中的“就是在 4 号那天的座谈会上，王实味发言，和我们打攻势防御战”之间是前后自相矛盾的。

〔3〕 温济泽：《斗争日记——中央研究院座谈会的日记》，《解放日报》1942 年 6 月 28 日。

在中央研究院整风检查工作动员大会上，不仅骂罗迈的讲话活现了家长制的作风是“比猪还蠢”[1]的领导作风，提出要求整风检查工作委员会委员实行民主选举，而且还认为在整风中要检查每个人的骨头软硬，应该敢于向“大人物”、尤其是“上司”提意见[2]，同时要求应该允许人们在整风壁报上匿名写文章；在整个文艺界整风的过程中，他又一意孤行地拒不承认错误。

与陈伯达结怨，必然招致整风时已成为毛泽东政治秘书的陈伯达的报复；人缘不好，更容易造成墙倒众人推的局面；拒不承认错误，必定会被树为整风的最坏典型。因此，我们也就不难理解，当陈伯达揭发出王实味文章中的托派思想，并且有人揭发王实味平时同情托派的言论后，王实味在整风初期的所作所为也就再也不被人们认为是动机纯洁了，原先支持、同情王实味的人们也就急于反戈一击、摆脱干系，从而证明自己的动机是纯洁的或者是被蒙蔽、受欺骗。作家们“一致认为托派王实味是政治上的敌人，同时也是文艺界的敌人”[3]。“文抗”理事会开除了王实味的会籍。加上康生的插手，王实味终于被戴上了托派分子的帽子，并被打成“五人反党集团”[4]、逮捕入狱，逐步走上了不归之路。

然而，无法回避一个众所周知的事实：且不说萧军在延安解放区一再地与文人们打笔战和进行舌战，其观点的出格、言论的尖刻、态度的傲慢、性情的倔强都不在王实味之下，更有甚者的是，萧军还经常批评延安的文艺为政治服务的方针，宣传“政治家和文学艺术家不可能互相

---

〔1〕 王实味：《答李宇超、梅洛两同志》，延安中央研究院墙报《矢与的》第三期，1942 年 3 月 28 日。朱鸿召编选：《王实味文存》，上海三联书店 1998 年版，第 142 页。

〔2〕 王实味：《零感两则》，延安中央研究院墙报《矢与的》创刊号，1942 年 3 月 23 日。朱鸿召编选：《王实味文存》，上海三联书店 1998 年版，第 139—140 页。

〔3〕 《延安文艺界举行座谈会，痛斥托派王实味反动思想，建议文抗开除其会籍》，《解放日报》，1942 年 6 月 19 日。

〔4〕 王实味被判定为“托派”之后，从 1942 年 9 月至 11 月，康生在中央政治研究室发动了一场斗争，经过七十二天的七斗八斗，把成全、王里夫妇与潘芳、宗诤夫妇和王实味他们五人的关系说成是“托派关系”，最后把他们定为“五人反党集团”。

了解，应当各走各的路”[1]。在文艺座谈会上，萧军还强调作家要有自由和独立，尖锐刺耳地说整风“如果光说不改，那不成‘露淫狂’了吗”[2]。在批判王实味的运动中，萧军还曾受朋友之托，替王实味向毛泽东说情，在参加批判王实味的会上，大声喊叫让王实味说话，并在回家的路上说了表示不满的话。当中央研究院派郭小川等四位代表到萧军的住处提出抗议，要他承认错误、赔礼道歉时，萧军断然拒绝、轰出代表。他还专门写了份说明真相与意见的书面材料《备忘录》，上呈中共中央和毛泽东，不仅在“文抗”整风小组会上宣读《备忘录》，而且还于10月19日下午，在有两千多人参加的“鲁迅逝世六周年纪念大会”上，再次宣读《备忘录》。引发了与丁玲、刘白羽、周扬、李伯钊等党内作家和陈学昭、艾青等党外作家的激烈辩论，最后萧军勃然大怒地愤然退出会场。这一切，毫无疑问地会让当时的人们产生萧军“同情托派分子王实味”[3]的看法。

但是，当时萧军在政治上却基本上没有受到太大的冲击，那么，萧军跟王实味绝然相反结果的原因何在呢？一种流行的解释是：因为他与毛泽东私交挺深，“毛主席当时比较赏识萧军”[4]。如果进一步考察毛泽东不止一次地与私交很深的人反目，这一解释似乎并不能完全令人信服。我以为，除了私交挺深、比较欣赏之外，至少还应该加上上文论述的因萧军的知名度与地位使其容易在国统区产生政治负面影响，萧军不是中共党员又没有历史问题、不属于整风的主要对象，萧军在文艺整风的过程中没有发动群众向政治家发难，以及毛泽东针对萧军的个性而采取的独特解决问题的策略与方法等方面的原因。

在毛泽东的心目中，萧军是个既容易“绝对地看问题”又“极坦白豪

---

〔1〕 转引自何其芳：《毛泽东之歌》，蓝棣之主编：《何其芳全集》第七卷，河北人民出版社2000年版，第424页。

〔2〕 温济泽：《第一个平反的“右派”：温济泽自述》，中国青年出版社1999年版，第138页。

〔3〕 张毓茂：《跋涉者——萧军》，辽宁人民出版社2000年版，第285页。

〔4〕 胡乔木：《胡乔木回忆毛泽东》，人民出版社1994年版，第54页。

爽的人"[1]。萧军坦白豪爽、看重情谊,虽然萧军的"自由主义、个人英雄主义太重"[2],但是,萧军绝对没有政治野心。萧军不仅是个吃软不吃硬的人物,而且他还是最早真诚地向毛泽东建议党应该制定文艺政策的人,并且积极地完成毛泽东托付帮助收集文艺界各方面意见和情况的任务。从毛泽东 1942 年 4 月至延安文艺座谈会召开前找文艺家谈话的情形中,我们不难发现:毛泽东对于跟他思想观念分歧较大的文艺家,采用的是和蔼却不亲近、感化而不深究,既要设法改造他们的思想又尽量不要伤了彼此感情的策略与方法。因此,萧军在座谈会上态度蛮横、言语粗鄙,毛泽东也不动声色,然而当胡乔木起来反驳萧军之后,"毛主席非常高兴,开完会,让"胡乔木"到他那里吃饭,说是祝贺开展了斗争"[3]。到了萧军上呈《备忘录》之后,毛泽东便对容易"绝对地看问题"而走极端并产生政治负面影响的萧军采用冷处理、敬而远之的方式以待时日了。

综上所述,历史选择了王实味成为悲剧人物,王实味所具备的诸种悲剧因素使他注定成为悲剧的典型。

原载《文学评论》编辑部、南京大学中文系、南京大学出版社主办:《文学评论丛刊》第六卷第一期,南京大学出版社 2003 年版;收入福建省文学艺术界联合会编:《福建文艺创作六十年选 · 文学评论》,海峡文艺出版社 2009 年版

〔1〕 毛泽东:《致肖军》(1941 年 8 月 2 日),《毛泽东书信选集》,人民出版社 1983 年版,第 174 页。
〔2〕 张毓茂:《跋涉者——萧军》,辽宁人民出版社 2000 年版,第 280 页。
〔3〕 胡乔木:《胡乔木回忆毛泽东》,人民出版社 1994 年版,第 54 页。

失败的文学疗救

——王实味悲剧新解

本文试图从一个新的角度，即王实味作为一名文学创作者其身上所体现的文学疗救现象，来分析、解析王实味悲剧成因。第一部分，全面阐明王实味选择文学创作进行自我疗救的客观必然性；第二部分，分析论述文学治疗在王实味身上的失败；第三部分，集中阐释文学治疗在王实味身上失败的原因，即社会环境的排异、主流意识的压制和个人性格的局限。从一个新的视角，推导出王实味悲剧的产生在某种程度上是一种客观历史的必然。

当今越来越多的学者开始相信文学除了传统认定的认识功能、教育功能、审美功能之外，还具有治疗功能。相对以往的宏观的文学社会作用，文学的治疗作用是从微观上考察的，侧重于从文学创作主体与接受者两个角度来看待文学的作用。关注文学的治疗作用，预设的立足点是：文学应是人类存在的精神家园。无论是从创作主体，还是从接受主体的角度，文学创作既治疗作家的自我心灵，也可以治疗有同感的接受者，是积极的"双向治疗"。王实味作为一个文学创作者，在他的身上我们必然能够看到文学治疗的影子。我们希望通过分析论述文学治疗在王实味身上的出现、失败及其原因的探析，重新分析、阐析王实味悲剧的成因。

一、重拾锐笔——自我疗救的必经之路

王实味是一个追求理想光明、现实不断碰壁而产生极大苦闷的矛盾体，他的一生都充满着积怨、郁闷和愁苦。在其年幼的时候，当时他

家乡的街上流行这样一句顺口溜:"听见呼噜噜噜噜,王举人家喝稀粥"。[1] 王姓本是乡居当地的大户人家,拥有大量的田产,但独独王实味的父亲王元炳无一垄地、一亩田,生齿日繁、家境困顿、潦倒得很。父辈的教诲,家庭的熏陶和同遭平民百姓困苦的人生事实,让王实味早谙世事。他的内心渐生出苦难、不平和对这个社会的反感。青年时期的王实味别离了亲人和故土,走向了外出求学的生涯。他像当时无数青年一样,带着憧憬、满怀希望地踏入这茫茫人海。然而王实味却因家境贫寒,没有经济来源,不得不中途辍学。辍学事件,让王实味深深地感受到人生的第一次失望:"我怀着满腹鬼胎走向这黑暗龌龊的社会路上来。素日自命洒脱不羁的我,心头也不免有种种的疑虑与忧恐,不知此后的世界,对于我将呈一种什么状态!""中途辍学的痛苦,爱友别离的悲哀,过去的失望,前途的渺茫";这一切都让王实味感到惆怅、苦闷和迷茫。尤其是在驻马店从事邮局工作的那段生活,更让王实味看清了世态的炎凉、社会的黑暗和现实的丑陋;他污言恶语地把这社会指责为:"黑暗龌龊的社会"、"万恶烂污的社会"、"毫无人味的社会"、"血腥肉臭的社会"、"豺狼横行的社会"、"鬼魅的社会"[2]等等。充分显示了王实味对现实的不满,对丑恶社会的诅咒与控诉。王实味后来经历恋爱风波,遭遇开除党籍;再与刘莹结婚,在家乡潢川、南京、山东、上海、湖南、杭州、济南、开封等地辗转求生;这一切都着实让他感到世事的艰辛、奋斗的酸楚、前途的迷茫。可以说苦闷、不平和愤怒,是青年时期王实味思想的主基调,他迫切地需要寻找到一个人间天堂。

1937 年 10 月,在抗日的烽火中,王实味一路艰辛、跋山涉水,抱着抗日救国的愿望来到延安解放区。王实味被分配到陕北公学去当学

---

〔1〕 黄昌勇:《王实味传》,河南人民出版社 2000 年版,第 14 页。

〔2〕 王实味:《休息》,朱鸿召编选:《王实味文存》,上海三联书店 1998 年版,第 3、4、3、7、9、11、30、52、17、21 页。

员，洛甫注意到王实味的英译水平[1]，点名调他到新成立的马列学院编译室，从事翻译和研究马列原著的工作。王实味四年内译出两百多万字的著作，如：《政治经济学论丛》、《价格、价值和利润》、《德国的革命与反革命》、两卷半《列宁选集》及其发表在《解放》杂志上的译作。由于在文艺和翻译工作上取得突出成就，被任命为中央研究院特别研究员，位居延安高级知识分子的行列。

其实王实味不仅具有超强的翻译才能，他还曾经是一个小说家：1925年底，王实味创作完成自传体中篇小说《休息》[2]，接着又陆陆续续创作发表了短篇小说《杨五奶奶》[3]、《毁灭的精神》[4]、《陈老四的故事》[5]、《小长儿与罐头荔枝》[6]。虽然现在看来，这些小说并非佳作，但是“王实味的小说总的说来思想性和艺术性都是不差的”[7]；它们充分地显示了王实味的文学才能。王实味到延安解放区之后，主要从事马列原著的翻译工作，又由于性格内向不太与人往来，一心只扑在马列原著的译介上，他早年的文学创作经历对于他来说似乎已成往事。可就是这样的一个翻译人员，为什么最后却会因为发表了五篇杂文就断送了性命，酿造了一场令人心酸的人间的悲剧？如果王实味一心一意地译介和研究马列原著，不卷入这场整风运动之中，是否就不会出现

---

〔1〕 王实味1929年至赴延安前，曾经翻译出版了外国小说、戏剧一百多万字。具体翻译出版的文学作品是：德国霍布门（霍普特曼）的小说《珊拿的邪教徒》，中华书局1930年4月版；法国都德的小说《萨芙》，商务印书馆1933年版；英国高尔斯华绥小说《资产家》，中华书局1936年版；美国奥尼尔的戏剧《奇异的插曲》，中华书局1936年版；英国哈第（哈代）的小说《还乡》，中华书局1937年版。

〔2〕 作者署名王实味，由徐志摩编入《新文艺丛书》第八种，中华书局1930年4月出版。

〔3〕 作者署名叔翰，原载《晨报副刊》第一四四五号，1926年2月27日。

〔4〕 作者署名实味，连载《现代评论》第六卷第一四八——一五二期，1927年10月8日至11月5日。

〔5〕 作者署名实味，原载《创造月刊》第二卷第六期，1929年1月10日。

〔6〕 作者署名实微，原载《新月》第二卷第八期，1929年10月。

〔7〕 倪墨炎：《王实味到延安前的文学活动》，倪墨炎：《现代文坛散记》，生活·读书·新知三联书店上海分店1992年版，第180页。

悲剧呢？为什么对于早年的创作已成往事的王实味，为何又要重拾进行文学创作的那支笔呢？

王实味到达延安解放区之后，生活了一段时间就发现，延安也存在丑陋与阴暗的现象。王实味在天上见到了深渊：他批评“歌啭玉堂春、舞回金莲步的升平气象”；否定“衣分三色，食分五等”[1]的等级制度；指责解放区某些同志的不良作风，如不太爱关心群众、搞特殊化、爱摆架子、自私自利等。王实味原先的苦闷并未平息，这样一来又被激起，就像石头掉进水中的波纹一样越激越大。没有什么比期望中突来的失望更让人失望。他苦闷极了，甚至愤怒了。长期积压在心中的苦闷像火山一样急需喷发。为了平复心里的极大失衡，他就要找到一个火山口，及时有效地把自己的苦闷宣泄出来、排解出来。正如精神分析学家弗洛伊德所指出的那样：“艺术家的第一个目标是使自己自由，并且靠着把他的作品传达给其他一些有着同样被抑制的愿望的人们，他使这些人得到同样的发泄”[2]。

作为一个进步青年，一名知识分子，选择宣泄自己苦闷的方式是多种多样的，比如唱歌跳舞、信仰宗教、美满婚姻、离开延安等等。为什么王实味就偏偏选择文学创作来自我宣泄呢？因为文学创作是当时他的必然选择，也是宣泄苦闷的最佳方式。

首先，其他宣泄苦闷的方式在王实味身上是行不通的。第一，唱歌跳舞。一般青年凡遇到苦闷烦愁时，大都喜欢用唱歌跳舞的方式来寻求解脱。然而王实味却并不热衷于此。引三个例子就可以得知：(一)王实味在其杂文《野百合花》中，就极力抨击了“歌啭玉堂春、舞回金莲

---

〔1〕 实味：《野百合花》，《解放日报》，1942年3月13日、23日。朱鸿召编选：《王实味文存》，上海三联书店1998年版，第126、132页。

〔2〕 [奥地利]西格蒙德·弗洛伊德：《精神分析学在美学上的应用》，[奥地利]西格蒙德·弗洛伊德著，张唤民、陈伟奇译，裘小龙校：《弗洛伊德论美文选》，知识出版社1987年版，第139页。

步的升平气象"[1];(二)王实味对自己所在的马列学院常举行交谊舞会是看在眼里,气在心里;一次俱乐部主任金紫光从王实味的窑洞门口经过,王实味突然当胸一把抓住他,并指着下面还有乐声传来的礼堂,咬牙切齿地喊道:"再跳!再跳就找颗手榴弹把你们全炸死!"[2](三)王实味在延安的妻子薄平"一次,她正用英文唱《马赛曲》",王实味出来问她"你唱的是什么呀?"薄平说是刚学的英文《马赛曲》,王实味说:"不对!"薄平回答:"可老师就是这样教的。""从这以后,王实味就不让她在窑洞外唱歌了"[3]。从这三个例子我们可以得出:王实味对歌舞并没有什么好感,所以希望用它们来调节心情可能性也不大了。

第二,信仰宗教。有些人在内心极度苦闷和抑郁时,往往喜欢求助于某种宗教,把自己的精神寄托给上帝或者神灵。然而这种方式在王实味身上也行不通。王实味是一个共产党员、唯物主义者。从他两次入党的过程我们可以看出他对党、对无产阶级革命事业的忠诚。1926年1月,王实味由北大党支部干事、自己的同乡、河南洛阳人陈清晨(陈其昌)介绍加入中国共产党。但因发生与李芬的恋爱风波,1927年春被支部书记段纯开除出党,失掉了组织关系。后来王实味不断地表现出向党组织靠拢,于1937年经组织考验、重新加入了中国共产党。从这些可以看出王实味不可能走上信仰宗教之路。

第三,美满婚姻。王实味的爱情婚姻充满曲折、聚少离多;没有美满的爱情婚姻生活,让王实味感到孤独凄凉,他心中的苦闷没能有一个很好的倾诉对象。先是北大时期一厢情愿地爱上李芬,结果酿成了一场恋爱风波,造成被开除党籍,这对王实味的一生都影响很大。接着自

---

〔1〕 实味:《野百合花》,《解放日报》,1942年3月13日。朱鸿召编选:《王实味文存》,上海三联书店1998年版,第126页。

〔2〕 戴晴:《王实味与〈野百合花〉》,《文汇月刊》1988年第五期。

〔3〕 当然,这其中的原因还包括王实味接着说的:"你要唱,就在窑洞里唱。你瞧老×那双贼眼,几次你出去唱歌,他不是出来打水,就是上厕所,这是借故看你的。他配看你吗?"黄昌勇:《王实味传》,河南人民出版社2000年版,第119页。

1930 年 1 月，王实味与刘莹结婚，此后两人因为生活所迫、南下北上、分居两地、聚少离多；1937 年 10 月，王实味奔赴延安之后，王实味与刘莹两人天各一方、竟成死别。后来 1939 年春，王实味在延安与薄平结婚；他们两人的年龄相差十二岁，又存在着个性的差异、爱好的偏离、思想的冲突，最终以悲剧收场。爱情婚姻的不幸，使得王实味的苦闷只能积压在心里而没有一个释放的空间。“设若历史可以回溯，在王实味后来的命运潮汐中，有妻子陪伴在侧，或许不会那么激烈对待人事，或许他遭到批判时因为顾及到妻子会顺应时变，不会再遭更大的厄运”[1]。

第四，离开延安。这种选择在王实味身上更不会出现，原因主要如下：(一)当时王实味被宣布为托派分子，又被宣布是个暗藏的国民党探子，延安是不会轻易放他走的；(二)王实味是深知国统区的黑暗的，他肯定也不想再回国统区，况且国统区对从延安返回的人是敌视的、防备的，至少王实味在国统区是很难存活的；(三)王实味的内在性格不容许其离开延安，自己遭诬陷、背恶名，没有弄明白岂能一走了之；倘若自己离去不就默认了这些罪名吗？(四)当时的王实味在延安作为特别研究员，地位很不错，待遇也很好，为什么要离去呢？

通过以上的分析，我们知道，上述的宣泄苦闷的方法并不适用于王实味，也不是王实味合情合理的选择。

其次，王实味青年的身份特征，使得他爱打抱不平，好冲动。他那暴烈的火性，不屈的媚骨，使得他讲话无遮无掩，不计后果地坚持己见，无所顾忌地顶撞上司。正如王实味自己所言“青年是可贵，在于他们纯洁，敏感，热情，勇敢，他们充满着生命底新锐的力。别人没有感觉的黑暗，他们先感觉；别人没有看到的肮脏，他们先看到；别人不愿说不敢说的话，他们大胆地说”[2]。这就使得王实味爱说些什么，就说什么；想

---

[1] 黄昌勇：《王实味传》，河南人民出版社 2000 年版，第 122 页。

[2] 实味：《野百合花》，《解放日报》，1942 年 3 月 13 日。朱鸿召编选：《王实味文存》，上海三联书店 1998 年版，第 128—129 页。

说些什么，就说什么；要写些什么，就写什么。

再次，知识分子和先前文学家的身份认同。王实味出生于河南潢川，古时是楚国和中原的连接纽带，楚文化的骚狂和中原文化的雄傲集于一身。另外，王实味幼年勤奋刻苦，随父习诵《四书》、《五经》，打下较为深厚的国学基础。他深受中国传统文化的熏陶，这样“文以载道”、“哀而作诗”、“不平则鸣”和“愤怒出诗人”的思想观念早已映射其脑际。同时，王实味也深受“五四”精神的影响，与鲁迅、徐志摩、胡适、张天翼等人的交往，使他在成长中继承和发扬了“五四”文人的启蒙主义和批判精神。这些都使王实味和文学之间存在着某种内在的必然性。此外，王实味早期的文学创作实践，使他积累了一定的创作经验。在面对现实问题时，他能很快地把握文学创作的精髓和技巧，从而快速地进行创作。

最后，批判性杂文的倡导与兴起。伴随着延安整风运动的开展，从“1940 年到 1942 年春天，在延安形成了一股带有强烈启蒙意识、民族自我批判精神和干预现实生活的与已经占据主导地位的工农兵文学思潮迥异的文学新浪潮。”“而在 1942 年春则以洪波巨浪的态势引起广泛的关注。”“在这个不平凡的春天里，新潮的创导者们以大量的杂文等作品给延安文坛带来一股奇异的风”[1]。这股杂文风潮，就是王实味急需寻找的火山口，他内心的苦闷找到了一种排泄的外在机缘；二者之间进行合理完美的结合，这是再自然不过的事情。

二、英雄气短——自我疗救的付诸东流

在王实味青年时代的文学跋涉期，是以小说创作与文学翻译为主的，写杂文也不是他的长处。王实味延安解放区时期写作杂文，以杂文来发泄心中苦闷，这显然与 1940 年代延安解放区的社会、文艺思潮有关，同时与王实味的个性特征与文体样式的融合也不无关系。在 1940 年代初的延安解放区，一方面毛泽东提倡鼓励、要求支持批评与自我批

---

〔1〕 黄昌勇：《王实味传》，河南人民出版社 2000 年版，第 142 页。

评，同时丁玲、罗烽、萧军等人纷纷提倡与实践鲁迅式杂文的创作，以响应毛泽东的号召，暴露批判现实的黑暗与丑陋。如丁玲《我们需要杂文》指出："我们这时代还需要杂文，我们不要放弃这一武器。举起它，杂文是不会死的"〔1〕。罗烽《还是杂文的时代》写道："划破黑暗，指示一路去的短剑已经埋在地下了，锈了，现在能启用这种武器的，实在不多。然而如今还是杂文的时代"〔2〕。萧军《杂文还废不得说》认为：杂文这种文体"是一切论文形式中的王，兽中的豹子，石中的金刚石，金中的白金，鸟中的猫头鹰"；是"匕首"〔3〕。这种爆发式的文体与王实味暴烈的个性、粗暴的脾气一拍即合，所以说王实味忽而从事杂文写作也就不难理解了。

王实味寻找到杂文这一文体来排泄心中的苦闷与不满，他似乎找到了一条合适的出路。其实王实味选用写杂文的方式，内含着文学治疗功能的发生。文学治疗功能就是指作家通过文学创作获得了克服自我苦闷或错乱的方法，并将苦闷情绪在作品中宣泄出来，达到心灵的健康，同时，接受主体（读者）从欣赏（阅读）文学作品中获得巨大的审美愉悦感，苦闷得到了宣泄，精神有了寄托，心态保持了平衡，灵魂也得到了净化。因此我们可以这样认为，文学创作和文学欣赏是文学治疗发生疗效的两个基本途径。通过这两个途径，人们可以补偿在现实生活中得不到满足的愿望，宣泄被压抑了的苦闷。鲁迅这位伟大的现实主义作家，也曾经这样提到他创作小说时的动机："说到'为什么'做小说罢，我仍抱着十多年前的'启蒙主义'，以为必须是'为人生'，而且要改良这人生。""所以我的取材，多采自病态社会的不幸的人们中，意思是在揭

〔1〕 丁玲：《我们需要杂文》，《解放日报》1941年10月23日。张炯主编：《丁玲全集》第七卷，河北人民出版社2001年版，第59页。

〔2〕 罗烽：《还是杂文的时代》，《解放日报》1942年3月12日。姜振昌编：《野百合花——四十年代延安解放区杂文选》，文化艺术出版社1996年版，第80页。

〔3〕 萧军：《杂文还废不得说》，《谷雨》第一卷第五期，1942年6月15日。萧军：《萧军全集》第十一卷，华夏出版社2008年版，第551页。

示病苦,引起疗救的注意"[1]。

长时期在体内郁积的苦闷与忧郁就像感情上的定时炸弹,而这颗炸弹是否爆炸则要看作家心中的这种苦闷是否得到及时的宣泄。这也就是说,并非所有的作家通过文学创作都能达到心理健康、心态平稳的状态。若处理不好,有些作家则走上精神分裂,甚至自杀死亡。

叶舒宪指出:泰戈尔"是以1913年诺贝尔奖作《吉檀迦利》而知名于世的。""《吉檀迦利》的字面义是'颂神诗',它以向神的诉求为外观表象,表达的却是诗人对美和自由的信仰与追求。这部诗集是泰戈尔在现实挫折和精神极度苦闷的情形之下创作的,它本身就是艺术代替宗教实现自我治疗的标本"[2]。我国现代著名文学家、思想家鲁迅的一生,可以说是在忧患中度过的。然而其创作的苦闷期则集中在1923—1925年,这个时期是鲁迅"主体在精神最痛苦、最艰难、最危险的时期",有"防止人格崩溃、实现心理平衡的需要"[3]。在1923—1925年间,"五四"落潮后,现实背景黑暗;1923年7月与周作人"兄弟失和",受无端谣言中伤;1923—1925年,鲁迅曾生了几次大病[4];在感情生活上,既与朱安毫无爱情,又在跟许广平产生感情后,遭到某些人的造谣中伤,想爱不能、欲罢不忍的状态使得鲁迅缺少情感上的慰藉;再加上鲁迅无私帮助过的个别文艺青年的背信弃义、攻击污蔑,给他带来非常大的情感刺激。这众多的内在、外在的因素,对鲁迅产生了极大的压

---

〔1〕 鲁迅:《我怎么做起小说来》鲁迅:《鲁迅全集》第四卷,人民文学出版社2005年版,第526页。

〔2〕 叶舒宪:《导论:文学治疗的原理及实践》,叶舒宪主编:《文学与治疗》,社会科学文献出版社1999年版,第7页。

〔3〕 阎庆生:《鲁迅创作心理论》,陕西人民教育出版社1996年版,第281页。

〔4〕 根据鲁迅日记记载:鲁迅在1923年10月,曾八次上医院看病;1924年3月,有十四天到医院看病;1925年9月1日肺病复发至1926年1月5日,二十三次去医院看病。

抑，造成了一个集中的“苦闷期”，他甚至“常常想到自杀，也常想杀人”[1]。然而鲁迅并未走上这条绝路，他是把这种最浓厚的非理性的自杀意图，通过语言符号在《野草》中进行了彻底、痛快地宣泄，保证了自身心理的健康和人格的健全。然而恰恰相反的是获得诺贝尔文学奖的日本作家川端康成，就是一位把文学视为第一生命的自我疗救者。他两岁丧父、三岁丧母、七岁丧祖母、十六岁丧祖父，成为病弱孤儿，从小在死神召唤的阴影之中挣扎。他在《文学自传》中曾说：“我在写评论文章的时候，随意使用过真实、现实之类的词，但每次我都不好意思亲自去了解它，或去接近它，而是想在虚幻的梦中遨游，尔后死去”[2]。可以说云游幻境的艺术创作是他排解孤儿情感、抵抗精神绝望的唯一有效的寄托。而却在他获诺贝尔文学奖之后表现得江郎才尽，过了三年干脆自杀了。社会现实的要求与作家内心的创作驱向产生了严重的偏差与矛盾，致使作家难以接受这个事实，难以摆脱这种困境，而采取自杀这种极端的方式来求解脱。像这样艺术家自杀现象西方还有马克·吐温、杰克·伦敦、叶赛宁、法捷耶夫、托尔斯泰、卡夫卡……。我国文学史上也有不少，如屈原、李贺、蒲松龄、王国维、老舍、顾城、海子、徐迟等等。

王实味继承了鲁迅的启蒙主义和批判精神，他在延安解放区再次走上文学创作道路，并选择杂文写作来宣泄自己内心的苦闷和表达对现实社会的不满，以起到一种疗救的作用。同时他也不会像川端康成那样，用自杀来结束自己的生命。“在苦闷的极度时，自杀两字也曾在我底脑际盘旋，但是我素来主张有血要痛痛快快地流，要拿它换点代价，要用它洗去些这社会上的污迹；自杀是太懦弱了。我极端反对自命觉悟的青年自杀，我要忍耐着奋斗下去”；“我就要离开这龌龊的世

---

[1] 鲁迅：《致李秉中》(1924 年 9 月 24 日)，鲁迅：《鲁迅全集》第十一卷，人民文学出版社 2005 年版，第 453 页。

[2] [日本]川端康成：《文学自传》，[日本]川端康成著，叶渭渠译：《川端康成散文选》，百花文艺出版社 1988 年版，第 96—97 页。

界！——那是太不值得了！那是太不值得了！我是要留着这躯壳同它搏战的！”“就是死，我愿死在慈母底怀里，把这副皮囊葬在潢水畔的故乡”[1]。就是这样的一个王实味，为什么他没能像鲁迅一样，而是酿出了一场悲剧呢？令人深思！

三、内外原因——失效疗救的集中阐释

王实味像鲁迅那样，面对心中长期压抑的苦闷，选择创作杂文来获求宣泄，以达到心态的平衡、心理的健康。可是结果王实味并未如鲁迅那样获得解救，这其中就存在着内在的原因与外在的原因了。

（一）社会环境对个人话语的排斥

1978 年 4 月底，周扬在接受赵浩生的一次访谈中说：1940 年代“当时延安有两派，一派是以‘鲁艺’为代表，包括何其芳，当然是以我为首。一派是以‘文抗’为代表，以丁玲为首”；“大体上是这样：我们‘鲁艺’这一派的人主张歌颂光明”；“而‘文抗’这一派主张要暴露黑暗”[2]。以丁玲为代表的“暴露派”即强调文学的真实性，既要反映生活的光明面，更要揭露黑暗面，通过自我批评，缩小黑暗面，扩大光明面，从而发挥文学的积极作用。这股革命现实主义思潮在 1940 年代初兴起并流行，一方面这是一批深受“五四”新文学传统影响的文艺工作者，对“五四”精神和鲁迅传统的继承和发扬；另一方面是作家批判精神、启蒙意识与现实问题碰撞的产物。

为了追求光明从国统区来到延安解放区的作家们，在这里见到了阳光，同时也发现了丑陋和阴暗。正如丁玲所说：“有人说边区只有光明没有黑暗，所以只应写光明；有人说边区是光明的，但太阳中有黑点，太阳应该歌颂，黑点也不必讳言；有人说这问题提法就不适合，不应把黑暗与光明并列，只能说批评缺点。我以为这个表面上属于取材的问

[1] 王实味：《休息》，朱鸿召编选：《王实味文存》，上海三联书店 1998 年版，第 10—11、13 页。

[2] 赵浩生：《周扬笑谈历史功过》，《新文学史料》1979 年第二期。

题，但实际上是立场与方法问题。所谓缺点或黑暗也不过是辞句之争。假如我们有坚定而明确的立场和马列主义的方法，即使我们说是写黑暗也不会成问题的”[1]。俗话说“金无足赤，人无完人”，凡事都不是绝对的。光明的延安也不例外，这里也存在着黑暗与不足，这是毫无疑问的。一些作家由于先前脑海中固有的浓郁批判意识，面对现实黑暗，不免大肆揭露起来。丁玲小说《在医院中》描写一个青年共产党员、产科医生陆萍在延安附近某医院的所见、所闻和遭遇，表达了作家对延安生活的独特看法。小说描绘了社会丑恶的众生相，如院长不仅“对医务完全是外行”，对人总是“懒洋洋的”，是一个典型的官僚主义者；指导员有“一副八路军里青年队队长的神气”；化验员“用一种怎样敌意的眼睛来望她”，“显得傲慢”；产科主任“总用着白种人看有色人种的眼光来看一切”[2]。“这里弥散着浓厚的小生产者的蒙昧、无知、偏狭的气氛。这里是官僚主义的温床，而官僚主义又使这里的气氛得到保留和蔓延”[3]。《三八节有感》以妇女的身份、处境，来谈延安的妇女问题。萧军的《论同志之“爱”与“耐”》中也提出了两个问题：一是说他觉得在革命队伍里“‘同志之爱’的酒也越来越稀薄了”；二是说他希望人们不要只看到自己的“地位”和“权威”，而要一方面“是能‘耐’”，“另一方面就是同志与同志间的‘耐’”[4]。王实味正是在这种历史语境之下，加入到暴露文学新潮的合唱之中，于 1942 年 3 至 4 月间，发表了《野百合花》、《我对罗迈同志在整风检工动员大会上发言的批评》、《零感两则》、《答李宇超、梅洛两同志》和《政治家，艺术

---

〔1〕 丁玲：《关于立场问题我见》，《谷雨》第一卷第五期，1942 年 6 月 15 日。张炯主编：《丁玲全集》第七卷，河北人民出版社 2001 年版，第 66 页。

〔2〕 丁玲：《在医院中时》，《谷雨》创刊号，1941 年 11 月 15 日。收入《丁玲全集》第四卷时改为《在医院中》，张炯主编：《丁玲全集》第四卷，河北人民出版社 2001 年版，第 240、241 页。

〔3〕 邵伯周：《中国现代文学思潮研究》，学林出版社 1993 年版，第 534 页。

〔4〕 萧军：《论同志之“爱”与“耐”》，《解放日报》1942 年 4 月 8 日。萧军：《萧军全集》第十一卷，华夏出版社 2008 年版，第 535、536 页。

家》[1]五篇影响一时的杂文。

然而当时延安解放区的社会环境又是怎样的呢？抗日战争进入相持阶段以后，国民党政府把政策重点从抗日转向反共：1939年4月至1940年1月，国民党向解放区发动第一次反共高潮；1941年1月，国民党发动第二次反共高潮；1943年6月至7月，国民党发动第三次反共高潮。三次反共高潮被击退之后，国民党政府仍然大军包围解放区，并且在经济上进行封锁。1941至1942年，日本侵略者与伪军也集中其主力来进攻中国共产党所领导的晋察冀解放区：1941年5月底至7月下旬，日伪军出动四万多人，对冀东解放区进行大"扫荡"；1941年8月至9月，日伪军出动七万多人，对平西及北岳地区的解放区进行分进合击、铁壁合围；1942年4月至6月，日伪军五万多人，对冀东、冀中解放区进行大"扫荡"、制造"无人区"。国民党发动的反共高潮与经济封锁，日伪军对晋察冀解放区的进攻，使得解放区遭受极端严重的困难。

在这样的政治、军事环境下，丁玲、萧军、王实味等人写的批判性、暴露性杂文，似乎与时代不相适宜，不利于稳定解放区的军心、民心，不利于团结一切可以团结的力量来进行最顽强的反抗。正像金灿然所提倡："当前艺术家同志们应当掮负起的主要任务，并不在于揭露自己阵营内的黑暗来'改造'我们的灵魂，而在于向敌人及反共分子斗争，揭露他们的残暴和黑暗，他们的明枪和暗箭，他们的罪恶与丑行（当然，在揭露的时候要分清程度的不同，站稳立场）；同时，并指点出光明，指点出新生的力量"[2]。又如罗迈所言："谁也知道，我们正经历着抗战中的

---

〔1〕《野百合花》，《解放日报》，1942年3月13、23日；《我对罗迈同志在整风检工动员大会上发言的批评》，延安中央研究院墙报《矢与的》创刊号，1942年3月23日；《零感两则》，延安中央研究院墙报《矢与的》创刊号，1942年3月23日；《答李宇超、梅洛两同志》，延安中央研究院墙报《矢与的》第三期，1942年3月28日；《政治家，艺术家》，《谷雨》第一卷第四期，1942年4月15日。

〔2〕金灿然：《读实味同志的〈政治家，艺术家〉后》，《解放日报》1942年5月26日。朱鸿召编选：《王实味文存》，上海三联书店1998年版，第157页。

空前困难，这时候更需要巩固我们党的统一和团结，以便团结广大人民，战胜困难，粉碎新的反共的高潮，最后击退日本法西斯强盗。而王实味却利用困难的时机，在党内散布悲观失望的情绪，制造谣言，进行破坏团结的活动。谁都知道，我们的党同千千万万的民众在一起进行着长期的艰苦的革命斗争，在斗争中，我们的党不断地壮大了自己，日益为广大民众所拥护和爱戴，在革命的实际工作中，诚然不免有缺点，在干部的思想中和工作作风中诚然不免有弱点，但这是前进中和发展中的弱点，我们有力量克服它们，并且在实际上不断地克服它们”[1]。罗迈的话对于王实味的评判，不免有偏颇之处，然而对事实的论述则不无道理。可以说，王实味进行杂文创作，但是在文学疗救方面并未能发挥作用，与这一社会环境有着密切的关联。延安解放区复杂的社会环境，阻碍了王实味文学疗救愿望的实现。

（二）主流意识对个体意识的压制

延安时期的毛泽东，把参加中国无产阶级革命的知识分子的阶级属性界定为是小资产阶级的范畴，而这一阶级的特性就是：既有革命的愿望，也有动摇的一面，用形象的话语来比喻就是：“小资产阶级最容易变，有时他神气十足，把胸膛一拍，‘老子天下第一’；有时就屁滚尿流”[2]。乃至无政府主义、自由主义、极端民主化等等，都成了小资产阶级知识分子阶层特有的属性。基于这种判断，小资产阶级知识分子被教育、被改造的命运也就成了必然。毛泽东为了统一全党的思想，反对主观主义、宗派主义、党八股，团结一切可以团结的力量，为了克服困难、渡过难关、争取胜利，在延安发动了一场全党的整风运动。“1941年5月，毛泽东发表了题为《改造我们的学习》的报告，批判了主观主义，要求革命者以事实求是的态度面向实际。1942年2月，毛泽东又

[1] 罗迈：《论中央研究院的思想论战——从动员大会到座谈会》，《解放日报》1942年6月28日。朱鸿召编选：《王实味文存》，上海三联书店1998年版，第250页。

[2] 毛泽东：《在中国共产党第七次全国代表大会上的口头政治报告》（1945年4月24日），中共中央文献研究室编：《毛泽东文集》第三卷（1943年1月—1945年8月），人民出版社1996年版，第310页。

发表了《整顿党的作风》等报告，要求反对主观主义整顿学风，反对宗派主义整顿党风，反对党八股整顿文风，以提高全党的马克思列宁主义的思想理论水平”[1]。轰轰烈烈的延安整风运动开展起来之后，知识分子的思想改造问题也就被正式有序地付诸实施。1942 年 5 月，毛泽东发表《在延安文艺座谈会上的讲话》，他更是这样认为：小资产阶级出身的作家，主要“把自己的注意力放在研究与描写知识分子上面”；这表现在，“他们在许多时候，对于小资产阶级出生的知识分子寄与满腔的同情，连小资产阶级的缺点也加以同情甚至鼓吹。对于工农兵，则缺乏接近，缺乏了解，缺乏研究，缺乏知心朋友，不善于描写他们。倘若描写，也是衣服是工农兵，面孔却是小资产阶级”；“在现在世界上，一切文化或文艺都是属于一定的阶级，一定的党，即一定的政治路线的。为艺术的艺术，超阶级超党的艺术，与政治并行或互相独立的艺术，实际上是不存在的。”“无产阶级的文学艺术是无产阶级整个革命事业的一部分，如同列宁所说，是‘整个机器中的螺丝钉’”；就文艺作品中的“人性”问题与写光明和写黑暗问题，他认为，“只有具体的人性，在阶级社会里就是带着阶级性的人性，而没有什么超阶级的抽象的人性。我们主张无产阶级的人性，而资产阶级小资产阶级则主张资产阶级小资产阶级的人性，不过他们口头上不这样说，却说成为唯一的人性，因此在他们眼中，无产阶级的人性就不合于人性”；“一切危害人民群众的黑暗势利必须暴露之，一切人民群众的革命斗争必须歌颂之，这就是革命文艺家的基本任务。”“人民大众也是有缺点的”，“我们革命的文艺家们只应该把它作为侵略者剥削者压迫者的罪恶去暴露，而这不应该是什么‘暴露人民’”[2]。正如周扬所说：“毛泽东同志的《在延安文艺座谈会上的讲话》给革命文艺指示了新方向，这个讲话是中国革命文学史、思想史上

---

[1] 邵伯周：《中国现代文学思潮研究》，学林出版社 1993 年版，第 525 页。

[2] 毛泽东：《在延安文艺座谈会上的讲话》，《解放日报》1943 年 10 月 19 日。《中国新文学大系 1937—1949》编辑委员会编：《中国新文学大系 1937—1949 · 第一集 · 文学理论卷一》，上海文艺出版社 1990 年版，第 15、22、25、26 页。

的一个划时代的文献”[1]。中共中央宣传部强调:《在延安文艺座谈会上的讲话》“规定了党对于现阶段中国文艺运动的基本方针。全党都应该研究这个文件”,“全党的文艺工作者都应该研究和实行这个文件的指示,克服过去思想中工作中作品中存在的各种偏向”,“毛泽东同志讲话的全部精神,同样适用于一切文化部门,也同样适用于党的一切工作部门”[2]。这样一来,当时的延安文艺政策已经文件化了,主流意识也是相当明朗了。可是王实味硬是要做一个“叛逆者”,他的“倒行逆施”、“格格不入”,一方面是由于王实味深受“五四”新文学现实主义批判意识和启蒙精神传统的影响,“可以说他是站在进步知识分子的立场崇尚精英意识的先进作用,反对那种简单的大众化通俗化所导致的文艺上的农民意识的倾向”[3];另一方面,王实味认为“‘愈到东方,则社会愈黑暗’,旧中国是一个包脓裹血的,充满着肮脏与黑暗的社会,在这个社会里生长的中国人,必然要沾染上它们,连我们自己——创造新中国的革命战士,也不能例外”;“当前的革命性质,又决定我们除掉与农民及城市小资产阶级做同盟军以外,更必须携带其他更落后的阶层一路走,并在一定程度内向它们让步,这就使我们要沾染上更多的肮脏与黑暗”[4];“为了民族底利益,我们并不愿再算阶级仇恨的旧账。”“我们甚至尽一切力量拖曳着旧中国底代表者同我们一路走向光明。可是,在拖曳的过程中,旧中国底肮脏污秽也就沾染了我们自己,散布细菌,传染疾病”[5];他还认为:“大胆地但适当地揭破一切肮脏和黑暗,清洗它

---

〔1〕 周扬:《〈马克思主义与文艺〉序言》,《解放日报》1944 年 4 月 8—11 日。周扬:《周扬文集》第一卷,人民文学出版社 1984 年版,第 454 页。

〔2〕 中共中央宣传部:《关于执行党的文艺政策的决定》(1943 年 11 月 7 日),《解放日报》1943 年 11 月 8 日。中央档案馆编:《中共中央文件选集·第十四册(1943—1944)》,中共中央党校出版社 1992 年版,第 107、110 页。

〔3〕 黄昌勇:《宿命中的沉浮:丁玲与王实味》,《文艺争鸣》2003 年第三期。

〔4〕 实味:《政治家,艺术家》,《谷雨》第一卷第四期,1942 年 4 月 15 日。朱鸿召编选:《王实味文存》,上海三联书店 1998 年版,第 135 页。

〔5〕 实味:《野百合花》,《解放日报》1942 年 3 月 13 日。朱鸿召编选:《王实味文存》,上海三联书店 1998 年版,第 126 页。

们，这与歌颂光明同样重要，甚至更重要。揭破清洗工作不止是消极的，因为黑暗消灭，光明自然增长"[1]。与此同时，王实味还在《野百合花》一文中指出了延安的一些不良风气，这样一来，王实味的观点便与延安歌颂光明的大众声音相左了。最后王实味还在《政治家，艺术家》一文中，比较了政治家与艺术家二者之间的异同，虽然其中有些精辟的见解；可是他忽略了鲁迅早在《文艺与政治的歧途》一文中就做出了如下的论断："政治家最不喜欢人家反抗他的意见，最不喜欢人家要想，要开口。""文艺家的话其实还是社会的话，他不过感觉灵敏，早感到早说出来"；"政治家认定文学家是社会扰乱的煽动者，心想杀掉他，社会就可平安"[2]。王实味的个人意识与延安主流意识的矛盾，使得主流意识为了争取最大的团结，为了顾全大局，必定要封杀王实味的个人意识。这样就阻碍了王实味用杂文创作宣泄内心苦闷、进行自我疗救的实现，王实味的悲剧也就生成了。

（三）自我性格的局限

众所周知，一个人产生悲剧，除了与他特定的客观环境有关之外，还同他自身的性格有关。文学疗救之所以未能在王实味身上起效，其实也是王实味自身性格缺陷造成的。

正如萧军所言："这里我所提到的'耐'字，是有两方面解释的。一面是说我们既然要干一番事情——不必说改造人类——第一个字需要的那就是能'耐'，而后才能说到其他。另一面就是同志与同志间的'耐'——说服，教育，理解——只有这样才是一条最可宝贵的韧带！"[3]王实味缺乏的正是这种"耐"，他性格内向、不太爱说话，内含着暴戾的个性、倔强的脾气，自以为自己是"硬骨头"，正是这种所谓的"硬

[1] 实味：《政治家，艺术家》，《谷雨》第一卷第四期，1942 年 4 月 15 日。朱鸿召编选：《王实味文存》，上海三联书店 1998 年版，第 135—136 页。

[2] 鲁迅：《文艺与政治的歧途》，鲁迅：《鲁迅全集》第七卷，人民文学出版社 2005 年版，第 115、118 页。

[3] 萧军：《论同志之"爱"与"耐"》，《解放日报》1942 年 4 月 8 日。萧军：《萧军全集》第十一卷，华夏出版社 2008 年版，第 536 页。

骨头”精神，使得王实味面对现实不满时，总是爱发牢骚、爱发脾气，遇到分歧的时候，总爱找上门去、争吵惹事；造成他与同事之间关系不好，与领导之间关系僵持，致使他周围的人们都用异样的眼光看他，都把他当作另类一样看待。这种不正常的人际关系一方面使他的苦闷无处诉说，只能积压在心里，另一方面恶劣的人际关系又使得他的性格向着更深、更坏、更孤僻的方向发展。尤其在发表《野百合花》之后，单位党委就其思想问题、委托有关同志对他进行多次谈话，可是王实味把这些谈话看成是对他的最大误解而不是说服教育，他对有关同志产生极端的反感与愤怒。及至后来被囚禁，面对被冷置和繁多的审查，还是这种所谓的“硬骨头”精神，使得他近乎疯狂、神经错乱。王实味面对现实麻烦、不满和困惑时，不能很好地适应环境的需要而做到游刃有余、能屈能伸；面对知识分子的改造，不能坦然地对待、接受和转变；个人性格与周遭环境形成了尖锐的矛盾，个人不去适应环境，而想让环境来适应自我，这就容易自取灭亡。

经过上述的分析阐释，我们可以这么认为：正是王实味自身的性格缺陷，影响了杂文创作在他身上产生疗救的作用，断送了用文学创作来排泄苦闷、达到自我救治的实现。可以说正是由于王实味具有这样的性格特征，使得他的悲剧产生具有了一种必然性。倘若王实味具备萧军所说的“耐”的特点，倘若他能屈从于对知识分子的教育和改造，那么他就还有可能进行文学创作，以此来宣泄自身的情绪，他的最终命运也就可能会截然不同了。

王实味早已死了，他的名字对于普通群众来说也鲜为人知了。可是，王实味悲剧的最可悲之处正如鲁迅所言：“死于敌手的锋刃，不足悲苦；死于不知何来的暗器，却是悲苦。但最悲苦的是死于慈母或爱人误进的毒药，战友乱发的流弹”[1]。诚然，王实味的悲剧与当时延安解放区某些领导人所犯的错误不无关系，但他的死已经成为了无法挽回的

---

〔1〕 鲁迅：《杂感》，鲁迅：《鲁迅全集》第三卷，人民文学出版社2005年版，第51页。

历史事实。虽然“悲剧将人生的有价值的东西毁灭给人看”[1],但是悲剧的力量不只是在于令人悲伤与叹息,而是在于激起人们对于产生悲剧的种种原因的探寻和解答。

本文与刘刚圣硕士合作,原载梁向阳、王俊虎主编:《延安文艺研究论丛》第一辑,陕西出版集团、陕西人民出版社2012年版

---

〔1〕 鲁迅:《再论雷峰塔的倒掉》,鲁迅:《鲁迅全集》第一卷,人民文学出版社2005年版,第203页。

不应该再错下去了

——关于《政治家，艺术家》与《读实味同志的〈政治家，艺术家〉后》时间问题的考证

我在撰写《从纷繁多元到一元整一——"中国解放区散文"研究》博士学位论文的过程中，发现不少史料、论文、著作在涉及到王实味的杂文《政治家，艺术家》的写作和发表时间时，出现了不一致的说法，仅就我所接触到的史料、论文、著作来看：关于《政治家，艺术家》的写作时间有两种说法，关于《政治家，艺术家》的发表时间竟有四种说法。同时还发现，一些史料、论文、著作在涉及到金灿然的《读实味同志的〈政治家，艺术家〉后》一文的写作和发表时间时，出现不符合常理的说法，具体分述如下。

一、关于写作时间

（一）1942年2月17日

1. 北京大学、北京师范大学、北京师范学院中文系中国现代文学教研室主编的《中国现代文学史参考资料·文学运动史料选》第四册，在《政治家，艺术家》一文篇末署的写作时间是："一九四二年二月十七日"[1]。

[1] 北京大学、北京师范大学、北京师范学院中文系中国现代文学教研室主编：《中国现代文学史参考资料·文学运动史料选》第四册，上海教育出版社1979年版，第597页。

2. 温济泽的《王实味冤案平反纪实》写道："整风开始后，王实味于2月17日写了一篇题为《政治家、艺术家》的杂文，发表在文艺刊物《谷雨》上"[1]。

3. 黄昌勇著的《王实味传》，在书内附录部分《政治家，艺术家》一文的注释："本文署名实味，作于1942年2月17日"[2]。

(二) 1942年3月17日

1. 刘增杰、赵明、王文金、王介平、王钦韶编的《抗日战争时期延安及各抗日民主根据地文学运动资料》(上)，在《政治家，艺术家》一文篇末署的写作时间是："一九四二年三月十七日"[3]。

2. 朱鸿召编选的《王实味文存》，在《政治家，艺术家》一文篇末署的写作时间是："一九四二年三月十七日"[4]。

二、关于发表时间

(一) 1942年2月17日(或2月份)

1. 田仲济、孙昌熙主编的《中国现代文学史》，注明："王实味：《政治家、艺术家》，原载一九四二年二月十七日《谷雨》一卷四期"[5]。

2. 黎辛的《关于"延安文艺座谈会"的召开、〈讲话〉的写作、发表和参加会议的人》认为："自2月份起，就发表了王实味的《政治家·艺术家》(《谷雨》杂志第一期)"[6]。

3. 黎辛的《〈野百合花〉·延安整风·〈再批判〉——捎带说点〈王

---

[1] 温济泽：《王实味冤案平反纪实》，《炎黄春秋》1992年第一期；《新华文摘》1992年第三期。

[2] 黄昌勇：《王实味传》，河南人民出版社2000年版，第274页。

[3] 刘增杰、赵明、王文金、王介平、王钦韶编：《抗日战争时期延安及各抗日民主根据地文学运动资料》(上)，山西人民出版社1983年版，第351页。

[4] 朱鸿召编选：《王实味文存》，上海三联书店1998年版，第136页。

[5] 田仲济、孙昌熙主编：《中国现代文学史》，山东人民出版社1979年版，第442页注释①。

[6] 黎辛：《关于"延安文艺座谈会"的召开、〈讲话〉的写作、发表和参加会议的人》，《新文学史料》1995年第二期。

实味冤案平反纪实〉读后感》又认为:“2 月 17 日《谷雨》杂志发的王实味的《政治家・艺术家》”[1]。

4. 高新民、张树军著的《延安整风实录》,也认定:“王实味于 1942 年 2 月 17 日在《谷雨》杂志第 1 卷第 4 期发表《政治家、艺术家》一文”[2]。

(二) 1942 年 3 月 15 日

1. 北京大学、北京师范大学、北京师范学院中文系中国现代文学教研室主编的《中国现代文学史参考资料・文学运动史料选》第四册,在《政治家,艺术家》一文篇末署的发表时间是:“载一九四二年三月十五日《谷雨》第一卷第四期”[3]。

2. 唐弢、严家炎主编的《中国现代文学史》(三),在《政治家,艺术家》篇名注释里注明:“《谷雨》1 卷 4 期,1942 年 3 月 15 日”[4]。

3. 刘增杰、赵明、王文金、王介平、王钦韶编的《抗日战争时期延安及各抗日民主根据地文学运动资料》(上),在《政治家,艺术家》一文篇末署的发表时间是:“原载 1942 年 3 月 15 日《谷雨》第 1 卷第 4 期”[5]。

4. 马良春、张大明主编的《中国现代文学思潮史》(下册)记载:“王实味还在 3 月 15 日《谷雨》第 1 卷第 4 期发表杂文《政治家・艺术家》”[6]。

---

〔1〕 黎辛:《〈野百合花〉・延安整风・〈再批判〉——捎带说点〈王实味冤案平反纪实〉读后感》,《新文学史料》1995 年第四期。

〔2〕 高新民、张树军:《延安整风实录》,浙江人民出版社 2000 年版,第 345 页。

〔3〕 北京大学、北京师范大学、北京师范学院中文系中国现代文学教研室主编:《中国现代文学史参考资料・文学运动史料选》第四册,上海教育出版社 1979 年版,第 597 页。

〔4〕 唐弢、严家炎主编:《中国现代文学史》(三),人民文学出版社 1980 年版,第 174 页。

〔5〕 刘增杰、赵明、王文金、王介平、王钦韶编:《抗日战争时期延安及各抗日民主根据地文学运动资料》(上),山西人民出版社 1983 年版,第 351 页。

〔6〕 马良春、张大明主编:《中国现代文学思潮史》(下册),北京十月文艺出版社 1995 年版,第 1267 页。

5. 钱理群、温儒敏、吴福辉著的《中国现代文学三十年》(修订本)为王实味的《政治家,艺术家》注明:“发表于1942年3月15日延安《谷雨》第1卷第4期”[1]。

6. 朱鸿召编选的《王实味文存》,在“王实味年谱”里写:“杂文《政治家·艺术家》发表于《谷雨》,第1卷第4期(3月15日)”[2]。

7. 刘增杰的《回到原初——解放区文学研究中的一个问题》,在注释中注出:“《政治家·艺术家》(1942年3月15日《谷雨》第1卷第4期)”[3]。

8. 黄昌勇著的《王实味传》中认为:“《政治家,艺术家》发表于1942年3月15日出版的《谷雨》第1卷第1期上”;而在附录《政治家,艺术家》一文的注释里又认为:“原刊于《谷雨》第1卷第4期,1942年3月15日”[4]。

(三) 1942年3月17日

黄昌勇著的《王实味传》,在附录“王实味年谱简编”里指出:1942年“3月17日,王实味《政治家,艺术家》刊发于《谷雨》第1卷第4期”[5]。

(四) 1942年4月15日

1. 刘增杰、王文金的《有关〈谷雨〉的一些材料》一文在《〈谷雨〉目录》中写道:“第四期(1942年4月15日)……《政治家、艺术家》,王实味……”[6]。

2. 刘增杰、赵明、王文金、王介平、王钦韶编的《抗日战争时期延安

---

[1] 钱理群、温儒敏、吴福辉:《中国现代文学三十年》(修订本),北京大学出版社1998年版,第471页注释[18]。

[2] 朱鸿召编选:《王实味文存》,上海三联书店1998年版,第322页。

[3] 刘增杰:《回到原初——解放区文学研究中的一个问题》,《中国现代文学研究丛刊》1999年第四期注释⑥。

[4] 黄昌勇:《王实味传》,河南人民出版社2000年版,第143、274页。

[5] 黄昌勇:《王实味传·王实味年谱简编》,河南人民出版社2000年版,第283页。

[6] 刘增杰、王文金:《有关〈谷雨〉的一些材料》,《新文学史料》1982年第二期。

及各抗日民主根据地文学运动资料》(上),在附录"延安和陕甘宁地区文学运动资料目录索引"里认定:"《政治家、艺术家》实味,1942 年 4 月 15 日《谷雨》第 1 卷第 4 期"[1]。

3. 林志浩主编的《中国现代文学史》(下册)中注明"实味:《政治家,艺术家》,载《谷雨》第四期,一九四二年四月十五日出版"[2]。

4. 钟敬之、金紫光主编的《延安文艺丛书·第十六卷·文艺史料卷》,在"《谷雨》目录"中署明《谷雨》"第一卷第四期"的出版时间是:"一九四二年四月十五日"[3]。

5. 朱鸿召著的《延安文人》在附录二"延安文化活动大事记"里记录:"4 月 15 日——王实味文章《政治家·艺术家》发表于《谷雨》第 4 期"[4]。

下述书籍在对于金灿然的《读实味同志的〈政治家,艺术家〉后》一文的写作与发表时间记录上,则出现了写作和发表时间不符合写作在先、出版在后常理的情况。

1. 刘增杰、赵明、王文金、王介平、王钦韶编的《抗日战争时期延安及各抗日民主根据地文学运动资料》(上),在《读实味同志的〈政治家,艺术家〉后》文章篇末署的写作时间是:"五、十七";署的发表时间是:"原载《谷雨》1 卷 4 期,1942 年 5 月 26 日《解放日报》转载"[5]。在附录"延安和陕甘宁地区文学运动资料目录索引"里又认为:"《读实

---

[1] 刘增杰、赵明、王文金、王介平、王钦韶编:《抗日战争时期延安及各抗日民主根据地文学运动资料》(上),山西人民出版社 1983 年版,第 609 页。

[2] 林志浩主编:《中国现代文学史》(下册),中国人民大学出版社 1984 年版,第 661 页注释①。

[3] 钟敬之、金紫光主编:《延安文艺丛书·第十六卷·文艺史料卷》,湖南文艺出版社 1987 年版,第 818 页。

[4] 朱鸿召:《延安文人》,广东人民出版社 2001 年版,第 265 页。

[5] 刘增杰、赵明、王文金、王介平、王钦韶编:《抗日战争时期延安及各抗日民主根据地文学运动资料》(上),山西人民出版社 1983 年版,第 364 页。

味同志的〈政治家，艺术家〉后》，金灿然，1942 年 5 月 26 日《解放日报》”[1]。

2. 朱鸿召编选的《王实味文存》，在《读实味同志的〈政治家，艺术家〉后》文章篇末署的写作时间是：“5 月 17 日”；署的发表时间是：“原载《谷雨》第 1 卷第 4 期，1942 年 3 月 15 日。转载于《解放日报》，1942 年 5 月 26 日”[2]。

3. 许志英、邹恬主编的《中国现代文学主潮》（下）里写道：“5 月 26 日，《解放日报》又转载了《谷雨》一卷四期上金灿然的《读实味同志的〈政治家・艺术家〉后》”[3]。

三、上述材料分析

时至今日，要具体探寻出造成王实味杂文《政治家，艺术家》的写作和发表时间不相一致、众说纷纭的始作俑者已经相当困难了。

综合分析上述材料，我们可以推知：

第一，关于《政治家，艺术家》一文是发表在《谷雨》杂志上的，这一点大家均无异议。

第二，关于《政治家，艺术家》发表的刊期，除黎辛、黄昌勇曾认为是发表在《谷雨》第一期（第一卷第一期）的之外，大家（也包含黄昌勇）都确认是发表在《谷雨》第一卷第四期上的。

第三，出现分歧是：关于写作的时间有两种说法，并且它们前后正好相差一个月；关于发表的时间有四种说法。关于发表时间看似复杂、莫衷一是，但是细加区分，也能够推导出其内在的理路：即（一）、（三）种说法，恰好等同于写作时间的两种说法；而（二）、（四）种说法，则又是在时间上前后正好相差一个月。

---

〔1〕 刘增杰、赵明、王文金、王介平、王钦韶编：《抗日战争时期延安及各抗日民主根据地文学运动资料》（上），山西人民出版社 1983 年版，第 613 页。

〔2〕 朱鸿召编选：《王实味文存》，上海三联书店 1998 年版，第 163 页。

〔3〕 许志英、邹恬主编：《中国现代文学主潮》（下），福建教育出版社 2001 年版，第 19 页。

第四，一些学者出现了前后不相一致、甚至自相矛盾的说法，比如刘增杰教授、黄昌勇与朱鸿召博士等。

如果对上述材料作出进一步的分析，我们可以得出一些初步的推断。

第一，可以基本确定的是：第一种发表时间的说法不太可能成立。我推断的理由是：假设第一种写作的时间是正确的，由于王实味不是《谷雨》的编委，加上当时的刊物出版条件与速度，因此决定了他不可能做到将当天写出的文章，就能够登载在当天出版的《谷雨》刊物上；如果又假设第二种写作的时间是正确的，那么第一种发表时间的说法则又违背了写作在先而出版在后的常理。

第二，如果假定认同第二种写作时间的说法，那么（一）、（二）、（三）种发表时间的说法则都有问题：（一）、（二）种发表时间的说法，显然不符合人们写作在先、出版在后的常理；而第（三）种发表时间的说法，则又属于当时不可能当天写出，就能够当天出版的情况。由此，显而易见的只有存在着下述四种可能性：第一种写作时间与第二种发表时间结合，第一种写作时间与第三种发表时间结合，第一种写作时间与第四种发表时间结合，或者第二种写作时间与第四种发表时间结合。

第三，由于（一）、（三）种发表时间的说法，恰好等同于写作时间的两种说法，因此极有可能是后人误将写作时间（其中一种本来就是弄错了的）当成了发表时间。

第四，对比分析刘增杰、王文金的《有关〈谷雨〉的一些材料》和钟敬之、金紫光主编的《延安文艺丛书·第十六卷·文艺史料卷》中第817—820页的《谷雨》总共六期的目录，两者均认定：《政治家，艺术家》发表于《谷雨》第四期（1942年4月15日）；《谷雨》第一卷第四期（一九四二年四月十五日）。

综上所述，我初步推断：王实味的《政治家，艺术家》，极有可能是发表于一九四二年四月十五日的《谷雨》第一卷第四期。

关于金灿然的《读实味同志的〈政治家，艺术家〉后》一文，上述材料的三者之间并无差异(《中国现代文学主潮》(下)只是略去了写作时间),但是,写于“5 月 17 日”,却能发表于“3 月 15 日”,这显然不符合写作在先而出版在后的常理。

我认真地查阅了 1942 年 5 月 26 日的《解放日报》,发现在《读实味同志的〈政治家,艺术家〉后》的题目与正文之间有:“(原文见《谷雨》一卷四期)”这几个字。由此可见,上述关于《读实味同志的〈政治家,艺术家〉后》的材料均有事实根据。我再细查刘增杰、王文金的《有关〈谷雨〉的一些材料》和钟敬之、金紫光主编的《延安文艺丛书·第十六卷·文艺史料卷》第 817—820 页中的《谷雨》总共六期的目录,均没有看到有金灿然的《读实味同志的〈政治家,艺术家〉后》一文。

我断定:金灿然的《读实味同志的〈政治家,艺术家〉后》,不可能“原载《谷雨》1 卷 4 期”;《解放日报》上“(原文见《谷雨》一卷四期)”的“原文”容易产生歧义,可以有两种理解:一指《政治家,艺术家》,二指《读实味同志的〈政治家,艺术家〉后》。而正确的理解应该是指王实味的《政治家,艺术家》。

四、断定确切时间

推断终归推断,史实胜于雄辩。我带着疑问,四处求援。

河南大学文学院博士生导师刘增杰教授 2001 年 10 月 2 日回复我的亲笔信中写道:

> “我校也没有《谷雨》。20 多年前,我在外地读过《谷雨》,并草成史料性的文章《有关〈谷雨〉的一些材料》(《新文学史料》1982 年第 2 期)。根据这篇文章中所列目录,我的判断是:
>
> 1. 《谷雨》1 卷 4 期出版时间应是 1942 年 4 月 15 日。
>
> 2. 金灿然文不可能发表于《谷雨》1 卷 4 期,因为他当时无法看到《谷雨》。
>
> 3. 我推测,《政治家,艺术家》的写作时间应是 1942 年 3 月 17 日,我主编的那本资料称出版时间为 1942 年 3 月 15 日,系误。可

能是将4月15日误记为3月15日(那本资料因出版社编辑未让编者最后校对,错误较多)”。

话虽不多,却鲜明地体现出一位在解放区文学研究领域中卓有建树的老专家实事求是、谦虚谨慎的科学态度和治学精神。

2002年1月8日,时任上海《解放日报》社主任记者朱鸿召博士给我发来电子邮件:

“关于王实味文章的写作时间,我已经查到《谷雨》原复印件,是1942年2月17日。但《谷雨》一卷四期的出版时间到底是什么,我正托延安的朋友再到延安革命纪念馆去核实。因为我的查阅笔记上竟然是1月15日,而另外的说法是3月15日、4月15日。只有查找原件才能确定。……关于金灿然的文章,是没有在《谷雨》上发表过的,《解放日报》是首发。文末的说明应当是指该文所评论的王实味的文章发表于《谷雨》一卷四期。《解放日报》当时没有说清楚,我在选刊时也没有看清楚”。

2002年3月22日,朱鸿召博士又给我发来电子邮件:

“延安朋友费了很大的劲才查阅到《谷雨》,他告诉我那一期的出版日期,就是1月15日。也就是说我当时访学时作的阅读笔记是正确的”。

由于该文写作时间应当是1942年2月17日(即使退一步说是1942年3月17日),那么出版的日期绝对不可能会是1月15日。2002年4月18日,我向朱鸿召博士发去电子邮件:

“是否《谷雨》那一期的出版日期印错了,你当时访学时作的《谷雨》各期的阅读笔记中,其他各期的时间是否与刘增杰、王文金的《有关〈谷雨〉的一些材料》和钟敬之、金紫光主编的《延安文艺丛书·第十六卷·文艺史料卷》中的《谷雨》六期的时间一致？”

2002年4月19日，朱鸿召博士再次给我发来电子邮件：

“《谷雨》应当是印刷错误。我的访学笔记与延安朋友再查相吻合，应当是没有错误的。我打算在京再查一个版本，印证一下。然后将结果届时再告诉你”。

素昧平生的朱鸿召博士不仅屈尊为我查找、核实时间，而且鲜明地体现出一个颇具实力、著述丰富的新学者细致认真、求真务实的治学精神和科学态度。

经过多方查证，我和朱鸿召博士最后确认：王实味的《政治家，艺术家》写作时间应是1942年2月17日，《谷雨》第一卷第四期出版时间应是1942年4月15日。

五、原因及其启示

上述史料、论文、著作均为富有影响并且学人一再引用的宏文大作，它们的作者或是当时历史的见证人，或是德高望重的老专家，或是颇具实力的新学者，都是我素来佩服和敬重的专家学者。因此，《政治家，艺术家》的写作与发表时间错乱问题，就更应该引起大家的重视。我以为造成《政治家，艺术家》的写作与发表时间错乱的原因大概有四：①《谷雨》杂志后人极难见到，②当年的见证人因年代久远而造成回忆有误，③当年的排印与后来的出版社录入错误，④后人转引前人成果时以讹传讹。

只有大家在引用史料时细心一些，进而刨根问底、调查研究，才能避免沿用错说、陈陈相因、以讹传讹、贻误后人。

关于《政治家，艺术家》和《读实味同志的〈政治家，艺术家〉后》的时间错乱问题，再也不应该继续错下去了！

原载袁盛勇主编：《还原与重构——新的延安文学研究在崛起》，重庆出版集团、重庆出版社 2012 年版

延安解放区杂文类型论

我认为延安解放区杂文的特质风貌问题，目前尚未被较为完整和清晰地"还原"与"呈现"出来。本文愿在这方面作些努力，既就教于方家，又诚望以来哲。依照延安解放区杂文的取材特点、言说方式的实际状况，我将延安解放区杂文大致分为："新气息"杂文[1]、"鲁迅式"杂文、"民间化"杂文三种类型。

一、"新气息"杂文

延安解放区的新生活、新人物、新问题，促使反映解放区现实生活的杂文出现新内容、新特质、新风貌：迎击敌人进攻的杂文，揭露批判、冷嘲热骂；刻画现实生活的杂文，讴歌工农兵、礼赞新生活；针对内部问题的杂文，善意批评、态度诚恳；进行思想改造的杂文，总结经验、介绍方法，自我批评、清算别人。

（一）迎击敌人进攻的杂文，揭露批判、冷嘲热骂，同时贯穿着对理想的追求和对光明的礼赞。

谢觉哉的《土匪与反革命》[2]、《谨防窃贼》[3]指出，必须逮捕和消灭苏区里被日寇、汉奸勾引的土匪、地主、豪绅。殷白的《狂欢与警

---

[1] "新气息"杂文的最早出处是金灿然的《论杂文》，《解放日报》1942年7月25日。

[2] 谢觉哉：《土匪与反革命》，《新中华报》1937年6月29日。

[3] 谢觉哉：《谨防窃贼》，《新中华报》1937年7月6日。

惕》[1]既要求重庆、北平当局严惩毁法乱纪的特务暴徒，又希望人民在庆祝伟大胜利的狂欢之后，应该更加警惕地保卫和平。丁玲的《自掘坟墓》[2]则抨击、讥刺了国民党的特务政策与纵容特务为非作歹、压制人民，坚决要求立即解散特务组织，切实保障人权！

焕南的《想到"血洗"》[3]愤怒地诅咒日本帝国主义和国民党某将军残暴屠杀、实行"三光政策"的罪恶，满怀信心地预言光明、和平的人类历史即将来临。《默鼠盗浆》[4]则警告日本帝国主义强盗不要学习老鼠，总想把人家美丽的瓶子打碎。杨沫的《好哥俩》[5]通过对比鬼子、汉奸与国民党军杀人、奸淫、抢掠的种种罪恶行径之后，得出鬼子、汉奸做出的事，国民党军都"青出于蓝而胜于蓝"，因此他们是好哥俩！

彦修的《重庆的喜剧》[6]无情地揭露了国民党政府中，变节者、嗜血者、城狐社鼠运用所掌握的权力，大搞独裁的可笑喜剧。《"聪明的"卖国和"笨伯的"卖国》[7]讽刺国民党的卖国高明无比，在"卖国学"方面的"发明"和"贡献"是世界上首屈一指的。丁玲的《阎日合流种种》[8]披露阎锡山部队上上下下亲日反共、投敌叛国的丑态，坚信我们一定要算清他们出卖民族利益的血账。《窃国者诛》[9]以晋察冀边区人民政府处决战犯和重庆国民党当局庇护战争首犯的事实，揭露、鞭挞了国民党反动政府卖国求荣、反对人民的无耻罪行。

田家英的《奴才见解》[10]一针见血地指出：使得天下更加大乱的常

---

〔1〕 殷白：《狂欢与警惕》，《晋绥日报》1946年2月26日。

〔2〕 丁玲：《自掘坟墓》，《北方文化》创刊号，1946年3月1日。

〔3〕 焕南：《想到"血洗"》，《中国文化》第二卷第五期，1941年1月25日。

〔4〕 焕南：《默鼠盗浆》，《解放日报》1941年10月26日。

〔5〕 杨沫：《好哥俩》，《晋察冀日报》1946年6月4日。

〔6〕 彦修：《重庆的喜剧》，《解放日报》1945年7月28—29日。

〔7〕 彦修：《"聪明的"卖国和"笨伯的"卖国》，《解放日报》1946年6月6日。

〔8〕 丁玲：《阎日合流种种》，《晋察冀日报》1945年12月8日。

〔9〕 丁玲：《窃国者诛》，《晋察冀日报》1945年12月27日。

〔10〕 田家英：《奴才见解》，《解放日报》1941年12月8日。

常是那些谋筹划策、唯唯诺诺、或者喊喊喳喳的奴才们。何其芳的《“自由太多”屋丛话·文学无用论》[1]揭露了国民党当局者制造文学无用论的居心，提出主张文学为大多数被压迫者所用，为唤起民众而用。《“自由太多”屋丛话·尽信书，不如无书》[2]则暗示人们千万不要听信国民党那些说假话的书中的反动言论，认为防止上当受骗主要还是靠我们读书时有一种思索的批评态度。《解题·“父兄”论》[3]针对邵力子为蒋介石不肯释放张学良、杨虎城进行辩护的虚伪言论，揭露“父兄”论掩盖了蒋介石的阴狠与毒辣。

（二）刻画解放区现实生活的杂文，讴歌工农兵、礼赞新生活、反映边区建设。

庸的《穷骨头与硬骨头》[4]歌颂工人骨头硬、有志气、富血性，心眼光明正大、不被威胁利诱。草明的《垫脚石——创作随笔》[5]讴歌无数为民族革命事业努力工作、光荣牺牲的战士们，是实现民族解放事业胜利和光明的“垫脚石”。艾思奇的《光明》[6]指出虽然延安目前也有冲突、扎砾、痛苦，但她仍然是中国社会的最光明的世界。何其芳的《延安的小孩子》[7]则称颂延安生活中的新的人际关系，歌颂了延安的富饶景象、路不拾遗、民主作风、老人勤奋为革命工作和为大我而舍小我等新人新事。孙犁的《随感》[8]刻画原先吃苦受罪、挨骂遭打、胆小怕事、老实“无能”的老蔫，经过几次翻身动员会的鼓励，不仅逐渐变得活泼、聪明、勇敢起来，而且说出富有实际意义、异常珍贵的话语。《新生的天津》[9]反映天津刚刚解放，革命的秩序刚开始建立，工人就已经开始新

---

〔1〕 何其芳:《“自由太多”屋丛话·文学无用论》,《新华日报》1944 年 10 月 2 日。

〔2〕 何其芳:《“自由太多”屋丛话·尽信书,不如无书》,《新华日报》1944 年 10 月 5 日。

〔3〕 何其芳:《异想天开录·解题·“父兄”论》,《新华日报》1946 年 1 月 19 日。

〔4〕 庸:《穷骨头与硬骨头》,《抗敌报》1939 年 8 月 28 日。

〔5〕 草明:《垫脚石——创作随笔》,《解放日报》1942 年 7 月 17 日。

〔6〕 艾思奇:《光明》,《中国文化》第二卷第六期,1941 年 5 月 20 日。

〔7〕 何其芳:《延安的小孩子》,《新华日报》1946 年 11 月 17 日。

〔8〕 孙犁:《随感》,《冀中导报》1947 年 8 月 1 日。

〔9〕 孙犁:《新生的天津》,《天津日报》1949 年 1 月 22 日。

的工作了，每个劳动人民都自然地、愉快地思考着如何为建设新生的、光辉的天津奉献自己的力量和智慧。

（三）针对内部问题的杂文，善意批评、态度诚恳，动之以情、晓之以理。

针对解放区内部存在的问题，善意地、辩证地批评缺点错误和提出方法建议，循循诱导、温存敷熨。焕南的《"差不多"——"一部份"》[1]批评某些同志工作不作调查研究、心中无数，要求人们应当在工作的"辞典"上删去"差不多"、"一部份"。《要有问题》[2]则针对有人在接受工作任务和完成任务进行总结时，问他有什么意见与困难，他都是回答"没有问题"！指出"没有问题"有可能是自以为是或者盲干、乱闯，因此在工作的自始至终都应该要有问题意识，才能有研究讨论和有所进步。《把颈骨硬起来》[3]针对延安一些公务人员不遵纪守法的现象，指出问题的关键在于市政府除了耐心的工作以外，还必须做到应罚的罚，该拘的拘，不屈服任何人的威胁，不理任何大头子的说情，提倡坚持党性原则，不畏强暴，发扬硬骨头的革命精神。《为什么搬？搬哪里去》[4]由得知边区各县居民流动现象严重，指出这是由于一些地区的农民负担过重的原因造成的，为了使农村生活安定，必须尽快调查土地资源和制定农业累进税法。《怎样做县长(一)至(五)》[5]具体而又全面地分析了对县长的思想认识、工作态度和工作方法等问题。丁玲的《老婆疙瘩》[6]针对延安难民纺织厂生产中存在有人因不耐烦而随意接上断线形成的大疙瘩问题，平心静气、循循善诱地指出其危害及要求讲革命良心。

---

[1] 焕南:《"差不多"——"一部份"》,《解放日报》1941年9月21日。

[2] 焕南:《要有问题》,《解放日报》1941年9月27日。

[3] 焕南:《把颈骨硬起来》,《解放日报》1942年4月9日。

[4] 焕南:《为什么搬？搬哪里去》,《解放日报》1942年4月11日。

[5] 焕南:《怎样做县长(一)至(五)》《解放日报》1942年7月28日、7月31日、8月6日、8月15日、8月22日。

[6] 丁玲:《老婆疙瘩》,《解放日报》1944年9月12日。

（四）进行思想改造的杂文，既有总结经验、介绍方法，又有自我批评、清算异己。

总结思想改造的经验和方法的杂文，有焕南的《应该“熟读”而又“深思”》[1]指出对于毛泽东的许多著作和党中央的许多文件，应该一读、二想、三记、四讨论，做到熟读而又深思。《拂拭与蒸煮》[2]揭示自己不承认有小资产阶级个人主义表现的灰尘是很危险的，要想改造自己不仅必须紧火煮来慢火蒸，而且还得长时期的熬炼。《感性与理性》[3]提倡理论联系实际、反对生搬硬套，否则离题越远，错误越多。《读宣传手册和〈反对党八股〉随记》[4]提出给老百姓讲话，要把马克思的道理和党的决议变为广大农民联系自己生活就能了解的东西，他们才会愿意听。彭真的《怎样学习二十二个文件》[5]总结要真正领会整风文件的精神与实质，唯一的办法是反复地深思熟虑地精读、深入地研究与热烈地讨论。何其芳的《研究文件的时候怎样作笔记》[6]详细、认真地介绍了自己学习中央文件时作笔记的方法，表现出积极、热诚、认真地投身于改造思想的整风运动之中。舒群的《必须改造自己》[7]总结出必须下乡去改造自己，才能够改造好小资产阶级作家的思想、生活、语言，才能使新文艺发展得好。默涵的《说真话》[8]强调在检查个人的思想时，最重要的事便是既要对别人又要对自己说真话。

在文艺整风中进行自我批评的杂文有续范亭的《漫谈》[9]既运用整风文件检查了自己思想上犯的主观主义错误，又指出整风文件不仅纠正共产党内的主观主义错误，而且纠正了中国几千年来的唯心论错

---

〔1〕 焕南：《应该“熟读”而又“深思”》，《解放日报》1942年4月25日。

〔2〕 焕南：《拂拭与蒸煮》，《解放日报》1942年6月23日。

〔3〕 焕南：《感性与理性》，《解放日报》1942年8月10日。

〔4〕 焕南：《读宣传手册和〈反对党八股〉随记》，《解放日报》1942年9月23日。

〔5〕 彭真：《怎样学习二十二个文件》，《解放日报》1942年5月16日。

〔6〕 何其芳：《研究文件的时候怎样作笔记》，《解放日报》，1942年5月21日。

〔7〕 舒群：《必须改造自己》，《解放日报》，1943年3月31日。

〔8〕 默涵：《说真话》，《解放日报》，1943年4月7日。

〔9〕 续范亭：《漫谈》，《解放日报》1942年6月30日。

误。区梦觉的《改造我们的思想意识》[1]总结出小资产阶级出身的知识分子女党员、女干部思想意识上的弱点，号召女党员、女干部在整风运动中要改造成为立场明确、原则坚定的党员，才不会辜负党员的光荣称号。吴玉章的《共产党改造了我的思想》[2]称颂共产党发扬了他旧的好思想，洗掉了他旧的坏思想。何其芳的《论文学教育》[3]自我忏悔了在创作实践上理论主张的错误，从而认定文学在阶级社会里是阶级斗争、民族斗争的武器之一。在《杂记三则》[4]中，何其芳自我批评是一个害欧化病很深的人。在《改造自己，改造艺术》[5]里，他又谴责自己是个旧我未死、心多杂念、骄傲自大、自信自负的人。周立波的《后悔与前瞻》[6]反省自己还拖着小资产阶级的尾巴，成为资产阶级文学的俘虏。

在思想斗争中彻底清算异己的杂文有陈伯达的《关于王实味》[7]严厉清算王实味思想包含的"托洛茨基主义"，灵魂的肮脏、卑鄙、丑陋，甚至称其像条蚂蝗或是一种小虫。丁玲的《文艺界对王实味应有的态度及反省》[8]指责王实味为人卑劣、小气、反复无常、复杂而阴暗，是破坏革命的流氓，并且沉痛地检讨了自己的耻辱和罪恶、表示了自己改正错误的勇气与恒心。艾青的《现实不容歪曲》[9]全面深入地批判、揭露了王实味是"灵魂的贩卖者"，他的行为是反革命的、最肮脏、污蔑、黑暗、酗恶、卑鄙无心的，绝无一丝一毫的"理性和良心"。草明的《鲁迅的

---

〔1〕 区梦觉：《改造我们的思想意识》，《解放日报》1943 年 3 月 8 日。

〔2〕 吴玉章：《共产党改造了我的思想》，《解放日报》1943 年 7 月 2 日。

〔3〕 何其芳：《论文学教育》，《解放日报》1942 年 10 月 16—17 日。

〔4〕 何其芳：《杂记三则》，《草叶》第 6 期，1942 年 9 月 15 日。

〔5〕 何其芳：《改造自己，改造艺术》，《解放日报》1943 年 4 月 3 日。

〔6〕 立波：《后悔与前瞻》，《解放日报》1943 年 4 月 3 日。

〔7〕 陈伯达：《关于王实味》，《解放日报》1942 年 6 月 15 日。

〔8〕 丁玲：《文艺界对王实味应有的态度及反省——6 月 11 日在中央研究院与王实味思想斗争的座谈会上的发言》，《解放日报》1942 年 6 月 16 日。

〔9〕 艾青：《现实不容歪曲》，《解放日报》1942 年 6 月 24 日。

旗帜》[1]、沈轲的《萧军所倡导的“真实”是什么?》[2]与《一定要写得“热烈火炽”》[3]、闻奇的《糖衣包着的毒粉》[4]、洛寒的《评最初几期“文化报”》[5]与《伟大与渺小》[6]、塞上的《“来而不往非礼也”的作者剖白》[7]通过割裂词句、加以曲解的方式,对萧军的思想、言行、创作罗织了许多莫须有的罪名:挑拨中苏友谊、诬蔑苏联、反对解放战争、反对土地改革、跟党中央的统战政策唱对台戏、发展资本主义方向、迁就小资产阶级、发展个人英雄主义、毒害青年。

二、“鲁迅式”杂文

进入解放区的一批高举鲁迅“文明批评”与“社会批评”旗帜的左翼作家,以忧时救世的主人翁态度,张扬鲁迅自我解剖的精神,自我暴露解放区现实丑恶和独立批评政治痼疾,为解放区杂文创作提供了新的风格类型。

(一) 倡导学习和发扬鲁迅杂文的自我批判精神,对解放区现实社会存在的问题、缺点进行暴露和讽刺[8]。

丁玲的《大度、宽容与〈文艺月报〉》[9]呼吁要把握斗争的原则性,展开深刻、泼辣的自我批评,毫不宽容地指斥应该克服还没有克服,或

---

[1] 草明:《鲁迅的旗帜》,《生活报》1948年9月21日。

[2] 沈轲:《萧军所倡导的“真实”是什么?》,《生活报》1948年9月21日。

[3] 沈轲:《一定要写得“热烈火炽”》,《生活报》1948年9月26日。

[4] 闻奇:《糖衣包着的毒粉》,《生活报》1948年9月26日。

[5] 洛寒:《评最初几期“文化报”》,《生活报》1948年9月26日。

[6] 洛寒:《伟大与渺小》,《生活报》1948年10月6日。

[7] 塞上:《“来而不往非礼也”的作者剖白》,《生活报》1948年10月11日。

[8] 笔者认为:毛泽东的宣传动员整风文章中的杂文笔法,无论是在揭示解放区现实社会存在的问题、缺点的严重性和对其进行讽刺批判的尖锐性方面,都是首屈一指、无与伦比的,并且它们对于“鲁迅式”杂文在批判指向、情感传达和用语方式等方面都起了典型示范与推波助澜的作用。参见江震龙:《解放区散文研究》,上海三联书店2005年版,第74—76页。

[9] 丁玲:《大度、宽容与〈文艺月报〉》,《文艺月报》第一期,1941年1月1日。

者借辞延迟克服的现象。《我们需要杂文》[1]倡导写杂文的目的是要学习鲁迅先生为真理而敢说，不怕一切的精神；号召人们使用“鲁迅式”杂文这一武器。罗烽的《还是杂文的时代》[2]认为在光明的边区，还是容易找到经年阴湿的角落与垃圾，即使是在延安，如果单凭穿华丽的衣裳而懒于洗澡，那么迟早衣裳也要肮脏起来的；因此强调还是杂文的时代。萧军的《杂文还废不得说》[3]则提出杂文还废不得，是因为“鲁迅式”杂文是思想战斗中最犀利的武器，能够既斩击敌人又割离自己的疮瘤，并且具有很强的灵活性、实用性与战斗性。

“鲁迅式”杂文讽刺、批评某些老干部摆老资格、搞特殊化和生活作风问题：李锐的《想当年》[4]讽刺挖苦萧三等某些老干部在延安没有新的建树，只能在言谈中常常以“想当年我……如何如何”来摆老资格。萧平的《龙生龙，凤生凤》[5]讽刺了当时延安因牛奶极少，除了供应给高级干部外，便只供给高级干部在幼儿园的孩子们喝的现象。一位少数民族艺术家的《论离婚》[6]暴露、批评了某些领导人在婚姻问题上的喜新厌旧、频繁换偶。王实味的《野百合花》[7]暴露了当生病的同志喝不到一口面汤，青年学生一天只喝两餐稀粥时，有些颇为健康的“大人物”却非常不必要、不合理地享受着干部服、小厨房待遇。

呼吁、强调政治家应该了解作家的工作性质和尊重作家的正当权益。林昭的《关于对中国小资产阶级作家的估计》[8]充分肯定小资产阶级作家是中国新民主主义文艺革命运动中的主要力量，在中国新文

[1] 丁玲：《我们需要杂文》，《解放日报》1941 年 10 月 23 日。

[2] 罗烽：《还是杂文的时代》，《解放日报》1942 年 3 月 12 日。

[3] 萧军：《杂文还废不得说》，《谷雨》第一卷第五期，1942 年 6 月 15 日。

[4] 李锐：《想当年》，参见宋晓梦：《李锐其人》，河南人民出版社 1999 年版，第 184 页。

[5] 萧平：《龙生龙，凤生凤》，参见宋晓梦：《李锐其人》，河南人民出版社 1999 年版，第 187 页。

[6] 《论离婚》，参见宋晓梦：《李锐其人》，河南人民出版社 1999 年版，第 187 页。

[7] 实味：《野百合花》，《解放日报》1942 年 3 月 13 日、23 日。

[8] 林昭：《关于对中国小资产阶级作家的估计》（就商于欧阳山同志），《解放日报》1942 年 1 月 27 日。

学史上留下了不可磨灭的印迹。艾青的《了解作家，尊重作家》[1]提出忠实于作家的主体意识与独立精神，要求政治家了解和尊重作家并且给予写作自由；希望政治家从最高的情操上学习古代人爱作家的精神！萧军的《作家面前的"坑"》[2]认为每个作家在创作时都面临着"怎样写"的艺术问题的"坑"，但是因为在他面前摆着政客们设定的一眼望不到边际的那么多的"坑"，所以造成他的作品全是失败的。《目前东北文艺运动我见》[3]强调古今中外伟大的文学、艺术家，也是伟大的政治家。

提醒和要求政治家应该关心革命队伍中的弱势群体，甚至对于因特殊原因而违反了组织纪律性或偶而犯了一点错误的同志也应当给予理解、关心、信任与尊重。丁玲的《三八节有感》[4]以女性代言人的身份，愤慨于解放区的男子们、尤其是某些政治家们在对待妇女结婚、离婚与育儿问题上留存着封建式的非议、责难的不平等现象；而且引用诗人们的话，表明艺术家与政治家之间在择偶上的不平等；文章最后还自我解嘲地表现了女艺术家与政治家在话语权上的不平等。萧军的《论"终身大事"》[5]、《续论"终身大事"》[6]针对当时一位女同志声明结婚的条件是只要有馍吃就够了，后来真的与一个有馍吃的人结了婚和一对夫妇离婚的理由，是女方认为男方的性能太低了；认为这两件事是标志着女性真正的大大进步的值得高兴的事情，提出男子们应该自觉地完全消灭掉自己身上的种种封建思想残余，绝对站在人与人平等的关系上携同女子一齐向"同志"社会迈进。《纪念鲁迅：要用真正的业

〔1〕 艾青：《了解作家，尊重作家——为〈文艺〉百期纪念而写》，《解放日报》1942年3月11日。

〔2〕 萧军：《作家面前的"坑"》，《解放日报》1942年3月30日。

〔3〕 萧军：《目前东北文艺运动我见》，《东北文艺》第一卷第一期，1946年12月。

〔4〕 丁玲：《三八节有感》，《解放日报》，1942年3月9日。

〔5〕 萧军：《论"终身大事"》，《解放日报》1942年3月25日。

〔6〕 萧军：《续论"终身大事"》，《解放日报》1942年5月11日。

绩》[1]提醒政治家更应该关心那些没有父母在前的保育院里的“小小鬼”和关心、解决作勤务的“大小鬼”的正式入学教育问题及其应该享有的革命权利问题。还有小言论《要多多帮助“小鬼”(一)》[2],也提出了类似的问题。《论同志之“爱”与“耐”》[3]中提出了政治家如何爱护革命同志和如何处理曾违反纪律的革命同志问题,针对延安“同志之爱”越来越稀薄了的不正常状况,要求政治家在革命同志之间应该提倡理解、友爱、真诚、温暖。《目前文化界统一战线谈》[4]针对某些人把沦陷区的文化人统称为“汉奸文人”而加以歧视、排斥和打击的不正确做法,指出对于反对蒋介石匪帮和美帝国主义凶犯的文化工作者,应当以战友相待并寄以真诚的尊敬。

高扬艺术家在对于政客及其阴暗面斗争中的伟大作用与勇气。罗烽的《还是杂文的时代》[5]指出在光明的边区有两类政客,艺术家要使自己手里的杂文变成一把使政客战栗,同时也使人民喜悦的短剑。萧军的《作家面前的“坑”》[6]认为,面对政客设定的“怎样写”的“坑”,真正的艺术家不是恐惧和逃脱,而是敢于登净土、堕地狱,敢于面对这“坑”而走下去。王实味的《政治家,艺术家》[7]较为系统、辩证而又有所强调地从侧重探究艺术家偏重于改造人的灵魂的特殊使命入手,强调文学独特的审美功能和艺术家改造灵魂的伟大任务;呼吁艺术家首先针对着自己和我们的阵营进行工作,因为特别在中国改造人们的灵魂不仅决定革命成功的迟速,而且关系着革命事业的成败。《零感两则》[8]号召艺术家们决不能让邪气更大的人得势,要更积极地睁大眼

---

〔1〕 萧军:《纪念鲁迅:要用真正的业绩》,《解放日报》1941 年 10 月 21 日。

〔2〕 小言论:《要多多帮助“小鬼”(一)》,《解放日报》1941 年 10 月 31 日。

〔3〕 萧军:《论同志之“爱”与“耐”》,《解放日报》1942 年 4 月 8 日。

〔4〕 本社(萧军):《目前文化界统一战线谈》,《文化报》半月增刊第三期,1948 年 6 月 1 日。

〔5〕 罗烽:《还是杂文的时代》,《解放日报》1942 年 3 月 12 日。

〔6〕 萧军:《作家面前的“坑”》,《解放日报》1942 年 3 月 30 日。

〔7〕 实味:《政治家,艺术家》,《谷雨》第一卷第四期,1942 年 4 月 15 日。

〔8〕 王实味:《零感两则》,《矢与的》创刊号,1942 年 3 月 23 日。

睛来辨正邪，到处扶持正气，打击邪气；在与歪风邪气的斗争中需要首先检查自己的骨头是否有毛病？必须有至大至刚的硬骨头精神！

讽刺、暴露、批评了艺术家（知识分子）们自身存在的问题。韦君宜的《论师道》[1]认为老师的水平要比学生高，批评“泽东青年干部学校”中某些教师的教学水平实在不能令学生们满意。许立群的杂文则带头讽刺萧军的“老子天下第一”和动不动就以“鲁迅弟子”[2]自居的可笑作派等等。丁玲的《干部衣服》[3]批评革命队伍的某些同志为了少受许多气，而不惜欠帐去缝制干部衣服，以及某些人为了改变别人对自己的观感而巴望获得骑马代步和赚取马列学院的学历头衔等等不良风习和虚荣心态。

（二）继承和弘扬鲁迅杂文的战斗精神，以“鲁迅式”杂文对国民党发起猛烈的攻击。

萧军的《旧事重提》[4]通过上海四千名学生因为欢迎马歇尔将军而遭到特务毒打的事件，抨击国民党政府镇压学生的暴行，揭露国民党当局的外强中干。《闻“让”有感》[5]批评邵力子要求政协会议代表“互让”的糊涂言论，一针见血地指出，统治阶级虽然对诸家“友邦”礼让了一百多年，但是却从来礼不下庶人、让不及百姓，国民党政府口头上的“让”，也必定会转变为实际上的“攘”。《闲话“东北问题”》[6]把国民党“要人”在“九·一八事变”与东北解放后的前后矛盾讲话并举，巧妙地揭示出国民党断送祖国河山而又寡廉鲜耻的丑态，同时辛辣地讽刺了蒋介石军队在东北解放之后，才到那里进行“艰苦奋斗”的奇闻。《君道

〔1〕 韦君宜：《论师道》，参见宋晓梦：《李锐其人》，河南人民出版社 1999 年版，第 185 页。

〔2〕 许立群登载在墙报《轻骑队》上带头讽刺萧军的杂文篇名不详，其内容参见宋晓梦：《李锐其人》，河南人民出版社 1999 年版，第 185 页。

〔3〕 丁玲：《干部衣服》，《文艺月报》第五期，1941 年 5 月 1 日。

〔4〕 萧军：《旧事重提》，《晋察冀日报》1946 年 2 月 1 日。

〔5〕 萧军：《闻“让”有感》，《晋察冀日报》1946 年 2 月 4 日。

〔6〕 萧军：《闲话“东北问题”》，《晋察冀日报》1946 年 2 月 21 日。

章》[1]揭示反动统治者为了扩大、发展自己和亲族的生存、温饱、发展的权力，就像一只狼似的来剥夺人民应得的生存、温饱、发展的权利。《春夜抄二则》[2]揭露抗战期间国民党公然在各中学里贴起“黑榜”来，不仅对左翼作家进行不知羞耻的诬蔑和围剿，同时还要放出“实际解决”的风声。《政、教泛谈》[3]从古今中外历史的考察中，得出中外反动统治者们崇权、持威、极刑、苛法的结果是越要统一则越分裂，越想长久却越半途夭折的结论。

（三）提倡学习发扬鲁迅的美好思想品质、继承实践鲁迅的现实主义品格。

丁玲的《“开会”之于鲁迅》[4]写鲁迅出席左翼文坛一些会议时从不迟到、态度平和、精神集中，从来没有摆出一副指导者的架子或用教训的口吻来说话，既侧面展现了鲁迅的美好思想品质，又暗中针砭了某些比较有文化、理论的人，在参加比他程度低、了解慢的群众会议时的某些不良倾向。《真》[5]则针对创作中只注意如何找主题、如何找典型，但却脱离了现实的现象指出：不真的东西，不是人们心中所有的东西，是不会为人们所喜爱的；粉饰和欺骗只会令人反感，决定艺术本质之提高，非在形式而正是看其是否正确地反映了现实。草明的《不朽的鲁迅》[6]，《向鲁迅学习》[7]，提出革命文艺工作者为了赢得文化战线上更多、更光辉的成绩，则要虚心地认真学习鲁迅的思想品质、反抗精神、坚韧作风和战斗经验。

---

〔1〕 萧军：《君道章》(谈今吹古录之一)，《文化报》半月增刊第二期，1948 年 5 月 15 日。

〔2〕 萧军：《春夜抄二则：“自由主义与不自由主义”；淡淡的回忆》，《文化报》第二十八期，1948 年 4 月 10 日。

〔3〕 萧军：《政、教泛谈》，《文化报》半月增刊第五期，1948 年 7 月 1 日。

〔4〕 丁玲：《“开会”之于鲁迅》，《大众文艺》第一卷第五期，1940 年 8 月 15 日。

〔5〕 丁玲：《真》，《大众文艺》第一卷第一期，1940 年 4 月 15 日。

〔6〕 草明：《不朽的鲁迅》，《东北日报》1946 年 10 月 21 日。

〔7〕 草明：《向鲁迅学习》，《东北日报》1948 年 10 月 19 日。

三、"民间化"杂文

"民间化"杂文的内容指向乡村老百姓，在言说方式上侧重于可"听"性，追求民间性口语、民族化形式，遵循毛泽东《在延安文艺座谈会上的讲话》指出："真正站在人民的立场上，用保护人民、教育人民的满腔热情来说话"[1]。以赵树理为代表的解放区本土作家，他们对解放区民间生活的深厚积累，对工农兵喜闻乐见的艺术表现形式的烂熟于心和对乡土、农民的真挚热爱，天然地顺应了毛泽东《在延安文艺座谈会上的讲话》所确立的解放区文学创作规范，写作"民间化"杂文。其他解放区作家，在延安文艺界整风之后也开始践行力所能及的"民间化"杂文写作。

以赵树理为代表的"民间化"杂文主要体现如下几方面的内容：

（一）揭示敌人的凶残与愚民政策及其悲剧下场。赵树理的《说"驯道"》[2]喻示人们：汉奸的道德律就是要求老百姓，对敌人忍耐、谦逊、老实和本分。《人民已看漏了的把戏》[3]、《认清敌人》[4]，告诫人们：帝国主义玩弄的把戏，无非是奴役国内劳苦大众和抢夺殖民地、半殖民地来榨取与倾销物品；敌占区的中国人和家里东西，没有被杀与被抢，那只是暂时的。《天狗与太阳》指出汪精卫用"和平反共"、何应钦以"军纪法令"[5]等花衣欺骗中国老百姓，但是他们的狗相已经暴露，人民会剥掉他们的狗皮。《亲日派久被注定的命运》则推测出亲日派早就

---

〔1〕 毛泽东：《在延安文艺座谈会上的讲话》，《解放日报》1943 年 10 月 19 日。

〔2〕 赵树理：《说"驯道"》，赵树理：《赵树理全集》第五卷，北岳文艺出版社 2000 年版，第 80 页。

〔3〕 赵树理：《人民已看漏了的把戏》，赵树理：《赵树理全集》第五卷，北岳文艺出版社 2000 年版，第 28—29 页。

〔4〕 赵树理：《认清敌人》，赵树理：《赵树理全集》第五卷，北岳文艺出版社 2000 年版，第 30 页。

〔5〕 赵树理：《天狗与太阳》，赵树理：《赵树理全集》第五卷，北岳文艺出版社 2000 年版，第 54 页。

被注定的命运便是："完蛋大吉！"[1]《火山上跳舞》警告伪军不要在中华民族抗日烈焰的火山上跳舞，否则将"被抗战烈火烧死"[2]。《说"死"》通过汉奸吴念中自己对沦陷区各种死相的描绘，指出："做汉奸的""想不死""那就得彻底醒醒了！"[3]未署名作者的杂文《人民的幽默》[4]在极其简洁、通俗的叙事与对话中，再现了东家的贪婪、愚蠢和长工的气愤、机智。

（二）宣讲坚持持久战、抗战必胜的道理。赵树理的《漫谈持久战》宣讲坚持持久战必胜、不抗日必死，运用通俗的比喻向老百姓宣讲毛泽东《论持久战》的道理，说明"敌人靠飞机大炮灭不了人多兵多地大物博的中国，而中国的持久战却能熬死了'日本帝国主义'"[5]。《活路》表现鬼子、汉奸威逼利诱各村成立"维持会"后，同胞们才彻底清楚："'维持'了也不得活，只有反抗才是活路"[6]。

（三）赞颂根据地的民主自由与政府为国为民。赵树理的《世道》称颂根据地的村选举，"才能算真选举"[7]。《比一比看》赞扬陕甘宁边区的施政纲领，是"真正为国为民""的施政纲领"[8]。《家当问题》指出由于根据地政府普遍保障所有人民的财产和土地的所有权，因而近几

---

[1] 赵树理：《亲日派久被注定的命运》，赵树理：《赵树理全集》第五卷，北岳文艺出版社 2000 年版，第 51 页。

[2] 赵树理：《火山上跳舞》，赵树理：《赵树理全集》第五卷，北岳文艺出版社 2000 年版，第 56 页。

[3] 赵树理：《说"死"》，赵树理：《赵树理全集》第五卷，北岳文艺出版社 2000 年版，第 124 页。

[4] 《人民的幽默》，《晋察冀日报》1946 年 8 月 26 日。

[5] 赵树理：《漫谈持久战》，赵树理：《赵树理全集》第五卷，北岳文艺出版社 2000 年版，第 37 页。

[6] 赵树理：《活路》，赵树理：《赵树理全集》第五卷，北岳文艺出版社 2000 年版，第 65 页。

[7] 赵树理：《世道》，赵树理：《赵树理全集》第五卷，北岳文艺出版社 2000 年版，第 66 页。

[8] 赵树理：《比一比看》，赵树理：《赵树理全集》第五卷，北岳文艺出版社 2000 年版，第 71 页。

年逃亡到沦陷区去的地主、富商因家当被日寇糟蹋之后，“打听清楚抗日政府的法令后”[1]，又都搬回来了。李又然的《树叶》[2]盛赞边区是即使有天灾也没有灾民的；对于外来的灾民则安顿、抚慰他们：给予窑洞、粮食、土地、农具、耕牛、种籽，免缴公粮三年，小孩进学校，生病的和将生产的免费住医院。小言论《二流子要寻保人》[3]总结出促进二流子转变很有效力的经验是：除了发动群众在会议上斗争二流子与帮助二流子订出生产计划外，还要叫二流子寻保人来保证他切实地完成生产计划。

（四）表现解放区存在的人民内部问题。提出正确处理个人与集体的关系问题，赵树理的《“私人意见”》提出正确处理私人意见的方法：“私人有了意见，最好谈出来让大家‘集体处理’”[4]，而不应该私存在自己的脑里；这种方法不仅不会妨碍思想自由，而且能够维护思想自由的权利。《谈兴趣》则提出正确处理个人兴趣与革命需要的关系：一方面分配革命工作时“尽可能要使工作和工作者个人的兴趣一致”，另一方面接受革命工作的同志们“应把革命需要放在第一位”[5]，个人的兴趣应该服从于革命工作的利益；兴趣绝不是天生的，需要不断地在工作与学习中培养。《“三”字到“万”字》认为解放区中也存在四种人：“不知道自己没有知识的人；不知道知识领域广大的人”；“为面子而不屑于读中级读物的人；认为‘不正确’的知识没学头的人”[6]。他们会犯主观主义、经验主义、教条主义和没耐心的毛病。《“应对如流”》提出解放区

---

〔1〕 赵树理：《家当问题》，赵树理：《赵树理全集》第五卷，北岳文艺出版社 2000 年版，第 125 页。

〔2〕 李又然：《树叶》，《解放日报》1943 年 7 月 28 日。

〔3〕 小言论：《二流子要寻保人》，《解放日报》1944 年 3 月 17 日。

〔4〕 赵树理：《“私人意见”》，赵树理：《赵树理全集》第五卷，北岳文艺出版社 2000 年版，第 26 页。

〔5〕 赵树理：《谈兴趣》，赵树理：《赵树理全集》第五卷，北岳文艺出版社 2000 年版，第 69、70 页。

〔6〕 赵树理：《“三”字到“万”字》，赵树理：《赵树理全集》第五卷，北岳文艺出版社 2000 年版，第 155—156 页。

的知识分子对于分歧复杂世界上的事物，要有个“起码的正确的系统概念”，如果只做到“见什么人说什么话”，“那只能算个文化市侩”[1]。《我们执行土地法，不许地主富农管》认为农民提出某人多占了果实和某干部应该撤换，属于民主，应该称赞；而“地主富农提出来就是挑拨，应送人民法庭受审”[2]。《中农不要外气》提醒中农：《土地法》补充办法第四条乙项中规定，不得动富裕中农的浮财及房屋；不要因听信地主、富农的谣言或者自己瞎操心，而“砍树木、卖牲口，大吃大喝”[3]，自找苦吃。《穷苦人要学当家》告诉穷苦人：要通过“靠法令，靠团体，听了群众意见，自己要拿主意”[4]，才能当得好家。《干部有错要老实》针对村干部在填平补齐工作中犯了错误，指出只要老老实实地按照《土地法》的办法改正就没事，如果“想捣点什么鬼，来抵抗抵抗，那就是犯了罪，就要送到人民法庭去受处分”[5]。由《解放日报》记者莫艾代农民康文德执笔写的《我没土地种》，既反映了农民与公家之间因为土地征用问题而产生的矛盾，又由党报替农民喊出了心里的呼声：“我没有土地种呵！”[6]

上文描述的“新气息”杂文、“鲁迅式”杂文、“民间化”杂文三种类型，是由延安解放区的革命工作者写作与革命文艺家创作的。它们总体上的演变轮廓、发展轨迹是：从 1936—1939 年的以“新气息”杂文为

---

〔1〕 赵树理：《“应对如流”》，赵树理：《赵树理全集》第五卷，北岳文艺出版社 2000 年版，第 144 页。

〔2〕 赵树理：《我们执行土地法，不许地主富农管》，赵树理：《赵树理全集》第五卷，北岳文艺出版社 2000 年版，第 177 页。

〔3〕 赵树理：《中农不要外气》，赵树理：《赵树理全集》第五卷，北岳文艺出版社 2000 年版，第 189 页。

〔4〕 赵树理：《穷苦人要学当家》，赵树理：《赵树理全集》第五卷，北岳文艺出版社 2000 年版，第 181 页。

〔5〕 赵树理：《干部有错要老实——评晋城马坪头“劳资合作”》，赵树理：《赵树理全集》第五卷，北岳文艺出版社 2000 年版，第 184 页。

〔6〕 康文德口述，莫艾执笔：《我没土地种》，《解放日报》1942 年 4 月 8 日。

主，经1940—1942年的“鲁迅式”杂文为主、“新气息”杂文为辅，到1943—1949年的以“新气息”杂文为主、“民间化”杂文为辅。

原载黄科安主编：《中国散文的民族化与现代化》，中国社会科学出版社2010年版

延安解放区“小说批评”主要文体研究[1]

延安解放区“小说批评”文体以延安文艺座谈会为界分为前后期，在“报刊文章批评”中，延安前期“小说批评”出现了新型的“文学政治双向均衡”批评主要文体，延安后期“小说批评”产生了另一种新型的“以政治标准为中心”批评主要文体。“小说批评”前后期主要文体的转型，小说批评的审美特性逐步让位于单一的政治评判，小说批评的性质与功能成为评判小说家政治立场合格与否、小说思想主题规范与否的度量工具，甚至成为文艺界思想斗争的武器与意识形态化规训惩戒的手段。

延安解放区“小说批评”是在对各种异质因素的整合与熔铸中动态形成的，既继承和发展了“五四”文学思想多元并存与自由论争的余绪，又继承和发展了左翼文学观念倾向性与真实性的承传，还借鉴和参考了俄苏文艺政策、民粹主义与“螺丝钉”等有效资源。延安时期“小说批评”主要文体受到延安时期政治文化氛围的影响，伴随着延安时期政治文化氛围自由宽松与约束紧张的变化而产生出不同的延安时期“小说批评”主要文体。

（一）“文学政治双向均衡”批评文体

1940 年 1 月召开陕甘宁边区文化协会第一次代表大会，中央书记处书记、中宣部部长洛甫（张闻天）作《抗战以来中华民族的新文化运动

〔1〕 基金项目：教育部人文社会科学研究规划基金项目《中国解放区文学批评研究》（项目批准号：12YJA751025）阶段性成果。

与今后任务》报告，毛泽东作题为《新民主主义的政治与新民主主义的文化》的讲演。同年9月10日，中共中央发出《中央关于发展文化运动的指示》；10月10日，中央宣传部、中央文化工作委员会发出《关于各抗日根据地文化人与文化人团体的指示》。“这一系列激动人心的文化、文艺工作政策，特别强调重视文化、文艺工作与文化人自身的特点，提倡自由辩论与讨论的民主风气，促进了解放区文艺的纷繁多元与繁荣发展”[1]。延安文人依托延安前期的自由气息，秉持文化人的自由本性，召唤文学的自由创造，渴求文学的自由批评。

从“小说批评”的传播载体来区分，延安时期“小说批评”的类型主要有“内部口头批评”[2]、“读者来信批评”[3]和“报刊文章批评”。在“报刊文章批评”中，延安前期小说批评理论与批评实践呈现出对文艺特殊性的追求，在“小说批评”主要文体里出现了一种新型的“小说批评”文体——“文学政治双向均衡”批评文体。

“文学政治双向均衡”批评文体强调对作品的评价既反对功利性的政治评判，也不提倡非功利性的审美评价，而力图采用“双重”视角，既不主张文艺成为政治的附庸，又不同意文学脱离政治，而是从政治层面和艺术层面双向对作品进行均衡的考量，强调作品卓越的思想性与完

〔1〕 江震龙：《解放区散文研究》，上海三联书店2005年版，第52—53页。

〔2〕 例如，据丁玲回忆：1941年，博古带回杨家岭中央有人对《解放日报·文艺》6月24日、25日（按：时间应为1941年7月24日—26日）发表严文井的小说《一个钉子》有意见，并嘱咐大家注意，要重视杨家岭来的意见；博古后来又从杨家岭带回批评马加的小说《间隔》（发表于《解放日报·文艺》1941年12月15日—17日）的意见。丁玲：《延安文艺座谈会的前前后后》，《新文学史料》1982年第二期。据艾青回忆：“在文艺座谈会以前，有个同志写了一篇《间隔》，受到了批评。有一个老干部说：‘我们打天下，找个老婆你们也有意见！’”艾青等：《漫忆四十年前的诗歌运动》（上），《诗刊》1982年第五期。艾青：《艾青全集》第三卷，花山文艺出版社1991年版，第587—588页。

〔3〕 例如，据丁玲回忆：《解放日报·文艺》1941年10月13日发表鸿迅的小说《厂长追猪去了》，不出几天安塞纺织工厂的厂长来信查问写小说的人是谁，说写的是他，但写得不合事实，他不同意。丁玲：《延安文艺座谈会的前前后后》，《新文学史料》1982年第二期。

美的艺术性的统一，试图达到在文艺与政治之间建立起均衡评价的理想状态。这种批评文体在具体的操作实践中，关键点在于探讨在政治的影响下文学如何能够保留自我的独特性，往往以小说的政治性追求为主导，同时注重探索小说的艺术性。在理论上有以下几方面的探讨：

1. 强调思想性与艺术性的统一。"文学政治双向均衡"批评强调优秀的小说作品既要有正确的政治主题、鲜明的时代精神，又要有完美的艺术技巧、老练的文体创造。丁玲强调："作品既然是""不能脱离现实生活，它就必定与当代的社会斗争不可分"；"要使文艺能成为服务大众的武器"，"作家还得时时注意提高自己的技巧。文学不只是在今天教育着大众，对将来也含有重大意义"，"应该有其永存的价值"[1]。杨朔指出："如果一个作者不能好好地操纵文字，运用技巧，他的作品一定会显得平庸，生硬，浅薄"；"小说并不是'朝风雪，弄花草'的无聊东西，而是一种革命的武器。它必须能够反映时代，推动时代"[2]。罗烽认为："规定各个作品的社会意义，规定其阶级的倾向性，以及抗战中的新中国与建设中的新民主主义社会之思想的饱和性，并给与艺术作品之美的评价，也是批评家当前的重大任务"[3]。邓康提醒："批评者应该用最大的注意力去认识这作品所反映现实的深度，认识这作品的主题"；"从这个基础上我们才可以进一步的去批评作品的技巧、形式"[4]。

2. 要求现实性与真实性的统一。"文学政治双向均衡"批评要求小说政治层面上的现实性与艺术层面上的真实性的统一，不仅要强调文艺服从政治、服务现实，更应当侧重小说对现实的真实性反映。德谟要求："艺术是客观地、一般的与现实联系着，特别与当时的政治任务联系着"，因此要依靠"一批艺术家，把现实的具体的政治任务，通过艺术

---

〔1〕 丁玲：《作家与大众》，《大众文艺》第一卷第一期，1940 年 5 月 15 日。张炯主编：《丁玲全集》第七卷，河北人民出版社 2001 年版，第 43、44 页。

〔2〕 杨朔：《写小说》，《晋察冀日报》1941 年 7 月 31 日。

〔3〕 罗烽：《漫谈批评》，《解放日报》1941 年 8 月 19 日。

〔4〕 邓康：《怎样来进行文艺批评》，《晋察冀日报》1942 年 2 月 28 日。

的领域与艺术的手段，而反映，而发挥，而战斗”[1]。艾青认为：“文艺和政治的高度的结合，表现在文艺作品的高度的真实性上。愈是具有高度的真实性的文艺作品，愈是和一定时代的进步的政治方向一致”[2]；所以“高明的理论家不从作品所采用的题材的阶级的区别去衡量作品；而是从作品中所反映的各个阶级的真实，与他们之间的矛盾程度去衡量作品”[3]。卢梦提出：文学工作者写作的主题“不应该单纯地颂扬，在颂扬之外，还应该有揭露与批评”；“在现象下边，应当更深入一步地去发掘本质”[4]。

3. 提倡批评的客观公正、真切实用。“文学政治双向均衡”批评强调小说批评的方法、态度、意见必须客观公正、诚恳正确、谦逊审慎、真切实用，具有启发性、指导性，批评家要多做琐细工作，少说空洞废话。徐懋庸提倡：“我们要有专门的批评家”，“也要征求群众的批评”；“群众的批评只靠直观，专门家的批评根据理论。群众的批评是不完全正确的，因为他们没有理论的根据，水准低。专门家的批评也不一定就正确，或者由于他们的理论锻炼不够，或者他用的是旧的理论原则，或者他只以个人兴趣为标准。所以我们两者都要注意”[5]。茅盾认为：批评家对作品分析评价，要有实际内容，要多做些“繁琐的工作”，“抽象的话太多了，不受用”，“举些实例来分析解剖判断，愈琐细则愈切实，那时再读原则的话，就不患不能消化了”[6]。田间指出：“正当的文艺批评是在批评文字中有诚恳的意见，正确的文艺批评是在批评文字中有正

---

〔1〕 德谟：《我们的艺术与我们的艺术家》，《抗战》半月刊第十期，1940 年 4 月 1 日。

〔2〕 艾青：《我对于目前文艺上几个问题的意见》，《解放日报》1942 年 5 月 15 日。艾青：《艾青全集》第五卷，花山文艺出版社 1991 年版，第 386 页。

〔3〕 艾青：《坪上散步——关于作者、作品及其他》，《解放日报》1942 年 2 月 12 日。艾青：《艾青全集》第五卷，花山文艺出版社 1991 年版，第 384 页。

〔4〕 卢梦：《谈我们写作的主题》，《西北文艺》第一卷第一期，1941 年 7 月 5 日。

〔5〕 徐懋庸：《我对于华北敌后文艺工作的意见》，《华北文艺》第五期，1941 年 9 月 1 日。

〔6〕 茅盾：《大题小解》，《解放日报》1941 年 10 月 7 日。茅盾：《茅盾文艺杂论集》下集，上海文艺出版社 1981 年版，第 908 页。

确的意见”[1]。萧军呼吁:“批评的时候,立场要坚定,但尽可能要公正”,“多下说服功夫,少用打击力量”;希望“建立正确的、马列主义的文艺批评作风”[2]。

延安前期的“文学政治双向均衡”小说批评,不仅在批评理论上进行了探讨,而且体现在对于具体小说作品的批评实践中。批评家们大都围绕着小说的艺术问题展开讨论,论争的范围也只集中于学术探讨,并没有上升为政治定调、行政处理的非学术批评模式。舒群与江华对碧野的成名作中篇小说《乌兰不浪的夜祭》[3]的批评,便是一个典型的个案。小说述说的是一个在抗日战争大背景下发生的老英雄唐尔与女儿飞红巾和格鲁奇与侄儿哈的卢两家之间恩怨情仇的故事。

舒群的《从一篇小说想起的——一个读者的笔记》,明确否定小说因追求传奇性而带来人物形象存在的现实依据不足,认为当把小说中的主要人物当成老中国的“金童”与“玉女”时,小说人物形象塑造上所蕴含的艺术魅力也就消失了。舒群还通过阅读小说的感受与列举小说的语言、用词存在的问题来否认小说的价值:他阅读小说时,“好像啃着不熟的骨头似的,啃了好几个钟头。我读完以后,仿佛卸掉一种重载”,“在解脱以后的舒畅中,肩头还有些隐痛的滋味”;舒群列举了小说中许多从武侠小说里舶来的语汇、小说句法的错误及其用错的字,气愤地指责作者的“语言怎么会贫乏,混乱而恶劣到这样地步”[4]。

江华的《创作上的一种倾向》在简述飞红巾的复仇和恋爱交错的离奇故事之后,较为系统地考察分析了小说的“异域情调”、“传奇题材”、“主题思想”、“矛盾冲突”、“文字语汇”等方面所存在的问题:①认为小说中对于内蒙与绥远的异域风光描写不仅没有与故事发展、人物思想

---

〔1〕 田间:《文艺批评之旗》,《晋察冀日报》1942年1月16日。

〔2〕 萧军:《对于当前文艺诸问题底我见》,《解放日报》1942年5月14日。萧军:《萧军全集》第十一卷,华夏出版社2008年版,第546页。

〔3〕 碧野:《乌兰不浪的夜祭》,重庆《文学月报》第三卷第二、三期合刊。

〔4〕 舒群:《从一篇小说想起的——一个读者的笔记》,《解放日报》1942年2月4日—5日。

和人物活动相谐调，而且小说中的异域风光“即使在不懂内蒙情形的人看来，也会发现许多不合理，不真实的东西”；②小说采用的“英雄·美人”传奇题材构成故事，拒绝了“我们时代的新的深刻的内容”，牺牲了“我们可以摸着人的味道”；③在“爱与仇”的斗争主题思想方面，“作者对于他自己所把握的主题是非常混乱的。作者对于使主题具体化的，捏造出来的主要人物飞红巾女英雄的行动和事迹，只摸到一层薄薄的表皮”；④在表现“爱与仇”的矛盾冲突方面，“作者只是机械地看着最浅薄的一种冲突，而这种冲突曾经一模一样地被无数恶劣的匠人所捏弄过的”；⑤在文字语汇方面，“充满着一些腐朽的文字来代替写生，累赘的做作和滥调的窃取”[1]。

舒群与江华都认为小说之所以失败，原因在于作者对自己所描绘的生活缺乏热情，只是一厢情愿地在自己的头脑中虚构拼凑“英雄、美人”的传奇故事，缺乏对人物的真实感受、特定思想和具体情感进行深入的思考和真实的表现，没有表现出小说应有的时代节奏与真实生活。

批评小说作品艺术形式上的失败，正是批评者所预设的政治价值观在起作用的结果。小说批评家积极践行既强调政治主题又尊重艺术审美的“文学政治双向均衡”批评，强调小说现实性与真实性统一，要求小说艺术真实地反映现实、再现现实。在这种小说批评观念的引导下，小说家就不得不把自己的作品表现得更接近现实生活，接近真实生活，接近充满矛盾的活的现实。

林江的《〈晋察冀文艺〉创刊号读后感》，评价了小说《寨主》、《锁》。认为：“《寨主》之所以动人，是因为作者的的确确从人物的生活诸细节中，人物的行动和历史中艺术地把他介绍在读者面前”；“作者是很懂得控制住自己的感情的”，“作者一开始就对这可敬爱的人物不抱好感，直到在崎岖的山路上，还是”；“作者用这样的手法：把寨主的真实的思想感情和可敬佩的行动在与作者的初面的不确切的认识的斗争中，有机地交织起来，在斗争中不呆板地展开人物的介绍，终于，使读者也不得

---

[1] 江华：《创作上的一种倾向》，《解放日报》1942 年 2 月 11 日。

不跟着作者——‘我们笑了，大笑着，我们的泪都流出来’”；“没有多余的废话，作者只集中笔墨来打一个靶子，同时语言朴素有力，这样作者便如愿地完成他的主题——爱边区的人民和人民自己的军队”。指出：“《锁》的缺点在于对人物的刻画无力。也许因作者对农民，特别是边区农民还不熟悉吧，这里没有更好地写出农民的对话，农民的感情和生活习惯”；“对于题材的处理也是不够好的，没有更强调的在作品中布置斗争——农民陈满仓与他自己的斗争，（从保守，对锁的重视转变到对新生活的认识，献锁打日本，）旧一代与新一代的斗争”；“语言的不够洗练，某些不十分必要的穿插，都会使描写逊色”。也评价作品中有不少出色的地方：“像尾饰‘那也终竟锁不住什么的，我爹熟悉它！’有力地暗示我们一个新的主题：旧的生活将必被打破。总之，作者捕捉题材的敏感力，值得我们学习”〔1〕。它也是从政治层面的主题思想的正确性和艺术层面的题材处理、人物刻画、语言风格完美统一的双向，来对小说作品进行均衡的考量和评价。

“文学政治双向均衡”小说批评文体，引发了批判现实主义小说竞写潮的产生〔2〕。这些批判现实主义小说立足现实，真实地艺术表现现实生活，对现实生活中的阴暗面不回避、不掩饰。批判现实主义小说创作繁荣了解放区前期的小说世界，为现代小说史留下经典作品，同时也与毛泽东正在酝酿及创构的新意识形态发生激烈碰撞，所以他才颇为无奈但又态度坚定地说：“我本来不管文艺的，现在文艺界的问题碰到鼻子上来了，不能不管一下！”〔3〕

“文学政治双向均衡”小说批评文体虽然体现了小说批评家将知识

---

〔1〕 林江：《〈晋察冀文艺〉创刊号读后感》，《晋察冀日报》1942年2月20日。

〔2〕 批判官僚主义、事务主义的小说有《厂长追猪去了》（鸿迅）、《科长病了》（叶克）、《躺在睡椅里的人》（雷加）等；反映知识分子与工农干部、生活环境矛盾冲突的小说有《间隔》（马加）、《在医院中时》（丁玲）、《陆康的歌声》（刘白羽）、《意识以外》（方纪）等；暴露妇女问题的小说有《我在霞村的时候》（丁玲）、《“我要做公民”》（蒋弼）、《苦人儿》（孔厥）等。

〔3〕 高陶：《萧三》，中国青年出版社1991年版，第295页。

分子话语与革命意识形态话语相互结合的趋势，它原本不失为繁荣小说创作，促进小说批评发展的良策，但是由于一方面政治空间对艺术空间的步步“挤压”，另一方面“大多数人依然沉睡于文学为抗战建国的‘政治’服务这个单一的观念路向里，缺乏对于‘政治/文学’之间在不同时空所应该具有的远—近、疏—密、间接—直接、离—合关系的理性思索”〔1〕，导致这一理想建构的“塌陷”。小说批评的审美特性逐步让位于单一的政治评判，强调“以政治标准为中心”的批评观念渐次生成。

（二）“以政治标准为中心”批评文体

1942年5月延安文艺座谈会召开、毛泽东发表《在延安文艺座谈会上的讲话》，“毛泽东以政治家、军事家的视角与眼光，提出了针对解放区文学格局和未来发展的系统性的规范、要求与原则”；“进一步凸现了‘阶级性’、‘政治化’、‘人民大众’等观念在‘革命’的文艺活动中的极端重要性”；“以文艺的‘革命功利主义’为核心，以革命立场问题为基点，以态度、对象、工作和学习问题为中介，以接受者的接受程度与接受需要为切入口，引申出一系列对立的矛盾范畴和关系”，“来展开其基本的理论构架，在二元对立的理论表述中，蕴含着鲜明的倾向性和不同的侧重点”〔2〕。

毛泽东的《讲话》中把“文艺批评”定性为“文艺界的主要斗争方法之一”，同时提出文艺批评具有“政治标准”和“艺术标准”，并且“总是以政治标准放在第一位，以艺术标准放在第二位”。其中“政治标准”有两个方面的突出内涵：①强调文艺的政治倾向，在抗日救亡的大环境下，对文艺的政治要求主要看是否有利于抗日和团结，“按照政治标准来说，一切利于抗战团结的，鼓励群众同心同德的，反对倒退，促成进步的东西，都是好的或较好的；而一切不利于抗战团结的，鼓动群众离心离德的，反对进步，拉着人民倒退的东西，都是坏的，或较坏的”；②强调文艺的社会效果，“社会实践是检验主观愿望的标准，效果是检验动机的

〔1〕 吴敏：《延安文人研究》，香港文汇出版社2010年版，第311页。

〔2〕 江震龙：《解放区散文研究》，上海三联书店2005年版，第59页。

标准”，文学作品好坏分别要看其社会效果，“判断一个作家”，必须“要看实践，要看效果”[1]。《讲话》作为“政治化的意识形态文本”[2]，它对延安后期文学批评的“明确”规定，必然成为延安后期小说批评家及小说批评观念中的“圣旨”。留给延安后期小说批评家的任务，就是如何贯彻《讲话》精神，如何按照《讲话》要求来指导小说批评实践，在“小说批评”主要文体里产生了另一种新型的“小说批评”文体——“以政治标准为中心”批评文体。

“以政治标准为中心”批评文体即把《讲话》视为小说批评的“标杆”，当作衡量小说作品的“砝码”，将“政治标准第一、艺术标准第二”奉为小说批评的信条，从政治实用主义的角度出发，片面追求小说作品的政治倾向性及现实社会效应，突出小说作品既要有鲜明的阶级观又要有正确的政治观，把对小说作品“思想性—政治性”的评判放大到至高无上的地位，功利性地强调小说应当成为宣传教育大众的工具，发挥鼓舞群众、促进革命的政治功用。同时坚持把小说批评逐渐转化为文艺界的主要斗争方法，即把小说批评的职责完全归结为文艺战线上思想斗争的方法。当然这一批评模式也并非完全忽略小说的艺术问题，它同时也关注小说批评的“艺术标准”，但是作为小说艺术问题的文艺审美鉴赏批评要么淹没在“喧哗”的政治“声浪”之中，要么仿佛蜻蜓点水、稍带提及，或者被降到可有可无的位置，使得小说批评的审美特性逐渐趋于稀薄。至此，《讲话》所强调的“两标准”，在“以政治标准为中心”小说批评理念作用下的具体批评实践中，往往功利性地、简单化地转变为“唯政治”的单一标准，只有“第一”而找不到“第二”。伴随着延安时期文学制度的体制化、组织化及行政化进程，延安后期小说批评发生了本质性的变化，形式上逐渐“划一化”，规模、程度上逐步体制化、运动化。

---

〔1〕 毛泽东：《在延安文艺座谈会上的讲话》，《解放日报》1943 年 10 月 19 日。《中国新文学大系 1937—1949》编辑委员会编：《中国新文学大系 1937—1949 · 第一集 · 文学理论卷一》，上海文艺出版社 1990 年版，第 23、24、25、28 页。

〔2〕 吴敏：《延安文人研究》，香港文汇出版社 2010 年版，第 297 页。

"它由对于文艺的批评完全变成了对于创作主体的思想批判,并且完全转化为一种规训与惩罚的手段"。同时被作为无产阶级革命事业的一种工具,服务于无产阶级政治与现实阶级斗争,为工农兵服务,对小资产阶级作家的思想感情、思维方式及其文学作品的选材范围、风格形式、语言传达等都确立了革命功利主义的询唤规训与批判惩戒功能;推动文学确立塑造新人物、新生活、新思维的典范作家与规范文本的传播接受功能。这是一种典型的革命意识形态批评,强调小说批评家必须具有鲜明的政治意识与革命意识。批评家在对具体的小说文本进行评判时,依据的并不是小说文本自身所提供的实际内容,而是以某种先验性政治预设、革命意识对小说文本进行功利化的"解读"。小说批评家已不再依据批评主体性进行"自由言说",而是作为政治规训下的"媒质"或"中介",说什么、怎么说已经身不由己。小说批评家熟练地套用着《讲话》中的批评语汇(革命/文艺、军事/文化、政治/艺术、世界观/创作方法、现实/理想、客观/主观、工农兵大众/文艺工作者、光明/黑暗、歌颂/暴露、赞扬/批评、普及/提高、政治标准/艺术标准等等),并且逐步形成一些新的小说批评概念术语和话语方式("工农大众"、"工农兵形象"、"正面英雄人物"、"小资产阶级知识分子"、"阶级斗争"、"阶级关系"、"政治立场"、"政治态度"、"革命"、"党"、"集体"、"真实"、"生活本质"、"片面性"、"通俗性"、"口语化"等等)。这种小说批评文体"在任何时候都可以由批判的武器转换为武器的批判,它遵从的是政治实用主义的逻辑而非文艺本身的逻辑,也非在正常状态下理应具有的学术理性逻辑"[1]。这种小说批评模式的"政治本意",就是试图用无产阶级意识形态彻底扫除资产阶级、小资产阶级意识形态,从而达到延安时期作家作品"纯粹"的"无产阶级化"。

"以政治标准为中心"小说批评文体的典型代表,就是周扬式的以

---

〔1〕 袁盛勇:《历史的召唤:延安文学的复杂化形成》,中国戏剧出版社 2007 年版,第 182—183、185 页。

"权威批评话语"、"姿态出现的""训导式批评文体"[1];"他的批评文章职责在阐释党的文艺方针政策"[2]。这种批评文体正好印证了伊格尔顿所言的,文学批评不可能脱离思想意识的价值,它总是"某种特定的政治形式",那种认为存在着"非政治"批评的观念只是一个"神话"[3]。但这一小说批评文体过分夸大政治因素,极力在政治与文学之间划上等号,造成文学面临被取消的危险。在具体小说批评操作中,往往遵循"一基点与三维度组合"式批评思路及"真善美与假恶丑对照"式批评逻辑两种新成规。

"一基点与三维度组合"式批评思路,是"以政治标准为中心"批评文体的一种典型批评线路。"一基点"指的是对小说批评总有一个明确的"基点",即以"政治标准"为中心,始终以无产阶级的功利主义政治观念来解读作品,强调小说的政治倾向及社会效应,突出小说发挥宣传教育大众的工具性职能,甚至把小说过于简单地等同于政治。"三维度"主要指的是主题思想、人物塑造与艺术技巧三个批评分析小说的维度。"政治标准"是裁定小说价值、合乎规范与否的出发点和归宿,"主题思想"、"人物塑造"与"艺术技巧"是检验小说"政治标准"切合度的三个路径与批评操作的三个维度。其中对小说《丽萍的烦恼》的批评,就典型地体现了这一批评线路的操作规范。如果说非垢与叶石的批评意见还稍微显得中肯并且带有一些艺术气息的话,那么沈毅的批评意见则就属于是一种粗暴式的政治评判,他指出这部小说是"一篇含有小资产阶级偏见和歪曲现实的作品","已不是莫耶同志个人观念问题","只能说是晋西北学风文风中的一股阴风";"使许多女同志,结婚者与未结婚者统统陷入于五里雾中,而惶惑苦恼,无以自解"[4]。以简单的政治评判取代理性的文学批评,功利性地从政治角度出发,过分苛责强调作品的

---

〔1〕 温儒敏:《中国现代文学批评史》,北京大学出版社1993年版,第199页。

〔2〕 朱鸿召:《延河边的文人们》,东方出版中心2010年版,第222页。

〔3〕 [英]特里·伊格尔顿著,王逢振译:《当代西方文学理论》,中国社会科学出版社1988年版,第290—300页。

〔4〕 沈毅:《与莫耶同志谈创作思想问题》,《抗战日报》1942年7月7日。

政治性及现实社会效应，片面突出作品之于大众的宣传教育功用。在具体的批评意见上，批评者认为即使作者原本意图是想说明“一个人能够工作就应该工作，谁也瞧不起不劳而获的人，要使自己进步只有工作”[1]，但是小说“冲淡了隐没了”，“作者这一善良的意图”，“使读者所感到的仅仅是作者对于丽萍式婚姻的否定，和对于×长式老干部的厌恶”的主题；批评者指责作家在小说中对主人公“丽萍”和“赵国华”的形象塑造是“缺陷”多于“完美”，“谴责”多于“同情”；批评者在艺术技巧方面简单地把作品的“失败”归结为作者过分爱惜材料，作品成为“材料的堆砌而不是精心的洗练”，“现象的罗列，而不是艺术的概括”[2]。另外，对小说《在医院中时》、《意识以外》、《落伍者》、《腊月二十一》等的批评，批评家也都是运用“一基点与三维度组合”式批评思路进行。始终突出以政治标准为中心，以主题思想、人物塑造与艺术技巧为三个批评维度。片面强调作品鲜明的政治性及强烈的现实效应，即与“政治标准”的完全吻合。同时，依据三个维度与“政治标准”的离合程度来裁定小说是否符合规范，突出小说纯粹政治化主题、完美的人物塑造和配合人物刻画及主题阐述所需要的艺术技巧，认为主题思想、人物塑造能够在相当程度上决定小说的价值，大有“主题先行论”、“人物决定论”之嫌。

“以政治标准为中心”小说批评文体中，还生成一种突显“真善美与假恶丑对照”式批评逻辑。“对照”即故意把两个相反、相对的事物或同一事物相反、相对的两个方面放在一起，用比较的方法加以描述或说明，这样就能把好与坏、真与假、善与恶、美与丑等的对立面揭示出来，给人们以深刻印象和启示，是语文意义上一种惯用的修辞手法。“真善美与假恶丑对照”式批评逻辑就是基于这一含义，以“对照”思维方式对作品作出判断。这种批评逻辑片面功利地要求小说纯粹地突显好的、美的、善的、前进的正面，要求作家必须割舍与其相反的方面，或者只能

---

〔1〕 莫耶：《与非垢同志谈〈丽萍的烦恼〉》，《抗战日报》1942年6月16日。

〔2〕 叶石：《关于〈丽萍的烦恼〉》，《抗战日报》1942年6月30日。

将他们作为正面的“陪衬”。试图使小说达到纯而又纯的通体光亮，从而完成对小说进行想象性的引导、激励功能。莫耶的小说《丽萍的烦恼》受到批评，其中关键原因即在批评者看来小说中主人公丽萍性格上的缺陷，仅是整个进步的现实中的一小部分的缺点，不应该“通过露骨的艺术形象”“把它再现出来，加以一般化”，“作者忽略了同样值得重视的一件工作，没有拿来与另外一种同属于小资产阶级出身的人物（无论是女性或男性）所具备的积极的，热情的，叛逆的，渴慕自由与仰望光明的浪漫气质（如‘丽萍’的偕随‘林昆’向一个最进步的地方出奔就是一例）相对比，以致徒然片面地强调了‘她’的缺陷，使一个热情的人物逢到了自己由于性格的缺陷而招致的悲剧的命运，变成革命队伍里没有远见自甘堕落的多余人物”[1]。同样，作者在自我“辩护”中也不无真诚地坦白：在创作过程中由于“仅仅着重于揭发否定的人物所表现出来的生活里的缺陷，忽视了以整体的进步现实中的肯定人物来作对照”[2]。与此相似，陆地的小说《落伍者》遭受批评后，作者在“检讨”中也以“对照”式思维承认自己所犯的“错误”：“只专心于刻画《落伍者》个人命运的悲剧，而忽视了客观环境正面的描写。只强调表现独善其身的个人主义的落后意识的错误，忽略了拿光亮的背景作强烈的衬托”[3]。显然，“真善美与假恶丑对照”式批评逻辑要求无论是知识分子形象塑造、还是工农兵形象描写，都应该是积极的、前进的、纯粹的、正面的英雄人物，至于人物身上的部分“污点”、“杂质”，则必须通过反复“淘洗”予以清除干净。小说批评者功利性地强调作品应当塑造“英雄式”的人物形象，树立“榜样模型”，这样才是“典型的表现”，从而完成小说“对内”发挥教育人民、团结人民的教化作用，“对外”断绝给予敌人提供造谣中伤依据的可能。批评家的初衷委实具有现实合理性与愿望

[1] 叶石：《关于〈丽萍的烦恼〉》，《抗战日报》1942年6月30日。

[2] 莫耶：《与非垢同志谈〈丽萍的烦恼〉》，《抗战日报》1942年6月16日。

[3] 陆地：《关于〈落伍者〉——自我批评，兼答程钧昌同志》，《解放日报》1942年7月15日。

善良性，但却忽略了人物形象塑造的特殊性与作家塑造典型形象方法和途径的丰富多样性。“真善美与假恶丑对照”式批评逻辑片面强调正面英雄式人物的塑造，反映出这些批评者对典型形象塑造的认识尚处于不成熟的发展阶段，也暴露出它并不属于学理意义上的小说批评。

“以政治标准为中心”批评文体以《讲话》为理论依据，把《讲话》奉为检验小说批评的真理标准。而“《在延安文艺座谈会上的讲话》立论的基本逻辑就建基于这‘内’与‘外’的二项分立之上。你是‘内人’，你就必然歌颂‘内面’的光明。你是‘外人’，你才会暴露我们的黑暗。二者必居其一。暴露‘内面’的黑暗者其作品未必伟大，歌颂‘外面’的光明者其作品必定渺小”[1]。延安后期小说家作为体制内的“公家人”，已成为政治上的“内人”，歌颂“内面”的光明这是他们应尽的“义务职责”。而部分小说家以“内人”身份暴露“内面”的黑暗，违背既定“规定”，不仅小说必然遭到批判，而且小说家也容易受到牵连，被敌视为“外人”。在小说批评的具体操作过程中，“批评者倾向于以事实成规而非审美成规为基础来接收和评价文学文本”，“批评者往往不加怀疑地认定作者＝叙述者，作品中人物呈现的立场＝作者世俗生活中的立场，作品的思想主题＝作者的思想意识”[2]。正是在这一小说批评观念的引导下，如果小说受到批判，小说家也就难逃其责，往往与小说一道遭受质疑、甚至被谩骂打击。至此，批评者与被批评者之间平等的地位被完全打破，小说家在批评家面前只能“俯首称臣”、唯唯诺诺。

（三）小说批评规训惩戒功能机制

延安文艺整风之后，“以政治标准为中心”小说批评文体成为延安后期小说批评的主流，并且在政治实用主义的驱使下，走向极端就自然会片面地强调“政治标准”唯一，功利性地以政治评判来取代文艺性的

---

〔1〕 黄子平：《病的隐喻与文学生产——丁玲的〈在医院中〉及其他》，唐小兵编：《再解读：大众文艺与意识形态》（增订版），北京大学出版社 2007 年版，第 28—29 页。

〔2〕 袁盛勇：《历史的召唤：延安文学的复杂化形成》，中国戏剧出版社 2007 年版，第 187、188 页。

审美批评。使得小说批评的性质与功能发生根本性的转变，成为评判小说家政治立场合格与否、小说思想主题规范与否的度量工具，甚至成为文艺界思想斗争的武器与意识形态化规训惩戒的手段，发挥打压异类与排斥异己、确定规范与树立典型的监管职能。徐懋庸根据《讲话》精神重申："要改造文艺工作，首先要改造文艺工作者的为人，就是改造他的思想意识，就是改造他的立场、观点与方法"[1]。周扬则指出："自'文艺座谈会'以后，艺术创作活动上的一个显著特点是它与当前各种革命实际政策的开始结合，这是文艺新方向的重要标志之一"；"在解放区来说，具体地就是反映各种政策在人民中实行的过程与结果"[2]；"文艺工作者应当而且只能写与工农兵群众的斗争有关的主题。文艺工作者所熟悉、所感到兴味的事物必须与工农兵群众所熟悉、所感到兴味的事物相一致。文艺工作者必须真实地反映群众的要求和情绪，而且站在一定的政策思想水平上回答群众从实际斗争中提出的问题"[3]。

在延安后期小说批评规训惩戒功能的作用下，小说家被集体性地规训与惩戒：要么洗心革面、顺利适应，要么驻足观望、沉默不语，要么下乡劳动、改行换业，也有顺天应时、应运而生。延安时期后期小说作品也被全面"重塑"，小说的题材、主题、人物、结构、语言等等，都烙上浓重的工农兵化印记，促成了延安后期小说由个性解放主题向群体性阶级解放主题的集体转变。

小说批评规训惩戒功能，使得绝大部分小说家蜕变主体独立意识，迎合主流政治需求，放弃知识分子角色、文化精英立场、灵魂工程师身

〔1〕 徐懋庸：《太行文艺界歪风一斑》，《华北文化》革新第四期，1943 年 7 月 10 日。

〔2〕 周扬：《关于政策与艺术——〈同志，你走错了路〉序言》，《解放日报》1945 年 6 月 2 日。周扬：《周扬文集》第一卷，人民文学出版社 1984 年版，第 475—476 页。

〔3〕 周扬：《谈文艺问题——在边区文艺座谈会上的发言》，《晋察冀日报》1947 年 4 月 26 日。周扬：《周扬文集》第一卷，人民文学出版社 1984 年版，第 501 页。《周扬文集》第一卷，第 499 页的脚注："原载 1947 年 5 月 10 日《晋察冀日报》增刊"。所注"1947 年 5 月 10 日"的时间是错误的。

份，转型成为党的“文艺工作者”、“革命文艺战士”。丁玲的小说《我在霞村的时候》、《在医院中时》等受到批评后，面对知识分子主体惯有的启蒙意识、暴露姿态、批评立场与《讲话》精神、无产阶级意识形态要求之间悖逆的尴尬处境，丁玲自觉地进行了洗心革面、脱胎换骨的新角色适应与角色转换：不仅对王实味反戈一击，“向着做一个名符其实的共产党员的目标走去”[1]；而且明确表态：“文艺应该服从于政治，文艺是政治的一个环节”；“共产党员作家，马克思主义者作家，只有无产阶级的立场，党的立场，中央的立场”；“投身在无产阶级、工农大众生活中去”，“把这一种人格改造成那一种人格”，“缴纳一切武装”，“从那一个阶级投降到这一个阶级来”[2]。丁玲在思想改造上，迅速完成由个体独立性知识分子向党的文艺工作者的转换。丁玲在小说创作上，紧跟时代、政治步伐，积极努力地迎合政治、政策化书写，1947 年 8 月基本创作出宣传土地改革政策的具有政治教科书性质的长篇小说《太阳照在桑干河上》。1948 年 7 月，胡乔木组织萧三、艾思奇突击审稿，并且得到毛泽东的肯定后，8 月份小说在东北火速排印、很快出版，受到读者的热烈欢迎。周立波在文艺整风中后悔自己“还拖着小资产阶级的尾巴”，保留着“十足的旧的知识分子的坏脾气”，决心“住到群众中间去，脱胎换骨，‘成为群众一分子’”[3]。1944 年至 1945 年，周立波跟随王震将军南下转战湘粤。1946 年 10 月，周立波到尚志元宝区元兴乡领导土改运动与担任区委干部，大约半年时间“天天跟农民和工农出身的干部在一块儿生活和工作，我跟他们学到各种各样的活的知识和活的语言”；1947 年 5 月到 6 月，周立波写出《暴风骤雨》上卷初稿，7 月份又到五常县周家岗等地参加“砍挖运动”，边工作边修改《暴风骤雨》上

---

〔1〕 丁玲：《文艺界对王实味应有的态度及反省——六月十一日在中央研究院与王实味思想作斗争的座谈会上的发言》，《解放日报》1942 年 6 月 16 日。张炯主编：《丁玲全集》第七卷，河北人民出版社 2001 年版，第 75 页。

〔2〕 丁玲：《关于立场问题我见》，《谷雨》第一卷第五期，1942 年 6 月 15 日。张炯主编：《丁玲全集》第七卷，河北人民出版社 2001 年版，第 65、68、69 页。

〔3〕 立波：《后悔与前瞻》，《解放日报》1943 年 4 月 3 日。

卷；1948 年 4 月，小说的上卷由佳木斯东北书店出版，东北文学工作委员会马上在 5 月 19 日专门召开小说研究座谈会，周立波总结经验说："文学工作者应该尊重各级党的领导和指导，应该经常虚心认真的向群众学习，并且善于集中同志们的智慧"[1]。周立波 7 月又开始《暴风骤雨》下卷的写作，1949 年 5 月，东北书店正式出版《暴风骤雨》的下卷。小说出版后，不仅发行量很大，而且在 6 月被作为东北地区的优秀作品之一，推荐给中华全国文学工作者第一次代表大会。

马加因为小说《间隔》受到点名批评之后，小说创作再也不敢涉足知识分子题材与小资产阶级领域，而是积极地迎合政治政策书写，创作配合党的"减租减息"政策的小说《减租》、配合"土地改革"政策的小说《江山村十日》等。陆地的小说《落伍者》遭受批评之后，除了小说《叶红》是表现知识分子在与工农兵结合中、在革命斗争实践中锻炼改造过程之外，都是创作"写工人得解放，以当家作主的阶级觉悟；写农民分到土地，从奴隶翻身做主人的喜悦"的"奉命作文"[2]：《参加"八路"来了》、《钱》、《大家庭》、《钢铁的心》。

与上述小说家在受到批评后及时转变创作立场、观念和态度，变更创作方向，切合政治、政策要求，进行顺时创作不太一样，一部分小说家或主动或被迫地选择了沉默。莫耶的小说《丽萍的烦恼》受到批评后，有的批评者联系莫耶的家庭出身问题来进行政治批评，不但作品受到不公正的指责、被定性为反党文章，莫耶受到所在部队召开座谈会斗争、被打成反党分子，连刊发小说的《西北文艺》也因此被迫停刊；女作家此后一段时间驻足观望、沉默不语。狄耕的小说《腊月二十一》受到周扬的严厉批评之后，在延安报刊杂志上就很少再见到这位有一定艺术描写才华的年轻作家的作品。从某种意义上说，年轻作家的沉默是对小说批评规训惩戒功能采取自我保护的无奈之举。

---

〔1〕 周立波：《〈暴风骤雨〉是怎样写的?》，《东北日报》1948 年 5 月 29 日。周立波：《周立波文集》第五卷，上海文艺出版社 1985 年版，第 314、315 页。

〔2〕 陆地：《说说我自己——向文坛作个交待》，《南方文坛》1992 年第五期。

也有应运而生、塑为方向的小说家。1942年1月，赵树理就在出席太行文化人座谈会时，因为文艺的形式和普及问题舌战群儒。但是他并不得志，太行山文艺界的同行们不仅不把他放在眼里，而且排斥他写的通俗文艺作品。1943年5月，赵树理写出通俗故事《小二黑结婚》，彭德怀看了很满意，“即由彭德怀同志交给了太行新华书店去付印”；“书稿交到太行新华书店后，如石沉大海，杳无音信”；直到彭德怀题词“以示支持”，“亲自交给了北方局宣传部长李大章同志，由他转交太行新华书店，小说才得以出版”〔1〕。这年冬天，《讲话》传到太行山区之后，赵树理开始成为“民间文学”正统论者，将自己的写作目标设定为老百姓喜欢看，政治上起作用。主流意识形态的阐释者们，也应时而动地努力将赵树理阐释成为“民间文学”正统论者。1946年，《讲话》精神的权威阐释者周扬称颂赵树理是“一位具有新颖独创的大众风格的人民艺术家”〔2〕。1947年7月25日至8月10日，中央局宣传部指示晋冀鲁豫边区文联召开文艺座谈会，经过“反复热烈讨论，最后获得一致意见，认为赵树理的创作精神及其成果，实应为边区文艺工作者实践毛泽东文艺思想的具体方向”〔3〕。陈荒煤根据自己及其他人在座谈会上的发言整理成文，认为“他的作品可以作为衡量边区创作的一个标尺”〔4〕。“以赵树理为代表的解放区小说创作，为解放区文学独立性的成长，起到了奠基作用。尤其是像赵树理那样，当他把解放区农村的新人形象有意置于民主与封建的冲突范畴中加以独创性地描写时，便在无形之中托出了解放区文化整合的示范典型：政治革命所要求的功利性因问题的切实与答案的合情合理而得以最大限度的外化；民主与封建冲突的主题本身，顺接了五四以来现代知识分子的批判传统；地道的

〔1〕 杨献珍：《从太行文化人座谈会到赵树理的〈小二黑结婚〉出版》，《新文学史料》1982年第三期。

〔2〕 周扬：《论赵树理的创作》，《解放日报》1946年8月26日。周扬：《周扬文集》第一卷，人民文学出版社1984年版，第486—487页。

〔3〕 转引自董大中：《赵树理年谱》，北岳文艺出版社1994年版，第295页。

〔4〕 陈荒煤：《向赵树理方向迈进》，《人民日报》1947年8月10日。

乡村风格，又使作品在与工农兵情感类型的对应中获得空前的轰动效应”[1]。

延安解放区“小说批评”研究问题，是一个值得研究而又尚未得到系统完整研究的问题，我们的研究才刚刚开始！

本文与刘刚圣硕士合作，原载陕西师范大学文学院、中国当代文学研究会、《文史哲》杂志社、延安大学文学院主办：《“延安文艺与二十世纪中国文学”国际学术研讨会论文集》下册，中国·西安，2012年5月

[1] 江震龙、席扬：《解放区文学思潮》，朱栋霖、朱晓进、龙泉明主编：《中国现代文学史1917—2000》（上），北京大学出版社2007年版，第292—293页。

老孙头与西奚卡比较研究

苏联翻译家B·卢得曼娜在《〈暴风骤雨〉俄译本第一版〈前言〉》中写道："周立波的第一个大的工作是翻译米哈依尔·肖洛霍夫的长篇小说《被开垦的处女地》。对这部杰出的苏联文学作品的翻译给作家以后的全部创作产生了巨大的影响。……在周立波的长篇小说的版面上描绘出许多中国农村的典型人物。作者有意识地给他们中的若干人赋予了肖洛霍夫的主人公的特征。最明显的例子就是马车夫老孙头，……这个滑稽鬼和快活的打诨者是格内米雅其谷地的西奚卡老爹的亲兄弟"[1]。这里有两点值得我们注意：一是《暴风骤雨》受到《被开垦的处女地》的影响，其中以老孙头受到西奚卡的影响最为明显；二是《暴风骤雨》"描绘出许多中国农村的典型人物"，这自然包括老孙头在内，他不是苏联顿河格内米雅其谷地的西奚卡老爹，而是中国东北元茂屯的老孙头。

稍加比较，就不难找出他俩的相似点：都是五十多岁的农民，都有出色的赶马车技术，但在革命前都没有属于自己的马；一生都充满不幸，而又能说会道、幽默风趣、落后自私、胆小自吹、愚昧迷信，给作品增添了喜剧性色彩；都表现了老一辈贫苦农民在新社会中接受改造的可能性、艰巨性和曲折性。我们至少可以找出造成二者相似的两条主要原因：其一是周立波在翻译《被开垦的处女地》第一卷时，那滑稽快活的

〔1〕［苏］B·卢得曼娜：《〈暴风骤雨〉俄译本第一版〈前言〉》，李华盛、胡光凡编：《周立波研究资料》，湖南人民出版社1983年版，第360、362页。

西奚卡老爹就强烈地打动了他，在他脑海里留下了深刻的印记，使他在创造老孙头的形象时，总会有意无意地赋予老孙头某些西奚卡的特征；其二是两个人物处于近似的社会地位，经受近似的社会压迫和改造，置身于近似的社会条件中。

我们更可以轻易地找出他俩的不同点：两人分属于不同的国籍，生活在不同的地域，处于不同的历史时期；两人的生活经历，遭受的不幸事件不同；两个人物在情节结构上的作用不同：老孙头起穿针引线的重要作用，小说以他用马车拉工作队进村开始，以他送参军青年上县城后赶空车回村结束；西奚卡只起着缓冲和点缀的作用，他在小说的第二章出场，第三十八章后就没有再出场。我们同样可以找出造成二者不同的两条主要原因：一是周立波塑造老孙头形象时，是把他在元宝镇观察到的几个车把式的表现和言行综合在一起加以典型化创造的，正如B.卢得曼娜所说的："长篇小说《暴风骤雨》中的人物典型完全是独立创作和真实的，正像孕育他们的环境是独具风格的和无法摹仿的一样"〔1〕；二是两人生活在不同的环境和民族文化之中，各自有其自身国家和民族的独特印记。

从两个人物的相似点和不同点中，我们清楚地认识到：老孙头既受到西奚卡的影响，又不是简单的摹仿，而是独立的创造。我们认为：比较辨析两个人物的相似中之各异，比对比分析、考察研究两个人物的不同之处更有必要，也更有意义。

即使在相似的事件和性格中，也显示出各自鲜明的特点

同样是遇到不幸的事件。老孙头更多的是经济生活的不幸：在日伪统治时期，老孙头开荒种地，收获了五十多石的苞米，可是刚打完场就得了伤寒病，除去治病，加上给日本人纳粮，苞米就一颗也不剩了；开荒的地被日本人圈去后，他重操旧业赶车，还是一直贫穷；1946 年，土

〔1〕 [苏]B.卢得曼娜：《〈暴风骤雨〉俄译本第一版〈前言〉》，李华盛、胡光凡编：《周立波研究资料》，湖南人民出版社 1983 年版，第 362 页。

匪又把他“家里吃的、穿的、铺的、盖的，都抢个溜光”[1]。而西奚卡更多的则是肉体痛苦的不幸：接受洗礼时被烫得“浑身都起了泡”，并终生“得了脱肠症”[2]，九岁以前被狗咬伤，被小马踢昏过去；九岁以后被鱼钩钩住上唇，并被父亲割唇和打昏过去，骑风车摔断腕上的骨头，被马拖得遍体鳞伤，被收割机割切得一塌糊涂，被牛触断了肋骨，被人打落了门牙。

同样是能说会道、自我吹嘘。老孙头更多的是对自身见识广、主意多的满足，是爱面子，而且时常表现得机智圆滑、见风转舵：他爱讲述寓言、传说、故事和轶闻，并且自以为是地认为一切智慧和奇异能力，都是从天书上学来的或者天书里定下的；他对郭全海和赵玉林等人胡吹说，萧队长曾经对他说过：“有咱们老孙头赞成，革命就有力量了。”和他回答说：“不瞒萧队长，老孙头我走南闯北，就是凭这胆量大。”老孙头明知在场的人都不了解当时的情况，所以敢于胡乱吹嘘，可是深知他的底细的赵玉林含笑顶了他一句：“分劈牲口给你，都不敢要，这会你还卖嘴哩”[3]。面对这突然的一击，老孙头并不分辩，他害怕分辩容易使大家认真起来，真的去查个水落石出，因而，他只是以支支吾吾地转换话题和再次自我吹嘘赶车的技术来保住自己的面子。而西奚卡则主要体现在不停地倾诉自己生活经历中的艰险和苦难，是漫天扯谎地夸耀自己的能力，而且时常表现出不合时宜，并且不得不自我取消：在小说的第三十一章中，西奚卡用近七页的篇幅向达维多夫唠唠叨叨地诉说自己一生中“从来没有走过好运”[4]，发生的多次严重事故和艰险苦难，他

[1] 周立波：《暴风骤雨》，《周立波选集 · 第二卷 · 长篇小说》，湖南人民出版社 1983 年版，第 8 页。

[2] [苏]肖洛霍夫：《被开垦的处女地》，《周立波选集 · 第七卷 · 翻译作品》，湖南人民出版社 1983 年版，第 328 页。

[3] 周立波：《暴风骤雨》，《周立波选集 · 第二卷 · 长篇小说》，湖南人民出版社 1983 年版，第 107—108 页。

[4] [苏]肖洛霍夫：《被开垦的处女地》，《周立波选集 · 第七卷 · 翻译作品》，湖南人民出版社 1983 年版，第 327 页。

先后被烫伤、咬伤、踢伤、钩伤、跌伤、轧伤、割伤、打伤；当西奚卡当上集体农庄办公处的常任马夫时，雅可夫·洛济支把两匹马交给他，并要他对马负责，西奚卡回答说："用不着你说！""你以为我不知道怎样照料马吗？我年纪轻的时候早就看够了马！经过我的手的马，比一个人的头发还多哩！"小说接着写道："在西奚卡整整的一生当中，一共只有两匹小马'经过他的手'"；并且详细地叙述了大约二十年前，西奚卡一次买马上当受骗的故事，讲完故事后写了这样一段文字："当他向雅可夫·洛济支保证，在他生平有不少的马经过他的手的时候，老西奚卡一定是知道雅可夫·洛济支不会相信他的，因为他的一大半生活都是在雅可夫的眼前度过的。但是他的生性是这样：他没有法子不吹牛皮，不说谎话。一种不能抵抗的力，迫得他要说那几分钟以后他就要欣然取消的事情"[1]。

一样是落后自私、贪小便宜。老孙头显得既富有心计，又主持公道，在不动声色的外表下，隐藏着紧张不安的心理：当他分到一匹黄骟马的一条腿后，就狡黠地以李大个子不需要马下庄稼地和委员应该起模范作用为理由，叫李大个子把黄骟马的另一条腿让给他；而他又会帮分粮时忘记给自己留一份的郭全海送去玉米碎，并且替自愿只分几件破旧衣裳的赵玉林主持公道；在重新分配马匹时，老田头问他要哪匹马？他嘴上说还没打定主意，"其实，他早打定了主意，相中了栓在老榆树底下的右眼像玻璃似的栗色小儿马。听到叫他名，他大步流星地迈过去，把它牵上"[2]。老孙头说还没打定主意，是害怕说出自己的主意，好马就会落入他人之手，所以他一听到轮到自己选马，马上就把马牵上，翻身骑上马背就走，生怕好马被别人得去。而西奚卡则显得单刀直入、吹嘘夸耀，并且从内心到外表都显得心安理得：在分配衣物时，他

[1] [苏]肖洛霍夫：《被开垦的处女地》，《周立波选集·第七卷·翻译作品》，湖南人民出版社1983年版，第315、322页。

[2] 周立波：《暴风骤雨》，《周立波选集·第二卷·长篇小说》，湖南人民出版社1983年版，第449页。

要达维多夫写一道领取衣服的命令给他，理由是他和达维多夫一起去驱逐富农铁推克时，他的羊皮衣被撕成了两片；当西奚卡拿了领物证，并且领到一件羊皮衣后，他就在所有的哥萨克的面前夸耀说："真是一件好羊皮衣！我是用我自己的劳力赚到的"[1]。谁都知道，事实并非如此。

同样是从胆小怕事变得大胆。老孙头是建立在现实的基础上，因而是真实的：当他在接工作队进村的路上，萧队长问他韩老六这个人怎么样时，"老孙头看看四围，却不吱声"，萧队长叫他别怕，老孙头嘴上说不怕，但还是"用别的话岔开关于韩老六的问话"；这是因为韩老六是村子里最大的地主恶霸，为人凶狠毒辣，面对确实强大的恶势力，老孙头不得不有所顾忌；随着敌我之间力量对比的变化，他也渐渐变得勇敢起来，在准备四斗韩老六时，由于有了组织，又有了骨干，穷哥们都不怕韩老六了，老孙头也说："眼瞅革命快要成功了，咱们还前怕狼后怕虎的，这叫什么思想呢？"[2]后来他还敢于向萧队长告发张富英、李桂荣等人的胡作非为。而西奚卡则是建立在想象的基础上，因而有虚幻的成份：达维多夫要逮捕富农铁推克，铁推克抽出一根铁棒反抗，拉古尔洛夫和罗比西金冲上去保护达维多夫，而西奚卡则吓得转身跑出院子，可他的脚被过长的羊皮衣边缘缠住了，"他倒在地上，疯狂的叫道：'救命，救命，好人！这里在谋杀人呀！'"其实达雅多夫等人的力量远胜于铁推克，而且拉古尔洛夫还带着手枪，是西奚卡自造紧张气氛，自己把自己吓个半死；他被铁推克的狗咬住羊皮衣后，"用一种不顾死活的力气终于拔出了一根木桩。狗叫着逃走了"，"当他的元气恢复了的时候，他用一种喉音咆哮道：'玛加尔，拿枝手枪给我！趁着我热血沸腾的时候，拿

---

[1] [苏]肖洛霍夫：《被开垦的处女地》，《周立波选集·第七卷·翻译作品》，湖南人民出版社1983年版，第180页。

[2] 周立波：《暴风骤雨》，《周立波选集·第二卷·长篇小说》，湖南人民出版社1983年版，第10、184页。

枝手枪给我！我要把它和它的女主人一道杀死’”[1]。这并不是真正大胆，而是虚张声势。

同样是愚味迷信、有所禁忌。老孙头表现出对棺材的禁忌，对天志的尊崇和对明主的强调：他叫赵大嫂子不要把眼泪掉进棺材里；看到老婆分回一副红漆大棺材，便气得第二天一早提着斧子劈了棺材；他既认为什么都是天书定下的，是命里注定的，又强调明主对人命运转变的巨大作用，他爱讲姜太公八十遇文王的故事，并且把共产党当成明主，以此来解释自己和农民翻身得解放是交了鸿运和命变了；对明主的强调使他甚至敢于用榆木棒子狠狠地敲铜佛的脑盖，并且敢说："大肚子的神神鬼鬼，尽是胡弄咱们老庄的"[2]。而西奚卡则表现出对田鸡的禁忌、对魔鬼的恐惧和对上帝的信仰：他为生产队煮小米粥，不小心把田鸡煮到里面，引起妇女们的惊骇和骚扰，因为害怕"开了斋戒了"而"不能举行圣餐礼了！"西奚卡虽然固执地说不是田鸡，但是却断然不肯亲口尝尝；他认为自己的每次不幸，都是魔鬼造成的，因而对魔鬼怀着极大的恐惧，每当"生了病，或是发生了什么不幸"[3]，就要祷告上帝给予保佑。

一样是幽默风趣、滑稽可笑。老孙头善于讲俏皮话和寓言笑话，并且以他那诙谐生动的插科打浑和半生不熟的政治名词，来惹人哄堂大笑和令人消愁解闷；在幽默中有油滑，在滑稽里寓狡黠。而西奚卡则是以他那唠唠叨叨的语言和前后矛盾的议论，荒唐的行为和滑稽的事件，加上作家幽默诙谐的语言渲染，令人含泪而笑并陷入沉思；在幽默中有怪诞，在滑稽里寓辛酸。

比较辨析相似中之异，目的在于研究造成这些相似中之异的原因。

---

〔1〕 [苏]肖洛霍夫：《被开垦的处女地》，《周立波选集·第七卷·翻译作品》，湖南人民出版社1983年版，第74—75页。

〔2〕 周立波：《暴风骤雨》，《周立波选集·第二卷·长篇小说》，湖南人民出版社1983年版，第304页。

〔3〕 [苏]肖洛霍夫：《被开垦的处女地》，《周立波选集·第七卷·翻译作品》，湖南人民出版社1983年版，第410、435页。

如果从民族文化心里结构的角度，来探讨研究造成两人同中之异的原因，将会富于启发性和趣味性。

不同的民族历史和传统文化的影响，必然在人物的民族文化心理结构上留下印记

元茂屯是个三面环山，一面临海的屯子。原先是个荒草野甸，后来从山东和南满来闯关东的穷苦农民在这里世代劳作，使它成为土地肥沃的村庄。但是，在豪绅地主和敌伪汉奸的统治下，加上日本人和土匪的洗劫，使得生活在这里的农民世代贫穷。山东是儒、墨文化的发祥地，儒家文化是中国传统文化的核心，它与道家文化共同构成中国文化主体的两个基本方面；而墨家文化是在农民经济中产生，并服务于农民的文化。这些文化必然随着统治者的宣传，农民的迁徙和小农经济良好温床的培植，在农民的文化心理结构上留下印记，使他们显示出独特的民族性格特征。

恶劣的生存条件，狭窄的生活视野，繁重的个体农业劳动，使农民只求满足温饱理想的实现。墨家主张在处理人际关系时，既以现实的物质功利为根基，又讲求互相兼爱，要求人们对待别人，要像对待自己一样。这使得老孙头注重自身经济生活的不幸，满足于“吃不大饱，也饿不大着”[1]的贫困生活，既贪小便宜和自私自利，又会主动给郭全海送糙子和替赵玉林主持公道。

儒家的实用理性精神，强调个人与社会的统一，重视道德人格的完善，提倡克己复礼和中庸之道。使老孙头对现实形势显出再三斟酌的冷静态度，当恶势力确实过于强大时，他必然显得胆小怕事，而随着善的力量的逐渐强大，他也慢慢变得积极勇敢起来，但始终都不敢带头，而又不甘居后；他注重别人对他行为的反应评价，因而在面对物质财富时，会表现出表里不一的矛盾；注重经验的传统，使他积累了不少驾车

---

〔1〕 周立波：《暴风骤雨》，《周立波选集 · 第二卷 · 长篇小说》，湖南人民出版社 1983 年版，第 8 页。

和种地的经验，懂得不少寓言、传说、故事和轶闻，并且常以自身之长处去比较别人之短处，从而油然产生见识广、主意多的优越感。

道家对“智能”的推崇和对“自然”的强调，加上老孙头走南闯北的赶车生涯，使他形成机智圆滑、见风转舵、富有心计、特爱面子、以退为进、以守为攻、能说会道、随遇而安的性格特点。老孙头的能说会道，不仅不冗长、不唠叨，而且每当意识到有可能对自身不利时，总是不吱声地或岔开问话，或转换话题。每当自己处于尴尬或危险的境地时，他便用自我解嘲来博取一笑，或以幽默风趣来含沙射影地间接攻击对方。

中国幽默的主要渊源是俳优，备受帝王的宠爱或老百姓的欢迎和相对比常人略低的地位，使俳优们常以说俏皮话、寓言笑话，表演滑稽动作或装扮傻子、畸形者等，进行温婉的讽谏。从而奠定了中国幽默温和的谈笑讽谏的特色。这种特色，加上上述传统文化和老孙头独特的生活经历的影响，自然而然地形成了他的幽默风趣和滑稽可笑，以讲俏皮话和寓言笑话为内容，以插科打浑和“装鬼脸，眯眼睛”[1]等为形式，并在幽默滑稽中显示机智的性格特征。

顿河地区是一个一望无际的大草原。从十五世纪开始，由俄国内地逃亡的农奴、仆役、流犯，以及部分市民来到顿河两岸定居。他们酷爱自由、憎恶压迫、勇敢善战、强悍粗犷。辽阔、美丽、丰饶的自然环境，使生活在这里的哥萨克富有浪漫主义的气质；重视自然的神话和歌颂战斗的歌谣，又增强了他们尚力量、尚自然的浪漫意识；形成长时间、详细地讲述自己各种生活感受的习惯。沙皇政府为了使哥萨克成为自己统治的军事工具，不仅分给他们比非哥萨克多出五倍的土地，而且向他们灌输等级偏见和一味效忠的思想观念，并且有意培养他们形成粗野高傲、狭隘自私、愚昧麻木、残酷疯狂的个性，使得哥萨克的三分之二都是文盲。

这些民族文化心理的特征，都积淀在西奚卡的身上。浪漫主义激

---

〔1〕 周立波：《暴风骤雨》，《周立波选集·第二卷·长篇小说》，湖南人民出版社 1983 年版，第 201 页。

情，使他在跟狗恶战、向人买马、讲述经历和自我吹嘘时充满了浪漫情调。尚力量的浪漫意识，加上等级偏见和高傲疯狂，使他具有堂吉诃德式的耽于幻想，在虚张声势中跟被自我想象夸大化了的对立面作你死我活的疯狂搏斗；他常常自我夸耀、漫天扯谎，他最爱说的话是："我动了火的时候，我是一个很厉害的人"[1]。而这种扯谎过了几分钟后，连他自己也不得不悄然取消。长时间地详细倾诉自己各种生活感受的习惯，加上脱离现实的高傲自夸，使他的能说会道常常显得不合时宜或过于唠叨。狭隘自私、愚昧麻木和粗野高傲，又使他对自己近于强行索取地占有财物、贪小便宜，不仅显得心安理得，而且敢于四处夸耀。

封建农奴制的残酷统治，使俄国的幽默形成了以讽刺为基础的传统。十九世纪的果戈理开创了俄国幽默和讽刺艺术的新阶段，即以夸张怪诞和幽默滑稽的笔法来写悲惨的事件，形成对比尖锐、讽刺浓烈、滑稽可笑的特色。西奚卡无疑受这种特色的影响，加上其自身民族文化心理的积淀，因而他的幽默风趣和滑稽可笑，便以唠叨的语言、矛盾的议论、荒唐的行为和滑稽的事件为内容，以对比夸张和调侃戏谑为形式，其幽默滑稽带有辛酸的意味。

不同的宗教信仰影响，也会在人物的民族文化心理结构上投下影子

由于儒家的实用理性精神，在中国历史上一直处于独尊的地位，加上历史化和人格化了的中国神话传说的潜在影响，使得中国的宗教信仰，无论是天神和祖先神的崇拜，还是道教和佛教的崇拜，都具有极其明确的现世性，多是为了世间的幸福和快乐。对于农民来说，那就是为了能五谷丰登、六畜成群、人丁兴旺、平安无事；他们没有赎罪意识，哪怕处境极其艰难，也坚信会有时来运转、否极泰来之日。

这些宗教信仰的影响，使得老孙头特别关注自身经济生活的不幸，

---

[1] [苏]肖洛霍夫：《被开垦的处女地》，《周立波选集·第七卷·翻译作品》，湖南人民出版社1983年版，第172、333页。

并且哪怕穷了四十多年也还是相信:"车到山前必有路,老天爷饿不死没眼的家雀"[1]。他说眼泪不能掉在棺材里,身影不能落在棺材内,否则会使活人的身板不好,给活人带来体弱多病。他尊崇天志,认为一切均是天书定下,死生有命、富贵在天,自己穷了大半辈子,是因为命里招穷。他在尊崇天意的同时,又强调明主对人的命运的改变作用。他多次提到姜太公八十遇文王的传说,并以共产党为现世的明主,以此来解释自己在革命后翻了身,是因为交了鸿运,命变了,从而敢于棒打铜佛像。从中我们可以看出他对鬼神的敬而不迷,对未来的乐观眺望,对明主的强调崇拜,他的思想包含着宗教信仰的混合形态和以实用为尺度的生活观念。

俄罗斯东正教从公元988年开始,就一直拥有很大的势力,甚至被作为俄罗斯国家统一的旗帜和象征。俄罗斯民族的宗教情绪之强烈,是欧洲其他国家所难以比拟的。东正教对现实世界的关注程度,要比西派教会小得多,教徒们把自己的一切,都寄托于上帝和追求天国的精神欢乐。这种欢乐必须通过对原罪的忏悔,通过个体身心的极度折磨和痛苦才能获得,而圣餐礼是使原罪获得赦免和灵魂进入天国的圣事。

东正教的影响,使得西奚卡在讲述自身经历时,注重于肉体折磨的不幸,并且不感到自己所受的身心折磨和肉体痛苦特别悲惨。害怕吃了田鸡肉就开了斋戒,就不能举行圣餐礼,从而不能使原罪获得赦免和灵魂升入天堂,所以他死活也不敢沾口。对幸福美好天国的无限憧憬,必然就会使他对残酷的地狱深怀恐惧。因而每当生病,或者发生不幸,或者出现异常现象时,他就必定要向上帝祷告,自然而然地膜拜在上帝的面前。

通过比较分析,我们更加确定:老孙头虽然受到西奚卡的某些影响,但他又确实是地道中国式的人物。人们读完《暴风骤雨》无不感到

〔1〕 周立波:《暴风骤雨》,《周立波选集·第二卷·长篇小说》,湖南人民出版社1983年版,第8页。

亲切愉快和审美激动，其中的老孙头形象尤其给人们留下了深刻难忘的印象。

原载《福建师范大学学报》(哲学社会科学版)1995年第四期

第三编

文体理论与评析商榷

从《史传》篇看《文心雕龙》文体论的得失

本文以刘勰《文心雕龙》中的《史传》篇作为解剖对象，在梳理刘勰文体论的框架设计、研究原则、内在理路、实际成效的基础上，将其放置在中国古代文体论和史传演变的历史视野中考查审视，概括和总结了《史传》篇所体现出的刘勰文体论的三大突出成就和三点偏颇。

刘勰《文心雕龙》中的从《辨骚》至《书记》二十一篇文体论，不仅按照论文叙笔的不同将他当时所能见到的文体区分为三十四(一说三十五)体〔1〕，而且对每种文体都从内容和形式的结合中，遵循叙述文体的起源、形成与演变，解释文体的名称与意义，选定、评论文体的代表作家与代表作品，总结文体写作的方法与特色四项原则来论述，并且将写作理论、文学批评和文学史三个层次融为一体。形成了“弥纶群言”〔2〕、框架宏伟、系统完备、结构严密、分析细密、论述周详的特点，不仅成为中国古代文体论的空前高峰，而且对后世的文体论产生了深远的启示和影响。

中国古代先秦两汉的散文文类中，最为重要的文体是历史散文和诸子散文，它们分别在《文心雕龙》的《史传》篇和《诸子》篇中得到论述。

---

〔1〕《文心雕龙》二十一篇文体论将文体区分为：骚、诗、乐府、赋、颂、赞、祝、盟、铭、箴、诔、碑、哀、弔、杂文、谐、隐、史传、诸子、论、说、诏、策、檄、移、封禅、章、表、奏、启、议、对、书、记等。将“史”与“传”合称“史传”，即为三十四体；将“史”与“传”分述，则为三十五体。

〔2〕(梁)刘勰：《文心雕龙·序志》，(梁)刘勰著，陆侃如、牟世金译注：《文心雕龙译注》，齐鲁书社1995年版，第610页。

由于先秦两汉历史散文对后世文学散文的影响显得更为重要，并且刘勰《史传》篇中存在的偏颇也显得更为典型，因此我就以《史传》篇为典型范例，来分析、评价《文心雕龙》文体论的得与失。

《史传》篇在解释文体的名称与意义之前，先指出史书的作用是使生在现在的人能知道古代的事情，相传黄帝轩辕时代就有史官仓颉记载历史，接着运用声训加上补充说明，分别解释“史”、“传”文体的含义：“史者，使也，执笔左右，使之记也”；“传者，转也。转受经旨，以授于后”。[1]

《史传》篇在叙述“史”、“传”文体的起源、形成与演变情况时，指出：“史”起源于古代的左史记言和右史记事，“传”则起源于转授经书的意旨；记言之“史”形成于《尚书》，记事之“史”形成于《春秋》；“传”则形成于《左传》。“史”的演变出现了记录战国历史的《战国策》，记载汉灭秦国和项羽的《楚汉春秋》，叙述历代帝王功臣的《史记》，记述汉代历史的《汉书》、《后汉书》，和书写魏代三国、晋代历史的众多史书；从《春秋》到《史记》、《汉书》之前，都有体例原则，之后就没有规定标准，到邓粲的《晋纪》又开始订立条例，摆脱汉魏史书的影响，直接取法殷周的经书，到了孙盛的《晋阳秋》，则取法邓粲而订立条例。

《史传》篇在描述史书源流、体例的演变时，对晋代以前的历史著作作了简明扼要、一分为二的评论：《春秋》一字褒贬、扬善惩恶，却意旨幽隐、文辞婉约；《左传》的记叙事实、文辞简约，而姓氏宗族、难以弄清；《战国策》记录历史事实，却没有编年秩序；《楚汉春秋》记载楚汉战争，取法古代史书；《史记》的各个列传、人物分叙、便于观览、深得事理，实录无隐、渊博典雅、宏阔辩才、却又爱奇反经、条例错杂；《汉书》“十志”详备丰富，“赞序”宏大富丽，内容典雅、丰富有味，头绪清楚、文质兼备而却有窃取父亲成果的罪过，接受贿赂出卖文笔的过失和作《吕后本纪》违反经典的谬误；晋代袁山松的《后汉书》和张莹的《后汉南记》偏颇

[1] (梁)刘勰:《文心雕龙·史传》,(梁)刘勰著,陆侃如、牟世金译注:《文心雕龙译注》,齐鲁书社 1995 年版,第 238 页。

杂乱、不符伦常，薛莹的《后汉纪》和谢沈的《后汉书》疏漏谬误、很不可信；司马彪的《续汉书》详细真实和华峤的《后汉书》准确恰当，是东汉史书中写得最好的；记载魏代三国历史的《魏氏阳秋》、《魏略》、《江表传》、《吴录》等，有的激扬夸张、令人难信，有的粗疏简略、不得要领，只有《三国志》文辞质地、明辨博通，可与司马迁和班固比肩；晋代的史书中，陆机的《晋纪》开了个头却没有完备，王韶之的《晋纪》接续末尾又没有结束，干宝的《晋纪》明察正确、富有次序，孙盛的《晋阳秋》以简明扼要而著称。

《史传》篇在总结文体写作的方法与特色时，首先论述编写史书的方法、目的、作用和史官的职务、原则、态度，强调在确立意义、选用文词上，应该以儒家的经典为准则，在规劝警戒、考虑取舍时，必须以圣人的言论为依据；指出史书的基本格式，史书的文字要求。接着提出编写史书将遇到的困难。最后批评了编写古代史书和当代史书时的两种不良倾向，并且总结出编写史书的四条大纲；进一步强调编写史书会受到各种责难，但不能任凭私情、失去公正，编写史书时文辞应该学习左丘明，而记事要像南史氏和董狐那样正直。

从以上的简略梳理中，不难看出：刘勰的《史传》篇文体论确实实践和遵循了他自己提出的“原始以表末，释名以章义，选文以定篇，敷理以举统”；“同之与异，不屑古今；擘肌分理，唯务折衷”[1]研究原则，因此，使他的《史传》篇文体论至少产生了以下三大突出成就。

首先，刘勰在全面地继承和总结前人研究文体理论和经验的基础上，从对文体的释名、文体的起源演变、代表作家作品，到写作的方法和要求都作了全面系统、完整精辟的论述，形成了架构更宏大、文体更周全、系统更完备、结构更严密、分析更细密、论述更周详的文体论，创造性地推进和发展了文体论的研究进程，成为确立中国古代文体论研究框架的设计师和建构者，攀上了中国文体论研究的空前高峰。

---

〔1〕（梁）刘勰：《文心雕龙·序志》，（梁）刘勰著，陆侃如、牟世金译注：《文心雕龙译注》，齐鲁书社 1995 年版，第 608、610 页。

刘勰自称:“详观近代之论文者多矣:至于魏文述《典》、陈思序《书》、应玚《文论》、陆机《文赋》、仲洽《流别》、宏范《翰林》,各照隅隙,鲜观衢路。”“魏《典》密而不周,陈《书》辩而无当,应《论》华而疏略,陆《赋》巧而碎乱,《流别》精而少巧,《翰林》浅而寡要”[1]。稽考中国古代文学批评史可以判定:除了对挚虞《文章流别志论》的评价不够公允之外,刘勰所评大致符合实际。

在中国古代文学批评史上,先秦和汉初的儒家经书中即有区分文体的名称和简单的论述:《诗经》分为风、雅、颂;《尚书》中有典、谟、训、诰、誓、命等名称;《周礼》提出“六辞”;《礼记》则对“诔”、“铭”作了简单的论述,可视作是文体论的滥觞。东汉末年蔡邕的《独断》,把诏令和奏议各分为四体:策书、制书、诏书、戒书和章、奏、表、驳议,并且第一次较完整地论述了以上文体的性质和写作方法,可视为文体论的正式产生。三国时代曹丕的《典论·论文》,首次以专篇文学论文的形式区分并且综合概括文体风格,把文体分为四科八体:奏议、书记、铭、诗赋,并用“雅”、“理”、“实”、“丽”四个字,概括说明文体和语言风格或写作要求的关系。魏末桓范的《赞象》、《铭诔》、《序作》,论述了“赞象”等文体的写作目的和写作方法。西晋傅玄的《连珠序》等,集中而简略地说明文体得名缘由,演变源流,评论作家作品,概括文体风格特点和写作方法,使得文体论初具系统规模。陆机的《文赋》,则进一步把文体分为十体:诗、赋、碑、诔、铭、箴、颂、论、奏、说,并且概括指出它们多样性的体貌和风格特征。仅有佚文辑存的挚虞的《文章流别志论》则对文体的分类更为繁富,它不仅继承了《连珠序》的系统规模,而且发展了论述的完整性与全面性。

刘勰在写作《史传》篇文体论时,在全面地考察、研究、继承和总结前人研究文体论经验和理论的基础上,提出:“原始以表末,释名以章

---

[1] (梁)刘勰:《文心雕龙·序志》,(梁)刘勰著,陆侃如、牟世金译注:《文心雕龙译注》,齐鲁书社1995年版,第606页。

义，选文以定篇，敷理以举统”[1]，宗经而酌骚、“执正以驭奇”[2]，“同之与异，不屑古今；擘肌分理，唯务折衷”[3]的原则。从上文对《史传》篇的简略梳理、剖析中，完全可以看出：《史传》篇在“释名以彰义，选文以定篇”两项，“继承了挚虞的《文章流别论》的传统，而又加以发展”，“至于‘原始以表末’和‘敷理以举统’这两项，则完全是刘勰的创造”，使得文体论“就不单是辨别某种文体的文字，而且差不多成了一篇篇小规模的分体‘文学史’和‘写作指导’”[4]。并且《史传》篇在解释文体的名称与意义时，含义明确而且清晰；在叙述文体的起源、形成与演变情况时，叙述有本有末、特点突出、简明扼要；在选定文体的代表作家与代表作品时，所选都富于代表性和典型性；在评论作品时，内容与形式并重，义理和文辞并提，侧重于语言文辞的分析；在总结历代写作方法与经验时，全面深刻地揭示了文体的格式特点、遇到困难、不良倾向和写作要求。其他篇文体论的情况也大致相同，因此，可以说《文心雕龙》的文体论是集前人之大成，并跃上一个新的台阶，不仅前无古人、独辟蹊径，而且后启来者、难以企及。

其次，《史传》篇第一次以专论的形式，科学、深刻地概括和总结了史传的文体特色、写作方法、面临困难与原则态度，并且开启了文论专著而论史传或史学专著而谈文学的先河。

据李少雍考证：“‘史传’之连文成词很有可能始于西汉末叶”；“‘史传’一语被广泛采用，无疑是在刘勰以专篇论列之后”；“唐孔颖达、刘知几以后，‘史传’更成了学术文字里的习用词语”；“以文论专著而论史传者，还有刘熙载的《艺概》”；“史学专著亦乐于谈文。《史通》里《论赞》、

---

〔1〕（梁）刘勰：《文心雕龙・序志》，（梁）刘勰著，陆侃如、牟世金译注：《文心雕龙译注》，齐鲁书社1995年版，第608页。

〔2〕（梁）刘勰：《文心雕龙・定势》，（梁）刘勰著，陆侃如、牟世金译注：《文心雕龙译注》，齐鲁书社1995年版，第398页。

〔3〕（梁）刘勰：《文心雕龙・序志》，（梁）刘勰著，陆侃如、牟世金译注：《文心雕龙译注》，齐鲁书社1995年版，第610页。

〔4〕蒋祖怡：《文心雕龙论丛》，上海古籍出版社1985年版，第58—59页。

《载文》、《言语》、《浮词》、《叙事》、《模拟》、《书事》、《覈才》、《杂说中》、《杂说下》诸篇，都有文学论”；“而《文史通义》则是兼综文学与史传的学术论著”[1]。

《史传》篇指出编写史书应该“实录无隐”、“按实而书”、“务信弃奇”。[2]。点明史书的基本格式是按照年代的顺序编纂有关的事实，史书的文字要求是不进行空泛议论而应按实际记叙；总结出从繁杂事件中理出纲领的方法，力求可信、抛弃奇异的要领，明白交代头尾的顺序和品评事件的条例等四条大纲；指出编年史按年记事，造成每件事情的起讫不明确；而纪传体按人记事，又会造成事关多人时，分则显得重复，合则显得不周，提出编写史书因年代久远难以准确、事件繁多容易忽略和轻重权衡、资料编排将会遇到的困难，揭示这是造成《史记》、《汉书》某些错误、过失的内在原因；批评了编写古代史书时追求新奇、喜欢传说、弃同求异、追记失真和编写当代史书时耽于人情、顾虑利害、粉饰勋荣、讥笑迍败的不良倾向，并且进一步强调编写史书会受到各种责难，但不能任凭私情、失去公正，编写史书时文辞应该学习左丘明，而记事要像南史氏和董狐那样正直。这不仅是对中国古代史传传统宝贵遗产进行了科学、深刻的概括和总结，而且对于启迪后人编写历史著作、写作历史散文和研究史传文体都有着不可低估的深远影响。其他篇章的文体论，虽然不一定是首次专论，但也都能言简意赅、深刻精辟地概括和总结所论文体的文体特色、写作方法、面临困难与遵循原则。

最后，《史传》篇在一定程度上突破了时代和其自身形成的独尊儒术、原道征圣、宗经辨骚的理论预设和思想桎梏，产生了某些宽容革新、崇实辩证的思想观点。

由于刘勰在标举荀子、扬雄的“原道”、“征圣”、“宗经”思想的同时，

---

[1] 李少雍：《中国古代的文史关系——史传文学概论》，《文学遗产》1996年第二期。

[2] （梁）刘勰：《文心雕龙·史传》，（梁）刘勰著，陆侃如、牟世金译注：《文心雕龙译注》，齐鲁书社1995年版，第241、248、250页。

在以儒家思想为主导思想之外，又交融渗透着道家、释家及其他思想因素的影响，因而，刘勰在研究文体论时，能够贯彻执行“擘肌分理，唯务折衷”[1]的原则，并在宗儒家之经、执儒家之正的同时，能够驭《楚辞》伟辞、酌《离骚》奇文，从而使《史传》篇产生了要求内容必须符合儒家经典和圣人言论的雅正，而形式上可以吸取其他各家的奇辞异彩为养料，思想内容方面主体上显得正统、保守，而艺术形式方面则主体上显得宽容、革新的特点。刘勰虽然以儒家的政治伦理观念为准绳来评判《史记》，对《史记》的思想内容褒中有贬、贬过于褒，但是对《史记》的语言文辞则给予了高度评价、称赞有加，表明刘勰在语言文辞上突破了儒家经典的藩篱。《史传》篇在求实与隐讳之间固然存在着矛盾，但是，我认为刘勰指出对于尊长和圣贤应该有所隐讳，并非完全没有道理，应该辩证地看待，因为如果所隐讳的内容确属细微，比起尊长和圣贤所作出的成就来简直就微不足道，那么这种隐讳就无可厚非，因为史书不可能事无巨细、每事必录；但是，如果所隐讳的内容并非如此，那就应该另当别论。不管怎么说，刘勰能在求实与隐讳的矛盾对立之间，发现可以为尊长和圣贤有所隐讳而对于奸邪则应当惩戒，并且他在对史书进行评价时，大都能够一分为二地指出作品的优点和缺点，就足已证明他能够运用辩证思维的方法来研究客观对象，修正某些自我的主观预设推断，从而得出了某些崇实辩证的观点。

在充分地肯定《史传》篇文体论的突出成就的同时，也应清醒地看到，由于《史传》篇文体论研究是建立在继承荀子、扬雄“原道”、“征圣”、“宗经”、尊儒的主观预设基础上，并且唯心独断地把他当时所能见到的文体从高到低地划分为三大等级（作为“文章奥府”、“群言之祖”[2]的

---

〔1〕（梁）刘勰：《文心雕龙·序志》，（梁）刘勰著，陆侃如、牟世金译注：《文心雕龙译注》，齐鲁书社1995年版，第610页。

〔2〕（梁）刘勰：《文心雕龙·宗经》，（梁）刘勰著，陆侃如、牟世金译注：《文心雕龙译注》，齐鲁书社1995年版，第117页。

"五礼""六典"、圣人经书,"去圣之未远"而"异乎经典"[1]的文体,"去圣久远"、"离本弥甚"[2]的文体);并且虚构假定了后两等级的文体是以圣人的"五经"为其首端根源的,因而使他的《史传》篇文体论产生了某些偏颇,举其大者如下。

第一,对文体起源的探索,演变的描述和某些具体评价方面存在着盲点和误区。在探索《史传》文体起源时,刘勰对我国三千多年前殷代王朝的占卜记录的史书雏形则视而不见、只字未提。在描述《史传》文体演变时,刘勰对战国时期的杂史之文《逸周书》和文风、体例不纯的《国语》等均不予承认、排除在外。在具体评价历史著作时,刘勰强硬地把《左传》到《楚汉春秋》的历史著作划分为第二等级,把《史记》到《晋阳秋》的历史著作划分为第三等级来进行评价;对《史记》褒中有贬、贬过于褒,而对《汉书》则赞扬有加、褒过于贬,产生明显的贬马褒班的错误倾向,造成认为《汉书》比《史记》成就更高的褒贬失当、缺乏公允的谬误判断;荒唐地认为司马迁、班固和张衡对皇后立本纪,是不符事实、糊涂谬误,并且征引经书、圣言《尚书·牧誓》中周武王的誓词"牝鸡无晨"和《谷梁传·僖公九年》中齐桓公的盟文"妇无与国"[3],同时列举宣太后扰乱秦国和吕后危害汉朝的史实,进一步提出不仅不能假借政事女后,而且应该慎重吕后名号的迂腐观念;偏信人言,认为《汉书》有窃取父亲成果的罪过和接受贿赂出卖文笔的过失,而却又未做认真的调查研究、分析判断,造成事实不详、缺乏证据的缺失;虽然深刻地洞见了《左传》叙述翔实而富于文采的语言风格,但却没能进一步从文章修辞学的角度具体分析它善于描写战争,长于刻划人物,卓于外交辞令的艺术特征,对史传文学中塑造人物形象的杰出成就和贡献也只字

---

[1] (梁)刘勰:《文心雕龙·辨骚》,(梁)刘勰著,陆侃如、牟世金译注:《文心雕龙译注》,齐鲁书社 1995 年版,第 126、130 页。

[2] (梁)刘勰:《文心雕龙·序志》,(梁)刘勰著,陆侃如、牟世金译注:《文心雕龙译注》,齐鲁书社 1995 年版,第 604 页。

[3] (梁)刘勰:《文心雕龙·史传》,(梁)刘勰著,陆侃如、牟世金译注:《文心雕龙译注》,齐鲁书社 1995 年版,第 242 页。

未提。

第二，在崇儒前提下运用汉儒“声训”的方法来“释名章义”，有以偏概全、牵强附会之处。认为“传者，转也。转受经旨，以授于后”[1]即显得以偏概全、牵强附会。据李少雍考察：在后秦王嘉和东晋袁宏之前，“几乎不曾有过用”“史传”“的例证。人们在有关的场合里，往往用‘史书’、‘史籍’一类词语”[2]。我们从王嘉、袁宏、徐爰、沈约所使用的“史传”一词中也看不出其中的“传”有解说经义的意思。“传”既有“阐述经义的文字”的意思，同时又有“书传；记载”[3]等意思。我们对照《史传》篇中刘勰自己列举的史传篇目，可以看出：符合他自我设定“传”的解释的也只有《左传》一篇。更何况，“《左传》是否是解释《春秋》的，也有人表示怀疑，宋叶梦得认为《春秋》纪事，终于获麟，而《左氏》纪事，下及智伯，则丘明当为六国时人。而《史记·十二诸侯年表》云：‘鲁君子左丘明惧弟子人人异论，各安其意，失其真，故因孔子史记具论其语，成《左氏春秋》。’梁启超《中国历史研究法》中又举《左氏》有无经之传，有有经而不释之传，有释不书于经之传，有释经而显违经意之传：足证《左传》非解《春秋》者”[4]。在《诠赋》篇中，刘勰又以偏概全、牵强附会地把“赋”体和《诗经》六义中的“赋”生拉硬扯地等起同来。

第三，在理论自洽性方面存在问题，有观点自相矛盾之处。《史传》篇在求实与隐讳之间就存在着自相矛盾，刘勰既崇奉儒圣为尊者讳、为亲者讳的遗训，又认为史书应该“实录无隐”、“按实而书”、“务信弃奇”[5]，但他却并没有指出该隐讳的尺度和分寸是多少，因此造成了所设立的求实与隐讳观点之间的自相矛盾。在《文心雕龙》的文体论中，

---

[1] (梁)刘勰:《文心雕龙·史传》,(梁)刘勰著,陆侃如、牟世金译注:《文心雕龙译注》,齐鲁书社 1995 年版,第 238 页。

[2] 李少雍:《中国古代的文史关系——史传文学概论》,《文学遗产》1996 年第二期。

[3] 辞海编辑委员会编:《辞海》(缩印本),上海辞书出版社 1980 年版,第 214 页。

[4] 蒋祖怡:《文心雕龙论丛》,上海古籍出版社 1985 年版,第 272—273 页。

[5] (梁)刘勰:《文心雕龙·史传》,(梁)刘勰著,陆侃如、牟世金译注:《文心雕龙译注》,齐鲁书社 1995 年版,第 241、248、250 页。

存在着“尊经崇古”和“重文从今”之间理论原则的自相矛盾，例如在《辨骚》篇中，刘勰将《离骚》的言辞与儒家经典进行比较，判断出它有四点与儒家经典相同，有四点与儒家经典相异，因而对它的评价是毁誉参半的：“乃《雅》、《颂》之博徒，而词赋之英杰也”；可是，刘勰又清楚地看到《离骚》对后世文学深远、广阔的影响，因而又高度评价《离骚》：“气往轹古，辞来切今，惊采绝艳，难与并能矣”[1]。明显可以看出这前后之间，存在着评判理论原则的自相矛盾。

需要特别指出的是，由于我们是以《史传》篇作为典型范例，来管窥蠡测、分析评价《文心雕龙》文体论的得与失，而《文心雕龙》中的二十一篇文体论所论述的三十四（一说三十五）种文体，因其各自文体的不同而其特点也各不相同，因此，我们的结论并不完全等同于对《文心雕龙》文体论的完整而全面的评价。刘勰在《知音》篇中深刻地指出，由于作品的篇章风貌复杂多样，人们的欣赏趣味又多有偏好，因此在理解和评定作品时容易陷入主观片面的境地，他正确地提出解决这一问题的方法是：广泛观察和阅读加上无私和不偏，并且通过“六观”来披文入情、沿波讨源、品评优劣。实事求是地说，他的文体论在有些方面确实做到了，而在有些方面则未能做到，这既有其自身主观的原因，又有客观历史的难度，我们不能不加分辨地对其进行全盘的批评和否定，否则就会犯纪昀评《史传》篇所认为：“此篇文句特烦，而约略依稀，无甚高论”[2]的过错。

原载《福建师范大学学报》（哲学社会科学版）2001年第二期

---

〔1〕（梁）刘勰：《文心雕龙·辨骚》，（梁）刘勰著，陆侃如、牟世金译注：《文心雕龙译注》，齐鲁书社1995年版，第130页。

〔2〕转引自蒋祖怡：《文心雕龙论丛》，上海古籍出版社1985年版，第66页。

评黑格尔《美学》中的散文理论

黑格尔《美学》中的散文理论在西方散文理论史上的突出贡献和卓越地位，还没有得到人们充分的认识和评价[1]。在《美学》中，黑格尔以先验预设的“美就是理念的感性显现”[2]为总体构架，并且沿着物质性逐渐减弱、精神性逐渐增强的方向演绎展开，在形式上由大小层次和等级的三段式从属、衔接来建构体系。对寓言、历史写作的艺术和说话修词的艺术等文艺性散文的论述虽然简单，但是由于从三个层面、五个方面进行分析论述，同时通过散文的艺术地掌握世界方式为核心来整合，使得他的分析论述相当的系统和深入，并且显示出巨大的创造性和丰富的启迪性。他对散文理论的具体分析和论述中，甚至于在唯心主义的理论框架之内，也不时能够冲破自己先验预设的片面、偏颇的理论模式误区，显示出片面而又深刻、偏颇中寓创见的复杂情形。

恩格斯曾经提醒后世的黑格尔读者：“千万不要象巴尔特先生那样读黑格尔的著作，就是在黑格尔的著作中寻找作为他建立体系的杠杆的那些谬误的推论和牵强附会之处。这纯粹是小学生做作业。更为重

---

〔1〕 关于黑格尔《美学》中的散文理论研究的代表性成果，有姚春树先生的《东西方几位美学家散文理论述评》，姚春树：《中外杂文散文综论》，福建教育出版社 1997 年版，第 246—251 页。黄科安的《另一种比较与阐释——黑格尔〈美学〉“诗与散文”的理论研究》，《福建师范大学学报》2001 年第一期。

〔2〕 [德]黑格尔著，朱光潜译：《美学》第一卷，商务印书馆 1979 年版，第 142 页。

要的是:从不正确的形式和人为的联系中找出正确的和天才的东西"[1]。

由于在亚理斯多德的《修辞学》与黑格尔《美学》之间的西方散文理论史上,并没有出现系统性突破和发展的散文理论著作,黑格尔正是在汲取与超越了《修辞学》的散文理论精华才达到新的历史高度的,因此我们要在黑格尔《美学》中的散文理论里"找出正确的和天才的东西",首先必须考察西方散文理论发展史上的第一部经典之作《修辞学》,才有可能为黑格尔的散文理论找到恰当的定位。

一

正如黑格尔在《哲学史讲演录》中所说,希腊是欧洲文化的精神家园[2],希腊思想当然也是黑格尔散文理论的发源地。沿波而讨源,我们不能不追溯到亚理斯多德的《修辞学》。古希腊散文的发展程度比起诗歌(主要是史诗和抒情诗)来滞后很多,在公元前六世纪之前,希腊所有的文学作品,以及后来被散文接管的哲学与自然科学论文与著作,都是以诗体的形式写成的。后起的散文体式,更多地受到论辩术的滋养,所以它的功利色彩几乎是与生俱来的。演说是古希腊时代散文的主要形态,散文的艺术就是演说的艺术,即所谓"修辞学"。"修辞学"探讨的范围,从选题立论到修饰词藻,都集中在功用、技巧这些可操作性很强的话题上,修辞学者们本身往往就是著名的演说家。公元前四世纪的希腊,演说家辈出,散文创作处于黄金时代,亚理斯多德的《修辞学》就是这个时代的产物。

---

[1] 恩格斯:《恩格斯致康·施米特》(1891 年 11 月 1 日于伦敦),中共中央马克思、恩格斯、列宁、斯大林著作编译局编:《马克思恩格斯选集》第四卷,人民出版社 1972 年版,第 493 页。

[2] 黑格尔说:"一提到希腊这个名字,在有教养的欧洲人心中,尤其在我们德国人心中,自然会引起一种家园之感"。"凡是满足我们精神生活,使精神生活有价值、有光辉的东西,我们知道都是从希腊直接或间接传来的"。[德]黑格尔著,贺麟、王太庆译:《哲学史讲演录》第一卷,商务印书馆 1959 年版,第 157 页。

亚理斯多德是学说系统的建立者，他对理论的兴趣超过现象，所以《修辞学》中对演说术的历史付诸阙如，而对修辞术的发展，也只在他对当时“修辞术课本”“编纂者只提供了一小部分修辞术”、“只注意题外的东西”[1]的指责中略带一笔。与两千年后黑格尔宏伟纵深的历史架构相比，亚理斯多德的体系仿佛是平原上的农庄。

在亚理斯多德看来，散文是思想的载体，技巧是为了更好地传达。散文构思，最理想的形态是逻辑和三段论。他在《诗学》中宣称：“有关‘思想’的一切理论见《修辞学》”；他对修辞术的定义是：“一种能在任何一个问题上找出可能的说服方式的功能”；从这种“文以载道”式的理念出发，亚理斯多德特别强调演说的目的性，一部《修辞学》，“有用”、“有益”这些字眼反复出现。演说者应当掌握各种“或然式证明”方法，“他要能作逻辑推论，要能分析人的性格和美德，还要能分析人的情感以及产生情感的原因和方式。”“由于这个缘故，修辞术貌似政治学”[2]。

根据演讲的对象与学说的性质，亚理斯多德“按听众的种类”将演说分为“政治演说、诉讼演说和典礼演说”[3]三类。这与黑格尔对“散文”概念三个层面的剖析相当接近。典礼演说，原文字面意义是“炫耀式演说”[4]，这种演说主要用于典礼场合，其目的是歌颂或者谴责，多数用书面形式发表，有时也会当众宣讲。演说者刻意卖弄才华，雕琢辞章，正是黑格尔所说的那种“最能接近艺术的”散文。但亚理斯多德对典礼演说却没有给予重视，只是轻描淡写地提及而已，他讨论的重点是诉讼演说与政治演说这两类。《修辞学》的大部分篇幅，包括讨论风格

---

〔1〕 [古希腊]亚理斯多德著，罗念生译：《修辞学》，生活·读书·新知三联书店 1991 年版，第 22 页。

〔2〕 [古希腊]亚理斯多德著，罗念生译：《诗学》，人民文学出版社 1962 年版，第 65、24、23、37、41、64、69、96、110、111、114、118、152、159、164、30、31、34、35、37、43、48、96、97、98、100、101、117、119、130、136、197、200、205、207、25 页。

〔3〕 [古希腊]亚理斯多德著，罗念生译：《修辞学》，生活·读书·新知三联书店 1991 年版，第 30 页。

〔4〕 [古希腊]亚理斯多德著，罗念生译：《修辞学》，生活·读书·新知三联书店 1991 年版，第 30 页脚注①。

的第三卷，都是以诉讼演说与政治演说为立论的出发点。二者相当于黑格尔区分的散文中“日常意识”与“散文意识”[1]这两个层面，而恰恰是这两个层面被黑格尔开除出美(艺术)的领域。在弃取之间，既可以看出这两位思想史的巨擘对艺术功用和地位的体认，又存在随着时代的发展后两类在黑格尔看来已经很难归入美学讨论范围的因素。

在《修辞学》第三卷中，亚理斯多德以整整一卷的篇幅讨论演说的风格形式问题，这是他的修辞学理论中最有价值和创造性的部分。他认为“散文的风格不同于诗的风格”，因此对于“散文的风格”与“诗的风格”进行了细致的区别与分析。他首先提到了朗读，在朗读活动中要注重三种性质：音量、音高和节奏。“由于修辞术的整个任务在于影响听众的判断，所以我们必须注意朗读，并不是理应如此，而是必须如此”[2]。理想的演说词，应当容易上口并且悦耳。在语言表达上，亚理斯多德再三强调，散文的风格不同于诗的风格，不要从诗歌中寻找散文的标准，本色的散文不应当有诗意。“语言是由名词和动词组成的”，“在名词和动词中，只有普通字才能使风格显得明晰”；语言应该“带上异乡情调，因为人们赞赏远方的事物，而令人赞赏的事物是使人愉快的”；在格律诗里，有许多办法可以产生这种效果，但在散文中这些办法就不适用。散文中的所有技巧和手法都应当巧妙地遮掩起来，矫揉造作的表现会使听众“疑心说话的人在捣鬼”；不过隐喻字和附加词(即性质名词和形容词)的恰当运用，可以提高文章的整体格调而不致流于凡庸，所以“我们应当在散文里对隐喻字多下苦功，因为散文的手法比韵文少一些”；“如果讲话人运用得好，既可以使风格带上异乡情调，又可以把手法遮掩起来，同时意思又很明晰，这就是演说的语言的美”；关于散文的节奏，亚理斯多德认为：“散文的形式不应当有格律，也不应当没

---

[1] [德]黑格尔著，朱光潜译：《美学》第三卷下册，商务印书馆 1981 年版，第 38、122、22 页。

[2] [古希腊]亚理斯多德著，罗念生译：《修辞学》，生活 · 读书 · 新知三联书店 1991 年版，第 149、148 页。

有节奏。散文有了格律，就没有说服力（因为好象是做作的），同时还会分散听者的注意力，使他期待同样的格律何时重复"；"可是没有节奏，就没有限制，限制应当有（但不是用格律来限制），因为没有限制的话是不讨人喜欢、不好懂的。""所以散文应当有节奏，而不应当有格律，否则就成了韵文了。这种节奏不应当太严格，只求有一定的严格性就行了"；最后，亚理斯多德还提到了句式问题，他提倡采用"环形句"，反对"串连句"。所谓"环形句"，就是"本身有头有尾，有容易掌握的长度的句子"，它意思完整，逻辑清晰，便于理解记忆。"串连句"则是"本身没有结尾，要等事情说完了才告结束的句子"[1]。这种句式给人以望不见终点的感觉。散文句式应当是易于把握和理解的。亚理斯多德对散文风格的探讨几乎涉及了修辞学中所有方面，贯穿其中坚定不移的理念则是："风格的美可以确定为明晰"。[2] 这一理念在黑格尔手中更为具体和精确化了。

亚理斯多德的《修辞学》与他的《诗学》一样，都是在这一领域的开山之作。他的散文理论既是对古希腊散文理论的总结，也有相当的发展，是西方文论史上的一座里程碑。

二

黑格尔在《美学》中对亚理斯多德的散文概念作了全新的演绎，从而建立起美学史上空前宏伟的巨构。所以在深入黑格尔的理论大厦之前，我们先要认清黑格尔概念迷宫的路标。在《美学》的特定语境中，黑格尔所使用的"散文"概念，与现在通行的作为一种文类或文体的散文的概念是既有联系而又有所区别的。黑格尔《美学》中的"散文"，大致有三个层面的意义：一是区别于英雄时代而言的"日常生活"、"实际情

---

[1] [古希腊]亚理斯多德著，罗念生译：《修辞学》，生活・读书・新知三联书店 1991 年版，第 150、151、152、167—168、170 页。

[2] [古希腊]亚理斯多德著，罗念生译：《修辞学》，生活・读书・新知三联书店 1991 年版，第 150 页。

况”、“日常意识”；二是“宗教的、科学的之类”，“意识领域及其构思方式”；三是“可以用艺术处理的那部分散文”，即“最能接近艺术的”“历史写作的艺术和说话修词的艺术”等散文；黑格尔认为一、二层面的“散文”都在“美(艺术)这世界的界线之外”[1]。所以，黑格尔在《美学》中所使用的“散文”概念的一、二层面跟我们现在所使用的作为文类或文体的散文是大相径庭的，“散文”概念的第三层面即“可以用艺术处理的那部分散文”[2]，则与我们现在所使用的“散文”概念基本一致。

黑格尔清醒地认识到，“诗到哪里止和散文从哪里起的界线毕竟很难划定，一般不可能很精确地下普遍性定义”；因此，他并没有主观臆断地将“散文”完全驱逐出文学世界的界线之外，他不仅研究分析了“艺术性散文”、历史散文和演说散文等的特质，而且从理论上天才地揭示了“带有诗意的散文”[3]。的存在。黑格尔在文学和非文学的重叠地带，结合西方散文实践的历史经验，给历史写作和说话修词留下了合法的艺术地位，并且把“寓言、隐射语、宣教故事之类体裁”等“从某种观点看，毕竟和一般艺术形式有一种关系”[4]也纳入研究分析的范围。所以，我们联系当前散文理论研究的实际，研究分析和正确评价黑格尔《美学》中的散文理论，就必须紧紧地围绕着以黑格尔对“艺术性散文”、历史散文、演说散文、寓言和“带有诗意的散文”等的分析阐述为主体来展开。

黑格尔从产生时代、内容对象、观照方式、构思方式、语言表达五个方面比较研究寓言、历史散文和演说散文的艺术与诗的不同，从而深入地揭示出散文的特质。

关于散文的产生时代，黑格尔认为：“散文起于奴隶，寓言这种散文

〔1〕 [德]黑格尔著，朱光潜译：《美学》第一卷，商务印书馆 1979 年版，第 4、105、15、53、28、38、15 页。

〔2〕 [德]黑格尔著，朱光潜译：《美学》第三卷下册，商务印书馆 1981 年版，第 28 页。

〔3〕 [德]黑格尔著，朱光潜译：《美学》第三卷下册，商务印书馆 1981 年版，第 64、22、38、68 页。

〔4〕 [德]黑格尔著，朱光潜译：《美学》第二卷，商务印书馆 1979 年版，第 103 页。

体裁也是如此”，[1]历史写作产生于英雄时代的终止，而“生活的明确性和散文气味的实际情况以及理解和表现这种实际情况的能力都才开始出现”[2]的时候。

谈到散文的内容对象，黑格尔指出不同的题材有其各自的适应范围。例如“真正的‘伊索寓言’”，是“描述自然界生物或无生物的某一种情况或是动物界的某一事件”[3]；“人类宗教生活和政治生活的发展以及在这些领域里积极活动，实现伟大目的于事业，或在事业中遭到失败的那些最杰出的人物和民族的事迹和命运”，是“历史叙述的对象和内容”；演说家则“要从现实界某些实际情况和意图中取得他说话的机会和内容”，“他的内容不能只是他想我们发生兴趣的那个主旨以及他想我们去实现的那个目的这两方面的抽象概念，而是在绝大部分也要根据一定的现实情况”[4]。

论述散文的观照方式，黑格尔揭示散文写作要求作者对现实世界采取不同的观照方式。散文的观照方式，对“现实界的广阔材料，是按照原因与结果，目的与手段以及有限思维所用的其他范畴之间的通过知解力去了解的关系，总之，按照外在有限世界的关系去看待”；“它只满足于把一切存在和发生的事物当作纯然零星孤立的现象，也就是按照事物的毫无意义的偶然状态去认识事物”[5]。在散文文类内的具体文体中，黑格尔进一步指出，寓言的观照方式“是凭忠实观察从实际情况中得来的，接着加以叙述，特别着眼到要使人可以从它对人类生活特别是实际生活的关联，也就是对行为方面的智慧与道德的关联中获得

---

[1] [德]黑格尔著，朱光潜译：《美学》第二卷，商务印书馆1979年版，第108页。

[2] [德]黑格尔著，朱光潜译：《美学》第三卷下册，商务印书馆1981年版，第39页。

[3] [德]黑格尔著，朱光潜译：《美学》第二卷，商务印书馆1979年版，第103页。

[4] [德]黑格尔著，朱光潜译：《美学》第三卷下册，商务印书馆1981年版，第38、42、43页。

[5] [德]黑格尔著，朱光潜译：《美学》第三卷下册，商务印书馆1981年版，第22、23页。

一种带有普遍性的教训”[1]。历史家写作的观照方式是“从多方面进行过辛勤的研究和审慎的考察，以便对他想要叙的那段历史掌握住充分的知识”，“在历史的情况中偶然因素的作用”，“在散文式的生活里比起诗中的奇迹还更离奇莫测”；演讲术的观照方式是“要把个别事例和普遍规范统一(结合)起来”，“纳特殊于一般”，“对概念(普遍原则)与实际存在(个别事例)的分裂进行简单的联系以及对统一的要求”；在区分散文与诗歌的观照方式时，黑格尔认定“在散文的观念方式里，关键不是形象而是用作内容的那种单纯的意义，因此，观念成为认识内容的单纯手段”，“散文及其观念方式在题材类似诗的范围里须谨守内容意义的界限和抽象的精确”[2]。由此可见，黑格尔突出强调了散文的观照方式，对于观照对象所蕴含的“现象”、“偶然状态”、“知识”、“意义”、“教训”的要求。

涉及散文的构思方式，黑格尔断定散文的构思内容应当与主观意图相称。他认为“散文式的构思”“要由知解力用它的思索、因果关系和分类之类去掌握对象，而且从这个观点出发，用一种愉快的漂亮的方式去教人”；其中，寓言的构思方式，是要使“所叙述的行动”、“关系和事件部分地根据动物的本能，部分地表现一种其它自然情况，部分地据常理，事出有因，不只是由随意设想而拼凑起来的”；如果构思的内容与主观的意图不相称，就会出现问题，例如“纯粹是为教训的目的而想出来的”“寓言”，必然显得“很枯燥”[3]。历史散文写作的构思方式是“历史家尽管要竭力忠实地再现真人真事，他却仍应把这些真人真事的丰富多采的内容摆在心里想一想，纳入自己的观念体系里，然后把这种内容加以再造和表现”；“要把所理解的史实加以排比和整理，使一些分散的

---

〔1〕 [德]黑格尔著，朱光潜译：《美学》第二卷，商务印书馆 1979 年版，第 105 页。

〔2〕 [德]黑格尔著，朱光潜译：《美学》第三卷下册，商务印书馆 1981 年版，第 39、40、43—44、61—62 页。

〔3〕 [德]黑格尔著，朱光潜译：《美学》第二卷，商务印书馆 1979 年版，第 151、106、108 页。

个别的情况和事件互相联系起来，组织成为一个联贯的整体”[1]。演说散文的构思方式是虽然演说家“对选择内容和处理内容两方面都有绝对的自由”，但是由于“演讲术”“的真正的目的”“是实践方面的教训，鼓舞和政治情况和法律规定之类”，因此“演说家首先就要充分考虑到演讲的场合以及听众的理解力和一般性格”；“演说家的主要着眼点应该是他的主观意图，这是他的作品的根源，全篇和各部分都要服从这个意图”，“全篇和各部分之间就只能有一种符合目的性的联系，而这种联系须受制于原因与结果以及理由与结论之类知解力方面的范畴”[2]。然而对于散文的构思，黑格尔又武断地认定：“这种构思不管有多么熟练，是不能创造出真正自由的艺术形象的”[3]。

对于散文的语言表达，黑格尔对散文文类中不同文体的理想语言表达都有所阐发。他指出：“把规律和现象，目的和手段都互相对立起来，然后又通过理智把它联系起来”，“发展成熟的表达日常生活的散文语言”；并且关注于“眼前的临时偶然事物”，“对个别事物的临时观感”和“在精神振奋中的热情”；散文的语言表达“固然也要把对象的外貌写得很明确，但目的不在唤起具体形象而在达到某一特殊目的。所以一般地说，散文的规范是**精确，鲜明**和**可理解性**”；他还认为：“用音律的散文不能算是诗，只能算是韵文，正如用散文来创作诗，也只能产生一种带有诗意的散文”[4]。对于寓言的语言表达，他提出必须“把寻常现成的东西表现得具有不能立即察觉的普遍意义”，如果“所述事件不符动物本性的时候，是最枯燥无味的毫无意义的”[5]。而历史写作的语言表达，则“用诗的词藻和韵律来写成历史著作，也不因此就变成诗”，“须

〔1〕 [德]黑格尔著，朱光潜译：《美学》第三卷下册，商务印书馆 1981 年版，第 38 页。

〔2〕 [德]黑格尔著，朱光潜译：《美学》第三卷下册，商务印书馆 1981 年版，第 43、46、47 页。

〔3〕 [德]黑格尔著，朱光潜译：《美学》第二卷，商务印书馆 1979 年版，第 151 页。

〔4〕 [德]黑格尔著，朱光潜译：《美学》第三卷下册，商务印书馆 1981 年版，第 20、61、66、68 页。

〔5〕 [德]黑格尔著，朱光潜译：《美学》第二卷，商务印书馆 1979 年版，第 109 页。

如其本然地描述摆在面前的事实，而不加以歪曲或是用诗的方式去改造”，历史家“纵然可以抛掉完全偶然和毫无意义的东西，仍然应该保持情境，人物和事迹本来就有的那种偶然性，依存性和盲目任意性。在传记里情况略有不同”，“因为在传记里个别人物是叙述的中心”；至于演讲术的语言表达，要求演说家“他的陈述一方面含有实体性的普遍真理，另一方面又采取具体现象的形式，把它输入我们的具体意识”，“不能只针对我们的科学的或其它单凭知解力的思维来说话”，“他不能单凭逻辑推理和下结论的方式去满足我们的知解力，而是也要激发我们的情感和情欲，震撼我们的心灵，充实我们的认识，总之，通过心灵的一切方面来感动听众，说服听众”；演说家“的语调”必须适合“时间，地点和听众”才“能达到所想望的实践效果”[1]。

从以上的梳理、描述中，我们不难看出：黑格尔对寓言、历史散文和演说散文等文艺性散文的论述虽然简单，但是，如果我们再将黑格尔与亚理斯多德的散文理论进行简单的比较，就不难发现黑格尔的散文理论无论在思维方式，还是某些具体观点，都显示出巨大的创造性和丰富的启迪性，甚至于在唯心主义的理论框架之内，也蕴含着深刻而丰富的实质性内容，在某些狭隘和偏颇的观点中，也包含着合理的内核和深刻的创见。

首先，黑格尔虽然借鉴了亚理斯多德区分诗和散文的思路来建构散文理论的大厦，但是黑格尔并不像亚理斯多德那样精致而又稍嫌琐屑地分析论述散文题材、听众情感、说服方法、朗读性质、语言表达等问题，“他从艺术哲学的高度深入比较研究诗和散文在‘掌握方式’、‘观念方式’、‘思维方式’上的‘区别’，而不是把他的论述淹没在诗的创作技法、语言特点、文体样式等较次要的问题。这在文艺理论史上还是第一次，充分体现了他作为一位大理论家高屋建瓴、大处着眼的大家风

〔1〕［德］黑格尔著，朱光潜译：《美学》第三卷下册，商务印书馆 1981 年版，第 39、41、43、47 页。

范”[1]。尽管亚理斯多德以善于建构体系著称，但他的修辞学理论体系并不严密完备。《修辞学》的前面两卷讨论修辞的题材和方法，大多是老生常谈。尤其是第二卷整整用了十一章的篇幅分析诸如忿怒、温和、友爱、恐惧之类的情感，又以五章的篇幅讨论各种类型人的性格，最后再用八个章节回头重新讨论本属于第一卷内容的修辞术的题材与说服的方法，这种结构安排令人困惑不解，不知强调逻辑的亚理斯多德当何以自圆其说。而黑格尔的散文理论，由于从三个层面、五个方面来进行分析论述，并且通过散文的艺术地掌握世界的方式为核心来整合它们，因此使得他的分析与论述具有了相当的系统性和深刻性。

其次，黑格尔既广泛涉猎了西方散文的各种形态，又对它的性质做出了较为细致的划分。《修辞学》所论述的对象仅限于演说，这就忽略了寓言和历史散文等诸多门类修辞所蕴含的广阔空间和可能性。在对修辞学科的定位问题上，亚理斯多德不屑于将《修辞学》与当时的“修辞术课本”[2]相提并论，他认定修辞学是一门科学，是有“目的”的、肩负追求幸福的使命的科学；正是在这一点上，文学与非文学划出了一道鸿沟。散文与诗歌相比，散文显然更缺乏审美的独立性，这与散文的历史发展和理性的成熟历程相应。亚理斯多德的理论，并没有比历史更前进一步。黑格尔则不但广泛涉猎了散文的各种形态，并且对它的性质做出了较为细致的划分，明确将审美与功利剥离开来。在《美学》的精神历险中，理性在面对历史时，恢复了自身所应有的尊严。

最后，黑格尔虽然继承了亚理斯多德扬诗抑文的片面偏颇观念，并在自己唯心主义的理论框架之内发挥到极致：认为同“自觉”、“自由”的艺术——诗比较起来，散文归根到底仍然是“不属于自由的艺术”[3]。但是，就是在这个片面和偏颇的观念中，也依然包含着合理和深刻的创

---

〔1〕 姚春树：《中外杂文散文综论》，福建教育出版社 1997 年版，第 247 页。

〔2〕 [古希腊]亚理斯多德著，罗念生译：《修辞学》，生活・读书・新知三联书店 1991 年版，第 22 页。

〔3〕 [德]黑格尔著，朱光潜译：《美学》第三卷下册，商务印书馆 1981 年版，第 39 页。

见。人们在谈到诗歌与散文的区别时，常常会重复法国诗人和文学批评家马雷伯“将散文比作走路，将诗歌比作舞蹈”[1]的比喻；这个比喻谕示人们：散文比诗歌自由。然而，黑格尔却合理和深刻地洞见了散文在“选择内容和处理内容两方面”比诗歌不自由，并且合理和深刻地揭示了同属于不自由的历史散文与演说散文在“选择内容和处理内容两方面”[2]的自由度是不同的。黑格尔在评论伊索寓言时说：“散文起于奴隶，寓言这种散文体裁也是如此”[3]。这里自然含有贬抑散文的片面和偏颇观念，然而，就在这片面和偏颇的观念中，却又合理和深刻地揭示了是奴隶创造了散文的历史事实。黑格尔还片面和偏颇地认为散文“完全不能深入事物的内在联系和本质以及它们的理由，原因，目的等等，它只满足于把一切存在和发生的事物当作纯然零星孤立的现象，也就是按照事物的毫无意义的偶然状态去认识事物”；可是，就在这片面和偏颇的观念中，依然合理和深刻地揭示了比起其它的文类来，散文更加关注于选择和表现“存在和发生的事物”“零星孤立的现象”“的偶然状态”[4]，更为强调选择和表现内容的接近现实生活的自然、自在和本真状态。

三

我们通过以上的理论梳理剖析与历史比较分析这两个维度之后，大致可以建立起对黑格尔的散文理论的基本认识：

第一，由于黑格尔贯彻了历史主义和辩证法相结合的原则，因此他深刻地洞见了散文创作实践丰富性和散文理论研究凝固性之间无法弥合的矛盾。黑格尔指出，由于艺术“哲学的研究只应限于由概念本身决定的差异，把真正符合这类差异的形态结构掌握住和加以阐明”，可是

---

〔1〕 这一比喻出自法国诗人拉康给法国抒情诗人夏普兰的一封信中，参见钱善行主编：《词与文化——诗歌创作论述》，中国电影出版社 1997 年版，第 9 页。

〔2〕 [德]黑格尔著，朱光潜译：《美学》第三卷下册，商务印书馆 1981 年版，第 43 页。

〔3〕 [德]黑格尔著，朱光潜译：《美学》第二卷，商务印书馆 1979 年版，第 108 页。

〔4〕 [德]黑格尔著，朱光潜译：《美学》第三卷下册，商务印书馆 1981 年版，第 23 页。

“自然或现实当然不能用这些固定的界限来限制住，它有很大的越界的自由”，所以“我们经常听到人称赞天才作品时说它们一定要越出这些界限”[1]。这就既客观真实地揭示了散文创作实践丰富性、超越性与散文理论研究凝固性、滞后性的矛盾，又充满期待地希望天才散文作品与天才散文理论的产生。

更为可贵的是，由于贯彻了历史主义和辩证法相结合的原则，使虽有扬诗抑文倾向的黑格尔不仅敏感地发现：由于在近代市民社会的文化与文明生活领域中，占统治地位与起支配作用的是抽象思维的反思形式，这就必然跟理性与感性、普遍与特殊的美感统一的艺术本性产生了内在矛盾，造成近代文学关注于“对现成事物的主观的艺术摹仿”，所以“客观世界中的无穷的错综复杂的变化都可以用作内容。因此，现阶段的艺术”“回到摹仿自然，回到存心要妙肖本身不美的散文气味的偶然性的直接现实”。黑格尔虽然以他自己的先验标准作为唯一的尺度认为：“真正的艺术作品的概念(即理想)要求一方面它的内容不应是本身偶然的，可消逝的，另一方面它的表现形式应完全符合内容。如果用这个标准来衡量，现阶段这种摹仿自然的作品当然差得很远”；但是，黑格尔还辩证地指出：“艺术另外还有一个因素”，“那就是主体方面构思和创作艺术作品的活动，也就是个人才能的因素，凭这种个人才能，艺术家可以忠实地描绘尽管处在极端偶然状态而本身却具有实体性的自然生活和精神面貌，通过这种真实以及奇妙的表现本领，使本身无意义的东西显得有意义。此外还要加上艺术家的精神和心情完全沉浸到这类对象的内在和外在的形象里去”，“如果做到这一点，就不能拒绝称这类作品为艺术作品”；这样，黑格尔也就突破了自身的局限性，从而避免了将不符合他理想的表现“散文性的客观情况”的近代文学(特别是散文)给予全盘否定，从而也就承认了散文“这类作品为艺术作品”[2]。

但是，非常遗憾的是，由于黑格尔未能彻底地贯彻历史主义和辩证

---

[1] [德]黑格尔著，朱光潜译：《美学》第三卷上册，商务印书馆1979年版，第21页。

[2] [德]黑格尔著，朱光潜译：《美学》第二卷，商务印书馆1979年版，第366、367页。

法相结合的原则，因此他又先验地认为："在艺术里也可以看到类似的中间种或混种，尽管它们之中也有些悦人的、美妙的和有益的东西，它们总还不够完善"；而且，他在深刻地洞见了"就内容来说，诗是最丰富，最无拘碍的一种艺术"〔1〕。与历史散文和演说散文这两种散文文体在某些方面并不自由的同时，又令人婉惜地片面认定所有的散文文类都"不属于自由的艺术"〔2〕。

上述的这一切都从正、反两个方面启示我们，研究散文理论，要彻底贯彻历史主义和辩证法相结合的原则，才有可能取得乃至超越黑格尔散文理论所达到的高度，否则就会重复黑格尔散文理论中所拥有的片面与偏颇的历史局限。

第二，黑格尔不仅深刻地认识到散文具有巨大的同化能力，而且深刻地揭示出进入散文时代的诗创作已经不如原先自由了："等到散文已把精神界全部内容都纳入它的掌握方式之中，并在其中一切之上都打下散文掌握方式的烙印的时候，诗就要接收彻底重新熔铸的任务，它就会发见散文意识不那么易听指使，而是从各方面给诗制造困难"；这时诗就不仅要摆脱散文意识，而且要转化散文表现方式。由此，我们也就可以确凿地推论出：进入散文时代，散文的创作比起诗的创作显得更为自由了。这时的散文可以侵入任何领域而无所不谈，宇宙之大、苍蝇之微、个体情趣、身边琐事、终极关怀、腥风血雨都可纳入其中；散文文类的文体不拘一格、变幻不定、文无定体、行止自如、随物赋形、无所依恃；散文的语言拆除了"诗则绝对要有音节或韵"〔3〕的音律枷锁而更为灵活自由，从心所欲、天然无忌、纵敛自如、任心闲话、嬉笑怒骂、信口随腕。

第三，黑格尔的扬诗抑文倾向，既包含着形而上学的偏见带来的谬

---

〔1〕［德］黑格尔著，朱光潜译：《美学》第三卷上册，商务印书馆 1979 年版，第 21、19 页。

〔2〕［德］黑格尔著，朱光潜译：《美学》第三卷下册，商务印书馆 1981 年版，第 39 页。

〔3〕［德］黑格尔著，朱光潜译：《美学》第三卷下册，商务印书馆 1981 年版，第 25、68 页。

误，又包含着以主体精神的自由作为评判艺术的标准和尺度的创见，从而洞见散文具有不自由性的深刻见解。他深刻地指出：产生古希腊艺术作为美的极致的条件，是个人个性与社会共性、社会成员与社会整体的统一和交融，个人个性既是独立、自由的，又是不脱离共性、整体的；然而，近代工业文明造成人性的分裂和异化，“在现代世界情况中，主体取此舍彼，固然可以自作抉择，但是作为一个个人，不管他向哪一方转动，他都隶属于一种固定的社会秩序”，“只是这个社会中的一个受限制的成员”[1]。使得人们丧失了真正的自由和独立精神，因此造成散文创作的不自由性。同时，它还包含着黑格尔对丧失了希腊时代的适宜于理想艺术发展条件的现实的深深忧虑和猛烈抨击。因而是极为复杂、一果多因的，我们绝不能简单片面地一概给予否定，而应该实事求是进行具体的分析和评价。

第四，黑格尔之所以能有以上的洞见和创见，在方法论上是因为他“从哲学观点去认识”散文“艺术这个主题的一些本质性的带有普遍意义的观点，联系到美的理念以及它如何体现在具体的艺术作品里”[2]。“不是从个别现象出发去找到关于事物本质的普遍概念，而是设法从概念中抽绎出概念的实际体现”[3]。黑格尔并不是孤立静止地研究某一文类，而是通过从产生时代、内容对象、观照方式、构思方式、语言表达到艺术作品的整个动态系统过程，将各种艺术类别、种类和体裁纳入多维建构的综合系统中进行比较区别、分析研究，从而界定和确立某一文类的本质属性。这就启示我们：研究散文理论，不仅要研究散文创作的历史实践，总结前人散文理论研究的思想观点，更为重要的是要站在哲学、美学的高度，运用系统动态的方法来研究，应当把散文理论研究纳入网状的思维视野，从散文产生时代、内容对象、观照方式、构思方式、语言表达、出版发行、读者阅读、文类演变等方面进行系统动态、多维建

---

〔1〕［德］黑格尔著，朱光潜译：《美学》第一卷，商务印书馆 1979 年版，第 247 页。

〔2〕［德］黑格尔著，朱光潜译：《美学》第三卷上册，商务印书馆 1979 年版，第 23 页。

〔3〕［德］黑格尔著，朱光潜译：《美学》第三卷下册，商务印书馆 1981 年版，第 18 页。

构的研究，才有可能象黑格尔那样高屋建瓴、胸有全局、融旧铸新、开拓创造。

西方散文理论，自亚里斯多德之后到黑格尔之前，并没有多少系统性、历史性的突破和发展，黑格尔汲取与超越了自亚里斯多德以来两千年众多理论家重要的散文理论精华，并且创造性地进行改造发挥，使之达到了难以企及的高度、广度和深度，留给后人一份珍贵的精神遗产和方法论的深刻启迪，并且设定了后人继续研究探索散文美学理论不易跨越而又必须跨越的高度和起点！

本文与刘昆庸博士合作，写于2000年

《雷雨》和《法西斯细菌》结构艺术比较

戏剧结构是戏剧创作中的一大难关。毫无疑问，研究戏剧结构理论，思考、分析和总结戏剧结构形式的演变原因和规律，对当代剧作家的创作是有益的。我想通过比较现代话剧史上的两位巨星泰斗的两部代表剧作的结构艺术，来思考、分析和总结戏剧结构形式演变的一些问题和规律。

《雷雨》和《法西斯细菌》两剧在结构上的相似点不多，但不能说没有，如两剧都以两家人的生活遭遇来结构全剧，都以人物性格间的冲突来进行结构，都把外在动作与内在动作统一起来，都运用了象征手法，特别是那富有象征意味的“雷雨”和“法西斯细菌”。但两剧的突出特点，不在相似而在迥异。它们分别在注重刻划外部冲突和刻意表现内心情感，时空高度集中和时空极为开放，沉醉于艺术假定性和对生活真实的最大追求等方面各显神通、大放异彩。

首先，从冲突中各种动作的组织来比较。“如果冲突被看作是各种性格的对抗，那么，结构——便是通过戏剧行动实现冲突”；“结构就是行动的组织这种说法。……是可以采用的”[1]。虽然两剧都把外在动作与内在动作统一起来，但相比较而言，《雷雨》的外部动作更为显著。这在蘩漪这一形象中表现得最典型，她在整部剧中几乎没有一刻是平静的：一登场就跟四凤因为“大少爷”、“吃药”发生冲突，接着又与周朴

---

〔1〕 [苏]霍洛道夫著，李明琨、高士彦译：《戏剧结构》，华东师范大学出版社 1981 年版，第 23—24 页。

园因为“喝药”产生了更为强烈的外部冲突，不久又和周萍在“走”与“留”的问题上发生面对面的冲突；随着她内心骚动不宁的加剧，这一外部动作的发展也越来越激烈，终于导致了高潮时悲剧的发生。其他像周冲与四凤间的追与躲、周萍与大海间的打与骂等等，都富有强烈的外在动作性。全剧的八个人物都被卷入戏剧冲突，二十二对矛盾迅速展开，到处迸发出性格与性格碰撞的火花，并沿着同一方向直奔高潮。它的戏剧冲突具有外在的统一性，即事件和行动的统一性。《法西斯细菌》则是最大限度地弱化了人物之间的外部冲突，而代之以人物的内心冲突，表现他们的心理活动。虽然剧情发展的每一个阶段都属于重大的历史事变：第一幕是“九一八”前夕，正是山雨欲来风满楼之时；第二幕是“八一三”后一星期，是全国人民抗战情绪异常高昂之日；第三幕是 1941 年 9 月，正是抗战最严重的时刻；第四幕是太平洋战争的爆发，恰是炮火连天、弹痕遍地之际；最后一幕是 1942 年初春时节，正是抗战最紧要的转折关头。但是作者并没有正面描绘这些富有外在动作的重大历史事变和斗争场面，而是有意地把它推到幕后，作为剧情展开、人物性格发展的历史背景。作者也没有塑造那种“雷雨式”的人物性格，几乎难以寻出人物和人物之间的尖锐矛盾冲突。虽然作品中多次表现了俞实夫和赵安涛之间的“抬杠”，但他们之间的“抬杠”是建立在友谊的基础上的，是善意的相互劝告和反驳，更何况每次都有秦正谊从中调和，所以外部冲突动作并不强烈。《法西斯细菌》在弱化人物之间的外部冲突的同时，却极大地强化了人物精神上的振荡和心灵上的搏斗，俯拾即是细腻的内心活动的描绘。如第一幕寿美子被隔壁孩子打骂之后，我们从静子“（勉强地向大家）”说“对不起！”与“（差不多听不出的声音）”说“你问她”[1]。及其俞实夫“猛然地站起来”又“颓然坐下来”的描绘中，不难感觉到人物

〔1〕 夏衍：《法西斯细菌》（又名《第七号风球》，五幕六场剧），原载《文艺生活》第三卷第三期，1942 年 12 月。《中国新文学大系　1937—1949》编辑委员会：《中国新文学大系　1937—1949・第十六集・戏剧卷二》，上海文艺出版社 1990 年版，第 263 页。

内心世界的冲突是多么复杂、尖锐和剧烈啊；在“尾声”的接尾处，琴仙没有一句台词，也没有什么大幅度的外在动作，但我们从“琴仙从里面出来，一种不知怎么对付才好的困惑的表情”；“有点黯然，低下头来。”[1]的舞台提示中不难看出，她的感情波澜并不像外表一样平静，她的内心活动经过了“无奈”、“困惑”、“黯然”、“感伤”的复杂的、多层次的感情波动。《法西斯细菌》不仅很少外部冲突，而且也没有一条连贯的中心动作线，不像《雷雨》那样有外在的统一性，但它的戏剧冲突具有内在的统一性，即基本思想、情绪的统一性。

其次，从时间和场面的安排来比较。戏剧对动作的组织是靠时间和场面的安排来实现的，由于两剧在动作组织上的迥异，这就必然带来两剧在时间和场面的安排上的不同。《雷雨》着力描绘外部冲突，具有外在统一性，各种冲突如千流归海、落叶归根似地在高潮汇合，这就必然使得时间和场面的高度集中、凝炼。一部《雷雨》的故事在时间上的跨度超过四十年(包括序幕和尾声)，在地点上从南方到北国，但作者却把它纳入不到二十四小时的时间内来表现，而且大的场面只有“教堂附属医院的一间特别客厅内”、“周公馆的客厅内”和“鲁家”“一个小套间”[2]，地点只限于周家和鲁家两处，而且同在一个城市里。它采用横切的方法，集中刻划从高潮到结局的一段戏，对过去的事件和人物关系，则通过台词，用回顾或内省的方式，随剧情发展逐步巧妙地交代出来，前三幕所有场面都为高潮预备和积蓄力量。《法西斯细菌》由于在组织动作时的着眼点在于内部冲突，而且没有贯串始终的中心事件，各种各样的小事件如涓涓细流、交织成一片广袤的流域，在时间和场面的安排上就表现出比较放得开。《法西斯细菌》剧情故事的时间跨越十

---

[1] 夏衍:《法西斯细菌》(又名《第七号风球》，五幕六场剧)，《中国新文学大系 1937—1949》编辑委员会:《中国新文学大系 1937—1949·第十六集·戏剧卷二》，上海文艺出版社1990年版，第263—264、313页。

[2] 曹禺:《雷雨》(四幕剧)，原载《文学季刊》第三期，1934年7月。1936年1月文化生活出版社初版本。上海文艺出版社编:《中国新文学大系 1927—1937·第十五集·戏剧集一》，上海文艺出版社1985年版，第571页。

年，作者通过选择五个关键点来表现时间的推移，大的场面有五个："东京近高架线的郊外""俞实夫的'贷家'"、"上海法租界西端，俞实夫的住宅""相当宽大的西式客厅"、香港"九龙一家""大旅社"赵安涛的"陈设富丽而典雅的客室"、"香港跑马地区域""俞实夫的港寓"与"桂林东江岸""一间茅檐竹壁的平房前面"[1]，地点则经过了东京、上海、香港和桂林四处。它不把十多年的事纳入一天之内，"不见一段惊心动魄的场面"；场面和场面的关系像"无数的砂砾积成一座山丘，每粒沙都有同等造山的功绩"[2]。

最后，从结构中运用的艺术手法来比较。《雷雨》大量运用偶然、巧合、突转、发现、悬念。谁能想象：一对冤家，经过三十多年的南北变迁，竟又狭路相逢；周公馆的少爷与被玩弄的使女竟会是同母异父的兄妹；互相打骂的少爷与工人恰恰是同父同母的亲兄弟。别说我们难于想象，就是剧中人也同样感到困惑、茫然。整部剧以侍萍的四次发现推进剧情奔赴高潮，最后以周萍、四凤发现自己是兄妹关系而爆发高潮；每次发现都带来人物关系出人意料的突转，而每次发现之前又构置了一个又一个扣人心弦的悬念。《法西斯细菌》则很少运用这些手法，即使偶一用之，也把它们隐藏在仿佛是天然去雕饰的一大群人的日常生活细节之中，使舞台上的人和事如生活本来一样自然。

通过比较，不难看出：《雷雨》属于古希腊和易卜生式的锁闭式结构，《法西斯细菌》则属于契诃夫式的人象展览式结构。有人把两千五百多年的话剧结构发展史用五类结构形式来表述："纯戏剧式结构"、"史诗式结构"、"散文式结构"、"诗式结构"、"电影式结构"[3]。根据这种划分，《雷雨》和《法西斯细菌》属于纯戏剧式结构和散文式结构。

---

〔1〕 夏衍：《法西斯细菌》（又名《第七号风球》，五幕六场剧），《中国新文学大系1937—1949》编辑委员会：《中国新文学大系　1937—1949·第十六集·戏剧卷二》，上海文艺出版社1990年版，第234、250、268、285、304页。

〔2〕 曹禺：《〈日出〉跋》（1936年11月），王兴平、刘思久、陆文璧编：《中国当代文学研究资料·曹禺研究专集》上册，海峡文艺出版社1985年版，第33—34页。

〔3〕 孙惠柱：《话剧结构新探》，中国戏剧出版社1983年版，第47页。

作为中国现代话剧史上两位巨星泰斗的两部代表作，它们在结构上无疑也代表了中国现代话剧史上两种成功的、有重要影响的结构模式，是中国现代话剧结构的典范。我们研究问题，指出事物的特点是不够的，必须"揭发事物的本质，找出事物发展规律"〔1〕，这就要求我必须探讨造成两剧结构形式迥异的主要原因是什么？

文艺理论的知识告诉我们：内容决定形式。霍洛道夫指出："剧作家应该每次都重新寻求与剧中新的生活素材相适应的艺术形式，这种新的生活素材在颇大程度上决定着未来作品的体裁、风格和结构"〔2〕。《雷雨》内容的表现，可以用纯戏剧结构；也可用莎士比亚、中国戏曲式的史诗式结构；还可以用散文式结构。是选用现在的结构形式好，还是用史诗式或散文式结构好呢？判断一种结构形式的好坏的标准只能是看它是否有利于内容的表达。《雷雨》的故事在时间上可分四段：三十年前、十八年前、三年前、现在。这些内容，若用史诗式结构来表现，那要上演可就麻烦了；现在的《雷雨》上演时间已超过四小时，以至于不能把序幕和尾声搬上舞台，如果再按时间顺序平铺直叙，那它只能成为供人阅读玩味的案头戏；而这是违反曹禺的戏剧美学思想的，他认为："剧本的生命在于演出"〔3〕。若用散文式结构，那周朴园与侍萍的矛盾，周萍与蘩漪、四凤的矛盾这两条主要线索都必须正面来表现；这就显然不如现在把两条线索一明一暗地处理，并重叠于高潮的结构方法来得经济。而且《雷雨》所表现的是家庭悲剧，矛盾全部集中在两家人的各个成员中，只是时间较长，这样的内容用纯戏剧结构来表现可以充分发挥这种结构的优长，使内容得到更好的表现；这点我们可以从易卜生的创作中得到证明，他写过不少史诗式结构的剧作，如《波尔·金特》等，而当要对某些具体的家庭和社会问题直接表明伦理态度时，就采用像《玩

〔1〕 秋文：《中国戏曲艺术的美学问题(研究提纲)》，上海文艺出版社编：《戏剧美学论集》，上海文艺出版社1983年版，第29页。

〔2〕 [苏]霍洛道夫著，李明琨、高士彦译：《戏剧结构》，华东师范大学出版社1981年版，第5页。

〔3〕 王育生记录整理：《曹禺谈〈雷雨〉》(1979年3月)，《人民戏剧》1979年第三期。

偶之家》这样堪称纯戏剧式典型的结构形式了。《法西斯细菌》则不同，它的生活面十分广阔，是“用多少人生的零碎来阐明一个观念……因为挑选的材料比较庞大，用几件故事作线索，一两个人物为中心也自然比较烦难”[1]。它是通过俞实夫、赵安涛和秦正谊的对照，俞实夫和赵安涛的对比，静子的内心冲突，俞实夫内心的平衡经过不平衡后达到新的平衡等等片断零碎的生活事件来表现主题的。这些内容如果用纯戏剧结构来表现，要把它们在剧情发展中回顾清楚，得浪费掉不少笔墨，不利于集中刻划人物性格，也很难搬上舞台。这种内容当然决定作家必须选用散文式结构来表现。当剧作家选取的是十分宽广的社会生活而冲突又不集中的内容，并试图获得舞台生活的立体的透视图景时，往往都选用散文式结构，如契诃夫的《海鸥》、《万尼亚舅舅》、《三姐妹》、《樱桃园》和高尔基的《在底层》等剧作都是这样。

不同的作家有不同的艺术追求。列夫·托尔斯泰在总结自己的创作经验时写道：“我想，每个大艺术家都应该创造自己的形式。如果说艺术作品的内容可能是不可穷尽地多种多样，那么，形式也是同样的情形”[2]。霍洛道夫也有类似的言论：“创作之所以叫做创作，就在于艺术家在克服材料的阻力的同时，还得去寻找和发现每一次都不同的，与不可重复的生活内容相适应的那种形式”[3]。曹禺写《雷雨》，追求的是集中、紧张和动作统一。为实现这种追求“用了整整五年时间构思剧本和琢磨人物”，“想各种各样的人物性格，想他们的历史，想把这样一些人物凑拢在一起，使他们发生关系，让他们在一种规定情景下碰见，而时间又不能超过二十四小时，这都使我费了好大好大的劲”[4]。动

---

[1] 曹禺：《〈日出〉跋》(1936年11月)，王兴平、刘思久、陆文璧编：《中国当代文学研究资料·曹禺研究专集》上册，海峡文艺出版社1985年版，第33页。

[2] [俄]列夫·托尔斯泰著，戴启篁译：《列夫·托尔斯泰论创作》，漓江出版社1982年版，第137页。

[3] [苏]霍洛道夫著，李明琨、高士彦译：《戏剧结构》，华东师范大学出版社1981年版，第7页。

[4] 王育生记录整理：《曹禺谈〈雷雨〉》(1979年3月)，《人民戏剧》1979年第三期。

笔时，曹禺最先写的是最有戏、最吸引他自己的一些片断："如第三幕四凤对母亲发誓和以后周萍推窗进入四凤卧室的戏，又如第一幕中喝药以及第二幕鲁侍萍和周朴园相认的戏"[1]。由于引起作者创作冲动的"只是一两段情节，几个人物"，"并没有明显地意识着我是要匡正，讽刺或攻击什么"[2]。他构思了很久都不知道《雷雨》的主题是什么，这就使他在创作时会偏重于在结构形式上下功夫；这样说是否违反内容决定形式的基本原则呢？回答是否定的，因为我是在肯定内容决定形式的前提下来谈这个问题的；形式虽然受制于内容，但形式一旦确定，它就会以形式所固有的内在逻辑力量来选择内容，强迫内容就范。夏衍写《法西斯细菌》剧作时，追求的是："忠实地去刻划人生的严肃"[3]，"从许多复杂错综的现象中去创作一种人物的典型，在广泛而琐碎的题材中去寻求良好的主题"[4]；"不为紧张的情节所阻扰而放弃人物性格的刻划，不用不合理的类型和俗套来迎合低级的情操"，反对"'为戏剧而戏剧'地造成一个紧张刺激而又通俗有趣的剧本"[5]。这样的艺术追求必然带来他在戏剧结构上舍弃情节的奇巧和偶合，按平凡生活的本来面目去结构戏剧。

不同的艺术追求跟作家的生活经历，对戏剧观念的不同理解有关。曹禺三岁就接触了中国京剧等戏曲与话剧，曹禺在南开中学时第一次参演的是纯戏剧式结构的话剧《少奶奶的扇子》，演过"易卜生的《国民公敌》"，在易卜生纯戏剧式结构剧作"《娜拉》一剧""演出中扮演女主角娜拉"；在南开大学，他通读"一部英文的《易卜生全集》"；到清华大学，

---

〔1〕 曹禺：《简谈〈雷雨〉》，《收获》1979年第二期。

〔2〕 曹禺：《〈雷雨〉序》(1936年1月)，王兴平、刘思久、陆文璧编：《中国当代文学研究资料·曹禺研究专集》上册，海峡文艺出版社1985年版，第16页。

〔3〕 夏衍：《我这样的写了〈心房〉》，李子云编：《夏衍论创作》，上海文艺出版社1982年版，第40页。

〔4〕 夏衍：《论剧本荒——在"香港青年戏剧协会"讲》，李子云编：《夏衍论创作》，上海文艺出版社1982年版，第470页。

〔5〕 夏衍：《历史剧所感》，李子云编：《夏衍论创作》，上海文艺出版社1982年版，第519页。

曹禺“从西方戏剧的发展历史中，去进行系统的欣赏和琢磨。读戏剧史，也读戏剧理论，从希腊悲剧到现代的奥尼尔，从莎士比亚到契诃夫、高尔基”[1]。大量接触戏曲与话剧，使他领会了戏剧的编剧特点；演话剧，使他深知观众看剧的心理；攻读西洋古典剧作，使他接受了欧洲传统型的戏剧观念和编剧技巧。他有诗人的气质，“是一个不能冷静的人”[2]。诗人的气质，赋予《雷雨》情节如狂风骤雨、闪电雷鸣般紧张。传统的编剧艺术在结构安排上是以中心情节的发展来组织场面，每个场面都围绕中心动作展开，并推动中心动作奔赴高潮。契诃夫剧作使他的戏剧观念发生了变化，“很想平铺直叙地写点东西，想敲碎了我从前拾得那一点点浅薄的技巧，老老实实重新学一点较为深刻的”[3]东西。他进行了新的探索，把传统戏剧观念极重视的情节与外部冲突降为次要地位，而代之以描写日常生活琐事和潜在的内心冲突，终于写出散文式结构的杰作《日出》和《北京人》。夏衍早年“僻处乡间，不懂社交”，从小即养成沉静地观察生活的习性；中学时，读的是工业学校；赴日本求学，读的是电气工学，这使他较为重视实际，课余他“沉溺在图书馆里读文学名著”，“被易卜生、沁孤、契诃夫的剧本‘迷住’了”[4]；长期从事白区地下斗争，更赋予他谨慎、冷静的气质和工作作风。这些都使他创作时能“忠实地去刻划人生的严肃”。而且他擅长运用艺术假定性很少的电影剧本和报告文学体裁表现生活，这影响了他的戏剧代表作都像是生活中截下的一段一样真实，并像他的电影剧本、散文一样具有蕴藉清新的风格，善于从淡化中求强化。他也曾追求过热闹的场面和剧场效果，但在写《上海屋檐下》时就“对于年来剧作界风靡着的所谓‘情节戏’、‘服装戏’又深深地怀抱着不服和反感，加上《赛金花》而后，

---

〔1〕 田本相：《曹禺传》，北京十月文艺出版社 1988 年版，第 80、85、101、120 页。

〔2〕 曹禺：《〈雷雨〉序》（1936 年 1 月），王兴平、刘思久、陆文璧编：《中国当代文学研究资料·曹禺研究专集》上册，海峡文艺出版社 1985 年版，第 15 页。

〔3〕 曹禺：《〈日出〉跋》（1936 年 11 月），王兴平、刘思久、陆文璧编：《中国当代文学研究资料·曹禺研究专集》上册，海峡文艺出版社 1985 年版，第 32 页。

〔4〕 陈坚、陈抗：《夏衍传》，北京十月文艺出版社 1998 年版，第 72 页。

我在写作上有了一种痛切的反省，我要改变那种‘戏作’的态度，而更沉潜地学习更写实的方法”[1]。从此，他彻底地抛弃了对舞台趣味和剧情的曲折离奇的追求。

作家艺术追求的成功跟观众欣赏水平的关系甚为密切。话剧的生命在于演出，不能争得观众，它在艺术殿堂中就难于为自己争得一席之地。中国古代艺术品种中没有话剧，从唐代起，垄断舞台的一直是戏曲。1908 年农历 2 月，春仙茶园满出了《迦茵小传》，才“在中国本土上算是第一次看到了真正的话剧。”“可是这次卖座的成绩却并不好，主要原因是人们对于话剧还没有什么认识”，“因此，话剧并不能就此在上海站住脚，只好到上海附近城市苏杭一带去跑码头”[2]。话剧想站住脚，先得选择接近戏曲的作品来上演，这样，莎士比亚的史诗式结构的作品无疑就占了便宜，因此，早期话剧演出最多的当推莎士比亚戏剧是不足为怪的，有其客观条件和历史原因。第一次演出肖伯纳的纯戏剧结构名剧《华伦夫人之职业》遭到惨败，原因很简单：这种倒叙式的交代方式和藏头露尾的情节，都同中国观众的欣赏习惯相去甚远。四年后，洪深根据王尔德纯戏剧结构名作《温德米尔夫人的扇子》改译并导演的《少奶奶的扇子》却一举获得了巨大成功。这固然跟改译关系甚为密切，但跟经过话剧工作者的努力，使观众的欣赏水平获得提高也是不无关系的。到了 1930 年代末《雷雨》上演时，经过十几年戏剧工作者和理论工作者的努力，随着话剧形式的普及，观众欣赏水平有了很大的提高，所以它能深受欢迎、长演不衰。戏剧工作者们在 1930 年代除了做普及性工作外，还在提高以知识分子为主的观众的审美趣味方面作了不懈的努力，在戏剧结构上进行种种新的探索。散文式结构靠的是情调来吸引观众，这很容易被看惯了传统戏剧的人视为平淡乏味。曹禺在创作

---

〔1〕 夏衍：《〈上海屋檐下〉自序》，李子云编：《夏衍论创作》，上海文艺出版社 1982 年版，第 19—21 页。

〔2〕 张庚：《中国话剧运动史初稿（第一章）》，中国社会科学院文学研究所近代文学研究组编：《中国近代文学论文集（1949—1979）· 戏剧、民间文学卷》，中国社会科学出版社 1982 年版，第 255 页。

《日出》和夏衍在创作《上海屋檐下》时都意识到它可能难于成功，都是抱着试探一次新路的勇气和态度来创作的。但由于观众欣赏水平的提高，加上作者大手笔的匠心独运，《法》剧也获得了成功，成为五四以来的优秀剧目之一。

探讨了造成两剧结构形式迥异的主要原因后，我试图对两种结构艺术作粗浅的评价。

纵观戏剧结构发展的历史，不难发现：它从对情节布局的注意，到对人物性格刻划的注意；从着力描写外部冲突，到细致表现内心情感的冲突；从注意外在统一性，到注意内在统一性；从重视偶然性，到跟生活一样地真实；从时空的高度集中，到这种限制越来越被打破。因此，从纯戏剧结构发展到散文式结构是历史的必然。

曹禺和夏衍都曾表示过对纯戏剧结构的厌倦，而沉醉于散文式结构艺术中，但如果只看到这点那无疑是片面的，因为曹禺后来就说过："'三一律'不是完全没有道理。《雷雨》这个戏的时间，发生在不到二十四小时之内，时间统一，可以写得很集中。故事发生的地点是在一个城市里，这样容易写一些，而且显得紧张。还有一个动作统一，就是在几个人物当中同时挖一个动作、一种结构，动作在统一的结构里头，不乱搞一套，东一句、西一句弄得人家不爱看"[1]。他的两次似乎自相矛盾的评价，正好证明两种结构形式在反映生活和吸引观众上是各有其优越性和困难之处的。

纯戏剧结构由于受时空高度统一的限制，只能表现生活的某一具体侧面，所以在表现生活的容量上就不如打破时空限制的散文式结构大。在纯戏剧结构中，"有时为了戏剧的完整性，势必放弃生活的从容自然和丰满性"[2]常常会性格迁就布局。像鲁大海那样火爆性子，并且根本不把周朴园的臭架子放在眼里的人，竟会乖乖地在门房里从早

---

〔1〕 王育生记录整理：《曹禺谈〈雷雨〉》(1979年3月)，《人民戏剧》1979年第三期。

〔2〕 [苏]霍洛道夫著，李明琨、高士彦译：《戏剧结构》，华东师范大学出版社1981年版，第39页。

上六点钟一直等到下午；像侍萍自己说过，也逼四凤说过永远不见周家人的，却会再次走进周公馆等等；这些性格迁就布局的地方，会令人对人物性格的发展产生疑问。还由于纯戏剧结构大量运用偶然、巧合等艺术手法，所以常难免太像戏，甚至出现不可信的地方。这点在“推窗”这场戏中表现得特别突出：在传来周萍敲窗声之前，周鲁两家的纠葛已经断了，四凤迫于誓言的威力也不敢见周萍，就骗他说自己的衣服已经脱了，周萍无奈，只好走了；到这里两家关系似乎全断了，因为第二天四凤就要跟妈妈走了；但作者却让四凤打开窗户，而刚才“足步声渐远”的周萍却出人意料地“忽然立在窗口”推窗而入，这就偶然得不能再偶然了；接着又是一个偶然原因——车厂的房子塌了，使大海回来了；四凤催周萍走，“萍忙至窗前，推窗”[1]。问题就出在这：刚才周萍在窗外时是往里推，这下却变成住外推了，而且人们关窗的机关都是设在屋内，蘩漪从外面关上窗户是不可能的。有的评论者十分赞赏上面这一连串偶然性的描写，认为周萍的绝处逢生“真是神来之笔，妙趣横生”，蘩漪将窗子关上，“给戏剧冲突注入了新的力量。”“至此，一切准备就绪，剧情向顶峰突进，已是水到渠成，势不可挡”[2]。而我却认为周萍在窗台上的出现和蘩漪的关窗都是不成立的，“在一出戏中凡是发展高潮所必需的东西就决不容许是不能成立的——除非高潮本身就是不能成立的”[3]。过多的偶然性造成了戏剧的失真。人们在看《雷雨》时为什么并不怀疑它的真实性呢？主要是因为：首先，它“有些太紧张”[4]，观众的注意力都集中到急速发展的剧情中了，无暇推敲某些细节是否真实；其次，作家注意伏笔照应，处处为求天衣无缝，像周萍和蘩漪要在四凤

---

〔1〕 曹禺：《雷雨》（四幕剧），上海文艺出版社编：《中国新文学大系 1927—1937 · 第十五集 · 戏剧集一》，上海文艺出版社 1985 年版，第 693、694 页。

〔2〕 辛宪锡：《曹禺的戏剧艺术》，上海文艺出版社 1984 年版，第 175—176 页。

〔3〕 [美]约翰 · 霍华德 · 劳逊著，邵牧君、齐宙译：《戏剧与电影的剧作理论与技巧》，中国电影出版社 1961 年版，第 287 页。

〔4〕 曹禺：《〈雷雨〉序》（1936 年 1 月），王兴平、刘思久、陆文璧编：《中国当代文学研究资料 · 曹禺研究专集》上册，海峡文艺出版社 1985 年版，第 23 页。

家出现，前面都作了伏笔；最后，它具有摄人心魂的艺术力量，激烈的动作和冲突，一个又一个的悬念和出乎意料的发现，使观众的筋肉、呼吸、循环器官同步地摹仿着对象，观众的兴奋中心在于这种内摹仿，而不在于理性的思索和判断。

散文式结构由于人物多，场景变化大，又没有外在的统一性，所以很容易造成人物欠丰满，场面松散，平淡无味或像照相式地简单再现生活，从而陷入自然主义的泥坑。如秦正谊的形象，就显得有点苍白。而且在吸引观众上，《法西斯细菌》是不能与《雷雨》同日而语的。因为它没有紧张曲折的情节来吸引观众，只能靠情调来打动观众，“这些剧本的美妙之处就在于它不是台词所能表达，而是隐藏在台词底下，隐藏在顿歇中，或者通过演员的眼神，通过他们内心情感的流露而显示出来的。这时候，舞台上无生命的物件、声音、布景、演员所创造的形象、剧本本身和整个演出的气氛，全都活跃起来了。这里全部关键就在于创作直觉和演员的情感”[1]。还由于《法西斯细菌》的象征意义富于理性，要求观众有较强的思维能力并引起丰富的联想方能欣赏。高尔基在评论《万尼亚舅舅》和《海鸥》时写道：“别的戏剧是不能把人从现实中吸引到哲学的概括上面的，——这一点您却做到了”[2]。观众看散文式戏剧所获得的主要是创造性思维的美感，而非单纯直觉美感，它的最好观众是知识分子，特别是哲学家和思想家，而不像纯戏剧结构可以老幼咸宜，雅俗共赏，能获得众多的观众。

我比较了《雷雨》和《法西斯细菌》两剧的结构艺术，探讨了造成两剧结构艺术迥异的主要原因，并作了粗浅的评价。我认为这对现代话剧结构艺术的研究，提高当代剧作家的结构艺术和观众欣赏话剧的水

---

〔1〕［俄］斯坦尼斯拉夫斯基著，史敏徒译、郑雪来校：《斯坦尼斯拉夫斯基全集》第一卷，中国电影出版社 1958 年版，第 259 页。

〔2〕［苏］高尔基：《给安·巴·契诃夫》，［苏］高尔基著，曹葆华、渠建明译：《文学书简》（上卷），人民文学出版社 1962 年版，第 19 页。

平都是有益的。

原载《福建师范大学学报》(哲学社会科学版)1987年第一期;中国人民大学书报资料中心:《报刊资料选汇·戏剧研究》1987年第三期

蘩漪反抗周朴园的最高形式？
——与周音同志商榷

周音同志在《谈谈〈雷雨〉中的周蘩漪——与钱谷融先生商榷》一文中认为：蘩漪反抗周朴园的最高形式是与周萍的“乱伦”。

我觉得这个看法很值得商榷。不可否认，蘩漪和周萍的“乱伦”是对周朴园专横统治的反抗，但是蘩漪和周萍的“乱伦”本身并非蘩漪反抗周朴园的最高形式。理由陈述如下：

第一，周音同志根据蘩漪“早就认清了周朴园的嘴脸和周公馆的罪恶，并在周萍面前借题发挥，用极辛辣而尖刻的语言，撕下周朴园‘道学家’的面纱，揭露周公馆的罪恶。但十几年来，她却从未离开周公馆一步，始终与周朴园保持虚伪的夫妻关系。她早就发觉了周萍对她的欺骗，知道自己三年来得到的不是爱情而是侮辱，但她仍在亲眼看见周萍与四凤拥抱之后，向周萍苦苦乞求可怜的‘爱情’，请周萍不要离开自己。蘩漪对周公馆的寄生和对周萍的依恋，恰好说明她是软弱无力的，只要有了周萍的‘爱’，哪怕在‘监狱似的周公馆’，她也能继续生活下去”，推导出“蘩漪反抗周朴园的最高形式是与周萍的‘乱伦’”[1]的结论。

我认为这样的推理是缺乏说服力的，也是不符合《雷雨》剧情的客观实际情况的。

因为像蘩漪那样在经济上得不到独立的女性，在当时的社会里如

---

〔1〕 周音：《谈谈〈雷雨〉中的周蘩漪——与钱谷融先生商榷》，《中国现代文学研究丛刊》1981 年第三期。

果出走的话，不仅是无济于事的，而且也是不可能的。

早在《雷雨》发表的前十一年，鲁迅先生就在题为《娜拉走后怎样》的演讲中指出：娜拉走后“实在只有两条路：不是堕落，就是回来”；“为准备不做傀儡起见，在目下的社会里，经济权就见得最要紧了。第一，在家应该先获得男女平均的分配；第二，在社会应该获得男女相等的势力”。[1] 就在他深刻提出“娜拉走后怎样”的课题后两年，他在小说《伤逝》中通过塑造子君形象，探索了那些曾经受过“五四”个性解放思想洗礼的知识女性出走后的道路和命运——回来和死亡。

真是无独有偶，就在《伤逝》发表后的第十一年，曹禺又在剧本《日出》中通过陈白露的形象塑造，再次探索了那些曾经受过“五四”个性解放思想洗礼的知识女性出走后的道路和命运——堕落和自杀。蘩漪跟子君和陈白露同属于一个时代的女性，她若出走，所走的道路不是子君式的，就是陈白露式的。而子君和陈白露的结局都是死路一条，因此出走对蘩漪来说是无济于事的。

再者，在经济上，蘩漪在周公馆里倒是似乎“获得男女平均的分配”。但是在中国这样半封建、半殖民地的社会历史条件下，不会也不可能为资产阶级的自由提供一个赖以充分发展的土壤，因此蘩漪在社会上不可能“获得男女相等的势力”。而且当时要求妇女的“道德标准”是“嫁鸡随鸡，嫁狗随狗”；女子离家出走被认为是洪水猛兽，必须置其于死地以杀一儆百的。既然出走并不会比呆在周公馆里好，反正都是死，还不如“安安静静地等死”[2]。所以，对蘩漪来说，出走是不可能的。

第二，蘩漪是一个被“五四”思想解放运动唤醒过的渴望个性解放、追求爱情自由、具有反抗性的女性。她所渴望、所追求的目标主要是所

[1] 鲁迅：《娜拉走后怎样——1923 年 12 月 26 日在北京女子高等师范学校文艺会讲》，鲁迅：《鲁迅全集》第一卷，人民文学出版社 2005 年版，第 166、168 页。

[2] 曹禺：《雷雨》（四幕剧），上海文艺出版社编：《中国新文学大系 1927—1937 · 第十五集 · 戏剧集一》，上海文艺出版社 1985 年版，第 631 页。

谓的"独立的人格"和"人的尊严",爱情只不过是这一追求目标的一个部分罢了。正是为了追求"独立的人格"和"人的尊严",她才会把自己的一切都献给周萍,才会一步紧一步地抓住周萍不放,才会对周萍从最热烈的爱变为最残酷的恨。

蘩漪被周朴园骗到牢狱似的周公馆十八年,由于周朴园的冷酷、专横、环境的窒息、精神的忧郁,把她"渐渐地磨成了石头样的死人";三年前,周萍忽然出现在她的面前并对她表示了爱慕,周萍说的恨"父亲","愿他死,就是犯了灭伦的罪也干";深深地打动了她的心,使她久久被抑郁的热情迸发了出来,她认周萍为自己生活中升起的唯一的一颗"救星"和反对周朴园冷酷,专横的伴侣;因而把一切希望都寄托在周萍的身上,把自己的"性命,名誉"整个地交给了周萍。当她发现周萍原来是不负责任地玩弄她,想抛弃她时,她之所以会一步紧一步地抓住周萍不放,是因为十八年的生活经验告诉她:再和周朴园一起生活只能"枯死,慢慢地渴死",而跟周萍在一起生活总比和周朴园在一起要好一点,她认为周萍总不至于会像周朴园那样冷酷、威严和专横,无论如何他们总还是在互相理解、互相同情之下相爱过一段时期。最后,周萍狠恶地说:"我要你死!"使她意识到自己的前途的无望,而对"独立的人格"和"人的尊严"的追求,使她不堪忍受将自己被"引到一条母亲不像母亲,情妇不像情妇的路上去"[1]的周萍的玩弄和欺辱,终于对周萍从最热烈的爱变成最残酷的恨,她绝望地"做一次困兽的斗"[2]不惜破釜沉舟地公开承认和周萍的不正当关系,以一己的毁灭换来众人的毁灭。

第三,蘩漪的反抗意识是在她所厌恶的环境中不断地发展的,她对周朴园的反抗从隐蔽逐渐转到正面,由消极逐渐转到积极,而且越来越激烈,越来越不可遏制,最终完全撕碎了周朴园这个腐朽罪恶的家庭的

〔1〕 曹禺:《雷雨》(四幕剧),上海文艺出版社编:《中国新文学大系 1927—1937·第十五集·戏剧集一》,上海文艺出版社 1985 年版,第 630—631、632、631、708、631 页。

〔2〕 曹禺:《〈雷雨〉序》(1936 年 1 月),王兴平、刘思久、陆文璧编:《中国当代文学研究资料·曹禺研究专集》上册,海峡文艺出版社 1985 年版,第 19 页。

伪善面纱。

蘩漪与周萍的"乱伦"只是一种极其隐蔽的反抗形式。蘩漪在名义上是周萍的后母,这种暧昧关系,当然不能随便公开。他们是用在周宅客厅"这屋子里闹鬼"[1]来掩人耳目的,整个周公馆只有他们两个当事人和仆人鲁贵知道"闹鬼"的真情。周朴园"根本不可能猜想到他的长子与其后妻有暧昧关系。因为,他那样相信自己的道德和尊严"[2]。在"闹鬼"隐蔽下的"乱伦"根本没有直接地对周朴园造成刺激,它怎么会是反抗周朴园的最高形式呢?

从剧本中鲁四凤和蘩漪及其四凤和鲁贵的一些对话的提示中,我们还知道蘩漪曾通过搬走客厅里那只周朴园谁都不让碰的旧衣柜,调换房间其他家具的位置和每次周朴园回家她都"一个人在楼上,作诗写字,装着病不下来"[3]等方法来侧面地、消极地反抗过周朴园。

在"喝药"这场戏中,蘩漪的反抗性初步地从正面表现出来了。当周朴园要四凤把药"倒了来"时,她反抗地说:"我不愿意喝这种苦东西"并叫"四凤,你把它拿走"。周朴园严厉地要她"喝了它,不要任性,当着这么大的孩子"。她还是声颤地说:"我不想喝"。当周朴园冷峻地说:"蘩漪,当了母亲的人,处处应当替孩子着想,就是自己不保重身体,也应当替孩子做个服从的榜样"时,她感到周朴园逼人太甚,在孩子和四凤面前一点也不顾全自己的面子,她不能忍受了,拿起药又放下,说:"不! 我喝不下!"[4]蘩漪与周朴园的这第一次正面冲突虽然还属于消极的防守性质,而且最终还因为无法忍受看着周萍给自己下跪而屈从了,但这次

---

[1] 曹禺:《雷雨》(四幕剧),上海文艺出版社编:《中国新文学大系 1927—1937·第十五集·戏剧集一》,上海文艺出版社1985年版,第596页。

[2] 曹禺:《关于〈雷雨〉在苏联上演的通信——致阿·柯索夫》(1958年5月),《戏剧报》1958年第九期。

[3] 曹禺:《雷雨》(四幕剧),上海文艺出版社编:《中国新文学大系 1927—1937·第十五集·戏剧集一》,上海文艺出版社1985年版,第598页。

[4] 曹禺:《雷雨》(四幕剧),上海文艺出版社编:《中国新文学大系 1927—1937·第十五集·戏剧集一》,上海文艺出版社1985年版,第617、618页。

正面交锋中表现出来的反抗应该是比隐蔽着的反抗较为高级一些的。

在第二幕的“看病”这场戏中，蘩漪的反抗性已经从“喝药”时的消极防守转为较为积极的反攻了。克大夫过去曾经来给她看过病，周朴园这次早就让周冲告诉她克大夫会来给她看过病，而且还两次派鲁贵催她去看病，她都没有去。周朴园只好亲自跑来催她，而她却装出不但不知道克大夫在等着，甚至连克大夫这名字也仿佛还是第一次听到似的反问：“克大夫？谁是克大夫？”来反抗周朴园；当周朴园说明克大夫就是“跟你从前看病的克大夫”时，她却说：“我的药喝够了，我不预备再喝了”。并且还强调：“我没有病，我没有病，我告诉你，我没有病！”“哼，我假若是有病，也不是医生治得好的。”说着就向饭厅门走去。周朴园大声喊：“站住！你上哪儿去？”她却不在意地说：“到楼上去”。周朴园命令地说：“你应当听话”。她却用嘲弄和轻蔑的口气说：“你忘了你自己是怎么样一个人啦！”[1]说完，就大笑地自己由饭厅跑下。从这场戏的对话中，我们不难看出蘩漪对周朴园的反抗已以一种挑战的方式出现了，它大大地打下了周朴园作为家长的威严，宣告周朴园家长的威严遭到破产。

在第四幕蘩漪从鲁家回来遇到周朴园这场戏中，她的反抗性更强了，并且第一次战胜了专横的周朴园。当蘩漪突然以“雨衣的水还在往下滴，发鬓有些湿。颜色是很惨白，整个面部像石膏的塑像”的姿态出现在周朴园面前时，周朴园惊愕地问：“你？（走近她，粗而低的声音）你上哪儿去了？（望着她，停）冲儿找你一晚上”。她却平常地说：“我出去走走。”并且忽然报复地说：“我有神经病”。后来又从周朴园手中把侍萍的照片抢了过来，并用逗弄和讥讽的口吻说：“萍儿的母亲很好看。”“样子很温存的。”“也很聪明。”“真年轻”。周朴园被她弄得哭笑不得，愠怒地说：“好，你上楼去吧，我要一个人在这儿歇一歇”。而蘩漪却一点也不怕他发怒，她态度坚决地说：“不，我要一个人在这儿歇一歇，我

---

[1] 曹禺：《雷雨》（四幕剧），上海文艺出版社编：《中国新文学大系 1927—1937·第十五集·戏剧集一》，上海文艺出版社 1985 年版，第 646、647 页。

要你给我出去”。周朴园实在拿她没有办法，只好再次摆出家长的威严，严肃地命令她：“蘩漪，你走，我叫你上楼去！”然而，这时家长式的威严和严肃的命令对蘩漪来说已经不能起什么作用了，她立刻就用轻蔑的语言把周朴园挡了回去：“不，我不愿意。我告诉你，(暴躁地)我不愿意”〔1〕。她的反抗性已上升到如此强烈的程度，使得一向专横冷酷的周朴园也惊愕得半晌都答不出话来。

高潮是揭示人物性格最深刻的地方，蘩漪性格的核心是反抗，在高潮部分，她的反抗性当然要比其他任何时候都被揭示得更为深刻。约翰·霍华德·劳逊说：“一出戏的高潮是全剧的统一性的关键，自觉意志为争取实现它的目的的斗争到达高潮时，即表示这个斗争已达到最紧张的程度和最大的限度”〔2〕。在戏剧的高潮部分，蘩漪追求“独立的人格”和“人的尊严”的自觉意志的斗争达到了顶峰。她不堪忍受周家两代人的欺辱，决心以一己的毁灭换取众人的毁灭，毫不顾忌地当着众人的面公开承认自己与周萍的“乱伦”关系。蘩漪既是周公馆罪恶的受害者，又是周公馆罪恶的构成者，她不会不知道公开承认“乱伦”关系会给自己带来多么可怕的后果：她必然会随着这个家庭的崩溃而被葬身在废墟之中。但她更明白：自己继续在周公馆活下去或者离家出走，都是死路一条！她的性格决定她不能忍受别人的欺辱与玩弄，不能安于失败的命运，她要做一次困兽之斗，要“如电如雷地轰轰地烧一场”〔3〕，把什么都烧个干净，包括她自己也连带她的十七岁的儿子。蘩漪当众公开承认自己与周萍的“乱伦”关系，这初看起来是对周萍的报复，实际上它是对周朴园的专横冷酷封建家长式的严厉统治和道德尊严最深刻、最有力、最无情的揭露和谴责。周朴园说过：“我的家庭是我认为最

〔1〕曹禺：《雷雨》(四幕剧)，上海文艺出版社编：《中国新文学大系　1927—1937·第十五集·戏剧集一》，上海文艺出版社 1985 年版，第 700、701、702 页。

〔2〕[美]约翰·霍华德·劳逊著，邵牧君、齐宙译：《戏剧与电影的剧作理论与技巧》，中国电影出版社 1961 年版，第 205 页。

〔3〕曹禺：《〈雷雨〉序》(1936 年 1 月)，王兴平、刘思久、陆文璧编：《中国当代文学研究资料·曹禺研究专集》上册，海峡文艺出版社 1985 年版，第 18 页。

圆满，最有秩序的家庭，我的儿子我也认为都还是健全的子弟，我教育出来的孩子，我绝对不愿叫任何人说他们一点闲话的”；他要教育出最驯服的听从他的意志和命令的儿子，要维持、继承和发展这个“最圆满、最有秩序的家庭”；公开承认“乱伦”关系就是对周朴园教育结果的一个最有力的否认，它深刻地揭露了周公馆所谓的“圆满”和“秩序”，剥落了周朴园这个外表仁厚、正直、有道德的“社会上的好人物”[1]的面具；使人们看出：蘩漪与周萍的“乱伦”既是周朴园对蘩漪专横统治的结果，也是周朴园对周萍所进行教育的结果，周朴园是周公馆一切罪恶的根源。公开承认“乱伦”关系，这是一个“没有亲戚，没有朋友，没有一个可信的人”[2]的女人所能达到的反抗的顶峰。

蘩漪与周萍的“乱伦”包含着周萍的引诱、欺骗和个人生理上的欲求等方面的因素，它的反抗性是不能和公开承认“乱伦”时的强烈程度同日而语的。

综上所述，不难看出，蘩漪反抗周朴园的最高形式不是与周萍的“乱伦”本身，而是毫无顾忌地当众承认自己与周萍的“乱伦”关系。

评论《雷雨》的文章可以说是汗牛充栋，而专门论述蘩漪反抗周朴园的最高形式的文章却可以说是凤毛麟角，绝无仅有。我认为探讨蘩漪反抗周朴园的最高形式这一论题，对正确认识蘩漪这一人物形象和概括《雷雨》主题都有极其重要的意义，本文的目的在于抛砖引玉。本文作者只是个大学本科二年级的学生，读书不多，观点难免有错，敬请周音同志和其他读者批评指正！

1983 年 5 月写于师大长安山

1983 年 7 月改于建阳黄花山

---

〔1〕 曹禺：《雷雨》（四幕剧），上海文艺出版社编：《中国新文学大系 1927—1937 · 第十五集 · 戏剧集一》，上海文艺出版社 1985 年版，第 622、630 页。

〔2〕 曹禺：《雷雨》（四幕剧），上海文艺出版社编：《中国新文学大系 1927—1937 · 第十五集 · 戏剧集一》，上海文艺出版社 1985 年版，第 706 页。

耽于情绪的批评

——读朱健国《本世纪中国杂文之我见》

一向觉得作家们写的文学批评文章，不仅体察入微、搔到痒处，而且显得潇洒、富于趣味。我带着同样的期待，拜读了杂文家朱健国先生的《本世纪中国杂文之我见》[1]。

朱文开篇就显得出手不凡、盛气凌人："收到一部新书，名曰《二十世纪中国杂文史》。作者不断来信希望我'指谬'，友人来电希望尽快写一书评，且有报刊编辑把版都留好了。我翻了翻书，最后见书的扉页上还印有'本书系国家社会科学基金项目'，便叹了口气，把书放下了。一部有人出钱的杂文史，还能是杂文史吗？……对于一本通行套话，滥采伪学的'杂文史'，实在少读为好"。接着，朱先生从杂文的定义、本质和标准，1937—1949年杂文的实质，杂文史的新观念新史料，排列杂文家的标准，现代杂文的源头，杂文史研究的学术精神和治学态度，杂文史的叙述话语等方面将姚春树、袁勇麟著的《二十世纪中国杂文史》[2]批得体无完肤、一无是处。同时，"为了真正有一本20世纪中国杂文史"，

〔1〕 朱健国：《本世纪中国杂文之我见》，《文学自由谈》1998年第五期。凡引朱健国《本世纪中国杂文之我见》一文中的文字不再注释。朱健国还先后发表了其他四篇大同小异的评论文章：《二十世纪中国杂文真相随想——兼与〈二十世纪中国杂文史〉作者商榷》，《出版广角》1998年第五期；《治死历史》，《岭南文化时报》1998年6月20日；《两点意见》，《文汇报·笔会》1998年7月22日；《二十世纪中国杂文真相何在?》，《今日名流》1998年第十期。

〔2〕 姚春树、袁勇麟：《二十世纪中国杂文史》（上、下册），福建教育出版社1997年11月第1版。

朱先生“闭门细想”出了自己的一系列“新观念新史料”，并且提醒“杂文史家更是要时时以勇以胆以德来统帅”“史家的‘四长’（史德、史学、史识、史才）”。

才高八斗的朱先生情绪高涨、义愤填膺地批评姚春树、袁勇麟的《二十世纪中国杂文史》是一部“通行套话”、“滥采伪学”、“故为曲笔”、“掩真出伪”、“阉割误写”、“混淆真相”的“杂文史”。其心之忧、其情之切，真令我辈佩服！我在佩服朱先生“吾爱吾师，尤爱真理”的高尚情操之余，不由得想起了心理学家荣格说过的话：当人陷于情感时，他虽然排斥了理性，但尚未进入迷乱，而当人耽于情绪时，他会处于无序的骚动之中，失去了对自我的控制能力，因而近乎迷狂。我不敢轻信荣格的话，但朱先生的“任何伟人都会有其时代的局限，性格的局限，知识面的局限”，又增强了我的信心，便小心地依照朱先生的“指谬”和所提出的新观点新史料来阅读《二十世纪中国杂文史》中的有关内容。竟然发现荣格的话真可谓是不刊之论！

由于耽于情绪，使得朱先生失去了对自己的眼睛视力的控制能力。在朱先生眼里，姚博导、袁博士的《二十世纪中国杂文史》是一无是处的伪学，不幸中的万幸是《二十世纪中国杂文史》尚未被发现引用史料的错误。令我不敢相信自己的眼睛的是：朱先生为了有利于自己的批评而引用的十处《二十世纪中国杂文史》中的原文，竟然有九处出现了摘引的错漏！为了不掩真出伪、混淆真相，下面逐一按照朱文引文先后顺序如实抄录“引文”与“原文”进行对照，“引文”与“原文”不同之处用着重号标示：

引文一：我们认为对杂文的较完整的表述，应该是这样的：杂文是以议论和批评为主的杂体文学散文；杂文以广泛的社会批评和文明批评为主要内容，一般以对假恶丑的揭露和批判来肯定和赞美真善美；杂文格式笔法丰富多样，短小灵活，艺术上要求议论和批评的理趣性、抒情性和形象性，有较鲜明的讽刺和幽默的喜剧色彩。（《杂文史》p. 5）

原文：我们认为对杂文的较完整的表述，应该是这样的：杂文是以议论和批评为主的杂体文学散文；杂文以广泛的社会批评和文明批评为主要内容，一般以对假恶丑的揭露和批判来肯定和赞美真善美；杂文格式笔法丰富多样，短小灵活，艺术上要求议论和批评的理趣性、抒情性和形象性，有较鲜明的讽刺和幽默的喜剧色彩。[1]

引文二：他不是一般的民主主义者，而是急进的革命的民主主义者，他也不是一般的革命民主主义者，而是新民主主义革命历史时期马克思主义在中国日益传播时代下的革命民主主义者；至于后期的鲁迅则是一位马克思主义者，伟大的共产主义战士。（《杂文史》p. 276）

原文：他不是一般的民主主义者，而是急进的革命的民主主义者，他也不是一般意义上的革命民主主义者，而是新民主主义革命历史时期马克思主义在中国日益传播时代下的革命民主主义者；至于后期的鲁迅则是一位马克思主义者，伟大的共产主义战士。[2]

引文三：多年来，人们从不同的侧面和不同的层次去概括鲁迅杂文丰富、深刻的内涵。瞿秋白从中国近代和现代“思想斗争史上重要地位”评价鲁迅的杂文。郁达夫认为鲁迅的“随笔杂感，更提供了前不见古人，而后人绝不能追随的风格……要全面了解中国的民族精神，除了读《鲁迅全集》之外，别无捷径”。冯雪峰指出，鲁迅在他的小说和杂文中，“以毕生之力作了中国民族的解剖，作奴隶的被逼迫、民族的被征服的史图”，“也作了奴隶——中国大众的血战的鲜明的史图”。徐懋庸在《中国人民的胜利也就是鲁迅精神的胜利》中，指出鲁迅思想与毛泽东思想的一致性，看作是中国现代理论思维并峙的两座高峰。（《杂文史》p. 276）

原文：多年来，人们从不同的侧面和不同的层次去概括鲁迅杂文丰富、深刻的内涵。瞿秋白从中国近代和现代“思想斗争史上的重要地位”评价鲁迅的杂文，郁达夫认为鲁迅的“随笔杂感，更提供了前不见

---

[1] 姚春树、袁勇麟：《二十世纪中国杂文史》（上册），福建教育出版社1997年版，第5页。

[2] 姚春树、袁勇麟：《二十世纪中国杂文史》（上册），福建教育出版社1997年版，第276页。

古人,而后人绝不能追随的风格……要全面了解中国的民族精神,除了读《鲁迅全集》之外,别无捷径”。冯雪峰指出,鲁迅不仅是中国的“民族魂”,而且是“中国民族中的战斗者之魂”,鲁迅在他的小说和杂文中,“以毕生之力作了中国民族的解剖,作了奴隶的被压迫、民族的被征服的史图”,“也作了奴隶——中国大众的血战的鲜明的史图”。徐懋庸在《中国人民的胜利也就是鲁迅精神的胜利》、《鲁迅关于革命的战略策略思想》、《毛泽东思想与鲁迅思想》中,指出鲁迅思想与毛泽东思想的一致性,看作是中国现代理论思维并峙的两座高峰[1]。

引文四:高扬的杂文始终饱含着一位老共产党员关心国家的民族的命运,关注社会的进步和精神文明的炽热情怀。(《杂文史》p. 837)

原文:高扬的杂文始终饱含着一位老共产党员关心国家和民族的命运、关注社会的进步和精神文明建设的炽热情怀[2]。

引文五:新基调杂文,无论是从理论依据还是从创作实践上都是不能成立的。(《杂文史》p. 772)

原文:“新基调杂文”,无论从理论依据还是从创作实践上,都是不能成立的[3]。

引文六:历史的辩证法总是这样:压迫总激起反抗,动地哀吟总伴着冲天惊雷,苦难总启发觉醒……。(《杂文史》p. 1)

原文:历史的辩证法从来就是这样:压迫总激起反抗,动地哀吟总伴着冲天惊雷,苦难总启发着觉醒……[4]。

引文七:这时的鲁迅已是杰出的马克思主义者,已是个伟大的共产

---

[1] 姚春树、袁勇麟:《二十世纪中国杂文史》(上册),福建教育出版社 1997 年版,第 276—277 页。

[2] 姚春树、袁勇麟:《二十世纪中国杂文史》(下册),福建教育出版社 1997 年版,第 837 页。

[3] 姚春树、袁勇麟:《二十世纪中国杂文史》(下册),福建教育出版社 1997 年版,第 772 页。

[4] 姚春树、袁勇麟:《二十世纪中国杂文史》(上册),福建教育出版社 1997 年版,第 1 页。

主义战士。(《杂文史》p. 290)

原文:这时的鲁迅已是个杰出的马克思主义者,已是个伟大的共产主义战士[1]。

引文八:在这一历史时期里,中国共产党亲自创办、周恩来直接指导的《新华日报》特别重视杂文,对推进中国现代杂文有过不可磨灭的历史贡献。……最重要的影响最深远的政论大家无疑是毛泽东。毛泽东是位极富诗人气质的伟大政治家和伟大思想家,他的不少著名政论和演讲,如《反对本本主义》、《反对党八股》、《改造我们的学习》、《将革命进行到底》以及评《白皮书》的那些著名篇章,都是高屋建瓴、笔挟风雷,观点泼辣、文采斐然的上乘政论文。(p. 24)

原文:在这一历史时期里,中国共产党亲自创办、周恩来直接指导的《新华日报》特别重视杂文,对推进中国现代杂文有过不可磨灭的历史贡献。……最重要的影响最深远的政论大家无疑是毛泽东。毛泽东是一位极富诗人气质的伟大政治家和伟大思想家,他的不少著名政论和演讲,如《反对本本主义》、《反对党八股》、《改造我们的学习》、《将革命进行到底》,以及"评白皮书"的那些著名篇章,都是高屋建瓴、笔挟风雷、尖锐泼辣、文采斐然的上乘政论文[2]。

引文九:毛泽东作为伟大的政论家,他的雄文四卷指导中国新民主主义革命从胜利走向胜利这个历史功勋是永不磨灭的。(p. 572)

原文:毛泽东作为伟大的政论家,他的雄文四卷指导中国新民主主义革命从胜利走向胜利,这个历史功勋是永不磨灭的[3]。

引文十:康(有为)文"指引今古,洒洒万言",有很大欺骗性和迷惑性。他针对革命派的"仇满"、"排满"、"反满"主张,鼓吹"满汉平等",抹

---

〔1〕 姚春树、袁勇麟:《二十世纪中国杂文史》(上册),福建教育出版社 1997 年版,第 290 页。

〔2〕 姚春树、袁勇麟:《二十世纪中国杂文史》(上册),福建教育出版社 1997 年版,第 23—24 页。

〔3〕 姚春树、袁勇麟:《二十世纪中国杂文史》(上册),福建教育出版社 1997 年版,第 572 页。

煞满汉之间的民族差异……。(p. 183)

原文：康(有为)文“援引今古，洒洒万言”，有很大欺骗性和迷惑性。他针对革命派的“仇满”、“排满”、“反满”主张，鼓吹“满、汉平等”，抹煞满汉之间的民族差异……〔1〕。

读者不难发现：除了引文一刚开始抄录比较认真、准确无误之外。引文二漏抄三个字，引文三抄漏五十个字、抄错一个字、抄错一处标点、抄漏十二处标点和抄漏一个页码，引文四抄错一个字、抄错一处标点、抄漏两个字，引文五漏抄三处标点，引文六抄错一个字、漏抄三个字，引文七漏抄一个字，引文八抄漏一个字、抄错两处标点、抄错两个字和抄漏一个页码，引文九漏抄一处标点，引文十抄错一个字和漏抄一处标点。

朱先生自己说是“再细读《二十世纪中国杂文史》”的，应该不会是“时间匆促”、“一目十行”地“细读”吧?!

抄书就已抄得丢三落四，判断就更难以令人置信：明明在《二十世纪中国杂文史》一书的“目录”中“绪论：中国杂文从古典向现代的嬗变”里就标有“一、中国‘有悠久深厚的杂文传统’”〔2〕，而且，在该书的“绪论：中国杂文从古典向现代的嬗变”里，在涉及“一、中国‘有悠久深厚的杂文传统’”〔3〕这个问题时展开了近六页的分析和论述。不知何故，朱先生竟会睁着洞察秋毫的白眼说：“姚、袁《杂文史》把现代杂文的源头定在龚自珍、魏源，似乎也大可商榷”。

由于耽于情绪，使得朱先生失去了对自我清醒判断的控制能力。朱先生说得很对：“治史，一要有新观点，二要有新史料，方可突破”。请看朱先生在宏文中为我们提供的两处新史料：“近年来已被发现的老

〔1〕 姚春树、袁勇麟：《二十世纪中国杂文史》(上册)，福建教育出版社 1997 年版，第 183 页。

〔2〕 姚春树、袁勇麟：《二十世纪中国杂文史 · 目录》，姚春树、袁勇麟：《二十世纪中国杂文史》(上册)，福建教育出版社 1997 年版，第 1 页。

〔3〕 姚春树：《绪论：中国杂文从古典向现代的嬗变》，姚春树、袁勇麟：《二十世纪中国杂文史》(上册)，福建教育出版社 1997 年版，第 3—8 页。

宣、李宗吾，都有相当精彩的杂文集”；鲁迅“是否会有高尔基那样身后几十年才被披露的清醒之言呢?”以此观之，这两处新史料，一个是别人已经发掘出来的，另一个嘛，那还有待于朱先生今后“去艰苦淘金”来证实。我相信，朱先生是绝对不会因“功力不够”而令我们失望的吧?

由于耽于情绪，使得朱先生失去了对评判标准的控制能力。朱先生前面刚刚说：“一部有人出钱的杂文史，还能是杂文史吗?”可是，很快朱先生又接着极力推崇“像黄梨洲、顾亭林、万季野、全谢山那样的中国大学人”，“即使明知是‘非我族类’的怀柔之举，也在所不惜，投入《明史》撰修之中”。同样是有人出钱而撰修史书，朱先生凭什么抑前扬后呢? 是否是朱先生特别喜欢“非我族类”的钱呢?

由于耽于情绪，使得朱先生失去了对自己新观点前后统一的控制能力。请看朱先生“闭门细想，方才省悟”出来的几个新观点：“在‘抗日’这面所向无敌的旗帜下，杂文家都向政治意识形态缴了械，除了梁实秋、林语堂那么几个边外人例外”，“可以说，1937—1949时期的杂文家，都陷入了杂文政治化、党派化的雷区”，是“杂文灾难的萌芽期沦陷期”；“在中国这样的环境下，作省委书记的高扬怎么能写出超越意识形态、具有独立思想的杂文呢?”“历代皆有看似‘体制内’实则‘体制外’思维的杂文”；“真正的杂文是思想批判、文化批判，而不是政治批判。在此原则下，自然政论论文是杂文，生活感悟也是杂文，只要有真知灼见，便是好杂文”……。这些新观点，自然是做到了标新立异，但同时它们的前后自相矛盾也是不言自明的。

由于耽于情绪，使得朱先生失去了对自己杂文史新观念能否操作的判断能力。朱先生认为：“杂文的本质”“是一种超越党派、团体的独立意见”，“‘缺德’与‘歌德’，都只能是代圣贤立言的‘新基调’，是准杂文、伪杂文”；“人们所赞赏的鲁迅杂文，是不包括其后期”“迷失在为党派而呼的杂文之途”“的文章的”，“鲁迅精神，主要指青年鲁迅的自由独立批判精神”，“鲁迅后期感染的‘新基调病态’，带来一场历时半个世纪的杂文的悲哀”，“至今也是形形色色的‘新基调杂文’占居多数版面，真正的自由思想杂文不过是十之二三而已”。如果以他的杂文史新观念来操作撰写二十世纪中国杂文史，那么不仅鲁迅的后期杂文将被腰斩，中老年的鲁迅精神将被剥夺，并且，从 1937 年到现在能入朱著杂文史的杂文恐怕最多不过是十分之一而已，再排除掉从二十世纪初到现在的一切跟“政治”、“党派、团体”（我们把文学社团也算着是团体）有关的杂文家和杂文作品，那整部朱先生所著的《本世纪中国杂文史》（或曰《本世纪中国杂文史长编》、或曰《本世纪中国杂文史稿》）中的杂文家将可能就只有三分之一个的鲁迅，再加上不到三分之一个的朱先生（朱先生自谦地说过比起“一代伟人鲁迅”来自己只能算是个“凡夫”）和不到三分之一个的无名氏等等了。我坚信，以“复兴信史”为己任的朱先生是决不会这样做的，否则的话，还真将会被专家高人讥笑为是一部在“功力不够，环境不好，时间匆促”的情况下写出来的“滥采伪学”、“故为曲笔”、“掩真出伪”、“阉割误写”的杂文史喽！

王蒙曾戏谑地说过：“一些自以为才高八斗的吹胀了的评论家，不看完作品就敢捧杀棒杀；读几行就可以写几页，只读过你的作品的十分之一就敢对整个作家下结论”[1]。王蒙说的是评论作家的“评论家”，我认为也应该包括一些评论杂文史的“评论家”！

姚春树、袁勇麟著的《二十世纪中国杂文史》，作为国内第一部研究二十世纪中国杂文史的专著，在具有筚路蓝缕、以启山林之功的同时，姚春树先生也清醒地、谦虚地意识到：“我们的研究，是寂寞的、艰难的，成绩也微不足道。……是堆满遗憾和歉疚的”[2]。它的功过得失，自然应当由真正具有史德、史学、史实、史才的杂文史专家和读者来作出实事求是、深刻公正的评价，没有必要耽于情绪地睁着眼睛说瞎话！

原载《科学与文化》1999 年第四期

〔1〕 王蒙：《序Ⅰ》，部元宝：《拯救大地》，学林出版社 1994 年版，第 2 页。

〔2〕 姚春树：《二十世纪中国杂文史·后记》，姚春树、袁勇麟：《二十世纪中国杂文史》（下册），福建教育出版社 1997 年版，第 1098 页。

采英撷华　开拓创新

——读《历史的高峰——桂林文化城的鲁迅研究精华探索》

众所周知，鲁迅研究在二十世纪中国文学研究中，占据着高手最多、成果最丰、水准最高、突破最难的显赫位置。甚至可以毫不夸张地说，鲁迅研究所达到的成就代表着整个中国文学研究所能达到的最高成就。已经有了八十多年历史的鲁迅研究，在经过 1980 年代的高峰叠出之后，进入平稳发展的 1990 年代，还会出现开拓新领域、越上新高峰的成果吗？放在我们面前的这本《历史的高峰——桂林文化城的鲁迅研究精华探索》[1]，作出了肯定的回答。

刘泰隆教授凭借着“从事中国现代文学的教学与研究已经四十余年，读鲁迅的书和关于鲁迅研究论著所花的时间最多，又是生活于桂林”[2]的优势，并且经过多年的充分地收集占有原始资料，阅读比较分析研究之后，写成了《略论桂林文化城的鲁迅研究论著》一文，在 1993 年冬召开的“鲁迅研究新路向”专题学术讨论会上宣读后，被鲁迅研究专家们誉为“是开拓了鲁迅研究地方史新领域和鲁迅研究阶段史新领

〔1〕 刘泰隆：《历史的高峰——桂林文化城的鲁迅研究精华探索》，广西师范大学出版社 1998 年 10 月第 1 版。

〔2〕 刘泰隆：《前言・桂林文化城——鲁迅研究的历史高峰》，刘泰隆：《历史的高峰——桂林文化城的鲁迅研究精华探索》，广西师范大学出版社 1998 年版，第 2 页。

域的第一篇好论文”[1]，大家热切地希望他在此基础上完成一本《鲁迅研究的历史高峰》专著。

面对荣誉，刘教授并没有因激动、兴奋而止步不前，虽然年近古稀的他异常清楚地知道，自己将面临的是开拓新领域、超越历史高峰的异常艰巨的课题，也曾担心力不从心或付出努力却未能收到实效。经过四年多时间外人难以想象的艰难拼搏，一本 32.9 万字的专著终于呈现在我们的面前。专著除前言、附录和后记外，共有六章三十一节[2]，章节的安排体现了宏观把握与微观探索、历史比较与美学判断的统一，在剥笋式的层层递进中向论题的深层掘进。

第一章将 1913 年至 1997 年的鲁迅研究历史分为七个时期，鸟瞰式地概括描述和评价各个时期的主要成果、整体特色、历史贡献和存在局限。它不仅使各个层次的读者能够从中或者得到知识、或者受到启发，而且使桂林文化城的鲁迅研究论著被置于鲁迅研究史的框架中来确认它的价值，辨识它的源流、规律、贡献和局限。从而为研究对象选择了“一个最好的参照系，也是不可缺少的测量器之一”[3]。或许人们会感到尚有不少精品论著未能入选（严格地说这属于鲁迅研究史专著的任务），或许人们对某些入选论著的历史评价并不一致，但是，谁也不会否认刘教授的三言两语的概述和评价，就提纲挈领、剔精抉微地揭示出每个时期代表性精华论著的内容、价值和每个时期的主要特点、成就与问题。显示出一个功力雄厚的学者所特有的高屋建瓴的气度、宽阔博大的襟怀、深邃独到的眼光、大胆公允的见解——这一切无疑是建立

---

[1] 刘泰隆：《前言·桂林文化城——鲁迅研究的历史高峰》，刘泰隆：《历史的高峰——桂林文化城的鲁迅研究精华探索》，广西师范大学出版社 1998 年版，第 1 页。

[2] 第一章鲁迅研究的历史概况（共七节）、第二章桂林文化城的鲁迅研究论著概况（共二节）、第三章桂林文化城对鲁迅总体的最高认识（共三节）、第四章桂林文化城的《阿 Q 正传》研究（共九节）、第五章桂林文化城的鲁迅杂文研究（共五节）、第六章桂林文化城的鲁迅旧体诗研究（共五节）。

[3] 刘泰隆：《历史的高峰——桂林文化城的鲁迅研究精华探索》，广西师范大学出版社 1998 年版，第 1 页。

在超越八十多年鲁迅研究历史高峰的基础之上的。

在第二章至第六章的专著正文部分，第二章先从“鲁迅研究论著的历史贡献”和“鲁迅研究论著的宝贵经验启示”两个方面，描述和总结了桂林文化城鲁迅研究论著的概况，然后，从“对鲁迅总体的最高认识”、“《阿Q正传》研究”、“鲁迅杂文研究”、“鲁迅旧体诗研究”四个专题深入细致地研究分析桂林文化城鲁迅研究论著的精华成果内容、总结经验教训、提出创新论断。

在《前言》里的“三、我怎样研究这个历史高峰”中，刘教授谈道：在研究方法论上，遵循马克思提出的“充分地占有材料，分析它的各种发展形式，搜寻这些形式的内在联系”，“适当地叙述出”“现实的运动”的基本原则，并且正确辨证地处理好继承和创新的关系，科学准确地运用“比较研究”和“精华解剖”的方法，灵活多样地选用中外古今的批评理论；在研究目标上，追求使读者“不仅看到鲁迅研究史上桂林文化城这座历史的高峰，而且也看到全国全世界的当代的高峰”[1]；同时，读者也从中看到了刘教授所跃上的新的历史高峰，甚至展望研究前景的新的历史高峰。

通观全书，不难看出刘教授实现了自己设定的学术研究目标。专著不仅点面结合、纵横交错、主次分明、严谨清晰地给读者展示了丰富具体的桂林文化城鲁迅研究的第一手重要史料(有不少是属于新发掘的)，从纷纭复杂、琐屑无序的资料中，归纳梳理出鲁迅专题研究历史的主要发展线索，选择代表新时期鲁迅研究最高成就的成果来比较分析、研究评价桂林文化城鲁迅研究的贡献和局限，而且在分析综合前人研究成果的基础上进行了独立思考、开拓创新。或者发现新观点：发现聂绀弩的鲁迅论“是别开生面地主要地从‘思想革命’与‘民族革命’的角度立论”，茅盾的鲁迅论“更是‘文化学’和‘人类学’的观点”；发现“鲁迅旧体诗的‘十炼’，是发展了‘古人诗多炼’的优良传统，是前承古人后启

---

〔1〕 刘泰隆：《前言·桂林文化城——鲁迅研究的历史高峰》，刘泰隆：《历史的高峰——桂林文化城的鲁迅研究精华探索》，广西师范大学出版社1998年版，第10、12页。

来者的事业”等等。或者作出新判断：认为“毛泽东的鲁迅论主要是从‘文化学’的角度进行论述的；有些人说它是‘单纯的政治观点’，同铁的事实恰恰相反了”；认为“《阿Q正传》是现实主义与现代主义结合的杰作”，“阿Q既是辛亥革命前后中国愚弱雇农的活生生的人物典型，更是具有世界性的精神胜利法的精神典型”等等。或者进行新说明：说明鲁迅杂文的多趣味性具体表现为“深邃的理趣”、“惊人的奇趣”、“高远的情趣”、“感人的形趣”、“语言的丰富多趣”和“新味、鲜味”、“熟味”、“辣味”、“笑味”、“回味、遗味、余味”；通过“用最传统的格律写出最新最真最深的情感”、“用最传统的词语和手法塑造现代最新的人物”、“向传统的最高造诣攀登甚至超越”和“去偏发微，创造了带有杂文风格的现代旧体诗”等方面的分析论证来重新说明木犀提出鲁迅旧体诗艺术特色“是最传统的而又最独创的”[1]正确等等。或者指出新路向：指出继邵荃麟之后，关于精神胜利法的“帝国主义文化根源不仅无人研究过，甚至还未见有第二个人提及”，指出应该从“活生生的人物典型”和“精神胜利法的精神典型”相结合的路向来推进对阿Q典型问题的研究；指出“鲁迅旧体诗和其他现代旧体诗创作，不入中国新文学史是可以理解的，而不入中国现代文学史著作是错误的”[2]等等。

对于刘教授那辈学者来说，最熟悉、最擅长的文学批评理论和研究方法，莫过于“社会—历史”的批评方法，然而，我们看到刘教授在发扬固有的批评理论和研究方法优势的同时，根据研究对象的具体特点和实际需要，灵活地选用中国古代文论的审美范畴、古代诗话和西方的美学、哲学、文化学、人类学、阐释学等中外古今的文学批评理论和研究方法。显示出开放、新颖的学术视野和蓬勃、旺盛的学术思维，而且使得专著能够独辟蹊径、独具慧眼地在开拓创新中超越鲁迅研究的历史高

〔1〕 刘泰隆：《历史的高峰——桂林文化城的鲁迅研究精华探索》，广西师范大学出版社1998年版，第71、72、307、70、90、91、205、206、207、208、209、210、212、215、262、264、265、271、261—262页。

〔2〕 刘泰隆：《历史的高峰——桂林文化城的鲁迅研究精华探索》，广西师范大学出版社1998年版，第108、91、312页。

峰。刘教授说:“这本书的研究方法可以说是个‘大杂烩’,加上我不能熟练掌握,存在的问题肯定不少”[1]。这是一个严谨学者的自谦之词,读者不难发现,刘教授对多种西方文学批评理论和方法的运用,绝无概念轰炸、生搬硬套、相互抵牾、娇揉造作的现象,理论和方法自然而然、通俗易懂地渗透到对研究对象的描述、分析、判断和评价之中。这说明它们已经内化为刘教授的思维结构和操作程序,成为得心应手、自发运用的“枪法”和“招数”。

如果一定要吹毛求疵的话,我觉得美中不足的是:第一,由于缺少了“原计划还要写三章:一是桂林文化城的鲁迅思想研究,其中特别是胡风论鲁迅思想所表现的优长和局限有很深的认识意义,……二是桂林文化城对鲁迅小说的综合研究。……三是桂林《野草》作家群对鲁迅杂文的继承与发展”[2]。使得读者对这方面的内容不能得到更具体、更深入的了解和认识,这一方面是读者因急于想得到更多的知识而对刘教授提出的苛求,另一方面也显示出刘教授的严谨学风。读者从《后记》中可以知道,刘教授没写这三章的原因,或是发表过类似的论文,或是发觉自己难以超越别人的研究成果,因而只将自己曾经发表过的相关论文作为附录收入书中。第二,书中第五章和第六章在描述桂林文化城的研究论著之后,跳过描述新时期研究最高成就这一环节,就展开全面具体、细致深入地阐述自己对鲁迅杂文与旧体诗研究的一家之言,在体例上给人产生跟第三章和第四章之间不太和谐的感觉,但这同时也使得这两个相对显得比较薄弱的鲁迅专题研究跃上了一个新的历史高度,显示出刘教授强烈的创新意识和超越意识。

可以肯定地说:作为中国大陆第一本系统完整地研究桂林文化城鲁迅研究精华的专著,《历史的高峰——桂林文化城的鲁迅研究精华探

---

〔1〕 刘泰隆:《前言·桂林文化城——鲁迅研究的历史高峰》,刘泰隆:《历史的高峰——桂林文化城的鲁迅研究精华探索》,广西师范大学出版社 1998 年版,第 13 页。

〔2〕 刘泰隆:《后记》,刘泰隆:《历史的高峰——桂林文化城的鲁迅研究精华探索》,广西师范大学出版社 1998 年版,第 392—393 页。

索》既填补了该课题的研究空白，又充分体现了鲁迅研究的新水平，同时也构成整个鲁迅研究史研究的一个新成果。这是一本筚路蓝缕、独辟蹊径、恢宏厚实、深刻精辟的精品专著，必将引导和促进鲁迅研究地方史和阶段史研究的深入与发展。今后的研究者在继续探索这个研究课题时，或许会不同意刘教授的某些具体观点，或者将超越刘教授所达到的历史高峰，但是，无论如何都不能无视它的存在和摆脱它的影响！

原载魏华龄、左超英主编：《桂林抗战文化研究文集》（六），广西师范大学出版社 2001 年版

深刻理性阐释延安十年奇迹
——评朱鸿召新著《延安缔造》

十年能做什么？中国共产党人的回答是：十年延安赢天下。

1937—1947年，中国共产党人把陕北小镇延安打造成革命圣地，毛泽东思想在这里发展成熟，新中国雏形在这里孕育成长；共产党人在这里获得民心，创造奇迹，走出延安，赢得天下。朱鸿召新著《延安缔造》，[1]客观审视并生动呈现了延安十年所创造的历史奇迹，翔实梳理并理性阐释延安十年政治历史文化生活，重新认知并探究揭示延安十年赢天下的逻辑脉络，这是新形势下中国现代史研究的一个巨大收获，是一部客观审视、全面呈现延安十年历史奇迹的学术巨著！

1990年代后期以来，延安文学研究迎来了一个新的高潮期：一批青年学者、文学博士的加盟，带来有冲击力的研究方法与学术观点；研究的视角进入到深层次研究，摆脱了意识形态的困扰，由批评性学术走向学理性学术，提出在设立"延安学"的多学科互补中推进延安文学研究的新思路，产生了一大批学理扎实、具有新意的研究成果。朱鸿召就是其中致力于延安文学、延安社会历史文化研究的杰出代表人物，他从1995年进入延安文学课题研究，翻检浏览延安时期的报刊出版物、旁及当时当事人的几乎所有回忆文章著述，实地寻访延安、陕北与游历了原属于晋察冀边区和陕甘宁边区的华北、西北等地，1996年撰写《延安文人》[2]书稿、1998年完成博士论文《兵法社会的延安文学》(1937～

---

〔1〕 朱鸿召：《延安缔造》，陕西出版传媒集团、陕西人民出版社2013年10月第1版。

〔2〕 朱鸿召：《延安文人》，广东人民出版社2001年9月第1版。

1947)全面考察1937—1947年延安文学生长存在的历史语境、制作过程和文本特征，此后出版相关著述有《王实味文存》[1]、《众说纷纭话延安》[2]、《延安访问记》[3]、《博古，39岁的辉煌与悲壮》[4]、《延安日常生活中的历史：1937—1947》[5]、《延河边的文人们》[6]、《延安曾经是天堂》[7]，担任十二集大型纪录片《我们在延安》[8]总撰稿等。从收集整理文献资料、当时当事人回忆录，经撰写研究延安文学、出版延安十年知识分子命运，到研究出版延安十年日常生活历史、延安共产党政权的所做所为与重塑延安革命精神传统，朱鸿召在延安文学、延安社会历史文化研究中已经辛勤耕耘了近二十个年头，为读者描绘了“延安的丰富与复杂，辉煌与残酷，伟大与艰苦”[9]；从撰写《延安曾经是天堂》开始，朱鸿召正面描述发掘延安十年共产党政权的政策措施与延安精神的成功经验，试图以延安十年为标本提供中国现在需要选择什么社会治理结构的参照，历时五年写就的《延安缔造》是在作者过去研究著作的基础上更上一层楼的集大成之作。我以为《延安缔造》是一部巨著，主要理由源于如下三大方面：

丰富翔实的原始资料，是本书成为学术巨著的先决要素

审视辨识原始资料，是历史研究的前提条件和基本功夫。朱鸿召秉持一贯以来严谨的学术作风，在新著《延安缔造》中对原始资料梳耙

---

〔1〕 朱鸿召编选：《王实味文存》，上海三联书店1998年12月第1版。

〔2〕 朱鸿召编选：《众说纷纭话延安》，广东人民出版社2001年9月第1版。

〔3〕 陈学昭著、朱鸿召编：《延安访问记》，广东人民出版社2001年9月第1版。

〔4〕 黎辛、朱鸿召主编：《博古：39岁的辉煌与悲壮》，学林出版社2005年1月第1版。

〔5〕 朱鸿召：《延安日常生活中的历史：1937—1947》，广西师范大学出版社2007年7月第1版。

〔6〕 朱鸿召：《延河边的文人们》，东方出版中心2010年2月第1版。

〔7〕 朱鸿召：《延安曾经是天堂》，陕西出版集团、陕西人民出版社2012年5月第1版。

〔8〕 中央新闻电影纪录制片厂、视袭影视联合制作：《我们在延安》十二集电视纪录片，中央电视台纪录片频道(CCTV-9)2012年6月30日首映。

〔9〕 朱鸿召：《延安缔造》，陕西出版传媒集团、陕西人民出版社2013年版，第565页。

刮垢，考辨精研。

对包括当时的文献档案、新闻出版物、历史图片、当时当事人的回忆录等原始资料的翔实梳理与熟稔运用，是同类题材图书中所罕见，也是最见功夫和品质的。全书脚注征引材料多达一千零五十多条、文献图片四十七幅。这些脚注在征引材料时，既有自己采访当年当事人的记录，又有对原始资料与后来重新编辑出版的材料，进行严格的文献校勘辨识工作。

有的指出个人回忆缺乏历史文献依据。如引述刘鼎晚年回忆1936年4月9日周恩来、李克农与张学良、王以哲在延安秘密会谈中，张学良提出了“联蒋抗日”主张的同时，又求证于杨奎松的研究成果，显示刘鼎的“回忆缺乏历史文献依据”；

有的标明属于转引并且进行订正。如为引述张闻天在审判黄克功结束后发表的讲话作注释时，明确标明是：“转引自舒湮《战斗中的陕北》附录《延安行》”，“文缘出版社，1939年3月初版”。同时指出：“张闻天的这个讲话稿正式文本至今未见”，引文中“说刘茜是共产党员，疑有误”；

有的引用几个原始文献的说法进行相互印证、求证。如为引述文艺小组数量、组员人数和单位数注释时，就引用了叶澜的《文艺活动在延安》、雷加的《七次巡回座谈会底经过与检讨》及其“《中华全国文艺界抗敌协会延安分会第五届会员大会记录》”三个原始文献的三种说法，来进行相互印证与相互求证[1]。

有的提供引用多条印证材料进行考辨。如注释陕甘宁边区第二届参议会参议员人数时，共提供引用了《陕甘宁边区第二届参议会汇刊》之《大会经过及当选人员》、《边区二届参议员题名录》、《解放日报》1941年11月7日报道《陕甘宁边区第二届参议会开幕》、宋金寿、李忠全主编的《陕甘宁边区政权建设史》、雷云峰总编的《陕甘宁边区史》中编五

---

[1] 朱鸿召：《延安缔造》，陕西出版传媒集团、陕西人民出版社2013年版，第74页脚注③、173页脚注①、234页脚注①。

条印证材料，并且指出："第二届参议会常驻委员会提供的参议员人数，与《解放日报》报道的人数不吻合，可能是出席开幕式参议员人数与参加会议讨论活动的参议员人数之出入。上引后两种著述中的参议员数字都没有提供原始资料出处，疑有误"；

有的印证多个版本的异同。如在为毛泽东的《新民主主义论》引文注释时，就印证了《中国文化》创刊号、《解放》周刊第98、99期合刊和《毛泽东选集》三个版本。而且说明："此文先刊于《中国文化》(延安)创刊号(1940年2月15日出版)，题名《新民主主义政治与新民主主义文化》，没有小标题，文字与《解放》周刊有出入。""后来收入《毛泽东选集》，以《解放》周刊为版本，又作文字修改"；

还有的竭泽而渔、考证辨伪。如为了撰写案例五、查证徐佛观(徐复观)所写的延安观察报告，不仅遍览"上海图书馆所藏徐复观全部图书"，而且通过多方联络、咨询台湾"徐复观著作编辑者，核对文献"资料；还引用徐复观当年的同事唐纵的"《在蒋介石身边八年——侍从室高级幕僚唐纵日记》"与张令澳的"《侍从室回梦录》"，来印证当时的历史细节[1]；在引述徐复观当年上级康泽晚年写的《康泽自述及其下落》时，不但指出它"在一些具体时间、事件上明显有误"，而且证实"徐复观担任驻延安联络参谋期间，肯定写过不止一份观察报告，不过只有最后这一份直接递交蒋介石，并得到重要批示的，才受到应有的重视和珍惜"[2]。

丰富实证、辨析坚实的原始资料，使得这部呈现延安十年共产党人创造奇迹的著作成为读者可以充分信赖的学术巨著。

多角度全方位的问题研究，是本书成为巨著的充分条件

全书结构严谨，体大精深。除了"弁言"、"跋语"、"后记"，全书主体

---

〔1〕 朱鸿召：《延安缔造》，陕西出版传媒集团、陕西人民出版社2013年版，第282页脚注①、286页脚注①、566、399—400、401—402、411页。

〔2〕 朱鸿召：《延安缔造》，陕西出版传媒集团、陕西人民出版社2013年版，第414页。

由七章构成。章节之间以问题的逻辑关联展开，每章内部以时间的先后顺序展现：延安十年中国共产党人的生存、发展智慧和政治、文化策略。每章内容都由“正面打量”与“典型案例”两个部分构成，如果说“正面打量”更多地是从正面的角度审视呈现延安十年中国共产党政权的政策措施与延安精神的成功经验，那么“典型案例”则是从他者的角度审视呈现国际友人、民主人士心悦诚服地接受中国共产党的政治主张与社会理想。

第一章通过共产党、国民党、国际友人与毛泽东、蒋介石、埃德加·斯诺等相互对照、正反映衬、客观审视、全面呈现到达陕北、进驻延安的共产党人及时回应时代社会关切问题，高举起抗日救亡时代的大旗，形成抗日民族统一战线政策，科学论述抗日持久战的方针，获得存在成长的合法性与合理性，吸引上万青年知识人才奔向延安。美国记者埃德加·斯诺最早在陕北惊奇发现中国共产党人的绝对自信与远见卓识、红军战士的生机活力与钢铁意志、革命事业的正义所在、令人神往，并把中国共产党人的神奇事迹传播到世界各地。

第二、三章从实现民生保障、追求人格平等、实施特殊纪律与抢夺培训人才、颁布激励政策、创造骄傲奇迹等方面，客观审视、全面呈现中国共产党人在革命队伍的制度建设上如何满足物资精神需求、制定人才管理机制、赢得艺术科技奇迹。不仅使访问延安的爱国华侨陈嘉庚看到完全不同于国统区的新世界、新生活，坚信中国的希望在延安的共产党身上，毛泽东是中国的救星；而且让两次到达延安的独立作家萧军与毛泽东结成平等朋友、半宾半友，获得在延安文艺整风之前容许特立独行、宽容开放的社会人文环境。

第四章从中国共产党人的民主政权建设、谋求政治生存方面，客观审视、全面呈现中国共产党人如何治理局部民主社会、创建民主政权示范：实行“同罪同罚”与党员从重，实施“三三制”民主政权，设计“民主集中制”政体。使得到延安访问的民主人士黄炎培发现：延安的社会现实接近他的理想世界，延安的政治主张合乎他的政治意愿，延安的兴亡问答增强他的前途信念。

第五、六、七章从加强革命队伍自身建设方面努力锻造团队执行力与战斗力，发动统一全党思想的延安整风运动；从经济政策方面给工农群众看得见的实际利益，改造农民财旺、人旺、有文化；从文化创新方面促成“笔杆子”配合“枪杆子”，在新闻传播中执行党性原则等方面，客观审视、全面呈现中国共产党人在思想、组织上如何改造共产党员、工农群众、知识分子，进而推翻旧世界、建立新中国。使得国民党派遣到延安的联络参谋徐佛观发现，国民党必须学习共产党的一元化领导体制，解决农民问题与土地问题是一切政治措施的总核心；美军派赴延安的军事顾问预言，得到民众积极支持的共产党政府和军队在抗战胜利之后，一定会战胜国民党而取得国家政权；两次访问延安的文化学者梁漱溟经过参观考查与交换政见，虽然在如何建设一个新中国方面分歧较大、存在误解，但是依然成为共产党人的肝胆诤友。

上述章节从顺应人心、吸引人才，赢得民意、管理团队，统一人力、改造人生等方面梳理逻辑脉络与理论思绪，达到历史逻辑与理论逻辑的辩证统一。

深刻理性的学术思想情怀，是本书成为巨著的必然结果

揭示共产党人十年延安赢得天下的历史逻辑，是为了我们更好地继承发扬延安时期的精神传统，汲取破解现实社会改革发展难题，创造美好未来的智慧力量。

朱鸿召坦言自己“研究延安，回顾历史，是为了更清楚地审视现实，从中汲取创造理想未来的智慧力量”；

在揭示过去延安何以赢得新中国的历史逻辑时，作者深刻揭示：“延安十年赢天下的经验有很多，及时回应时代关切，切实主持社会公正，共襄事业、兼容并包，创建抗日民主示范政权，艰苦锻造团队执行力，等等，但是所有这些经验都是依托具体环境、条件和资源、机缘的”；

在汲取今天我们何以实现中国梦的智慧力量时，作者宏观总结：“及时回应时代关切，要求我们敞开双向言路，用鲜明的旗帜和响亮的主张，及时回应来自四面八方的诉求意愿”，“积极回应各种学术思潮，

化解各类思想纠葛，向世界有效地说明中国，坚持走中国自己的发展道路”；“切实主持社会公正，要求我们用制度化的方式确保国内社会公平正义，用理想道义的力量维护国际社会公平正义”；共襄事业、兼容并包，“需要将中华文化的道德伦理与西方文化的生存伦理融会互补，让活力、动力、竞争力在规范的法律和道德伦理轨道上有序运行，高速疾驶”；“执行力与创造力，都属于能够改变历史进程的巨大伟力”，“如果说执行力是战争时期的决定性力量，那么创造力就是发展时期的决定性力量，是推动生产力发展的关键因素”；“用最高的效率破解生存难题，用最善的文明温暖世道人心，用最美的愿景增进价值认同，是摆在我们面前的时代呼唤”〔1〕；“让每个人都在体面尊严的生活中充分发挥自己的主动性、灵活性和计划性，可以创造和谐社会，才能真正实现中华民族的伟大复兴”；

宏伟辽阔的视野，历史玄机的破解，精深沉稳的洞见，感时忧世的情怀，使得我坚信：这部“从社会文明进程的角度，努力客观地讲述曾经发生在延安的生动故事，发掘共产党人十年赢得天下的艰苦卓绝和创造智慧”〔2〕的著作，将被历史证明是一部学术巨著！

部分内容原载《中华读书报》2014 年 4 月 23 日

---

〔1〕 朱鸿召：《延安缔造》，陕西出版传媒集团、陕西人民出版社 2013 年版，第 558、559、559—560、560、561—562、563、563—564 页。

〔2〕 朱鸿召：《延安缔造》，陕西出版传媒集团、陕西人民出版社 2013 年版，第 557、565 页。

后　记

我出生在一个物质贫困而又亲情富裕的家庭，父亲母亲的养育，大姐二姐的呵护，使我的童年不乏家庭的温馨。时代的机遇、老师的培育，使我成为我们家唯一一个接受了从小学到博士的完整学历教育的幸运儿。

政和县工农兵小学、红卫小学、红卫中小学、政和一中的老师们帮助我夯固知识基础，福建师范大学中文系的教师们提升我专业知识素养。对我语文学习影响最大的小学、初中、高中老师有：朱玲燕老师、林忠坦老师、祖后明老师、林开明老师。把我领入中国现当代文学研究领域的恩师有许多位，其中两位给予我父亲般关爱的是：我的助教指导老师王维燊教授，我的博士学位导师姚春树教授。

收入本书的二十八篇文章，是从我自己撰写或与友人合作的文章中遴选出来的。它们在某种意义上，可以说是我上交给恩师们的学业作业。其中最早撰写的是《蘩漪反抗周朴园的最高形式?》它写成于1983年5月，是我读大学本科二年级时，上交给我的《中国现代文学史》老师黄广恩先生的课程作业；黄老师的鼓励，使我增强了信心，利用暑假时间认真修改，曾经把它寄给权威刊物《中国现代文学研究丛刊》。虽然最后并没有发表，但我一直敝帚自珍地留存着这份学生时代的作业；此次面世，既是作为我学生时代的纪念，又是对黄老师的怀念！《〈雷雨〉和《〈法西斯细菌〉结构艺术比较》则是在姚春树老师指导下完成的学士学位论文，它是我发表的第一篇论文，而且被《报刊资料选汇・戏剧研究》全文复印。收入“福建籍作家作品研究”中的十一篇文章，大多是为参加恩师们给我提供的学术会议而撰写的；收入“延安解放区文学研究”中的其中八篇文章与收入“文体理论与评析商榷”中的其中四篇文章，则是在就读中国现当代文学专业助教进修班与攻读博士学位时完成的；另外的《失败的文学疗救》与《延安解放区“小说批评”主要文体研究》，则可以看作是博士论文研究问题的后续；最后写就的则是《深刻理性阐释延安十年奇迹》，它完成于 2014 年 4 月，限于《中华读书报》的篇幅只摘要发表了其中的主要内容，这次恢复原貌，也算是对自己辛苦劳作的一个纪念！友人的合作为我的文章增添了光彩！

上述文章的绝大部分都曾发表过，在每篇文章的最后均特别标明，特向各位编辑表示感谢！收入本书的文章，为了保存历史真实，没有更改文章的观点。此次编辑整理，我主要做了如下的工作：校对所有引文，规范注释格式，为了方便大学本科生与有兴趣的读者的阅读，我尽量选用在公共图书馆容易找到的版本来做注释；订正文字语句、标点符号的错误，尽量避免以讹传讹；补上发表时因为报刊篇幅所限而删去的文字，恢复文章的历史原貌。

郑家建院长嘱咐我把自己发表过的与未发表的文章结集出版，非常感谢他给了我一次回顾和反思自己的机会。

我虽然是在“文革”结束之后读初中、高中，然而当时的政和县地处偏远山区，交通不便、文化荒芜。我考上大学之前，对于现代文学只阅读过几篇鲁迅的小说与杂文和茅盾的《子夜》等为数极少的作品。1981 年 11 月，我跨进福建师大新生宿舍十六号楼，第一位迎接我的理着小平头、身穿绿军装的老师亲切地对我说：“江震龙同学，你好！我是你的辅导员罗萤。以后有事情尽管找我”。顿然使第一次远离家乡、举目无亲的我，感受到兄长一样的关怀、家庭一般的温暖。虽然大学四年，我只到他的宿舍找过他一次，但是他在每次年级集会时的谆谆教诲，对塑造我的人生观产生了深刻的影响。刚入学不久，我第一次借阅了曹禺的《雷雨》，虽然那时并没能真正读懂，但那奇巧的故事情节、复杂的人物关系、精致的结构艺术及其富有诗意的人物台词，已使我感到愉悦、陶醉，甚至于惊叹了！我曾发誓：要把整部《雷雨》给背下来！虽然后来并没有能够真正实现当初的誓言，但也的确将《雷雨》读得相当熟识。在阅读了一些研究论文、著作之后，我写出了第一篇研究《雷雨》的文章。毕业前夕，为撰写学士学位论文，我再次潜心精读了《雷雨》，并对《雷雨》的结构艺术进行了比较细致、深入的分析和研究。

感谢福建师大中文系每位授业老师的精心培养！感激姚春树老师、王光明老师推荐我留校！感恩王维燊老师、吴锦濂老师在中国现代文学教研室的办公室命题笔试后从三位学生中选择我留校担任助教！使得我有幸加入到中国现代文学专业的学习、教学与研究队伍之中。我的助教指导老师王维燊先生为我制定了规范的助教指导计划，给我提供了撰写、发表作家作品赏析文章的机会。

我生活在福建福州，自然容易参加福建举办的学术研讨会：汪文顶老师推荐我参加 1994 年中外散文国际研讨会，厦门大学中文系庄钟庆教授邀请我出席林语堂诞辰一百周年学术讨论会，这就促成了研究梁遇春、林语堂文章的面世；姚春树老师推荐我参加冰心文学首届国际学术研讨会，不但令我开始撰写冰心研究的文章，而且认识了冰心文学馆的许多领导和朋友；这就是我会相继写出福建籍作家研究文章的天然机缘。

我与黄科安学兄有幸成为姚春树先生首次招收的博士生之后，我为确定博士学位论文的选题颇费周折。作为现代散文研究专家被引进的席扬先生，也是解放区文学研究的行家，他建议我以解放区散文研究作为博士学位论文的选题。这个建议得到我的导师首肯之后，我从 2000 年开始便一头扎入解放区原始报刊的材料搜集、阅读、梳理、评判工作之中。同时我四处写信、发邮件拜师求教，感谢刘增杰先生、朱鸿召博士、梁向阳教授给予了我无私的帮助！共同的事业还让我先后结识了袁盛勇、吴敏、文贵良、王荣、田刚、李跃力、刘忠、李军、孙晓忠、郭国昌、赵思运等博士；我是在参加 2012 年 5 月于陕西师大与延安大学召开的"延安文艺与二十世纪中国文学"国际学术研讨会，才得以见到他们中的许多人，同时实现了从福建到延安的夙愿；时至今日，我尚未与朱鸿召、文贵良、赵思运博士等人会面。

在我的人生历程中，亲人、老师、同学、朋友是我最宝贵的财富！他们的支持是我前行的动力，他们的陪伴是我心灵的温馨！体验过爱恨悲喜、生离死别，得到了该得的爱、想爱的人，人生如此、唯有感恩！

特别感激爱人周幼华女士二十五年来的辛苦持家、鼎力相助！责任编辑彭毅文小姐为本书的出版精心编辑、付出艰辛，还有许多爱我、助我的人们，在此一并表示我的衷心感谢！

江震龙
2014 年 8 月于福州

2014 年 11 月 23 日，风趣幽默、活力四射的席扬教授突然病逝；我深感悲痛惋惜、人生无常！

2014 年 12 月下旬，我收到本书稿的排版样稿，时断时续、逐字逐句地认真校对书稿，又订正了不少错讹。我恭候专家学者和读者朋友的批评指教！

江震龙
2015 年 5 月于福州

图书在版编目(CIP)数据

失败的文学疗救:从“福建”到“延安”/江震龙著. —上海:上海三联书店,2016.4

ISBN 978-7-5426-5524-0

Ⅰ.①失… Ⅱ.①江… Ⅲ.①中国文学—现代文学—作品综合集 Ⅳ.①I216.1

中国版本图书馆 CIP 数据核字(2016)第 049628 号

失败的文学疗救——从“福建”到“延安”

著　　者 / 江震龙

责任编辑 / 彭毅文
装帧设计 / 徐　徐
监　　制 / 李　敏
责任校对 / 张大伟

出版发行 / 上海三联书店
(201199)中国上海市都市路 4855 号 2 座 10 楼
网　　址 / www.sjpc1932.com
邮购电话 / 021-22895559
印　　刷 / 上海叶大印务发展有限公司

版　　次 / 2016 年 4 月第 1 版
印　　次 / 2016 年 4 月第 1 次印刷
开　　本 / 640×960　1/16
字　　数 / 390 千字
印　　张 / 27.75
书　　号 / ISBN 978-7-5426-5524-0/I·1119
定　　价 / 58.00 元

敬启读者,如发现本书有印装质量问题,请与印刷厂联系 021-66019858